朋霍费尔

牧师、殉道者、先知、间谍
PASTOR, MARTYR, PROPHET, SPY

埃里克·梅塔萨斯（Eric Metaxas）著

顾华德 译

上海三联书店

世界反法西斯战争胜利七十周年献礼
(1945～2015)

Bonhoeffer
Pastor, Martyr, Prophet, Spy

朋霍费尔

牧师、殉道者、先知、间谍

贝克特宗教自由基金坎特伯雷奖章
The Canterbury Medal by the Becket Fund for Religious Liberty

克里斯托弗奖
The Christopher Award

《科克斯书评》——年度二十五大非小说类图书
Kirkus Reviews — Top 25 Non-Fiction Books of the Year

《科克斯书评》——年度惊喜奖
Kirkus Reviews — Pleasant Surprise of the Year

巴诺书店——年度十大非小说类图书
Barnes & Noble —Top 10 Non-Fiction Books of the Year

福音派出版联盟 2011 年度基督教图书奖
Evangelical Christian Publishing Association's
2011 Christian Book of the Year

《今日讲道》——年度传道人灵粮奖
Preaching Today — Feeding
the Preacher's Soul Book of the Year Award

约翰·波洛克基督徒传记奖
John Pollock Award for Christian Biography

《切题》——年度十大图书
Relevant — Top 10 Books of the Year

Townhall.com 网站——送给男士的十大礼物
Townhall.com — Top 10 Gifts for Men

《基督教零售》——2011 年读者评选奖
Christian Retailing — 2011 Readers Choice Award

朋霍费尔

牧师、殉道者、先知、间谍

这是一本重要的书,我希望能有很多人读到它。

——美国前总统乔治·W. 布什

梅塔萨斯所创的传记风格别具魅力——睿智、感人、考证详实、描写生动,并且对我们当下的生活有丰富的联系。或者换个说法:买这本书。读这本书。再买一本,送给你爱的人。这真是本好书……梅塔萨斯这本书独树一帜,不仅生动再现了朋霍费尔其人、他所处的时代及其见证人,也让我们在心底渴望自己能拥有同样的道德品质。再没有哪位传记作者能出其右。

——查尔斯·查普特主教(Archbishop Charles Chaput),《第一要务》

一部构思精妙的传记……纵观全书,梅塔萨斯让这位饱学之士、时而晦涩难解的神学家流露出人性和悲情。

——艾伦·沃尔夫(Alan Wolfe),《新共和》

在这部厚重又精彩的新传记里,梅塔萨斯清理了很多错误观念,重点呈现朋霍费尔自己的所言所行。那是个令人心痛的时代,不少教会接受了纳粹意识形态,其他的则屈从政府压力,朋霍费尔纵然孤单,却坚守立场。梅塔萨斯笔下的朋霍费尔,头脑清晰,是一位信心坚定的基督徒,单单服从上帝和上帝的话语。

——《今日基督教》

梅塔萨斯以热诚和神学素养讲述了朋霍费尔的故事,挑战修正版的说法,后者把朋霍费尔描述成轻易丢掉教义的人文主义者或道德主义者……他狂热地顺服上帝,他的想法在今天让许多人恐惧和厌恶,忠诚的信徒也不例外。梅塔萨斯在书中提醒我们,宗教有多种形式——体面的、被驯化的、懦弱的——最终可能沦为魔鬼的工具。

——《华尔街日报》

埃博哈德·贝特格 1970 年的传记《朋霍费尔：异象与勇气之人》（*Man of Vision*，*Manof Courage*）堪称佳作，在此之后，梅塔萨斯又对这位重要的历史人物进行了完整、明晰的刻画，朋霍费尔的故事具有启发和教育意义，且有国际影响。梅塔萨斯……生动地呈现了朋霍费尔和其他众多人物。本书绝对是为二十一世纪读者而作的朋霍费尔传记。

——《科克斯书评》

到目前为止，美国读者还不曾有哪本朋霍费尔传记，既详细又生动易读，全面呈现出他不寻常的一生，又点明他对今天的我们有什么意义。梅塔萨斯的这本传记恰好填补了这个空白……这本书贡献很大，读者期盼已久。梅塔萨斯把握住了学者共识的精义，同时从头到尾紧紧抓住了读者的注意力，透过这本书，会有更多人更深入、全面地了解朋霍费尔的一生。

——《书籍与文化》

一部重量级的、引人入胜的朋霍费尔生平分析。梅塔萨斯……全面回顾了历史上最黑暗的时期，同时以富有魅力的手法探索了家庭、文化和宗教是如何造就了这位享誉世界的当代神学家。作者的笔调饱含激情，考证严谨详实，解释了处境和人物如何共同发挥作用，把德国从一战的失败带入了二战的暴行……这本巨著充满洞见和启发性，为传记、历史和神学作出了巨大贡献。

——《出版人周刊》

无论是谁，只要他的信仰被朋霍费尔的生平和见证所坚固，他就一定盼着读到这本传记。梅塔萨斯的记录丰富详实，文笔优美，在他笔下是一位伟大的牧师和神学家，他写下了《作门徒的代价》，又为反抗希特勒献出了生命。梅塔萨斯撰写的朋霍费尔传记具有里程碑意义，是非常重要的作品。

——格雷格·索恩波利(Greg Thornbury)，联合大学基督教研究院院长

朋霍费尔的伟大贡献在于，身处纷乱的时代，他对信仰的理解超越时代。梅塔萨斯的这本传记为当下这个时代所写——读起来像一部伟大的小说，在一部作品中融合了对朋霍费尔神学的理解、二十世纪德国复杂又悲痛的历史，以及一个真基督徒英雄的内心挣扎。梅塔萨斯为基督教历史上最勇敢的人物作传，配得杰出传记作者的地位。

——马丁·道博梅尔(Martin Doblmeier)，《朋霍费尔》电影制片人

这是近四十年来第一本主要的朋霍费尔传记，作者运用了最新的文献资料，并且融合从不同侧面看待朋霍费尔生平的新视角。朋霍费尔既是神学家又是间谍，本书精彩地记录了他的生平，又考虑到他内心巨大的挣扎，考查了他信仰的方方面面。梅塔萨斯给一位极富影响力的人物写了一部极好的传记，必获读者钦佩，让读者受益。

——《英国国教报》

梅塔萨斯考查了一个陷入揪心困境的人的一生：挺身反抗纳粹和希特勒，策划暗杀行动，不惜说谎和串谋；或者保持沉默，眼看数千人被谋杀……对朋霍费尔的神学感兴趣的基督徒会发现，在他更详尽的生平背景下，这一困境显得尤为真切。信徒若寻求鼓舞，渴望活出更有胆识的信仰生活，读这本书必然会大有收获。对这段历史时期感兴趣的读者会发现，这本书揭示了反对希特勒运动背后的一幕又一幕……历史学家会认同，这本书学术功底深厚。

——戴安·加德纳(Diane Gardner)，《序言书评》

这本书以清晰的脉络、历史细节以及对他常被误解的神学遗产扎实的处境化处理，记录了朋霍费尔的一生，令人惊异的成就……梅

塔萨斯巧妙地将朋霍费尔起伏跌宕的一生注入文字叙述,写成这部全面、生动却又不令人望而却步的传记。

——ChristianBook.com

作者以优美的文笔讲述了一个摄人心魄的故事,这个人不仅写了《作门徒的代价》,而且活出了其中的真意。非常感人。

——梅洛德·韦斯特法尔(Merold Westphal),福德汉姆大学哲学教授

绝对是[关于朋霍费尔]最重要的作品……我读过的最好的传记作品之一。

——查尔斯·寇尔森(Charles Colson),监狱团契创始人;
威伯福斯论坛创始人和主席

书中充满洞见、义愤和急迫感,把朋霍费尔摆在他应得的位置上,与最伟大的基督教人文主义者同列,他们抗衡主流文化风气,在其身处的历史时刻信实勇敢地诠释基督信仰。这本书也富有人情味,当中穿插了很多花絮,刻画了作为儿子、未婚夫、牧师和朋友的朋霍费尔,这一切都以他最广为人知的敢死行动为背景:反抗纳粹主义日渐增长的威胁。

——迦勒·马斯克尔(Caleb J. D. Maskell),普林斯顿大学宗教系

和《奇异恩典:威伯福斯与废奴运动》这本书一样,梅塔萨斯在这本朋霍费尔的传记中也生动描绘了一位真英雄非凡无私的成就。梅塔萨斯选取日常生活中的关键细节,将这些细节织就成一部历史,读来流畅如同小说,这真是难得的写作技巧。任何人,若想了解信仰和信念的力量能成就何事,一定要读这本书。

——杰拉尔德·施罗德(Gerald Schroeder),以色列物理学家;
耶路撒冷 Aish Ha 妥拉学院犹太研究讲师

从头到尾引人入胜,发人深省。清楚阐明了朋霍费尔对圣经的委

身以及激励他甘愿为欧洲的犹太人舍身的坚持真理的热情。买这本书，它会改变你的人生。

——詹姆士·N. 莱恩(James N. Lane)，新迦南协会创始人；

高盛前普通合伙人

梅塔萨斯这本传记是当代经典，应该列入本时代的各种"最佳"书单……

——《切题》

谁是朋霍费尔？这个人你应该去了解。这本书你应该去阅读。

——格兰·贝克(Glenn Beck)

如果真有"邪恶帝国"，那必是希特勒统治的德国。如果真有无奈英雄，那必是朋霍费尔。梅塔萨斯写了一本精彩的传记，讲述了一个认真对待上帝的人扣人心弦的故事。

——哈登·罗宾逊(Haddon Robinson)，戈登-康威尔神学院讲道学教授

谨以此书纪念我的外祖父

埃里希·克雷根(Erich Kraegen)

(1912~1944)

"因为我父的意思是叫一切见子而信的人得永生,

并且在末日我要叫他复活。"

《《约翰福音》6:40)

目 录
CONTENTS

序
FOREWORD

很高兴友人埃里克·梅塔萨斯(Eric Metaxas)动笔完成这本朋霍费尔的传记。英语世界的大众需要更深入了解他的思想与生平。我在大学刚信主的时候,最初阅读的书单里面就包括朋霍费尔写的《作门徒的代价》(*Cost of Discipleship*),不久后又读了他写的另一本书《团契生活》(*Life Together*)。虽然《团契生活》可说是我阅读过的阐释基督徒团契特色书籍中最薄的一本,却是促使我一生追求恩典的启蒙书。

要了解朋霍费尔写的《门徒》(*Nachfolge*),就必须先认识何以德国教会在 1930 年代令人震惊地投降在希特勒政权之下。路德这位伟大的福音教师的教会,怎么会沦落到如此地步?关键就是纯正的福音——朋霍费尔称之为"重价恩典"(costly grace)——在当时已经被抛诸脑后。一方面是德国教会变得注重形式主义。这意味着上教会,聆听上帝关爱世人,并且赦免每一个人的信息,却根本无关乎个人的生活方式,这就是朋霍费尔所说的"廉价恩典"(cheap grace)。另一方面是律法主义,或凭律法和善功得救。律法主义意味着,上帝爱你,因为你是积极振作,努力活出健全、有纪律的生活的人。

正因为这两个要素的相互激荡,希特勒才能够窃起掌权。尽管德国主张形式主义的人已经察觉到一些令他们不安的迹象,但他们认为没有必要牺牲一己安逸,挺身而出。律法主义者的反应,则是用伪善的态度面对其他赞成希特勒政策的国家与族群。然而,整个德国已经无法维持福音的巧妙平衡,也就是路德一贯宣扬的"我们唯独因信得救,但不是孤立的信"(We are saved by faith alone, but not by faith which is alone)。也就是说,我们得救不是凭借自己的行为,而是仰赖恩典。然而,只要我们清楚明白并真心相信福音,它就会改变我们的行为以及我们的生活方式。

当希特勒登上权力高位的时候，多数的德国教会都认为恩典只是抽象地承认"上帝赦罪；这就是他的职责"。但我们知道，真正的恩典是借着重大的牺牲才临到我们身上的。因此，基督为要拯救世人，甘心走上十字架，忍受极大的痛苦，并承担起如此重大的代价，为此，我们在世上也应该牺牲一己来服事他人。凡是真正了解上帝恩典是如何临到世人的人，生命就一定会有所改变。这就是福音；它是靠重价的恩典，而不是靠律法或者廉价的恩典。重价的恩典让人从内到外彻底改变，这是律法和廉价恩典都做不到的。

我们现在应该不会再重蹈覆辙了，对吗？谁说的。律法主义和道德主义依旧活跃在当代教会。许多基督徒对此的反应就是只谈论上帝的慈爱与宽容，他们不喜欢提到耶稣死在十字架上，是为了要平息上帝的怒气与合乎上帝的公义，有些基督徒甚至称之为"上帝虐童"（divine child abuse）。然而，如果他们不谨慎的话，就可能会陷入"廉价恩典"的信仰：相信一位非圣洁（non-holy）的上帝以非重价（non-costly）的爱来爱我们，并且他只是一味地关爱我们与接受我们。这绝对不会改变任何人的生命。

这样看来，我们还是需要聆听朋霍费尔以及其他深入了解福音本质的先贤教诲。

提摩太·凯勒

Timothy J. Keller

1945 年 7 月 27 日，伦敦

> 我们四面受敌，却不被困住；心里作难，却不至失望；遭逼迫，却不被丢弃；打倒了，却不至死亡。身上常带着耶稣的死，使耶稣的生也显明在我们身上。因为我们这活着的人，是常为耶稣被交于死地，使耶稣的生在我们这必死的身上显明出来。这样看来，死是在我们身上发动，生却在你们身上发动。

> ——《哥林多后书》4:8~12

欧洲终于恢复和平。她那曾经因被狰狞扭曲而让人却步的容貌，终于恢复宁静，看起来高贵又清新。我们需要多年的时间才能了解她的遭遇。她看起来似乎经历了一场非常冗长的驱魔仪式，而且这场仪式耗尽她所有家当，但最终，那些群魔在它们不甘的咆哮声中被驱逐殆尽。

战争已经结束两个月。独裁者在他残破首都的一座灰色地下碉堡中自尽身亡，盟军宣告胜利。

不列颠也缓慢地展开重建家园的工作。接着，就好像一声令下，夏天临到了，这是六年来第一个和平宁静的夏天。但不断有新闻发生，提醒大家过去那场经历，似乎是要证明整件事并不是一场梦魇。这些新闻就跟所有往事一样骇人听闻，甚至更糟糕。就在这年夏初，有关死亡集中营以及纳粹在其短命的帝国时期，在地狱般的国外军事基地残暴对待受害人的新闻，逐渐传播开来。

战争期间，有关这些事情的传闻始终未曾间断，但现在有了照片、新闻影片以及目击证人（战争将近尾声时，在 4 月份解放出的那些集中营士兵)的叙述,证明了这一切都是事实。这些恶行的恐怖程度从来不为人知,也超乎常人想象,对已经因为战争而耗尽心力的英国民众来说,这一切实在令人难以承受。随着每一个令人发指的细节被揭露,他们对德国人的憎恨一再得到印证。民众抽丝剥茧地直捣邪恶的核心。

在战争初期,一般人还是能够把纳粹和德国百姓区分开来,也认为并非所有德国人都是纳粹,但随着两国间的战事持续不断,英国阵亡人数与日俱增,这二者间的界线开始逐渐难以划分,到了最后,界线消失无踪了。英国首相丘吉尔知道他需要促使英国更积极地参战,而把德国百姓和纳粹融为单一的仇敌,就是迅速击败敌人,结束这场残酷梦魇的上策。

当时正努力抵挡希特勒和纳粹的德国百姓,曾经积极联络丘吉尔和英国政府,希望在他们的支持下,能够里应外合,一举击败他们的共同敌人——他们希望藉此告诉世人,部分身陷第三帝国的德国百姓跟世人的感受一样——但遭到悍然拒绝,没有人对他们的提案感兴趣。一切都太迟了。他们不能够一方面参与这些恶行,另一方面还想见风转舵,指望全身而退,得到苟安。丘吉尔为要提高战争意识,继续鼓吹"德国人没有一个是好人"的谎言,甚至有人说唯一的德国好人——如果需要用到这个词汇的话——就是已死的德国人。缺乏理性也是这场战争的残酷之处。

如今战争已经告一段落,当第三帝国难以言喻的邪恶彻底被揭露的时候,事实的另一面也需要摊在阳光下。重建和平时期思想理路的工作之一,就是要能够超越战争时期的黑白二分观点,辨识各种不同的色泽与光影、亮度与色彩。

因此,今天位于伦敦市布隆普顿街(Brompton Road)的圣三一教堂(Holy Trinity Church),正在举行一场令某些人感到不解的追思礼拜,这场礼拜引发了许多人的厌恶与反感,特别是那些曾在战争中丧失亲人的人。今天这场追思礼拜是在英国的土地上举行,并由英国国家广播公司(BBC)负责转播,而追思的对象是一位在三个月前过世的德国人。他过世的消息非常缓慢地从战争的浓雾与废墟中辗转传出来，直到最近才有他的亲友获知这个噩耗。他大部分的亲友依旧毫不知情，但今天仍有几位知情的亲友聚集在伦敦。

教堂的长椅上坐着他三十九岁的孪生妹妹和她的半犹太血统丈夫以及他们的两个女儿。他们在战争爆发时离开德国，趁着夜色开车越过边界进入瑞士。过世的这位男子曾经参与安排他们非法逃离——这是他违逆国家社会主义教条纪录中最微不足道的一条——并协助他们在伦敦落脚与定居。

这位男士有许多朋友都是赫赫有名的人物，其中包括奇切斯特主教乔治·贝尔（George Bell），追思礼拜就是由贝尔安排的，因为他认识并深爱着逝者。多年前战争还未爆发的时候，贝尔主教就已经认识逝者，当时他们正一起参与合一运动，想方设法警告欧洲要对抗纳粹的阴谋，然后他们努力抢救犹太人，最后则力促英国政府注意德国反抗运动的消息。在福罗森堡（Flossenbrg）集中营中被处决前几个小时，这位男士曾把遗言透露给贝尔主教。那个复活节主日，这位男士在主持最后一场崇拜并讲完最后一场证道后，他把这些话告诉了一位曾经跟他关在一起的英国军官，后来这位军官重获自由，于是他带着这些遗言和这位男士过世的消息横越欧洲。

从这里穿过英伦海峡，越过法国，远达德国，在柏林夏洛滕堡（Charlottenburg）玛林伯格大道（Marienburger Allee）43号一栋三层楼的房屋中，一对老夫妻正坐在收音机旁。老妇人年轻时生了八个子女，四男四女。二儿子在第一次世界大战中丧命，当时这位尚还年轻的母亲有整整一年无法正常生活。二十七年后，第二次世界大战又夺走她的两个儿子。老妇人的先生是德国最为知名的心理医生。夫妇俩从一开始就反对希特勒，并为他们的儿子和女婿曾经参与反希特勒的阴谋感到骄傲，尽管他们都知道其中的危险。但当战争终于结束的时候，关于他们两个儿子的消息才迟迟传到柏林。他们在一个月前才得知三儿子克劳斯（Klaus）死亡的消息，至于最小的儿子迪特里希（Dietrich）却音讯渺茫。有人表示曾经看到他依旧健在，后来有一个邻居告诉他们说，英国广播公司第二天会转播一场在伦敦举行的追思礼拜，而追思的对象就是迪特里希。

预定的转播时间一到,老夫妻俩打开收音机,随即就听到宣布这场追思礼拜是为他们的儿子迪特里希举行的。这就是他们得知自己儿子死讯的过程。

当这对老夫妻听到这个死去的好人正是他们的儿子这个噩耗之际,许多英国人也同时听闻这位过世的德国人确实是个好人,就这样,整个世界遂而逐渐重新和好了。

这位过世的男士已经订婚,他是一位牧师,也是一位神学家,他因为参与刺杀希特勒的计划而被处决。

本书写的就是他的故事。

第 **1** 章
家庭与童年

列祖遗留的丰盛传承成为朋霍费尔生命的标杆。这使得他具备稳若磐石的判断力和气度,而这不是一代就能培养出来的特质。他自幼成长的家庭深信学识的本质不在于正规教育,而是根深蒂固的决心,立志要维系恢弘的历史遗产与知识传承。

——埃博哈德·贝特格(Eberhard Bethge)

1896 年冬季,前面提到的那对老夫妻尚未相识的时候,他们各自受邀参加在心理医生奥斯卡·迈耶(Oscar Meyer)家中举办的聚会。"就在那里,"多年后卡尔·朋霍费尔(Karl Bonhoeffer)写道,"我遇到一位年轻、漂亮的蓝眼睛女孩,她的穿着洒脱自然,她的神色大方自信,她一进入屋内我就为之着迷。当我第一次看到我未来妻子那个瞬间,她就魔法般地深印在我的脑海里。"

卡尔·朋霍费尔在三年前曾经到布雷斯劳(Breslau)①担任享誉国际的心理学教授卡尔·韦尼克(Karl Wernicke)的助理。他当时的生活除了在诊所工作,就是和来自图宾根(Tübingen)的少数几个朋友交际应酬,图宾根是他从小居住的一座迷人的大学城。但是从那个令人难忘的冬夜开始,他的生活完全改变了:最明显的是,他一清早就到冻结的运河上溜冰,希望能够遇到——而且是经常遇到——在那晚只望了一眼就让他为之着迷的蓝眼睛女孩。这女孩是位教

---

① 现为波兰的弗罗茨瓦夫(Wrocław)。

师,叫做葆拉·冯·哈泽(Paula von Hase)。他们俩在 1898 年 5 月 5 日结婚,新郎在三星期后年满三十岁,新娘芳龄二十二。

作为医生和教师的这对夫妻,他们的家世都非常显赫。葆拉的双亲家族和波茨坦(Potsdam)皇室是近亲,葆拉的阿姨葆琳(Pauline)后来成为腓特烈三世(Frederick III)的妻子维多利亚公主(Crown Princess Victoria)的女侍官;葆拉的父亲卡尔·阿尔弗雷德·冯·哈泽(Karl Alfred von Hase)曾经担任随军牧师,并在 1889 年成为德皇威廉二世(Kaiser Wilhelm II)的牧师,但他在指责德皇不应该把工人阶级形容为"一群狗"后,被迫辞职。

葆拉的祖父卡尔·奥古斯特·冯·哈泽(Karl August von Hase),不但在家族中地位崇高,且是耶拿(Jena)大学的著名神学家,他在该校任教六十年,直到今日,他的雕像依旧矗立在校园中。推荐他担任这项职务的就是歌德(Goethe),当时他在魏玛公爵手下担任大臣。卡尔·奥古斯特有幸跟这位高龄八十、正在撰写《浮士德》第二部的国宝级人物单独会面。卡尔·奥古斯特写的教义史教课书,依旧为二十世纪的神学生沿用。他在晚年时获魏玛大公(the Grand Duke of Weimar)授与世袭爵位,以及符腾堡国王(the king of Württemberg)授予个人爵位。

葆拉家族的母系则包括有艺术家和音乐家。她母亲,克拉拉·冯·哈泽(Clara von Hase,1851～1903)出嫁前的头衔是卡尔克鲁特斯女爵(Countess Kalkreuth),曾经跟随李斯特(Fran Liszt)和作曲家舒曼之妻克拉拉·舒曼(Clara Schumann)学习钢琴。她对音乐与歌唱的热爱都遗传给了自己的女儿,而这一切也深深影响了朋霍费尔家族的生活。克拉拉的父亲斯坦尼洛斯伯爵(Count Stanislaus Kalkreuth,1820～1894)是一位画家,他以绘制巨幅的阿尔卑斯山风景画而著名。尽管伯爵出身军人世家与地主阶层,却因为联姻而成为雕刻世家考尔(Cauer)家族的成员,后来还担任魏玛大公艺术学院的校长。他儿子利奥波德伯爵(Count Leopold Kalkreuth)是一位比父亲更有名的画家,他的作品以优美的写实风格见长,现今仍然在德国各地的博物馆展出。哈泽家族跟在社交界和知识界都知名的约克瓦滕堡家族（Yorck von Wartenburgs）也有亲戚关系，而且往来频繁。汉斯·路德维希伯爵（Count Hans Ludwig Yorck von Wartenburg）①是一位哲学家，他跟狄尔泰（Wilhelm Dilthey）之间透过书信往来，发展出一套历史诠释哲学，连海德格尔（Martin Heidegger）也受到此学说影响。

　　同样，卡尔·朋霍费尔的家世背景也毫不逊色。根据荷兰瓦尔河畔（Waal River）纳梅亨（Nymwegen）的年谱，他家族的踪迹可以回溯到 1403 年，瓦尔河的位置邻近与德国接壤处。凯斯伯（Casper van den Boenhoff）在 1513 年离开荷兰，定居在德国的施韦比施哈尔（Schwäbisch Hall），这个家族后来被称为 Bonhöffer，姓氏中的变音符 ö 一直保留到 1800 年。Bonhöffer 的意思是"豆农"（bean farmer），而 Bonhöffer 家族的盾徽就是在蔚蓝的背景上画着一头狮子抓着一枝豆茎，如今依旧明显地出现在施韦比施哈尔周围的建筑上。②* 贝特格告诉我们，朋霍费尔有时候就会戴着镶有家族饰章的戒指。

　　朋霍费尔家族跻身施韦比施哈尔名望最高的家族，长达三百年。最初几个世代从事的行业是金匠；稍后几个世代从事的行业包括医生、牧师、法官、教授与律师。过去几百年来，施韦比施哈尔有七十八位议员和三位市长来自朋霍费尔家族，他们的重要性和影响力也可以从圣米歇尔大教堂（Michaelskirche, St. Michael's Church）里许多纪念朋霍费尔家族成员的巴洛克式和洛可可式的大理石雕像及墓志铭看得出来。卡尔的祖父西番雅（Sophonias Bonhoeffe）出生在 1797 年，他是整个家族最后一位出生在该地的成员。拿破仑在 1806 年的入侵，使得施韦比施哈尔不再享有自由市的地位，并造成朋霍费尔家族成员分散各地，不过这里依旧是整个家族的圣地，往后世代的子孙仍然不断地修复重整。卡尔的父亲多次带着儿子造访这座中世纪城市，并巨细靡遗地教导他熟稔整个家族的高贵历史，即使是"赫

---

* 他的孙子彼得·约克（Peter Yorck von Wartenburg，1904～1944）是克劳斯·冯·施陶芬贝格上校（Colonel Claus von Stauffenberg）的表兄弟，且是参与 1944 年 7 月 20 日
① 暗杀希特勒计划的关键人物。
②* 当地修道院路（Klosterstrasse）7 号就有这个家族盾徽。

林巷(Herrengasse)朋霍费尔大宅里面出名的黑橡木楼梯",以及挂在教堂中的"可爱的朋霍费尔夫人"画像(迪特里希年幼时,朋霍费尔家里也有一幅)都没有遗漏。卡尔也依样画葫芦地传递给他的儿子们。

卡尔的父亲费德里希(Friedrich Ernst Philipp Tobias Bonhoeffer, 1828~1907)是整个符腾堡的高级司法官,他在担任乌尔姆(Ulm)地方法院院长的任内退休。在他退休返回图宾根后,国王颁授他个人爵位。卡尔的父亲是"一个精力充沛的人,驾着自己的马车跑遍整个辖区"。卡尔的母亲茱莉(Julie Bonhoeffer,1842~1936)出身于一个斯华比亚(Swabian)家族,娘家姓塔菲尔(Tafel),那个家族是十九世纪德国民主运动的重要推手,并坚决主张开明政策。卡尔对他外祖父曾有如下叙述,"我外祖父和他的三个兄弟显然都不是平凡人。他们每个人都有自己的特质,但他们都同样拥有理想主义精神,并且随时都愿意勇敢地化信念为行动。"其中二人因为赞成民主而被符腾堡暂时驱逐出境,而且这二人中的哥特罗(Gottlob Tafel)更因为一场意外的轩然事件而被监禁在霍恩亚斯堡(Hohenasperg fortress)。迪特里希的外曾祖父奥古斯特(Karl August)当时也在场,而他在成为神学家之前的青年时代也曾热衷政治活动。这两位朋霍费尔的长辈就是在狱中相识的。卡尔的母亲活到九十三岁,并且跟她孙子迪特里希的关系非常亲密,迪特里希1936年在她丧礼上发表悼词,盛赞祖母在生活中具体地表现出她那个世代的伟大之处。

放眼望去,卡尔和葆拉的家谱尽是名人,在一般人看来,这似乎会成为子孙的沉重包袱。然而,这些先人的美好传承似乎成为一股正面助力,激励后代子孙不仅能站在巨人的肩膀上,甚至在巨人肩膀上跳舞。

这两个非比寻常的家族就这样在1898年因着卡尔和葆拉的结合而交织在一起,他们俩在十年内总共生下八个子女。头两个儿子是在同一年出生的:卡尔-费德里希(Kar-Friedrich)出生于1899年1月13日,而华特(Walter)早产两个月,生于同年的12月10日。他们的三儿子克劳斯,出生于1901年。接着是两个女儿,生于1902年的乌苏拉(Ursula)和生于1903年的克莉丝特(Christine)。1906年2月4

日，他们第四个、也是最小的儿子——迪特里希——比他孪生妹妹莎宾(Sabine)早十分钟呱呱落地，而终其一生他都以此优势逗趣妹妹。为这对龙凤胎兄妹主持洗礼的是德皇的前任牧师——他们的外祖父卡尔·阿尔弗雷德·冯·哈泽——他的住处距离女婿卡尔家仅七分钟的路程。而卡尔和葆拉的最后一个孩子苏珊(Susanne)则是在1909 年出世。

朋霍费尔家所有的孩子都是出生在布雷斯劳，卡尔·朋霍费尔当时正担任布雷斯劳大学精神医学暨神经学系的主任，同时也是当地医院神经科的主任医师。苏珊诞生那年的元旦前夕，他在日记中写道："虽然已经有了八个孩子——就当前这个时期而言，似乎人口过多——我们却一点也不嫌多！我们的房屋很宽敞，孩子都能正常成长，身为父母的我们，年纪也不算太老，因此我们尽量不要宠坏他们，而且要让他们都能过一个愉快的童年。"

他们家位于博根瓦岑(Birkenwäldchen) 7 号，距离诊所非常近。那是一栋庞大复杂的三层建筑物，不但有人字形屋顶和许多烟囱，还有一个用纱窗遮蔽的门廊，以及一个大阳台，这里可以俯瞰孩子们在宽敞的庭院嬉戏。他们在地上挖洞、爬树以及搭帐篷。朋霍费尔家的孩子和位于小河——奥德河(Oder)的支流——对岸的外祖父哈泽家的孩子经常互相往来。外祖母在1903 年过世，此后就由外祖父另一个女儿伊丽莎白(Elisabeth)负责照顾父亲。伊丽莎白同样成为这些孩子生命中的重要人物。

尽管卡尔·朋霍费尔的生活非常忙碌，依旧能够享受天伦之乐。"冬天的时候，"他写道，"我们把水倒在一个旧柏油网球场上，这样就可以让两个最大的儿子首度尝尝滑冰的滋味。我们有一个供马车停用的库房，但我们既没有马车也没有马，因此我们在这个库房里面养了各种各样的动物。"主屋里面也养着许多动物。主屋里面的一间房成了孩子的动物园，里面有兔子、天竺鼠、斑鸠、松鼠、蜥蜴和蛇；同时也是一座自然历史博物馆，里面摆放着孩子收集的鸟蛋以及甲虫与蝴蝶的标本。两个最大的女儿另有一个布置成娃娃屋的房间，而三个最大的儿子则在一楼有一间工作房，还备有一张木匠的工作台。

　　母亲葆拉负责掌管设施齐全的大家庭；家中的仆役包括一个女家教、一个保姆、一个女佣、一个客厅女仆以及一个厨师。楼上是备有课桌的教室，由葆拉教导孩子们学习功课。葆拉·朋霍费尔参加教师资格考④的时候还是单身，出乎一般人的意料，她婚后就把所学的知识发挥得淋漓尽致。她公开表示不信任德国的公立小学及其普鲁士风格的教育方式，她非常赞同俗话所说的，德国百姓一生会被摧残两次，一次是在学校，另一次是在军中；她不愿意把自己年幼的孩子托付给不及她细心的人来照顾。当孩子们年纪稍长之后，她再把他们送到当地的公立学校接受教育，而孩子们的表现果然非常卓越。但在每个孩子成长到七、八岁之前，她是他们唯一的老师。

　　葆拉·朋霍费尔的脑海里熟记着数量惊人的诗词、圣歌以及民歌，她把这些都教给孩子，而他们也都能牢记在心，直到白头仍能朗朗上口。孩子们喜欢乔装演戏给彼此以及大人观赏，屋中还有一个家庭人偶戏剧院，葆拉·朋霍费尔会在每年 12 月 30 日——也就是她生日那天——表演童话故事《小红帽》，这个传统一直延续到她年老，她还为她的孙辈们演过这出戏。她的外孙女瑞娜·贝特格（Renate Bethge）表示："她是全家的灵魂与精神。"

　　1910 年，朋霍费尔家选择格拉茨山脉（Glatz Mountains）森林里一处靠近波西米亚边界的偏僻田园作为度假地点。该地在布雷斯劳南部，搭火车需要两个小时。卡尔·朋霍费尔形容说："它位于恩尼兹（Urnitz）山脚下的小峡谷，紧贴着森林边缘，有一片草原、一条小溪、一座旧谷仓以及一棵果树，树的主干上有一条分枝，正好可以当长条凳给孩子们坐。"这个田野乐园就叫做伍尔夫斯（Wolfesgründ）。那是一个人迹罕至的地方，因此他们绝对不会遇到其他闲杂人等，除了一个形单影只的奇人：一个不时会到营地巡逻的"顽固的森林管理员"。后来为了纪念此人，朋霍费尔在虚构的故事中把他化身为"黄皮靴"（Gelbstiefel）。

＊　她在 1896 年 4 月得到布雷斯劳皇家师范学院（the Royal Provincial School College）的毕
①　业证书。

这就是我们对朋霍费尔四、五岁时生活的初瞥。他的孪生妹妹莎宾有如下的叙述：

> 我［对他］最早的回忆可以追溯到1910年。我看到迪特里希穿着他的罩袍，用他的小手抚摸着蓝色的丝质衬衣；然后他坐到我祖父旁边，祖父坐在窗边，而我们的小妹苏珊则坐在祖父的膝上，午后的金色阳光洒进屋内。整幅图画就在这里模糊起来，而我记得的另一个景象是：1911年在庭院的第一场游戏，迪特里希满头的浅棕色乱发挂在晒红的双颊，他因为奔跑嬉戏、驱赶昆虫以及忙着找个阴凉的角落而热坏了，在听到保姆的呼喊后，他顺服地进到屋里去，但非常地心不甘情不愿，因为紧张刺激的游戏还没结束呢。他正玩在兴头上，因此毫不在意酷热和干渴。[1]

几个孩子中，唯有迪特里希继承了他母亲秀丽的容貌和淡黄色的头发。他的三个哥哥都跟父亲一样有着一头黑发。克劳斯，也就是迪特里希最小的哥哥，比迪特里希大五岁。因此，他的三个哥哥和两个姐姐自然而然就组成一个五人帮，而他自己则和莎宾及幺妹苏西（Susi）①形成"三毛头"。迪特里希乐于担任三人中最强壮又有侠义精神的保护者。"我绝对不会忘记迪特里希体贴的个性，"莎宾后来写道，"当我们在炎炎夏日的山坡上采集浆果的时候，他体贴的个性表现无遗。他会把自己辛苦采集的蓝莓装满我的小罐子，这样一来，我的蓝莓就不会比他少，同时他也会把自己的水给我喝。"他们一起读书的时候，"他会把书往我面前移……尽管这会使他读起来比较吃力，而且他总是非常亲切又乐于助人。"

他的侠义不只限于对待自己的妹妹。他小时候爱慕的对象是凯丝·冯·霍恩（Käthe van Horn），也就是自幼照顾他们的保姆，而且他"心甘情愿地担任协助与服侍她的小天使，每当桌上有凯丝小姐喜

＊　即苏珊（Susanne），苏西（Susi）为昵称，后文中的苏西或小苏西，也是指朋霍费尔最小的
①　妹妹苏珊。——编者注

欢的菜肴,他就会大声说'我吃饱了',然后强迫她把他的那份也吃掉。他对凯丝说:'我长大后一定会娶你,这样你就能永远跟我们在一起了'"。

莎宾还记得,大约六岁的时候,她哥哥因为看到一只蜻蜓在小溪水面上盘旋而诧异万分,迪特里希睁大眼睛对母亲说:"看!水上有一只怪物!不过,别怕,我会保护你!"

在迪特里希和莎宾到达学龄的时候,他们的母亲就把教养的责任交给凯丝小姐,不过她还是会监督孩子的宗教教育。迪特里希探讨神学问题的最早纪录是在他大约四岁的时候。他问母亲:"良善的上帝也爱打扫烟囱的工人吗?"又问:"上帝也会坐下来吃午餐吗?"

在双胞胎出世后六个月,凯丝·冯·霍恩和玛丽亚·冯·霍恩(Maria van Horn)这对姐妹就来到朋霍费尔家帮佣,在往后二十年间,她们成为整个家庭生活中非常重要的一环。凯丝小姐通常会负责照顾三个最年幼的子女。凯丝和玛丽亚这对姐妹都是非常虔诚的基督徒,她们是在主护城(Herrnhut)①教派接受教育,主护城的意思就是"主的守望塔"。而且她们在属灵方面对朋霍费尔家的孩子也具有非常深远的影响力。主护城教派是在十八世纪由亲岑道夫(Zinzendorf)爵士所创立,承接起摩拉维亚弟兄会(Moravian Brethren)的敬虔主义传统。葆拉·朋霍费尔早在少女时期就曾经一度加入过主护城教派。

亲岑道夫爵士竭力主张个人要建立与上帝的亲密关系,而不是在形式上参加教会聚会。亲岑道夫称之为活生生的信仰(living faith),并且用这个称呼对比当时盛行的枯燥的新教正统之唯名论(nominalism)。在他眼中,信仰不仅是在理智上认同各种教义,更是与上帝之间亲密和转变人心的连结,因此主护城教派重视的是阅读圣经以及家庭崇拜。他的这种观念影响及于卫斯理(John Wesley),在卫斯理轰轰烈烈信主那一年,也就是1738年,曾经拜访过主护城。

---

① 十八世纪由基督徒组成的聚落。——译者注

信仰对朋霍费尔家来说离敬虔主义还很远,但会遵守某些主护城的传统。举例来说,朋霍费尔很少上教堂,而且他们通常会邀请葆拉的父亲或弟兄主持洗礼和丧礼。他们家并不反对神职——确实,他们家的小孩喜欢"扮演"相互为对方施洗的游戏——但是他们的基督信仰几乎可说是以闭门造车的方式形成的。家庭的日常生活中充满读经与唱诗歌,全都是由朋霍费尔夫人主领。她非常崇敬圣经,因此她在为小孩朗读圣经故事的时候,读的是正版的圣经而不是改编的儿童版,然而,她偶尔还是会采用绘图版圣经,并且边读边解释图片。①

最能反映出葆拉·朋霍费尔的信仰的,莫过于她和她丈夫教导给孩子们的价值观。家风的重心是无私、慷慨与助人。凯丝小姐记得三个小孩都喜欢出乎意料地为她做一些贴心的事情,"例如,他们会抢在我之前摆设晚餐的餐具。我不确定是不是迪特里希鼓动妹妹做这些事的,不过我觉得极有可能。"她们姐妹二人觉得每个孩子都"精神充沛",但绝对不会"粗鲁或者无礼",然而,他们能够循规蹈矩并不是天生的。凯丝小姐还记得:

> 迪特里希经常调皮捣蛋,而且还会作弄人,虽然时机未必总是得宜。我记得迪特里希最喜欢搞怪的时候,就是我们受邀外出做客,孩子们需要梳洗打扮忙成一团的时候。有一天他就是在这种情形下,绕着房间唱歌跳舞,非常惹人烦。房门猛然打开了,他母亲走到他面前弯下腰,左右掴了他两记耳光,然后就走了。胡闹就这样收场。接着他就中规中矩地非常听话,连一滴眼泪也没有掉。[2]

---

* 朋霍费尔非常清楚虔敬主义的缺点,但他一生都严守赫恩哈特(Herrnhüter)保守的神学传统,在个人灵修的时候,总是使用摩拉维亚教派的每日灵修经文(Moravian's daily Bible texts)。其中每天都会引用一节旧约经文和一节新约经文。从亲岑道夫开始,每年都会发行一本,朋霍费尔称之为每日箴言(Losungen,watch words),不过有时候他也会直接称之为"经文"(the texts)。这些每日箴言对他 1939 年返回德国的决定显然有重大影响。直到生命结束前夕,他都持续不断地灵修,并且鼓励他的未婚妻和其他许多人
① 开始灵修。

迁居柏林，1912 年

迪特里希的父亲卡尔·朋霍费尔，在 1912 年受邀到柏林担任精神医学和神经学主任，这使得他成为德国在这个领域的第一把交椅，他始终稳居这个地位，直到他在 1948 年去世。卡尔·朋霍费尔的影响力难以言喻。贝特格表示，仅仅他出现在柏林，"就足以把这个城市转变成对抗弗洛伊德和荣格心理分析大军入侵的堡垒。"这并不表示他对各种非正统理论抱持封闭的心态，也不表示他在原则上反对探索人类心智的未知领域。卡尔·朋霍费尔从来就没有公开驳斥弗洛伊德、荣格和阿德勒（Adler）以及他们提出的理论，但他基于对经验科学的执着，而对这一切抱持审慎怀疑的态度。对身为医学博士与科学家的他来说，任何对未知的所谓心理领域产生过多遐想的理论，都不太值得重视。贝特格引用同为海德堡心理学家的友人罗伯特·高浦（Robert Gaupp）的话：

> 卡尔·朋霍费尔不擅长直觉心理学与入微观察。然而，他毕业于单单专长于大脑研究的沃尼克（Wernicke）学院，又执着于从脑神经的角度思考问题……他不急着钻入晦涩难明、无法印证、无拘无束又天马行空的领域，这当中充满各式各样的假设，但能够加以证实的却寥寥无几……他谨守着自己擅长的经验世界领域。[3]

卡尔·朋霍费尔对所有无法用感官观察的事物，以及不是从这些观察推演出来的事物，都抱持谨慎的态度。就心理分析和宗教来说，他的立场应该是不可知论。

他的家庭非常反对任何模糊不清的思想，这包括反对某些特定宗教信仰的成见，但父亲的领域和母亲的领域之间绝对没有任何冲突，毕竟，他们俩能够完美地彼此互补，最明显的证明就是他们非常深爱与尊重对方。埃博哈德·贝特格形容他们之间的关系"非常融洽,彼此的优点因此相得益彰。他们在金婚庆祝会上表示,他们结婚五十年来,两人分离的日子即使把单独一天也加入计算,都不会超过一个月"。

卡尔·朋霍费尔不认为自己是基督徒,但他尊重妻子传授这个信仰给子女,并且心照不宣地默许,至少会以旁观者的身份参与其中。他不是那种会否定超越物理以外的领域的科学家,而且他能够谨守理性的界线。他完全认同妻子教导给小孩的价值观,这些价值观中的一项就是对别人(包括他妻子)的感情与意见的尊重。妻子的祖父、父亲与兄弟都献身于神学,因此他知道她非常重视她的信仰,而她聘请的也是非常重视信仰的保姆。他会出席妻子安排的宗教聚会和节庆活动,内容包括唱赞美诗、读经与祷告。"只要是跟我们教育相关的事情,"莎宾回忆道,"我们的父母都会站在同一条阵线,就像一堵墙。他们的意见不会南辕北辙,各说各话。"对他们当中逐渐成长的神学家来说,这是一个绝佳的生活环境。

葆拉·朋霍费尔表现出的信心足以说明一切;她已经把信心化为行动,而她以自己为表率,教导她的子女要先人后己就是明证。"我们家绝不容许装模作样的敬虔,也不容许任何表里不一的假宗教,"莎宾说道,"妈妈希望我们要下定决心。"对她来说,单单上教堂没有什么意义。迪特里希后来提出的"廉价恩典"这个知名观念可能就是源自他的母亲;未必是这个词汇本身,而是其后的构思,也就是没有付诸行动的信心根本不是信心,而是完全缺乏对上帝的顺服。在纳粹兴起期间,葆拉以尊重又坚定的态度激励她的孩子督促教会落实其信仰,也就是公开指责希特勒和纳粹党,并采取行动对抗他们。

这个家庭所主张的价值观,可能就是我们眼中保守派与自由派价值观最珍贵的集合,也就是兼顾传统与进步。早在嫁给迪特里希的哥哥克劳斯之前,就已经熟识这个家庭的艾米·朋霍费尔(Emmi Bonhoeffer)回忆道:"整个家庭显然就是由母亲掌管,不论就精神或者庶务来说都是如此,但她在安排和整理所有事务的时候,都会先得到父亲的同意，也绝对不会违背父亲的意思。克尔凯郭尔（Kierkegarrd）认为，人的气质不是属于道德类型，就是属于艺术类型。他不知道的是，这个家庭居然把这两种气质融合在一起。"

在莎宾的观察之下，父亲是这样的：

> 胸襟宽大而无法接受狭隘心态，因此我们家的眼界非常宽广。他理所当然地认为我们会循规蹈矩，并且对我们的期待非常高，但我们总是能够诉诸于他的仁慈和处事公正。他为人非常风趣，并经常适时地用笑话帮助我们纾解压力。他对自己情绪的掌握非常严格，绝不允许自己对我们说一句不恰当的话。他对陈腔滥调的厌恶，有时确实会让我们产生拙口笨舌与缺乏自信的感觉，但这使得我们长大成人后，对任何流行语、闲话、巷议街谈和斗嘴饶舌都毫无兴趣。他自己在说话时，绝对不会使用任何流行语或者"时髦"话。[4]

卡尔·朋霍费尔教导子女只在自己有想法的时候才开口说话。他无法忍受说话没有条理，也无法忍受自怜、自私和自大。他的子女都很爱慕与尊敬他，因此都非常想讨他欢心；他几乎不必开口表示对某些事情的想法，只要竖一下眉毛就够了。

他的同事谢勒（Scheller）教授曾说："相对于他厌恶所有偏激、浮夸以及混乱的事物，他整个人在为人处事上真是严谨到一丝不苟。"朋霍费尔家的孩子被教导要严格控制自己的情绪，口不择言之类的感情用事，会被视为任性耍脾气。卡尔·朋霍费尔在父亲过世的时候，曾写道："就他的特质来说，我希望我们的子女能继承他的单纯与诚实。我从来没有听他说过一句陈腔滥调，他说的话不多，而且坚决反对所有时髦和造作的事物。"

全家人从布雷斯劳搬迁到柏林，一定会有跃上枝头的感觉，因为对许多人来说，柏林就是世界的中心。柏林大学是世界上顶尖的学府，而柏林市更是知识与文化的中心，又是帝国的宝座。

他们的新居位于布肯纳街（Brükenallee），靠近动物公园（Tiergarten）

的西北角。相比而言，布雷斯劳的旧居较小，而且周边地形也没有那么宽敞。但这里仅仅隔着一道墙就是贝乐维公园（Bellevue Park），也就是皇家子女嬉戏的场所。朋霍费尔家保姆中有一人——可能是琳辰（Lenchen）小姐——倾向君主制度，每次德皇或者王族马车经过家门的时候，她总会兴冲冲地跑出去望一眼。朋霍费尔家非常重视谦卑与朴实，自然不会出现傻乎乎瞪着皇家这类举止。当莎宾炫耀地告诉家人，有一位小公主距离她非常近，近到甚至还想用一根小棍子戳她时，所得到的回应却是一阵不悦的沉默。

举家迁至柏林后，年长的孩子不再接受家庭式教育，而是到附近的学校上学。每天在阳台上吃的早餐有黑麦面包、奶油和果酱，以及热牛奶，有时候也会喝可可。八点开始上课。放在背包里的午餐是一小份用防油纸包着的三明治（馅料有奶油和奶酪或者香肠）。那个时期的德国人没有午餐的习惯，这一餐被称为第二份早餐。

迪特里希在 1913 年，他七岁的时候，开始到学校上学。接下来六年他就读的学校是费德里弗特（Friedrich-Werder）小学。莎宾表示，他都是独自走路去学校的。

> 他很害怕一个人走路去上学，而且半途还要经过一座长长的桥。因此，起初他需要有人陪他一起走，而陪伴他的人得走在路的另一边，这样他才不会在其他同学面前觉得难为情。最后，他还是克服了心中的恐惧。他还非常害怕圣诞老人，而当我们俩在学游泳的时候，他对水也相当畏惧，起初几次他还发出刺耳的惨叫……后来，他游泳的技巧非常高超。[5]

迪特里希在学校成绩相当优异，但并非就不需要管教，他父母对此可是一点也不轻忽。他父亲在他八岁的时候写道："迪特里希会自动写功课，而且写得很工整；但他喜欢打架，并且乐此不疲。"有一次，因为他攻击一位同学，导致这位同学的母亲怀疑他们家有反犹太思想。葆拉·朋霍费尔对那位女士的想法感到非常惶恐，因此向她明确澄清家中绝对没有这种情形。

弗里德里希斯布伦

　　自从搬到柏林后，伍尔夫斯的房屋对朋霍费尔家来说已经太遥远了，于是他们卖掉了它，在哈茨山脉（Harz Mountains）的弗里德里希斯布伦（Friedrichsbrunn）另置了一间乡居。这房子曾经是守林人的宿舍，因此他们把房子那种纯朴的氛围保留下来，三十年来，他们没有在屋中装备任何电力设施。莎宾对到那里旅游的情形描述如下：

　　　　霍恩小姐负责照顾坐在两个特别预定的火车包厢中的我们，一路上都非常愉快。抵达塔勒（Thale）的时候，已经有两辆双驾马车在等着我们，一辆载家中的小家伙和大人，另一辆载行李。大部分笨重的行李会提早运送，而两位女仆也会提早几天启程，以便打扫与准备屋子。[6]

　　有时候男孩子会在塔勒时就要乘马车先行出发，然后由他们自己徒步走完最后四英里穿越森林的路程。担任管理员的桑德霍夫（Sanderhoff）夫妇就住在当地的一栋木屋里面，桑德霍夫先生负责维护草原，桑德霍夫太太则负责准备从园圃中采摘蔬菜，收取柴火。

　　霍恩姐妹通常会在朋霍费尔夫妇之先，带着孩子们抵达弗里德里希斯布伦。父母亲到达的时候总会引起一阵骚动，莎宾和迪特里希会坐着马车到塔勒火车站迎接他们。"同时……我们会点亮放在屋子每个窗台上所有小杯里的蜡烛，"莎宾回忆道，"这样一来，从非常远的地方就看得到屋中迎宾的光芒。"

　　在他们到弗里德里希斯布伦度假的三十多年间，迪特里希只经历过一次恐怖的经验。当时是1913年，也就是他们在该处度过的第一个夏天，那是闷热的7月，有一天玛丽亚小姐想要带着三个最小的孩子和乌苏拉到附近的高山湖旅游，琳辰小姐也一道前往。玛丽亚

小姐警告大家在进入湖中之前要先冲凉身体,但是琳辰小姐没有理会她的警告就立刻向湖心游去,随即她就往下沉。莎宾记得:

> 迪特里希首先发现这个情况,接着就发出一声刺耳的喊叫,[玛丽亚]霍恩小姐立刻就知道发生什么事了。我清楚记得,她把表链丢在一旁,还穿着她的棉长裙,就强劲快速地游过去,并转过头来对我们喊着:"每个人都给我留在岸上!"
>
> 当时我们只有七岁大,还不会游泳,我们边哭边颤抖,并牢牢地抓着小苏西。我们听得到霍恩小姐对即将溺水的琳辰小姐喊着:"继续游!继续游!"我们目睹霍恩小姐千辛万苦地拯救琳辰,想要把她拖回岸上。起初琳辰还能抱住她的脖子,但马上就晕过去了,然后我们听到霍恩小姐在背着琳辰小姐游回来的时候,边游边呼喊:"亲爱的上帝帮助我,帮助我!"琳辰小姐跟她并排躺在岸上的时候,依旧不省人事。霍恩小姐把手指伸进她的喉咙,好让湖水流出来,迪特里希轻轻拍着琳辰小姐的背部,而我们都蹲在她身旁。不久后她就清醒过来了,接着霍恩小姐就做了一个长长的感恩祷告。[7]

朋霍费尔家的孩子会带朋友到弗里德里希斯布伦,不过在迪特里希的孩提时代,他的交友圈只涵盖自家亲戚。他的表兄弟汉斯-克里斯托夫(Hans-Christoph von Hase)会做客一段很长的时间,他们一起挖壕沟,一起到广阔的松林健行,寻找野生的草莓、洋葱以及蘑菇。

迪特里希阅读的时间也很多。

> 迪特里希喜欢坐在我们家草地的花楸树下,阅读他喜欢的书籍,例如《汝拉曼》(Rulamann)①,一个石器时代的男人的故事,还有《木偶奇遇记》(Pinocchio),读的时候他会开怀大笑,并且一遍

＊《汝拉曼》是一本深受男孩喜欢的童书,主要是在叙述史前时代一个住在阿尔卑斯山史
① 瓦邦安(Schwabian)的穴居人的冒险故事。

又一遍地把书中最有趣的部分读给我们听。当时他大约十岁，已经培养出十足的喜感。《平民英雄》(*Heroes of Everyday*)㊐这本书更深深打动他的心，书中叙述的是一些年轻人靠他们的勇气、机智以及无私的精神拯救他人性命的故事，然而这些故事往往以悲剧收场。他花了很多时间才读完《汤姆叔叔的小屋》(*Uncle Tom's Cabin*)。他在弗里德里希斯布伦初次阅读许多著名的古典诗词，而且每天傍晚我们都绘声绘色地朗读(play-reading)不同的章节。8

有时，他们会在傍晚跟村里的孩子在草地上赛球，或在屋内玩猜谜，唱民谣。他们"会看着阵阵雾气从草场沿着杉木林飘过来再冉冉上升"，莎宾回忆道，然后再看着暮色低垂，等月亮出现后，他们就会唱起《月亮已经挂在天际》(Der Mond ist Aufgegangen)：

> 月亮已经高挂天际，
> 金色星辰明亮清澈地闪烁着。
> 森林一片漆黑又寂静，
> 如梦的白雾从草原上升到天空。

民间传说与宗教紧密地交织在二十世纪初的德国文化中，因此即使非基督教家庭也很熟悉关于基督教的一切。这首民谣就是典型的代表，起初只是对大自然之美的赞叹，不久后就转变为对人类需要上帝的沉思，最后演绎成一篇祷词，请求上帝帮助我们这些"可怜又骄傲的罪人"，能够在死后得见他的救恩——另外，当我们还活在世上时，帮助我们能"像小孩子一样，喜乐又忠心"。

德国文化离不开基督教，这是马丁·路德(Martin Luther)遗留下来的传承。[路德的影响]犹如父母对儿女的影响，笼罩着整个德国文化和种族，因此路德之于德国就像摩西之于以色列，这个活泼又

㊐《平民英雄》是他生前最后阅读的几本书中的一本，他在被处决前几小时才放下这本书。

古怪的人,把德国这个国家和他的信仰,奇妙而又诡异地结合在一起。路德的影响力万万不可小觑,他把圣经翻译成德文可说是惊天之举,路德可说是中世纪的班扬(John Bunyan),他一举就粉碎了欧洲天主教体系,同时趁势打造出现代德语,而德国族群也因此成功地凝聚为一体。基督徒世界被一剖为二,**德国人**(Deutsche Volk)从旁侧一跃而起。

路德翻译的圣经跟现代德语之间的关系,就像是莎士比亚的作品和钦定本圣经跟现代英语之间的关系。在路德翻译圣经之前,德国没有统一的语言,有的只是大杂烩般的各种方言,德意志要成为一个国家,几乎是遥不可及的梦想,在路德眼中只有微弱的希望。然而路德翻译的德文圣经一出版,就借着一本书创造出单一的语言,不但人人可读,而且人人都读了。说穿了,当时也没别的书可读。不久后,每个人口中的德语都跟路德的译文一个样,正如同电视具有统一美语的口音和土语的效果,也就是平抑口音的差异以及减弱突出的鼻音,路德翻译的圣经则创造出单一的德国语言。突然间,慕尼黑的磨坊师傅可以和不来梅(Bremen)的烘焙师傅互相沟通,这样一来,彼此间就产生出共同的历史与文化意识。

此外,路德还透过歌曲把德国的信仰带到更高的领域。他曾写下许多赞美诗,最知名一首的就是《上主是我坚固保障》(A Mighty Fortress Is Our God),并且首创会众齐唱的想法。在路德之前,只有诗班能在教堂里唱歌。

"好耶! 打仗啰!"

朋霍费尔家在弗里德里希斯布伦度过 1914 年的夏天。但是 8 月 1 日那天,正当三个最小的孩子和他们的保姆徜徉在村子里的时候,整个世界却改变了。穿过层层拥挤的人群终于传到他们耳中的消息是:德国已经向俄国宣战了。迪特里希和莎宾那时才八岁半,而她还记得当时的情况:

　　整个村子正在庆祝当地的狩猎节。我们在漂亮的、吸引人的市场栅栏里,保姆突然把我们从一匹可怜白马拉动的旋转木马上拉下来,为的是要把我们尽快送回柏林跟父母团聚。我伤心地看着已经空荡荡的庆祝场地,马场的主人正匆忙地拆着帐篷。傍晚时分,我们可以透过窗户听到军人在惜别会上发出的歌声与呼喊声。隔天,在大人匆忙打包好行李后,我们随即搭上前往柏林的火车。[9]

　　他们回到家时,女儿中的一个跑进屋里喊着说:"好耶!打仗啰!"结果马上就吃了一记耳光。朋霍费尔家不反对战争,但也不会感到欢欣鼓舞。

　　就开战最初几天来说,他们属于少数较敏锐的群众,一般大众都还懵懵懂懂。但就在8月4日,第一个不祥的迹象出现了:英国向德国宣战。突然间,未来可能不再像大家所预料的那么美好了。那天,卡尔·朋霍费尔跟三个最年长的儿子沿着通往市中心的菩提树下大街(Unter den Linden)漫步。

　　过去几天聚集在皇宫和政府机关外面的群众的兴奋情绪不断高涨,但现在已经沉寂下来,产生一股非常沉闷的气氛。如今,即使一般人也可以明确知道眼前这场冲突的严重程度,而有识之士则知道,既然英国跟我们反目成仇,那么速战速决的希望也就渺不可期。[10]

　　不过,大体来说,男孩的兴奋情绪还是持续了一阵子,只是他们懂得不要表现得太明显。整个欧洲对战争这个概念还没有产生反感;这得到四年之后才会改变。在战争初期,学童喊的口号"为国捐躯既甜美又高贵",还不至于让人觉得辛酸或者讽刺。想象自己身为先锋部队——穿上军装,迈步走向战场,效法历史英雄的作为——会让人心中感到一阵浪漫的激动。

迪特里希的哥哥们年龄要到1917年才符合征兵标准，而且没有人预期战争会持续那么久。然而，他们至少可以关心整个事件，也可以有模有样谈论战事的进行，就跟大人一样。因此，迪特里希经常跟表弟汉斯玩扮演士兵，第二年夏天在弗里德里希斯布伦的时候，他还写信请父母把关于前线消息的剪报寄给他，就跟多数男孩一样，他会画一张地图，用彩色大头针在上面标示出德军前进的路线。

朋霍费尔夫妇由衷地爱国，但绝对不会像其他多数德国人一样展现出民族主义的激情，他们始终保持宏大的眼光与冷静的头脑，也培养他们的孩子具备同样的情操。有一次，琳辰小姐买了一个小领针给莎宾，上面印着"现在我们要痛击他们！"（Now We'll Thrash Them）"它在我白色衣领上闪亮亮的，让我感到很骄傲，"莎宾回忆道，"不过，中午我戴着它跟父母见面的时候，父亲说：'嗨，你戴的是什么啊？把它给我。'然后就把它没收入他的口袋。"她母亲问这是谁给的，并保证会另外给她一个更漂亮的领针。

与战争面对面的时刻终于来到，有一个表兄阵亡了，接着是另一个，还有一个表兄断了一条腿。他们的洛塔（Lothar）表兄一只眼睛被射瞎，还有一条腿被压得支离破碎；继而又有一个表兄捐躯。迪特里希和莎宾这对双胞胎在十岁前都睡在同一间卧房，他们在祷告和唱诗歌后，就躺卧在漆黑之中，开始讨论死亡和永生。他们对死亡后的永生感到好奇；不知为何，他们认为只要专心一致注意"永生"（Ewigkeit）这个字，似乎就可以得到永生。关键就是要摒除其他一切念头。"在努力集中注意力一段时间后，"莎宾说道，"我们的脑袋往往就会感到一阵晕眩。我们意志坚定地练习了好长一段时间。"

战事开启，食物也逐渐稀少，即使家境相当优渥的朋霍费尔家，也开始担心饥饿。迪特里希对于取得食物特别足智多谋，他非常热中于找寻食物补给，连他父亲都称赞他的技巧称得上是"包打听和食物探子"。他甚至用自己存的钱买了一只母鸡，他渴望尽一份自己的力量，这也多少关系到他与哥哥之间的较劲。年纪比他大（分别大五、六和七岁）的哥哥们都很机灵，姐姐们也一样，但有一点是他们都比不上的，那就是音乐天分。

迪特里希在八岁的时候开始学钢琴。家里的孩子都在学钢琴，但其他孩子没有表现出这么高的才华。他读谱的能力非常惊人，成绩非常优秀，因此认真地思考以钢琴为毕生志业。他在十岁的时候就能弹奏莫扎特的奏鸣曲。在柏林有无数欣赏顶尖音乐会的机会，他在十一岁时聆听过由尼基什（Arthur Nikisch）指挥柏林爱乐交响乐团演奏的贝多芬第九交响曲，并且写信告诉他祖母这件事，后来，他还曾经自己编曲与作曲。他喜欢舒伯特写的《小河摇篮曲》①，而且在十四岁的时候还把它改编为三重奏；同一年他又把自己对《诗篇》42：6"我的心在我里面忧闷"这句经文的感动谱成奏鸣曲。尽管他最后选择神学而非音乐，但对音乐的热爱终其一生都未曾稍减。音乐成为他表达信仰的重要环节，而他也教导他的学生欣赏音乐，让音乐同样成为表达他们信仰的主要方式。

朋霍费尔家是非常热爱音乐的家族，因此每星期六傍晚的家庭音乐时间，就成为朋霍费尔最初接受音乐熏陶的主要场合。他妹妹苏珊还记得：

> 我们在七点半进晚餐，用完饭后就到画室去。通常是由家中男孩的三重奏开场：卡尔-费德里希弹钢琴，华特拉小提琴，克劳斯拉大提琴。然后我母亲演唱歌曲的时候，就由"霍恩臣"（Hörnchen）② 伴唱。凡是在本周上过课的孩子都要在那晚表演一段节目。莎宾表演她学的小提琴，而两个姐姐则表演二重唱以及舒伯特、勃拉姆斯和贝多芬的艺术歌曲。迪特里希弹钢琴的技巧远超过卡尔-费德里希。[11]

根据莎宾的记忆，身为伴奏者的迪特里希特别灵敏又宽厚，"总是急着想要掩饰其他表演者的失误，让他们免于尴尬"。他未来的嫂子艾米·德尔布吕克（Emmi Delbrück）也常有类似的经验。

---

① * 《小河摇篮曲》(Gute Rue) 出自《美丽的磨坊少女》(*Die Schone Millerin*) 歌曲集。
② * 有时候他们用这个别名称呼他们的保姆玛丽亚·霍恩。

我们在表演时,迪特里希弹的钢琴能让我们井然有序。我记得他总是知道我们每个人的进度,他绝对不会只顾着弹自己的钢琴;从一开始他就聆听整体表演的进程。如果大提琴需要比较长的时间转调,或者转拍,那么他就会低着头等,不会表现出不耐烦的样子。他天生就懂得礼貌。[12]

迪特里希尤其喜欢在母亲唱盖勒特(Gellert)作词、贝多芬谱曲的诗歌时为她伴奏,在每个圣诞夜时,也会为她演唱哥尼流(Cornelius)的艺术歌曲担任伴奏。家庭的周六音乐夜持续许多年,也不断邀请新朋友参加。他们的交友圈总是持续扩展。他们也会在生日和其他的特殊日子举行特别表演或者音乐会,他们最后一次团体表演是在1943年3月下旬,为庆祝父亲卡尔·朋霍费尔七十五岁大寿,已经相当庞大的家族在迪特里希指挥与钢琴伴奏下,演出瓦尔哈(Walcha)的清唱剧《赞美主》(Lobe den Herrn)。

格鲁尼沃尔德

1916年3月,战争持续进行中,他们全家从布肯纳街搬到柏林格鲁尼沃尔德(Grünewald)的一栋住屋,这也是一个高级小区,柏林许多杰出的教授都住在这个区域。朋霍费尔家逐渐跟他们中的许多人熟识起来,小孩子们也经常玩在一起,后来还互相爱慕而结婚。

就跟格鲁尼沃尔德的其他住宅一样,朋霍费尔家位于瓦根罕街(Wangenheimstrasse)14号的房子也是座深宅大院,花园和庭院加起来整整有一英亩。他们选择这个地点的原因很可能就是庭园宽敞;在战争期间,父母亲加上八个孩子,当中还有三个男孩正值青少年,食物总是不够吃,因此,他们不但开垦种植许多菜圃,甚至自己养鸡和羊。

他们家中随处可见各种艺术宝藏和传家宝。起居室墙上并排挂着朋霍费尔列祖的油画肖像,一旁还有意大利艺术家皮拉内西

(Piranesi)的铜版画；他们外曾祖父斯坦尼洛斯伯爵的巨幅风景画也挂在墙上，餐厅中最抢眼的庞大餐具柜就是他设计的，足足有八尺高，外观看起来像是希腊神殿，不但有镶板，还有许多雕饰，另有两根支柱，撑着一个锯齿状的三角楣饰。迪特里希会想办法爬上这个传家宝，从这座独立的堡垒向下窥视在宽敞的餐厅中来来往往的人群，整个餐厅能够容纳二十人，而且餐厅的拼花地板每天都擦得雪亮。在餐厅的一个角落陈列着一尊他们家族杰出的先祖神学家卡尔·奥古斯特的半身像，底下基座的雕饰非常精美，还可以打开放置调味罐。既然这橱柜是他们母亲的祖父所设计，因此这个基座橱柜就被称为"大老爹"。

　　朋霍费尔的童年似乎有点类似二十世纪初瑞典画家卡尔·拉森(Carl Larsson)的绘画，也像是英格玛·伯格曼(Ingmar Bergman)的电影《芬尼与亚历山大》(*Fanny and Alexander*)，但没有那种抑郁不祥的氛围。朋霍费尔家可说是十分罕见的家庭：一个真正快乐的家庭，而他们井然有序的生活周复一周、月复一月、年复一年，每个星期六的傍晚音乐会和庆生会以及各种节庆都是如此。迪特里希在1917年罹患盲肠炎，后来接受盲肠切除手术，但这只引起小小的波折，也没让人烦心。就跟平常一样，母亲葆拉·朋霍费尔安排的年度圣诞节庆典都非常华丽，节目包括朗诵圣经经文与唱赞美诗，一切都安排得非常得宜，即使对信仰不太有兴趣的人也能感受到节日的气氛。莎宾记得：

　　　　降临节主日我们会跟母亲一起围在长长的餐桌旁边唱圣诞诗歌；爸爸也会加入我们，并且朗读安徒生的童话……而圣诞夜是以圣诞节的故事揭开序幕。全家人会坐成一个圆圈，女仆也穿着围裙跟我们坐在一起，气氛隆重，但也充满期待，直到我们母亲开始朗读……她以沉稳、圆润的音调朗读圣诞节的故事，而且她总是会吟唱诗歌"这是上帝所造的日子"……灯光在这时候全部熄灭，然后我们会在黑暗中唱圣诞诗歌，直到我们的父亲悄悄地溜出去，点亮马槽和圣诞树上的蜡烛。铃声在这个时候会响起来,接着我们三个最小的孩子会率先进入圣诞房间,到圣诞树旁的蜡烛前,站在那里快乐地唱着:"圣诞树是最可爱的树。"要等到这个时候,我们才能看到自己的圣诞礼物。[13]

战争临头

战争继续进行,朋霍费尔家听到亲友伤亡的消息也随之增多。家中最大的两个儿子卡尔-费德里希和华特出生于 1899 年,在 1917 年就会被征召,如今他们将要上战场了。尽管他们父母不费吹灰之力,就可以动用关系让他们免于到前线服役,但他们不愿意这么做。德国最需要的就是步兵,而这就是他们被征召的兵种。就某一方面来说,这样的勇气已经预告了二十年后,他们在下一次大战将面对的遭遇。朋霍费尔家教育自己的子女要做正确的事情,因此当他们表现出无私又勇敢的行为时,没有人能劝退他们。1945年卡尔·朋霍费尔在得知自己两个儿子迪特里希和克劳斯,以及两个女婿的死讯后,在写给一位同事的信中,一段非比寻常的话语,透露出朋霍费尔家对两次战争的观点:"我们感到悲伤,但也感到骄傲。"

朋霍费尔家的两个年轻孩子在完成基本训练后,就被送到前线,卡尔-费德里希还真的把自己的物理课本也带在身边。战争一爆发的时候,华特就已经开始为这个时刻做准备,背着沉重的背包长途健行来锻炼自己的体力。对德国来说,那一年都还算顺利,事实上,德国人非常自信,德皇还在 1918 年 3 月 24 日宣布当天为国定假日。

1918 年 4 月是华特接受征召从军的日子。正如他们在过去以及二十五年后为他们孙辈所做的一样,他们为华特举行了一场送别晚餐会。这个大家庭的所有成员都聚集在大餐桌边,赠送亲手做的礼物,朗诵诗词并且高唱惜别歌。当时十二岁的迪特里希不但改编了一首乐曲《现在,我们终于要祝你一帆风顺》,并且自己弹钢琴伴奏唱给他哥哥听。隔天早晨他们陪着华特一起到车站,而当火车逐渐开动的时候,葆拉·朋霍费尔追在火车旁边跑,告诉她仍然一脸稚气的儿子说:"我们只是在空间上相互分离而已。"两个星期后,华特在法国被炮弹碎片击中,伤重身亡,他的死改变了一切。

"我仍然记得那是 5 月的一个明亮的早晨,"莎宾写道:

> 一阵可怕的阴影突然袭来,把噩耗带给我们。父亲正要出门开车到诊所上班,而我才刚要踏出家门上学。当一个信差连送两封电报给我们家的时候,我就呆站在穿堂,我看到父亲赶忙打开信封,整张脸变得惨白,走进他的书房然后埋坐在书桌后的椅子里,弯下腰来用两只手臂撑着头,两只手掌则掩着他的脸……一会儿后,我从半掩的门缝看到父亲握着扶手(不像平常那么轻松),走上宽敞舒适的楼梯,到母亲所在的卧房。他留在卧房好几个小时。[14]

华特在 4 月 23 日被炸弹碎片击中受伤,医生认为伤势不严重,因此写信向家属报平安。但是后来他的伤口开始发炎,病况恶化,华特在临终前三小时,口述一封信给父母:

> 亲爱的爸妈:
>
> 我今天接受第二次手术,我不得不老实说,这次手术远不如第一次手术,因为这次取出的是更深层的碎片。我在手术后必须注射两剂樟脑酮,各相隔一段时间,不过我盼望整个疗程就到此为止。我会在脑海中想其他的事情,好让自己不要想到疼痛。世界上有的是比我的伤口更有趣的事情。凯默尔山(Mount Kemmel)战役及其后续发展,和今天攻陷伊珀尔(Ypres)的新闻,都让我们感到非常有希望。但我不敢想起我那遭遇凄惨的部队,过去几天的伤亡实在惨重。家中其他在军中的兄弟的情形怎么样?亲爱的爸妈,我日日夜夜时时刻刻都想念你们。
>
> 你们在远方的儿子
>
> 华特[15]

后来，家中还接到华特过世前几天写的几封信，表示他非常希望他们能够去探视他。"即使到现在，"他父亲在多年后写道，"尽管曾经接到好几封电报，再三明确表示没有这个必要，但我每次想到这件事，都会责备自己没有马上到他身边。"他们后来才知道华特的顶头上司非常没有经验，因此糊里糊涂地把麾下所有士兵全都送上前线。

5月初的时候，一位在总参谋部任职的亲戚护送华特的遗体回家。莎宾还记得那场在春天举行的丧礼，"灵车和马匹都装饰成黑色，所有的花圈都是白色，而我满脸苍白的母亲在头上蒙着一块宽松的黑色头纱……父亲、亲戚和许许多多的朋友都穿着黑服往教堂走去。"迪特里希的表弟汉斯-克里斯托夫回忆道："年幼的男孩和女孩都不断地哭泣。而他的母亲，我从来没有看过她哭得那么伤心。"

对迪特里希来说，华特的死是一个转折点。追思礼拜上唱的第一首诗歌就是《耶路撒冷，美丽高贵的圣城》（Jerusalem, du Hochgebaute Stadt），迪特里希唱得嘹亮又清脆，正符合他母亲向来对家人的期望；而她也从歌词中汲取力量，歌词诉说的是基督徒心中对圣城的渴望，上帝在圣城中等待我们，并且会安慰我们"抹去每一滴眼泪"。对迪特里希来说，歌词不但豪气冲霄并且意义深远：

> 列祖先知众典范，
> 基督门徒紧追随。
> 扛起十架往前行，
> 世人畏惧我独行。
> 众圣荣光永照耀，
> 明亮耀眼胜日头。
> 灿烂恒久无熄日，
> 完全自由任我行。

在追思礼拜上证道的是迪特里希的舅舅汉斯·冯·哈泽（Hans von Hasse）。他引用保罗·格哈特（Paul Gerhardt）的圣诗表示，相较于与上帝同在充满喜悦的永恒,眼前这个充满痛苦与忧愁的世界只是一瞬间。追思礼拜的结尾,华特的长官抬着他的棺木步出教堂的时候,小号吹着他母亲葆拉·朋霍费尔挑选的诗歌:《全听主旨意》(Was Gott tut,das ist Wohlgetan)。莎宾记得小号吹着这熟悉的清唱剧,及随后对她母亲选择的歌词感到赞叹:

> 凡上帝所为皆圆满,
> 他的旨意永远公正。
> 凡他为我所定旨意,
> 我必永远信靠倚赖。

葆拉·朋霍费尔对这种情操非常认真。不过,爱子华特的死还是让她惊愕不已。在这段痛苦的期间,卡尔-费德里希仍然在步兵服役,家人对极有可能同样会失去这另一个儿子的想法都心照不宣,而这更令做母亲的她备感伤痛。接着是十七岁的克劳斯被征召。这实在太沉重了。她终于崩溃。有好几个星期她都无法下床,因此就住在近邻薛恩(Schönes)家。这位非常精明能干又坚强的女士,即使在回到自己家后,还是有一年的时间无法操持日常家务。好几年后她才逐渐恢复原貌。在这段期间,卡尔·朋霍费尔成为家庭的支柱,但是他也要到十年以后才能再度提笔写下按照以往惯例的年度新年日记。

我们能有的迪特里希·朋霍费尔最早的亲笔文书,是他在华特过世几个月前写的一封信。当时是他以及双胞胎妹妹莎宾十二岁生日的前几天。华特还没有到前线,但是已经离家接受军事训练。

亲爱的祖母:
请在 2 月 1 日来,这样我们过生日的时候你就已经在这里了。如果你真的能在这里,那就太好了。请马上就决定,并且在 1 日来……卡尔-费德里希现在比较常写信给我们。最近他在信中告诉我们,他赢得全连初级军官比赛第一名。奖金是五马克。

华特会在星期日回家。今天有人送我们十七条波罗的海博尔滕哈根（Boltenhagen）出产的上等比目鱼，我们晚餐就会吃这些鱼。[16]

博尔滕哈根是位于波罗的海的海滨度假中心，迪特里希、莎宾和苏珊有时候会跟霍恩姐妹一起到那里去。他们的邻居，也就是薛恩家，在那里有一栋度假屋舍。

1918年，迪特里希在华特过世后几星期，跟霍恩姐妹一起被送到那里。他可以在那里暂时离开郁闷阴沉的瓦根罕街；他可以自在地玩耍，像个小男孩一般。我们手边拥有他的第二封亲笔信，是他在这段期间写给姐姐乌苏拉的：

星期日，我们7点半就起床了。我们先吃早餐……之后我们跑到海滩去，然后建造我们自己的美丽沙堡；接着，我们围着柳条海滩椅堆了一道城墙；然后我们开始建筑城堡。就在我们离开它去吃晚餐以及喝茶的四五个小时期间，海浪把它冲刷得不见踪影，不过我们把旗标带在身边。喝完茶后，我们又回到海边挖掘水道……然后天就下雨了，于是我们就去看库尔曼先生挤牛奶。[17]

另一封写给他祖母的信（邮戳是7月3日）中，他在字里行间透露出同样兴奋的情绪，但即使在这个由沙堡和战争想象堆砌成的孩童世界，也无法阻挡外面那个死亡世界的入侵。他在信中述说有两架飞机翱翔天际，其中一架突然向地面栽落：

我们立刻看到地面冒起一阵浓浓的黑烟，而我们知道这表示飞机坠地了！……有人说飞行员全身着火，另一个人则跳伞成功，只有手受伤。后来他到我们这里来，而我们看到他的眉毛都被烧光了……几天前（星期日）的下午，我们睡在沙堡里面，每个人都晒伤了……我们每天都得睡午觉。另外有两个男孩也来

了,一个十岁,另一个十四岁,还有一个犹太小男孩也在这里
……昨晚探照灯又大放光明,当然是因为飞行员的缘故……明
天,也是最后一天,我们还计划要用橡树叶为华特的坟墓做一个
花环。[18]

迪特里希在9月跟表亲哈泽家在距离布雷斯劳东方约四十英里
的瓦尔道(Waldau)会合。汉斯舅舅——葆拉·朋霍费尔的哥哥,是
当地利格尼茨(Liegnitz)教区的教长,住在牧师寓所。迪特里希因此
能够认识属于母亲家族的亲戚,对母亲家族来说,担任牧师与神学家
就跟朋霍费尔家族成为科学家一样司空见惯。迪特里希跟表弟汉斯-
克里斯托夫一起度过许多假期,汉斯也被叫作汉森(Hänschen),比迪
特里希小一岁。他们在成年后依旧非常亲密,而且汉斯在1933年
——也就是在迪特里希之后三年——追随他的脚步成为协和神学院
(Union Theological Seminary)的斯隆学者(Sloane Fellow)。在瓦尔
道的那个9月期间,这两个男孩一起学习拉丁文。但是在迪特里希写
给其他手足的信中,却透露出他对其他事情更感兴奋:

> 我不记得是否写信告诉过你们关于发现鹌鹑蛋的事情,其
> 中四个蛋已经孵出来了,我们必须帮助另外两只,因为它们自己
> 出不来。我们用来帮忙孵蛋的母鸡不教小鹌鹑如何进食,我们
> 也不知道要如何教。我现在为汉森帮忙把动物赶进来的次数
> 逐渐增加,我总是一马当先,这表示我会把动物赶到需要装车的
> 干草捆那里,我现在也可以驾马车走好长一段路,还可以转几个
> 弯呢。昨天我和克拉申(Klärchen)一起骑马,感觉非常好。我们
> 常在这里捡谷穗,而且已经得心应手了,因此捡的数量非常多。
> 我今天还想去打谷,让穗子穿过脱壳机……可惜的是,水果收成
> 不太好……今天下午我们想到湖上划船。[19]

他一直脱离不了男孩好玩的性情——成年后,即使面临风险依
旧不改这性情——但他也始终明显表现出严肃与认真的一面。华特

的死以及德国战败的可能性渐增,使得他严肃认真的一面越发显现。他大约就是在这个时期开始考虑从事神学研究。在战争将近结束的时候,也就是德国因为经济恶化而显得苟延残喘之际,他依然带头收集食物。他在月底写给父母的信中说:

> 昨天我们带着我收集的落穗去碾成粉,结果比我预期的多出十到十五磅,这跟碾的粗细有关……这里的天气非常宜人,几乎整天都有太阳。未来几天我们要采收马铃薯……我每天都跟汉森和汉斯舅舅一起学习翻译拉丁文。亲爱的妈妈,既然卡尔-费德里希不服役了,现在你会去布雷斯劳吗?[20]

德国战败

如果 1918 年可以被视为迪特里希·朋霍费尔脱离孩提时期的一年,那么也可以被视为德国脱离孩提的一年。莎宾称呼战前的时代是一个"由特别体系主导的时代,一个在我们眼中根基稳固足以永远常存的体系,一个弥漫着基督教义的体系,我们可以在其中平安稳定地度过童年。"1918 年改变了这一切。代表教会和国家的最高权威,同时也以其象征地位代表德国和德国民众生活方式的德皇被迫退位,这一切让人惊愕不已。

德国在 8 月份发动的最后一波攻击失败后,事情的发展逐渐明朗,此后,每况愈下的局势超乎所有人的想象。许多德国士兵逐渐感到不满,转而背叛他们的指挥官。士兵又疲惫又饥饿,加上对带领他们陷入目前惨境的政权愤怒高涨,遂而逐渐接受在他们当中已经流传一段时间的想法。共产主义依旧响亮新鲜——斯大林的暴行和古拉格群岛要到数十年后才会发生——而这重新燃起他们的希望,并找寻到代罪羔羊。罗莎·卢森堡(Rosa Luxemburg)发行的《斯巴达克斯通讯》(*Spartacus Letters*)四处流传,更进一步挑起士兵不满的情绪,鼓吹如果混乱的局势还有一丝希望的话,他们就应该揭竿起义。俄国军队不是起而反叛他们的指挥官吗？不久之后，德国士兵推选出他们自己的代表，并且公开宣称他们不再信任旧政权和德皇。

梦魇终于在11月成真：德国战败。紧接着发生的是史无前例的动乱。仅仅几个月之前他们还认为光明的胜利即将到来。这是怎么回事？许多人都责怪共产党在关键时刻于军中散布不满的种子。这就是著名的"背后插刀"（Dolchstoss）传言的来源。传言表示战场上真正的敌人不是协约国，而是亲共产党、亲布尔什维克派的德国人，那些人从内部摧毁德国战胜的机会，那些就是"背后插刀"的人。那些人的背叛比德国在所有战场上面对的敌人还阴险，因此，一定要将他们绳之以法。这种"背后插刀"的思想在战后越演越烈，而特别欢迎这个想法的就是新兴的国家社会主义党及其首脑希特勒，他决心要严惩犯下这种恶行的共产党叛徒。他极为成功地搧动起这个观念，并逐渐宣传布尔什维克派其实就是国际犹太民族（international Jewry），而犹太人和共产党就是毁灭德国的元凶。

1918年底共产党发动政变的危机似乎一触即发，每个德国人对前一年发生在俄国的事件都记忆犹新，执政领袖必须不计代价，避免同样的惨事在德国上演，并坚信只要推翻旧德皇，德国就能借着另一种形式，也就是民主政体，延续下去。这种做法需要付出极高的代价，但别无选择：德皇必须下位。此举不但顺应百姓的呼声，也符合协约国的要求。

这个最恶劣的工作就在11月份落到受众人爱戴的冯·兴登堡（von Hindenburg）总统身上，他必须前往最高司令部说服德皇威廉（Wilhelm）结束德国的君主制度。

对主张君主制度的兴登堡来说，这是一个既诡异又伤感的使命。不过，为了整个国家的未来，他还是前往比利时的斯巴市（Spa）把划时代的最后通牒递交给德皇。会议结束后，兴登堡离开会议厅时，一位来自格鲁尼沃尔德的十七岁勤务兵就站在走廊上，这个勤务兵就是克劳斯·朋霍费尔，他绝对不会忘记魁梧的兴登堡跟他擦身而过的那一刻。华特死后，卡尔-费德里希仍然在步兵服役，也难怪朋霍费尔夫妇会想办法让家中最年轻的军人调离作战部队，结果他被调派到斯巴市，在那一天目睹了历史的发展。他后来描绘当时心情激荡的兴登堡，"脸庞和举止都僵硬得像座雕像"。

德皇眼见自己别无选择，于是在 11 月 9 日宣布退位。转眼间，过去五十年的德国就消失得无影无踪。但包围柏林的暴民依旧不满足，空气中弥漫着革命的气息。极左的斯巴达克斯党，以罗莎·卢森堡和卡尔·李卜克内西（Karl Liebknecht）为首，占领了德皇的宫殿，随即预备宣布成立苏维埃政权。社会民主党在德国众议院虽然占有多数席位，但这一切随时都可能不保，皇家法院窗外的愤怒群众呼喊求变，他们不但有所要求，而且能顺利得到任何要求。把政治谨慎抛在脑后，只想随便敷衍户外大批群众的菲利普·谢德曼①推开巨大的窗户，在没有得到任何特别授权的情形下，宣布成立德意志共和国！整件事就这样定案。

但事情并不这么简单。魏玛共和国是在仓促中宣布成立的，对任何民主政权来说，这都是糟糕透顶的开始，是一个让各方都不满意的妥协。此举不但无法修补德国政坛的裂缝，反而粉饰太平，并在未来引发出更严重的问题。大家呼吁右翼的保皇派和军方要支持新政府，但二者始终不从，他们反而跟新政府保持距离，并把战争失败归咎于新政府以及所有左翼团体，尤其是共产党和犹太人。

同一时间，在同一条街相距不到一英里远的地方，共产党已经占据皇宫（Stadtschloss），而且没有放弃的打算，他们仍然想要建立一个彻底的苏维埃共和国，就在谢德曼于众议院窗口宣布成立"德意志共和国"后两个小时，李卜克内西推开皇宫的一扇窗户宣布成立"自由社会主义共和国"！一场大灾难就以这种幼稚的方式，透过两栋古老建筑敞开的窗户揭开序幕。为期四个月的内战，也就是所谓德意志革命（German Revolution），就此爆发。

最后是由军队击退共产党，并杀掉卢森堡和李卜克内西而恢复和平。1919 年 1 月举行了一场选举，但没有一方获得多数选票，也没

---

① 菲利普·谢德曼（Philipp Scheidmann，1865～1939），当时的德国政治家。

有达成共识，各方势力继续对抗许多年，德国仍然处于分裂与混乱的状态。直到 1933 年，一位偏激的奥地利无赖禁止所有异议，才结束了混乱的局势，孰不知真正的灾难这才开始。

随着 1919 年春天的消逝，正当每个人都认为局势已经复原到可以安居的地步时，最羞辱与最沉重的打击却迎面而来。那年 5 月，协约国公布他们提出的和谈条件，并选择在传说中的凡尔赛宫镜厅（Hall of Mirrors）签署合约。德国人为此震惊不已，他们以为最糟糕的时期已经过去了。他们不是已经满足协约国所有要求了吗？他们不是已经把德皇赶下台了吗？而且他们不是已经粉碎了共产党吗？在他们解决右派与左派之后，不是已经建立了一个中立的民主政府，就跟美国、英国、法国和瑞士的政府没有两样了吗？还能再多要求他们什么呢？结果是要求得更多。

合约指明德国必须放弃在法国、比利时和丹麦的领地，以及在亚洲和非洲的殖民地；还要用黄金、船舶、木材、煤矿和牲畜来抵偿巨额赔款；另外还有三项特别让人无法忍受的要求：首先，德国必须割舍大部分的波兰领土，而让东普鲁士跟其他国家隔绝；其次，德国必须正式单独为战争负责；第三，德国必须解除所有军备。这些要求个别看起来就已经很刻薄，整体看来更超乎任何人的想象。

社会各阶层都发出无法忍受的吼声——这等于是宣判德国死刑，且是预料中的事。但当时别无他途，只能接受事实以及伴随而来的奇耻大辱。推开众议院窗户并愚昧地宣布成立德意志共和国的谢德曼，在当时发出咒诅："愿签下这条约的手干枯萎缩！"但条约还是如期签订。

仅仅一年前，认为胜利指日可待的德国人刚击败苏俄，他们不是也逼迫俄国人签订一份几乎比目前这份条约还苛刻的条约吗？他们当时的无情难道不比现在遭遇的对待更冷酷吗？狗急了也会跳墙，而这些冤冤相报的恶斗，如今就像风一样蔓延开来，越吹越猛。

朋霍费尔家跟其他德国家庭一样，紧紧盯着局势的发展。他们家距离柏林市中心仅数英里之遥，因此无可避免被混乱的局势波及。一天，共产党和政府军部队在离朋霍费尔家仅半英里远的哈伦塞

(Halensee)火车站爆发激战。迪特里希用普通十三岁男孩的激动口吻,写信给祖母说:

> 其实并不太危险,但因为发生在晚上,所以我们都能听得很清楚。战斗持续大约一小时,然后那些家伙就撤退了。他们在早上六点又卷土重来,但惨遭迎头痛击。我们在这天早上还听到炮击声,但不知道炮击的来源。炮声再次响起的时候,听起来似乎已经非常遥远。[21]

不过,迪特里希更关心的还是家人。她母亲仍然为华特的死而伤恸不已。1918 年 12 月他写信给祖母:"妈妈现在好多了。每当早晨的时候,她还是会感到很虚弱,但到中午时,她又逐渐硬朗。令人难过的是,她还是几乎不吃一口饭。"一个月后,他信中又写道:"目前为止,妈妈已经感觉相当好……她曾经到对街的薛恩家居住一段时间,从那时候起,她就好转得非常快。"

迪特里希在那年从费德里弗特小学毕业,并注册就读私立格鲁尼沃尔德预科学校(Grunewald Gymnasium),他已经立志要成为神学家,但他还不想透露这件事。十三岁是从孩童转变为成人的重要阶段,而他父母为他和莎宾注册舞蹈课程来庆祝这件事,也让他和莎宾在除夕夜跟大人一起守岁:

> 大约 11 点钟的时候所有灯光都熄灭了,我们喝着热潘趣酒(hot punch),然后重新点亮圣诞树上的蜡烛,这些都是我们家庭的传统。现在我们全都坐在一起,母亲会朗诵《诗篇》90 篇:"主啊! 你世世代代作我们的居所。"随着蜡烛烧短,圣诞树的影子逐渐变长,旧的一年也渐渐消逝,这时我们会唱保罗·格哈特(Paul Gerhard)写的除夕赞美诗:"我们要唱诗祷告,站在我们主的面前,他是我们生命的力量。"当最后一节歌词结束的时候,教堂的钟声就会响起迎接新年。[22]

033

格鲁尼沃尔德预科学校的社交界对孩子们来说特别丰富,从十一岁的苏珊到二十一岁的卡尔-费德里希都这样认为。迄今还没有一个孩子结婚,但他们有许多玩伴。后来嫁给克劳斯的艾米记得:

> 我们举行过精心设计又充满创意的聚会和舞会,还曾在湖上滑冰直到天黑;两个哥哥在冰上表演华尔兹和花样溜冰,展现出迷人的优雅仪态。夏夜的时候,我们会在格鲁尼沃尔德散步,每次都有四、五个杜南伊(Dohnanyis)家、德尔布吕克(Delbrücks)家和朋霍费尔家的孩子。当然,偶尔也会有一些传言和琐事,但这些事情一下子就会过去。当时大家都风度翩翩,注重品味,对各种知识充满兴趣,现在想起来,那段年少时期真是一份福气,同时又要肩负起重责大任,我们每个人或多或少都有这种感受。[23]

朋霍费尔选择神学

直到 1920 年,也就是朋霍费尔年满十四的时候,他才做好心理准备,把预备成为神学家的决定告诉大家。必须要有非常大的胆量与勇气,才能在朋霍费尔家宣布这种事情,父亲即使不赞成,也表现出尊重与诚挚的态度,但是兄弟姐妹和他们的朋友就不一样了。他们是一个优秀的团体,每个人都非常聪明,而且大多数都毫不掩饰,甚至常常语带讥讽地嘲笑这个趾高气昂的小兄弟的想法,他们总是想办法捉弄他,而且用比他的志向更不足道的事情为难他。大约在他十一岁的时候,因为读错一个席勒作品的剧名而引起哄堂大笑,他们都认为那个年纪的学生,本来就应该熟读席勒作品。

艾米·朋霍费尔记得当时的气氛:

> 他[迪特里希]在举止和态度上保持相当的距离,但不至于冷酷,感兴趣但不至于好奇——这大概就是他的脾性……他受

不了空谈吹嘘。他总能够准确地感觉出对方是否言不由衷。朋霍费尔家每个人都对矫饰与虚假非常反感,我想这是他们的本性,而且在经过家庭的调教后就更加敏感,即使些微的迹象都令他们感到不安,让他们难以忍受,甚至嫉之如仇。我们德尔布吕克家的人不愿意说一些芝麻琐事,但朋霍费尔家的人却不愿意说任何有趣的话题,因为担心说出来之后其实并没那么有趣,反而会被其他人嘲笑。他们父亲的嘲笑可能会让性情温和的人感到伤心,但是会让个性坚韧的人更加敏锐……朋霍费尔家的小孩都学会在三思后才开口发问或者表达意见。看到他们父亲怀疑地扬起眉毛会让人感到难堪,如果他脸上同时还带着亲切的微笑,就会让人松一口气;不过要是他脸上的表情一直很严肃,绝对会让人感到惶恐。然而,他从来不曾刻意让人感到惶恐,而且每个人都明白这点。[24]

艾米也记得在朋霍费尔宣布他要钻研神学之后,他们就连番问他许多问题:

> 我们喜欢问他一些自己感到不解的问题,例如恶是否真的不敌善,耶稣是否会要我们转另一侧的脸颊给傲慢的人打④,以及其他几百个让年轻人在面对现实生活时会不知所措的问题。迪特里希往往不会直接回答,而是提出另一个问题,反倒让我们必须更进一步思考,例如,"你认为耶稣主张君主制度吗?他带着鞭子进入圣殿不就是要赶出兑换钱币的人吗?"②* 他自己反而成了发问的人。[25]

迪特里希的哥哥克劳斯选择以律师为业,后来成为德国航空公司(Lufthansa)的首席律师。一回在争辩迪特里希研读神学的时候,

---

①* 参见《马太福音》5:39。
②* 参见《约翰福音》2:15。

克劳斯针对教会本身尖锐地表示，教会是一个"粗糙、薄弱、单调、狭隘的中产阶级体制"。"真是这样的话，"迪特里希说，"我就必须改革它！"这番话的主要用意是要严厉反驳他哥哥的攻讦，而且可能也是在说笑，因为这个家庭的人都不会大放厥词。话说回来，他之后在这方面的作为，是任何人始料未及的。

他的哥哥卡尔-费德里希对迪特里希的决定最感不悦。卡尔-费德里希当时已经是一个杰出的科学家，他觉得迪特里希的决定是想要规避经得起科学检证的现实，遁入形而上的迷雾当中。他们有一次在辩论这个主题的时候，迪特里希说："Dass es einen Gott gibt, dafür lass ich mir den Kopf abschlagen."似乎是在说："就算你把我的脑袋拧下来，上帝还是存在。"

当朋霍费尔到图宾根探望祖母时，他所相识的友人冯·拉德(Gerhard von Rad)回想道："就当时来说，一个年轻的知识精英居然决心研读神学，实在非常罕见。神学研究以及神学家这个行业并不太受社会的重视，当时的社会依旧阶层分明，不论就学术界或者一般大众来说，大学里的神学家都是相当孤寂。"

尽管朋霍费尔家不常上教会，但所有子女都接受过坚信洗礼。迪特里希和莎宾在十四岁的时候，曾参加格鲁尼沃尔德教会赫曼·普里彼(Hermann Priebe)牧师的坚信洗礼班。迪特里希在1921年接受坚信洗礼时，妈妈葆拉·朋霍费尔把哥哥华特的圣经送给他，自此之后，他一生每天灵修所用的就是这本圣经。

迪特里希要成为神学家的决心非常坚定，但他父母却不认为这是他一生最好的道路。他拥有非常杰出的音乐天分，因此他们觉得他还是有可能会转向音乐发展。当时著名的钢琴家克罗泽(Leonid Kreutzer)④正在柏林音乐学院授课，朋霍费尔夫妇安排迪特里希在他面前演奏，然后听取他的意见。克罗泽的评语并不明确。不论如何，那年稍后，迪特里希在学校还是以希伯来文作为他的选修课程，

＊ 克罗泽是德裔犹太人，后来成为纳粹党，尤其是罗森堡(Alfred Rosenberg)眼中的"文化
① 敌人"，1933年被迫移民美国。

这可能是因为他钻研神学决心已定。

朋霍费尔在 1921 年 11 月，也就是他十五岁那年，参加生平的第一场布道会。救世军的布拉姆韦尔·博特（Bramwell Booth）将军在战前就已经在德国服事，而他在 1919 年因为听到德国深陷苦难的消息，尤其是饥饿儿童的处境，于是想办法绕过官方渠道发放牛奶，他还捐献五千英镑给救灾工作。

两年后，布拉姆韦尔到柏林主持一连串的布道会，出席人数超过数千人，其中有许多是曾遭受战争蹂躏的士兵。莎宾回忆说："迪特里希急于参与其中。他是当中最年轻的一个，但兴致非常高昂。他难忘布拉姆韦尔脸上所散发出的喜悦，他向我们叙述许多人因为受到布拉姆韦尔感召而兴奋不已，并决志信主的情形。"他深深被这一切所吸引，但直等到十年之后，他参加纽约市阿比西尼亚浸信会（Abyssinian Baptist Church）的聚会时，才再次看到类似的情景。

魏玛共和国初期的动荡远未消散，尤其在柏林。在朋霍费尔十六岁的时候，这种感觉尤其明显，他在 1922 年 6 月 25 日写给莎宾的信中提到："我在第三节课结束后抵达学校，刚到学校就听到校园传来一阵不寻常的爆裂声——拉特瑙遇刺，地点离我们学校几乎不到三百英尺！右派布尔什维克真是一群无赖！……这在柏林掀起大众疯狂激动又愤怒的反应，他们在众议院里拳脚相向。"

华特·拉特瑙（Walther Rathenau）是政治立场温和的犹太人，曾经担任德国外交部长，他认为德国应该按照凡尔赛条约偿付战争赔款，同时努力重新谈判。右派人士因为蔑视他的看法以及他的犹太身世，于是在当天派遣满满一车带着机关枪的刺客，要在他前往威廉街办公室的半路上刺杀他，这里离朋霍费尔的学校很近。希特勒在十一年后夺得政权，宣布这些杀手为德国的国家英雄；又将 6 月 24 日定为国定假日，纪念这些人的暴行。

朋霍费尔的同学奥尔登（Peter Olden）回忆起他们在课堂上听到枪声的情景："我还记得我朋友朋霍费尔那气急败坏、怒火中烧的样子……我记得他问到，如果德国最优秀的领袖被刺杀了，那么德国的未来会是怎样？我记得这件事是因为当时我非常讶异居然有人那么清楚自己的立场。"

　　朋霍费尔成长在一个精英环境，家庭的许多朋友都是犹太人。那天早上，他的教室中就有几个出身犹太名门的孩子，当中一个就是拉特瑙的侄女。

　　几个星期后，他写信告诉父母他搭火车到图宾根的经历："有一个男士一进入车厢就开始谈论政治。他是个心胸狭隘的右派人士……他唯一忘记的就是身上所戴着的纳粹党徽。"

第 2 章

图宾根

1923 年

> 我从十三岁开始就知道自己将来要研究神学。
>
> ——迪特里希·朋霍费尔

朋霍费尔家在 1923 年发生了许多重大变化，包括子女的第一桩婚事。大女儿乌苏拉嫁给杰出的律师吕迪格·施莱歇尔（Rüdiger Schleicher）。吕迪格的父亲是卡尔·朋霍费尔在图宾根的朋友和同学，吕迪格亦出自同校，并曾加入伊格尔兄弟会（Igel fraternity），而卡尔·朋霍费尔则是杰出的前任会友。当吕迪格回到柏林探访这位知名校友的时候，认识了他未来的妻子。

玛丽亚·霍恩也在 1923 年结婚，夫婿是理查德·齐潘（Richard Czeppan），他是格鲁尼沃尔德预校深受学生爱戴的古典文学老师，而且已经融入瓦根罕街 14 号的日常生活多年。他曾经担任克劳斯的家教，经常在家庭音乐会上表演钢琴，并在 1922 年带着迪特里希到波美拉尼亚（Pomerania）徒步旅行。

同一年，卡尔-费德里希应聘为德皇威廉研究院（Kaiser Wilhelm Institute）杰出研究员，不久之后他就顺利完成原子分裂，这个成就让他和聪明又好胜的兄弟之间原本就相差很远的距离拉得更大。他在物理学界的成就使得全球的顶尖大学竞相邀请他讲学研究，他后来造访的美国也在邀请行列，并因此为迪特里希铺好几年后的道路。

迪特里希在 1923 年离开家，但这个亲密家庭中每个人的心其实都依旧凝聚在家中。几年后,克莉丝陶(Christel)①和她先生搬到家的对街;乌苏拉和吕迪格在三十年代也搬到夏洛滕堡(Charlottenburg),在她父母住家的隔壁,他们两家几乎融为一家。家庭成员经常互相往来,还经常互通电话,频繁到迪特里希的朋友都拿这件事开他玩笑。迪特里希在第二年就能从图宾根回到柏林大学就读,并且回家居住。往后二十年,他大部分的时间都跟父母住在一起,直到他在1943年被捕。然而,对整个家庭来说,他离家前往图宾根还是一桩大事。

他在4月底启程以便赶得上暑期班,跟他同行的还有克莉丝特,因为她也要到那里就学。他们的祖母茱莉·朋霍费尔住在图宾根市内卡哈德(Neckarhalde)38号,就在内卡(Neckar)河边,他们在那里的大部分时间都跟祖母住在一起。他们的父母经常来访。贝特格写道:"朋霍费尔对家人亲爱的程度,远远超过他身边的同学,而且凡事都要先向父母请教。"确实,受到家庭传统的影响,所有朋霍费尔家人的大学生涯头一年都是在图宾根度过的,卡尔-费德里希在1919年如此;克劳斯和莎宾也相继如此。克莉丝特已经在那里,而这个传统当然是从他们父亲开始建立的。

迪特里希同样追随他父亲的脚步加入伊格尔兄弟会。伊格尔兄弟会创立于1871年,跟第二帝国同年,当时正逢普法战争结束而法国战败,普鲁士带头团结德意志二十五个邦国,形成一个名为德意志帝国(German Empire)的联盟,这个帝国延续了大约五十年,在这期间是由普鲁士和霍亨索伦(Hohenzollern)王朝把持。第一任德意志皇帝是威廉一世(Wilhelm I),也就是普鲁士国王,他以同辈之首的身份和其他二十四个邦国的领袖合作共事。德皇威廉任命普鲁士王储俾斯麦(Otto von Bismarck)为总理,俾斯麦的头衔是首相,而且后来成为著名的"铁血首相"。虽然伊格尔会非常效忠第二帝国与德皇,但不像当时其他的兄弟会那样,不是亲社会主义就是亲军国主义,他们的价值观比较接近主张温和政治的朋霍费尔家,因此迪特里希在入会后轻易融入其中,然而,他却是手足中唯一入会的一个。

---

① 克莉丝陶是迪特里希的姐姐克莉丝特的昵称。——编者注

德文伊格尔(Igel)的意思是"刺猬",发音与英文的eagle(老鹰)相似。会员要戴着刺猬皮做的帽子,并选择淡灰、中灰和深灰色作为他们的代表颜色,整齐划一地把拇指放在鼻尖,表示对其他兄弟会(那些喜欢鲜艳帽子以及恶心伤疤的家伙)的轻蔑。对十九世纪和二十世纪初的德国社会来说,脸上带着因为兄弟会决斗而留下男子气的伤疤,①是非常光荣的事情。

朋霍费尔家的孩子都很沉稳,不会被这种夸张的荒诞行径所吸引;他们既不主张超国家主义,也不支持君主制度,但一般来说,他们都很爱国,因此不会排斥以维持国家尊严为特点的伊格尔会。卡尔·朋霍费尔对参加伊格尔会期间的回忆始终很美好,但不喜欢同侪间因为饮酒而形成的压力。在他那时候的伊格尔会员,大都认同中间路线的政治思想,而这正是德皇的主张以及俾斯麦的施政方针。他们那堡垒般的总部就位于能够俯瞰整个城市的山丘顶上。

多年后,一个会友还记得迪特里希是一个非常沉稳又自信的人,并不自负,"能容忍别人的批评";他也是一个"人缘好又身强体健的青年",且具有"洞烛机先以及追根究底的精神",不但"会巧妙地捉弄人,又非常幽默风趣"。

对德国来说,1923年是充满灾难的一年。两年前开始贬值的德国马克狂跌不已,在1921年跌到七十五马克兑换一美元;来年跌到四百比一;而在1923年惨跌到七千比一。但这只是一连串噩运的开端,德国因为偿付凡尔赛条约的赔款而被压得喘不过气,到1922年的时候,已经无法继续承担,因此德国政府请求延期偿付。精明老练的法国认为这只是在耍花招,因此严词拒绝;但这不是花招,因而德国不久后就违约。法国随即派遣部队占领了德国的工业中心鲁尔区

---

* 这样得到的伤疤被称为"耀眼的疤痕"(bragging scar)。这类决斗不是真正的对决,而是一场刻意安排的刺剑比赛,也就是拿着剑的双方站在对方伸手所及的范围内互相对刺。躯干和四肢都会受到重重保护,但脸部则没有保护,这种无聊比赛的重点在于留下疤痕证明参赛者的勇气。被刺出一个洞的脸颊或者断裂的鼻梁能让被毁容的伤者终其一生都被人称赞勇敢,并认为他值得被列为尊荣的德国精英之一。大家都竟相留下这种夸张的伤疤锦标,因此,部分无法参加决斗而留下疤痕的大学生,就会利用不可取的方法

① 达到目的。

（Ruhr），此举造成的经济动荡，使得几个月前的萧条情景像是美好往日：8月的时候，一美元可换得一百万马克；而到9月时，8月就像是美好往日。1923年11月时，一美元可以兑换约四十亿德国马克。

11月8日，希特勒趁机发起著名的慕尼黑啤酒馆暴动（Bierhall Putsch），但是时机还不成熟，因此被控以叛国罪入狱。他在恬静的兰茨贝格（Lansberg）就像是被放逐的皇帝一样，不但跟亲密的伙伴会面，还口述他异想天开的宣言《我的奋斗》（*Mein Kampf*），并盘算下一步行动。

卡尔·朋霍费尔的寿险在1923年底满期，因此领得十万马克。他付了几十年的保费，如今却因为通货膨胀，所得到的给付只够买一瓶酒和几粒草莓。当他终于领到钱的时候，通膨的情形更恶化到只买得起草莓；卡尔·朋霍费尔给许多来自欧洲其他各国的病人看病，收入不错，因为他们都是用自己国家的货币付费。然而，到1923年底时，局势已经令人不堪忍受。10月时，朋霍费尔写信回家说，每一餐饭都得花上十亿马克，他想预付两三个星期的餐费，需要家人寄钱给他，"我手边没有那么多钱，"他解释道，"我光买面包就得花六亿。"

伊格尔会的新会员被称为"狐狸"（Fuchs），这个典故出自古希腊诗人阿尔基罗库斯（Archilochus）的名句，"狐狸知道许多琐事，而刺猬则懂得一件大事。"每个狐狸都必须写一段简短的自我介绍，登载在兄弟会的"狐书"（Fuchsbuch）上面，朋霍费尔写的是：

> 1906年4月4日，我（大学教授老先生卡尔·朋霍费尔和我母亲——本姓哈泽——的儿子）和我的孪生妹妹在布雷斯劳第一次看到日光。我在六岁大的时候全家搬离西里西亚（Silesia），迁居到柏林，我读的是费德里弗特小学。因为我们搬到格鲁尼沃尔德，所以我进入当地学校就读，我在1923年复活节通过学校的毕业考。十三岁的时候清楚知道自己要研究神学。过去两年因为音乐而使我稍有动摇。目前在图宾根念第一个学期，我的作为跟其他孝顺的儿子一样都是追随父亲的脚步，因此我加入刺猬。我选择弗里茨·施密德（Fritz Schmid）担任我的私人保

镖。此外没有其他事情可以分享。

迪特里希·朋霍费尔[1]

"我今天是军人了"

在《凡尔赛条约》诸多严苛限制中,有一项是禁止征兵:德国军队人数仅限十万。这等于是把国家安全视为儿戏,因为就在波兰边界外的苏俄,随时可以长驱直入征服德国;或者说国内组织——当时已经有好几个蠢蠢欲动——也可以轻易用武力取得政权。希特勒在 11 月 8 日发起的暴动就几乎成功夺权,这种政治动荡需要充足的军备才能应付,但协约国却对他们的请求置之不理,因此德国人想出许多妙招,以免协约国管制委员会(Allied Control Commission)从中阻挠,其中之一就是要求大学生在学期中接受秘密训练,这些部队的代号是黑色国防军(Black Reichsweher)。1923 年 11 月轮到迪特里希接受训练。

他要在距离图宾根不远的乌尔姆(Ulm)步兵连队的监督下接受两个星期的训练,同行的还有不少伊格尔兄弟会的成员,而所有其他兄弟会也会参加。朋霍费尔没有什么犹疑,他认为这是爱国最基本的义务,不过他知道必须得到父母的允许,因此在出发前一晚写信给他们:

> 唯一目的就是在控制委员会接管前,尽量多训练一些人……我们有一天的通知期,而且每个在大学念过七个或更少学期的[伊格尔]兄弟会成员都会去……我说我大约在星期二才会去,因为我预期那时才能知道您们对这件事情的看法。如果您们反对,我就会返回图宾根。起初我以为还会有其他机会接受训练,而且最好不要打断课程。不过,我现在认为还是尽早接受训练比较好;知道自己有能力应付危机事件,心里面会感到比较踏实。祖母对她要独自一个人度过十四天感到伤心,不过她还

是告诉我，该去就要去。[2]

两天后，他写道："我今天是个军人了。昨天我们一抵达基地就换上制服，也领到我们的装备；今天我们又拿到手榴弹和武器。当然，到现在为止，我们除了反复组装床铺，并没有其他事可以做。"

几天后，他又写道：

这几天的训练并不太累。我们每天会有大约五个小时的时间行军、打靶以及体能训练，还要上三堂课，再加上一些杂务，其余时间都闲着。我们十四个人住一间房……我体格检查的唯一缺点就是视力。我在射击武器的时候，可能必须戴眼镜。负责训练我们的兰斯（Lance）班长脾气非常好，人也和善。[3]

他甚至觉得伙食相当可口。他在第二星期写给莎宾的信中表示：

我们操练地面攻击和其他战技。拿着步枪背着背包，然后整个人直接扑倒在冰冷地面上，滋味非常难受。明天我们要带着全副装备进行大规模行军，接着我们要在星期三举行营级演习，然后这十四天的训练就要告一段落。这张信纸上的油渍，不是因为我们中午吃的煎饼，而是擦枪弄的。[4]

整个军训在12月1日结束。他又写一封信告诉父母："亲爱的父母亲，我今天是个平民了。"

意外的罗马之行

迪特里希跟祖母住在一起的那个冬天，他们讨论到他有意去印度拜访甘地的想法，他祖母鼓励这件事。我们无法确知她对甘地感兴趣的原因，然而她在上个世纪就积极参与当时方兴未艾的女权浪潮:她为年老妇女成立收容所,并在斯图加特(Stuttgart)创立一所女子学校;她还因为贡献卓越获颁和平奖章(the Order of Olga),并由符腾堡王后亲自颁发给她。可能是因为这位印度领袖坚定支持女权,所以才会吸引她的注意,不论如何,她认为这是有益于迪特里希的经历,并愿意负担费用。不过,另一件事情却让迪特里希前往了一个方向完全相反的地点。

那年冬天,十七岁的迪特里希经常到内卡河滑冰,在1924年1月底,他脚步没踩稳就在冰上跌了一跤,伤到他的头部,因此昏迷了好一阵子。当他身为脑部专家的父亲知道这件意外的细节,以及他儿子昏迷时间的长度后,他和妻子就立即前往图宾根。迪特里希脑部受到震荡,仅此而已,结果使得他们这趟旅程转忧为喜。迪特里希特别高兴,因为在这段复原期间不但庆祝了他的十八岁生日,而且得到他最梦寐以求的愿望,就是去罗马游学一个学期,迪特里希为此可说是乐翻天了。

他在与莎宾共同生日的隔天写信给她。他与双胞胎妹妹一个劲儿互相揶揄的傻劲可以从中看出端倪。

我在生日那天收到各式各样奇异美妙的礼物。你当然已经知道我收到哪些书籍,我还得到一把你怎么想都想不到的吉他,我想你一定会感到嫉妒,因为这把吉他发出的声音好听极了。爸爸还给我五十马克随我想买什么,所以我就买了把吉他,而且对它感到很满意。不过,你对这件事可能不见得会感觉瞠目结舌,所以我还要告诉一件你绝对会感到难以置信的消息。好好猜一猜,我下学期上课的地方——罗马!当然,一切都还没定案,但这是我遇见过最神奇美妙的事情了,我甚至不能想象到底有多美好!……你当然可以给我一些建议;不过可不要太羡慕喔。我已经开始在这里四处打听。每个人都告诉我,花费其实非常便宜。爸爸还是觉得我应该延后这件事。不过在细想过后,我确实非常想去罗马,而且我现在的兴头最高,以后也未必会有这么高的兴致……告诉我一些家里的事情,对我一定很有

帮助。记得要把耳朵竖高一点留心听⋯⋯祝安好,还有不要太
美慕喔!

迪特里希　敬上[5]

随后不久接连写的几封书信都透露出,迪特里希努力哄着父母
答应他成行——举出各种合情合理的理由,并竭力隐藏心中兴奋雀
跃之情。他终于如愿以偿得到他们的首肯,这可能是因为他哥哥克
劳斯会跟他一起旅行。他出发的日期已定,在 4 月 3 日傍晚,欣喜若
狂的他和克劳斯将搭乘夜车前往罗马。他这趟前往那座充满荣耀与
传奇的城市之旅,对他一生造成的影响远远超过他的预期。

出发前的几个星期是他住在图宾根仅余的时间。他在罗马度过
暑假后,就不会回到这里,而是到柏林完成他的学业。没过几年,时
代精神(zeitgeist)就会把伊格尔兄弟会变成右派,而他们在 1935 年正
式采取恐怖的《雅利安条款》(Aryan Paragraph)后,朋霍费尔和姐夫
华特·德瑞斯(Walter Dress)就义愤填膺地公开放弃了会员资格。

第 **3** 章
罗马假期

………………………………………………………………………… 1924 年

教会的普世性以一种奇妙的方式，具体清晰地呈现在世人眼前。白种人、黑种人、黄种人的修士齐聚一堂——每一位都穿着修士袍在教会里合而为一。这似乎极其美善。

——迪特里希·朋霍费尔

因为战争和《凡尔赛条约》让德国人非常厌恶法国和英国，于是意大利就成为他们最喜欢的旅游胜地。但对克劳斯和迪特里希·朋霍费尔来说，这是一生难得的文化与寻根之旅。

就跟他们同时代的许多人一样，两人所接受的都是歌颂罗马荣耀的教育体制，而且他们都熟习罗马的语言、艺术、文学与历史。迪特里希在十六岁时就选择以贺拉斯（Horace）和卡图卢斯（Catullus）的抒情诗为自己长篇毕业论文的主题。格鲁尼沃尔德预校的教室墙上也挂着罗马广场的图片为装饰。理查德·齐潘简直就是一部"会走动的古罗马字典"，他曾经无数次到罗马旅游，而他的回忆也让两兄弟对罗马憧憬不已。他们与罗马其实也有血缘关系。他们的外曾祖父，也就是著名的神学家卡尔·奥古斯特·哈泽，曾到罗马旅游二十多趟，因此建立起非常深远的关系。这些年以来，随着迪特里希对追随外曾祖父的神学传承兴趣渐深，这位先祖对他的影响也渐增。

这个十八岁的朝圣者详细记录下他的旅程。火车通过布里纳（Brenner）隘口不久，他就写道："首次越过意大利边界的感觉很奇怪，幻想逐渐转变为现实。一个人所有的愿望都能够实现的话，一切真的那么美好吗？还是我最后可能只会彻底幻灭地返回家乡？"

答案不久后就揭晓：他被博洛尼亚（Bologna）的景色所震慑，他的叙述是"极其惊艳"。最后终于抵达目的地：罗马！"不过，"他透露出不以为然的语调写道，"在火车站就已经发现行骗的无赖。"与他们共乘一辆马车，并带领他们前往目的地的意大利男孩，不但要求他们帮他付车资，还要求给他小费（他们付了他的车资，但没给小费）。在他们抵达旅馆后，得知他们的房间已经整理好两天了，因此那两天的房钱也必须先付清！

朋霍费尔像龙卷风一样横扫罗马，尽情地汲取罗马文化，他也如意料中那样展露出非常丰富的艺术史知识。他参观竞技场的感想："整座建筑壮观又瑰丽，第一眼看到它马上就会让人知道，自己未曾见过、也未曾想象过这样的建筑。古文化还没有完全消逝……显然不需要多久，就会恍然大悟'伟大的潘神已死'（Pan o megas tethniken）这句话错得离谱。竞技场是个庞然大物，周围满是最顶级的植物、棕榈树、柏树、松树、药草以及各式各样的草皮。我坐在那里几乎整整一个小时。"参观拉奥孔（Laocöon）雕像的感想："第一眼看到拉奥孔雕像时，我真的打了一阵寒颤，完全出乎想象。"参观西斯廷小堂（Sistine Chapel）的感想："满是人潮，全都是外国人。然而，还是让人难以忘怀。"对图拉真广场（Trajan's Forum）的感想："圆柱非常壮观，但其余部分就像是刚收割完的菜圃。"对圣彼得教堂诗班的感想："诗班唱的《基督降生》（Christus Factus）、《撒迦利亚颂》（Benedictus）①以及《求主垂怜》（Miserere）②*，让人惊艳得难以形容。"对当天独唱男高音的阉人他表示："他们的唱法可说是非人类所为，带有英国味，冷淡无情，另外还夹带着一股特殊的、狂喜的忘我情绪。"对雷尼（Reni）和米开朗基罗的看法："最美丽迷人的就是雷尼的天使音乐会（Concert of Angels）。没有观赏过这件作品的人，不应该允许他离开

---

① * 参见《路加福音》1～2 章。

② * 参见《诗篇》50 篇。

罗马。这件画作的布局非常完美,而且无疑是整个罗马城中数一数二的画作。但从米开朗基罗开始的雕刻风潮让人兴趣缺缺,尤其是教皇的半身像,在我看来根本没有任何高深的艺术风格与品味。"

他在梵蒂冈看到西斯廷教堂的时候,却深深为之着迷:

> 我的目光几乎无法从创造亚当移开①,整幅图像充满无穷尽的创意。上帝的模样映射出无比的力量与慈祥的爱,或者说映射出的神性远远超越这两个往往互不相容的人性。人类即将首度活起来。无止尽的山岭前方的草原开始长出嫩芽,也藉此预告人类未来的命运。整幅画作非常属世,但也非常纯洁。简言之,实在无法形容。[1]

米开朗基罗的杰作中,他最喜欢的人物就是约拿(Jonah)。他在日记中大肆赞扬其"透视学缩小法",好像是要炫耀自己的美学造诣。

这位十八岁青年思想早熟,从以上的观察可见一斑。他对诠释与观察这个问题本身的自信思考更加老成。

> 我乐此不疲地揣测每幅画作的风格流派和画家,我觉得我对主题的理解逐渐比以往更深入。然而,一个外行人最好还是完全保持缄默,而把这一切都交给艺术家比较好,因为当前的艺术史家其实是最糟糕的向导,即使其中的佼佼者也很差劲,这也包括舍夫勒(Scheffler)和沃林格尔(Worringer),他们各随己意地一而再、再而三地诠释艺术作品,他们的诠释与正确性毫无标准可言。一般来说,诠释是极其困难的工作。不过,我们整个思考过程都要接受到它的规范。我们必须对事物加以诠释并赋予意义,这样一来我们才能生活与思考。这一切都非常困难。当我们不需要诠释的时候,就应该三缄其口。我相信诠释不是艺术的必要条件。我们不需要分辨一个人透过艺术作品展现他们

---

① 西斯廷教堂拱顶的壁画。——译者注

自己的时候，用的手法是"歌德式"还是"原始派"等等；只要用清晰的头脑与理解力观察艺术品，就能产生潜移默化的效果。再多的诠释也不能让人更深入了解艺术。就艺术来讲，一个人不是独具慧眼就是毫无眼光，这就是我所谓的"艺术洞见"。一个人在观赏艺术品的时候，应该努力理解它。这样一来，就会产生绝对确定的感觉："我已经把握住这个艺术品的精髓。"直观确定性就是产生自这种奥妙的过程。对非当局者来说，把这个结果写成文字，并想藉此诠释艺术品都是徒然一场。这种作法不能帮助任何人，其他人也不需要这种帮助，而且被诠释的对象也不会因此受益。[2]

　　朋霍费尔的家书也提到一些日常琐事。他在 4 月 21 日写给父母的信中，对他们抵达那不勒斯（Naples）的情景有如下叙述："在寻找餐厅好一阵子后，有人给我指了个"好餐厅"，结果那个地方污秽不堪，简直跟德国最肮脏的农场不相上下。我们周围尽是些母鸡、猫、脏小孩，以及各种刺鼻的臭味。一些正在晾干的衣物飘飘荡荡地挂在我们四周。但是饥饿、疲累以及对乡村的无知，驱使我们坐下来。"

　　在用过那顿蹩脚的餐点后不久，兄弟俩就搭船前往西西里（Sicily）。即使在最平顺的情形下，克劳斯的胃肠也和航行互不相容，这下子彼此就更水火不容。"大海狠狠地折磨了他一顿，"朋霍费尔写道，"而他充其量只能短暂地试图对抗。我才刚欣赏阳光下壮丽的海岸峭壁一眼，大海就提醒我要尽己所能。"即使在表达两人晕船狂吐时，朋霍费尔也始终保持优雅的风范。就跟往常一样，朋霍费尔的旅程会不断衍生出更多的旅程。两兄弟决定到北非旅游，于是就搭船前往的黎波里（Tripoli）："我们整个旅程都很沉默。克劳斯一如往常地尽职尽责。"他们还到庞贝（Pompeii）旅游："维苏威（Vesuvius）火山的结构相当正常，而且不时会喷出一些熔岩。站在山巅会让人感觉自己仿佛回到世界被创造以前的时光。"他参观圣司提反圆形教堂（St. Stefano Rotondo）和圣母之船（St. Maria Navicella）的感想是："虽然曾经跟欺骗人的教堂司事夫人发生冲突，但整趟旅程依旧带给人恬静美好的感觉。"

这趟旅行就这样持续好几个月。但对朋霍费尔来说,这趟旅行最重大的意义不在于如一趟小型的巡回旅行(grand tour)①那样开拓文化视野,也不在于学术价值,譬如到海外游学,而是促使他思考此后终其一生追问与解答的问题:教会是什么?

教会是什么?

朋霍费尔在他的日记里表示,棕枝主日是"第一个让我对天主教有所领悟的节日,这并不浪漫或其他什么的,但我认为这让我逐渐了解'教会'这个概念"。那天这个在罗马的十八岁青年心中成形的新观念,至终酝酿出极其重大的意义。

他恍然大悟的场合是一场在圣彼得大教堂举行的弥撒,主领的是一位红衣主教,还有一个歌声让他赞叹不已的男童诗班。一群神职人员,其中包括神学生和修士,站在圣坛上。"教会的普世性以一种奇妙的方式,具体清晰地呈现在世人眼前。白种人、黑种人、黄种人的修士齐聚一堂——每一位都穿着修士袍在教会里合而为一。这似乎极其美善。"他可能在德国时就参加过天主教崇拜,但如今在罗马,在永恒之城(the Eternal City),这个彼得与保罗的城市,他清晰地看到教会超越种族与国别的明证。这显然对他有所影响。在整个弥撒过程中,他站在一位带着弥撒书的女士旁边,因此他能够融入其中而且感觉更加自在。诗班唱的《我信》(Credo)让他感动得眼泪直流。

一旦了解教会的普世性,一切都随之改观,并使得朋霍费尔此后生命的方向完全改变,因为既然教会存在于现实世界,那么它就不只存在于德国与罗马,而是超越二者。一想到教会是一个超越德国信义宗教会的普世基督徒团体,就会启发人进一步思考:教会是什么?这就是他的博士论文《圣徒相通》(Sanctorum Communio)以及博士后

---

① 英国富家子弟在家庭教师陪伴下,到欧陆各大城市旅游。——译者注

著作《行动与存有》(*Act and Being*)所探讨的主题。

但是朋霍费尔不属于理论派。对他来说,如果观念与信仰无法跟心智以外的现实世界连结在一起就毫无价值。确实,他对教会本质的看法引领他参与欧洲的教会合一运动,使得他与德国以外的基督徒携手合作,并因此一眼看穿创造神学的"阶段说"隐藏在深处的谎言,它把教会这个观念和德文的"国家"(Volk)混为一谈。普世教会这个观念绝对不容许用种族和血缘界定教会,而这正是纳粹穷尽心力所推广的做法,而且不幸得到许多德国人的支持。朋霍费尔往后一生的努力方向就在罗马的这个棕枝主日开始启动。观念会导致行动,而这个刚刚萌芽的观念将来会在他抵挡国家社会主义时开花,并在他参与暗杀某个人的时候结出果实。

朋霍费尔这种开放的观点——包括对教会的定义以及对罗马天主教的态度,并不符合德国信义宗的一贯作风。他这种作法有几个原因,首先是他的家庭教育。他从小就接受教导要警惕自己不可眼光狭隘,且要努力避免倚赖感觉或者其他没有正确理性支持的根据。对他父亲的科学头脑来说,所有以种族关系为基础而产生的行动和态度都是错误的,而且他也训练自己的孩子以同样的方式思考。在迪特里希眼中,凡是盲目偏爱路德主义或者新教,甚至基督教,都是错误的,一定要衡量各种可能方案,在获得正确结论前避免预设立场。朋霍费尔终其一生在思考所有信仰与神学议题时,都抱持这种批判与"科学的"态度。

不过,让他以这么开放的观念看待天主教会的另一个原因就是罗马,他非常喜爱的古典异教文化和基督教文化在那里和谐地交织在一起。所有在罗马的事物共同组成一个连续体。对他来说,天主教不太可能是封闭的,因为天主教也是灿烂的古典文化的一环,而且似乎能视透古典文化中最精华的部分,甚至能救赎某些古典文化。信义宗和新教传统跟伟大的古典历史比较疏远,并可能因此导致诺斯替二元论,否定肉身,以及认为这个世界没有良善等异端思想。但罗马处处都看得到这两个世界融为一体的实例。例如,他在梵蒂冈看到拉奥孔,应该是他最欣赏的雕像;几年后他在写给埃博哈德·贝特格的信中表示,这尊以古典希腊文化为主题的希腊化时期雕像上面的异教祭司脸庞,可能就是后代艺术家在描绘基督时采用的范本。罗马就是有办法让所有事物都合情合理地融合在一起。他在日记中写道:"圣彼得大教堂就是整个罗马的精华缩影。它是古典的罗马、中世纪的罗马,也同样是现代的罗马。简言之,它就是欧洲文化与欧洲生活的重心。当我第二次看到一路上伴随我们延伸到城墙边的古代引水渠时,我明显感到自己的心怦然跳动。"

他从开放的角度看待天主教的第三个原因,是在受教于阿道夫·施拉特(Adolf Schlatter)期间得到的激励,这位图宾根大学教师对他产生极大影响。施拉特上课时往往使用只有天主教神学家才会采用的教科书。朋霍费尔的内心有股合一的渴望,要把这些"天主教"文本重新纳入更广阔的基督教神学领域。

朋霍费尔在那个棕枝主日还参加了晚祷。6点钟的时候他来到圣三一教堂(Trinità dei Monti),感到"几乎无法言喻"。他写道:"四十位有心成为修女的年轻女孩,身穿修女服装,系着或蓝色或绿色的腰带,面容肃穆地排成一列走进来……她们用非常清纯、优雅又认真的歌声唱着晚祷,同时有一位神父在圣坛上主持仪式……整个仪式不再单纯只是仪式。反之,这是一场真实的敬拜。整个过程留给大家的印象是它流露出一股无比深邃又纯净的虔敬之情。"

他在圣周(Holy Week)期间思索宗教改革运动,以及当它不再只是一个"支派"(sect)而正式成为一个独立教派的时候,是否就走偏了的问题。在短短几年后,这成为他心中最重要的议题。纳粹在接管德国信义宗教会(German Lutheran Church)的时候,他带头出走并创立认信教会(Confessing Church,又译"宣信会"),此举刚开始也只是一个运动——认信运动(confessing movement)——但后来发展成一个正式教派。这一发展跟他也有密切关系。朋霍费尔早在十年前就已经为他将来在德意志第三帝国要面对的困境建立好理论基础。

然而,在这个阶段,他似乎主张任何运动都不应该演变为一个组织严明的教派。他在日记中写道：

> 如果新教始终没有演变成一个建制教会，那么情况就会完全不一样……[它]会成为一种卓越的宗教生活以及经过深思熟虑的虔诚情操，这就会成为理想的宗教形式……[教会]必须与政权彻底分离……不久之后教友就会回来，因为他们必须有所归属。他们会重新发觉自己需要信仰。这会是一条出路？或者不是？[3]

朋霍费尔每到一个新地点必定充分把握机会，而他在罗马旅游的那个圣周，从星期三到星期六就不断参加早晨与傍晚的弥撒，地点不是圣彼得大教堂，就是拉特朗圣约翰教堂（the Basilica of St. John Latern）。每一次崇拜他都参照弥撒书，并且仔细研读。他在写给父母的信中表示："家乡神父和诗班通常都是反复单调地诵读这些文本，让人认为这些文本也同样乏味，这是完全错误的观念。大部分的文本都非常优美流畅。"

他曾参加过一场亚美尼亚-天主教（Armenian-Catholic）崇拜，整个过程显得"呆板又缺乏新生命"。他觉得罗马天主教正在往那个方向发展，但也看出来"许多宗教制度还是透露出活泼的信仰生命。告解室就是一例"。他对自己看到的许多事物都感到兴奋雀跃，但不至于让他产生改信天主教的念头。他在罗马认识的一位朋友想要说服他，但朋霍费尔不为所动。"他真的希望我改信，并且深信他的方法能奏效……在经过连番讨论后，我发觉自己对天主教的认同感再度冷淡下来。天主教的教义把天主教所有的美善都遮蔽起来而不自知。实际的告解和教义里的告解之间有着天壤之别；不幸的是，'教会'和教义里的'教会'也是如此。"他认为这两个教派应该结合在一起："天主教和新教可能永远无法合一，然而这对二者来说都非常有益。"几年之后他会在岑斯特（Zingst）和芬根瓦得（Finkenwalde）把二者的精髓融入他创立的基督徒团体——但遭受许多德国信义宗教友的激烈批判。

就在学期结束前，朋霍费尔忽然有机会觐见教宗。"星期六，觐见教宗。我心中的期望非常高，结果大失所望，感觉就是个冷冰冰的仪式。我觉得教宗相当冷漠，他没有任何教宗应该具备的特质，毫无恢弘的气度，也没有任何出众之处。这种结果令人感到悲哀！"

转瞬间，他在罗马的愉快时间已近尾声。"当我看圣彼得大教堂最后一眼的时候，心中不由得产生一股疼痛的感觉，于是就赶紧搭乘电车离开。"

三年后，朋霍费尔就带头成立一个称为"周四论坛"（Thursday Circle）的讨论会，这个团体的成员都是十六七岁头脑灵光的青年。他们讨论的主题非常广泛，有一个星期他们讨论的主题是天主教，这激发朋霍费尔把他的想法总结为后面这段短文：

> 对欧洲与整个世界的文化来说，天主教价值观的重要性绝对不容轻视。它不仅使得野蛮民族相信基督教并接受文明的洗礼，而且长久以来它都是科学与艺术的唯一守护者。教会的修院在这个方面的贡献可说是居功厥伟。天主教发展出无与伦比的属灵能力，而且我们现在仍然赞叹它巧妙地把大公（catholicism）原则与单一神圣教会（one sanctifying church）原则，以及宽容异说（tolerance）与不容异说（intolerance）结合在一起。那是个自成一格的世界，各种流派都汇流在一起，而这幅多彩多姿的景象散发出令人难以抗拒的魅力。鲜有国家能够像天主教一样孕育出这么多各式各样的人才。它深知异中求同，赢得世人的爱戴与尊敬，以及培养坚定的凝聚力的秘诀……不过，就是因为这些卓绝的成就，才会导致我们心生疑虑：这个［天主教的］世界，确实就是基督的教会吗？它是否可能是通往上帝道路的绊脚石，而不是指向通往上帝道路的指标？难道它没有阻断通往救赎的唯一道路？然而，没有人能阻断通往上帝的道路。教会还是高举圣经，而且只要教会依旧高举圣经，我们就可以继续相信圣洁的

基督教会。上帝的话语绝不会徒然返回，①不论是我们还是其他教派传讲都一样。我们的认信是一样的，我们用同样的主祷文祷告，而且我们遵守某些同样的古老仪式，这使得我们连结在一起，而且愿意与我们迥然不同的手足和平相处。然而，我们不愿意违背任何我们已经认定的上帝话语。名称是天主教还是新教并不重要，重要的是上帝的话语。反之，我们绝对不会攻讦其他人的信仰。上帝不喜悦勉强的敬拜，而且他把良心赐给每个人。我们能够也应该希望我们的姊妹教派反躬自省，并单单专注上帝的话语。②* 直到见主前，我们必须忍耐。当黑暗笼罩，而"唯一神圣的教会"针对我们的教派发出"诅咒"（anathema）时，我们必须忍耐。她的智慧有限，而且她恨恶的不是异端分子，而是异端。只要我们穿戴上帝的话语为我们唯一的军装，我们就可以充满自信地眺望未来。[4]

---

① * 参见《以赛亚书》55:11。

② * 参见《哥林多前书》2:12～13。

第 **4** 章
柏林求学时期

任何人都难以达到他们一家在瓦根罕街所树立与维持的标准。朋霍费尔自己都承认，初次到他家作客的人，都会被放在显微镜底下检视。这种成长背景让他不经意地就留给人高傲与冷漠的印象。

——埃博哈德·贝特格

朋霍费尔在 6 月中旬从罗马返家，并注册入学柏林大学暑期班。入学后一两年再转学，在德国是司空见惯的事。他从来没有打算在图宾根停留超过一年。后来他在柏林大学就读了七个学期，并在1927 年，也就是他二十一岁的时候，取得博士学位。

朋霍费尔又回到家中居住，但从他离开后，家中已经发生重大变化：莎宾如今在布雷斯劳求学，跟一位名叫格哈德·赖伯赫兹（Gerhard Leibholz）的犹太裔年轻律师订婚。朋霍费尔一家将来会因为莎宾和她婆家而经历多年的磨难。

迪特里希未曾犹豫就选择了就读柏林大学，原因之一就是柏林这个城市，对喜欢接受文化刺激的人来说，是理想的地方。他几乎每星期都会参观博物馆、听歌剧或者音乐会，而且他家就在柏林，一切都很顺理成章，再也没有比这里更能刺激他的环境了。卡尔-费德里希当时正在爱因斯坦与普朗克（Max Planck）①的手下工作。贝特格

---

① 量子论创始人。——译者注

的说法是："任何人都难以达到他们一家在瓦根罕街所树立与维持的标准与规格。朋霍费尔他自己都承认，初次到他家作客的人都会被放在显微镜底下检视。这种成长背景让他不经意地就留给人高傲与冷漠的印象。"但是朋霍费尔选择柏林大学的主要原因，是该校神学院享誉世界的师资，著名的施莱尔马赫（Friedrich Schleiermacher）就曾在此任教，他的影响依旧弥漫在校园中。

1924 年的神学院院长是当时七十三岁的奇才哈纳克（Adolf von Harnack），他是施莱尔马赫的门生，这意味着他在神学上坚决主张自由主义，此外他还是十九世纪与二十世纪初叶的历史批判法的先驱之一。他对圣经的研究仅限于文本分析与历史批判分析，因此他认定圣经里面记载的神迹从来没有发生过，而且《约翰福音》也不属于正典。哈纳克就住在格鲁尼沃尔德街，当时大多数杰出学者都住在那里，而年轻的朋霍费尔经常陪伴他步行到哈伦塞火车站，然后一起乘车到柏林。他参加哈纳克著名的研讨课程三个学期，也非常尊敬这位德高望重的学者，但不认同他的神学论点。同属哈纳克研讨课程的同学赫尔穆特·格斯（Helmuth Goes）记得当时他曾对朋霍费尔"自由、批判与独立"的神学思想有一股"莫名的热爱"，他说：

> 真正让我难忘的不是他的神学知识与超过所有同学的才华；朋霍费尔深深吸引我的地方是他不只学习与吸收各位大师的口授与著作，更能够独立思考，而且清楚知道他的理想，并积极追求他的理想。我亲耳（对我来说，这件事不但发人深省，也是前所未闻！）听到这位年轻的金发学生反驳一位德高望重的历史学家，也就是仰之弥坚的哈纳克，他的态度非常有礼貌，但他的神学立场显然非常坚定。哈纳克有所回应，但这位学生则一再提出反驳。[1]

朋霍费尔是一位非常独立的思想家，他这么年轻便有独立见解，尤其难能可贵。有些教授认为他态度傲慢，特别是因为他不愿意未经思索就接受任何人的思想，而始终跟他们保持一段距离。不过，他自幼就跟卡尔·朋霍费尔同桌进餐,并且一定要先深思熟虑才能开口发言,因此可能会对自己的智力相当有信心,在面对其他大思想家时不至于退缩,自然情有可原。

除了哈纳克,另外还有三位柏林大学教授也曾深深影响朋霍费尔。他们是卡尔·贺尔(Karl Holl),他可能是当时最重要的路德学者;莱因霍尔德·西伯格(Reinhold Seeberg),他的专长是系统神学,也是朋霍费尔的博士论文指导教授;以及阿道夫·戴斯曼(Adolf Deissman),朋霍费尔就是透过他接触到教会合一运动,后来这些成为他一生中非常重要的环节,并藉此得以参与刺杀希特勒的计划。不过,另一位神学家对朋霍费尔的影响远超过上述几个人,朋霍费尔一生都非常尊敬与仰慕这位人士,他后来甚至成为朋霍费尔的良师益友。这个人就是哥廷根的卡尔·巴特(Karl Barth)。

巴特是瑞士人,几乎可以确定是本世纪(许多人说他是过去五百年来)最重要的神学家。朋霍费尔的表弟汉斯 1924 年的时候正在哥廷根攻读物理学,但是在听过巴特的演说之后,他马上就转念神学,并且一直持续下去。就跟十九世纪末的大多数神学系学生一样,巴特钻研的是当时盛行的自由神学(liberal theology),但他逐渐开始排斥它,不久就成为反对自由神学最有力的学者。他在 1922 年出版的传世之作《〈罗马书〉注释》(The Epistle to the Romans),简直就像一枚精灵飞弹直捣象牙塔内的学者,哈纳克就是其中被正面击中的一员,这些学者无法相信他们牢不可破的历史批判法居然露出破绽,而巴特研究圣经的方法更让他们大感震惊,这种方法后来被称为新正统主义(neo-orthodoxy),主张上帝确实存在(这在德国神学界掀起非常大的争议),而且所有神学与圣经研究都必须以此为基本前提。巴特是挑战与推翻德国历史批判研究法的主要人物,这一研究法是由施莱尔马赫首创于柏林大学,接着由当时的幕后推手哈纳克推展到哥廷根的。巴特强调上帝的超越性,形容他为"全然的他者"(wholly other),因此除非透过启示,人类绝对无法认识他。所幸的是,他相信启示,这对于哈纳克等自由派神学家来说更加感到不堪。因为巴特拒绝宣誓效忠希特勒,所以他在 1934 年被逐出德国,后来他成为《巴门宣言》(Barmen Declaration)的主要起草人,认信教会以此严词反对纳粹把他们的哲学引入德国教会。

哈纳克的神学有点像是阿尔基罗库斯寓言里的狐狸,知道许多琐事;而巴特的神学则像是刺猬,只知道一件大事。朋霍费尔站在刺猬那一边,但他身处于狐狸的课堂,并因为他的家庭和格鲁尼沃尔德街而跟狐狸有许多关联。因为朋霍费尔在思想上保持开放的态度,虽然他属于刺猬阵营,仍能学会像狐狸一样思考,同时也尊重狐狸的观点。他能看出每件事物的价值,即使那是他非常厌恶的事物;他也能看出每件事物的错误与缺点,即使那是他非常认同的事物。他在岑斯特和芬根瓦得成立的非法神学院就具备这种态度,也就是把新教和天主教的精髓结合在一起。基于这种知识分子自我反省的正直性格,有时候朋霍费尔对自己的判断非常有自信,因此有可能显得有点高傲。

在朋霍费尔那个时代,新正统巴特派和历史批判自由派之间的论战,类似当代主张严格达尔文进化论的人士和主张所谓智慧设计论(Intelligent Design)的人士之间的论战。后者认为某些"系统外"因素——例如具有智慧的创造者,不论是神或者别的第三者——的参与是有可能的,但前者完全反对这种看法。哈纳克等自由派神学家认为思想上帝是谁是"不科学的";神学家只需要研究眼前的事物,也就是各种文本以及这些文本的历史。但是巴特不同意,他认为在另一个范畴的上帝已经借着这些文本启示他自己,而研究这些文本的唯一目的就是认识他。

朋霍费尔同意巴特的观点,认为文本"不只是史料,更是启示的媒介",不只是"文字著作的样本,更是神圣的正典"。朋霍费尔不反对运用历史法与批判法研究圣经文本,他确实也跟随哈纳克学习过这些方法,而且对这些都很熟练。哈纳克在读过朋霍费尔为研讨课程撰写的五十七页论文后,大加赞扬这位十八岁的青年,而且提议朋霍费尔以后或许能够以此为他博士论文的主题。哈纳克显然希望说服朋霍费尔选择研究教会历史,从而跟随他的脚步。

就如以往,朋霍费尔谨慎地跟哈纳克保持相当的距离。他希望在这位年长大师的门下学习，但能保持自己智识的独立性。他最后还是没有选择教会历史。他尊敬那个领域，因此非常精通，哈纳克也非常高兴，但他不同意哈纳克认为"到此即止"的看法。他认为像他们这样只是钻研文本，却无法更上一层楼的话，只会留下一堆"残垣断壁"。超越文本之上的就是上帝，上帝就是文本的作者，并透过文本对人类说话，这就是朋霍费尔心所向往的领域。

朋霍费尔为自己博士论文选择的主题是教义学，也就是研究教会信仰的内容。教义跟哲学相近，而朋霍费尔对哲学比对文本批判更感兴趣。他过去一直不想让不断劝告他的友好的老邻居哈纳克感到失望，但现在朋霍费尔必须面对另一位杰出的教授，莱因霍尔德·西伯格。莱因霍尔德·西伯格的研究领域正好是教义学，因此朋霍费尔的博士论文似乎应该由他指导，这就引起不止一个，而是两个困难。首先，西伯格是哈纳克的死对头，而且他们两个人都竞相争取同一位年轻神学天才；其次，西伯格对巴特的神学思想深深不以为然。

在为西伯格研讨课程撰写的论文中，朋霍费尔表达出巴特的想法：要认识上帝就必须仰赖来自上帝的启示。换句话说，上帝可以向这个世界发声，但世人无法跨出这个世界检视上帝。这是一条单行道，而这当然跟信义宗特色的恩典教义直接相关。世人无法靠自己的力量上到天堂，但是上帝可以伸手向下，然后透过恩典把世人抬举到他面前。

西伯格不同意这个看法，并且在阅读朋霍费尔的论文后，感到不安：这就像有一只心高气傲的巴特种雄鸡侵入他的鸡舍。他认为如果诉诸更高权威的话，或许他可以说服这个猴急的年轻天才，于是在那年夏天一场柏林杰出学者聚会中，他和卡尔·朋霍费尔进行了一番对话，心想这位著名的科学家也许可以左右他的儿子。卡尔·朋霍费尔在观念上比较赞成西伯格而非自己的儿子，但他尊重朋霍费尔的看法与学术良心，因此不想说服儿子。

那年8月，迪特里希正沿着波罗的海海岸健行。他从一位住在不来梅附近的伊格尔兄弟会成员家中写信给父亲，询问西伯格说过什么话，以及如何进行下一步。他没有得到明确的答案。接着，他母亲介入了,建议他不妨跟随以研究路德见长的贺尔学习,在摆脱西伯格后,撰写以教义学为主题的博士论文。她父亲是众人仰慕的神学家,而她祖父更是闻名于世的神学家,她在这方面当然比其他德国母亲更有资格发表意见。朋霍费尔父母的见识,以及他们对自己儿子学术前途的关心都非比寻常,因此我们对他跟父母间非常亲密的关系毫不讶异。对他来说,直到他离世前,父母亲始终都是他此生永不动摇、永无穷尽的智慧与慈爱的泉源。

他在 9 月做出决定:仍旧在西伯格指导下撰写博士论文,而论文的主题涵盖教义学与历史。他在罗马的时候,就已经在思考将要撰写的主题,也就是:什么是教会? 最后的题目是:《圣徒相通——从教义学角度探讨教会社会学》(*Sanctorum Communio*:*A Dogmatic Inquiry into the Sociology of the Church*)。朋霍费尔认为教会不是历史实体,也不是机构,而是"基督以教会-团契的方式存于世上"(Christ existing as church-community)。这是一鸣惊人的初试啼声。

朋霍费尔在柏林大学的三年期间,课业非常繁重,却能以一年半的时间完成他的博士论文。尽管如此,他还是有余力享受学术圈以外的丰富生活,他参加过数不清的歌剧、音乐会、艺术展览以及话剧;他跟朋友、同事和家人之间的书信往还非常频繁;而且他经常外出旅游,不是前往弗里德里希斯布伦的短程旅行,就是到波罗的海沿岸的长途旅程。他在 1925 年 8 月徒步旅行到石勒苏益格-荷尔斯泰因半岛(Schleswig-Holstein peninsula)①,然后搭船前往北海。他和卡尔·朋霍费尔在 1926 年 8 月前往多洛米蒂山(Dolomites)②和威尼斯旅游。迪特里希和妹妹苏西在 1927 年 4 月,连同另一对兄妹搭档华特与伊尔泽德瑞斯(Ilse Dress),一起横越德国乡野,就跟其他许多在格鲁尼沃尔德街长大的孩子一样,华特和苏西不久后就出双入对,然后步入婚姻的殿堂。

朋霍费尔在家的时间也很多。瓦根罕街 14 号可说是出名的人文

---

①* 位于德国北部,介于北海与波罗的海之间。——译者注
②* 位于意大利北部,属于阿尔卑斯山的一部分。——译者注

荟萃之地，许多亲戚、朋友和同事不断进进出出，卡尔和葆拉·朋霍费尔的儿女们结婚生子后，亲家也会来访，每个人都有办法跟其他所有人保持联系，即使家族人数不断增加也无妨。朋霍费尔祖母搬离图宾根，来跟他们一起住之后，有时候家中就会出现四代同堂的盛景。传统的星期六音乐夜始终未曾间断，而且几乎每个星期不是某人庆祝生日，就是某人庆祝结婚周年。

朋霍费尔既然是神学博士候选人，因此需要负责教区工作。他的上司知道他的学业非常繁重，因此只要他开口，一定会减轻他的工作量，但朋霍费尔的一贯作风与此相反，他怀着理想接下格鲁尼沃尔德教会一个班级的主日学课程，干劲十足。他在年轻的卡尔·梅伊曼（Karl Meumann）牧师手下工作，每个星期五晚上他都会和其他老师到梅伊曼家准备主日学课程，朋霍费尔非常投入，每星期花许多时间备课。除了教导主日学，他也经常证道，他善用具有张力的故事传讲福音，有时还会创作童话或寓言故事。莎宾离开家后，朋霍费尔逐渐跟他妹妹苏珊更亲近。他说服她协助他管理班级，不久后他们就邀请班上的小朋友到家中玩游戏，或者带他们到柏林附近郊游。

朋霍费尔在跟孩童沟通上显然非常有天赋，他跟孩童相处在一起非常融洽，而且在不久后就在三个重要场合从事孩童工作：他在巴塞罗那的那一年；在纽约的那一年；然后回到柏林，在一个困苦的工人阶级街区，教导一个令人难忘的坚信礼班级。未来在每一个场合发生的事情，如今都发生在格鲁尼沃尔德。他会认识课堂以外的孩子，投入相当多的时间与精力跟他们相处。他非常受欢迎，其他班级的孩子也会转到他的班上，这造成一些棘手的问题。朋霍费尔开始思考自己是否应该走上牧会的道路而非学术研究的道路，他父亲和哥哥认为这是在浪费他的聪明才智，但他经常表示，如果一个人不能向孩童传讲关于上帝和圣经的最深刻的思想，就会有些问题；生命不只是学术而已。

从主日学课程还衍生出另一个果实——周四论坛。一群他亲自挑选的年轻人，每星期聚在一起阅读与讨论，地点就在他家，而且由他带领。他自己邀请成员参加这个论坛，并从1927年4月开始聚会。

邀请函中表示,这个团体聚会时间是"每星期四晚上 5 点 25 分到 7
点"。朋霍费尔自己主动成立这个论坛,跟他在教会的事工毫无关
联,但是他认为培养下一代的年轻人极其重要。就成员的年龄来说,
他们都相当聪明又成熟,而且其中有些人来自格鲁尼沃尔德街中显
赫的犹太家庭。

　　周四论坛讨论的范围非常广泛,包括宗教、伦理、政治与文化,这
个团体的要求还包含参加文化活动。有一次,朋霍费尔先阐释瓦格
纳的《帕西法尔》(*Parsifal*),然后带他们去看这出歌剧。他们讨论过
许多基督教的护教议题:"世界是上帝创造的吗? ……祷告的目的为
何? ……耶稣基督是谁?"伦理问题:"真的有所谓必要的谎言?"他们
探讨基督教对犹太人、贫富以及政党的看法;有一次探讨的主题是
"古日耳曼的神明",另有一次是"黑人部落的神明",还有"著名诗人
以及他们的神明(歌德、席勒)"、"知名画家以及他们的神明(格吕内
瓦尔德、丢勒、伦勃朗)"。他们也讨论过神秘宗教、伊斯兰教、音乐、
路德以及天主教。

　　朋霍费尔在离开巴塞罗那后,仍然跟那些青年中许多人保持联
络,其中一位,也就是戈茨·格劳希(Goetz Grosch),在朋霍费尔离开
后接手带领这个团体,七年后成为芬根瓦得的神学院候选人。不幸
的是,格劳希和其他多数周四论坛的年轻人都在战争中丧生,不是裹
尸沙场就是死于集中营。

初恋

　　许多朋霍费尔的友人都知道他会跟别人保持一小段距离,好像
是要保护自己,也好像只是腼腆,不希望侵犯别人的尊严;另有人认
为他就是冷漠。他确实相当拘谨,并且在跟人交往的时候总是一板
一眼;他绝对不会轻视别人,即使对方都自觉卑微,也不会因而轻视
对方。除了自己家人——他们提供他所需要的智识刺激与社会刺
激——他似乎成长到相当年龄之后,才结交了一些亲密的朋友。在

柏林的三年期间，他一直都是独来独往，但是在这段时期的末尾以及他二十几岁的大部分期间，有一位女子出现在迪特里希·朋霍费尔的生命中。

几乎所有传记中都没有提到她，即使提到也没有指出她的名字。他们一起度过许多时光，而且从各方面看起来，两人曾陷入爱河，甚至可能订过婚。这段关系开始于1929年，那年他二十一岁，而她二十岁，她跟迪特里希一样也是柏林大学的神学院学生。他带她参加音乐会，参观博物馆，以及观赏歌剧，也显然进行过许多次高深的神学讨论。他们亲密交往有将近八年的时间。她其实算是远亲，并且有人认为她长得酷似莎宾。她的名字是伊丽莎白·辛恩（Elizabeth Zinn）。

伊丽莎白的博士论文的主题是神学家欧丁格尔（Friedrich Christoph Oetinger），照她所说，朋霍费尔最喜欢引用欧丁格尔说的一段话："化为肉身就是上帝计划的目标。"朋霍费尔的博士后论文在1930年出版的时候，他送给她一本签名书；而她的博士论文在1932年出版的时候，她也送给他一本签名书。1933年末到1935年初朋霍费尔在伦敦牧会时，他把他所有的证道稿都寄给她，这批稿件因此得以保存下来。

1944年朋霍费尔被关在泰格尔（Tegel）的监狱时，他已经跟玛利亚·冯·魏德迈（Maria von Wedemeyer）订婚。《92号牢房的情书》（*Love Letters from Cell 92*）就是他们之间感人的书信。他们确信他不久后就会被释放，并且着手计划即将举行的婚礼。朋霍费尔在一封寄给玛利亚的信中告诉她，早些年跟伊丽莎白之间的恋情：

> 我曾经爱过一个女孩，她后来成为神学家，我们的道路已经没有交会，曾经平行许多年；她几乎跟我同年。一切开始于我二十一岁那年，我们当时并不知道彼此都爱着对方，八年的时间就这样过去了，然后因为另一个人，我们才终于发觉真相，而他以为这是为我们好。接着我们开始坦承地讨论这件事，但一切为时已晚，我们已经逃避与误解对方太久了。我们绝对不可能重谱恋曲，我这样告诉她。两年后她就结婚了，我心头的重担也逐

渐减轻。我们此后未曾相见，也未曾通信。我当时觉得，如果我结婚的话，对象一定要是更年轻的女子，但我认为这不太可能成真，从那时起我就一直这样认定。随后几年，我完全埋首在教会的事工里，我认为自己应该完全放弃结婚的念头，因为这是必然的正确决定。2

从这封信的内容以及其他线索看来，我们可以确定，在 1927 年到 1936 年这段期间，朋霍费尔与伊丽莎白·辛恩之间的关系，是他生活中非常重要的一环（尽管他在此期间曾经在巴塞罗那待过一年、在纽约九个月，在伦敦八个月），即使他住在柏林的时候，也经常为了教会合一运动而外出旅行。他从巴塞罗那回国后，情况似乎沉寂冷淡下来，但他们的关系没有因为分隔两地而终止。他在 1935 年底从伦敦回来后，才有一个好心的友人点明他们彼此之间的情愫；但是正如他在信中所说，一切为时已晚。这些年来，朋霍费尔已经改变许多，那时他已经全心全意投入从纳粹手中抢救教会的奋战；他当时正负责芬根瓦得的认信教会神学院的运作。一直到 1936 年初，他才跟伊丽莎白说明一切，于是他们两人之间的关系就此结束。他写一封信给她，告诉她自己的改变，又文情并茂地说明上帝呼召他完全献身于教会事工："我很清楚自己的呼召。我不知道上帝会带领我成就什么事……我必须顺着这条道路走下去。或许这不会是条漫漫长路……有时候，'我正在两难之间，情愿离世与基督同在。因为这是好得无比的。'① 不过，清楚知道自己的呼召是件美事……我相信只有时间与世事的演变，才能让我们了解这个呼召的可贵之处。最重要的是，我们得坚持到底。"

耐人寻味的是，他在 1936 年就引用《腓立比书》中保罗表示自己愿意"离世与基督同在"的经文。如果伊丽莎白·辛恩怀疑过他是否真心，当然这一切就到此为止；但她比任何人都了解他，因此不太可能怀疑他的真心。后来，她在 1938 年嫁给了新约神学家巩特尔·博

---

① 《腓立比书》1:23。

恩卡姆(Günther Bornkamm)。

朋霍费尔在 1927 年底通过博士资格考试,并公开与三位同学对阵辩护自己的论文。其中一位就是他未来的妹夫华特,另一位是他的朋友赫尔穆特·罗斯勒(Helmut Rössler)。一切都非常顺利,柏林大学那年有十二位神学博士毕业,其中只有他获得特优(summa cum laude)殊荣。他在得到博士学位后,就有资格在牧区从事事工训练,但他还是在投入教会事工与留在学术圈之间举棋不定。他的家人希望他选择后者,但他喜欢前者。那年 11 月,一个西班牙巴塞罗那的德国教会邀请他担任教区牧师,任期只有一年,于是他决定受邀就任。

"这个邀约,"他写道,"似乎让我过去几年心中日益强烈的愿望终于得以实现,那就是让我能够完全远离向来熟悉的环境,而有一段较长的独立自主生活。"

第 **5** 章
巴塞罗那

.... 1928 年

众人祷告的地方就是教会，教会所在之处绝对不会让人感到孤单。

在我心目中，杀人犯、娼妓比自高自傲的人更乐于祷告。祷告的最大拦阻莫过于自高。

基督信仰不是正餐后的附餐，相反，如果不把它当正餐，它就什么都不是。自诩为基督徒的人至少应该了解并认同这一点。

基督教内部就隐藏着危害教会的病毒。

——迪特里希·朋霍费尔

朋霍费尔在 1928 年初的日记里提到他决定前往巴塞罗那的原委，这让我们得以从开始就了解他决策的过程，以及他内心的局促不安：

我心中对于做出这个决定的方式感到困扰。不过，对我来说有一件事情非常清楚明确，那就是一个人——也就是其意志——无法左右事情的最终结果，而是由时间去决定一切。也许不是每个人都是如此，但就我来说是这样。我最近一再注意到，所有我必须做的决定，其实都不是我自己的决定。只要一碰到左右为难的情况，我就把它搁在一边，然后——不需要刻意解决它——就让它顺其自然地酝酿出解决之道。但这比较像是出于直觉而非理智，一切就这样拍板定案；至于事后回想起来是否能够自圆其说，则是另一个问题。关于巴塞罗那，我就是"这样"成行的。[1]

朋霍费尔始终都对理性思考非常感兴趣。对一切事情都想追根究底，尽可能厘清所有细节，这一定是受到他的科学家父亲的影响。但是，他此时的思想和他未来的思想，不同之处在于，尽管他此时兼为神学家与牧者，却没有提及上帝在这个过程中的角色，也没有提到上帝的旨意。然而，他日记中的这番话，恰好能清楚地预示他将要在1939年面对的艰苦抉择，也就是要决定安全地留在美国，还是要跨海回到祖国那片可怕的**未知之地**。他觉得二者都是正确的抉择，但最终的决定不是由他定夺。事后他明确地表示：他那时是被上帝"一把抓起"，也就是当时是上帝在带领他，而且有时候会带领他到他不愿意去的地方。

在离开柏林之前，他参加了好几场惜别会。他在1月18日和周四论坛的友人举行最后一次聚会，他们探讨的是朋霍费尔经常提到的主题：人为的"宗教"与他所谓"基督教真正本质"之间的差异。他在2月22日最后一次主领格鲁尼沃尔德教会的儿童崇拜。

我提到瘫子的故事，尤其是"你的罪赦了"这句话，然后再次告诉孩子们福音的核心；他们都非常专心，还可能有些被感动，我觉得这是因为我的语气有点激动。接着就是惜别会……长久以来会众祷告一直都让我整个人感动不已，而当这群跟我相处两年的孩子为我祷告的时候更是如此，众人祷告的地方就是教会，教会所在之处绝对不会让人感到孤单。[2]

那段时间还另有好几场惜别会,而且在2月4日每个人都来为他庆祝二十二岁生日。他启程的日子订在2月8日。他已经预定好车票,要搭乘夜班火车前往巴黎,计划在那里和他在格鲁尼沃尔德的同学彼得·奥尔登会合,他们要先相聚一个星期,然后他再继续前往巴塞罗那的旅程。

在他离别前夕,全家人举行了一场盛大的惜别晚宴,每个人都现身在这个场合:他的父母亲、他的祖母、所有弟兄姊妹,以及不速之客奥托叔叔(Otto)。家庭聚餐即将结束的时候,他们叫来两辆出租车。他哽咽着跟祖母道别,然后在晚上10点的时候,其余的人都挤进出租车,一群人驱车前往火车站。夜里11点,气笛响起,火车逐渐驶出车站,这是迪特里希有生以来第一次孤单一人出行。他将在未来的一年远离家人,而且这是他记事以来,第一次不再具有学生身份。迪特里希已经踏入大千世界。

对许多年轻人来说,巴黎就是大千世界的门户。而就某方面来说,娼妓也来者不拒,只不过这跟传统的想法完全不一样。火车在比利时的列日(Liege)暂停一个小时。朋霍费尔向来不会放过任何长见识的机会,他叫了一辆出租车,在雨中兜了一圈。彼得·奥尔登已经替朋霍费尔在紧邻拉内拉赫(Ranelagh)花园的丽日饭店(Beausejour)预定一个房间,他一抵达巴黎,马上就到那里去。他们俩结伴观光了一个星期,大部分日子天气都欠佳。他们好几次参观了罗浮宫,两次去歌剧院观赏《弄臣》(*Rigoletto*)和《卡门》(*Carmen*)。朋霍费尔是在教堂看到娼妓的,上帝使用她们教导他恩典的意义:

> 主日下午我在圣心堂(Sacre Coeur)参加了一场非常隆重的大弥撒。教堂里的会众几乎全都来自蒙马特区(Montmartre)①;娼妓和她们的男人一起参加弥撒,遵守所有的仪式。这是个让人难以忘怀的场面,而且让人再次看到这些背负着最沉重包袱的人,正因为他们的噩运与罪疚,而得以贴近福音的核心。长久

---

① 巴黎北部以夜生活著称的闹市区。——译者注

以来,我一直认为柏林的红灯区陶恩沁恩街(Tauentzienstrasse)会是教会福音工作收获最丰硕的禾场。在我心目中,杀人犯、娼妓,比自高自傲的人更乐于祷告;祷告的最大拦阻莫过于自高。[3]

　　星期二将近傍晚的时候,他在凯多塞(Quai d'Orsay)搭火车告别巴黎。第二天清晨他睡醒的时候,已经身在海岸地区。他当时是在纳博讷(Narbonne),距离西班牙边界仅一小时车程。他写道,"已经整整十四天没有看到的太阳正冉冉升起,照亮春天来临前的大地,看起来仿佛童话世界一般。"他在夜里睡着的时候,已经被转移到另一个境界:阴暗寒冷又阴雨绵绵的巴黎已经被一个光彩灿烂的世界取代,"一片片翠绿的草原,杏花和含羞草正在吐蕊绽放……随即我看到比利牛斯山巅的积雪在阳光中闪耀,而我左手边就是一片蓝色汪洋。"火车抵达位于边境的波特博(Port Bou)后,他搭乘一辆豪华型长途巴士继续往南前进,在 12 点 55 分抵达巴塞罗那。

　　费德里希·欧布利特(Friedrich Olbricht)牧师在火车站跟朋霍费尔会面,他是一个"身材壮阔、头发乌黑,看来非常热心的人,他说话快速而含糊",而且他的外表"因为不优雅而不像个牧师"。欧布利特把这个新任助理带到他的住处——一栋老旧的供膳宿舍,就位于牧师寓所附近,就朋霍费尔严格的标准来说,这里算是相当简陋。唯一可以盥洗的地方就是厕所,他哥哥卡尔-费德里希稍后曾到该地拜访,他表示,"非常像火车上的三等厕所,唯一的差别就是不会摇晃。"经营宿舍的三个妇人只会说西班牙语,她们那天虽然非常努力要发出 Dietrich 的音,结果功败垂成。除朋霍费尔以外还有两位德国房客:经商的哈克(Haack),以及在小学教书的图姆(Thumm)。两人都已经在那里住了相当长的时间,他们一见面就对朋霍费尔产生好感,立刻就邀请他一起午餐。

　　朋霍费尔在午餐后又跟欧布利特牧师会面,一起讨论朋霍费尔的职责,内容包括负责儿童崇拜以及分担欧布利特的牧养工作。他也要在欧布利特外出旅游(次数相当频繁)的时候负责证道。欧布利特希望在终于能够休假的时候,把会众交托给一个能干的人,因为他要在那年夏天回德国探视父母三个月。

朋霍费尔在巴塞罗那发现一个跟柏林完全不一样的世界。当地的德国移民街区既古板又守旧,过去十年在德国发生的惊天动地大事几乎对其毫无影响,而且它与充满学术气息、文化教养与开放思想的柏林完全不同。对朋霍费尔来说,这有点像是离开充满学术与社交活力的格林威治村,而迁居到富足、自满而对学术毫无兴趣的康乃迪克州郊区。这种转变并不容易调适;到了月底时,他写道,"我这整个月没说过几句较有内涵的对话。"几个星期后,他写信给莎宾说道:"我越来越清楚知道那些离开德国的流亡人士、冒险家和企业家,都是差劲的物质主义者,他们在国外根本没有接受过任何文化熏陶,连老师也不例外。"

未曾经历过战乱和贫困的年轻一代,显然已经受到物质主义的影响。巴塞罗那对数十年前曾盛极一时的德国青年运动(German Youth Movement)毫无所知;那场运动的理想从来没有流传到南方。多数的年轻人对未来没有任何憧憬,他们只是希望跟随父亲的脚步继承家族事业。

巴塞罗那低靡的学术气息以及笼罩其上的沉闷气氛,冲击着朋霍费尔活力充沛的心智与个性。他对当地居民不论老幼大白天都坐在咖啡馆里面,聊些无关痛痒的琐事虚耗光阴感到讶异。他发现除了咖啡,苦艾苏打也非常受大众喜爱,通常还会搭配半打生蚝。虽然朋霍费尔对眼前看到的一切感到震惊,却因为能不固执己见而值得嘉奖,他也融入当地的生活形态。他会在私下向最亲近的亲友抱怨,但他自己不会因此而落寞寡欢或者郁闷。他渴望成为一个称职的牧者,也知道自己必须进入他的服事对象的生命,并在合理范围内融入他们的生活形态。

正如在罗马一样,他对当地的天主教信仰感到好奇。他在一封写给祖母的信中,提到一件让他感到惊奇的景象:

> 我最近看到一件绝妙的事情。有许多车子一辆接着一辆地
> 排在大街上,都急着想要穿过两道特别搭建起来的大门,下面有

几位神父把圣水洒在通过的车辆上面；同时有一支乐队在演奏进行曲和舞曲，还有小丑在喧哗逗趣——这到底是怎么回事？原来是庆祝汽车与轮胎守护圣徒的节日！[4]

朋霍费尔非常热诚地尽可能体验与认识他所面对的新环境，他兴致勃勃地加入巴塞罗那德国同乡会，他们会举办舞会和各种庆典——最近即将举办的是一场化妆舞会——每个人都会玩斯卡特（Skat）。① 他还参加了德国网球俱乐部以及德国合唱团，并马上就担任了合唱团的钢琴伴奏。他借着这些团体建立起有助于牧养会众的各种社交关系，而且紧紧把握每一个跟他们寒暄的机会。

休闲应该是对他来说最感到为难的，但对这个新团体来说，却是相当重要的一个环节，他在这方面尽力而为。在他抵达后十二天，他花了整个星期二的下午看电影。他在 2 月 28 日，和他那担任小学教员的新朋友——图姆——观赏 1926 年默片版的《唐吉诃德》，主角是那时当红的丹麦喜剧搭档帕特（Pat）与帕特孔（Patachon）。他们在劳来（Laurel）与哈台（Hardy）之前就已经是知名的胖瘦二人组。整部片子长达三小时十九分钟，而且丝毫引不起朋霍费尔的兴趣，可能是因为他不熟悉故事情节，所以才忍受了那么久的时间。因此，他决定要阅读塞万提斯的原著，这也是增进他已经相当纯熟的西班牙文的机会。

大致上来说，朋霍费尔算是喜欢巴塞罗那。他在写给监督麦克斯·迪斯特尔（Max Distel）的信中表示，巴塞罗那是"经济爆发洪流中一个充满活力的都会，居民可以在其中悠游自在地生活"。他觉得整个地区的景观以及城市本身都"非常迷人"。这个被称为摩尔（the Mole）的港市非常美丽，而且有"几个出色的音乐厅"以及"一座过时却依旧美观的剧院"。然而，还是有所缺憾，"那就是看不到任何知识交流的活动，即使在西班牙的学术圈也是一样。"他好不容易认识一个可以进行深层对话的西班牙教授，结果却发现对方极度"厌恶神职"。朋霍费尔在阅读当代西班牙作家的著作时发现，他们都带有类

---

① 德国流行的扑克牌游戏，源自十九世纪初的奥登堡（Altenburg）。

似的态度。

有一项活动是朋霍费尔绝对无法在巴黎观赏,却可以在巴塞罗那尽情参与的,那就是斗牛。虽然朋霍费尔既是唯美主义者又是知识分子,但他既不柔弱又不古板。他的弟弟克劳斯在复活节前一天的星期六前去探访他,他们就在复活节下午——朋霍费尔那天早上证道——被一位德国教师(想必是图姆)拖去参加"盛大的复活节斗牛大赛"。他在给父母的信中写道:

> 我已经看过一场斗牛,让我感受到的震惊,其实不像许多在中欧文明教养下成长的人所感受的那么强烈。毕竟目睹狂野、奔放的力量以及暴戾的怒气,跟训练有素的勇气、心智和技巧相对抗而最终被驯服,确实是一幕壮观的景象。残忍的成分并不多,尤其是上一场斗牛里面的马匹还首度穿着腹部护甲,因此整个景象并没有如第一次看斗牛时那么恐怖。有趣的是,他们争论了好长一段时间才决定让马匹穿戴腹部护甲,这可能是因为大多数观众确实想看到血腥与暴戾的场面,整体来说,观众爆发出一股非常激烈的情绪,让自己也不由自主地投入其中。[5]

他在一封写给莎宾(她只要想到这种情形就会心惊胆颤)的信中,坦承他感到惊讶的一件事,"我第二次观赏斗牛的时候,心态要比第一次冷酷多了,而且我必须说,我可以远远地察觉整件事所散发出的一股让某些人为之痴狂的诱惑力。"始终都不会忘记自己是神学家的他,还告诉她一些自己心中的其他想法:

> 每当斗牛士敏捷地一转身,观众马上就会疯狂地嘶吼叫好,但只要稍微出现一点瑕疵,观众立刻就会以同样激动的情绪报以嘘声,这可说是我看过从"和散那!"瞬间转变为"钉他十字架!"的最生动实例。观众的情绪变幻莫测,如果斗牛士因为胆怯而暂时惊惶失措,这确实情有可原,观众甚至会转而为斗牛加油;为斗牛士喝倒彩。[6]

　　但他不是一直都这么严肃。朋霍费尔在 10 月的时候寄给吕迪格·施莱歇尔一张俏皮的明信片。明信片的图样是他站在一幅与斗牛士和斗牛的实际尺寸一样大的纸板后面,而他的头就正好位于斗牛士躯干的上方。"你看,我埋头练习斗牛术的时间总算没有白费,让我能在斗牛场上崭露头角……斗牛士迪特里希向你致意。"

　　朋霍费尔喜欢逛古董店旧货店,有一天他买了一个十八世纪的火盆,外层是栗木雕刻的,里层则是一个巨大无比的铜盆。后来它就成了芬根瓦得的固定设施。在克劳斯拜访的这段期间,他们一起到马德里旅游的时候,克劳斯买了一幅似乎出自毕加索之手的油画。在一封他们写给父母的信中,克劳斯叙述那幅画的题材是"一个正在喝苦艾酒的颓废女子"。他把画带回柏林后,有一个美国画商出价两万马克要买下那幅画,另外还有几位画商也表示有意愿购买。然后其中一人直接跟毕加索联络,毕加索表示,有一位在马德里的友人经常会仿冒他的画作。没有任何一个人能够确定那幅画是否为真迹,于是克劳斯就留下那幅画。那幅画和火盆在 1945 年一场盟军的空袭轰炸中一起被毁了。

　　朋霍费尔在马德里培养出对埃尔·格列柯(El Greco)画作的兴趣。他和卡尔一起到托莱多(Toledo)、科尔多瓦(Cordoba)和格拉纳达(Granada)旅游,然后到最南端的阿尔赫西拉斯(Algeciras),那里邻近直布罗陀海峡。他所到访的每个地方似乎都成为他下一趟旅游的起点。他祖母曾经寄钱供他前往加那利群岛(Canary Islands)旅游,但在成行前,他因故必须返回柏林。他告诉祖母,以后要利用那笔钱前往印度探访甘地,这一直是他心目中的计划。

助理牧师

　　朋霍费尔到巴塞罗那的主要目的就是服事教会。他在那里期间曾经证道十九次,并负责儿童崇拜,虽然刚开始的时候并不如他想象的那么轰轰烈烈。

在朋霍费尔到达前，欧布利特就已经发出邀请函，表示将有一位来自柏林的年轻牧师带领新的儿童崇拜。但是朋霍费尔带领的第一个主日，整个儿童崇拜的会众，只有一个女孩。朋霍费尔在日记里写道，"这必须得有所进步才行。"事情果然如此。他友善的个性非常讨喜，因而隔周就有十五个学童出席；他在那个星期逐一拜访这十五个家庭，再下个主日的出席人数则达到三十人。从那时开始，每个主日儿童崇拜的人数，始终保持在三十人以上。朋霍费尔喜欢他负责的儿童事工，他对他们在神学上的无知感到惊讶，同时也感到庆幸，"他们丝毫没有被教会污染。"旅居巴塞罗那的德国人大约有六千人，但只有一小部分是基督徒，而且每个主日仅仅约有四十人会参加崇拜，每逢夏天人数还会更少。朋霍费尔那年夏天将会孤单一人，因为欧布利特要远赴德国。

朋霍费尔的证道能激励会众在属灵上以及智识上精益求精。他第一次证道的内容就是他最喜欢的主题，以人的功德为基础的信仰和以上帝的恩典为基础的信仰之间的差异。他在证道中提到柏拉图、黑格尔以及康德，还引述了奥古斯丁。我们可以想象得到，一些巴塞罗那的生意人对这个二十二岁热情洋溢、刚从象牙塔走出来的年轻人感到不解，然而，他所讲的一切却透露出一股明显的生命力；他能吸引住这些人的注意力。

因为欧布利特不在，所以复活节以及隔周主日都由朋霍费尔证道。每次他挑战会众的时候，都令他们心服口服地接受，不久之后，每当朋霍费尔证道，会众人数就会明显增加。欧布利特察觉这件事后，就不再公布证道轮值表。

虽然欧布利特大致上对朋霍费尔的表现感到满意，但他们之间显然还是有摩擦。在朋霍费尔的家书中提到，欧布利特"不算是个有活力的讲员"，还提到其他缺点；他在另一封信中提到，欧布利特"到目前为止显然没有顾及牧区中年轻一代的需要"。例如，朋霍费尔发现图姆任教的德国小学使用的信仰教材，只提供到四年级，因此，他马上提案要为高年级学生开课。每次欧布利特一转身,朋霍费尔就会提出一些新构想,这可能会造成欧布利特在朋霍费尔离开后更加忙碌,因此,欧布利特就会阻止这一切。

朋霍费尔对这种情形非常留意,而且会合宜地顺服;他会节制自己不让紧张的情势恶化。因此,欧布利特大致上对他以及他的表现都感到满意。朋霍费尔克制骄傲的试探的能力,足以表明他从小接受的家庭教育,因为他的家庭丝毫不容忍自私与骄傲;但是朋霍费尔也能从基督教的角度注意到骄傲的试探。朋霍费尔在写给同为牧师的友人罗斯勒的信中提到,他对自己事奉感到满意,以及这种满意的双重意义:

> 今年夏天——我已经独立自主三个月了——我每两个星期就要证道一次……我为自己能够胜任而感恩。这夹杂着主观的喜乐,不妨称之为自我满意,以及客观的感恩——但这种主观与客观的混合,是所有信仰必须面对的难题,我们或许只能使之升华,却绝对无法连根拔除,而神学家更是对此备感挣扎——然而,话说回来,看到教堂满座,或者多年未上教堂的人又回来了,难道不应该感到快乐吗? 另一方面,在深入反省这种快乐之后,谁能大言不惭地确定其中丝毫没有不当的念头?[7]

朋霍费尔跟教区中德国救助会(Deutsche Hilfsverein)的搭配,跟他以往所做的一切完全不同。朋霍费尔每天早上要负责管理他们的办事处,而这让他远远踏出年轻时期在格鲁尼沃尔德所处的优渥世界。他将要亲眼目睹另一部分民众是怎样生活的,花时间认识与接触经商失败的生意人、贫穷与罪犯的受害人、一贫如洗的弱势群体,以及真正的罪犯。他在写给卡尔-费德里希的信中,生动地描写了这一切:

> 我必须面对三教九流的人物,在一般情形下我们绝对不会跟这些人说一句话:无赖、流浪汉、在逃的罪犯、外籍佣兵、克朗

马戏团（Krone Circus）④到西班牙公演时乘机逃走的驯兽师、当地音乐厅的德国籍舞者、亡命的德国杀人犯——他们全都能详细叙述自己的经历……昨天第一次因为有人行为太过放肆——他宣称牧师伪造他的签名——我不得不对他咆哮，然后把他赶出去……他匆匆离开的时候，不断咒骂发誓，还说一些我现在已经熟悉的话语："我们会再碰面的，有种就到港口来！"……后来我从咨询师口中得知，他是一个众人皆知的骗子，已经在这里晃荡好长一段时间了。[8]

朋霍费尔在经历过这一切之后，终于了解贫民和社会边缘人的困境，这种种随即成为他神学思想与生命的重要课题。他在一封写给罗斯勒的信中也提到这件事：

> 每一天我都要去认识周围的人，不论他们的环境是好是歹，而有时候我们可以透过他们的经历，了解他们的内心——同时另有一件事情让我难以忘怀：我是在这些人的地盘认识他们的，远离那戴着假面具的"基督教世界"；他们是一群情绪激动、罪性难改的人；一群志向平凡、收入微薄又犯些小罪的小人物——不论如何，他们在[心灵与现实]这两个层面都没有归属感，只要我们和善地跟他们交通，他们就愿意敞开心扉——他们都是真实的人物。我只能说，在我的印象中，正是这些人生命中的恩典多过愤怒；基督教世界则是愤怒多过恩典。[9]

6 月底的时候，巴塞罗那德裔居民的人数骤降，许多人都外出旅游三个月，要到 10 月才回来，欧布利特牧师就是其中一人。多数朋霍费尔认识的教师也都会去旅游。但他似乎能够自得其乐，而且一如往常地勤快。每天早晨他都会在救助会办事处工作到 10 点，然后撰写他的证道词或者他计划出版的博士论文《圣徒相通》。

---

④ 以慕尼黑为根据地的欧洲最大的马戏团，成立于 1905 年。——译者注

　　他也会为准备博士后论文《行动与存有》的主题而阅读或者思考。然后在 1 点钟的时候,漫步回到宿舍吃午餐,饭后他会写信、练习钢琴、到医院或者会友家中探访、撰写各种稿件,或者抽空到市区喝杯咖啡跟朋友小聚。有时候,他也会耐不住燠热的暑气,整个下午都像许多巴塞罗那当地人一样——睡觉,频率远超过他的预期。那年夏天,他每个主日都主领儿童崇拜,但每隔一周才证道。他写信给卡尔说道:"我对此感到满意,因为在这种炎热的气温中讲道不是那么舒服,特别是每年这时候阳光都会直射在讲坛上。"朋霍费尔显然有一种难得的才华,那就是他能够把艰涩的神学观念教导给一般信徒,但他在巴塞罗那传讲的某些证道词,显然不适合这么炎热的天气。有时候他证道的神学层次,远远超出会众的能力之上,跟不上他的会众就像鸭子听雷一样,只能沮丧地瞇着眼睛望着他,就像是望着蓝天上一个几乎看不到的小圆点。"以前在这里讲道,我们跟孩子在崇拜结束后,会去摸摸,还会喂它苹果和饼干的那只温顺的老乌鸦哪里去了? 善良的欧布利特老牧师不会回到我们当中了吗?"

　　不过,朋霍费尔独当一面地担任牧师显然非常称职:以往每逢夏天教会崇拜的出席人数就明显下滑,但那年夏天的人数反而上升。朋霍费尔在 8 月时告诉一位友人:"对我来说,看到工作和生活在现实中结合在一起——这是我们在学生时期就渴望,但始终无法实现的理想——实在是非常奇特的经验……这让工作有了价值,也让工人有了一个客观标准,可以衡量他自己的极限所在,这一切只有在现实生活中才办得到。"

　　朋霍费尔的父母在 9 月的时候来探访他,他们三人正好利用这个机会一起旅游,他们沿着海岸线往北到达法国境内的阿尔勒(Arles)、阿维尼翁(Avignon)和尼姆(Nimes);然后沿着海岸线往南到蒙赛拉特(Montserrat)。9 月 23 日他父母聆听他传讲他一生都非常重视的主题,那就是倡导基督教信仰中脚踏实地道成肉身的方面,而反对诺斯替派与二元论认为身体低于灵魂与精神的观念。他表示,"上帝渴望看到的是人类,而不是在这个世界之外的魂魄。"他表示在"整个世界历史上始终只有一个最重要的时刻——现在……想要得到永生,就必须服侍这世代。"他这番话,正好成为几年后他在狱中写给未婚妻书信的征兆。"我们的婚姻必须符合上帝创造这世界的旨意,一定要能更坚定我们要对这个世界有所贡献的决心。我担忧的是,在世上不尽心尽力而活的基督徒,在天上也不会尽心尽力而活。"他在另一封给她的信中写道,"人类是从尘土所造的,并不只是一堆空气和思想。"另一个从那时一直到后来,在许多证道词中都出现的主题,就是巴特认为上帝是创始者的观念,正如上帝必须向我们启示他自己,因为我们无法接触他。朋霍费尔好几次借用巴特以巴别塔作为"宗教"的比喻,说明人类企图靠自己力量攀上天堂的努力,终究会以失败收场。但在一封写给罗斯勒的信中,朋霍费尔更进一步表示:

> 我以前一直认为所有的证道都有一个中心,只要能够把握它,就可以感动会众或者激励会众痛下决心。我现在不再这么想了。首先是一篇证道绝对无法把握中心,而是只能被他抓住,也就是被基督抓住。其次是基督怎样在敬虔主义者的道中成为肉身,也照样在神职人员或宗教社会主义者的道中成为肉身,而道与现实的连结就会为证道带来莫大的难题,因为这些连结是决定的,而不仅仅是相对的。[10]

这是非常极端又反常的说法,但就人若离开上帝的恩典,就无法行出任何的善这个观念来说,则是非常合理的结论。一切的善都来自上帝,因此即使一篇文笔拙劣,在表达时又口齿不清的证道,上帝也能借着它彰显他自己并感动会众。反之,一篇文笔生动又表达流畅的证道,上帝也可能不愿意借着它彰显他自己。证道的"成功"与否完全在于上帝是否突破并"抓住"我们,否则我们就不会"被抓住"。

这可说是几年后朋霍费尔著名的"耶利米证道",以及在他面对纳粹党的逼迫时所抱持的态度的预告。但是被上帝"抓住"是什么意思?而朋霍费尔为何深深感觉到上帝"已经抓住他",拣选他完成特定的使命?

初试啼声的三场讲座

1928 年秋天,朋霍费尔决定要在例行职责之外,增加三场星期二傍晚讲座,分别在 11 月、12 月以及 2 月(就在他预定离开的日子之前)举行。此举出乎大家的预期之外,而且都好奇欧布利特会如何看待他这个突发奇想。这些讲座的主题范围可说是野心勃勃。朋霍费尔显然非常关心德语小学的六年级学生,他们的年龄跟他周四论坛成员的年龄差不多,由于教会没有顾及他们的需要,因此他想要尽力帮助他们。

这是三场令人难忘的讲座,对刚从高中毕业不久的年轻人来说尤其如此,而且大部分内容触及他在往后几年因此成名的主题。第一场讲座的题目是《先知的悲剧及其永恒意义》(The Tragedy of the Prophetic and Its Lasting Meaning);第二场是《基督教伦理的基本课题》(Basic Questions of Chrisitan Ethic)。12 月 11 日举行的第二场讲座应该是最杰出的一场,就跟他大多数的讲道一样,朋霍费尔一开场就语出惊人地表示,大多数的基督徒已经把基督赶出他们的生命。他说道:"我们当然会为他造一座圣殿,但我们仍然住在自己的窝里面。"宗教信仰已经被局限在主日的上午,局限在一处"我们可以心满意足地远离尘嚣两个小时,但随后立即可以返回职场"。他表示,我们不能够只献给他一处"我们属灵生命的角落",而是必须把一切献给他,否则就干脆什么都不要献。他表示:"基督信仰不是正餐后的附餐,相反,如果不把它当正餐,它就什么都不是。自诩为基督徒的人至少应该了解并认同这一点。"朋霍费尔以一段类似路易斯(C. S. Lewis)《返璞归真》(Mere Christianity)语调的优美文字,提到基督的独特性:

有人从美学角度赞叹基督是美学天才,称他是最伟大的道德家;有人赞叹他为理想而壮烈地牺牲。世人只忽略了一点,没有认真地看待他，那就是，世人没有让基督所传讲的上帝启示，以及他就是那启示［这两件事］成为他们生命的核心。世人始终让自己与基督的道，隔着一段距离，因此双方不会有紧密的接触。不论基督是宗教天才、道德家还是正人君子，都对我的生活毫无影响——正如世上有没有柏拉图或者康德，我都可以活得好好的……然而，既然基督具有完全掌管我整个生命的权柄，甚至上帝已经开口说话，而且上帝的道单单表彰在基督身上，于是对我来说，基督的意义就不只是相对的，而是具有绝对迫切的意义……了解基督就会认真看待基督。真正了解这个权柄，就会认真看待他要求我们全然委身的权柄。我们的当务之急就是要厘清这件事的严重程度，并且把从启蒙运动开始就被世俗化运动囚禁的基督释放出来。[11]

我们可以认定欧布利特最近应当没有对会众提到启蒙运动。朋霍费尔在讲座中不断地驳斥被奉为瑰宝的谬论。在提到基督不只是一位伟大的道德家后，他接着解释基督教与其他宗教之间的相似处。然后他提出他的主要论点：基督教在本质上不是宗教，而是基督。他进一步地阐释了卡尔·巴特对这个主题的思想，他后来大部分的思想和著作都是以此为中心：宗教是一片死寂的人为机制，但基督教的核心——上帝他自己——却完全不一样，乃是活生生的。他表示，“事实上，基督所提出的道德训示，可说是完全都已经出现在当时的犹太拉比经典与异教经典里面。”基督教的重点不在于提出一套更新更好的行为规范，也不在于道德成就。这一定让许多听众感到惊骇，但是他的逻辑推理确实能令人折服。接着他竭力驳斥“宗教”观念和道德表现，认为这二者就是基督教与基督的劲敌，原因是这些错误观念会让我们误以为能够靠我们自己的道德表现接近上帝，这会导致自高自大与属灵骄傲，而这些都是基督教的宿敌。他表示，“因此，基本上，基督教的信息非关道德也非关宗教，尽管这听起来有些吊诡。”令人讶异的是，早在 1928 年，也就是朋霍费尔写信给贝特格讨论所谓“非宗教的基督教”（religionless Christianity）之前十六年，他就已经提出这种见解。那些著名的信件被贝特格装在防毒面具的滤毒罐中,埋在施莱歇尔家的后院才得以保存。更令人惊异的是,这些重见天日的思想,有时候被视为他的神学思想的重要转折点。朋霍费尔后来的所有思想与著作,几乎都是他早期思想与信念的延伸,而在神学思想上绝对没有任何重大的改变。他就像科学家与数学家一样,是在前人的基础上继续建造,不论在基础上建立的成就多崇高,都不能够否认或者远离那基础。事实上,成就越高,就更加印证整个建筑的基础以及前人成就的扎实与完整。朋霍费尔的成就确实非常高,某些人会过分关注他后来的成就,而忽略它们扎实稳固的正统神学根基,多少情有可原。

朋霍费尔在同一场讲座中,还提出另一个惊世骇俗的观点:

> 我们在此要对人类一切追求上帝的努力中最堂皇的一个,也就是教会,提出最基本的批判。基督教内部就隐藏着危害教会的病毒。我们不假思索地认为,我们对基督教的虔诚信仰以及我们对教会的委身,就能让我们自己蒙上帝悦纳,而此举其实完全误解与扭曲了基督教的理念。[12]

在这位二十二岁年轻人向少数几位高中学生发表的演讲中,已经透露出他未来最成熟思想的端倪。他认为所谓众教之一的基督教(人类按照自己的想法,企图靠积德行善跻身天堂却一败涂地的努力)和跟随基督(他要求我们献上一切,包括我们的生命)截然不同。

他在演讲中的某些言论对在场的人来说显然难以理解,例如他在提到基督教的本质"就是永恒他者(eternally other)的信息,他虽远远超乎世界之上,但却从他存有的深处,怜悯那些把一切荣耀单单归给他的人"。大部分在场的听众可能都不认识卡尔·巴特,也没听过所谓"他者"这个抽象的哲学概念。

朋霍费尔的言论让人难以忘怀。他说道:"恩典的信息……向垂死的百姓与列国宣告其带来的永恒:我从亘古就怜爱你;与我同行,你就能存活。"其中也不乏类似切斯特顿(G. K. Chesterton)的警语：
"基督教所传讲的是看似低贱的事物，却具有无比价值；而看似高贵
的事物，其实毫无价值。"在结束前，他又提出第三个惊世骇俗的观
点。他认为"希腊精神"或者说"人本主义"，就是基督教有史以来的
"头号敌人"。接着他熟练地把"宗教"与积德行善(其实是无法通往
上帝的歧途)和二元论(认为肉体与灵魂相争)的观念连结在一起。
二元论是希腊文化的概念，既不是希伯来也不是圣经的概念。圣经
对肉体和物质世界的观点，也是另一个令他终其一生不断探讨的
主题：

> 人本主义和神秘主义似乎是基督教绽放出的最美丽奇葩，
> 时至今日已被高举为人类精神文化的最高理想，确实它也经常
> 被视为基督教理念的冠冕——[但是]基督教理念应该将其视为
> 人的神化以及对上帝独享荣耀的觊觎而加以排斥。人本主义眼
> 中的上帝以及基督教的上帝观念，俨然是以世人的喜好为依归，
> 而非以上帝的喜好为依归。[13]

"沃尔夫先生死了！"

朋霍费尔愿意在巴塞罗那担任一年牧职的原因之一，就是他
深信不论其对象是漠然的生意人、青少年或者幼童，宣扬他的神
学知识跟神学本身的重要性是一样的。他在儿童事工上面的成
就足以印证这一点，而下面这封他写给未来的姐夫华特·德瑞斯
的信，让我们得以一窥他在巴塞罗那这一年在这方面的生活。

> 今天我在做教牧辅导的时候碰到一个非常独特的案例，我
> 想向你简短地叙述这件事，整件事虽然很单纯，却让我深思不
> 已。上午11点时，有人敲我办公室的门，接着一个十岁的男孩走
> 了进来，手上拿着我向他父母要求的东西。我注意到那个男孩

有点反常,因为他通常都是面带笑容。不久之后,事情就发生了:他满脸泪水,完全不像他平常的模样,接着我只听到"沃尔夫先生死了"这几个字,然后他就不停地哭泣。"不过,沃尔夫先生是什么人呢?"结果那是一只德国牧羊犬,它病了八天,然后在半小时前刚刚过世。因此,这个伤心不已的男孩就坐在我的膝盖上,完全无法平静下来;他告诉我那只狗是怎么死的,而如今一切都已经无法挽回。那只狗就是他唯一的玩伴,每天早晨那只狗都会到他床边叫醒他——如今那只狗已经死了。我还能说什么呢?于是他就一直向我述说这件事,经过好长一段时间,接着突然间他的悲伤啜泣变得非常安静,并且说道:"不过,我知道它根本没有死。""你说的是什么意思?""现在它的灵魂很愉快的在天堂。有一次在课堂上,有个男孩问宗教课程的老师,天堂是什么样子,她回答说她没有去过天堂;不过,现在你能告诉我,我将来会看到沃尔夫先生吗?它现在一定是在天堂的。"于是我站在那里,犹疑着该给他肯定还是否定的回答。如果我说:"不,我们不知道。"那就等于回答他"不"。因此我马上就下定决心对他说:"听好,上帝创造人类以及动物,而我相信他也爱动物。因此我相信在上帝那里,凡是在世上彼此相爱——真诚地彼此相爱——的一切,将来都会与上帝同在,因为爱是上帝的一部分。然而,我们必须承认,那时候会是怎样的情形,我们并不知道。"真希望你能看到那孩子的笑脸,他完全不哭了。"那么,我死后就会看到沃尔夫先生啰,然后我们又可以一起玩游戏了。"可以说,他真是欣喜若狂。我告诉他好几次,我们并不确定整个情形。他知道这回事,并且明确地牢记在脑海中。几分钟后,他说道:"我今天狠狠地责怪亚当和夏娃;如果当初他们没有吃那个苹果的话,沃尔夫先生就不会死了。"这整件事情对那男孩以及任何面临不幸的人来说,都是非常要紧的一件事。但是我对于这个平常毫无挂虑的调皮男孩,竟然能够在这种时刻表现出这么敬虔的信仰,心中不禁为之感动。此时,站在他旁边的我——这个应该"知道答案"的人——

感觉自己好渺小；而我无法忘怀他离开的时候，挂在他脸上的自信。[14]

11月的时候，教会邀请朋霍费尔继续留在巴塞罗那，但是他想要完成他的博士后学位，也就是特许任教资格（Habilitation）⑥，于是在2月15日回到已经离开整整一年的柏林。

---

⑥ 若干欧洲与亚洲国家博士后的最高学术资格。——译者注

第 **6** 章
柏林

就上帝的自由来说,最明确的证据就是,上帝自由选择接受时空的约束成为人类,并且任由世人处置。上帝的自由不是要远离世人,而是为世人的益处。基督就是上帝的自由的话语。

——迪特里希·朋霍费尔

如果我是犹太人,又看到管理与教导基督教信仰的是这么一群蠢货笨蛋,我宁愿当一只猪,也不要成为基督徒。

——马丁·路德

朋霍费尔从巴塞罗那回来后,发现德国人对魏玛共和国的现况逐渐失去耐心。许多人认为这是敌国强加在他们身上的政治大杂烩,那些国家对德国的历史文化一无所知,无论如何都要德国疲弱不振。相较于领导地位稳固又备受崇敬的德皇时代,议会政治——没有任何单一政党拥有领导国家的力量——可说是望尘莫及。对许多人来说,群龙无首争执不断的制度,绝不符合德国体统,许多德国人都渴望能够重新出现一个国家领袖,而且逐渐对领袖的特质不再介意,他们渴望领袖,一个具有领导力的领袖!当时已经浮现出一个领袖,但他归属的政党却在 1928 年的选举遭受挫败。他开始为下一场选举布局,主要目标在于获得农村地区的选票;他将在更恰当的时机卷土重来。

朋霍费尔对自己未来的方向举棋不定。他在巴塞罗那期间相当
自得其乐，因此考虑离开学术界而投身教牧。但他当时才二十三岁，
还要两年才到达按立牧师的年龄。由于他不愿意完全放弃在学术界
继续发展的机会，因此决定完成第二个博士后论文——也就是所谓
"特许任教资格"——以便得到在柏林大学担任讲师的资格。

他这篇题目为《行动与存有》的论文可说是《圣徒相通》的续篇，
主要是在探讨"什么是教会？"这个问题。在《行动与存有》里面，他以
哲学思辨的方式说明，神学不是哲学的分支，而是一门完全不同的学
问。对他来说，哲学是人类自行找寻上帝之外的真理，这是巴特所定
义的"宗教"的概念，也就是人类想要靠自己找寻天堂、真理或者上
帝；但神学从头到尾都是以信仰基督为依归。基督向世人启示他自
己，在这种启示之外不可能有其他真理，因此，哲学家——以及以哲
学预设为前提的神学家——的所作所为，只不过是在捕风捉影。哲
学家无法从内而外突破这个困境，但是上帝可以借着启示从外而内
介入处理这个困境。

朋霍费尔在那年完成《行动与存有》，并在 1930 年 2 月送审。贝
特格认为下面这个段落是其中的"经典"之笔。

> 上帝尚未启示他自己之前，问题的重点不在于上帝的自由
> （永远与上帝神圣的自我同在），但在上帝启示他自己之后，也就
> 是在上帝借着启示踏出上帝［神圣］的自我之后，上帝的自由就
> 成为问题的重点。这关键在于上帝赐予的道、圣约，也就是上帝
> 被他自身的行为所约束。就上帝的自由来说，最明确的证据就
> 是，上帝自由选择接受时空的约束成为人类，并且任由世人处
> 置。上帝的自由不是要远离世人，而是为世人的益处。基督就
> 是上帝的自由的话语。也就是说，上帝不再是永恒的非客体
> （eternal non-objectivity），而是——姑且这么说——"可得的"
> （haveable），可以在教会里借着道把握得住。对上帝自由的抽象
> 理解与具体认识在此交会。[1]

　　从巴塞罗那回来后的那年,朋霍费尔重新投入格鲁尼沃尔德涵盖众多亲友的庞大知识分子社交圈。这段期间他们当中发生许多事情。那一年他妹妹苏珊嫁给他的朋友华特·德瑞斯;他的大哥卡尔-费德里希迎娶克里特·冯·杜南伊(Grete von Dohnanyi);接着在朋霍费尔搭船前往美国前两天,他的哥哥克劳斯跟艾米结婚,艾米——以及她的两个兄弟麦克斯(Max)和贾斯特斯(Justus)——从小就跟他一起长大,因此一直都可算是整个家庭的一员。虽然朋霍费尔没有那么快就传出喜讯,但是他一直跟当时正在柏林大学攻读博士学位的伊丽莎白约会。

　　汉斯·杜南伊(Hans Dohnanyi)当时得到一个在柏林担任德国司法部长私人助理的工作,于是他和克莉丝特从汉堡搬回瓦根罕街14号正对面的房舍居住。跟他们住在一起的还有薛恩(Schönes),这位似乎是朋霍费尔家的远亲。

　　一旦《行动与存有》完稿、送审并通过查核后,朋霍费尔就可以正式在大学任教;不过在此之前,他势必需要屈就比较低阶的职务。1929年4月,也就是暑期班开始的时候,他接下学校系统神学研讨班中“大学自愿助理教员”(voluntary assistant university lecturer)的工作。这份职务要求他担负正式教授觉得自己承担有失体面的所有责任。对朋霍费尔来说,这就是要负责“分发钥匙与保管缴回的钥匙,管理研讨班的图书馆以及提出新书采购单”。

　　1929年,朋霍费尔受邀参加当时高龄八十七岁的哈纳克教授的最后一届研讨班。当时朋霍费尔的神学思想已经转变成跟哈纳克不同的立场,但他知道自己的成就有大半应该归功于哈纳克。他受邀在哈纳克惜别会上致词时,大方地表示:“虽然您已经不再担任研讨班的老师,不过我们依旧自称是您的学生。”

　　他从巴塞罗那回来后那一年,认识了弗朗兹·希尔德布兰特(Franz Hildebrandt),一位绝顶聪明的神学生。他们是1927年12月16日,也就是朋霍费尔博士论文口试前一天,在西伯格教授研讨班外面认识的。希尔德布兰特的说法是,“不到五分钟我们就开始唇枪舌战——从那天开始我们之间的论战没有停过,直到我们因为流亡与战争而分开。"希尔德布兰特表示,他们在一起的每一天都争论不休,"要跟朋霍费尔交朋友,就非得跟他辩论不可。"

如今,既然朋霍费尔已经回到柏林,于是他们又继续展开舌战,希尔德布兰特就此成为朋霍费尔除家人之外最亲密的挚友。几年后,希尔德布兰特也将成为朋霍费尔在教会抗争过程中最亲密的盟友。希尔德布兰特比朋霍费尔大三岁,而且跟朋霍费尔一样是在柏林的格鲁尼沃尔德长大的。他父亲是知名的史学家,而母亲则是犹太裔。就当时德国的标准看来,希尔德布兰特应该算是犹太人,而这正好是我们进入棘手的德国犹太人议题的切入点。

路德与犹太人

许多犹太裔德国人,例如莎宾的丈夫格哈德以及希尔德布兰特这些人,不但融入德国文化,而且受洗成为基督徒。他们当中有许多人,像是希尔德布兰特,是立志一生献身基督教事工的虔诚基督徒。但短短几年后,德国纳粹党为要把犹太人赶出德国人的生活,连带也把他们赶出德国教会。[对德国纳粹党来说]这些"非雅利安人"(non-Aryans)公开宣告信仰基督教没有什么意义,因为德国纳粹党完全是从种族观点衡量一切,认为一个人最重要的是基因成分与血缘族谱,个人内心的信仰毫无价值可言。

要了解德国人、犹太人与基督徒之间的关系,就必须回到马丁·路德,德国血统与基督教信仰在他身上充分地融合在一起。他无疑堪称德国基督徒的典范,但德国纳粹党却利用他的权威欺骗大众。然而,就对犹太人的评价来说,路德的观点不但混淆,而且让人感到惴惴不安。

路德在生命即将结束前,个性变得非常古怪而反复无常,如果单就他那段时期所写关于犹太人的言论与文章看来,简直就是恶毒的反犹太主义。德国纳粹党充分利用他这些晚年的著作,好像这些就是路德对犹太人议题的定论,然而就他早期的著作看来,事实绝非如此。

路德初期对犹太人的看法堪称一种表率，尤其就他所处的时代来说更是如此。他厌恶基督徒对待犹太人的方式。他在 1519 年问道，"我们不仅残酷地对待他们，又视之如寇仇——就我们对待他们的方式看来，我们比较像是禽兽而非基督徒"，犹太人怎么会想要归信基督教？四年后，他在一篇题目是《耶稣基督生为犹太人》的文章中写道，"如果我是犹太人，又看到管理与教导基督教信仰的是这么一群蠢蛋笨货，我情愿当一只猪，也不要成为基督徒。他们把犹太人当作狗而不是人一样地对待他们；他们只是一味地嘲讽犹太人以及抢夺犹太人的财产。"显然路德深信犹太人能够归信基督教，而且希望他们能归信。因此，路德从来就不像德国纳粹那样认为犹太人与基督徒是两个互相抵触的身分。路德就跟使徒保罗一样，希望把原本属于他们（后来才传给外邦人）的产业交给他们。保罗表示，耶稣降临为的"先是犹太人"。

但这初期的喜悦与乐观为时不久。因为路德成年后大部分时间都深受便秘与痔疮之苦，有一只眼睛罹患白内障，再加上内耳病变，导致他不时会晕眩、昏厥以及耳鸣；他另外还有情绪起伏与忧郁等症状。随着他身体健康恶化，任何事情似乎都会触怒他。他听到会众唱诗无精打采时，会骂他们"一群音盲"，然后拂袖而去；他攻讦亨利八世是娘娘腔，该遭天打雷劈；而在神学上跟他相对立的人则是"魔鬼的打手"与"皮条客"。他的用语越来越粗俗下流，他称教宗是"敌基督"以及"在所有老鸨淫虫之上的大老鸨"；他谴责天主教会的婚姻规范，并指责教会"贩卖阴户、阳具和生殖器"；为表达他对魔鬼的轻蔑，他说自己会放个屁给它当令牌；他恶毒地嘲笑教宗克莱门三世（Clement III）的文笔："教宗放了一个大屁！他一定是用尽了吃奶的力量，才放得出这么个雷霆万钧的屁——他的肚皮肛门居然没有爆裂真是奇闻！"路德对所有下流污秽的事情似乎都情有独钟。不仅他的文笔流露出这种情形，连他医生对他的诊断也一样：针对他的病情之一，他们建议他要服用"大蒜与马粪"，而鲜为人知的是，即使在他离世之际还接受了一次徒劳无功的灌肠。我们要了解的是，他对犹太人的态度就是在这种环境下产生的,而他生命中的一切,也都需要参照他的健康状况来解读。

这一切的起源是他在 1528 年参加一场犹太盛宴(kosher food)后感染了严重的腹泻。他认定这是犹太人下毒要害死他,当时他已经在各地树敌无数。在他过世前十年,他罹患的疾病包括胆结石、肾结石、关节炎、下肢脓疮以及尿毒症,此时他口出秽言达到肆无忌惮的地步,他就是在此时写下《论犹太人及其谎言》(Von den Jüden und Iren Lügen)这篇低俗的论文,他曾经称呼犹太人是"上帝选民",此时却称他们是"低贱又淫荡的族类"。数百年来他的思想遗产显然无法摆脱他在这段期间所写出的文字的影响,而且它们在四百年后成为史无前例之恶行的借口,这是即使路德在深受便秘之苦最严重期间,想都想不到的恶行。平心而论,他是一视同仁地攻击每一个人,可说是维滕堡的唐克里斯(Don Rickles)①,他攻击的对象包括犹太人、伊斯兰教徒、天主教徒以及跟他同一阵线的新教徒。随着他生命力逐渐衰微,他深信末世即将来临,因此他对每个人的看法都更加晦暗。他已经无法相信理性思考,甚至一度表示理性就是"恶魔的姘头"。

但在他过世前三年,这出悲喜剧转变成了大悲剧,路德主张要采取行动对付犹太人,这些行动包括放火焚烧犹太会堂和学校、拆毁犹太住宅、没收他们的祷告书、强夺他们的钱财并强迫他们劳动等等。或许有人认为这些只是路德的轻狂想法而已;然而,戈培尔(Goebbels)以及其他德国纳粹党员,却因为路德把他最低俗的思想化为文字而欢欣不已,不但发行出版,而且成功地利用这位伟大德国基督徒的认可推动了一场彻底违背基督教义的疯狂运动。这些身着褐色军装的人,对路德写过的难以计数的理性文字一点也不感兴趣。

值得注意的是,路德针对犹太人的最低俗的谩骂,绝对不是出于激进的思想,而是因为他早先向犹太人传福音,但他们却毫不在乎,然后才激起他的火气;另一方面,德国纳粹党则下定决心阻止犹太人信仰基督教。只要想一下路德对整个德国产生的影响力,就可以了

---

① 已故知名英国刻薄喜剧(insult comedy)演员。——译者注

解整个情势混乱的程度。纳粹党不断重复路德最粗鄙的言论，以利用它们达到目的，并且说服大多数德国百姓：身为德国人与基督徒乃是种族的传承，而这一切跟犹太人可说是水火不容。德国纳粹党在骨子里反对基督教，却因为要拉拢对神学认识不清的德国人帮助他们对抗犹太人，而假装自己是基督徒。

多年后，贝特格表示，包括他自己和朋霍费尔的多数人，都不知道路德说过这些反犹太的胡言乱语。直到宣传反犹太思想不遗余力的施特赖歇尔(Julius Streicher)开始印行这些作品，一般人才逐渐知道这些言论。对于朋霍费尔这些虔诚的路德宗信徒，在得知这些作品之后想必会感到震惊与疑惑。但因为他非常熟悉路德所有其他著作，他很可能把这些反犹太作品当作是一个狂人的胡言乱语而置之不理，丝毫不会动摇他一贯的信仰。

综观德国当时即将面临的一切，朋霍费尔与希尔德布兰特之间的友谊可说是在最恰当的时机绽放。贝特格表示，希尔德布兰特和朋霍费尔"英雄所见略同"，对局势的所有看法都很一致，而希尔德布兰特"对朋霍费尔影响很大，不久之后朋霍费尔就更加视圣经为至高标准"。希尔德布兰特还是一位杰出的钢琴家，他会在朋霍费尔缺席的时候，担任朋霍费尔家庭音乐会的正式伴奏。

朋霍费尔在 1930 年回到巴塞罗那，参加好友图姆的婚礼。不久之后，他就兴起到美国进修一年的念头。这是因为他的导师麦克斯·迪斯特尔觉得，既然还要一年的时间，朋霍费尔才到达接受按牧的二十五岁，不如趁机赴美进修。朋霍费尔的哥哥卡尔-费德里希曾经在 1929 年受邀赴美讲课，因此可以帮助他了解当地的状况。朋霍费尔起初对美国之行兴致不高，后来有机会获得纽约市的协和神学院(Union Theological Seminary)的斯隆奖学金(Sloane Fellwoship)才提起兴致。

哈纳克在 6 月份过世。德皇威廉学会在 6 月 15 日为他举行追思礼拜，致词的来宾都是显赫人物，正好与这位传奇人物相呼应。其中一位就是二十四岁的迪特里希·朋霍费尔，他以哈纳克学生的名义致词。贝特格表示，"相较于排在他之前那些年龄较长而且地位崇高者",他的致词一点也不逊色。那些人包括文化部长、国务大臣、内政部长以及其他高官达人。贝特格写道,"他对先师的推崇与景仰,让许多人感到讶异,因为他自己的立场明显跟哈纳克不同。"朋霍费尔公开表示:

> 借着他,我们可以清楚地了解,唯有自由才能孕育出真理。我们从他身上看到的是一个自由表达真理的表率,他不断自由自在地厘清真相,发现真理,然后清楚明确地传讲真理,即使面对大多数人的反对,依旧义无反顾。这为他赢得……所有想要自由表达心中想法的年轻人的友谊,因为这就是他对他们的期许。而他有时候会对我们学术界近来的发展表示担心并发出警告,只是因为他担心某些人的想法可能会把单纯的追求真理和不相关的议题混淆在一起。因为我们都知道,只要他在,我们就可以高枕无忧,我们视他犹如学术圈中对抗各种舍本逐末、安于现状以及食古不化等弊病的坚固堡垒。[2]

朋霍费尔的这番话显示出他绝对不是当今所谓的**文化斗士**,也不可以随便地把他归类为**保守派**或者**自由派**。虽然他不同意哈纳克的自由神学主张,但是他非常认同哈纳克所遵循的原理原则,而且他清楚了解这些原理原则比从它们演绎出的结论更重要。任何站在真理这一方的同胞,不论他最终的立场为何,都值得赞美褒扬。朋霍费尔表现出的这种美德,部分袭自哈纳克以及孕育他的格鲁尼沃尔德的自由传统,而朋霍费尔则毫不吝惜地承认这一点,并且公诸于世。朋霍费尔的父亲是把这种思维传授给他的主要导师。卡尔·朋霍费尔对事情的看法也许跟他儿子不一样,但是他对真理的尊重以及对想法跟他相左的人的尊重,就是所有文明社会的基础,每一个人都可以和和气气地表达不同意见,也可以谦恭有礼地一起讨论。在后来几年间,这个理想备受攻讦,德国纳粹党将燃起文化斗争的战火,挑拨他们的敌人彼此对抗。他们会用尽心机,吸收保守派以及基督教众教会,在他们壮大之后,就会掉过头来对付这二者。

朋霍费尔在 7 月 8 日接受第二次神学测试。《行动与存有》在 7 月 18 日通过审查,因此他得到在大学任教的资格,接着他在 7 月 31 日发表就任演讲。他决定在那年秋天赴美的过程并不顺利。朋霍费尔觉得美国的神学并没有值得借鉴之处。在他看来,美国的神学院比较像是职业学校而非真正的神学院。但到了最后,他觉得此行还是值得的,这个决定扭转了他一生的方向。

朋霍费尔在行前特地准备了一本美国成语手册;他也写下一篇论文,驳斥德国是第一次世界大战唯一祸首的观念。毕竟,他所前去的是一个多数人民都不认同他的观念的国家,而他不愿意自己毫无预备地贸然前往。朋霍费尔认为德国在战后遭受盟国不公与恶劣的对待,因此他在这趟旅程之初对此议题心中不免带有戒心。他在美国停留期间,勇敢地公开谈论这个议题,向大众说明德国人的观点,结果美国人对德国所表现出的同情,远超乎他当初的想象。

朋霍费尔计划在 9 月 6 日由海路前往美国。他的哥哥克劳斯在 9 月 4 日迎娶艾米。婚礼次日,他跟父母一起前往不来梅港(Bremerhaven),然后他父母在 6 日早上 8 点半陪同他登上哥伦布号(Columbus)轮船。他们一起在这艘巨轮上谈论了两个小时,然后互道珍重。他靠着船边栏杆向他们挥手道别,他们就在码头上拍下最后一张照片。船在 11 点半拔锚启航。

哥伦布号是一艘设备豪华、排水量达三十三吨的巨轮,是全德国速度最快、吨数最大的船只,象征着德国光明灿烂的未来。宣传手册上夸口"船上美轮美奂的装潢以及奢华的航海行程,可说是集现代科学成就与艺术价值的大成",远超过其他所有船只。九年后,也就是 1939 年 12 月 19 日,哥伦布号为避免被英国战舰掳获而在特拉华(Delaware)外海被凿沉。届时,她那让人叹为观止的装潢将灌满海水,整艘船沉入三英里深的海底。但这一切还在遥远的未来。现下,她充满自信地鼓足蒸汽,以惊人的每小时 40.7 公里速度向西航行。

那天傍晚,朋霍费尔在船上的"写作沙龙"写信给他的祖母:

我舱房的位置并不理想。它位于整艘船的底层。其实我还没有跟我的室友碰过面。我尽量从他留在舱房的物件想象他的模样。帽子、手杖,还有一本小说……在我看来,他应该是一个有教养的美国青年,希望他不会是一个年老的德国乡巴佬。我已经胃口奇佳地吃过两顿大餐;简言之,我正在尽情享受这艘船上的一切,我也把握机会认识了几位合得来的旅客,因此时间过得很快。我马上就要去睡觉了,因为我希望明天一早能尽量多参观英国。目前我们正沿着比利时海岸航行。可从船上看到远方的灯光。[3]

结果,朋霍费尔的室友恰好就是卢卡斯博士(Dr. Edmund De Long Lucas),他四十八岁,是一位家境富裕的美国人,也是印度拉合尔(Lahore)福尔曼基督教学院(Forman Christian College)的校长。卢卡斯的博士学位得自哥伦比亚大学,而该校就位于朋霍费尔所要前往的协和神学院的对街。朋霍费尔非常热情地告诉他自己想要前往印度的计划,于是卢卡斯博士就邀请他到拉合尔旅游。他们甚至计划好朋霍费尔的旅程,应该由西往东横越北印度到达贝拿勒斯(Benares),然后在途中参访拉合尔。

朋霍费尔认识的另外两位友人是德裔美籍的厄恩夫人(Mrs. Ern)和她十一岁大的儿子理查德,他们要到瑞士探望男孩的妹妹,因为她正在一家从事顺势疗法(homeopathic)的水疗中心治疗脑膜炎。朋霍费尔逐渐熟识他们,而且在这一年期间,他有时候会在周末搭火车到斯卡斯代尔(Scarsdale)郊区拜访他们。

朋霍费尔在登船后的第一个早晨就起个大早,大约在早上7点钟左右,他生平第一次看到英国。从哥伦布号的右弦就看得到多佛(Dover)沿岸的白垩峭壁。朋霍费尔不知道自己最后会在英国逗留多久,也不知道英国以及他当时结交的朋友对他来说会是多么珍贵。

就在他向西航行、跨越海洋之际,第一批印制好的《圣徒相通》已经送达他父母亲的住处,恰好与他失之交臂。他在三年前就已经写完那本书,却不知道出版的过程会延宕这么久。书籍送达的时候,甚至还附带一笔额外的印刷费账单。朋霍费尔显然无意推广这本书，也无意分送给朋友。按照贝特格的说法是，"这本书被当时的热门议题无声无息地埋藏在深处。不出朋霍费尔所料，那些名嘴没有讨论这本书，大学教授也没有把它列为教科书。"

第 **7** 章
朋霍费尔在美国

1930~1931年

他们喋喋不休，大放厥词，不但没有真凭实据，而且信口开河……他们甚至连最基础的问题都不了解。他们饱受自由派思想与人本思想的茶毒，又嘲笑基要派，其实就他们的程度来说，根本不够格。

纽约教会的证道内容几乎无所不包；唯独一样不谈，或者说鲜少提到，以致我还未听到过，那就是耶稣基督的福音、十字架、罪与赦免、死亡与永生。

——迪特里希·朋霍费尔

朋霍费尔搭乘的轮船通过自由女神像，朝向曼哈顿岛前进的时候，这个城市让他惊讶得瞠目结舌。爵士时期（Jazz Age）末尾的曼哈顿，是一个能够让所有游客都感到眼花缭乱的地方，即使在大都会长大的朋霍费尔也不例外。如果柏林所表征的是旧世界——风华刚逝的过气女伶；那么纽约就像是充满无穷活力，正值豆蔻年华的妙龄少女：整个曼哈顿岛都散发出喜孜孜的朝气。曾经是全球最高建筑的曼哈顿银行大楼被仅仅在三个月之前刚落成的银色尖塔——克莱斯勒大厦（Chrysler Building）所取代。但是当时每星期搭建四楼半的帝国大厦，正以史无前例的速度蹿升，将在几个月之后凌驾其他大楼之上，而且保持领先地位长达四十年之久。同时在兴建中的还有组成洛克菲勒中心的十九栋装饰艺术建筑,以及住宅区的乔治·华盛顿大桥,它不久后将成为世界上最长的一座桥,长度几乎是旧记录的两倍。

尽管眼前一片繁荣景象,依旧挡不住前一年股票市场崩盘造成的重大冲击,朋霍费尔不久后就会看到其恶果。不过,在他有机会欣赏曼哈顿市区景观之前,会先看到费城郊区的景象。在码头迎接他的是祖母塔菲尔家的两个亲戚哈罗德(Harold)和厄玛·贝里基(Irma Boericke),两人马上就带他到宾州,接下来的一星期,他就在那里和他们两人,以及他们非常美国化的孩子雷伊(Ray)、贝蒂(Betty)和平基(Binkie)一起度过。卡尔-费德里希在前一年曾经造访贝里基,现在朋霍费尔写信告诉他:"我们坐车到四处旅游。我今天要去学打高尔夫球;傍晚的时候,经常有人请我们下馆子,要不就在家里玩游戏。简直不敢相信这里距离欧洲这么遥远,因为这里有许多方面都跟欧洲非常相似。"

不知不觉中,他的这番话变得很讽刺。当他在这以"手足情"命名①的城市练习挥杆的时候,家乡已经发生巨变。9月14日,也就是他抵达美国后两天,德国议会举行选举,而选举结果震惊全球:德国纳粹党在德国政党中原排名第九,同时也是德国最小的政党,选举之前在德国议会中仅占十二席,希特勒期望选举后席位能增加四倍;而选举结束后,他们总共得到一百零七个席位,远远超过希特勒殷切的期待,德国纳粹党就此跃居全国第二大政党。历史向前的脚步虽然踉跄,却是决定性的。此时,朋霍费尔正在费城同雷伊、贝蒂、平基玩闹;他对此事一无所知。

"这里没有神学可言"

朋霍费尔趾高气扬地进入协和神学院,而这并非没有理由。德

---

① 费城的字面意思就是"手足情"。——译者注

国神学家睥睨全球，而朋霍费尔就是其中最顶尖神学家的学生——还跟他们一起搭电车，没有几个协和的学生敢说自己曾经跟哈纳克一起通勤。朋霍费尔已经得到柏林大学的博士学位，如果他想要得到协和的教职，几乎就跟他得到入学许可一样简单。因此，当所有其他交换学生在努力攻读硕士学位之际，朋霍费尔却认为这是不必要的，甚至有损他的地位。由于不需要攻读学位，所以他有充分的自由探讨他感兴趣的题目，并且随兴而为。结果，他在纽约这段期间从事的课外活动，对他的未来产生非常深远的影响。

朋霍费尔在亲身体验协和的学术环境后，发现整个神学的情况比他预期的还糟。他在写给导师麦克斯·迪斯特尔的信中说道：

> 这里没有神学可言……他们喋喋不休地大放厥词，不但没有真凭实据，而且信口开河。那些学生——年龄平均二十五到三十岁——对于教义的真正意义完全一无所知。……他们甚至连最基本的问题都不了解。他们饱受自由派思想与人本思想的荼毒，又嘲笑基要派，其实就他们的程度来说，他们根本不够格。[1]

朋霍费尔根本没有料到他会在协和遭遇到什么状况，然而自由派和基要派之间的激烈论战，在1930年全面展开。协和的学生就在旁边观战。一方是主张自由神学的河畔教会（Riverside Church）——距离协和神学院仅一石之遥，由洛克菲勒（John D. Rockefeller）出资专为其人兴建——主任牧师，也是当时全美最著名的自由派讲员哈里·爱默生·福斯迪克（Harry Emerson Fosdick）；另一方是主张传统信仰而被视为基要派的沃特·邓肯·布坎南（Walter Duncan Buchanan），他是协和神学院南六个街口之外的百老汇长老教会的主任牧师，长老会的兴建毫无洛克菲勒的资助。

福斯迪克1922年担任纽约第一长老教会牧师时，发表了一篇声名狼藉的题为《基要派赢得了吗?》（Shall the Fundamentalists Win?）的证道。他在证道中仿效《使徒信经》的格式，表达他对大多数基督教历史事件的质疑，其中包括童女生子、复活、基督的神性、赎罪、神迹以及圣经就是上帝的话语。这篇证道挑起一场战争，双方交火最激烈的时期就是在 1920 年代到 1930 年代之间。当地长老会立即着手进行调查，但是身为美国东岸富裕白人新教徒（WASP，White Anglo-Saxon Protestant）后裔的福斯迪克毫无畏惧。为他撑腰的是背景相同的约翰·福斯特·杜勒斯（John Foster Dulles），后来他曾经在艾森豪威尔总统任内担任国务卿，而他的父亲则是位知名的自由派长老会牧师。福斯迪克在教会还来不及谴责他之前就提出辞呈，接着他受邀担任时髦先进的帕克大道浸信会（Park Avenue Baptist Church）牧师，洛克菲勒是其中赫赫有名的会友，而他基金会底下的慈善部门就是由福斯迪克的亲兄弟负责管理。

洛克菲勒基金会眼见这是一举击溃纽约基要派的良机，马上就出资为福斯迪克建造一座教堂，作为他推展"先进"的现代主义观点的根据地。朋霍费尔刚开始在协和神学院进修时，就恰逢献堂——整个献堂过程极其盛大隆重，无人不知，无人不晓，可说是当时文化界的盛事。

这座教堂可不是一般的教堂，它是不计成本打造出来的现代主义与进步的圣堂，几乎完全仿效沙特尔大教堂（Chartres Cathedral）。教堂上面有一座高达三百九十二英尺的尖塔，以及全球最大的钟琴，总共有七十二盏吊钟，世界最大的吊钟也在其中。教堂所在的位置可以俯瞰壮观的哈德逊河，而且就紧邻着协和神学院。福斯迪克不但是协和的毕业生，后来还在协和开设讲道学课程，所以协和神学院不但接受、甚至广传他的神学思想。建堂的用意是要影响协和、哥伦比亚以及巴纳德（Barnard College）①那些涉世未深的学生接受其神学思想，八十年来它始终如一地贯彻这个目标。

河畔教会在 10 月份落成的时候，由另一个东岸企业家之子亨利·卢斯（Henry Luce）经营的《时代》周刊带头喝彩。周刊把福斯迪克的照片刊登在当期的封面，并且以他及河畔教会为封面故事，撰写了一篇非常柔性的文章，读起来就像是时尚杂志报导天王巨星的家

---

① 美国第一所招收女学生的高等学府。——译者注

居生活：

> 福斯迪克先生计划为这个高尚的小区建造一座最美轮美奂的教堂。他也计划满足这个稍嫌偏僻的都市的社会需求，因此他大兴土木，建造各式各样小区教会必备的设施——体育馆、剧场、餐厅，等等。除了各种行政人员之外，他还要聘请两位助理牧师。在这栋高达二十二层楼的钟塔里面，有十层楼是用来训练年轻人从事宗教与社会工作的教室，从婴儿到大学教授都深受其惠。其中一层是妇女团体的缝纫教室，另有一层是妇女查经班。福斯迪克博士的研究室和会议室位于十八楼，装潢富丽堂皇。其上的楼层是董事会的会议厅，摆设的是简单厚实的家具……他们未必个个家财万贯，未必个个位高权重，但他们全都有社会学的头脑。[2]

这篇谄媚的文章把福斯迪克描绘成伽利略与圣女贞德的后裔，而且还在行文之间顺便嘲讽那群不洁净的基要派，而福斯迪克就像是鼓足勇气拿着弹弓和洛克菲勒的大钞，跟他们对抗的牧羊童子。

朋霍费尔发现协和神学院站在福斯迪克、洛克菲勒以及卢斯这一边。他们为要表现出自己比他们所恨恶的基要派更高深，完全放弃严谨的学术研究；他们似乎早已胸有定见，而且为达目的不择手段，认定所有基要派提出的观点都是错误的。对朋霍费尔来说，这是可耻的行径。尽管他不同意哈纳克最终的结论，但他认同并景仰哈纳克对真理与学术研究的尊重。虽然他在协和神学院遇到一些认同哈纳克自由派思想的人，但他们连替他解鞋带都不配，他们根本不了解、也不在乎哈纳克的思维过程。

次年夏天，朋霍费尔向德国教会当局报告他在协和神学院的所见所闻。他写道："要了解美国学生，一定要亲身体验学生宿舍的生活。"他真心认同协和神学院以及在美国一般日常生活中透露出的群体的重要性与开放性。就各方面来说，这就是他观察一切事物的关键。

每天生活在一起会形成一种患难与共的情谊、一股互助合作的精神。每天在宿舍走廊里会传出上千声"嗨"的打招呼，即使只是匆匆路过随意地喊一声，也不会是像一般人认为的毫无意义……宿舍里面没有人会落单。毫无保留的共同生活，会让人与人之间坦诚以对；如果一件事情的后果与群体意志有所冲突，胜出的一定是群体意志，这就是所有美国人思想的特色；我在神学界与教会里的观察尤其如此，真理对他们的生活模式并没有产生深远的影响。因此，群体的基础不在于真理，而在于"公平"（fairness）；在宿舍里，只要对方是"好人"（good fellow），彼此就能相安无事。[3]

五年后，朋霍费尔在岑斯特和芬根瓦得所进行的著名的基督徒群体生活实验，就是以他在协和神学院宿舍的半群体生活经验为蓝本。

这种生活方式不仅欠缺静默的时间，同时也欠缺积极开发个人思想的动力，而德国大学中比较孤立的个人生活的特点却有助于开发个人思想。因此在知识上比较没有竞争，而对于知识的渴望也比较平淡。这导致教室里的讲课与讨论都非常乏味，无法进行任何激烈、详尽的批判讨论。整个气氛比较像是一团和气的交换意见，而不是追根究底的研究。[4]

他承认美国神学生比德国神学生更了解"日常生活"，也更关心是否能够把自己的神学落实在日常生活中，不过"大部分〔协和神学院〕的学生都把注意力放在社会需要上"。他表示，"就事工的装备来说，在智识层面的训练非常薄弱。"

他认为神学生可以区分为几种基本类别：

最勤奋的学生显然……把真正的神学抛在一边，而去钻研经济与政治问题。他们觉得这就是在为当前这个时代更新福音……在这个团体的呼吁下，协和神学院的全体学生整个冬天持续为三十个失业人口——其中有三人是德国籍——提供食宿，并且为他们提供咨询。此举让他们牺牲许多个人时间与金钱。然而，我一定要提的是，这个团体几乎没有接受任何神学教育，而他们却自以为是地嘲笑特定的神学议题，不但毫无根据，更显出他们的无知。[5]

另有一个团体对宗教哲学非常感兴趣，经常围绕在朋霍费尔景仰的列曼博士（Dr. Lyman）身边，然而，在"他的课堂上，这些学生所表达的，都是些非常粗浅的异端思想"。朋霍费尔表示：

> 这些学生在提到上帝和世界时，态度非常轻率，这让人感到非常讶异……在这里几乎无法想象，那些即将牧会的学生，以及一些已经在牧会的学生，竟然会在神学院问一些实践神学的问题——例如，是否真的要宣讲基督，或是只在讲道结尾处带有理想主义地、巧妙地提一提就可以了——这就是他们的态度。
>
> 协和神学院的神学环境导致美国基督教世俗化的速度加快。它批判的主要对象是基要派，同时在某种程度上也反对芝加哥的激进人本主义；这是正当而必要之举。但是在它们拆毁一切后，却没有留下任何重建的地基，一切都随着拆毁而一去不返。如果一个讲员在神学院公开演讲时引用路德《意志的束缚》（*De servo arbitrio*）关于罪与赦免的段落，却导致极多的神学生因为感觉荒谬而哄堂大笑，那么就足以证明他们完全不了解基督教神学的本质。[6]

他的结语让人惶恐，"我个人认为在那里几乎学不到什么……但这对我来说，似乎也可以得到一些启迪……我们可用美国所遭遇的主要危机警惕自己。"

朋霍费尔的指导教授约翰·贝利（John Baillie）看出来朋霍费尔

"是我们当中，到那个时候为止，最信服巴特博士的学生；同时也是我所见过反对自由派立场最坚定的人"。

朋霍费尔对美国教会（尤其是纽约教会）的观察，跟他对协和神学院的看法息息相关：

> 教会里的一切也大同小异。证道被简化为教会对新闻事件的评论。自从我到这里之后，只听过一次算是真正在宣告福音的证道，而且出自一位黑人牧师之口（我确实渐渐发现，一般来说，黑人在信仰上的敬虔与创意上比较突出）。就眼前所见所闻来说，我脑海中始终在思想一个重大的问题，那就是：这里是否还有基督教可言……不要期待一个已经不再传讲上帝话语的地方结出任何果实。那么基督教的未来呢？[7]

> 开明的美国人并没有带着怀疑的眼光看待这一切，反而认为这是进步的契机。在南部各州的基要派讲道非常兴盛，在纽约只有一个知名的浸信会教堂，还能向信徒与慕道友传讲肉身复活与童女生子。

> 纽约教会的证道内容几乎无所不包；唯独一样不谈，或者说鲜少提到，以致我还未听到过，那就是耶稣基督的福音、十字架、罪与赦免、死亡与永生。[8]

福斯迪克在协和神学院教导讲道学的时候，会在课堂上发放证道题目。他不屑地把其中几个题目归类为"传统主题"。朋霍费尔目瞪口呆地发现《罪得赦免与十字架》也被列为其中之一！福音的核心不但被藐视，还被莫名其妙地冠上"传统"两个字。他说：

> 大部分我看到的教会都是这样。那么取代基督教信息的是什么呢？那是一种基于对"进步"（progress）的信仰而孕育出的道德理想主义与社会理想主义，而且谁也不知道为何认定自己属于"基督教"。至于由基督徒集聚而成的教会，已经变成一种

社会团体。任何一位浏览过任何一个纽约大教会每周活动（每天、甚至每小时都有各式各样的茶会、演讲、音乐会、慈善表演、为各年龄层举办的运动会、竞赛、保龄球赛、舞会）的人；任何听过他们以融入小区为由，说服新居民加入教会的人；以及任何熟悉牧师在讲坛上邀请大家入会时露出的尴尬紧张表情的人，都可以评价这种教会的良莠。当然这一切的进行会表现出各种不同程度的技巧、格调以及用心。部分教会基本上属于"慈善"教会；另外还有些教会主要重点放在社会认同。然而，这两种教会都不可免地让人觉得他们已经忘记真正的重点。[9]

朋霍费尔发现唯一明显例外的依旧是"黑人教会"。如果他在美国的一年期间有任何收获的话，那应该是他在"黑人教会"的经历。

朋霍费尔一如既往，不只专心研究学术，他把握时间探索整个城市的一切，而陪同他完成此举大部分的是四位协和的同学：法国籍的琴·拉瑟尔（Jean Lasserre）、瑞士籍的欧文·舒茨（Erwin Sutz）、美国籍的保罗·莱曼（Paul Lehmann）以及非洲裔美籍的弗兰克·费舍尔（Albert Franklin "Frank" Fisher）。朋霍费尔与他们每个人交往的经验，都成为他在协和那年的重要环节。不过，对他影响最大的，还是他跟在阿拉巴马州长大的费舍尔之间的友谊。

费舍尔在 1930 年进入协和神学院的时候，被分派到哈林区的阿比西尼亚浸信会（Abyssinian Baptist Church）实习社会工作。朋霍费尔很快就对河畔教会的证道感到厌烦，因此费舍尔邀请他参加阿比西尼亚教会的崇拜时，他就非常兴奋地跟他一起去了。朋霍费尔终于在社会底层的非裔美籍社区，听到传讲福音的证道，并见识到其大能。阿比西尼亚教会的讲员是健壮的亚当·克莱顿·鲍威尔博士（Dr. Adam Clayton Powell）。

鲍威尔是奴隶之子，他的母亲是纯种的切罗基人（Cherokee），他父亲则是非裔美籍。他出生的日子是李将军在阿波马托克斯镇（Appomattox）投降（即 1865 年 4 月 9 日）后三星期，鲍威尔的早年可说是在各种得救见证的前半段（酗酒、暴力、赌博等）中度过的，但是在俄亥俄州瑞德郡（Rendville）一场为期七天的复兴聚会中，他决志相信主耶稣，从此就抛弃过去的一切不再回首。他在1908年就担任历史悠久的阿比西尼亚教会的主任牧师；整整一百年前，杰斐逊担任美国总统期间，一群纽约市第一浸信会的非裔美籍会友，因为反对教会实施种族分离政策，强迫划分座位区，于是离开教会，另外成立阿比西尼亚教会。鲍威尔在讲坛上发声，传讲远大的异象与信心。他在1920年经历一场激烈的唇枪舌战后，把教会迁移到哈林区，在138街兴建起一栋高耸的新建筑，同时也是哈林区最早的小区休闲中心之一。他说："我们没有因为要建造阿比西尼亚浸信会和社区中心而义卖一张票券或者一匙冰淇淋。每一块钱都是来自什一奉献与自由奉献，而上帝浇灌下他那超出我们灵里需求而漫溢四流的恩赐，成就了他的应许。到1930年代中期的时候，阿比西尼亚教会的会友人数已经高达一万四千人，堪称当时全美所有新教派别中规模最大的教会。朋霍费尔在了解这一切后，心中感到难以置信。

在协和神学院备感饥渴的朋霍费尔，终于享受到一餐丰盛的神学飨宴。鲍威尔把奋兴讲员的烈火、高深的学术以及社会异象结合在一起；他竭力对抗种族歧视，同时直言不讳地传讲耶稣基督救恩的大能；他没有落入非此即彼的窠臼，他认为这二者不能各自单独存在，如果得着二者的话，就能得着一切而且更丰盛。只有在二者合而为一的情形下，上帝才会参与其中，也唯有此时才会把生命浇灌下来。这是朋霍费尔第一次看到教会按照上帝的命令传讲与活出福音，他整个人完全被这一切深深吸引，此后他在纽约期间的每个主日，都会参加那里的崇拜，并教导一班男童主日学；他积极地参加好几个教会里的小组，不但得到许多教友的信任，还受邀到他们家里做客。朋霍费尔知道阿比西尼亚教会里年长的会友出生的时候，美国还没有废除奴隶制度。当然，他们有些人就出生在那个可怕的环境里。

阿比西尼亚教会的音乐是他经验中的重要环节。朋霍费尔找遍纽约的唱片行，要购买每个主日在哈林区让他深受感动的"黑人灵歌"。这种音乐里面透露出的喜乐与振奋的力量，让他更确定音乐在

朋霍费尔家八个子女(约 1910 年)以及保姆,在格拉茨山脉的伍尔夫斯假日别墅合影。卡尔和葆拉站在右后方。迪特里希坐在保姆的左手边,保姆手上抱着排行最小的苏珊。卡尔·朋霍费尔形容那里是位于"恩尼兹山脚下的小峡谷,紧贴着森林的边缘,有一片草原、一条小溪、一座旧谷仓以及一棵果树,树的主干上有一条分枝,正好可以当长条凳给孩子们坐"。

卡尔·朋霍费尔和四个男孩合影(约 1911 年)。由上而下:卡尔-费德里希(1899~957),华特(1899~1918),克劳斯(1901~1945),迪特里希(1906~1945)。

右下角)迪特里希·朋霍费尔,摄于 1915 年。

柏林格鲁尼沃尔德区瓦根罕街 14 号，朋霍费尔一家人在 1916 年迁居此地。整栋建筑现今已分为八户公寓，摄于 2008 年。

迪特里希·朋霍费尔，摄于 1928 年。

1920～1921 年间，朋霍费尔在柏林格鲁尼沃尔德预科学校就读的班级

1932年复活节，朋霍费尔带着锡安教会坚信班学员到弗里德里希斯布伦的度假别墅旅游。朋霍费尔写道："除了一扇窗框破损甚令一切都完好无于蚀……只有管家妈妈对这样无产阶级的大苦人尽有占不满"

希格梭夫神学生，摄于 1938 年。朋霍费尔站在第三排最左边。埃博哈德·贝特格站在第四排最右边。

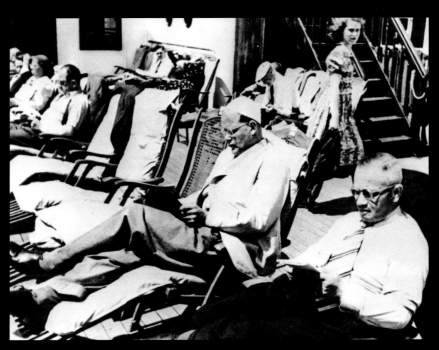

朋霍费尔在 1939 年 6 月第二个星期搭乘不来梅号前往纽约。

位于巴伐利亚阿尔卑斯的伊塔尔修院，是朋霍费尔于 1940～1941 年间的冬天撰写《伦理学》的地点。他写信告诉贝特格："我在食堂用餐，睡在招待所，可以使用图书馆，我有自己的钥匙可以进入修院，而且昨天还跟院长有一段非常充实的长谈。"

Um CHRISTI willen
im Widerstand gegen das Naziregime verfolgt
weilten in Ettal

P. Rupert MAYER SJ ‡1876
Aug. 1940 – Mai 1945

Pastor Dietrich BONHOEFFER ‡1906
Nov. 1940 – Febr. 1941

Herr, wann Du willst, dann ist es Zeit,
und wann Du willst, bin ich bereit,
genug, daß ich Dein Eigen bin.

Von guten Mächten wunderbar geborgen,
erwarten wir getrost, was kommen mag.
Gott ist mit uns am Abend und am Morgen
und ganz gewiß an jedem neuen Tag.

伊塔尔修院的迪特里希·朋霍费尔纪念碑。

1939 年 7 月，朋霍费尔离开美国并永久返回德国前，在伦敦与双胞胎妹妹莎宾会面。

玛林伯格大道 43 号的朋霍费尔住宅，摄于 2008 年。现今是纪念馆。朋霍费尔的房间在顶楼。1943 年 4 月 5 日他在这里被捕。

朋霍费尔的双亲,卡尔与葆拉。埃博哈德・贝特格形容他们的婚姻关系"非常融洽,彼此的优点因此相得益彰。他们在金婚庆祝会上表示,他们结婚五十年来,两人分开的日子,即使把单独一天也计算在内,都不会超过一个月"。

敬拜中的重要地位。他要把这些唱片带回德国，放给他在柏林以及后来在波罗的海偏远多沙的岑斯特和芬根瓦得的学生听。他把这些唱片视若自己藏家宝的一部分，而对许多他的学生来说，这些音乐就跟月球岩石一样充满魅力。

朋霍费尔同时还阅读许多"黑人文学"，并在感恩节假期跟费舍尔一起前往华盛顿特区。他在写给父母的信中提到，他"跟一位白人和两位黑人同学一起开车到华盛顿"。朋霍费尔表示对购物中心的设计，以及国会山庄、华盛顿纪念碑以及林肯纪念堂"形成一条直线，三者间则隔着大片宽阔的草地"感到赞叹。林肯纪念堂"非常宏伟壮观，林肯的雕像比本人放大了十到二十倍，夜间有明亮的灯光照耀整个宽敞的厅堂……我越认识林肯就对他越感兴趣"。

这趟跟费舍尔一起到华盛顿的旅行，让他更切身地了解到美国的种族歧视，这是鲜少白种人有过的体验：

> 在华盛顿的时候，我就住在黑人社区里面，然后在同学的介绍下认识所有黑人运动的主要领袖人物，并且就在他们家中跟他们进行非常发人深省的讨论……他们的处境确实是外人无法想象的。种族隔离不仅仅限于华盛顿以南的火车、电车和巴士而已，例如我曾经想和一位黑人到一家小餐厅用餐，结果连我都被挡在门外。[10]

他们一起拜访费舍尔的母校，也就是只招收黑人的霍华德大学（Howard University），当时还年轻的瑟古德·马歇尔（Thurgood Marshall）①正就读该校的法律系。朋霍费尔逐渐对美国种族歧视的情形非常关切，而那年3月轰动全美的斯科茨伯勒案（Scottsboro case）②爆发后，他就非常注意案件的发展。他在写给卡尔-费德里希

---

① * 美国最高法院第一位非裔美籍大法官。——译者注

② ** 九位非裔美人被控性侵两位白人女子的案件，哈珀·李（Harper Lee）的名著《杀死一只知更鸟》（*To Kill a Mockingbird*），就是以此案为底本。——译者注

的信中说道：

> 我想看看美国南部教会的情况（据说那里的情形还是相当特殊），然后更深入了解黑人的处境。我不太确定自己在了解此地这个问题上所花费的时间是否足够，尤其是德国没有类似的情形，不过我觉得这件事非常有意思，而且我从来不会对此感到乏味。我觉得目前正有一个真正的运动在酝酿着，并且我相信黑人将继续为白人提供重大贡献，远超过他们的民歌。[11]

当时他认为"德国没有类似情形"，但这个想法很快就破灭了。卡尔-费德里希回信道："当我在那里的时候，我就觉得那是最严重的问题。"然后他表示，他在美国看到的种族歧视，就是导致他回绝到哈佛任教的原因：他担心长久居住在美国，可能会让他同流合污，而他的子女也会落入"染缸"。就跟他的弟弟一样，他也不认为当时德国曾出现类似的情形，甚至表示"相较之下，我们的犹太问题只是一个笑话，德国没有太多人认为自己正遭受迫害"。

当然，我们可以嘲笑他们目光短浅，不过要知道，朋霍费尔家的子女是在格鲁尼沃尔德长大的，那是一个由学术与文化精英组成的社区，三分之一的居民都是犹太人。他们从来没有看过、也没有听说过，任何能与他们在美国目睹的一切——对待黑人犹如二等公民，并且日常生活完全跟当时的白人同胞隔离——相比拟的事情。不久之后，朋霍费尔在美国南方看到的情形，让他更加伤痛；两地的情形更加难以比较，因为德国的犹太人拥有平等的经济地位，而美国的黑人则完全没有。就影响力来说，在社会的各个层面都有德国犹太人占据高位，这是美国黑人绝对达不到的地步，而且在 1931 年的时候，任何人都无法想象德国的情形会在短短几年内就恶化。

朋霍费尔在非裔美籍社区的体验，让他心中逐渐浮现出一个想法：他在美国教会看到的真正敬虔与力量，似乎都出现在不但曾经遭受苦难，而且现在仍正遭受苦难的教会。总之，他在这些教会以及这些基督徒身上看到一些神学界——即使最顶尖的学术殿堂，例如柏林——未曾触及的层面;他从与法国人琴·拉瑟尔的友谊中也得到同样的信息。

朋霍费尔尊敬拉瑟尔的神学地位,但不赞成他强烈的和平主义观点。然而,因为朋霍费尔尊重他的神学立场,也可能因为他们都是欧洲人,因此他愿意深入了解拉瑟尔的想法。拉瑟尔说服朋霍费尔接受他的想法,甚至参与合一运动,"我们相信的是神圣大公教会、圣徒相通,还是法国永存不朽的理想? 我们不能同时身为基督徒又是国家主义者。"

然而,让拉瑟尔的想法深深打动朋霍费尔的,不是两人的对话,而是一场电影。

电影的力量

现今已成为反战小说经典之作的《西线无战事》(*All Quiet on the Western Front*),在 1929 年畅销德国与欧洲。这本书对迪特里希·朋霍费尔的战争观产生非常深远的影响,其结果不但决定他一生的方向,最终还导致他的死亡。这本书的作者是雷马克(Erich Maria Remarque),他是参与过第一次世界大战的德国士兵。这本书一问世就立即畅销百万册,而且在一年半的时间内,被翻译成二十五种语言,成为二十世纪初最畅销的小说。朋霍费尔可能是 1930 年在协和神学院修习莱因霍尔德·尼布尔(Reinhold Niebuhr)的课程时,或者更早的时候,阅读这本书的,但改变朋霍费尔一生的并不是这本书,而是由其改编的电影。

这部电影以当时前所未见的雷霆万钧之势,赤裸裸地再现了战争的恐怖,获得奥斯卡最佳影片与最佳导演两个奖项。因为该片积极反战的立场,在整个欧洲掀起一片怒火。电影一开场就是一位怒目的老学究,鼓励年轻学子冲向前线保卫祖国,在他身后的黑板上写着一句希腊文,内容是《奥德赛》中祈求缪斯赞美攻陷特洛伊城的伟大战士的那段话。老学究口中吐出贺拉斯的名言"为祖国牺牲乃是光荣的本分"（Dulce et deocrum est pro patria mori）。对这些年轻人来说，战争的荣耀就是学校灌输给他们的伟大西方传统的一部分，因此他们一起开拔前往满是泥泞与死亡气息的战壕。他们大部分都战死沙场，而且在死前几乎都会胆怯退缩或者精神错乱。

这是一部反对英雄主义又让人惴惴不安的电影，主张国家主义的人在看这部片子时，一定会感到一阵阵的尴尬与愤怒。无怪乎，对刚刚萌芽的国家社会主义党来说，这部电影似乎是国际主义者的宣传片，而其源头就是导致德国在电影所描述的那场战争中战败的祸首——犹太人。德国纳粹党当权后，在 1933 年焚烧了许多雷马克的书籍，并且散布流言说，雷马克其实是犹太人，而且他原本的姓氏是克雷默（Kramer）——雷马克英文的反写。但眼前的 1930 年，他们攻击的是那部电影。

德国纳粹党刚出炉的宣传部长戈培尔立刻采取行动。他带领纳粹党的青少年党员，也就是希特勒青年团（the Hitlerjugend），在电影试映到一半的时候，把胡椒粉、臭弹以及老鼠丢入电影院。电影院外面则有穿着黑色制服的党卫队煽起群众暴动，党卫队后来简称 SS。这种双管齐下造成混乱的方式，就是纳粹党早期恫吓百姓的手段，结果就使这部电影在整个德国被禁演，直到 1945 年才解禁。

然而，这部电影仍得以在美国各地放映，朋霍费尔是在纽约市某个周六的午后，和拉瑟尔一起观赏这部电影的。在这部痛斥战争的电影里面，他们两人的国家互为敌国，而当时他们并肩坐在一起，看着电影里德法两国的男孩与男人互相屠杀。整部电影里面最动人心魄的一场戏，应该就是主角——一个年轻的德国士兵——用尖刀刺入一个法国士兵的身体，最终对方断气了。在他死前，他跟杀他的凶手一起躺在战壕里，而他挣扎着呻吟了好几个小时。那个德国士兵被迫要面对自己一手造成的恐怖结果。后来，他抚摸着临死的这个年轻人的脸颊，想要安慰对方，并用水湿润他干燥的嘴唇；接着，在法国人死后，德国士兵躺在尸体的脚旁，祈求他的原谅。他发誓要写信给对方的家人，然后他找寻并打开那个法国人的皮夹，他看到那人的名字以及他妻子与女儿的照片。

　　银幕上的暴力和苦难所透露出的悲伤，让朋霍费尔和拉瑟尔流下泪来，但对他们来说，更难承受的是戏院里的反应。拉瑟尔记得观众里面的美国小孩在看到德国人（电影情节是从德国观点叙述的）杀法国人的时候，竟然大声欢呼叫好。对朋霍费尔来说，这是无法忍受的情形。拉瑟尔说他几乎无法平抚朋霍费尔的情绪，他相信朋霍费尔就是在那天午后开始主张和平主义。

　　拉瑟尔经常提到登山宝训及其对他神学思想的影响。从那时开始，这也成为朋霍费尔生命与神学的重要部分，后来终于导致他写下著名的《作门徒的代价》。同样重要的是，朋霍费尔因为跟拉瑟尔之间的友谊而参与合一运动，并促使他投入对抗希特勒与德国纳粹党的反抗运动。

　　朋霍费尔对文化活动非常感兴趣，因此他在纽约可说是如鱼得水。他在写给迪斯特尔的信中说道："如果你想要彻底体验纽约生活的话，几乎能让你整个人精疲力竭。"对喜欢新鲜事物的人来说，美国可以让他心满意足。他不是穿梭在曼哈顿体验当地文化，就是搭乘火车或者汽车到其他地方旅游。他曾经数度到费城拜访外祖母塔菲尔家亲戚，也曾经搭火车到斯卡斯代尔拜访厄恩一家人。他在 12 月的时候跟欧文·舒茨一起搭火车尽量往南方前进，而他们在佛罗里达到达陆路的尽头后，搭船前往古巴。

　　朋霍费尔在古巴遇见幼时的家庭教师凯丝，她那时正担任哈瓦那德国学校的老师。朋霍费尔那年就在当地过圣诞节，并向一群德国会众证道，他用来证道的经文是摩西在尼波山上离世的那段故事。朋霍费尔一生都深受这个故事的震撼，十三年后，他在写给未婚妻的信中，对他在古巴的经历有如下叙述：

　　　　太阳总是能吸引我，它常提醒我人类是从尘土而来，不只是一口气与思想而已。甚至有一年圣诞节我到古巴证道，眼前景观从北美的冰雪世界转变为那里的艳丽热带植物时，我几乎经不住诱惑要颂扬太阳而差点忘记自己准备好的证道词。那是场千真万确的危机,这就是每年夏天我一感受到阳光的照耀,就必须面对的挑衅。[12]

在古巴旅游之前与之后,朋霍费尔都曾在美国南部逗留一段时间,不断地思考种族关系:

> 美国南部各州实施的黑白隔离政策,确实让人感到非常不耻。搭火车的时候,甚至连最微不足道的地方都要彻底隔离。我注意到一般而言,黑人的车厢会比其他车厢更干净;我也很高兴看到白人要摩肩擦踵地才能挤进车厢,而黑人车厢却空荡荡的只有一个人端坐在里面。南方人一提到黑人口气就非常嫌恶,就这方面来说,牧师得到的对待也不会比其他人好。我深深相信黑人灵歌可说是美国的顶尖艺术成就。一个高唱四海一家、和平等等口号的国家,竟然袖手旁观地放任这种情形,实在令人为之气结。[13]

朋霍费尔在来年1月——二十五岁生日前两星期——写信给双胞胎妹妹莎宾。对他来说,二十五岁是一个里程碑。他既然在二十一岁就得到博士学位,因此对自己期许甚高,但情况似乎陷于停滞的状态:

> 对我来说,即将年满二十五岁实在有点令人丧气……在我的想法中,如果我现在已经结婚五年,育有两个小孩,然后拥有一栋自己的房子,那么就可以名正言顺地庆祝二十五岁生日……我还没确定生日那天要怎么过。有几个人知道我的生日,然后坚持要举办庆生会,场地是在一对已婚同学的住处。不过,我或许还会到戏院看出好戏。不幸的是,我没办法在生日的时候,向你举杯敬酒,因为这会触犯联邦法令;这真是非常令人扫兴,其实没有人认真遵守禁酒令④。[14]

---

④ 美国在1920～1933年禁止制造与贩卖酒饮。——译者注

　　结果举办朋霍费尔庆生会的地点是莱曼夫妇位于格林威治村的公寓。他写信告诉莎宾，希望能够在 5 月到印度旅行，和卢卡斯教授重逢并会见甘地。他希望能够往西绕地球一周，然后回到德国。不过，从纽约到印度的旅费太昂贵了。他和莱曼在纽约码头绕了几回，想要找到一个货船的船长能够给朋霍费尔非常优惠的折扣，结果徒劳无功。他决定把旅程延后到更恰当的时机。

　　莱曼夫妇就像是朋霍费尔在纽约的家人，在他们的陪伴下他感到欣慰，而他们也是一样。许多年后，保罗・莱曼在英国广播公司的一场演讲中表示：

　　　　[朋霍费尔]对完美的追求，不论是仪态、举止或者其他跟文化相关的一切，都合乎德国风范。简言之，他表现出的是最高雅的贵族精神；但朋霍费尔同时也是最不符合德国风范的德国人。虽然他流露出贵族精神，却不会让人反感，我想主要是因为他每到一个新环境，都对周遭所有事物感到非常好奇，又具有迷人与无穷尽的幽默感。[15]

　　两年后，莱曼夫妇到德国探望朋霍费尔时，朋霍费尔和保罗写信给美国的司提反・怀斯（Stephen Wise）拉比，告诉他犹太人在德国的处境逐渐恶化。朋霍费尔与怀斯初识是在 1931 年的复活节。朋霍费尔原本希望能够参加美国教会的敬拜，他在一封写给祖母的信中解释这样做行不通的原因。

　　　　一定要在好久之前预定入场券才能进入较大的教会。因为我不知道这件事，所以唯一的选择就是趁满场前赶去参加一位知名拉比（他每个主日早晨都会在最大的音乐厅讲道）主持的聚会；他在讲道中对纽约市的腐败痛下针砭，并呼吁占纽约人口三分之一的犹太人挺身而出，把这座城市打造成上帝之城，那么弥赛亚就会真正降临。[16]

令人讶异的是，这是朋霍费尔唯一在纽约度过的复活节，而他参加的居然是犹太会堂的崇拜。

旅程

朋霍费尔的印度之旅并没有成行，但他在协和神学院一年的修业即将结束，于是他计划了另一趟旅行。他要开车经过芝加哥，然后到墨西哥。

朋霍费尔和拉瑟尔都想要一探墨西哥的天主教文化，因此决定一起到那里旅行。这趟旅程总共要开车四千英里，平均时速远低于五十五英里。厄恩家慷慨地把他们 1928 年的欧兹车（Oldsmobile）借给朋霍费尔出游。朋霍费尔在那年 3 月两度拜访他们，而他们就教他开车，但是他几次考照都没有通过。莱曼认为他应该放下德国人的骄傲，塞给主考官五美元，朋霍费尔断然拒绝。

最后决定由保罗·莱曼把他们一路载到芝加哥。朋霍费尔认为到那时，自己应该已经能够得心应手地开车。接着欧文·舒茨也决定加入他们的行列，但舒茨参加的合唱团即将在卡耐基厅公演，于是他们把行程延后到 5 月 5 日出发。舒茨跟朋霍费尔一样都是钢琴家，基于对音乐的热爱，那年他们一起去过许多场音乐会，其中还包括一场托斯卡尼尼（Toscanini）的音乐会。

5 月 5 日，这四位神学家就开着借来的欧兹车离开曼哈顿岛。他们计划往南开大约一千英里到圣路易。他们到达圣路易后，舒茨感觉自己已经受够了，于是就搭火车返回东岸。莱曼和拉瑟尔继续开车跟朋霍费尔往前行。他们大部分时间都跟流浪汉一样在户外露宿。

拉瑟尔回忆道：

> 有一天晚上，我们在一处安静的树丛边搭起帐篷，根本没有料到我们选择的地点竟然是一群猪的老窝。我们费尽力气才赶走它们，让那群气愤嘈杂的畜生不敢夺回它们的安乐窝。在经

过这一番折腾后，大家都累翻了，迪特里希倒头就睡着了；我心里还有点担心，因此睡得不好。黎明的时候，我先被吵醒，因为就在我附近传出稳定又响亮的鼾声，我以为迪特里希病得相当严重，赶紧转身去察看他，结果发现他睡得像婴儿一样熟。传出那阵把我吓醒的鼾声的，竟是一只巨大无比的猪，它四肢张开，紧靠在帐篷旁边躺着……迪特里希对这一切毫不在意，显然非常镇定。他的性格异常平和，愤怒、焦虑和失望对他来说全无作用。他似乎没法轻视任何人。[17]

拉瑟尔和朋霍费尔最后终于到达德克萨斯州拉雷多（Laredo）的墨西哥边境。但他们发现如果要从墨西哥返回美国，就必须在进入墨西哥之前取得入境许可。结果他们就逗留在拉雷多的圣保罗旅馆，想办法取得入境许可。他们发电报给已经返回纽约的保罗·莱曼，请他帮忙解决问题；同时也发电报给德国驻墨西哥大使求援。他们必须证明已经购买好从墨西哥返回美国后，由纽约返回不来梅的船票，因为美国的经济状况不允许欧洲人从墨西哥偷渡入境。最后，莱曼回复的指示是，"前往墨西哥市，回程时向美国领事申请过境签证。署长保证没有问题。"

他们把欧兹车留在拉雷多，然后进入墨西哥。他们两人搭乘墨西哥火车旅行了一千两百英里。维多利亚市有一所师范学院，拉瑟尔透过一位贵格会的朋友，安排自己和朋霍费尔共同举行一场联合演讲。这两位宿敌——一个法国人和一个德国人——前所未见的联袂合作造成一场不小的轰动。一般人难以想象，他们探讨的主题竟然是和平。朋霍费尔到位于墨西哥市以南，库埃纳瓦卡（Cuernavaca）以北的阿兹特克（Aztec）古迹旅游。在一张印有墨西哥金字塔图样的明信片上，他告诉年轻的友人理查德·厄恩：

我刚刚坐在这座金字塔上好长的一段时间，并且跟一位印第安牧羊童聊天，他虽然不会读书写字，但会说很多故事。这里的风景很美，气候也不太热，因为这里的海拔超过两千米。这里的一切都跟美国不一样。此地的穷人显然非常多。他们居住在小小的茅屋里,孩童往往或是只穿着汗衫,或是光着身子。一般人都很和气而且友善。我期待能回到你的车上,然后再跟你见面。保重,亲爱的小伙子。谨在此问候你与你的父母。[18]

朋霍费尔和拉瑟尔在 6 月 17 日返回炎热的纽约。三天后,朋霍费尔就搭船返回家乡。

第 **8** 章
柏林

他告诉我们跟他一起游遍美国的黑人朋友的故事……又提到黑人的虔诚……那晚将近尾声的时候，他说道："我跟那个黑人朋友道别时，他对我说：'把我们的苦难告诉德国人。让他们知道我们目前的遭遇，并向他们说明我们是什么样的人。'"

——沃尔夫-迪特·齐默曼（Wolf-Deter Zimmerman）

一般大众普遍相信希特勒能够拯救德国百姓。但在课堂上我们却听到，耶稣基督才是唯一的拯救。

——英格·卡尔丁（Inge Karding）

朋霍费尔在 6 月底从美国返回德国。不过，他只在家停留几天就再度出国。他父母想尽办法吸引他留在弗里德里希斯布伦，即使如此，仍敌不过等在瑞士的机会。原来欧文·舒茨已经安排好一切，介绍他认识卡尔·巴特。

朋霍费尔在 7 月 10 日前往波恩。果不其然，初次见面他就非常欣赏这位神学大师。他写信告诉父母说："我终于和巴特见面了，那天在他家中的夜间讨论更让我深入认识他。我真的非常喜欢他，也非常佩服他的讲课……我想我在这里的期间一定能够受益良多。"

有位学生在巴特的专题讨论课程中（可能就是第一次的夜间讨

121

论)引用路德的名言:"有时候,非信徒的咒诅听起来比信徒的赞美还悦耳。"巴特一听此言心中大悦,因此询问是谁说的,原来正是语出朋霍费尔。这可能就是他们初次相识,两人马上就结为朋友的契机。

7月23日,四十五岁的巴特邀请二十五岁的朋霍费尔共进晚餐。当晚在场的只有朋霍费尔跟巴特博士两人,因此可以提出隐藏在心中多年的问题。朋霍费尔表示,"巴特的谈话比他的著作和讲课更让我备加欣赏,因为他就活现在我眼前,这是我前所未有的经验。"又表示,"他的心胸非常开阔,只要是言之有物的反对意见,不论对方是否固执己见、态度傲慢,或者谦虚、武断、犹疑,也不论是否符合他的神学思想,他都乐于听取。"

此后两年,朋霍费尔经常拜访巴特。朋霍费尔曾在1932年9月到瑞士伯格利(Bergli)拜访巴特,当时巴特刚完成其巨著《教会教义学》(Church Dogmatics)第一卷未久。他也拜访了舒茨,后者介绍他认识瑞士神学家布龙纳(Emil Brunner)。1933年柏林大学神学教授出现空缺,朋霍费尔想要运用他家族在普鲁士文化部的影响力替巴特说情。但当时希特勒刚成为德国总理,从此开始,一切都以政治立场为首要考虑,任何批评过希特勒观点的人,都别想在学术界以及其他机构担任要职。结果填补空缺的是沃贝明(Georg Wobbermin),他的立场跟穿黄衫的新任总理完全一致。巴特后来写信告诉朋霍费尔,"在这个希特勒当权的时期,由沃贝明替补施莱尔马赫的空缺,当然比我更胜任……我听说你曾经大力支持我……认为我才是最适当的人选。尽管世界的局势极其恶劣,但在任何情况下,我们都不能怀忧丧志,不是吗?"

当时希特勒攀升到总理高位才两年之久。朋霍费尔在纽约居留的时间只有短短九个月;但就某方面来说,又似乎恍如隔世。当他离开纽约的时候,纳粹党只是晴朗的天空中遥远的一小块薄云;如今却已成为一片雷声轰轰,几乎笼罩着整个天空的乌云。

朋霍费尔在写给舒茨的信中表示:"整个情势确实非常严峻。"他觉得他们"正处于世界历史的重大转折点",一场巨变即将到来。但究竟是什么呢?朋霍费尔的真知灼见让他预见到不论未来的趋势如何,教会都将备受威胁;他甚至怀疑教会能否继续存留。他问道:"这样一来,我们的神学还有何用处呢?"当时朋霍费尔心中生出一股前所未有的急迫感与危机感,他觉得自己一定要警告世人未来的趋势。仿佛他知道一棵能让家庭在其树荫下野餐、孩童在树枝上荡秋千的大橡树内部已经腐朽,随时都可能倒下来压死树下的人。周围的人都看到他的改变,迹象之一就是他的证道更加严肃。

巨变

德皇威廉纪念教堂(Kaiser Wilhelm Memorial Church)的遗迹就像一尊座像,矗立在如塑料与水泥构成的荒漠般的柏林商业区。在经过1943年英国皇家空军的轰炸后,大多数区域已成为废墟,而这座曾经让人惊叹不已的大教堂,现在只剩下一个弹痕累累的钟楼外壳,就像是一个沉重的现代主义装置艺术,提醒世人战争的毁灭力量。然而,就如一般人所说,它在战前可是柏林的荣耀之一。

朋霍费尔在1932年受邀在宗教改革纪念主日(Reformation Sunday)到那里证道。[*]那天是德国纪念路德以及伟大的宗教改革传承的日子。那天会众所期待的信息,就跟美国主流新教教会会众在7月4日所期待的信息没有两样:一篇高昂、爱国的证道。德国会众期待自己会受到德国路德宗传承的鼓舞而趾高气昂,同时更因为自己抛下所有外务,坐在这硬梆梆的座椅上,让这个伟大的传统绵延不绝而感到骄傲不已。壮硕魁梧的国家英雄兴登堡那天很可能就坐在会众当中,因为他平常就是在这座教会崇拜。那应该是一场非常美妙的崇拜! 就这样,心中期待着一篇温暖愉快信息的会众,想必最终会发现朋霍费尔的证道听起来简直就像是先从正面给他们一记直拳,又从侧面补上一记勾拳。

---

* 他在那几年曾多次到那里暂时代替他的朋友杰哈德·雅可比(Gerhard Jacobi)牧师
① (1930年代教会抗争期间他是朋霍费尔的亲密盟友)证道。

当天的经文隐约透露出信息的内容。第一处经文是《启示录》2：4～5：“然而有一件事我要责备你，就是你把起初的爱心离弃了。所以，应当回想你是从哪里坠落的，并要悔改，行起初所行的事。你若不悔改，我就临到你那里，把你的灯台从原处挪去。”熟悉朋霍费尔证道的会众，一听到这节经文，很可能就会从侧门溜出礼拜堂。另一方面，若是他们能心甘情愿地接受一场震撼教育而留在座位上，那他们就不会感到失望。

朋霍费尔一开场就提到坏消息。他表示，新教教会的时间已经所剩无多，现在“是我们必须面对这件事的时候”。他说，德国教会不是正在凋零就是已经凋零。接着他就把矛头指向在场的会众。他指责会众盛装打扮要出席一场庆典，其实是一场丧礼。他说：“号角吹得再响也无法安慰濒死之人。”然后他指出时人眼中的英雄马丁·路德，其实是他们为满足自己的私欲而抬出来的“死人”。他就好像是先向在场的会众泼一桶冷水，然后再把鞋子脱下来砸他们。他说道：“我们还不明白，现在的教会已经不再是路德的教会。”他认为他们都犯了“不可原谅的肤浅与傲慢”，他们为达到自己的目的滥用路德的名言，“这是我的立场，我别无选择”——就好像这句话适用于他们，如同适用于当时路德宗的教会。这就是整篇证道的梗概。

他在那年传讲过这类的证道不只一次。但朋霍费尔究竟看出什么端倪，而他为何要这么迫切地传讲他的看见？他似乎想要唤醒每个基督徒，不要再把教会视为等闲。他们全都在梦游中走向致命的悬崖！但没有几个人认真对待。对多数人来说，朋霍费尔只不过是个戴着眼镜、拘谨严肃的学究，而且还是个宗教狂。此外，他传讲的信息让他们感到非常沉重郁闷！

大家一定会好奇朋霍费尔传讲这些信息用意何在。他真的期待坐在下面的会众把他的信息放在心里？然而，他所说的都确实无误，而他也认为上帝已经拣选他传讲他所说的一切。他非常认真地实践、传讲上帝的道这件事，而且不敢在讲坛上传讲他个人的意见。他也了解即使直接传讲来自上帝的话语，还是可能会遭到世人排斥，正如旧约先知的信息曾遭人排斥，以及耶稣曾被排斥那样。先知的职责就是直截了当且又顺服地传讲上帝想要说的话语；至于这信息是否被接受，则是上帝与他百姓之间的事。然而，传讲这么十万火急的信息，又知道这些是上帝传递给信徒（同时也是排斥这信息的人）的话语，会让人觉得痛心不已。但这就是先知职分的痛苦，而被上帝拣选成为他的先知，也就意味着要跟上帝一起承担上帝的苦楚。

朋霍费尔在前一年显然经历过一些变化，而且延续到此时。有些人甚至称之为归信，而这不太可能是实情。对朋霍费尔和亲近他的人来说，他的信仰在前一年明显地更加进深，而且他也更清楚感觉到他自己蒙受上帝的呼召。

几年后，他在 1936 年 1 月的一封写给伊丽莎白·辛恩的信中，透露出他在这段期间的转变：

> 我接下这个服事的心态非常不符合基督徒的标准。许多人都知道我深受自己私心的困扰……接着有些事情发生了，这些事情让我的生命得以转变，而且一直持续到现在。我开始真正了解我过去经常传讲的圣经。我非常了解教会的运作，而且经常探讨与传讲教会——但我始终没有成为基督徒……我知道自己当时是在利用耶稣基督的教义谋求个人的利益……我向上帝祷告以后永远不再重蹈覆辙。同时，我一直都没有祷告，或者说只是敷衍了事地祷告。尽管孤独感围绕着我，但我感到相当自满自足。然后，圣经，尤其是登山宝训，让我摆脱这一切。自从那时候开始，一切事情都为之一变。我和我周围的人都清楚感觉到这件事。这是非常大的释放。我逐渐知道教会必须活出耶稣基督仆人的生命，而我也一步步了解自己必须付出的代价。接着我就遭遇到 1933 年的危机。这让我更加坚强。我现在也认识其他跟我有相同目标的人。如今我最关心的事情就是教会与事工的复兴……我现在非常清楚自己的呼召。我虽然不知道上帝将来会成就些什么事情……但我一定要走在这条道路上。或

许这条道路并不漫长。① 然而能够确知自己的呼召让人欣慰……
我相信唯有在未来事成之后，我们才会了解这一切的美好。重
要的是我们要坚持到底。[1]

朋霍费尔在纽约的那段时间，尤其是在"黑人教会"的崇拜，对这
一切自有其贡献。他在那里听到福音的信息，又看到一群苦难中百
姓的真诚敬拜。那些火热的信息以及充满喜悦的敬拜与赞美，让他
的眼界大开而转变他的生命。他是否因此而得到"重生"？

我们虽然并不清楚整个过程，但非常了解事情的结果。至少他
从此开始固定参加教会聚会，这可是他生平头一遭，并且尽可能领受
圣餐。莱曼夫妇在 1933 年到柏林旅游的时候，就注意到他们的这位
朋友有所改变。两年前还在纽约的时候，他对参加教会活动毫无兴
趣。他喜欢在哈林区带领孩子，他喜欢参加音乐会、看电影以及参观
博物馆，他也喜欢旅游，喜欢在哲学和学术层面辩论神学观念——但
如今有所不同。到底发生了什么事情，让朋霍费尔突然之间非常认
真地参加教会的聚会？

担任教职的朋霍费尔

朋霍费尔在前往协和神学院之前，取得柏林大学神学教师的资
格，因此他回来后马上就担任起教职，开设专题讨论并授课。但他讲
授神学课程的方式跟多数人的期待不尽相同。他生命的转变也扩及
到他在课堂讲课以及主持专题讨论的方式。

齐默曼是朋霍费尔那段期间教导的学生之一，他在 1932 年秋天
初识朋霍费尔。开课第一天教室里只有屈指可数的几位学生，而齐
默曼当时正想要开溜。然而，他莫名地感到好奇，于是留在课堂上。
他回忆当时的情景：

---

① 参见《腓立比书》1:23。

一位年轻的讲师踏着轻快的步伐站上讲台,他那整齐的头发相当稀疏,脸型宽阔,带着一副无框的金丝夹鼻眼镜。在简短的欢迎后,他用坚定又稍微低沉的声音说明课程的意义与架构。接着,他就打开讲稿开始授课。他指出,我们目前经常扪心自问,自己是否仍然需要教会,是否仍然需要上帝。但是他说,这是错误的问题。需要被质疑的是我们自己。教会存在,上帝也存在,而我们要面对的问题是,我们是否愿意站出来服事,因为上帝需要我们。[2]

这是大多数德国讲坛上罕见的言论,更是大学课堂上从来没有过的言论。但是朋霍费尔并非一夕之间就变得比较感性,或说比较没有理性。他讲课的风格"非常专注,相当沉着,几乎没有情绪起伏,清楚明确,并带有理性的冷静,有点像记者一样"。这种坚定的信仰和理性智识的结合,让人信服不已。另一个学生弗伦斯·雷赫尔(Ference Lehel)表示,他们"非常专心地听他讲课,甚至连苍蝇飞的声音都听得到。有时候,课程结束把手中的笔放下来时,我们真可说是汗流浃背"。然而,朋霍费尔并非总是这么严肃正经,他不时会突然流露出未泯的童心,多年来不少友人都注意到这一点。雷赫尔到他家中拜访,当受邀留下来吃晚餐的时候,雷赫尔婉拒他的邀请,但朋霍费尔在挽留他时表示:"这可不是我的饼,而是我们的饼,如果我们一起吃的话,就会剩余十二筐。"①

朋霍费尔经常邀请学生到家里。他乐于参与他们的生命,正如他曾经参与格鲁尼沃尔德主日学小朋友的生命,以及周四论坛那些年轻朋友的生命一样。雷赫尔记得朋霍费尔用下面这番话激励他的信心:

> 我在学习过程中遭遇困难的时候,他会以牧师、兄长和朋

---

① 指圣经中五饼二鱼的故事。——译者注

友的身份陪伴我。他推荐我阅读卡尔·海姆（Karl Heim）的《信仰与思想》（*Glaube und Denken*）时，指出海姆能够体会怀疑者的心情；他不会浸淫在肤浅的护教学里面，以傲慢的态度攻讦自然科学。他说，我们必须体会怀疑者的心情，甚至跟他们一起怀疑。[3]

另一个学生，奥托·杜慈（Otto Dudzus）回忆起朋霍费尔邀请学生到他父母家参加音乐晚会的情景：

> 他不计较自己的身份地位，把所有的一切都开放给别人。他带领我们进入的是他手中的珍贵宝藏，也就是他父母亲那优雅、高贵、带有浓厚文化气息又开放的住所。举行音乐会的那晚（先是每星期一次，后来每两星期一次）就是充满这种气氛，让我们感觉这就像是自己的家。而朋霍费尔的母亲也总是尽力款待我们。[4]

即使 1934 年朋霍费尔远赴伦敦的那段期间，他的父母亲依旧把那些学生视若己出地招待他们，把他们纳入自己的社交圈与亲友。朋霍费尔没有把自己的家庭生活和基督徒生活切割开来。他的父母亲因此能认识不少优秀的神学生，而他的学生也能认识不同凡响的朋霍费尔家族。

英格·卡尔丁是朋霍费尔教过的少数女学生之一，她对第一堂课的记忆是：

> 他给我的第一印象就是，他好年轻！……他的长相非常清秀，而且仪态大方……他跟我们这些学生的相处非常自在……但就一位那么年轻的男子来说，他却透露出一股坚毅与高贵的气度……他始终都保持一定的距离……我们跟他在一起的时候，都不会随便开玩笑。[5]

朋霍费尔的另一个学生舍恩赫尔（Albrecht Schönherr）表示：

> 他本人的样貌其实跟许多相片都不一样。有些相片把他拍得有点圆滚滚的，其实他具有运动员的体格，相当魁梧，而且额头相当宽阔，类似康德的额头。不过，他的声音却和他的体格完全不相匹配。他声音的腔调有点高，所以千万不要被他的声音误导。他的声音毫无煽动性。其实他对这一点感到相当高兴，因为他从来就不想成为具有煽动力的政客（那些以声音、外貌或者"天赋"，而不是以内容取胜的人）。[6]

朋霍费尔一直对魅力这个"问题"感到惴惴不安。他不相信魅力，而希望单单借着他的话语以及逻辑打动其他人。

尽管如此，还是有一群学生围绕在他身边。他们讨论的场地不再局限在课堂与研讨室。他们想要在大学校区之外继续讨论。有些同学每星期会在齐默曼位于亚历山大广场附近的阁楼上聚会一次。聚会的场地非常拥挤，但他们会讨论好几个小时，一面吸烟一面讨论。朋霍费尔甚至为这些聚会定下特别规范，正如他带领周四论坛一样。这不是漫无目的的高谈阔论，而是按部就班地认真探讨议题。他们的宗旨是在"运用纯粹、理性的思考，穷尽议题的各个面向"。

朋霍费尔以开放的态度思考所有问题，而他教导学生仿效他的榜样。他们以严谨的推论总结出合理的结论，然后从各种角度检视，确定自己穷尽所有可能，因此不至于被情绪左右。他非常重视神学观念，一如他父亲或卡尔-费德里希对科学观念以及他哥哥克劳斯对司法观念的重视。他以同样严谨的态度面对圣经、伦理以及神学议题，并且务必要分辨出所有陈腔滥调，然后加以铲除、丢弃。任何人之所以想要得到经得起考验的答案，是因为想要按照那样的方式生活。这一切务必要化为行动，而且成为生命的实质内容。一旦我们了解上帝话语的意义，就必须忠实地按照上帝的话语而活。而在当时，德国的行动带来了重大的后果。

学生发现朋霍费尔非常开放又有耐心。赫尔姆特·特劳布

(Hellmut Traub)注意到朋霍费尔"极其谨慎,随时准备考察摆在他面前的新问题,即使最天马行空的观念也不放过"。学生知道从他那里学会如何耐心地全盘思考问题的所有方面。"他那保守的个性、严谨的学校教育以及巨细靡遗的态度,让他不至于骤下结论。"

大约 10 点半左右他们会移步到附近的啤酒馆继续轻松地交谈。朋霍费尔总是会主动付账。

齐默曼表示,有一晚,朋霍费尔带来他在纽约买的"黑人灵歌"唱片:

> 他告诉我们跟他一起游遍美国的黑人朋友的故事……又提到黑人的虔诚……那晚将近尾声的时候,他说道:"我跟那个黑人朋友道别时,他对我说:'把我们的苦难告诉德国人。让他们知道我们目前的遭遇,并向他们说明我们是什么样的人。'我要在今晚完成这个使命。"[7]

他那时很可能已经开始思考,上帝对教会的呼召就是要"与受苦的人站在一起"。

许多在这段期间接受过朋霍费尔教导的学生,都成为他生命中的一环。部分学生跟他一起参与合一运动,而且他们许多人后来纷纷投入岑斯特和芬根瓦得的地下神学院。其中包括奥托·杜慈、舍恩赫尔、乔基姆·卡尼茨(Joachim Kanitz)、尤根·温哈格(Jugen Winterhager)、齐默曼、赫伯特·耶勒(Herbert Jehle)以及英格·卡尔丁。

朋霍费尔的理想不只是要以大学老师的身份教导他们。他希望能训练他们活出真正的基督徒生命,包括从圣经的角度了解时势,一直到以耶稣基督门徒的身份,而不是以研究神学的态度研读圣经。就当时德国大学神学教授来说,这是非常独特的作法。

朋霍费尔之所以能够遂其所愿,所靠的就是他贵族般的文化背景以及他的聪明才智。他说话带有非常浓厚的学术气息,同时又能顺势表达出他对时事的针砭。1933 年的时候,一位同学说道:"一般大众普遍相信希特勒能够拯救德国百姓。但在课堂上我们却听到，耶稣基督才是唯一的拯救。"

英格·卡尔丁表示，朋霍费尔曾经告诉她，唯独上帝值得我们以"万岁"（Heil）致敬的重要性。他对评论政治毫无忌讳，许多人认为政治跟基督教信仰无关，但他从来就不这么认为。她也想起朋霍费尔坦率地认为圣经就是上帝的话语。在柏林大学这样的机构（施莱尔马赫的身影依旧在夜里四处游走，而哈纳克的影响也依然还在），此举显然会被贻笑大方。

[他说：]在阅读圣经的时候，一定要认为上帝正在此时此地对我说话……他并不像希腊文老师以及所有其他老师那么抽象。他反而从一开始就教导我们在阅读圣经时，一定要认为那是为我们而写的，是上帝直接告诉我们的话语。它不是广泛的昭告天下所有的人，而是跟我们有一层亲密的个人关系。他从一开始就不断提醒我们，一切都是以此为起点。[8]

朋霍费尔对抽象思考没有兴趣，他认为神学一定要能够引导我们在现实中活出基督徒的样式。当朋霍费尔问学生是否会唱圣诞诗歌的时候，卡尔丁感到一阵错愕。他们的回答非常含糊，于是他说："想要成为牧师，就必须会唱圣诞诗歌！"对他来说，音乐不是基督教事工可有可无的一环，而是必备的一环，他决定要立即弥补这个缺憾。他告诉她："我们要在降临节第一天的中午集合……然后一起唱圣诞诗歌。"她记得朋霍费尔"吹的笛声非常悦耳"，而且歌声"美妙"。

乔基姆·卡尼茨记得朋霍费尔曾经告诉他们，千万不要忘记"圣经中每一个字都是非常亲密的信息，透露出上帝对我们的爱"。接着，朋霍费尔"问我们是否爱上帝"？

另一个他的实用教学法的要素就是，在周末带领学生到郊外退修。他们有时候会到普利贝洛（Prebelow），住在当地的青年旅社，而他们也曾经多次前往他在比森塔尔（Biesenthal）附近购置的小木屋。

在一次徒步旅行中，朋霍费尔要求他们在早餐后默想一节圣经。他们必须在草地上找一块地方，然后安静地坐下来，默想那节圣经一个小时。许多学生都认为这非常困难，而后来朋霍费尔在芬根瓦得培训圣职候选人时，他们也有同样的感觉。英格·卡尔丁也在其中，"他教导我们说，圣经会直接进入你的生命，[直达]你所面对的难题。"

朋霍费尔当时正在酝酿一些想法，而几年后这些想法就在认信教会的地下神学院付诸实践。对他来说，诸如默想经文以及唱诗歌，都是神学教育整体架构的一部分。朋霍费尔不断思考道成肉身这个主题——上帝创造的我们不是没有躯体的灵魂，而是有血有肉的人——这使得他认为基督徒生命必须有榜样。耶稣降世不只是要传达关于生命的观念、概念、规范与原则；他活出这一切。他借着与门徒一起生活，告诉他们生命的理想样式，上帝为生命勾勒出的样式，不仅仅是理性或者灵性而已。生命是这一切的总和，生命超出这一切。朋霍费尔要为他的学生模造出基督徒生命的样式，这使得他认为要成为基督徒，就必须跟基督徒生活在一起。

有位学生表示，她从朋霍费尔看待罪与恩典的方式了解到这两个观念。在1933年的一次退修会中，朋霍费尔和一群学生在某处森林健行的时候，遇到一个显然因为饥饿而正在找寻食物的家庭。朋霍费尔亲切地趋前，然后问他们孩子是否有食物吃。当男子回答"没什么可吃的"时，朋霍费尔就问是否可以带走两个孩子。他说："我们正要回去吃饭，他们可以跟我们一起去吃点东西，吃饱后我们马上就会把他们送回来。"

威丁的坚信班

朋霍费尔对处境艰困的人，能够表现出非常惊人的同理心，但最特殊的一次是他在威丁（Wedding）的锡安教会教导的坚信班，那里是位于柏林北部普伦茨劳堡（Prenzlauer Berg）的一处恶名昭彰的地区。他在1931年接受按牧，不久之后就被分派到这里服事；大约同时间，他的直属教长奥托·迪贝利乌斯(Otto Dibelius)分派他担任夏洛滕堡技术学院(Charlottenburg Technical College)的校牧。起初他对这种安排并不太满意，但是他在这个顽劣的坚信班所得到的经验，却让他喜出望外。

锡安教会年事已高的穆勒(Müller)教长亟需帮手，带领一个由五十位男孩组成的班级。他们的行为几乎难以言喻，朋霍费尔对这个区域的形容是"野蛮"，并且"处于社会与政治的困境"。朋霍费尔曾经在哈林区教导过儿童主日学，但二者可说是天差地别。美国的政教分离政策，使得上教会属于个人与自愿的行为，因此孩童会到教会班级上课，多半是出自父母的意愿，如果孩童行为乖僻，就会被父母责备。但在德国，大多数孩童参加坚信班就好像接受义务教育一样，这其实是政府的要求，那些跟年轻牧师点头而过的父母，心中的想法大概跟他们的孩子没有两样，不论如何，这可以让他们的子女远离街头一两个小时，但如果他们的孩子行为乖僻，那可就是老师的责任了。在他们看来，教会已经是一个腐败的机构，如果他们的孩子让这位温和的金发牧师大伤脑筋，那也是他自找的。

朋霍费尔现在面对的是一群名副其实的小流氓，跟他在哈林区教导的那群小天使完全不一样。虽然他在事前已经得到警告，但依旧只能束手无策地静观其变。这些十四五岁恶名昭彰的小捣蛋，把前任牧师耍得团团转；在朋霍费尔接下这个班级后不久，精疲力竭的老牧师就蒙主恩召，到天堂的坚信班报到去了。朋霍费尔真的认为老牧师健康恶化的主要原因，就是这个顽劣的班级。贝特格对他初上任的情形描述如下：

> 老牧师和朋霍费尔缓慢地步上教育大楼的阶梯，楼高数层。孩童纷纷从栏杆探头向下望着他们，发出阵阵怪声，并且把垃圾丢向正在爬楼梯的两个人。他们爬到顶端后，老牧师一面喊叫，一面使劲地要把这群小恶棍赶回教室。他努力宣布他为他们带来的这位是新牧师，将来就由他负责授课，而他的名字叫做朋霍费尔，他们一听到这个名字就开始喊着"朋！朋！朋！"，声音越

来越大。老牧师沮丧地离开教室，留下来两只手插在口袋里，安静地靠墙而立的朋霍费尔。几分钟就这样过去了，由于他毫无反应，这些鼓噪也就变得无趣而逐渐安静下来，然后他开始小声地说话，声音低到只有前排的几个男孩才能断断续续地听到他说出的话。突然间所有的人都安静下来。朋霍费尔只表示他们这场欢迎式非常热闹，接着就告诉他们哈林区的故事。他说，如果他们要听的话，下次他就会讲的更多，然后他就告诉他们下课了。此后，他就没有再遇到过他们上课不专心的问题。[9]

朋霍费尔对欧文·舒茨叙述当时的情况："那些孩子起初的表现就像疯了一样，因此刚开始的时候，我确实很难管教他们……不过，最有帮助的就是我直接告诉他们各种圣经故事，尤其着重跟末世相关的经文。"

朋霍费尔因为年轻、体格健壮又带有贵族气度而赢得了他们的尊重。他往往能对身边的人发挥出类似的影响力，即使一般认为绝无可能的人也一样。在他生命将近尾声的时候，部分在他身边的狱卒就曾受到这种影响。

几年后，其中一位男孩回想起，一次正在上课的时候，有个同学拿出三明治开始吃起来。"这在北柏林不是什么稀奇的事。刚开始朋霍费尔牧师没有说什么；然后，他就望着那位同学，他的眼光沉稳又慈祥——不过持久又专注，而且没有说一个字。后来，那位同学觉得太尴尬了而把三明治收起来。我们的牧师始终都能用他冷静亲切的态度，化解同学对他的骚扰——也许是因为他太了解小男孩调皮捣蛋的花招。"

逐一访问五十个学生的家庭与家长，也属于这位年轻贵族牧师的责任。威丁是一个肮脏穷困的区域，许多父母让他进入家门，只因为他们觉得这是他们不由自主的义务。他跟家长之间温吞的对话有时难免让人感到尴尬。朋霍费尔认为这是他所有职务中最糟糕的一环。他在一封写给舒茨的信中说道：

有时候,我经常会站在那里,心中想着,如果当初我学的是化学,也同样可以胜任这种家庭访问……一想到教牧探访那几个小时或者几分钟,我和对方绞尽脑汁找话题,然后断断续续、温温吞吞地进行对话,真是如坐针毡!而且每个家庭的背后总是有一些不为外人道的辛酸,实在让人无言以对。许多人都能毫无避讳、轻松自在地谈论自己的荒唐生活,如果有人好言相劝,他们就会觉得对方不了解他们。[10]

然而,朋霍费尔面对这种情形却毫不退缩。为了要更接近这些家庭,并且花更多的时间与这些孩童相处,他搬到小区里面奥德伯街(Oderbergstrasse)61号一间附带家具的房间居住;然后他把在协和神学院的住宿经验应用到这里来,并采取门户开放的政策,也就是让他负责牧养的那些孩子,随时可以登门拜访。这对惯于独来独往的朋霍费尔来说,可是一个果敢坚决的重大转变。他的房东就是在楼下店面做生意的烘焙师傅,朋霍费尔告诉房东太太,即使他不在家,也可以让那些孩子进入他的房间。那年圣诞节他送给每个孩子一份圣诞礼物。

朋霍费尔告诉舒茨:"我非常期待面对这次的机会。这是真正的事工。一般说来,他们的家庭情况可说是难以言喻:穷困、失序、放荡,然而孩子们都非常开放。看到生活在这种环境下的年轻人,竟然能够越挫越勇,往往让我感到讶异;当然我们一定会在心里自问,如果易地而处的话,自己会作何反应。"

两个月后,他再度写信给舒茨:

> 第二个学期几乎全都交给候补者。从元旦起我就一直住在北部,这样一来我每个晚上就可以轮流跟这些孩子相处。我们会一起吃晚餐,然后玩游戏——我已经教会他们下国际象棋,他们现在下棋下得很起劲……每天晚上结束的时候,我都会念一段圣经给他们听,然后教他们一些教理,大家往往会变得庄重严肃起来。教导他们的感觉真好,让我欲罢不能。[11]

朋霍费尔就是在这个时候决定租下柏林北部一片九英亩的土地,然后在那里盖一座小木屋,这块地位于比森塔尔镇,用沥青与木材搭建的小屋也相当简陋。屋里面有三张床、几张板凳、一张桌子以及一个煤油炉。他在这栋梭罗式(Thoreauvian)小屋前面拍过一张照片,摆出一副英雄气概,脚上打着绑腿,嘴里还叼支烟斗。他经常到这个地方静修,有时候会带着大学里的学生,有时候也会带着威丁的孩子。就跟他在柏林的房间一样,他也欢迎他们随时来访。将近举行坚信礼的时候,朋霍费尔才发现许多孩子都没有合宜的服装,也没有钱买衣料,因此他买了一大卷毛布,剪给每个孩子一块足够大的衣料。

有一次一个孩子生病了,朋霍费尔每星期都到医院去探访他两三趟,并且在手术前为他祷告。医生都认为孩子的腿必须截肢,但后来却奇迹般的被挽回。孩子终于完全康复,而且跟其他人一起接受了坚信礼。

举行坚信礼的主日是 1932 年 3 月 13 日,那天恰好也是决定未来总理的全国选举日。德国纳粹党的无赖,成群结队坐在卡车后面,用喇叭煽动事端。早在一个月之前,希特勒就因为出生成长在奥地利而丧失参选权,后来他费尽心思钻法律漏洞,终于能够参选。因此那个主日的威丁并不太宁静,虽然有这些纳粹党大肆喧闹,主日聚会依旧顺利进行。朋霍费尔对这些孩子传讲的信息,比当时他传讲的其他信息要温和多了:

各位亲爱的坚信礼候选人:

在坚信礼的前几天,我一直问你们希望在自己的坚信礼上听到什么信息,我得到的回答往往是:我们希望听到让我们一生都受用的严正劝诫。我向你们保证,今天在座的人,只要仔细听,一定能够得到一个甚至两个劝诫;而今天我也一定不会让你们未来的远景,看似比目前的景况更艰辛黯淡——我也知道你们当中许多人已经尝过许多人生的艰苦。今天我不是要教你们畏惧人生,而是要勇敢面对人生;因此我们今天在教会要比以往更强调盼望,这是属于我们且没有任何人能夺走的盼望。[12]

他邀请他们参加两天后的一场崇拜,好跟他们同领圣餐记念主。接下来的周末是复活节,他带着一大群孩子前往弗里德里希斯布伦,他的表弟汉斯·克里斯托夫也一起同行,帮助他照顾这些孩子。朋霍费尔写信告诉他父母:

> 我很高兴能够跟接受坚信礼的这些孩子一起到这里来,虽然他们对森林和大自然并不特别感兴趣,却热衷于在博德(Bode)谷爬山以及在草地上踢足球。往往得费尽力气才能让这些惯于不守秩序的孩子守规矩……我想等我们离开后你会发现,这些孩子并没有对屋子造成任何严重的损害,除了一扇窗框破损,其余一切都完好无缺……只有管家妈妈对这群无产阶级的大举入侵有点不满……等到星期四,这一切就都结束了。[13]

五个月后朋霍费尔又前往弗里德里希斯布伦,但原因不一样。四代的朋霍费尔家族齐聚一堂庆祝茉莉·塔菲尔·朋霍费尔的九十大寿。克莉丝特与汉斯·冯·杜南伊的儿子克里斯托夫当时还没有满两岁,尽管如此,他还是依循家族的悠久传统,为祖母背诵一段诗文:

> 当你像我这么年幼的时候,
> 骑着一匹小骏马;
> 当我像你那么年长的时候,
> 我们要一起到月亮上去。

虽然他们许多人都不是基督徒,但是他们持守的价值观却能让身在快速变迁(不论是朝向无止尽的物质主义,或者是激情的国家主义)的环境中的朋霍费尔成为基督徒。在一片疯狂与野蛮的风暴中,他们依旧保有一贯的风度与仪态。因此,朋霍费尔对于要求他远离自己家族与"世界"的基督教敬虔主义宗派表示怀疑。

因为他跟以往一样继续和他们相处，因此他们也都清楚地知道他是基督教牧师与神学家。他父亲是世界顶尖医生，而长兄又跟普朗克和爱因斯坦一起分裂原子，在这样的家庭成为神学家可不是件等闲的小事。但是在神学上，舍弃卓越知名的曾祖父卡尔·奥古斯特·哈泽，以及格鲁尼沃尔德备受世人敬重的邻居阿道夫·冯·哈纳克的立场，转而接受另一种神学立场，进而跟学生谈论爱耶稣以及在威丁的租屋处跟下层社会人士谈论上帝，全然是另一回事。

朋霍费尔家族不由得不注意到，在启程前往曼哈顿到现在为止这段期间，他整个人确实有所改变，但这个改变不是因为更成熟老练之后，会觉得难为情而有所收敛的那种改变。从各方面看来，这个改变跟他以往的经历非常一致。他从来没有做过任何让家人担忧的骤然改变，而他也不想用任何笨拙、偏激的方法向他们"传福音"；他反而继续孝顺父母，也始终尊重其他家人，并且依旧维护他自幼学习的价值观。他跟以往一样反对放纵无度的滥情主义以及陈腔滥调，他跟以往一样反对国家社会党以及他们主张的一切。就这一切来说，他的信仰就跟他母亲葆拉·朋霍费尔的信仰一样，让人绞尽脑汁也很难驳斥。

短短几年后，朋霍费尔在1936年写信给姐夫吕迪格·施莱歇尔，他主张自由派神学，而朋霍费尔则是保守派。下面这段话透露出他们两人之间的关系：

> 首先我要坦承——我相信唯独圣经是我们所有问题的解答，而我们只需要谦虚地不断寻求就能得到这个解答。我们在阅读圣经的时候，不能认为它跟其他书没有两样，我们心里必须有万全的准备才能了解它，唯有这样它才会显明它自己；唯有我们期待会得到最终的解答，我们才能得到它。这是因为上帝透过圣经跟我们说话，而我们不能单靠自己凭空想象上帝，我们必须寻求他；唯有我们寻求他，他才会回应我们。当然，我们也能把圣经当作一般的书研读，这也就是经文批判等理论所采取的方式。对此我们没有任何反对。然而这种方式只能让我们认识

圣经的皮毛,无法让我们了解圣经的精髓,正如我们不会把爱人的情话逐字分析拆解,而是把这些话放在心里,好让它们不断在我们脑海中回荡多日,只因为这些是我们的爱人所说的话;这些话能让我们慢慢更深入认识对方,就像马利亚"把这一切事都存在心里",对于圣经的话语也是一样。唯有我们深思圣经的话语,仿佛爱我们的上帝借着圣经跟我们说话,而不会让我们独自面对我们的问题,唯有这样我们才能学会享受圣经……

如果是由我决定上帝藏身处的话,那么我一定会找到一位合我心意的上帝,既和蔼可亲又能够认同我的本性的上帝;但如果是由上帝自己决定他的藏身处的话,那么他一定会藏身在一处不讨我喜欢又跟我格格不入的地方,那个地方就是基督的十字架。凡是找寻他的人就一定要来到十字架前,正如登山宝训所言,这不但跟我们的本性丝毫不合,并且完全背道而驰,然而,这就是圣经的信息,不只是新约,连旧约也一样……

我现在想要亲自对你说:自从我学会用这种方式阅读圣经(这还只是不久前的事情),每一天我都发现它更加美妙。我每天早晚都会读圣经,有时候在日间也会读;每星期我都会选择一处经文,在周间每一天思想,而且尽量浸淫其中,好让我确实了解其中的意义。我知道若非这样就无法正常生活。[14]

第 **9** 章
元首至上

当前最可怕的危机就是,在簇拥着权柄的同时……我们忘记人要单独站在至高的权柄面前,凡是以暴力待人者,所触犯的乃是永恒的律法,终会导致那远在人类之上的权柄,一举将他粉身碎骨。

教会只有一个祭坛,也就是全能上帝的祭坛……所有被造物都要在其面前屈膝。凡是不以此为至宝的人一定要远离;因为他不能跟我们一起居住在上帝的家中。教会只有一个讲坛,而那个讲坛所传讲的是对上帝的信仰,除此别无其他信仰,以及上帝的旨意,除此别无其他旨意——无论是多么善意的旨意。

——迪特里希·朋霍费尔

1933 年 1 月 30 日正午,阿道夫·希特勒就任德国民选的总理。这块孕育歌德、席勒和巴赫的土地,如今将由一位与狂人和罪犯为伍的人领导,他经常带着一只狗鞭出现在公众场合。第三帝国就此揭开序幕。

两天后,也就是 2 月 1 日,星期三,一位二十六岁的神学家在波兹坦街(Potsdamerstrasse)电台发表一场广播演讲。朋霍费尔演讲的题目是《年轻一代对领袖观念的曲解》(The Younger Generation's Altered Concept of Leadership)。演讲的宗旨是要导正以**元首**(Führer)为领袖而造成的问题，内容是在解释这种领袖必然会成为偶像以及"误导者"（mis-leader）。他还没有提出结论，演讲就被切断了。

坊间流传的故事，听起来就像是朋霍费尔当时正勇敢大胆地直接指责希特勒，因此其心腹就下令关闭麦克风停止广播。虽然那场演讲是很久之前就已经敲定，而且不是特别针对希特勒当选的反应，但我们并不清楚那场广播的主讲人为何会是朋霍费尔。推荐他担任主讲人的可能是曾经在"福音派新闻联会"（Evangelical Press Union）广播部门工作的齐默曼。卡尔·朋霍费尔最近也在同一家电台发表过两场演讲。朋霍费尔的演讲不是特别针对希特勒，而是针对已经流行好几十年的所谓"元首至上"（Führer Principle）这个用语所造成的误导。Der Führer 的字义就是"领袖"。这个用语起源于 20 世纪初流行的德国青年运动，当时元首和希特勒之间还没有划上等号。希特勒当然会想办法把元首这个观念与总理职务结合在一起，甚至最终把它们融为一体，坚持要大家称呼他元首，因为他想要彻底利用这个称呼赚取政治利益；但在 1933 年 2 月的时候，这还不是他独享的称呼。然而，朋霍费尔发表演讲的时机实在不巧——希特勒当选后两天。

当时可能是因为纳粹党在审查广播，但也可能是朋霍费尔和电台之间沟通不良，只是单纯的时间不够。纳粹党在几年后确实完全掌控广播频道，但我们不确定当时是否有此能耐。然而，新当选的纳粹党应该会制止这类演讲的想法，确实让人深信不疑，而这也可能就是真相。

不论如何，朋霍费尔对自己的演讲被打断，感到非常不满，主要是因为他不希望听众误以为他赞成希特勒。任何听到这篇演讲结论的人，都会了解元首至上这个观念已经备受扭曲，会造成严重的后果，但是居然没有人听到演讲的结论，许多听众可能会认为，朋霍费尔对元首至上这个概念的省思，只不过是要表示他对这个概念的支持。为要亡羊补牢，朋霍费尔复制好几份演讲稿，寄给他那些具有影响力的亲戚朋友，另外还附带一张便条，说明演讲的结论部分在广播时被切断。那篇演讲同时还刊登在《纵横报》（Kreuzzeitung）上，《纵横报》是一份政治立场保守的报纸。接着朋霍费尔在3月初受邀到柏林政治学院(College of Political Science)发表一篇增补过的演讲。在1933年初的时候,这一切都还可能顺畅地进行。

但是我们不应该让这场广播掀起的波折,掩盖过演讲本身不寻常的内容。就在希特勒当选两天后,一位年轻的神学教授一针见血地指出这个他在撰稿时还不存在的政权最根本的哲学理念的错误,而从他发表那场演说开始,这个政权就把整个国家以及半个世界,带入一场长达十二年充满暴戾与苦难的梦魇,并在它即将结束的时候,杀害了发表这篇演讲的人。这整件事情带有一股莫名的先知气氛。然而,讲稿本身并没有提到任何政治事件或者时事。那确实只是一篇关于哲学思想的演讲,但对政治局势的解析却胜过上千篇的政治演讲。

这场演讲本身除了内容之外,其结构与风格,也与大呼小叫的希特勒式演讲完全不同。整篇讲稿非常严谨而沉稳,条理分明又言辞清楚;就思想层面来说也相当复杂。它既不是要取悦大众,也不是一篇实用的演讲,而比较像是一篇学术论文,部分听众会觉得有点艰涩。即使演讲的结论能照常广播出去,许多听众可能还是会认为整篇演讲太枯燥,而在听到结论之前就已经关掉收音机了,但朋霍费尔并不是为要挽回听众。事实上,他所要的是不要把焦点放在他自己身上,而是放在他所提出的观念上。这就是他和希特勒在对领袖观念的认知上的核心差异。他发表演讲的最终风格就是活出他的演讲。朋霍费尔不喜欢把焦点放在自己身上,也不喜欢利用自己的性格影响别人赞成他的思想方式,他觉得这是种欺骗的手法,反而会让一个人观念模糊不清。他想要促进这些观念。确实,他最重要的观念之一就是**观念可以独立存在**。

要了解德国的严重错误,以及朋霍费尔那篇演讲的高明之处,就必须先了解"元首至上"这个用语的发展。由于此一观念对领袖概念严重曲解,因此跟较现代的领袖观念大相径庭,它使得希特勒能够掌权,然后又发展出可怕的死亡集中营。这个元首至上的观念就是朋霍费尔反对希特勒的主要核心。朋霍费尔在那天的演讲中铺陈出他对这个议题的观点。

朋霍费尔首先解释德国为何要找寻一个元首。第一次世界大战以及随之而来的萧条与混乱,制造出一场危机,这使得年轻一代特别对德皇与教会这两个传统权威失去信心。而德国的元首概念就是源自这一代,他们所要寻求的是某种意义,以及能够带领他们走出困境的向导。真假领袖的区别在于:真正的领袖的权柄来自上帝,也就是一切良善的源头,父母亲具有正当的权柄,是因为他们顺服良善的上帝的正当权柄;但是元首的权柄并不会顺服其他权柄,它是独立自主的权柄,因此具有救世主的意味。

朋霍费尔表示:"以往领袖的型态各不相同,包括教师、政治家、父亲……如今领袖已经成为独立的人物。领袖跟其他职务完全不相干;他主要就只是'领袖'而已。"真正的领袖必须知道自己权柄的限度。

> 如果他不是从现实中了解自己的功能;如果他不继续清楚明白告诉追随者他的使命的限度,以及他们自己的责任;如果他让自己屈从跟随者的愿望,就会让他自己一直成为追随者的偶像——然后,领袖的形象就会演变成误导者的形象,那么他不但会任意对待他的追随者,也包括他自己。真正的领袖一定要勇于戳破幻想,这才是他真正的职责以及他真正的目标。他必须教导追随者不要顺服他个人的权柄,反而要认识各个阶层与职位的真正权柄……他必须坚定地拒绝成为偶像,也就是追随者的最高权柄……他的服事是要维系整个国家与社群的秩序,那么他的服事就会具有极高的价值。但要达到这个目标,他就必须严守自己的本分……他必须领导追随者长大成熟……如今一个成熟的人的特征,就是肩负起对他人以及整个社会当尽的责任。他必须让自己有节制、守秩序、尽本分。[1]

优秀的领袖会服事他人并带领他人长大成熟。他会以别人为优先,正如好的父母对待子女一样,渴望带领子女以后能够成为好的父

母。换句话说,这就是**门徒训练**(discipleship)。他接着说:

> 唯有在了解这个职务在至高无上、不可言喻的权柄,也就是在上帝的权柄之前是次于终极的权柄,才算是真正地进入状况。在这个权柄面前,每个人都知道自己完全独立。每个人都要在上帝面前负责。如果领袖的权柄或职位被认为就是最高权柄,就会破坏个人单独站立在上帝面前,以及顺服最高权柄的情势……人要单独站立在上帝面前,才能成为真正的人,同时得到自由又能克尽职责。
>
> 当前最可怕的危机就是,在簇拥着权柄的同时,不论是指领袖还是职位,我们都忘记人要单独站在至高的权柄面前,凡是以暴力待人者,所触犯的乃是永恒的律法,终会导致那远在人类之上的权柄,一举将他粉身碎骨。一旦我们违背与扭曲那要求个人单独站在上帝面前交账的永恒律法,它就会发出可怕的反击。因此,领袖要对职位尽责,领袖和职位都要对最终的权柄交账,德国或者整个国家在上帝的权柄面前,只是次于终极的权柄;凡是认为自己犹如神明的领袖或者职位,都是在嘲笑上帝以及站在上帝面前的个人,必须被除灭。[2]

尽管希特勒已经当选四十八个小时,但随着朋霍费尔的演讲,一系列新的战线才刚拉开。按照朋霍费尔的看法,圣经里的上帝所主张的是真正的权柄与良善的领袖,因而反对元首至上及其鼓吹者希特勒。当然希特勒从来没有公开反对上帝,他非常清楚许多德国基督徒都懵懵懂懂地晓得,真正的权柄应该来自上帝,但跟朋霍费尔不同的是,他们并不知道这到底是什么意思。要成为拒绝顺服上帝权柄的领袖,就必须在表面上服事上帝,否则就无法维持太久。希特勒毕竟是一个非常现实的人,而且正如所有真正现实的人一样,他也是一个心狠手辣的人。

因此,希特勒那天也发表了一篇演讲。他当时年仅四十三岁,而且大半生都在险恶的政场上拼斗。自从他因为啤酒馆暴动(Bierhall Putsch)④被关在牢里,迄今已经十年。如今他已摇身一变成为德国总理。当初那个年轻人已经东山再起胜过他的敌人,但为要说服他的追随者相信他具有正当的权柄,他不得不说些违心的话。所以那天他演讲的开场白说道:"就身为国家领袖来说,我们下定决心要实现身为国家领导者所肩负的使命,我们起誓要单单忠于上帝、我们的良心以及我们的民众。"

几年后,朋霍费尔的父亲写下他对希特勒胜选的感想:

> 从一开始我们就认为国家社会党在1933年的胜利以及希特勒就任总理实属不幸——全家人都同意这个看法。就我个人来说,我之所以不喜欢、也不信任希特勒,就是因为他那种煽惑群众的宣传式演讲⋯⋯他喜欢带着一支骑马短鞭巡行全国的习惯、他对官员的选择——附带一提,我们这些住在柏林的人,比其他地方的人更了解那些人的能耐——而最后还有我从同行那里得知他种种精神失常的症状。[3]

朋霍费尔一家从一开始就看穿了希特勒,但是没有人料想得到他居然能当权那么久。[他们认为]纳粹党当然也有得意的时候,甚至会延续相当长的一段时间,但随即就会消逝得无影无踪。只要一到清晨,即使最可怕的梦魇也一定会消失;然而,黎明似乎永远都不会降临。

德国之所以会步入这条歧途,原因非常诡异。一次世界大战结束后,许多人非常高兴能够废除旧制度,并且摆脱德皇的纠缠。然而,当旧君王终于离开王宫的时候,那些叫嚣他下台的人突然感到若有所失;他们发现自己就像努力追车的狗,在终于追上之后却不知道该如何是好——于是满脸羞愧地悄悄溜走了。德国从来没有经历过民主制度,也不知道应该如何运作,因此整个国家分裂成各种不同的

---

④ 1923年11月希特勒企图在慕尼黑发动政变,因为行迹败落而被捕。——译者注

派系,各个派系都互相指责对方是乱源。他们只知道:在德皇统治下,国家有法律、秩序与规矩,但如今则是一片混乱。德皇曾经是国家的象征,如今舞台上只有微不足道的政客。

因此,德国人民大声疾呼要求秩序与领袖,但是他们的大声疾呼所召唤来的却是魔鬼,因为从受创的国家精神的沉痛伤口中所兴起的是一股诡异、恐怖又迷人的势力。元首不只是人,也不只是政客而已——他既可怕又威权,自满自足又自以为义,他就是自己的父,也是自己的上帝;他就是他自己形象的代表,甘愿用自己的灵魂换取时代精神(zeitgeist)。

德国人想要恢复以往的光荣,但眼前唯一的途径就是低贱粗俗的民主制度。因此,全国人民就在 1933 年 1 月 30 日以民主方式选举出一位曾经起誓要毁灭他们恨恶的民主政府的人。希特勒当选总理就是要毁掉民选总理。

四个星期后,朋霍费尔在柏林三一教会(Trinity Church)证道。那是他在希特勒当权后第一次证道。朋霍费尔一眼就识透这种新的情势,但他毫不畏惧地针对眼前的一切证道:

> 教会只有一个祭坛,也就是全能上帝的祭坛……所有被造物都要在其面前屈膝。凡是不以此为至宝的人一定要远离;因为他不能跟我们一起居住在上帝的家中。教会只有一个讲坛,而那个讲坛所传讲的是对上帝的信仰,除此以外,别无其他信仰,以及上帝的旨意,除此以外,别无其他旨意——无论是多么善意的旨意。[4]

这次证道的主题跟他广播演讲的内容是一样的,然而,现在偶像祭坛前面所写的不再是"未识之神"。现在每个人都认识那偶像是谁。现在元首至上所指的元首已经有名字了,希特勒已经登上那祭坛。现在尚待处理的就只是那些不识时务,仍然崇拜其他神祇的祸首乱源。

希特勒和纳粹党在 1933 年取得政权时,他们在国会仅占有少数席次，其政敌以为希特勒必须和他们合作，因此天真地认为可以控制他。但这无异于与虎谋皮。希特勒知道自己的对手各怀鬼胎，因此不至于连手对付他。他可以巧妙地挑拨他们互相对抗，然后趁其不备迅速地以铁腕的方式壮大自己的势力。戈培尔在 2 月 3 日的日记中写道："现在这场仗打起来轻松多了，因为我们可以动用整个国家的资源。电台和报社都由我们掌控，我们务必要发动一波凌厉的宣传。而这一次我们当然不会缺钱。"

国会纵火案

不过，纳粹党要怎么"打这场仗"？首先，他们要烧掉一栋建筑。他们夺权的第一步就是纵火，而其最终目标就是废除德国宪法，然后让希特勒顺理成章地成为独裁者。这是一个简单又大胆的计划：他们要在国会——德国的民主殿堂——纵火。接着他们会怪罪给共产党！要是德国民众相信共产党想要烧掉国会大厦，那么他们就会要求政府采取更强烈的行动。他们会愿意牺牲一点自由，好让德国能够对抗共产恶魔。这把火就这样烧起来，结果共产党背了黑锅，纳粹党就此坐大。但那晚事情发生的过程依旧是一个未解之谜。

历史与新闻学家威廉·夏伊勒（William Shirer）在他叙述那段时期历史的巨著《第三帝国兴亡史》（The Rise and Fall of the Third Reich）中表示，纳粹的领袖对这件事感到错愕："希特勒总理抵达戈培尔的家中，准备一起共进家庭晚餐。根据戈培尔所说，他们非常轻松，边听唱片边聊天。后来，他在日记中写道，'突然间汉夫施丹格尔博士（Dr. Hanfstaengl）打电话说国会大厦失火了！'"

不过，戈培尔必须评估消息来源是否可靠。恩斯特·普茨·汉夫施丹格尔（Ernst "Putzi" Hanfstaengl）是一个"怪异但温和的哈佛人"，过去十年来，他的财富以及人脉对希特勒的崛起帮助非常大。他在辉煌的大学时期，曾经为哈佛举办的橄榄球赛创作过许多乐曲。一个月前希特勒举行胜利游行的时候，纳粹冲锋队（SA Brownshirts）

就是以其中一首乐曲为配乐,在菩提树下大街(Unter den Linden)走正步。夏伊勒形容汉夫施丹格尔是一个"古怪、瘦削的人,他那擅长嘲讽的机智,正好跟他那肤浅的思想成为互补",他那刺耳的琴艺和"耍宝的功夫,正好可以让希特勒在经过一天的忙碌后放松一下,甚至提振心情"。因此,那晚戈培尔接到这通电话时,深信这只是汉夫施丹格尔开的小玩笑。

但这个瘦高的丑角非常认真。首先赶到火场的是微胖的戈林(Hermann Goring),他汗流浃背、气喘吁吁地喊道:"这就是共产党革命的开始! 我们不能再袖手旁观;我们一定要毫不留情;一定要揪出所有共产党的党工然后当场射杀;一定要把所有的共产党籍议员送上绞刑台。"这个胖家伙曾经参与火烧国会的计划,但现在不是实话实说的时候。现场逮捕到一个光着上身精神失常的荷兰男子,因此被指控为罪犯,但他犯罪的过程究竟是怎么回事,恐怕永远都弄不清楚。虽然二十四岁的纵火狂卢贝(Marinus van der Lubbe)在政治上倾向共产党,但他不太可能如纳粹党所说,是共产党大阴谋的一份子。这究竟是他个人的偏激行为,还是一场纳粹的骗局,实在难以分辨;只有一件事情是确定的:他用自己的衬衫做火种。

不过,朋霍费尔一家突然发现自己被卷入这场全国争议的中心。卡尔·朋霍费尔这位柏林的首席精神医师被征召为卢贝进行检查,而迪特里希的姐夫汉斯·杜南伊也被列为这场审判的正式观察员。许多人都认为戈林的心腹就是这场火灾的幕后黑手,并且相信正直的卡尔·朋霍费尔会提出证据证明这件事,甚至还会运用他的地位与声望驳斥他厌恶的纳粹党。这场众人瞩目的重要审判一度被移送到莱比锡进行,后来又送回柏林。

整个家庭在那一年被这件事压得透不过气。卡尔·朋霍费尔在3月份探访过卢贝三次,又在秋天探访六次。他后来发表在《精神病学与神经医学月刊》(*Monatsschrift fur Psychiatrie und Neurologie*)的正式报告表示:

> [卢贝]具有暴力倾向,同时又温和与友善;精神涣散,神智

清楚没有任何损伤,但是意志坚定,完全不理会相反的观点;他的个性良善而无怨恨,但反对所有权威。这种基本的悖逆倾向可能就是他最严重的个性问题,而且这最有可能就是导致他步入歧途的原因。他早年就加入共产党当然也可能是因素之一;但是他放纵不羁的个性,使得他无法过着循规蹈矩的生活。我们确实可以预期他的行为表现会相当乖僻,但是不能因此认定他精神失常。[5]

这份临床报告并没有提到他是否无辜抑或有罪,因此朋霍费尔博士收到不少来自正反两方表示不满的信件。几年后,他回忆起当时的角色:

我曾经跟几位执政党的党员会面。他们许多人聚集在一起要参加在莱比锡最高法院举行的诉讼,我看到他们脸上都挂着不悦的表情。听证过程中,相较于证人席上举止乖张的党员,无动于衷又努力保持客观的庭长看起来亲切多了。另一位被告,也就是[共产党主席]季米特洛夫(Dimitroff)充分展露出他的聪明才智,这使得受邀出席的戈林火冒三丈。至于卢贝,就一般眼光来说,并不是一个冷酷无情的人,而是一个精神病人和一个胡涂的冒险家,他在听证会上的反应就像一个傻乎乎的反动分子,要到他被处决前才发狂失控。[6]

1933 年,兴登堡在国会纵火案爆发后,签署法案赋予希特勒紧急处分权法案那天,德国可说是就此失去法治,但就整个国家各方面来说,至少在法庭上,国会主席戈林和劳工阶级的纵火犯,依旧站在同样的立足点上。睿智的季米特洛夫(后来当选保加利亚的总理)在法庭上充当自己的辩护律师,可以公开嘲笑奚落那涨红着脸盛气凌人的戈林,而且毫发无损地脱身。整个世界都关心这个事件,因此纳粹党不敢任意妄为。时机未到,他们在这段期间必须忍受这些奇耻大辱。国际新闻媒体不但报道审判的过程,也津津乐道戈林遭受的羞辱。《时代》杂志的叙述极尽讥讽之能事，表示每当季米特洛夫占上风时，声音像"牛鸣"的戈林就会发出一阵"紧张的叫声"。他们对戈林发言的叙述就是最好的写照：

> 他把两只肥胖的手臂交迭在一起，沉思了一会儿，就像是一尊褐色的丘比特，然后戈林将军开口说道："我非常遗憾某些共产党的首领能够逃过绞刑……当我听到国会失火时感到非常惊讶，我以为这一定是因为电线走火而引起的小火灾……就在我坐在车里赶往国会大厦的时候，有人喊着：'蓄意纵火！'"仿佛被这句话催眠了一样，证人戈林停顿了好一阵子，然后重复这句话："蓄意纵火！——当我听到这句话的时候，眼睛忽然一亮。一切都非常清楚明白。除了共产党没有别人会干这种事！"[7]

卢贝被判刑定案，在莱比锡监狱被斩首，但没有足够的证据证明共产党的主要领导人有罪，后来他们被驱逐到苏联，而得到英雄般的欢迎。这场审判的过程足以让我们了解纳粹确实厚颜无耻地涉入了这个纵火案。但当审判结束后，一切都太晚了。国会纵火案已经替希特勒达成他可耻的目标，并成为确保他从此彻底掌控整个国家的托词。

确实，就在大火后隔天，国会大厦仍然冒着烟的时候，他强迫八十五岁的兴登堡签署《国会大厦火灾法案》，这项法案正式暂时中止德国宪法中关于个人自由与民权的条款。年迈的兴登堡的签名让德国从一个由想当独裁者的希特勒领导的民主共和政体，一下子变成一个徒具民主虚名的独裁政体。民主本身已经灰飞烟灭，而如今只剩下一个烧焦空壳的国会大厦，则是令人心痛的最佳写照。

法案的内容（没有任何人来得及仔细斟酌就定稿并签署成案）让各种恐怖的行径都能在未来推行无阻，包括集中营在内：

> 除非明令禁止，否则可以不受法律拘束地限制人身自由，言论自由，包括新闻自由，以及集会结社的自由；违反邮件、电报与

电话通信的隐私权；签发搜索令、没收令以及财产限制令。[8]

短短几天内，纳粹的冲锋队已开始在街头逮捕与殴打敌对政党，许多人被关进监牢、备受折磨甚至遭到杀害。禁止报纸批判他们，反对纳粹的公开集会被视为非法集会。但希特勒还不以此为满足，要正式合法地掌控整个政府的力量，他需要国会通过所谓授权法案（Enabling Act）。虽然国会的权限受到很大的限制，但依旧在运作当中。然而，这项授权法案将正式解除国会的所有力量——这当然是为整个国家的好处着想——然后交在迫不及待的总理和内阁成员手中四年。因此，就像一条蛇吞噬自己的尾巴一样，德国国会在 3 月 23 日那天通过了那条废止它自己的法案。

借着民主之手，民主被废止，而原本非法的也随之变得"合法"。赤裸的暴力统治一切，其唯一目标就是毁灭除它以外所有的力量。

第 *10* 章
教会与犹太人问题

关键绝不是我们这些德意志基督徒是否依然愿意在教会跟犹太人团契，而是教会应该负责任地传讲：教会的样式就是犹太人和德国人一起站立在上帝话语的面前。这才是教会是否仍然是教会的试金石。

——迪特里希·朋霍费尔

纵容焚书的地方，到最后一定会焚烧异己。

——海因里希·海涅（Heinrich Heine）

纳粹在当权的头几个月就在整个德国推动其野心，其速度之快与范围之广令人瞠目结舌。在所谓一体化（Gleichschaltung）政策下，整个国家都要按照国家社会党的规范彻底重组。没有人预料得到周遭的一切竟然会在极短的时间内完全改观。

朋霍费尔始终都有渠道获取机密信息，但当第三帝国的阴影横扫整个德国之际，大部分的信息都来自姐姐克莉丝特的丈夫，也就是在德国最高法院服务的汉斯·杜南伊律师。朋霍费尔家族得知让人特别感到不安的所谓《雅利安条款》即将在 4 月 7 日正式实施，其结果是以"重建公职体系"为由，颁布一连串影响深远的法条：政府雇员必须具备"雅利安"血统；所有犹太后裔都将被迫离职。如果德国教会（基本上也就是国教）遵守这条命令的话，所有犹太籍牧师都会被迫离开服事的岗位,这也会波及朋霍费尔的朋友弗朗兹·希尔德布兰特。许多人对此都感到不知所措,整个国家都感受到一股必须顺从国家社会主义党的强大压力。朋霍费尔知道必须有人想清楚整个事情的来龙去脉,所以他就在 1933 年 3 月完成了这件事。他的结论就是他写的论文:《教会与犹太人问题》(The Church and the Jewish Question)。

教会与犹太人问题

一群牧师曾聚集在德皇威廉纪念教会的牧师格哈德·雅各比(Gerhard Jacobi)家中,讨论整个国家未来的方向。朋霍费尔打算在4 月初向他们发表这篇论文。

德国教会当时正陷于混乱之中。部分教会领袖觉得教会应该跟纳粹和平相处,因为纳粹强烈反对共产党和无神论思想。他们相信教会应该顺从纳粹的种族政策与元首至上原则,借着政教结合,就可以让教会以及德国重新获得以往(也就是在凡尔赛合约以及过去混乱与羞辱的二十年之前)的荣耀。众人皆知,德国在魏玛时期道德低落。希特勒不是提到要重整国家的道德秩序吗? 他们未必赞成他所有的想法,但他们相信如果教会能够重新振作,他们也许能影响他往正确的方向发展。

这次有一群人坚定地站在希特勒的背后支持他当权,然后满心欢喜地一举把两千年的基督教传统丢在脑后。他们渴望的是一个强大、统一的国家教会,以及一个强有力的"基督教",能够站起来击退那无神又堕落的共产主义势力。他们大胆地称呼自己是"德意志基督徒"(Deutsche Christen),并且自诩为基督教中"积极的基督教派"(positive Christianity)。德意志基督徒不遗余力地攻击异己,而且经常会在教会里面制造许多纷争与派系。㊟

㊟ 本书后面会对德意志基督徒有更完整的叙述。

但是教会里面最严重的问题在于，主流的新教领袖愿意考虑《雅利安条款》。他们的理由是受洗成为基督徒的犹太人，可以自行成立教会，而不需要刻意成为专属"德国人"的教会的一部分。在1930年代的时候，这种偏激的种族观念并不像现在那么少见，而且当时主张这种观念的人，也不会被视为充满仇恨的反犹太分子。

当各个种族应"平等隔离"的观念在实施种族隔离法的美国南部广受欢迎与流传时，朋霍费尔曾经亲眼目击，他知道这种观念深植在各种有关人种与族群的观念中。在欧洲与世界各地经常看得到强烈反对种族融合、维持种族纯粹的思想；因此，尽管朋霍费尔知道这种想法与基督教信仰相抵触，但他也深知这是当时非常盛行的思想。所以，即使对犹太人没有任何恶意的德国神学家与牧师，还是有可能认为《雅利安条款》是行得通的。有些人相信带有犹太血统的人，在真心相信基督教之后，应该参加由犹太基督徒组成的教会。许多真诚的白种美国基督徒对其他种族的基督徒一直都抱持这种看法，直到数十年前才有所转变。朋霍费尔知道他不能直接指责这些人是种族歧视，他必须以理性辩论的方式驳斥这些观念。

朋霍费尔跟其他德国人不一样的地方就是，他体验过跟德国路德宗非常不同的教会。他在罗马看到来自不同种族与国家的基督徒聚在一起崇拜；他在美国纽约的哈林区也曾经跟非裔美籍的基督徒一起崇拜；并透过合一运动跟欧洲的其他基督徒一起崇拜。他心中立即想到的问题就是，教会对犹太人问题的回应是什么？但隐藏在这个问题后面的其实是：**什么是教会**？

他一开场就说道："历史上有一个独特的现象，那就是犹太人必须遵守国家针对其种族而非其宗教信仰所特别制订的法律。这使得神学家必须分别面对两个新问题。"

他提到教会对国家应该采取的态度，并运用《罗马书》十三章，和心有存疑的人找寻到共同的立足点。

"没有权柄不是出于神的。凡掌权的都是神所命的。"换句话说，政府是上帝设立的，而其目的是要维持秩序。教会基本上对政府善尽其责（如制止邪恶，甚至动用武力）没有反对的理由。他的开场白似乎有点夸大,他说:"显然,新教教会没有权力直接针对政府特定的政治运作表示意见。"不过,他了解听众的想法,因此想要表示他在这一点上跟他们的看法一致。他也注意到自己所处的环境可说是对路德唯命是从,而就政府所扮演的角色来说,路德往往会偏袒政府,例如路德对镇压农民暴动就表示十分赞同。朋霍费尔必须谨慎应对。

接着他厘清教会确实在政治上扮演重要的角色。是什么样的角色呢?教会必须"不断地质问政府,其作为是否属于政府的正当作为,也就是说,这些作为要能够带来法治与秩序,而不会导致违法与失序。"换句话说,教会的职责是"**帮助政府成为政府**"。如果政府无法做到如圣经所命令的,创造一个法治与秩序的环境,那么教会就有责任提醒政府注意其失职的地方;另一方面,如果政府创造出的是一个"法治与秩序过于严酷"的环境,那么提醒政府注意这一点也是教会的责任。

如果政府制造的"法治与秩序过于严酷",那么"政府就会过度伸张其权力,而剥夺基督教证道与基督教信仰……的各种权力"。朋霍费尔称之为一种"荒诞的情况"。他说,"教会之所以必须反对政府这种侵权行为,原因就在于,教会比较了解政府以及其作为的限度。危害基督教传讲福音的政府,就是在否定自己的合法性。"

接着朋霍费尔列举出"教会可以对政府采取的三种行动"。首先是——前面已经提过——教会可以质疑政府的作为及其正当性,目的是帮助政府成为符合上帝旨意的政府。其次是——他在这里勇敢地跨出一步——"协助被政府作为所伤害的人",教会"对所有阶层的受害人都需要担起无条件的义务"。在说完这句话之前,他再次更勇敢地跨出另一步(其实,这时有些牧师已经离席),他表示,教会"对所有阶层受害人都需要担起无条件的义务,**即使他们不是基督徒也是一样**"。每个人都知道朋霍费尔指的是犹太人,包括那些没有受洗成为基督徒的犹太人。朋霍费尔接着引用《加拉太书》6:11"向众人行善"的章节,认为帮助犹太人乃是基督教会责无旁贷的义务,这不仅语出惊人,更是前所未闻的说法。但朋霍费尔仍然意犹未尽。

他说，教会对政府可以采取的第三种行动就是"不只要为被压在轮下的受害者裹伤，更要阻止车辆继续前进"。有时候仅仅救助那些被政府恶行伤害的人还是不够；教会在适当的时机必须采取行动，直接对抗政府以阻止其继续行恶。他说，唯有在教会的存在备受政府的威胁，而政府不再符合上帝的旨意时，才可以如此行。朋霍费尔补充说，如果政府强迫"受洗的犹太人离开我们的教会，或者禁止我们向犹太人传福音"时，就符合这种条件。

这种情形下的教会"处于**宣告信仰的状态**（in statu confessionis），而政府的作为表明其已经失去合法性"。这个拉丁词组的意思是"处于宣告信仰的状态"（in a state of confession），原本是十六世纪的路德用语。到朋霍费尔的时代，这句话的意思是指一种连宣告福音都遭受威胁的危机状态。"宣告福音"指的是传讲耶稣基督的好消息。朋霍费尔接着说："一个政府若是让教会备受惊吓，就会失去其最忠诚的仆人。"

朋霍费尔又表示**认信基督**（confess Christ）就是对待犹太人如同外邦人。他表示，教会的重要使命之一就是努力向犹太人介绍他们还不认识的犹太弥赛亚。如果希特勒的法案通过立法，就无法完成这件事。他那扣人心弦又出人意表的结论就是，教会不仅应该接纳犹太人成为其中的成员，而且这就是教会之所以是教会的原因：它是犹太人和德国人站在一起的地方。他说："关键绝不是我们这些德意志基督徒是否依然愿意在教会跟犹太人团契，而是教会应该负责任地传讲：教会的样式就是犹太人和德国人一起站立在上帝话语的面前。这就是教会是否仍然是教会的试金石。"

许多人都会想起《加拉太书》3:28所说，"并不分犹太人、希腊人，自主的、为奴的，或男或女。因为你们在基督耶稣里都成为一了。"为了强调这一点，朋霍费尔在结论时引用路德注释《诗篇》110:3所说的："上帝百姓与上帝教会的唯一标准就是：一小群领受上帝话语的人，纯然无杂地教导它，并在上帝话语遭迫害时，坚持宣告上帝的话语，且勇于承担落在他们身上的苦难。"

朋霍费尔在1933年春天所传讲的信息就是，为犹太人挺身而出乃教会的责任。即使对他忠实的盟友来说,这似乎也显得有些激进,尤其是当时的犹太人要到几年后才会经历一场场的恐怖苦难。对任何人来说,朋霍费尔的三个结论——教会必须质疑政府、帮助受政府迫害者以及在必要时对抗政府——似乎都难以领受。但对他来说,这些都是必然的结论。不久的未来,他将逐一把这三个结论化为实际的行动。

纳粹的节节胜利以及纳粹跟教会连手的计划都顺利进行,结果不但导致在教会内部掀起混乱,同时教会内部的各个派系也互相勾心斗角。朋霍费尔努力平息这些杂乱的意见,然后冷静理性地厘清这一切,他知道,如果不能巧妙地化解这些问题,最后的结果若不是寻求"政治考虑",就是寻求"现实考虑"来作为答案;如此一来就会偏离真正的福音,去崇拜一个按照人的形象而造的神,而不是敬拜上帝(也就是巴特所说、所写的"永恒的他者")。正如协和神学院中许多用心良善的基督徒,曾经基于各种良善的理由不知不觉离弃了这位上帝,如今德国也有许多用心良善的基督徒,正在同样地重蹈覆辙。他们深信只要让自己的神学立场稍微通融一下,那么到头来一切都会非常圆满;他们许多人都真心相信在希特勒统治下,传福音的机会会越来越多。但是朋霍费尔知道,不愿跟犹太人站在一起的教会,就不是耶稣基督的教会,而带领人加入一个不属于耶稣基督的教会,不仅愚蠢,而且是异端的行为。自从朋霍费尔写完《教会与犹太人问题》后,他就非常明白这个道理,而且愿意为此牺牲一切。然而,这会是一条又遥远又孤单的道路。

4月1日的抵制

在授权法案通过一星期后,希特勒就宣布要抵制德国境内所有犹太商店。这项声明的表面目的是要制止国际媒体(纳粹认为是由犹太人掌控)刊登关于纳粹政权的谎言。他们总是把这类颠顸行为解释成反制敌人对他们以及德国百姓的攻击。

戈培尔那天在柏林的一场集会上发表演讲，声色俱厉地斥责"犹太人遭虐的宣传"，而德国冲锋队则在全国各地威胁顾客不准进入犹太商店，那些商店的窗子上都被人用黑色或者黄色油漆画着大卫之星，并写着犹太（Jude）这个字眼。冲锋队还一边散发宣传小册一边举着标语，上面写着："Deutsche! Wehrt Euch! Kauft Nicht Bei Juden!"（德国人，要保护你自己！ 不要被犹太人收买了！）有些标语则用英文写着："德国人，不要听信犹太人恶毒的宣传——只到德国商店购物！"甚至连犹太籍医生和律师的办公室，也不免成为他们的目标。

朋霍费尔的犹太籍妹夫格哈德是律师，也跟许多犹太籍德国人一样是受过洗的基督徒。父亲卡尔和母亲葆拉对局势的发展忧心忡忡，于是在那个星期到哥廷根与莎宾和格哈德共度周末，其他家人则纷纷打电话关心他们的状况。莎宾回忆道，那年4月，"大家原本认定希特勒很快就会因为胡作非为而下台，结果这个希望完全破灭了。国家社会党如闪电般地迅速窜起。"

发动抵制当天，朋霍费尔的祖母茱莉正在柏林购物，这位出身望族的九十岁老人家，可不会任由别人支使她到哪里去购物。冲锋队想要阻止她进入一家店铺的时候，她告诉他们，她想到哪里购物就去哪里购物，而她也这么做了。那天稍晚，她也是这么对付围堵在著名的卡德威百货公司（Kaufhaus des Westens）大门口那些傻乎乎的冲锋队。朋霍费尔家最津津乐道的就是，茱莉·朋霍费尔从容不迫地行经纳粹暴徒队伍的故事，他们认为她活生生地表现出这个家庭所持守的价值观。

莱曼夫妇来访

在4月首波喧哗的日子中，另外还发生两件触动朋霍费尔生命的事件：一是德意志基督徒在柏林召开一场大会；二是莱曼夫妇来访。

这场德意志基督徒大会，让所有留意希特勒重整德国秩序的热心之人感到惴惴不安。教会与政府之间的界线变得非常模糊。由笃信基督的德皇领导国家是一回事，而由反基督教的元首领导国家则是另一回事。多数德国人都认为希特勒基本上是"自己人"，他们对纳粹重整社会（包括教会在内）的计划也表示欢迎。

戈林曾发表一篇深得人心的演讲，表示所谓重整社会，主要是指"管理上"的改变。他向群众重申元首至上原则的要点，并且鼓励他们要让他们的元首，在德国人生活的各个层面都居首位，教会也不例外。戈林解释说，希特勒为要翻新管理的方式，因此提议增设德国主教（Reichsbischof）的职位，把德国教会里面各个不同派别统合在一起。希特勒挑选出粗鲁的前海军军牧路德维希·穆勒（Ludwig Müller）担任这个职位。德意志基督徒想要按照纳粹的方针建立一个统一的德国教会，而且努力要达成这个目标。如果英国可以建立英国国教，那么德国为何不应该建立自己的教会——而且完全是以"德国人"为基础呢？

保罗和玛莉安在3月底抵达。他们已经去过波恩参加巴特的演讲，然后到柏林停留几天探望老友。一向好客的朋霍费尔带着他在协和神学院认识的朋友们到各地旅游，到威丁拜访他曾经教导坚信班的那所教会，跟他们一起在菩提树下大街漫步，又带他们到歌剧院欣赏理查德·施特劳斯的《埃莱特克拉》（Elektra）①。

莱曼夫妇在柏林的这段期间，亲眼目睹了4月1日发起的抵制行动，以及让人惴惴不安的德意志基督徒大会。那个星期在柏林的还有另一个对朋霍费尔一生影响深远的人物，不过他们两人已经有半年没有见面了。那就是奇切斯特主教乔治·贝尔（George Bell），他当时到德国是要参加一场合一运动的会议，时间正好跟德意志基督徒大会相同。他不期而遇却千载难逢地亲眼看到德意志基督徒运动的丑陋真相，这使得他在未来的岁月中成为最主要的反对者之一。

---

* 施特劳斯陷在文化冲突的夹缝中：纳粹想要笼络他，因此邀请他在文化部门担任职位。他接受了，后来他表示这是要保护他的犹太籍儿媳妇。但施特劳斯是犹太裔德国作曲家斯蒂芬·茨威格（Stefan Zweig）的朋友，后来他因为拒绝从他编写的歌剧剧本中删除

① 茨威格的名字而被迫辞职。

莱曼夫妇住在瓦根罕街的朋霍费尔家中一段时间，并对他们的生活方式感到相当讶异。对他们来说，这仿佛是时空之外的世界，一个跟眼前这个疯狂世界相反的文化堡垒。莱曼夫妇注意到卡尔·朋霍费尔经常会站起来，悄悄地走到他们所在房间的门边，确定没有仆人偷听他们谈话。

早在 1933 年初，大家就已无法确定到底什么人可靠，而他们谈话中有部分内容是相当反纳粹的。克劳斯和迪特里希都认为希特勒和纳粹党不会维持太久，不过也看到这二者现在对整个国家已经造成非常严重的伤害。朋霍费尔家族一定要尽所有力量对抗希特勒和纳粹党，尤其是因为其对待犹太人的方式。这些对话可说是显示出他们决心对抗希特勒的最早迹象。

即使在这最初期阶段，他们也不只是空谈而已。那年 4 月，保罗和迪特里希一起写信给纽约的司提反·怀斯拉比（Rabbi Stephen Wise），两年前的复活节主日，朋霍费尔曾经在他服事的犹太会堂听过他讲道。怀斯是美国犹太委员会（American Jewish Committee）的名誉主席，而且很早就直言无讳地斥责纳粹。他跟罗斯福总统有交情，因此朋霍费尔和莱曼认为可以透过他，提醒罗斯福注意目前局势的发展。基于国会纵火法案，希特勒甚至可以用叛国罪来起诉写这种信件的人。朋霍费尔知道此举可能会让自己被关进集中营，但他还是写了这封信，并且寄了出去。

保罗和玛莉安注意到朋霍费尔跟两年前他们初识时有所改变。他在纽约时表现出的是一种比现在更轻松、更自在的态度，虽然就目前的环境看来，这是可以理解的；但还有其他不一样的地方：那就是他对上帝的态度也不同了；他似乎更认真地看待这一切。

莎宾与格哈德

在抵制犹太商店十天后，朋霍费尔受邀在一场丧礼证道。格哈德·赖伯赫兹的父亲在 4 月 11 日过世。对迪特里希来说，他觉得有点为难，后来他承认自己未能克服这一点。赖伯赫兹具有犹太人的血统，但跟他儿子不一样的是，他并没有受洗加入教会。朋霍费尔对事情的考虑始终都要面面俱到，难免有时候会过虑。现在他顾虑的是一个在犹太议题上大胆对抗纳粹的人，竟然在一个非基督徒犹太人的丧礼上证道，这会让人产生什么样的想法。这是否会让人气愤？这是否会阻碍他以后在教会服事的机会？这是否会让教会里面那些认为他的思想已经过于激进的人，完全失去对他的信任？

他不知如何是好，他急于请教他的直属教长。教长知道这件事情可能会引起轩然大波，于是建议朋霍费尔打消证道的念头，因此迪特里希就婉拒了，但他随即就非常后悔自己的决定。

莎宾一直跟家人保持密切联络。格哈德是哥廷根大学知名的法律教授，因此在不久之后，他们就遭受反犹太主义浪潮的直接冲击。哥廷根校园里，国家社会党的学生领袖一度呼吁要抵制他的课程。莎宾回忆道：

> 我经常到课堂听我先生授课，而发动抵制那天我就到学校去了，为的是要亲自听一听学生会说些什么话。有几个身着冲锋队制服的学生挡在那里，穿着长靴跨站在门口，摆出一副除了冲锋队的人谁都不准进入的样子；还说"赖伯赫兹不可以授课，因为他是犹太人。课程已经取消了"。学生都听话地回家去了。课堂的黑板上也贴着同样内容的布告。[1]

有一阵子时间，莎宾和格哈德只要走在哥廷根的街道上，就会感觉得到令人窒息的气氛。认出他们的人会纷纷走到街道另一侧，好避开他们。莎宾说："哥廷根有很多人都想巴结[纳粹]。一直没有办法升级的教师现在有机可乘了。"不过，还是有少数几个人对眼前发生的一切感到厌恶，同时也不怯于表达他们的反感。神学家华特·鲍尔（Walter Bauer）在街上遇见他们两人，然后他们三个人就一起痛斥希特勒。格哈德被辞退时，有一位教授到他跟前，目中带泪地对他说："先生，你是我的同事，而我以身为德国人为耻。"一群格哈德专题研究课程的学生纷纷请求学校当局让他继续执教。

许多格哈德的亲戚也都相继失业；一位格哈德在学校的犹太朋友自杀身亡,这类的消息不断地传出来。宗教改革纪念日那天,也就是决定婉拒在格哈德父亲丧礼证道的几个月后,朋霍费尔写信给在哥廷根的格哈德和莎宾：

> 我现在仍因过虑而拒绝了你的要求,懊恼不已。坦白说,我想不透自己当时是怎么回事。那时我为什么会如此害怕恐惧？你们一定也跟我一样感到不解,然而你们什么话也没说。但这件事一直缠绕在我心头,因为这是永远无法弥补的憾事。[2]

整个 1933 年,纳粹都在不断推动立法,要把犹太人赶出公务机关,类似 4 月 7 日通过的公务改革法的法律条文越来越多。到了 4 月 22 日,犹太人已经不得担任专利法律师,而犹太籍医生也不得在享有国家保险的机构工作。犹太儿童也遭受波及,4 月 25 日通过的法案,严格限制他们进入公立学校就学的人数。5 月 6 日法律适用范围延伸到所有大学教授、讲师以及公证人。6 月,所有犹太籍牙医以及牙科技师都不能在享有国家保险的机构任职。秋天的时候,这些法律适用范围涵盖到非雅利安人的配偶。9 月 29 日,犹太人被禁止参加所有文化和娱乐活动,包括电影、戏剧、文学以及所有视觉艺术。到了 10 月份,所有报纸都在纳粹的控制之下,犹太人随之被赶出新闻界。

许多牧师和神学家对德意志基督徒在 4 月发动的猛烈攻击深感震惊,进而采取行动。他们的响应各不相同。赛多弟兄会(Sydow Brotherhood)的乔治·舒尔茨(George Schulz)为此出版一篇宣言。海因里希·伏戈尔(Heinrich Vogel)出版他写的《八条福音派教义》(Eight Articles of Evangelical Doctrine)。威斯特伐利亚(Westphalia)的部分牧师发表一篇宣言(内容类似朋霍费尔的论文),严词斥责把受过洗的犹太人驱逐出德国教会的行为犹如异端。青年改革运动(Young Reformation movement)所代表的是各式各样的神学观点,全都反对德意志基督徒,但除此之外没有什么其他共同点。此后在教会斗争中与朋霍费尔并肩作战的格哈德·雅各比,开始跟其他牧师在夏洛滕堡的咖啡馆聚会。但他们彼此间的神学与政治意见有非常多的分歧,因此无法规划出协同一致的反抗方案,然而他们愿意继续努力。

"纵容焚书的地方……"

1933 年 5 月,狂热持续蔓延。所谓的**一体化**广受大众讨论。一个月前戈林在柏林德意志基督徒大会提出的这个观念,指的是德国社会中的一切都必须合乎纳粹的世界观,包括书籍与思想。

卡尔·朋霍费尔清楚看到纳粹向各所大学施压的过程。朋霍费尔回想起纳粹文化事务部长在柏林大学发表演说的时候,虽然他发现那人的态度倨傲无礼,但是他与他的同事都没有足够的勇气离开会场表示抗议。

> 身为党代表且年轻无知的医学见习生,告诉各医院的院长要立即解除犹太籍医生的职务。有些院长顺服地言听计从。只要有人表示这类事情的管辖权属于行政部门而非党部,马上就会遭受威胁。院长想要说服教职员集体入党。然而,他的期望却因为每个人的拒绝而落空。行政部门起初并没有顺应他们的要求开除犹太籍助理,但每家医院的医生却经常遭受监视,以便了解他们对党的态度。[3]

卡尔·朋霍费尔在柏林大学又服务了五年,然而在多方努力下也只能够免于悬挂希特勒的肖像。

反犹太主义已经在德国大学生中间流传好几十年,现在他们终于能够正式表达出来了。那年春天,德国学生协会(German Students

Association)计划在 5 月 10 日④举行一场"打击非德国精神"(Against un-German Spirit)集会。当晚 11 点数千名学生分别在德国各地的每个大学城聚集。从海德堡到图宾根到弗莱堡到赖伯赫兹居住的哥廷根,他们拿着火把游行,纳粹党工大肆叫嚣勇敢的德国人民将来要以实际行动唤起莫大的荣耀,煽动起群众的情绪而成为一场狂热运动。整个聚会在午夜时分达到最高潮的清洗(Sauberung),也就是点燃一个巨大的营火,然后由学生把数千本书丢进火堆中。

这样一来,德国就可以"涤除"如海伦·凯勒(Helen Keller)、杰克·伦敦(Jack London)以及韦尔斯(H. G. Wells)等等所有"非德国"作家思想的毒害。当然雷马克(Erich Maria Remarque)的书也包括在内,其他还有爱因斯坦和托马斯·曼(Thomas Mann)。1821 年,德国诗人海因里希·海涅(Heinrich Heine)在他的剧作《阿尔曼索尔》(*Almansor*)里面,写下让人不寒而栗的一句话:"Dort, wo man Bucher verbrennt, verbrennt man am Ende auch Menschen."海涅是归信基督教的犹太裔德国人,而他这句话可说是一个恐怖的预言,意思是:"纵容焚书的地方,到最后一定会焚烧异己。"那夜,他的书跟其他的书一样在德国各地被丢进熊熊烈焰。弗洛伊德(Sigmund Freud)的书也在那夜被焚烧,他做了类似的评论:"只烧掉我们的书而已? 在更早的时代,他们会连我们也一起丢进火里烧掉。"

柏林火把游行的起点是柏林大学后方的黑格尔广场,先穿过大学校园,然后向东沿着菩提树下大街前进。队伍后面是一辆载着"反德国"书籍的卡车,而在剧院广场(Opernplatz)已经为营火预备好一堆高耸的木材。面对在场的三千人演讲时,戈林像个吸血鬼般地向着黑夜咆哮:"德国的各位先生女士! 傲慢的犹太智识主义如今已经结束! ……在这个午夜时分你所做的是正确的事情——把过去污秽的灵魂丢进火焰! 这是一个伟大、激烈又有意义的行为……从这

---

* 我们不清楚挑选这个日子的意思是否要纪念 1871 年普法战争的结束,但是既然那天是
① 德国击败法国,又是德国统一的初始之日,因此相当有这种可能性。

些灰烬中,将出现那新世代的凤凰……赞美这个世代! 赞美科学!
活着真美好!"

就跟第三帝国各种面向一样,这种景象显然具有一种令人毛骨
悚然的效果:这个午夜营火就像淫荡女妖(succubus)①一样,吞噬着
伟大作家的高贵思想和文字来喂养自己。宣传家戈培尔非常清楚,
利用安排一场火把游行,然后在午夜时分举行一场营火会,能够引发
出那种原始、野蛮以及邪教的气氛,并召唤出代表力量、霸气、血缘与
土地的德国民族(volk)的神明。这整个仪式根本不符合基督教精神;
虽然表面上没有明说,但它的用意其实是要反基督教,现场的群众虽
然可能对此有很深的感受,但听不出弦外之音。火把、鼓声以及游行
的用意,是要制造出一股夹杂着凶恶、阴森以及畏惧的气氛,并且召
唤那些与基督信仰谦卑美德背道而驰的力量,基本上跟基督教以及
犹太人的一神教完全相反。因下雨取消活动的城市,一律改期在 6 月
21 日(夏至)重新举办活动。

海因里希・海涅对焚书所说的这句名言经常被引用,而现今剧
院广场上也刻着这句话,追悼这个毛骨悚然的仪式;但是海涅著作中
的另一句话,或许更恐怖地预言了一百年后德国所发生的一切。他
在 1834 年写的《德国宗教与哲学》(*Religioin and Philisophy in
Germany*)一书的结论中提到:

> 基督教——这是它最重要的价值——虽然缓和了德国野蛮
> 的好战精神,但却无法将其消灭。一旦这个起缓和作用的护符
> (十字架)被粉碎,古代战士的狂妄、北欧诗人经常吟唱歌颂的暴
> 戾,就会重新爆发为烈焰。这个护符非常脆弱,总有一天会凄惨
> 地瓦解。那时冰冷的远古众神,就会从被遗忘的废墟中站起来,
> 并揉掉他们眼睛上累积数千年的尘埃,最后,雷神索尔(Thor)会
> 拿着他的巨锤一跃而起,毁灭歌特式大教堂……思想先于行动,
> 如同闪电先于雷声……当你听到史上前所未有的崩裂声时,就

---

① 专在夜间引诱男子的女妖。——译者注

会知道德国的闪电终于击下来了。这巨响发出之时，天空的飞鹰会落地死亡，而遥远非洲沙漠里的狮子会躲藏在它们堂皇的洞穴中。德国会主导一场大戏，相较之下，法国革命简直就像一首温柔的田园诗。[4]

第 *11* 章
纳粹神学

我们的不幸就是信仰错误的宗教。为何我们不能信仰日本人那种把为祖国牺牲视为至善的宗教？即使伊斯兰教也比基督教更适合我们。为何一定要信仰温柔又懦弱的基督教？

——阿道夫·希特勒（Adolf Hitler）

十年后你就会看到阿道夫·希特勒在德国的地位，就跟耶稣基督现在的地位一样。

——莱因哈德·海德里希（Reinhard Heydrich）

我们不时会听到有人说希特勒是基督徒。他当然不是基督徒，不过他也没有像他大部分心腹那样公开反对基督教。只要有助于他夺权的一切他都表示支持，反之则否。他是一个非常现实的人，他在公开场合的发言往往让人觉得他支持教会与基督徒，但他说这些话显然另有目的，那就是要获得政治利益。他私下的言论向来都是以反基督教与基督徒著称。

特别是他发迹的初期，希特勒想要表现出自己是典型的德国人，因此他盛赞教会是道德与传统价值的堡垒；但他同时觉得，教会到头来还是会跟随国家社会党，最后还是会成为纳粹思想的御用工具。因此，对他来说，毁灭教会没有什么好处，最简单的方法就是因势利导，充分利用教会所具有的文化特色。

戈培尔（应该是最接近希特勒的人）在他著名的日记里面，写下元首心中对神职人员的看法：

元首在话语中，对高层与低层神职人员的自大表示非常轻蔑。基督教里面荒诞的救赎教义根本不符合时代潮流，然而许多受过高等教育的高级政府官员，还是幼稚地相信这一套。难以想象怎么会有任何人认为基督教的救赎教义能够指引我们面对当前的困境。元首列举了不少让人锥心泣血的例证，其中一些甚至可说是触目惊心……学识最高、智慧最深的科学家穷尽一生的力量，单单钻研一条自然律的奥秘，然而一个巴伐利亚小乡村的神父，却根据他的宗教知识一口断定整件事情的是非，对这种劣行败迹我们只能嗤之以鼻。凡是跟不上现代科学知识的教会，注定会灭亡，这可能会需要一段时间，终究还是无法避免。任何脚踏实地过活的人，以及任何只能够笼统地想象自然奥秘的人，在面对宇宙的时候，自然会表现出谦卑的态度。然而，神职人员却毫无这种谦卑的态度，显示出他们在面对宇宙时，所抱持的是一种偏执武断的心态。[1]

希特勒认为基督教是由过时的神秘乡谈堆砌起来的。但最让希特勒困扰的不在于它是乡谈，而在于它是不能让他得利的乡谈。在希特勒眼中，基督教所传讲的是"温柔与懦弱"的信息，对主张"强硬与力量"的国家社会意识形态来说，简直一无用处。他觉得到了最后，教会的意识形态还是会有所改变，他一定会让这件事成真。

鲍曼（Martin Bormann）和希姆莱（Heinrich Himmler）是希特勒心腹中反对基督教最激烈的两人，他们认为教会既不会也不能改变。他们想要除掉神职人员并且铲除教会，因此不放过任何怂恿希特勒支持他们想法的机会。他们渴望尽量提前与教会宣战，但希特勒一点也不急，因为只要他一攻讦教会，声望就会下滑。希特勒跟他的左右手不一样，他对政治时机的拿捏非常准确，而现在还不是跟教会对决的时机，现在是伪装支持基督徒的时机。

希特勒的智囊施佩尔（Albert Speer）直接目击希特勒冷血无情的手段："1937 年左右，希特勒听闻许多追随者在党部以及党卫队的教唆下纷纷离开教会，因为教会顽固地反对他的计划，他却吩咐心腹，尤其是戈林与戈培尔，继续留在教会。他表示他自己虽然没有加入任何教会，但依旧属于天主教教友。"

尽管鲍曼看不起基督徒与基督教，但还不能公开表态。直到 1941 年战争爆发后才公开发表他的看法，"国家社会党和基督教水火不容。"施佩尔的评论是：

> 在鲍曼心中，教会斗争（Kirchenkampf，反教会运动）有助于重新唤起沉寂已久的党的意识形态。他就是这场运动的推手……虽然希特勒有所犹豫，但只是因为他想等待更好的时机……他偶尔会表示："一旦我解决掉其他问题，就会跟教会算账。我会用绳子牢牢牵着它。"但鲍曼迫不及待地要算账。暴躁的他，无法忍受希特勒审慎的实用思想……[于是他]就会诱导一个随员，告诉他某个牧师或主教曾经说过的煽动言论，直到希特勒终于注意到这件事而要求知道所有细节……有时候[鲍曼]会从口袋里掏出一份文件，然后开始朗诵一段反动的证道或者某位牧师的信函。希特勒经常会激动到弹手指——这是他生气的迹象——并把食物推到一旁，然后发誓一定会严惩这些牧师。[2]

不过这一切还在遥远的未来。1933 年的时候，希特勒从未透露过任何他会跟教会对抗的蛛丝马迹，多数的牧师都深信希特勒站在他们这一边，部分原因在于，从他投入政坛第一天开始，他的发言就非常支持基督教。1922 年他在一篇演讲里，称耶稣是"我们最伟大的雅利安英雄"。把犹太籍的耶稣视同雅利安英雄，就跟把希特勒理想中残酷、邪恶的尼采式超人视同谦卑、舍己的基督一样荒谬。

希特勒一定是尼采的信徒，虽然他可能一听到这个词就会怒发冲冠，因为这表示他信靠的是超乎他自己的事物。这跟无与伦比的元首形象背道而驰，因为在元首之上别无他人。然而，希特勒曾多次参观位于魏玛的尼采博物馆,而且当地还展示出一幅他摆出全神贯注姿势,凝望着这位哲学家半身铜像的照片。他对尼采关于"权力意志"的论点深信不疑。希特勒崇拜权力,而真理则是可以抛在脑后的幻想;他的死敌不是愚昧,而是软弱。对希特勒来说,残酷是美德,而怜悯是重罪,这是跟基督教最格格不入的地方,因为基督教主张的正是柔和谦卑。

尼采认为基督教是"险恶的咒诅、根深蒂固的悖逆……人类永远的瑕疵"。他轻视基督教的道德观,认为它既低贱又柔弱:"[人类]社会始终认为德行不过就是获得力量、权力与秩序的工具。"当然,尼采是把力量的观念拟人化为超人,将它提升为一种残酷粗暴而不受约束的权力——"那伟大的金发粗暴之人四处饥渴地搜刮战利品与胜利。"

希特勒似乎相信尼采已经预言他的兴起与当权。尼采在《权力意志》(Will to Power)一书中预言将来会出现一个领袖的种族(race of rulers),"一个特别强壮的人种,天赋的智力与意志都非常高。"希特勒相信雅利安人就是这个"领袖的种族",尼采称呼这些人是"地球主宰"(lords of the earth)。夏伊勒(William Shirer)表示,尼采这番豪语深得希特勒的赞赏:"[这些话]想必在希特勒混乱的脑海中回荡不已。不论如何,他把这些话视同己出——不只是思想观念而已,……往往有如他的一言一语。《我的奋斗》里面经常出现'地球主宰'一语。最后,希特勒认为他自己确实就是尼采预言中的超人。"

希特勒吹捧尼采的唯一要件就是,百姓认为尼采的出现主要是为希特勒预备道路,尼采就好像是希勒特的开路先锋施洗约翰。

休斯顿·张伯伦(Houston Stewart Chamberlain)是首先把希特勒描绘为救世主的人之一;夏伊勒称他是"有史以来最奇怪的英国人之一";许多人都认为在精神上,他可说是第三帝国的列祖之一。张伯伦相信德国是世上为首的种族,注定要统治世界,而且预言希特勒就是他们的领导人:

在他多彩多姿一生的结尾,他尊崇这位奥地利下士——而这是早在希特勒当权以及对此还没有任何头绪之前——是上帝差派来带领德国百姓走出旷野的[伟]人。希特勒自然会认为张伯伦是位先知,而结果也确实印证此事不假……他死于 1927 年 1 月 11 日——满心期待在上帝带领下,他针对这位新的德国救世主所传讲以及预言的一切,全部都会实现。[3]

张伯伦在死前曾经与希特勒会面。他是那个乱世中的另一个狂人,像是鬼魔版的西面,颤抖着唱出一篇颠倒的"西面颂"*①。

新兴的纳粹宗教

既然希特勒信仰的宗教就是他自己,那么他之所以会反对基督教与教会,主要是基于现实利益而非思想观念,但对第三帝国许多其他领袖来说却并非如此。罗森堡、鲍曼、希姆莱、海因里希以及其他人都非常激烈地反对基督徒,而且在思想观念上也反对基督教,并且希望用他们自己构想的宗教取代基督教。夏伊勒说,在他们的领导下,"纳粹政权终于想要毁灭德国的基督教,如果能够的话,还想代之以德国古老的异教神明以及纳粹极端派的新兴异教。"

希特勒起初不允许他们这么做,因此他不断努力地克制他们。但只要时机一到,他就不再反对。他对整件事情的处理并不太认真,但他觉得希姆莱酝酿的新异教,可能比基督教更有用,因为它提倡的"美德"有利于第三帝国的发展。

希姆莱曾经担任党卫队的头子,而且非常反对基督徒,很久以前,他就禁止神职人员在党卫队服务。他在 1935 年命令所有党卫队成员一律辞去宗教机构的领导职务;第二年他禁止党卫队的乐手参

---

* 《路加福音》2:29～32 记载了耶路撒冷的一位公义虔诚者西面称颂救主耶稣基督的降
① 生,即"西面颂"。——译者注

加宗教活动,即使公余时间也不可以;不久之后他就禁止党卫队成员参加教会崇拜。对希姆莱而言,党卫队本身就是一个宗教,而其成员就等于是其神职人员的候选人。许多党卫队仪式具有秘教的性质,希姆莱对秘教和占星术非常热衷,而党卫队在死亡集中营的许多作为,都显示出希姆莱的印记。

在德国军队服务的汉斯·吉斯维乌斯(Hans Gisevius)后来成为密谋暗杀希特勒的首脑之一,他跟多数参与密谋的人士一样是个虔诚的基督徒;他是牧师尼默勒(Niemoller)的朋友,也是其教会的会友。1935年的某天他跟希姆莱以及海德里希一起开会,他们在知道他的信仰后,就跟他辩论起来。吉斯维乌斯写道:

> 积极参与讨论的海德里希精力充沛地在房间里来回踱步。他滔滔不绝地发表自己的看法,当我们结束要离开的时候,他从我后面追上要说最后一句话。他拍拍我的肩膀露齿而笑地说:"你等着瞧吧。十年后你就会看到阿道夫·希特勒在德国的地位,就跟耶稣基督现在的地位一样。"[4]

党卫队在这方面的企图心非常旺盛。施佩尔记得希特勒在私底下对希姆莱的努力嘲讽道:"[希特勒说:]真是胡说八道!起码我们已经进入一个把所有神秘思想都抛在脑后的时代了,但他现在竟然还要让它死灰复燃。与其如此,我们不如留在教会里面比较好一点,至少教会还自有一套传统。想想看,也许哪天我还会被供奉为党卫队的圣徒!你能想象吗?我连躺在坟墓里都会感到不安。"

罗森堡是打造这个"新宗教"最积极的纳粹领袖之一。他们对于要如何达成这个目标看法并不一致。有些人,例如希姆莱,想要从头开始;另外有些人,认为比较方便的作法就是,把现存的基督教逐渐改造为"纳粹"教会。罗森堡是个"直言不讳的异教徒",他在战争期间为建立"帝国教会"(Nationale Reichskirche)而研究出一套"三十点计划"。当时这个直言不讳的异教徒所担负的使命就是,让世人知道希特勒对教会及其教义推崇至极。罗森堡的计划可说是纳粹为教会所制订的终极计划最明确的证据。从这个计划的几个要项,可以勾勒出希特勒愿意妥协的地方,以及在战争掩护下,他企图完成的目标:

13. 帝国教会要求立即停止在德国出版与散布圣经……

14. 帝国教会宣告,对它(也就是整个德国)来说,最重要的文献就是元首写的《我的奋斗》。对我们国家现在以及未来的生活来说,这不只是最伟大、也是最纯粹实在的道德思想。

18. 帝国教会要把祭坛上所有的十字架、圣经以及圣徒画像扫除干净。

19. 祭坛上不能有他物,只能有《我的奋斗》(对德国来说,也就是对上帝来说,这是最神圣的书籍),而且要在祭坛左边放一把剑。

30. 在其成立之日,务必要把基督教的十字架从所有教会、大教堂以及礼拜堂里挪出去……并且要用唯一常胜的反万字符号取代之。[5]

德意志基督徒

德国最虔诚的基督徒都了解基督教和纳粹思想根本不相匹配。卡尔·巴特表示,基督教相比"原本就无神的国家社会主义",隔着"一道无底的深渊"。

但在那深邃宽广的无底深渊的某个角落,有一群人却认为深渊并不存在,并想方设法要把国家社会主义和基督教毫无痕迹地连结在一起,他们认为这在神学上并没有任何难处,并在 1930 年代的德国凝聚起一股强大的势力。在教会斗争中,他们逐渐成为跟认信教会的领袖——诸如朋霍费尔、尼默勒等人——相对抗的势力核心,为要吸收其他自认为是德国人又是基督徒的人,他们自称是 Deutsche

Christens,也就是"德意志基督徒"。把他们的德国种族观念以及基督教观念结合在一起,必须竭尽心力扭曲事实,牵强附会。

桃瑞丝·伯根(Doris Bergen)在她写的《扭曲的十架:第三帝国的德意志基督徒运动》(*Twisted Cross*:*The German Christian Movement in the Third Reich*)里面提到:"'德意志基督徒'把基督教宣传成犹太教的对头,耶稣是反犹太的首脑,而十字架则是与犹太人抗争的象征。"德国教会(Kirche)把这个观念灌输给德国百姓(Volk)的用意,就是要夸大与扭曲二者的意义。第一步就是要把**德国**(Germanness)曲解为原本就跟**犹太**(Jewishness)相对立。第二步将基督教和德国结合为一体,要把其中所有跟犹太相关的因素铲除尽净,这是个荒谬的计划。

他们最先决定务必先去除《旧约》,其犹太色彩显然太鲜明。在巴伐利亚举行的一场德意志基督徒聚会上,主讲人讥讽《旧约》犹如一篇描写种族堕落的长篇故事,他评论"摩西在年事已高的时候,还娶了一个黑人女子为妻"这番话引起哄堂大笑以及如雷掌声。他们最晚是在1939年成立了一所"发掘与清除德国教会生活中犹太余毒"的机构(Institute for Research into and Elimination of Jewish Influence in German Church Life)。就像是著名的《杰斐逊圣经》(Jefferson Bible)把杰斐逊认为不妥的内容全都删除一样;这个机构也以同样剪剪贴贴的态度编辑圣经,删除所有看似跟犹太相关,以及不符合德国国情的内容。身为他们领袖之一的乔治·施耐德(George Schneider)认为整部旧约圣经就是"狡猾的犹太阴谋",他又接着表示,"把圣经中高举犹太人的部分丢进烤炉,让永恒的烈焰烧灭我们百姓的大敌。"

至于《新约》,德意志基督徒断章取义地引用经文,并曲解其意义,为的是要符合他们的反犹太计划。他们最常利用的就是《约翰福音》8:44:"你们是出于你们的父魔鬼,你们父的私欲,你们偏要行。他从起初是杀人的,不守真理,因他心里没有真理。他说谎是出于自己;因他本来是说谎的,也是说谎之人的父。"当然,耶稣以及他所有的门徒都是犹太人,而耶稣这番话所指的那些犹太人是当时的宗教界领袖,他严厉斥责的只是这些人。耶稣把兑换银钱的人赶出圣殿那段经文,也深受德意志基督徒青睐。但是为了要更加锋利,于是把"贼窝"改为德语 Kaufhaus(百货公司),因为当时的百货公司老板多半是犹太人。德意志基督徒总是把耶稣描绘成非犹太人,而且是一个冷酷的反犹太分子,正如希特勒对他的称呼"我们伟大的雅利安英雄",两者之间的距离并不是那么遥远。在德意志基督徒把他消费殆尽之前,这位拿撒勒拉比始终都是个踢正步又嗜吃水果馅饼的帝国之子。

德意志基督徒对付教会音乐的手法也差不多。众人皆知他们在柏林运动广场(Sportpalast)举行过一场大会,他们的一位领袖宣布:"我们要唱那些丝毫没有受到以色列影响的歌曲!"这可难了,即使德国最出名的诗歌,也就是路德的《上主是我坚固保障》(Mighty Fortress Is Our God),里面也称耶稣是"万军之主"(Lord Sabaoth)。但是他们迫不及待要删除掉赞美诗集里面的"犹太"字眼,例如**耶和华**、**哈利路亚**以及**和散那**。有位作家提议把耶路撒冷改为天家,并把黎巴嫩的香柏树改为德国森林的枞树。

就在德意志基督徒想方设法扭曲事实之际,他们有些人终于意识到这是一场打不赢的战争。因此,他们有一群人在 1937 年开始指出问题在于圣经文本。他们说:"最初把自己的信仰写成文字的是犹太人,然而耶稣从来没有这么做过。"因此真正的德意志基督教必须超越文字。又补充说:"魔鬼总是居住在文字里面。"

他们的所作所为越来越离谱。有时候德意志基督徒会把"洗礼"解释成不像是加入基督身体的洗礼,而像是加入"**百姓**(Volk)团体"以及"元首**世界观**"(Waltenschauung)的洗礼。圣餐所引发的是不同的问题,一位牧师表示,饼象征的是"整个地球始终屹立不摇的忠于德国的土壤",而酒象征的是"地球流出的血"。这充分透露出他们的异教思想。

但是出问题的不只是他们神学思想的细枝末节。他们整个基督教观念都偏向异端。路德维希·穆勒在希特勒的钦点下负责带领"团结一致的德国教会",他的新头衔是德国主教,他宣称"德意志基督徒"的"爱"带有一种"武士般坚毅的特质"。"它厌恶所有温婉懦弱的事物,因为它知道一定要把跟生命相抵触的一切,也就是腐朽和败坏彻底铲除消灭,生命才能健全茁壮。"这不是基督教,而是尼采的社会达尔文主义。穆勒也公开表示,恩典属于"非德国"的观念。穆勒是个理着平头,自诩为"猛男"与"男子汉",又瞧不起神学家(卡尔·巴特是他最喜欢嘲谑的对象)的前海军军牧,他是最大声疾呼要把德国教会纳粹化的人之一。在未来的教会斗争中,他将成为认信教会的头号仇敌。

但绝对不只穆勒一人认为,传统基督教的慈爱与恩典在德国基督教里面没有立足之地。另外有一个德意志基督徒成员宣称,"关于罪与恩典"的教义,"是篡改加入新约圣经的犹太观念",而且对当时的德国来说太过消极:

> 像我们这样的种族,万般无奈地背负着战败的包袱,因此被视为罪首,实在难以忍受世人不断夸大其辞地重提这些罪责……我们的百姓已经为战争祸首这个罪名承担太多的苦难,因此教会和神学的使命应该是运用基督教鼓励我们的百姓,而不是让他们陷在政治的羞辱中。[6]

德意志基督徒扭曲与篡改传统对圣经内容与教会教义的认识,是一个非常复杂的过程。身为德意志基督徒领袖的莱因霍尔德·克劳斯(Reinhold Kraus)表示,马丁·路德留给德国人"一个宝贵的传承:借着第三帝国完成德国的宗教改革!"既然路德都可以跟天主教决裂,那么没有任何事情是不可改变的,那就是新教花园里的杂草。即使路德本人也曾经质疑过圣经里面某些书卷是否应该被纳入圣经,尤其是《雅各书》,因为他认为其中所教导的是"靠行为得救"。而朋霍费尔的恩师,也就是自由派神学家哈纳克,也曾经质疑过多卷旧约书卷应否属于圣典,显然施莱尔马赫和哈纳克领导的自由派神学,在这方面有推波助澜的效果。但另一方面,当基督教和文化或者国家认同紧密地联系在一起的时候,必然会引起混淆。对许多德国人来说,他们的国家认同已经跟他们的基督教路德宗信仰融合为一,因此无法把二者明确切割开来,四百年来,他们一直都认为所有德国人都是路德宗基督徒,因此没有人真正了解基督教的意义。

到最后,德意志基督徒会发现他们其实一直活在巴特所说的无底深渊里面。真正的基督徒认为他们是脑筋糊涂的国家主义异端,而他们也绝对无法让深渊对岸那些坚决反犹太的纳粹感到满意。一位纳粹领袖写信向盖世太保抱怨,在德国阵亡将士追思会上演奏的乐曲是诗歌《耶路撒冷,崇高又美丽的圣城》(Jerusalem,Thou City High and Fair)。当时并没有演唱一句其中那惹人厌的歌词,只是演奏乐曲而已,但即使这样也会让人想起不悦的歌词。葆拉·朋霍费尔在 1918 年为儿子华特的丧礼所挑选的诗歌,就是这首多年来一直在德国阵亡将士追思会上演奏的知名诗歌。

第 *12* 章
教会斗争开始爆发

一旦你搭错车,即使沿着车厢走道往相反的方向跑也没有用。

——迪特里希·朋霍费尔

起初德意志基督徒还很谨慎地不让德国百姓知道他们最极端的信仰。对漫不经心的人来说,他们在 1933 年 4 月举行的大会,在神学思想上似乎相当持平。但德意志基督徒大声呼吁德国教会一定要团结起来组成帝国教会,若非如此,必定会像德国国会以及魏玛共和国一样瓦解,背后用意是要教会从现在开始,同心协力地服从元首的带领和一体化理想——而教会一定要成为众人的表率。

许多德国人都受到 4 月大会的影响,赞成建立单一的帝国教会,只有少数几个人知道确实的步骤或其架构,但希特勒已经胸有成竹。教会领袖在那年 5 月指派三位主教组成委员会,在洛库姆(Loccum)聚会商讨教会未来方向,他看出来这就是良机。为了让倔强的教会屈服,希特勒想尽办法让一位神职人员插入原来的三人委员会。主教团里的老鼠屎别无他人,正是路德维希·穆勒,前面提到过的那位前海军军牧,希特勒已经推荐他担任帝国主教(Reichsbischof),而他也是计划中联合教会的领袖。

但在那年 5 月,希特勒要按照自己的蓝图建立教会的计划却成为一步死棋。主教团同意推荐一个人选出任帝国主教,但那个人不是穆勒,而是温文儒雅、出身名门又备受敬重的费德里希·冯·波德史温(Friedrich von Bodelschwingh),他在巴利亚的比森塔尔管理一间收容癫痫病患以及其他残障病人的大型机构。

波德史温在 5 月 27 日被选为帝国主教,但为人宽厚的他就职后不久,德意志基督徒就开始攻击他,企图使用各种手段推翻选举结果。穆勒带头发动攻击,宣称一定要听从"人民的声音",但许多德国人都认为穆勒的攻击既凶猛又低劣。波德史温明显是一个正直而不会耍手腕的人,他是公平地赢得这次选举的。

尽管向他咆哮的声音四起,波德史温依旧前往柏林准备认真工作,他在抵达柏林后就邀请尼默勒担任助理。尼默勒牧师在第一次大战时曾担任潜艇舰长,并因为作战英勇而获颁铁十字勋章,他对纳粹原本颇有好感,认为他们是能够恢复德国尊严的英雄,把共产党赶出德国,然后重建伦理道德。尼默勒曾经在 1932 年跟希特勒私下会面,希特勒亲口向他保证不会介入教会,也绝不会推动反犹太的计划,尼默勒对此感到满意,而当时他确信纳粹胜选会带来他祷告已久的整个德国宗教复兴。尼默勒后来终于转而反对希特勒的时候,心中毫无畏惧,他在听众爆满的达雷姆(Dahlem,柏林的工人区)教会证道时,会友都非常专注地听他讲道,尤其是盖世太保,尼默勒知道这件事,因此他还在讲坛上公开嘲笑他们。一般认为,如果在军队以外有任何人可以领导对抗希特勒的运动的话,那人一定就非尼默勒莫属。尼默勒大约就是在波德史温当选的时候,认识了朋霍费尔,而且从此在教会斗争中扮演重要的角色。

波德史温在担任帝国主教那段非常短暂的期间,因为德意志基督徒的骚扰而备感艰辛。奇妙的是,6 月 18 日,弗朗兹·希尔德布兰特在一片动乱之中接受按牧,因为他是犹太人,于是他未来在教会的发展更让人感到好奇。倘若神学无赖得势的话,教会将变成什么样子呢?朋霍费尔参加了那场在柏林古老的尼古拉教堂举行的按牧典礼,那里是希尔德布兰特心目中的属灵英雄、著名的十七世纪诗歌作家保罗·格哈特接受按牧的教会,他随后担任了那个教会的牧师。朋霍费尔非常熟悉格哈特写的诗歌,并借着这些诗歌熬过他在监狱里的日子。①

德意志基督徒持续不断地公开攻击，并于 6 月 19 日在柏林大学举行一场聚会。既然他们在大学校园取得立足点，于是学生开始骚扰波德史温。朋霍费尔和许多他的学生也参加了那场聚会，但是他没有发表任何言论，他任由他的学生跟德意志基督徒的成员辩论。他和他的学生打定主意，只要德意志基督徒再次提出推选穆勒担任帝国主教，他们就要集体退场，而事情的发展果然如此。当时朋霍费尔和其他支持波德史温的人，同时起身准备离场，出乎朋霍费尔意料之外的是，几乎百分之九十参加聚会的人都选择离场，这对德意志基督徒可说是颜面尽失，足以说明大家都十分厌恶他们过去几个星期的作为。

那些离场的人聚集在黑格尔的雕像周围，接着就举行了一场临时集会。即使在那些年轻人心中，反对德意志基督徒跟反对希特勒仍是两回事，但他们都认为德意志基督徒企图把纳粹教条引进教会的做法太过激进。然而他们大多数人还是认为自己是爱国的德国人，全心忠于国家——及其元首；于是他们就在场外举行的集会上宣示服从希特勒的领导。朋霍费尔表示："有位同学向总理喊了声**万岁**（Heil），其余的人也起而效尤。"

三天后，那里又举行了另一场集会，朋霍费尔这次开口发言了。尽管他发言的内容很难理解，但他还是充满希望，认为教会一定能够温和地化解这个难题。首先，他表示上帝是要用这场抗争教导德国教会谦卑，并教导任何人都没有骄傲与自以为是的权利。基督徒一定要谦卑与悔改。或许这场斗争还是能带来一些益处，但谦卑与悔改才是唯一往前的道路。朋霍费尔的发言主要是针对认同他的人，他们都认为禁止犹太人加入教会是错误的。站在正确一方的这些人，一定要小心翼翼地避免落入骄傲的网罗。虽然他引用《罗马书》

＊ 讽刺的是，1923 年以前尼古拉教堂的牧师是威廉·威赛尔博士（Dr. Wilhelm Wessel），他的儿子就是霍斯特·威赛尔，霍斯特编写的《高举旗帜》（Raise High the Flag）后来演

① 变成恶名昭彰的《霍斯特·威赛尔之歌》，也就是纳粹的正式党歌。

14章,以及教会要额外恩待、特别照顾"较软弱的弟兄"的观念;然而他似乎希望那些反对《雅利安条款》的人,应该顾全整个教会以及"较软弱的弟兄"而耐住性子。虽然他的言论当时听起来相当激进,但事后想起来又显得过于敦厚。

朋霍费尔甚至建议召开一场教会的公议会,就好像早期教会史中在尼西亚(Nicea)和卡尔西顿(Chalcedon)所召开的公议会。他相信如果他们表现出教会当有的样式,圣灵一定会说话并且解决这个难题。但他的听众大都是自由派神学家,他们觉得公议会、异端和派系似乎都是些老掉牙的想法。朋霍费尔呼吁教会要表现出教会的样式,但大家对他的声音充耳不闻。

两天后一切问题悬而未决,因为政府当局插手介入,而且穷尽一切恶劣手段。波德史温为表示抗议而辞职,真正的教会斗争现在才开始。穆勒在6月28日命令党卫队占领柏林的教会办公处;冲锋队在7月2日拘捕了一位牧师。反对人士为此举行和好祷告会,并召开代求祷告会。一场混乱后,波德史温跟兴登堡会面解释他们这方面的处境,而兴登堡表示他会把波德史温的担忧转达给希特勒。

朋霍费尔这才了解,反对希特勒和德意志基督徒的势力,既单薄又不一致,于是他渐渐失去对有任何积极作为的指望,一切都显得非常黯淡。穆勒和德意志基督徒为强行达到他们的目标,毫不犹疑地动用国家力量,而且非常有效率。然而,朋霍费尔和希尔德布兰特还是看到一线希望,他们建议教会要不惜以罢工为手段,向当局对抗争取教会的独立,如果当局不愿意收手并让教会成为教会,那么教会就不再表现得像是国家教会,并且不再主持丧礼(以及其他事务)。这是一记妙招。

就跟以往一样,对多数惯于息事宁人的新教领袖来说,他们的提议太过强硬与激烈。他们对朋霍费尔的果敢感到惴惴不安,因为这迫使他们面对自己在眼前局势下应该担负的罪恶。正如在政治上妥协的军事领袖,在他们应该刺杀希特勒的时候却畏缩不前;如今那些在神学上妥协的新教领袖,也同样畏缩不前。他们无法鼓起勇气做出像罢工这么突兀又惊骇的事情,于是时机就这样一去不返。

教会选举

　　与此同时,希特勒正准备推动他自己为教会制定的计划。他非常清楚对付那些新教牧师的方法,他曾经说:"你可以任意对待他们,他们都会顺服……他们只是无足轻重的小人物,像狗一样温顺,而且当你跟他们讲话的时候,他们还会尴尬地流汗。"他以这种讥讽的语气呼吁举行"选举",希特勒突然宣布下次教会选举的日期就是 7 月23 日。这会让人产生一种自由选择的假象,不过就纳粹可以动用的力量来说,谁会胜选已成定案。各种威胁利诱的手段他们都派上用场,其中最严重的就是,凡是反对德意志基督徒的人,都可能被控以叛国罪。宣布的当天距离选举日只隔一星期,根本没有时间筹备任何反制活动。

　　即使困难重重,朋霍费尔依旧投入这个使命。"青年改革运动"推举出候选人,而朋霍费尔和他的学生负责撰写与印刷竞选宣传单。但在 7 月 17 日夜里,在竞选宣传单发放之前,盖世太保就闯进"青年改革运动"办公室没收了这些宣传单。德意志基督徒对青年改革运动排列候选人的方式提出法律异议,于是派出盖世太保"合法"地制止这一切:也就是没收那些宣传单。

　　但朋霍费尔毫不畏缩,他借了他父亲的奔驰汽车,跟格哈德·雅各牧师比一起驱车前往位于奥布莱希特亲王大街(Prinz-Albrecht Strasse)的盖世太保总部,重新澄清整件事情。雅各比在第一次大战的时候,曾经获颁两枚铁十字勋章,因此为要证明他们确实是爱国的德国人,他特地配戴着这些勋章进入盖世太保总部的地窖。

　　这栋恶名昭彰的建筑的幽暗地下室,就是 1944 年施陶芬贝格(Stauffenberg)暗杀行动失败后,朋霍费尔遭囚禁的地方。不过这时,也就是 1933 年,他居住的德国依旧是一个在强烈要求下会尊重法治的国家,因此他确信有人知道他的权利,并且会挺身而出,为他伸张这些权利,于是朋霍费尔健步冲进那栋建筑,要求会见盖世太保的主管。朋霍费尔说服对方认定此举是干涉选举——虽然有点讽刺，但法律明文禁止——因此得以将宣传单发还给他们。但他也不得不同意把候选人名单的称呼从"福音派教会"（Evangelical Church）——德意志基督徒反对这个称呼，因为他们认为自己才是正统福音派教会——改为折中的"福音与教会"（Gospel and Church）。盖世太保威胁朋霍费尔和雅各比，要他们为更改称呼全权负责，只要在任何地方散发没有更改的文宣，他们就会被送进集中营。

就在"德意志基督徒"和"青年改革运动"都忙着竞选的时候，希特勒的表现透露出他也知道该如何对付天主教。事实上，他已经在私底下跟他们周旋好一阵子，而且在7月20日得意洋洋地宣布第三帝国和梵蒂冈已经签署协议。这可说是在公关上的一大斩获，从此开始，一般人都认为他会理性地处理相关事务，而且对教会没有任何敌意。协议内容的开场是：

> 教宗陛下庇护十一世（Pius XI）以及德意志帝国总统，一致感受到团结与促进罗马教廷与德意志帝国之间友好关系的期望，渴望能够在双方都同意的条件下，永久巩固天主教教会与整个德意志帝国之间的关系。因此，双方决定达成郑重的约定。
>
> 第一款约定：
>
> 德意志帝国保证天主教传教与公开活动的自由。德意志帝国承认天主教会在一般法律容许的范围内，可独立管理与规范自己的事务，而且在其权限的范围内，颁布公约与条例约束其成员。

短短几年后，事实证明这些只不过是障眼法，但就当时来说，这一切都能奏效，不但免于遭受批判，又能在世人怀疑的眼光前，装扮出爱好和平的假象。

教会选举在三天后举行。不出所料，选举的结果是一面倒，德意志基督徒赢得百分之七十的选票，最大的新闻是路德维希·穆勒当选为帝国主教。大多数人都认为顽固的穆勒是一个粗鲁的乡巴佬；

对许多德国人来说，这就像是由谐星或丑角来担任坎特伯雷大主教一样。穆勒对"女色"和粗话毫不避讳，尤其是跟那些效忠帝国的追随者而不是难缠的神学家在一起时，他们在私下戏称他是"瑞比"（Reibi；Reichshibschof 帝国主教的缩写），意思也是拉比。对朋霍费尔以及后来加入认信教会的人来说，这确实是坏消息。朋霍费尔在那一周稍早写信给贝尔主教表示，"重振德国教会的最后希望——从人的眼光来看——应该就是由合一运动来发表穆勒确实不胜任的声明。"

穆勒和他的德意志基督徒赢得了政治上的胜利，但朋霍费尔和其他参加青年改革运动的成员一点也不想在神学战场上退让，就某方面来说，政治上的失利，让他们能更专心地投入另一个战场。他们计划提出一份清楚明确的信仰声明——一份"信条"——用来对抗德意志基督徒。这会引发一场危机，迫使德意志基督徒说明他们自己的立场，尼默勒牧师认为这就是对应当前情势的良方，于是他尽力说服他们采取这个方法：

> 改革运动和所谓德意志基督徒的教导，在神学上是否有任何差异？我们认为有差异，他们却否认这一点。我们要提出符合这个世代的信条，以厘清这种混淆的状况。如果对方提不出信条——目前看不出他们在短时间内会提出——那就一定要由我们提出，而且务必要让对方的回答只能在"同意"与"不同意"之间择一。[1]

那年 9 月他们召开了一场全国宗教会议（synod）；在理想中这份信仰宣告届时就会完成。朋霍费尔和赫曼·撒瑟（Herman Sasse）一起前往波德史温所在的伯特利（Bethel）社区，波德史温辞去帝国主教后就返回这里居住；后来他们在 1933 年 8 月写下知名的《伯特利信条》（Bethel Confession）。

第 *13* 章
伯特利信条

其实症结在于:要基督教还是要德意志主义? 这个冲突越早摊在阳光下越好。

——迪特里希·朋霍费尔

1933 年夏初,朋霍费尔接到西奥多·海克尔(Theodor Heckel)的邀请,要他担任伦敦教会德语会众的牧师。海克尔当时是教会海外部主管,他负责督导所有海外德语教区(被称为所谓"散居族",diaspora),因为透过合一运动成员而认识朋霍费尔。能够离开德国,把一切政治纷扰丢在脑后,让朋霍费尔相当感兴趣,尤其是弗朗兹·希尔德布兰特也恰好正想去伦敦。因此,朋霍费尔在前往伯特利之前,先去了一趟伦敦。

他在 7 月 23 日的选举过后才出发,并于 7 月 30 日在两个考虑聘请他的教会证道。其中之一是位于伦敦东区的圣保罗教会。另一个是位于伦敦南郊的西德纳姆(Sydenham)教会,牧师住所也在那里。两个教会都对他印象深刻。海克尔把他介绍给即将离职的牧师时表示:"我个人觉得他是相当杰出的一个人。"他还提到朋霍费尔会说"多种语言",而且"有一项保罗具备的特殊优点,那就是未婚"。但是海克尔对朋霍费尔表现的热情很快就改变了。

在伦敦短暂停留后,朋霍费尔接着前往波德史温位于比森塔尔的社区,尽管他对这个传说中的地方早已多有耳闻,但对眼前的景象还是大感惊奇。伯特利(希伯来文为"上帝的住处"之意)是按照波德

189

史温的父亲 1860 年代的异象打造成的。1867 年刚成立时，是一个收容癫痫病患的基督教机构，到 1900 年时又增建几栋能够收容照顾一千六百位残障人士的设施。波德史温的父亲在 1910 年过世，当时还年轻的波德史温就接手经营，到朋霍费尔拜访的时候，该处已经发展成一个学校、教会、农场、工厂、商店以及幼儿园林立的完整城镇，城市中心有许多医院和护理机构，还包括孤儿院。朋霍费尔眼界大开，这跟尼采以权力和威势为主的世界观完全背道而驰；这是眼睛看得到的福音，一片童话般的恩典之地，软弱与无助的人可以在现实的基督教环境中得到照顾。

朋霍费尔在参加当地的崇拜后，写信向他祖母描述这些癫痫病患说：他们"那种无助的情况，或许让他们更了解人类的实际状况；也就是说，我们基本上是完全无助的，他们远比我们这些健康之人更认识这一点"。但早在 1933 年，反对福音的希特勒已经在法律的掩护下，逐步铲除那些被归类为不适合或者会拖累德国的族群（例如犹太人）。"废物饭桶"（useless eaters）和"不配活的人"（life unworthy of life）是经常被用来形容那些残障人士的词汇。1939 年大战爆发后，对这些人的灭绝行动也随之更加积极。朋霍费尔从伯特利写信告诉祖母："现在有些人认为我们可以，甚至应该合法地消灭那些病人，这简直是丧心病狂。几乎跟建造巴别塔没有两样，注定会自取灭亡。"

朋霍费尔经常在证道中提到巴别塔，形容人类在"信仰上"想要靠自己的力量达到天际，而这可能是受到巴特的影响。不过他在这里则是引用它来影射纳粹的尼采世界观：认为强者至高无上，而弱者应该被彻底铲除粉碎。一个主张行为，另一个主张恩典。

1930 年代将近尾声的时候，纳粹对于伯特利这类地方开始施加更大的压力，而当战争爆发后，他们要求这些机构交出病患，然后由纳粹施以安乐死。波德史温是这场战争的前卫，竭尽一切力量跟纳粹周旋到底，但到 1940 年代时，他可说是已经败阵。卡尔·朋霍费尔和迪特里希父子二人也都加入了这场战争，提议教会要向教会经营的医院和疗养院施压，拒绝把病患交给纳粹。然而，在国家社会主义的政权下，体弱衰残的人没有生存的空间。1933 年 4 月（这些恐怖恶行都还在遥远的未来），伯特利还是一块宁静的绿洲，那里还是现实生活中真正的德国基督教文化的最佳见证。

信条

朋霍费尔从伯特利写信告诉祖母，他撰写信条的进度：

> 我们在这里的工作可说是甘苦与共。我们想要迫使德意志基督徒透露他们的企图，是否能够成功非常难说。因为即使他们在表面上会稍微透露他们的想法，但他们承受的压力非常大，迟早一定会推翻他们所说过的一切。我发现种种迹象越来越清楚地显示，以后显然会成立一个跟基督教不兼容的国家教会，而我们务必要为此后将要步上的这条全新道路做好心理准备。其实症结在于：要基督教还是要德意志主义？这个冲突越早摊在阳光下越好。[1]

他们撰写《伯特利信条》的主要目标，是陈述真正传统基督教的基本信仰，跟路德维希·穆勒肤浅幼稚的"神学"形成对比。朋霍费尔和撒瑟的使命是要清楚明确地揭露双方的差异。

经过三个星期的努力，朋霍费尔对他们的成果感到满意，接着就把这份文件分送给二十位卓越的神学家，征询他们的意见。但等他们收齐意见的时候，却发现原本清楚明确的界线全都变得模糊不清；所有针锋相对的差异都被婉转地化解；他们先前提出的每一个重点都被淡化。朋霍费尔感到胆寒，因此不愿意参与后续工作，当信条完稿后，他也拒绝签名背书。他对基督徒同侪无法立场坚定地挺身而出感到非常失望。他们总是左顾右盼地站在错误的一方，想尽办法讨好他们的对手。《伯特利信条》结果只是徒劳一场的满纸废话，完稿里面甚至可悲地表示，教会与政府要"喜悦地携手合作"。朋霍费尔决定接受聘请，担任伦敦德语教会的牧师。但为抚平心中的伤痛，他要先到弗里德里希斯布伦退修一阵子,并且思考未来的道路。《伯特利信条》的失败是驱使他前往伦敦的主因,因为他不知道自己在这场教会斗争中还能做些什么。他决定到10月中旬再正式就任,而他希望能够参加教会将在9月举行的全国宗教会议;他也将参加两场分别在保加利亚的诺维萨德(Novi Sad)和索非亚(Sofia)举行的合一研讨会。

他在参加这次宗教会议时,最关心的一件事就是他们是否能够废除《雅利安条款》,也就是《雅利安附约》,这项条款限制禁止已经按牧的犹太籍牧师担任牧职。如果《雅利安条款》会溯及既往,那么弗朗兹·希尔德布兰特的牧职生涯还没开始就已宣告结束。

就在宗教会议开始前几个星期,朋霍费尔开始散发他亲笔写的《教会里的雅利安条款》小册子以表明自己的立场,尤其是鉴于从4月他撰写《教会与犹太问题》以来发生的种种变化。他在小册子中驳斥德意志基督徒提出的主张"种族"乃神圣不可侵犯的"创造的次序"(order of creation)神学,又斥责把犹太人排除在外的"传福音机会"一文不值。他也呼吁德国的神职人员,不要继续在一个让他们享有超过犹太籍神职人员待遇的特权教会服事。朋霍费尔在小册子中写道,"决裂(schism)就是未来的出路。"当督导海外教区的海克尔看到他的小册子后,就决定除非朋霍费尔改变他的立场,否则绝不会差派他代表德国教会到伦敦牧会。

甚至不少朋霍费尔在神学论战中的盟友也认为,他在小册子中的部分言论过于偏激。马丁·尼默勒仍然对是否必须在教会中执行《雅利安条款》抱持开放的态度。他觉得这是错误的作法,但又不希望教会因此而分裂,至少时机还没到。但朋霍费尔的观念已经超越这种实用的想法。他在6月时愿意勉为其难接受的"较软弱的弟兄"论证,现在对他来说已不适用。他如今深信,不愿意为犹太人挺身而出的教会,就不再是真正的耶稣基督的教会。就此,他的态度非常坚定。

一如既往,他远在时代洪流的前面。有些人觉得他这样做只是在自讨苦吃,但是当有人问朋霍费尔为何不先加入德意志基督徒,然后从内部对抗他们时，他的回答是他做不到。他说："一旦你搭错车，即使沿着车厢走道往相反的方向跑也没有用。"

褐色会议

全国宗教会议于9月5日在柏林召开，整个会议完全由德意志基督徒主导，百分之八十的出席代表都穿着纳粹的褐色制服，因此被称为"褐色会议"。它比较像纳粹的党员大会，而不像宗教会议。雅各比牧师想要提出动议，但很明显地被忽视。反对意见全都被压制下来，但罢黜已按牧的非雅利安神职人员，以及免除非雅利安人配偶的职务，这两个决议案并没有通过。这是一丝微光，但就当时的环境来说，却没有太大意义。

第二天有一群反对派在雅各比家中聚会。9月7日他们在尼默勒家中聚会。对朋霍费尔和希尔德布兰特来说，决裂的时机已经成熟，教会的议会已经正式投票决定要单单基于种族因素，禁止一群人担任基督教的圣职；德意志基督徒已经清楚明确地跟真正的传统信仰决裂。朋霍费尔和希尔德布兰特呼吁所有牧师站起来，辞去牧职表明自己的立场，但朋霍费尔和希尔德布兰特的呼吁，只是旷野里的两个呼声，当时还没有其他人愿意把脖子伸得这么长。

即使卡尔·巴特也不愿如此。朋霍费尔在9月8日写信给这位神学巨人，请教他这是否可以成为要求宣告信仰（status confessionis）的时机说："我们几个人现在都非常渴望成立独立教会（Free Church）。"他的意思是指他们都愿意脱离德国教会。但巴特深信他们千万不能离开；他表示，他们必须继续等待，直到他们被驱离教会。他们务必要从内部表达抗议。巴特写道："如果要分裂的话，一定要对方主动提出来。"他甚至表示，他们务必要等待一场"针对更重要议题而爆发的争论"。

朋霍费尔和希尔德布兰特都感到不解，**还有什么议题比《雅利安条款》更重要？**巴特的回答让朋霍费尔感到非常困扰，因此直到他启程前，才写信告诉巴特他决定要前往伦敦。此外，他也知道巴特会建议他打消这个念头。

即将一举成名的"牧者紧急联盟"（Pfarrernothund；Pastors' Emergency League）就是为回应褐色会议而成立的，其宗旨已经超越尼默勒和朋霍费尔在9月7日起草的宣言。虽然朋霍费尔和希尔德布兰特无法说服其他牧者目前是辞职与决裂的时机，但他们可以发表文章表明他们的立场。对褐色会议提出正式抗议的标题是《致全国宗教会议书》（To the National Synod），因为全国宗教会议将于当月稍晚在维滕堡举行。

在他们把文件寄给教会总部之前，先寄了一份给波德史温，而他又把一份修订过的版本寄给帝国主教穆勒。尼默勒则把这份文件寄给德国各地的牧师。这份宣言有四个重点：一、文中表示署名人愿意再次把自己献给圣经，以及教会历来的教义信条。二、他们愿意维护教会忠于圣经以及信条。三、他们愿意以财力资助那些遭受新的法律以及遭受任何暴力迫害的人。四、他们坚决反对《雅利安条款》。大大出乎尼默勒、朋霍费尔以及所有参与人员意料之外的是，大家对这份宣言的响应非常热烈与正面。10月20日德国各地签署这份宣言的牧师正式组成一个称之为"牧者紧急联盟"的团体，到那年年底的时候，已经有六千位牧师加入成为会员。这是即将成立的认信教会在酝酿期间向前跨出的第一大步。

同年9月中旬后，朋霍费尔在保加利亚的索非亚参加"普世联盟"（World Alliance）举办的合一研讨会。另一跟他来往的合一团体是奇切斯特主教乔治·贝尔领导的"生命与事工"（Life and Works）。同时间"生命与事工"也在诺维萨德举行一场研讨会。曾经推荐朋霍费尔担任伦敦教会牧师的西奥多·海克尔，就是在这个时候表态愿意跟德意志基督徒合作。由于他身为德国教会在合一会议上的正式代表，因此他把传遍整个会议的丑陋事件——犹太人正式被禁止在教会生活之外——扭曲成美事一桩。朋霍费尔认为海克尔的作法非常可耻。

唯一的好消息就是其他参加会议的人，并不相信海克尔对这些事件的说法。在贝尔主教的带领下，大会通过一项决议，表示"欧美各宗派的代表对犹太人遭受的严苛待遇感到忧心忡忡"。不久之后，贝尔就会成为朋霍费尔在这场斗争中的亲密战友，在此后多年，朋霍费尔一直都是海克尔的眼中钉、肉中刺，主要是因为尽管有海克尔这种"官方代表"发布德国教会的消息，但朋霍费尔依然勇敢、坚持地告诉贝尔——再透过贝尔传遍全世界——发生在德国教会一切事件的真相。

在未来的岁月中，合一运动都会是朋霍费尔的盟友，但就跟他在德国教会的盟友一样，合一运动通常不愿意步上他走的激进路线。同时他也有一些忠诚的盟友，如瑞士主教瓦尔德玛·阿蒙森（Valdermar Ammundsen）就是其中一位。他和一群合一运动的领袖私下在索非亚跟朋霍费尔会面，于是朋霍费尔告诉他们整个事情的真相，他们专心倾听他所说的一切，然后齐心为他祷告，而他也深受感动。

朋霍费尔建议合一运动的领袖，延后承认由帝国主教穆勒带领的"新"德国教会的时间。他建议他们派遣一位代表为他们调查整个情况。朋霍费尔知道纳粹非常关心世人对他们的看法，因此合一运动必须善用这个重要的策略。

在诺维萨德举行的研讨会通过一项关于犹太问题的决议案，内容甚至比索非亚的决议案更激烈："我们特别感到忧伤的是，德国政府压制犹太人的手段已经深深影响公众意见，甚至导致某些人认为犹太人是较低劣的种族。"

他们也对德国教会歧视"非雅利安裔的牧者与教会同工"的行为表示抗议，他们声明这就是在"否定耶稣基督的福音里面清楚明确的教导与精神"。这是非常强烈的措辞，结果导致海克尔在教会里的地位岌岌可危。

接着朋霍费尔返回德国参加在维滕堡（路德发起著名的宗教改革的地方）举行的全国宗教会议。那时候已经有两千人签署"牧师紧急联盟"的宣言。宗教会议揭幕当天，朋霍费尔向他父亲借用奔驰车与司机赴会。他一早就跟弗朗兹·希尔德布兰特和他们的友人葛楚·史泰温（Gertrud Staewen）从瓦根罕街出发。那是个美丽的秋天早晨，奔驰车的后车箱满满装着一箱箱的宣言，那天下午他们和几位朋友一起散发这些宣言,并把它们钉在维滕堡各处的树干上。

在路德维希·穆勒办公室的窗口下,出现一群荣誉卫士,这使得他们三人心生厌恶而白眼以对,他们还在那里的时候,朋霍费尔和希尔德布兰特发了一封电报给穆勒,要求他立即针对《雅利安条款》表态,因为他在早晨的演讲中没有提到这一点。不出所料,穆勒对此视若无睹。那天正好是穆勒被全体与会者一致推选为帝国主教的日子,而这更让人痛苦倍增,举行选举的地点是在维滕堡的一座教堂,正下方就是路德之墓。总是爱说笑的希尔德布兰特表示,路德一定在他的墓里面辗转难安。

此时,当局决定于 12 月 3 日在马格德堡(Magdeburg)大教堂举行穆勒正式就任帝国主教的任职礼。至此,德意志基督徒大获全胜。朋霍费尔和希尔德布兰特再次确认,决裂是唯一的解决之道。

10 月的时候,朋霍费尔把注意力转移到伦敦。再过两周他就要上任了,但海克尔清楚明白地表示,从他最近的表现来看,他可能无法成行。海克尔希望在这种威胁下会让朋霍费尔改变立场,但他毫无此意,而且一点也不在乎。朋霍费尔告诉海克尔,他绝对不会收回说过的话以及写过的文字;也不会顺着海克尔的意思,允诺自己在伦敦时会自我约束,不参加合一的活动。在会见海克尔的时候,他甚至要求跟帝国主教穆勒会面。

朋霍费尔在 10 月 4 日跟穆勒会面。他表明不愿意代表德意志基督徒之帝国教会赴英国,也重申他告诉海克尔的一切,那就是他要继续跟合一运动交流。当不学无术的穆勒要求他收回他在"牧师紧急联盟"上的署名时,他的回答是他不愿意照办,并且以拉丁文引述一段相当冗长的《奥格斯堡信条》(Augsburg Confession)。穆勒逐渐感到不安,于是打断他的话;最后,穆勒因为担心朋霍费尔横行拦阻,反而会制造出更多的麻烦,因此准许他前往伦敦。

朋霍费尔誓言效忠德国,但他不愿效忠"国家社会主义政府"。这就决定了朋霍费尔未来的意向:他会完全忠于教会与德国,但绝对不会顺从穆勒的伪教会,以及那宣称代表他所珍惜的伟大国家与文化的独裁政权。

国际联盟

那年 10 月，希特勒宣布德国将退出国际联盟，多数德国人都为此雀跃。宣布这个消息的日期，恰好是朋霍费尔前往伦敦就任牧职的前两天。就跟希特勒许多狂妄的举动一样，他表现得好像这是遭受其他人的威胁而迫不得已的响应。他不久前才向国际联盟要求"平等地位"——意思是他要求国联给予德国建军权，把军队的武力提升到跟其他主要国家不相上下的程度，当他们如预料中被拒绝时，他就宣布这项消息。他原本认为国际联盟没有决心跟他对抗，然而他猜错了。他也认为德国百姓会为此举感到高兴，因为这就像是挣脱《凡尔赛条约》所带给他们的一连串羞辱中的一环，在这一点上，他完全正确。

就跟以往一样，希特勒能非常准确地预料百姓的感受，也善于操弄他们。不争的事实是，当时大多数的德国百姓都非常赞成他的作为。持平而论，他们对即将面临的一切毫无头绪；然而有些人却非常清楚，朋霍费尔和希尔德布兰特就是他们中的主要人物。

马丁·尼默勒就不是这样。他跟当时教会斗争过程中许多的右派人士一样，把教会与政府截然划分为两个议题。对他来说，尽管德意志基督徒不断插手教会的事务，但是这跟希特勒在其他方面的所作所为丝毫没有关联。因此，尼默勒当下就以"牧师紧急联盟"的名义发出一份贺电给元首，他在电文中发誓他们效忠于他，并表达他们的感激之情。

朋霍费尔和希尔德布兰特对此感到惊惧。身为犹太人的希尔德布兰特对尼默勒在这个议题上表现出的无知感到极其厌恶，甚至在尼默勒邀请他在"牧师紧急联盟"担任职位时一口拒绝。他写信给尼默勒表达他对这个议题的感想。他和朋霍费尔经常觉得两人势单力薄，即使在跟"牧师紧急联盟"的盟友相处时也有同样的感觉。希尔德布兰特写道："我完全不能理解的是，既然你自己都无法认同那始终否定平等对待我们的教会，那你又怎能兴高采烈地赞成在日内瓦的那些政治操弄。"

许多年后,也就是在尼默勒以阿道夫·希特勒"个人囚犯"的名义,被监禁在集中营八年后,他写出下面这段不光彩的话语:

> 他们首先对付的是社会党,我一句话都没说
> ——因为我不是社会党员。
> 然后他们对付的是工会,我一句话都没说
> ——因为我不是工会会员。
> 接着他们对付的是犹太人,我一句话都没说
> ——因为我不是犹太人。
> 后来他们要对付的是我
> ——这时已经没有剩下任何人可以替我说话了。

当希特勒宣布德国即将退出国际联盟之际,他狡猾地宣布在11月12日举行公民投票,让"德国百姓"做出最后的决定。他早已经知道投票的结果为何,尤其是纳粹已经完全掌控德国所有的媒体与财政。

甚至公民投票的时间都是精挑细选的,而且暗藏玄机。11月12日正好是德国遭受协约国羞辱十五周年纪念日的后一日。希特勒刻意在演讲中清楚地提到这一天,以免有人没有听出弦外之音。他说:"我们一定要让这一天在以后的历史上被记载为翻身的日子!""历史记录将这么写着:德国百姓在11月11日正式失去他们的荣耀;十五年后的11月12日德国百姓又重新夺回自己的荣耀!"于是那年11月12日德国再次确认希特勒的领导地位,并且"透过民主的方式"给予他无上的权力,嘲笑他们的敌人以及所有曾经羞辱过他们的人。这下子法国、英国和美国就知道他们小看的是什么人!

"德意志基督徒"走过头了

这是一段让纳粹陶醉不已的时刻。德意志基督徒决定于公民投

票次日在他们最喜欢的柏林运动广场举行一场盛大的庆祝集会。整个大厅都装饰着纳粹的旗帜以及写着"一个帝国、一个种族、一个教会"的标语。两万人聚集在一起聆听柏林德意志基督徒的一名领袖发表演说,这人就是莱因霍尔德·克劳斯,一个肥胖的高中教师。这是他露脸的机会,而他一把就牢牢抓住。但是他似乎迫不及待地要一举拿下整个国家,因此不但深深伤害到他自己,同时还连累了德意志基督徒。

他没有注意到那天听到他演说的人,不只有运动广场的忠实听众,因此克劳斯随心所欲地大放厥词,甚至把德意志基督徒运动激进人士私密而未公开的言论一吐为快。他们在大多数德国人面前配戴的温和派面具就这样被揭开。

克劳斯用低贱粗俗的字眼要求德国教会一定要一劳永逸地彻底消灭所有的犹太痕迹。首先要处理的就是旧约圣经,"里面写的全都是犹太人充满铜臭的大道理,以及各种牧人、皮条客的故事!"当时的速记档案中这么注明,随后"掌声不断"。新约圣经也必须加以修改,而且在描述耶稣时,务必要"完全符合国家社会主义的需要"。此外,不能再"夸张地强调那被钉十字架的基督",这种失败主义让人灰心丧志的想法,是犹太人的余毒。德国要的是希望与胜利! 克劳斯也嘲笑"保罗拉比的神学是代罪羔羊与作贱自我的混和体",接着他嘲笑十字架是"犹太教可笑、软弱的余毒,为国家社会主义所不容!"更甚的是,他要求所有德国牧师必须宣示全心效忠希特勒! 而所有德国教会必须全心全意地接受《雅利安条款》,把所有犹太后裔驱出教会!

这是克劳斯一生最得意的杰作,但对德意志基督徒来说,这也是致命的一大败笔。媒体在隔天早晨报道这个事件,除了挤爆运动广场的德国人外,大多数的德国百姓都感到震惊与愤怒。希望教会关心德国百姓,并且鼓励德国能在国际社会与无神论的共产主义打压下重新站立起来是一回事,但是像克劳斯这样嘲笑圣经以及圣保罗等等这些举止,也未免太过荒腔走板。从那时开始德意志基督徒运动可说是一头栽入巴特所说的无底深渊。主流的新教宗派认为他们已经无可救药，简直就是公开的异端以及狂热的纳粹。而大多数不是基督徒的纳粹党员则认为他们只不过是在耍活宝罢了。

纳粹党只不过是趁机利用德意志基督徒，拿他们当作炮灰，但结果并不如预期那么顺利。穆勒依恋在他的位子上好长一段时间，但是他在希特勒面前的地位已经开始走下坡路。当国家社会党的计划告一段落后，穆勒也随之结束了自己的生命。

第 **14** 章
朋霍费尔在伦敦

1934～1935年

我觉得所有基督徒都应该跟我们一起齐心祷告,因为这会是一场"至死方休的抵抗",而百姓也会因此深陷苦难当中。

——迪特里希·朋霍费尔

1933年夏末与整个秋天,也就是在海克尔邀请朋霍费尔到伦敦牧养两处德语会众后,朋霍费尔一直在思索着要何去何从。他去伦敦有两个主要原因。首先,可以得到真正"牧会"或如他常说的"教会事工"的一手经验,他逐渐了解到,如果神学教育过度强调思维或者说智识训练,就会调教出一批不知道如何活出基督徒生命、只知道神学论辩的牧师。其次,他也想要远离德国的教会斗争,从整体的角度放眼未来,至少就他个人来说,其重要性要超过教会权争(church politics)。他在一封写给舒茨的信中说道:

> 虽然我正铆足全力参与教会抗争,但我非常清楚地了解,这种抗争在极短的时间内就会转变成一种完全不同的抗争,而且只有极少数参加初期冲突的人会继续投入下阶段的争战。我觉得所有基督徒都应该跟我们一起齐心祷告,因为这会是一场"至死方休的抵抗",而百姓也会因此深陷苦难当中。[1]

即使他最亲密的盟友(比如弗朗兹·希尔德布兰特)也没有他这

样的眼光。他似乎置身在一个极高的神学层面，能够识透身边的人所无法看到的远景。对他以及他们来说，想必都会感到非常沮丧。朋霍费尔受到拉瑟尔（Jean Lasserre）的影响而非常喜爱登山宝训，这就是他观察眼前以及预测未来的基点。

他所思索的还有其他各种层次的意义与深度。希尔德布兰特、尼默勒和雅各比所想的只是对付穆勒的方法，而朋霍费尔所想的则是上帝最高的呼召，也就是作主门徒的呼召与代价。他所想的是先知耶利米以及上帝要信徒承担苦难、甚至死亡的呼召。朋霍费尔在脑中思索这件事情的同时，也在思索在跟海克尔周旋以及教会斗争的下一步棋该如何走。他当时思考的是基督那殷切的呼召，不是要信徒得胜，而是要信徒不顾后果地顺服上帝。他在写给舒茨的信中说道：

> 坦然承受苦难——这是将来必经之路——却毫不闪躲，在初步争战期间可能还是会出现暂时的短兵相接；但在未来真正开战时，就必须忠心地承担苦难……［教会斗争］已经有一段时间偏离正题，而所有战线已经完全转移到其他地方。[2]

总而言之，朋霍费尔的思想仿佛先知一般可以预见未来的发展，因此到最后他所能做的，只不过是在牢房里"忠心地承受苦难"，赞美上帝的作为，感谢上帝看重他而让他经历这一切。

另一方面，就属于更世俗层面的教会权争（"初步争战"的层面）来说，他似乎在英伦海峡对岸能发挥更大的战力。一旦他在伦敦，就能脱离帝国教会的直接管辖，不像是在柏林的时候，要受到教会与政府当局严密的监控；他也能够自由自在地跟合一运动的人士联络，告诉他们德国内部的真相。这是相当重要的一件事，而且是他在德国的时候所办不到的。

他在伦敦期间逐渐跟奇切斯特主教乔治·贝尔熟识，贝尔主教不但成为他的挚友，同时也是他跟合一运动之间最重要的联络人。

另有一个人，对他所产生的影响以及两人之间真挚的友谊，不下于他跟贝尔主教之间的关系。那个人就是卡尔·巴特，但是巴特冷酷的态度（针对褐色会议通过《雅利安条款》是否足以构成宣告信仰这个议题）让人难以接受。因此朋霍费尔不太想告诉巴特他要前往伦敦。10 月 24 日，也就是他抵达伦敦后一星期左右，他终于写信给巴特：

> 如果有人在整件事情尘埃落定后要知道这个决定的确切原因，我想那就是我觉得自己已经无法处理杂沓而来的问题与要求。我觉得自己的看法跟所有身边朋友都非常不一样，就某方面来说我感到不解；虽然我跟这些朋友还是非常亲近，但我对事情的看法跟他们渐行渐远。这一切让我感到惶恐，同时也让我的自信大受打击，因此我开始担心这种独断独行的作风会让我走上岔路——因为没有任何特殊理由可以证明在这些事情上，我的观点比其他许多我所敬重的优秀牧师的观点更好更正确。[3]

他在 11 月 20 日收到巴特的回信：

> 亲爱的同工：
>
> 你可以从我对你的称呼看出来，我认为你前往英国只不过是你生命中必经的插曲。你心中有这个念头后，并没有马上征询我的意见，确实是明智之举。我当时一定会劝阻你，还可能会用最严厉的口气重重地轰击你。而现在，你在一切都尘埃落定后才告诉我，我只能真诚地对你说："赶快返回你在柏林的岗位！"……就你接受过高深的神学教育以及你正直的德国性格来说，当想到像海因里希·伏戈尔这样的人，身形瘦弱却精神抖擞，始终不移地坚守岗位像风车一样挥舞着双臂，大声呼喊："忏悔！忏悔！"——不论强壮或软弱——以自己的方式活出他的见证，你难道不会感到汗颜吗？……要庆幸你不是亲身在我面前，否则我就会疾言厉色地用另一种方式对待你，要求你千万不可以放弃这一切的学术成就以及各种才华，而只想到一件事——

你是个德国人，你的教会正在水深火热之中，你有足够的知识，也有口才可以伸出援手，因此你务必要搭下一班船返回你的岗位。就眼前的情况来说，应该是再下班船……请从朋友的立场看待［这封信］，这是我的初衷。我若不是非常关心你，就不会这么坦率地跟你说话了。

最真挚的问候！

卡尔·巴特[4]

乔治·贝尔主教

那年秋天朋霍费尔在伦敦跟乔治·贝尔主教会面，从那时开始，贝尔主教成为他生命中非常重要的人物。贝尔也是朋霍费尔在被处决前几小时倾诉最后遗言的对象。贝尔和朋霍费尔的生日都是 2 月 4 日，不过贝尔是出生在 1883 年。贝尔和卡尔·巴特比朋霍费尔年长二十岁，而他们两人可说是朋霍费尔生命中仅有的两位导师。朋霍费尔很快就在他朋友（例如弗朗兹·希尔德布兰特等等）面前亲切地称贝尔是乔治叔叔，但从未当着贝尔的面这么称呼他。

贝尔是个不同寻常的人物。他在牛津基督堂学院（Oxford, Christ Church）求学时，曾经得过相当杰出的诗词奖学金；在他被任名为接续著名的兰德尔·戴维生大主教（Archibishop Randall Davision）的牧师后，开始着手撰写戴维生的传记，这是一部长达一千四百页的掷地有声的巨著。贝尔是在第一次世界大战后开始投入合一运动，而且成为该运动的主要人物之一。他是因为合一运动而认识朋霍费尔（后来成为他了解在德国发生的一连串恐怖事件的主要中介）。贝尔在担任坎特伯雷院长的时候，曾经邀请多萝西·塞耶斯（Dorothy Sayers）和克里斯托弗·弗莱（Christopher Fry）担任客座艺术家，然而最重要的还是他在 1935 年委托艾略特（T. S. Eliot）编写剧本《教堂谋杀案》（*Murder in the Catherdal*），这出戏剧的内容是以1170 年发生的托马斯·贝克（Thomas à Becker）谋杀案为底本。这出戏显然是在批判纳粹政权,并在 1935 年 6 月 15 日在同名教堂举行首场演出。贝尔也曾邀请甘地到坎特伯雷访问,后来成为甘地和朋霍费尔之间的主要联络人。

当时德国跟英国的关系相当复杂。希特勒急着想要把自己塑造成一个值得国际社会信任的人物,而且 1930 年代他在英国贵族圈内结交了许多朋友和亲信,不过贝尔主教不是其中的一位。1933 年末,纳粹急于讨好英国国教以便打开路德维希·穆勒按立为帝国主教的僵局。两位德国基督教领袖豪森费尔德(Joachim Hossenfelder)和卡尔·费泽(Karl Fezer)教授受命前往英国,主要目的是为希特勒进行宣传活动。发起牛津运动(Oxford Movement)的弗兰克·布克曼(Frank Buchman)虽然不相信他们的说词,但依旧发出邀请。

布克曼是二十世纪初一位重要的福音派基督徒。当时有许多善良人士由于对希特勒的真面目不甚了解,因此不但没有厉声斥责,反倒张开双臂接纳他,而布克曼可说是这些人的代表。然而正当德国跟跄地脱离魏玛时期,这个一直把自己巧扮成共产党的仇敌以及教会的盟友的人,实在让人无法拒绝。就这一点,以及他心中想要向领导阶层传福音的欲望来说,布克曼似乎忽略了圣经中门徒要"灵巧像蛇"的命令。他天真地盼望能带领希特勒信主,因此展开双臂迎接希特勒以及德意志基督徒。

豪森费尔德和费泽虽然努力运作,但结果并不如预期。英国报纸对希特勒的神职特使感到怀疑。除了亲希特勒的格洛斯特(Gloucester)主教亚瑟·黑德勒姆(Arthur Cayley Headlam)对他们表现善意,在其余各处他们可说都碰了一鼻子灰。

不过,朋霍费尔却大有斩获。他首先在 11 月 21 日跟乔治·贝尔在奇切斯特主教官邸会面,然后两人很快就结为朋友。由于贝尔曾经在前一年 4 月拜访柏林时,恰逢德意志基督徒在当地举行大会,因此他对德国的了解超过朋霍费尔的预期。事实上,那年 4 月他在回程中,曾经警告国际社会他目睹的反犹太主义,而且他在同年 9 月曾提出动议,抗议《雅利安条款》以及德国教会的认可。在未来几年,朋霍费尔将会是贝尔了解德国情势的主要来源,而身为英国上议院一份子的贝尔，也会把这些消息透露给英国民众，往往是透过投书给英国《泰晤士报》。在接下去的十年间，贝尔和朋霍费尔无疑是一股促使英国人激愤对抗希特勒和第三帝国的重要力量。

伦敦的牧职

朋霍费尔居住的伦敦教会位于福里斯特·希尔（Forest Hill）的南郊。他的住所在二楼，有两个大房间；那是一栋多角形的维多利亚式建筑，位于四围都是树木与花园的山丘上。其他房间多半都归一个私立的德语学校使用，他住的那层楼不断有风灌进来，总是冷飕飕的，因此朋霍费尔总是时好时坏地跟感冒或者其他疾病缠斗。屋内有一个粗制滥造的壁炉，里面是一个小型的投币式瓦斯炉，根本起不了什么作用。同时屋子里还有鼠患。最后，朋霍费尔和希尔德布兰特只得向老鼠投降，把食物全都储藏在锡罐子里。

葆拉·朋霍费尔想要从远方帮助他这个二十七岁的单身儿子打理家务，于是托运了好几件大型家具给他，包括他在家时经常弹奏的贝希斯坦（Bechstein）钢琴。她还替他聘请了一位管家。

尽管人在距离柏林非常遥远的地方，但朋霍费尔依旧想办法继续密切参与如火如荼的教会斗争。他每隔几个星期就会回柏林一趟；而当他不在柏林的时候，也会跟那里的人通电话，不是雅各比就是尼默勒，或者他母亲（她跟其他人一样非常投入教会斗争，她把自己收集到的所有消息，一点一滴地告诉她儿子）。朋霍费尔打电话到德国的次数非常频繁，因此当地的电信局有一次还主动减免他破纪录的电话费，大概不是觉得账单有误就是出于同情。

希尔德布兰特在11月10日抵达伦敦。朋霍费尔曾告诉他要在维多利亚车站跟他碰面，却没有现身。希尔德布兰特觉得最好打电话到牧师住所，但是既不知道电话号码，也不太会说英语，正在他想方设法把问题告诉接线生的时候，刚到达的朋霍费尔已在敲着电话亭的窗子。从那时候开始，朋霍费尔就自告奋勇地教希尔德布兰特说英语,而且老是要他出去购物,因为他觉得"购物总是能够学到最重要的功课"。

那年圣诞节,迪特里希送给希尔德布兰特的礼物是一本英文圣经,这是另一种加速学习英语的方式;不过,他也打发希尔德布兰特去买圣诞树,因为他始终认为购物是最好的学习方式。沃尔夫-迪特·齐默曼让他们喜出望外地在圣诞节当天抵达伦敦,还带来一个斯特拉斯堡的肝酱派。他在当地逗留了两个星期,而且永远忘不了朋霍费尔和希尔德布兰特两人老是在斗嘴,但他知道这两人绝对不是恶意的:

> 我们通常会在 11 点左右吃一顿丰盛的早餐,当中会有一个人去拿《泰晤士报》,好让我们在吃早餐的时候,能够知道德国教会斗争的最新消息。然后我们就各做各的事。下午 2 点的时候,我们会聚在一起吃些点心,聊聊天,不时会穿插些音乐,因为他们两人都是钢琴高手,或独奏或二重奏……晚上的时间我们大多待在家里,偶尔会去看电影、舞台剧或者参加其他活动。我们在伦敦那段期间晚上在家里的作息多半是:讨论神学、听音乐、辩论、说故事,一个接一个,没完没了——直到凌晨两三点。每一个活动都充满活力。[5]

教会的一个朋友表示,"只要朋霍费尔在场,总是会笑声不断"。朋霍费尔经常会故意制造笑点,不论口说还是其他方法都行。有时候他会在弹二重奏的时候,一开始就弹错音,直到他的搭档发现他是故意的才住手。

希尔德布兰特跟朋霍费尔一起在牧师住所住了三个月,这段期间不断有人登门拜访。齐默曼还在那里的时候,另一个柏林的学生也来了,每个人都对朋霍费尔和希尔德布兰特相处时"永远都在斗嘴"却从来不至于恶言相向而感到讶异。显然他们喜欢不停地辩论神学,对他们来说这是一种娱乐,让他们能够操练自己灵活的头脑,而在一旁的人大都听不懂。为希尔德布兰特写传记的作家表示,有时候"在他们辩论过程中，弗朗兹会打出他的王牌杀手锏；这时候迪特里希就会抬着头说：'你说什么？抱歉我一个字都没听到。'"他当然全都听到了，然后他们两人就会"笑成一团"。

此外还有许多访客，如朋霍费尔的姐姐克莉丝特跟她先生汉斯·杜南伊，以及苏珊跟她先生华特·德瑞斯（朋霍费尔的多年老友，以后也会加入认信教会）都曾来访。根据莎宾所说，朋霍费尔在伦敦这段期间，曾经养过一只圣伯尔纳犬，后来那只狗被车撞死，让朋霍费尔非常伤心。

朋霍费尔当时负责牧养两个教会，而会众人数都不足以聘请自己的牧师。西德纳姆教会的会众人数介于三十到四十人之间，其中许多人都在德国大使馆工作；而圣保罗教会的人数大约有五十人，多数从商。尽管两处都是小教会，但朋霍费尔在准备讲章的时候，犹如在数千会众面前证道一般，他亲手写下每一篇讲章，而且会寄给他在德国的朋友，包括伊丽莎白·辛恩。

这些旅居伦敦的会众跟他在巴塞罗那牧养的海外会众相当类似，跟多数海外少数族群教会一样，教会是跟家乡之间文化交流的主要管道，这就使得大家不那么重视神学议题。就跟在巴塞罗那一样，朋霍费尔企图为教会规划新的活动，例如主日学以及青少年团契；他同时也负责圣诞节的耶稣诞生剧，以及复活节的耶稣受难剧。

如同在巴塞罗那一样，他的证道对习惯轻食的会友来说，是一道非常丰富的大餐。事实上，他现在的证道比他五年前的证道更加严谨犀利。朋霍费尔已经跟他在巴塞罗那二十二岁的时候大不相同，整个生活环境显然变得更加沉重。就某方面来说，似乎有如经历了几十年。他显得老成持重的迹象之一就是，他对末世论更感兴趣，也明显更加渴望"天国"，而这些都出现在他的证道里面。他在写给格哈德·赖伯赫兹的信中表示，"我非常渴望真正的平安，所有苦难与不公、谎言与懦弱全都终结了。"他早在五年前就相信这一切，但现在他可以感受到这一切。

第 *15* 章
越演越烈的教会斗争

因为他是囚徒，所以必须顺服。他未来的道路已定。走在那条道路上的人，是上帝拣选而不会放过的人，而他也绝对无法摆脱上帝。

德国教会的问题不再是内部问题，而是基督教能否继续在欧洲存在的问题。

——迪特里希·朋霍费尔

如果海克尔和穆勒以为让朋霍费尔到伦敦去就可以安抚他，或者让他远离柏林的话，那就大错特错了。朋霍费尔在伦敦比他在家乡的时候还要让他们头疼。朋霍费尔在伦敦能得到在柏林所得不到的自由，而且他非常善用这个自由。他跟合一运动之间的关系更加密切，他也迅速戳破了希特勒统治下的德国在英国新闻界所营造出的各种正面形象。

由于他具有优异的领导天赋，因此在短时间内就能影响伦敦其他德国牧师的观点。在这个关键时刻，他能够指引他们个人以及整体对帝国教会的观感。在朋霍费尔的运作下，在英国的德国教会甚至加入了"牧师紧急联盟"以及认信教会（这是稍晚的事）。在德国教会所延伸到的所有国家中，只有一个国家——英国——挺身而出，这也全要归功于朋霍费尔。

朋霍费尔跟一位在英国的德国牧师特别亲近，他名叫朱利叶斯·里格尔（Julius Rieger），当时年仅三十出头。之后几年里格尔牧师会跟朋霍费尔以及贝尔主教密切合作,而朋霍费尔在 1935 年离开英国后,他就成为贝尔跟德国之间的主要联络人。里格尔是伦敦东区圣乔治教会的牧师,该教会不久后就成为收容德国难民的据点。贝尔主教非常投入德国难民的事工,因此后来大家认定他是"难民主教"。莎宾和赖伯赫兹后来被迫离开德国时,贝尔、里格尔以及圣乔治教会也成为接济他们的重要据点。里格尔后来也和弗朗兹·希尔德布兰特成为好友,希尔德布兰特在 1937 年被迫离开德国后,就在圣乔治担任牧职。

1933 年 11 月中旬,当德意志基督徒在柏林运动广场捅了娄子之后,反对德意志基督徒的各方势力便鼓噪着要求穆勒辞职下台;但他依旧按照原订计划在 12 月 3 日就职,更甚的是帝国教会竟邀请在英国的德国牧师回国参加就职典礼。教会当局知道收入非常微薄的牧师难以拒绝这次免费回乡的机会,而他们出席盛会还能巩固与穆勒和帝国教会之间的关系,此外这也能进一步让这整个由纳粹主导的事件显得更合情合理。

朋霍费尔心中另有打算。首先,他想说服所有在英国的德国牧师不要参加这场典礼,许多牧师也都同意。他说服参加典礼的牧师利用这次机会,散发一份详述他们反对路德维希·穆勒立场的文件,那份文件的标题是"帝国教会实录",里面列举出过去几个月来穆勒的荒唐言论和作为。他们可以免费回乡,而且依旧可以提出正式与周密的抗议。穆勒的就职典礼毕竟还是延后了,因此抗议文件并没有由他们亲自递送,但还是邮寄给了帝国教会的所有领袖。

由于运动广场事件余波荡漾,德意志基督徒的处境非常尴尬,不断节节败退。他们快速缩手的最明显证据就是穆勒的态度彻底改变,他撤销了《雅利安条款》。然后,言不由衷的海克尔寄了一封求和信给英国的德语教会,情词迫切地表示双方已经不再有任何相冲突的地方,为何不能和平相处?

朋霍费尔丝毫不为所动,他也不认为最近的获胜能够维持下去,事实果然如此。其实这一切比他料想的更短暂。1 月初的时候,穆勒就故态复萌,再次张牙舞爪,反悔他先前的撤销:《雅利安条款》骤然间死灰复燃。然而,他在宣布这件事之前已经先有所安排。在新年的1月4日,他发布了一般人所谓的"封口令",不过穆勒所订的原始标题比较轻松,也更符合戈培尔的风格:"重整德国福音派教会秩序令"(Decree for the Restoration of Orderly Conditions in the German Evangelical Church)。这道命令严禁在教会建筑内讨论教会斗争,教会报纸也不能刊登相关文字,任何人违反禁令都将被革职;此外还有更出人意表的招数:他宣布所有德国教会的青年团契,也就是"福音青年团"(Evangelical Youth),都要跟"希特勒青年团"合并。战火出其不意地重新燃起。

朋霍费尔知道海外的德语教会可以用脱离帝国教会作为威胁,而这是德国国内教会所没有的利器。如果英国的德语教会脱离官方的德国教会而独立,就会严重打击德国的国际声誉。德国海外教会联盟(the Association of German Congregations aboard)主席巴隆·施若德(Baron Schroeder)寄出的一封信,明白透露出这个威胁。他写道:"恐怕历史悠久的教会,将要面对严峻的后果,也就是海外德国教会将要脱离他们的母教,一想到这件事我就非常伤心难过。"这不是说说而已。1月7日星期天,德国牧师发送一份电报给帝国教会:"基于福音以及我们的良心,我们同意'紧急联盟'的主张,并撤回我们对帝国主教穆勒的信任。"这无异于是宣战。朋霍费尔草拟的初稿里面,甚至更进一步表示,他们"不再承认"帝国主教。但对部分人士来说这太过激烈,因此作了比较缓和的修改,然而仍坚定地表示"撤回我们对……的信任"。不论如何,对反对教会来说,向帝国教会表达这种态度几乎就是在**宣告信仰**上划清界限了。随着未来局势的发展,他们马上就会变成过河卒子。

事实上,从隔天起整整一星期的时间,他们都在加倍努力朝这个方向运作。1月8日星期一,"牧师紧急联盟"计划在以往德皇宫殿对面既宏伟又极具意义的柏林大教堂举行一场崇拜,开始发动一连串的抗议。德皇威廉二世在1890年代下令在第一座霍亨索伦宫廷礼拜堂(Hohenzollern Court chapel)原址上建造了这座巨大的教堂,其高度将近四百英尺(约一百二十米,相当于四十层楼高),一般人眼中视柏林大教堂为足以跟罗马圣彼得教堂相抗衡的新教教堂。它原本是教会与国家之间可见又可触的实质连结,在教堂和皇宫之间有一座直接相通的覆顶桥梁,因此在德国人民心中具有非常重大的象征意义。然而,独断的穆勒预料到他们的计划,想要抢先一步横加阻挠,于是向警方取得禁令,关闭教堂的所有入口。他握有政治势力,并毫不犹疑地动用这势力。

然而,即使穆勒也不能阻止热情的信徒聚集在教堂外宽敞的广场,他们聚集在广场上,一起唱路德写的《上主是我坚固保障》(Ein Feste Burg),整个情势就此紧张起来。1月11日星期四,为缓和越来越紧张的情势,年迈的兴登堡介入一片混乱当中,并召唤帝国主教穆勒举行一场会议。这位有名无实的帝国总统(当时已经高龄八十六岁,距离死期仅仅数月之遥)所代表的是过去德皇统治时期的德国荣耀跟眼前活生生苟延残喘的联系。如果有人能影响穆勒的话,他当然是不二人选。兴登堡12日跟波德史温以及另外两位"牧师紧急联盟"的成员会面,13日发表了和平宣言。反对派牧师表示愿意撤回他们立即脱离帝国教会的威胁——然而,只是暂时的。兴登堡能够完成这一件不可能的任务的唯一原因,就是他安排在几天后跟"伟大的和平使者"举行一场会面。

1月17日,双方一起跟德国总理阿道夫・希特勒会面。1934年初的时候,许多认信教会成员(包括尼默勒在内)仍然相信希特勒是调停的最适合人选,认为他会按照他们的意思化解争端。他们相信一切都应该归咎于他手下的那些小人;想要纳粹化教会的是帝国主教穆勒,而不是希特勒本人——在他们终能跟他见面后,就能澄清这一切。所以每个人都愿意让步,屏息以待会面的时刻,因为只要再等待四天而已。

同时他们也都殷切地倒数读秒,紧张程度再度升高。然而,希特勒把会面的日期往后拖延;接着,又延后到25日。对竭力克制所有行动的他们来说,这多等待的八天简直就像是永无止尽一样漫长。

在英国的朋霍费尔透过他母亲几乎每天不断的报告,密切注意所有这些反复纠结局势的发展。因为他们家族的人脉广阔,所以他可以得到非常隐密的消息,甚至连他在西德纳姆的时候也一样。而葆拉·朋霍费尔不只是在通报这些消息,她自己也参与其中。她写信告诉儿子,就策略上来说,要紧的是让穆勒知道和平协议确实只不过是和平协议而已;又表示她曾经想透过她的妹夫戈尔茨将军(General von der Goltz)把这个消息传给他。她又说:"我们希望我们在达雷姆的人(指的是尼默勒)有机会面见兴登堡。"

关键似乎就在兴登堡。他看起来相当同情备受打压的认信教会,而且一般人都觉得他认为希特勒应该革除穆勒。他们不知道支持穆勒的其实是戈林,戈林认为穆勒远胜过那些不长眼的神学家。因此伦敦的牧师寄了一封信给兴登堡,而朋霍费尔也说服贝尔主教这么做。

兴登堡甚至把那些牧师的信转寄给希特勒。但在戈林和其他反神职亲信的蛊惑下,希特勒一点也听不进去。在他看来,那些伦敦牧师只不过是在发表"犹太人遭虐的国际宣传"(internationalist Jewis atrocity propaganda),他们自己最好小心一点。阿谀奉承的海克尔也同意希特勒的看法,认为他们其实并不足以构成威胁,却幼稚地自认为能造成威胁。与此同时,每个人都在继续等待跟希特勒会面。

上帝的囚徒

就在这段紧张的等待期间,朋霍费尔传讲出他那篇以先知耶利米为主题的著名证道。那天是 1 月 21 日,星期天。以犹太旧约先知为主题的证道不但少见,也容易引起争议,不过这还是最微不足道的难题。开场白不脱他一贯吸引人的作风:"耶利米不急于成为上帝的先知。上帝的呼召忽然临到他的时候,他又退缩又抗拒,想要躲得远远的。"

这篇证道所反映的正是朋霍费尔自己的艰困处境。他的会众很可能不太了解他到底在说些什么,更不会有人认为这就是上帝在那个主日要对他们说的话。如果他们曾经对这位聪明的年轻牧师的证道感到困惑,那么现在一定更摸不着头绪。

朋霍费尔把耶利米描绘成一个愁眉不展的戏剧性人物。上帝追着他不放，而他始终无法摆脱。朋霍费尔形容这是"全能者的箭"一举击中他的"猎物"。但谁是那"猎物"呢？就是耶利米！上帝为什么要瞄准故事里的英雄呢？他们还没有想通这件事，朋霍费尔就从射箭的比喻转变到绳套的比喻。他接着说："绳套拉得越紧，感觉就越疼痛，这是要提醒耶利米他是一个囚徒。因为他是囚徒，所以必须顺服。他未来的道路已定。走在那条道路上的人，是上帝拣选而不会放过的人，而他也绝对无法摆脱上帝。"整篇证道越来越沉重。这位年轻牧师想要说些什么？或许他书读得太多了。他需要不时呼吸一点新鲜空气和一些休闲娱乐！至于耶利米，当然需要一些鼓励啰！不过，想必他的遭遇一定会马上好转！他们继续聆听，期待耶利米的未来会急转直上。

然而，可惜的是，朋霍费尔所讲的是一篇非常扫兴的证道。他讲道的内容越来越晦暗：

> 这条道路直接通往人类束手无策的境地。信徒会成为笑柄，遭人冷嘲热讽又会被视为傻瓜，然而傻瓜会让一般人所享受的和平与舒适备受威胁，因此如果不立即处决傻瓜的话，就一定要痛打他一顿，然后再把他关起来好好折磨。这就是耶利米未来的遭遇，因为他无法摆脱上帝。[1]

如果朋霍费尔期待他的会众连在梦里都不敢紧紧追随上帝的话，那么这篇证道可说是非常成功。接着他提到上帝驱使耶利米经历"一波波的痛苦"，难道这还不够惨吗？

耶利米跟我们一样都是血肉之躯，都是平凡人。他感觉到不断被人轻视嘲笑以及遭人凌虐与暴力相向的苦楚。有一次他整晚遭人痛苦的折磨后，突然放声祷告："耶和华啊，你曾劝导我，我也听了你的劝导。你比我有力量，且胜了我。"㊟

㊟ 《耶利米书》20:7。

朋霍费尔的会众听得满头雾水。上帝故意让他喜爱的仆人与先知遭监禁受折磨？他们一定是漏听了哪段重要的关键信息！但他们没有。

没有人知道朋霍费尔牧师所说的一切，其实大都是指他自己以及他的未来，也就是上帝显示给他的未来。朋霍费尔当时已逐渐了解自己就是上帝的囚徒，就像古代的先知一样，他蒙召是要遭受苦难与迫害——而且失败以及坦然接受失败，就是通往胜利的途径。那是一篇适用在每个人身上的证道，然而没有几个人能真正听进去：

> ［耶利米］被冠上扰乱治安的罪名，被视为人民公敌，就跟历代以来直到现在为止，那些被上帝拣选掌管而毫无反抗之力的人一样……他多么希望能够跟其他人一样高声呼喊"平安"与"万岁"……
>
> 真理与公义的胜利游行队伍在行进，上帝与他的话语传遍世界上的胜利游行队伍，跟在凯旋马车后面的是一长列被捆锁的囚徒。愿他到最后能把我们列在他的凯旋行列中，虽然遭受捆绑迫害，但我们有份于他的胜利！[2]

会见希特勒

终于等到 1 月 25 日了，双方一起跟阿道夫·希特勒会面。事情的发展不利于反对派，他们赴会时原本抱着洗刷冤屈与得见顽固的穆勒遭受元首斥责的希望。但受到最严厉责备的却是尼默勒：他是到那时为止认信教会中最支持纳粹党的人。

戈林已窃听尼默勒的电话好一段时间，在这场众人期待已久的会议一开始，他就拿出一份通话记录，里面提到尼默勒表示，兴登堡对希特勒的影响感到不满，这时希特勒和他亲信的真面目瞬间表露无遗，而且让人永难忘怀，房间当中许多人当下才醒悟过来。在通话记录中，尼默勒对兴登堡与希特勒两人最近的会面加以冷嘲热讽。

希特勒一点也不觉得好笑,他愤怒地说:"这可是前所未闻的大逆不道! 我要用尽一切方法扑灭这场叛乱!"

尼默勒后来说:"我怕死了,心想要怎么才能回答他所有的指责与控诉呢? 他[希特勒]一直说个不停。我心想,亲爱的上帝啊,让他闭嘴吧。"尼默勒为了要缓和整个情势,因此真诚地表示:"不过,我们全都非常热爱第三帝国。"希特勒咆哮道:"第三帝国是我一手建造起来的! 你只需要关心你的讲章就够了!"就在那痛苦、发人深省的一刻,尼默勒对第三帝国是个正当运动(扎根在现实世界,而非希特勒的虚幻世界)的幻想完全破碎,他现在终于了解第三帝国的最高指导原则,就是眼前这个狂人的欲望与意志。

会议的其他部分同样让人沮丧。当然,每个出席这场会议的人都誓言效忠希特勒和第三帝国。尼默勒在会后还是能跟戈林谈笑自若,然而他已经被排除在讲员名单之外。整件事情告一段落后,可以明显看出谁是得胜的一方;暗自窃喜的军牧——穆勒——再次扶摇直上。

海克尔的地位也更加巩固。他在会议结束后两天,发信给所有海外牧师,其实就是重申会议中达成的协议,他说道:"正如前线的士兵不应该评论整个作战计划,而是应该尽忠职守地完成自己的任务,因此我也期待海外的神职人员要分清楚自己分内的职责以及总会的职责(在国内筹划德国福音派教会未来的发展)。"

一个教会界的重要人物以婚姻为比喻,硬要把元首至上原则应用在教会以及神学领域,可说是已经够让人难以忍受的了。更糟糕的是,海克尔认为拜访伦敦的时机已经成熟了。海克尔拜访伦敦的主要原因是要制止朋霍费尔及其合一运动联络人不断透露负面消息。他知道一点点坏消息(例如与希特勒会面的那场会议)不足以让兴风作浪的朋霍费尔产生挫折感。毕竟,即使尼默勒被禁止在他牧养的达雷姆教会证道,但同样勇于对抗德意志基督徒的弗朗兹·希尔德布兰特会递补他的空缺。

朋霍费尔在 2 月 4 日,也就是他二十八岁生日那天,收到许多他朋友与家人的来信,不过其中最特别的就是希尔德布兰特充满巧思的俏皮信。那封信里面有一首用路德（他留下的典范就是教会斗争的核心）的古德语写的模仿诗，他用非常巧妙的手法以及文字游戏，以戏而不谑、幽默又不失严肃的方式，把他们的私人笑话和对教会斗争，以及神学对头的嘲讽结合在一起。其中一则笑话跟朋霍费尔两岁时光溜溜在浴缸中的照片有关，葆拉·朋霍费尔当时把这张照片拿给调皮捣蛋的希尔德布兰特看，可真犯了大错；另一则笑话和伯莎·舒尔茨（Bertha Schulze）有关，她是朋霍费尔在柏林的学生，葆拉·朋霍费尔曾经聘用她担任朋霍费尔在伦敦的秘书与管家，但因为她对朋霍费尔有希尔德布兰特口中所谓的"企图"，于是必须另谋高就。她可能不知道朋霍费尔还没有厘清他自己跟伊丽莎白·辛恩（朋霍费尔每星期都把自己的讲章寄给她）之间的关系。希尔德布兰特活力四射的信件充分透露出他们两人之间充满喜乐的友谊，也反映出他们在伦敦牧师住所共同生活三个月期间，彼此互相调侃斗嘴的情景。

朋霍费尔在他生日那天作了两次证道，他每个主日都是如此，不过他在那晚和几个朋友聚集在一起，并接到一通来自瓦根罕街 14 号的电话，全家人为了要祝他生日快乐而全都聚集在电话那头。生日那天他接到的信中，有一封来自他父亲的信件，他父亲在信中对他诉说了一些之前从未对自己儿子说过的话。

亲爱的迪特里希：

当你决定研究神学的时候，我心里有时候会认为安静平淡的牧师生活对你来说，几乎可以说是一种浪费，我是从斯华比亚（Swabian）的舅舅那里略知一二……到目前为止，就平淡来说，我完全错了。对出身自然科学领域的我来说，在教牧领域绝对不可能会出现这么重大的危机。但这就跟其他许多事情一样，我们这些老一辈的人对所谓古老的概念、观点，以及事物等等一成不变的看法都相当错误……不论如何，你能从你的天职中学会一件事（这一点跟我很相似），那就是建立亲密的人际关系，并且在远比医疗更重要的层面上，深深影响他们的生命。即使你所处的外在环境未必总是如你所愿，在这方面也绝对不会蒙受任何损失。[3]

海克尔主教拜访伦敦

朋霍费尔在生日隔天跟伦敦的牧师一起迎接海克尔主教。他们写下一纸备忘录，详述他们对帝国教会的疑问以便在会议中讨论。其中对帝国教会动用武力对付反对人士表示异议，同时也怀疑穆勒的领导地位，因为他显然赞成许多由德意志基督徒所提出最疯狂的异端想法。这份备忘录同时也表示《雅利安条款》乃"违背圣经明确的教导，并且只不过是德意志基督徒对纯正的福音与信条所造成的威胁之一而已"。重要的是他们把"德意志基督徒"加了引号，显然是因为这个词汇特别让他们感到厌恶。它特别惹人厌的地方就是它大胆地表示，跟它相关的人都是基督徒，但是他们根本没有任何认真的神学立场为根据；同时显然暗指那些不跟他们一伙的人，就不是真正的德国人。备忘录最后指出穆勒用粗鲁低俗的语言对待那些反对他的人："帝国主教的用语就跟报纸所报道的一样，根本难登大雅之堂，包括'Pfaffen'和'龟缩公民'。对在日常事工上必须忍受许多恶意眼光的牧师来说，这些出自他们最高层上司口中的粗话，实在没办法让他们感到心安。"

Pfaffen 是由德语 Pfarrer（牧师）与 Affen（猩猩）这两个字组合而成的词汇，大家都知道希特勒也经常使用 Pfaffen 来指称新教牧师。另一个词汇是要恶意嘲笑他的对头缺乏德国人的精神，而这种德国精神也正是"积极基督教"的主要特征之一，就是充满活力、气势过人。

海克尔跟他的代表抵达伦敦跟七位牧师会面的时候，双方的立场可说是壁垒分明。海克尔认为他仍然可以排除万难达成目的，也就是不仅要拉拢对方投入己方，同时也要让他们签署他已经拟好的协议，宣示效忠德国的帝国教会。为了让他们签名，他不惜动用各种方法，尤其是欺骗和威胁。但是他到会议结束前才拿出这份文件。

海克尔首先提出一份立即"重组"帝国教会的"总纲"。

会议进行到开放讨论的时候，朋霍费尔率先发言。他不只是消极地驳斥海克尔的发言与暗示，更一贯地展开积极的攻击，激烈进取、能言善道又义愤填膺，还能尽量保持风度。他先叙述帝国教会的种种作为，接着重申备忘录里面提到的各种疑问，然后表示关键不在于如何跟这样的教会合一，而在于如何脱离。在朋霍费尔的心中，帝国教会的路德维希·穆勒，显然是个毫无悔意的异端分子，他可是不会轻易放过。

海克尔那年可不是因为循规蹈矩才当选主教。他狡诈的闪躲备忘录里提出的每项质疑，就好像那些全都只是一场误会。他的解释是，亲自提出、撤回又重新提出《雅利安条款》的穆勒其实根本反对这一切！他提到帝国主教特别偏爱海外教会了吗？只要给帝国主教一次机会，他们就会知道他其实是一个风趣宽厚的人，只是他一直被情势所迫，必须做出许多勉为其难的决定。至于他公然的侮辱与说粗话，只不过是当时的"军中俗谚"！因为穆勒曾经担任多年的海军牧师，难免会发生这些状况。

至于厚颜要求所有教会的青年团契要跟希特勒青年团合并又是怎么回事？海克尔说，其他人都对这件事没有异议，此时，他的手法已从欺瞒转移到语带威胁，他接着说，受人爱戴的元首兴高采烈地表示，教会青年与希特勒青年团的合并，"就是最讨他喜欢的圣诞礼物"。他心想朋霍费尔听了此话，应当会收敛许多。

但是海克尔还没有讲完。他继续语带威胁地表示，手边有一些不利于反对派牧师的证据，又提到要采取行动对这些人加以管教。其中之一就是尼默勒，海克尔表示如果尼默勒再不规矩些，整件事情可能会"以悲剧收场"。海克尔也没忘记提到勾结"外国势力"的"叛国"行为，所谓的"外国势力"，其实特别是指一位"英国主教"和一位"瑞典主教"，他当然没有指名道姓说出这两位是谁，不过他以及会议室中其他人都心知肚明，那就是朋霍费尔的盟友乔治·贝尔与瓦尔德玛·阿蒙森。

不过，朋霍费尔似乎一直都对威胁毫无所惧。他不断前进而且为所当为,但始终都保持一定的风度与分寸,而时机也拿捏得非常恰当。他知道眼前的时机不对,因此没有做出回应,于是会议就此结束。但这只是计划中两次会议的第一次,他们还会在第二天会面。

同时,海克尔已前往雅典娜俱乐部(Athenaeum Club),准备跟他所说的"英国主教"见面。海克尔急着要制止朋霍费尔跟合一运动人士连手合作,此举已经在英国新闻媒体上为帝国教会带来许多麻烦。如果海克尔没办法对付这位满怀理想的年轻牧师,那他就必须设法跟较年长又更有智慧的贝尔主教达成协议,因为他肯定是个比较世故的人。在他们会面的时候,海克尔非常圆滑地建议贝尔,至少在未来六个月不要插手德国教会的事务。然而贝尔却不是那么世故,因此拒绝了。

海克尔对这一切感到火冒三丈。隔天他跟伦敦牧师会面的时候,所冒的风险就更大了;他已经跟贝尔翻脸了,他迫切需要在这里扳回一城,而且务必要他们在所带来的文件上签名。但这七位牧师就是不肯签署任何文件;其实,他们已经准备好自己的文件,而且下定决心要海克尔在上面签名。如果他想要他们加入帝国教会,那么他就必须接受他们提出的条件;如果帝国教会同意"以新旧约圣经为其基础"、彻底废除《雅利安条款》,以及不革除那些赞成前面几点的牧师等等,他们就会非常乐意加入新成立的帝国教会。一切就是这么简单。

毫无退路的海克尔又想以威胁为手段。他大胆地表示,如果不在这些议题上"顺服"的话,他们就可能会被列为"布拉格移民"。这是纳粹用来称呼亲左派政敌的蔑称,那些人在希特勒当权后,因为生命遭受威胁而被迫逃离德国。这言论太过分了,海克尔刚说完这话不久,朋霍费尔和另外两位牧师就起身离开,以示抗议。

海克尔一事无成又满腹怒火地回到柏林。他当初曾热情地推荐朋霍费尔担任伦敦牧职,如今懊悔两字绝对不足以形容他目前的心情。现在它成了这个强势而莽撞的家伙手上一个安全又公开的舞台,让他能够跟帝国教会唱反调。一星期后,海克尔得知坎特伯雷主教科兹莫·朗(Cosmo Lang)邀请朋霍费尔参访兰贝斯宫(Lambeth

Palace）。他一定对此感到烦躁不安，因为就在几个月之前，帝国教会的正式代表豪森费尔德和费泽曾要求同样的拜访行程，却被斩钉截铁地拒绝。海克尔受够了，他决定把朋霍费尔召回柏林。

在朋霍费尔参访前，这场战争攸关双方利益的程度已经大幅升高。海克尔才因为表现良好而升任主教，这表示他不但要对教会负责，也要对国家负责。因此，如果他无法改善德国在国际媒体上的形象，就会为他带来更严重的后果。对朋霍费尔来说，后果将更加严重，因为现在不服从海克尔的命令，就等于是不服从国家的命令，也就可能会被视为叛国。

朋霍费尔在 3 月 5 日抵达柏林。他跟海克尔会面的时候，新出炉的主教就把话说得很明白，表示从今以后朋霍费尔不可以再参加任何合一运动的活动。海克尔又故计重施地拿出另一份文件要他签署；而朋霍费尔还是非常机智，他既没有签署也没有鲁莽地一口拒绝，只是表示他要全盘考虑整件事情，然后会很快地以书面方式做出回应。他在 3 月 10 日搭机返回伦敦，然后在 3 月 18 日写信把预料得到的答案告诉海克尔：他不会签署。

卢比孔岸边

朋霍费尔在柏林的时候，曾经跟尼默勒、雅各比以及其他"牧师紧急联盟"的领袖会面。关键时刻已经临头，他们知道自己在教会斗争中的努力大都付诸流水，因此这几位反对派领袖计划跟德国帝国教会划清界限。他们一致同意这就是朋霍费尔过去这段时间一直在说的"宣告信仰"，而他们 5 月底将在巴门举行成立独立教会的宗教会议，这将是一个关键时刻，他们将公开地正式脱离离经叛道的帝国教会。他们已经来到卢比孔岸边，整装待发，准备渡河。

他们现在比以往更需要德国以外教会的帮助与支持。朋霍费尔感觉到局势非常紧张，因此就在他构思如何回应海克尔的那个星期，他联络了那些在合一运动阵营里面的朋友。3 月 14 日，朋霍费尔写信给亨里厄德（Henry Louis Henriod），他是位瑞士神学家，也是合一运动中"世界联盟"的主席。他也写信给贝尔主教，并且他的信是用英文写的：

> 我敬爱的主教阁下：
>
> ……最重要的事情之一就是，其他国家的基督教会在这场冲突中，并没有因为时间冗长而失去热忱。我知道我的朋友都对您以及您未来的作为寄予极大的期待。如今可说是德国前所未见的时刻，我们对教会普世运动的信心不是完全动摇而彻底毁灭，就是借着出乎意料的崭新方式更加巩固与更新。唯有依靠您，我亲爱的主教阁下才能掌握这个时刻。德国教会所面临的危机不只是内政问题，而是基督教在欧洲的存亡问题……即使报纸上登载的消息逐渐趋缓，但真实情况依旧跟以往一样紧张、尖锐又瞬息万变。我只希望您能够见到目前"紧急联盟"的任何一场会议——尽管当前情势非常沉重，但总是能够提振我们的信心与勇气——请不要在这个时刻默不作声！我恳求您再次考虑是否可以差派普世运动代表，并发出最后通牒。这个最后通牒不是为了任何国家或者宗派的利益，而是为了欧洲的基督教。时间非常紧迫，稍迟就会为时已晚。[4]

亨里厄德在3月16日写信给贝尔主教，强调当时情势紧急，并在同一天回信给朋霍费尔：

> 我敬爱的朋霍费尔：
>
> 谢谢你3月14日的来信。正如你信中所说，情势已经越来越急迫，因此普世教会运动必须立即采取行动……我在几天之前已经写信给奇切斯特主教，敦促他在继续跟海克尔主教联络的时候，发一封措辞强烈的信函……那些在德国为福音挺身而出的人不应该感到绝望。许多不同国家的牧师和其他人士纷纷发表宣言和信息，显示出其他国家都非常关心德国教会的情势。

我只能再说一次，若非我们最信任的德国友人一再呼吁我们不要跟德国教会断绝关系（甚至前几天都还是如此），我们就会更早一点采取强硬的行动，我们影响整个情势的唯一方法就是一直不断的强烈批判目前的政府。[5]

朋霍费尔在 3 月 28 日前往兰贝斯参访，并由坎特伯雷主教科兹莫·朗亲自迎接。朋霍费尔在 4 月 7 日再次写信给亨里厄德。信中透露出他在跟普世教会运动以及认信教会盟友打交道时，心中经常会有迫切与沮丧的感觉。

敬爱的亨里厄德：

我非常想跟你再讨论一次目前的情况，因为我渐渐觉得普世教会运动流程缓慢，有点不太尽责。在一定的时候必须当机立断，不能无止尽地等待天上降下来一个征兆，告诉我们所有难题都会迎刃而解。即使普世教会运动必须当机立断，也因此可能会犯错，就像所有人做事都可能出错一样。但只是因为担心犯错而推诿拖延，其他人（我指的是我们在德国的弟兄们）却每天都必须面对更困难的抉择，对我来说，这几乎是跟爱背道而驰。推托或者怯于抉择，相比出于信心与爱心做出错误的抉择，可能是更严重的罪……目前的情况确实可说是稍纵即逝的契机。"为时已晚"就等于"根本没有（从未有过）"。如果普世教会运动不能了解这一点，如果没有人愿意努力进入天国，[k] 那么普世教会运动就不再是教会，而是一个能言善道却毫无用处的联谊团体。"如果没有信心，就不能茁壮"；然而，信心指的就是抉择。我们对抉择的本质还有任何疑惑吗？对今日的德国人来说，那就是信条，也就是普世教会运动的信条。我们必须克服心中对这个世界的恐惧——基督的福音已经危在旦夕，我们还要继续昏睡吗？……基督俯瞰着我们，要知道是否还有任何人信

---

[k] 参见《马太福音》11:12。

靠他。[6]

在普世教会运动刮起的这场旋风中,朋霍费尔同时担任两个教会的主任牧师,不但每个主日要证道两次,还要担负起各式各样的牧师职责。他在 4 月 11 日为教区内一位十九岁的德国女孩主持一场丧礼。

12 日他得知,穆勒已经提名种族主义狂热分子奥古斯特·耶格(August Jäger)博士为掌管德国教会的法定行政官(Rechtswalter)。耶格在前一年的演讲中曾乖张地宣示:"耶稣在世界历史上现身的最终目的,就是要在饱受各种退化现象摧残的世界中,绽放出北欧的光芒。"朋霍费尔在 4 月 15 日写信给贝尔主教:

> 任命耶格博士……是要向反对派耀武扬威,此外……其实质意义就是所有管辖教会的权力都已经转移到政府与政党手中。我感到非常诧异的是,《泰晤士报》竟然从相当正面的角度报道这件事。事实上,耶格最出名的地方就是,他曾经发表过耶稣只是北欧种族的代表性人物之类的言论。他就是逼退波德史温的元凶,同时也被视为整个宗教事务部中最粗鲁的一个人……因此他的任命,必定是把教会完全融入政府与政党过程中的重要步骤。即使耶格现在所用的字眼比较温和,想努力表现出同情海外教会的态度,但我们千万不要被这种伎俩所欺骗。[7]

朋霍费尔知道耶格获得任命,表明纳粹有意厚颜无耻地为所欲为;普世教会运动必须马上行动并发出最后通牒。帝国教会愿意付出任何代价拉拢海外教会,因此普世教会运动必须坚守立场,而且务必拒绝承认它是真正的德国教会。普世教会运动也必须尽速表明他们跟"紧急联盟"的牧师是团结在一起的。

朋霍费尔在向他朋友欧文·舒茨解释眼前局势时,表现出我们少见的叛逆一面:

教会当局命令我飞到柏林，然后把一份宣言摆在我面前，内容是要求我从当下开始不再参加任何普世教会阵营的活动，我没有签名。这种事情令人厌烦。他们不择手段地要把我隔离开来，就是因为这个原因，我才毫不退让……

国家社会党已经把德国的教会逼上绝路，而且下定决心贯彻到底。我们对他们的感激之情，就跟犹大人对亚述王西拿基立的感激是一样。对我来说，毫无疑问这就是摊在我们眼前的现实。像是尼默勒这种天真、不切实际的梦想家，仍然认为他们就是真正的国家社会党——或许是因为上主垂怜，才会让他们一直沉浸在这种幻想里面。[8]

巴门宣言

朋霍费尔投入合一运动的所有努力开始得到回报。贝尔主教以德国教会的危机为主题，撰写了他的《升天节文告》（Ascension Day Message），并且在 5 月 10 日寄给全球各地合一运动"生命与事工"组织的会员。此举使得世界各地的人都把焦点放在德国反对派牧师身上，而让帝国教会承受极大的压力；当然这也使得海克尔和穆勒——以及整个纳粹政权——非常难堪。就跟贝尔撰写其他关于德国教会斗争的文章一样，这篇文章也是朋霍费尔跟他密切合作的结果。文中说道：

当前的情势显然充满不安……[一场]革命正在德国内部进行中……海外教会的会友都在注意当前的情况，不只是出于好奇，更是因为他们非常关心整件事情。造成不安的主因就是帝国主教以领导统御为由，违反宪法与传统的规范，擅自独揽大权，这可是教会史上前所未见之事……福音的工人因为忠于基督教信仰的基本原则，而遭受宗教事务主管部门的惩处，在海外基督徒心中留下非常恶劣的印象，而他们早已因为本当主张合一的教会竟然提倡种族区分而感到忧心忡忡。难怪德国内部声浪四起,为的是要向整个基督教世界郑重宣告,福音派教会的灵性生命正在面临各种危险。[9]

整篇文章就这样不断地把纳粹政权对德国教会造成的影响罗列出来。在贝尔主教把文章寄给合一运动的朋友两天之后,全文都刊登在伦敦的《泰晤士报》上。

显然从这场胜利的经验可以得知,参与合一运动的活动就是朋霍费尔要留在伦敦的原因。他也继续跟圣乔治教堂的朱利叶斯·里格尔一起从事难民事工,犹太难民不断从德国到达此地。对莎宾和她家人来说,哥廷根的生活变得非常艰辛,因此一年后,他们也以难民身份来到此地。两年后,同样的情形也发生在希尔德布兰特身上。朋霍费尔显然对能在伦敦担任牧职以及在教会斗争前线冲锋陷阵,感到相当振奋。5 月 22 日他在准备巴门会议的时候,写信告诉祖母:

> 现在这里的气候非常宜人。我们教会昨天举办了一次远足,因此整天都在户外,我们去的地点非常有名,因为每年这个时候那里的整块林地全都长满风铃草而变成一整片蓝色,绵延好几百米。此外,我还很讶异竟然能在林区里面发现野生的杜鹃花,而且是一大片,有好几百株全都紧密地长在一起……我还是不确定自己究竟能在这里服事多久。我最近接到一封信……为的是确认我现在是休假期间……我想应该是决定是否要返回学术生涯的时候了,而我现在对它已经不再那么感兴趣了。[10]

认信教会的成立

1934 年 5 月最后三天,"牧师紧急联盟"的领袖在巴门举行一场宗教会议。他们当时就在乌帕河(Wupper River)写下著名的《巴门宣言》，然后从中衍生出后来的认信教会（Confessing Church）。①

《巴门宣言》的宗旨是要伸张德国教会历来的信仰，以圣经为根基，并要跟德意志基督徒提倡的非正宗神学（bastardized theology）划清界限。宣言中清楚表示，德国教会不是在国家威权的辖制下，斥责反犹太主义和其他德意志基督徒的异端思想，以及穆勒领导的"官方"教会。《巴门宣言》的主要执笔人是卡尔·巴特，他表示他是在"浓咖啡以及一两支巴西雪茄的提振下"完成定稿的。

既然这是德国第三帝国时期教会斗争的分水岭，又是一份影响深远的文献，因此我们要用相当多的篇幅引用在后：

I. 对德国福音派教会与基督徒的呼吁

8.01　德国福音派教会在 1934 年 5 月 29 到 31 日在巴门举行认信会议。所有德国认信教会代表同心齐聚，一致相信独一、神圣、使徒传承教会的主（the one Lord of the one, holy, apostolic Church）。信义宗、改革宗以及联合教会忠于他们的信条，一起找寻共同的信息，以满足当前教会的需要，并帮助教会抵挡诱惑……他们的用意不是要成立新教会，也不是要形成联盟……他们的用意乃是要在信仰上站立得稳，并在信条以及德国福音派教会面临存亡之秋的时候，齐心协力地成为中流砥柱。认信会议反对以错误的教义、暴力以及欺骗的方式，把德国福音派教会结合在一起，因此认信会议坚持，借着圣灵信靠上帝的话语，才是引导德国福音派教会合一的唯一道路。唯有这样教会才能更新。

8.03　不要被那些指责我们肆意反对德国团结的传闻所蒙蔽！不要听信那些把我们的目标扭曲成破坏德国福

---

* 　认信（confess）的意思是"同意"或者"承认"。这是要呼应耶稣在《马太福音》10：32 的那

① 　句话："凡在人面前认我的，我在我天上的父面前也必认他。"

音派教会团结以及离弃列祖信仰的骗子！

8.04　总是要试验那些灵是否是出于神！[①*]也要察看德国福音派教会认信会议所说的话是否合乎圣经以及教父的信条。如果你发现我们所说的话跟圣经不一致，就不要听信我们的话！但如果你发现我们所说的是以圣经为根据，那就不要让忧虑与诱惑阻止你跟我们一起走上信仰的道路，并顺服上帝的话语，好让上帝的百姓能够在世上同心协力，而我们就能在信仰中经历他亲口说的："我总不撇下你，也不丢弃你。"[②*]

II. 关于当前德国福音派教会情势的神学宣言

8.05　按照 1933 年 7 月 11 日德国福音派教会宪章的开场白所言，这是认信教会的联盟，不但源自宗教改革，并且享有同等的权利。这些教会合而为一的神学根据，就列在德国福音派教会宪章的第一条款以及第二条款第一项，并在 1933 年 7 月 14 日获得帝国政府认可：

　　　　第一条款：德国福音派教会神圣不可侵犯的基础就是耶稣基督的福音，圣经向我们显明此事，并由宗教改革信条再次印证。教会完成其使命所需的一切权力，就是以此为依归。

8.07　我们在德国所有福音派教会面前公开宣示，他们跟这份信条之间的共同信仰正遭遇重大危机，而德国福音派教会的合一也因此岌岌可危。威胁来自主管教会事务的德意志基督徒，以及教会事务行政部门所制订与推动的各种理论与行政措施。从德国福音派教会成立的第一年开始，这些威胁就越来越严重。这个威胁主要在于团结德国福音派教会的神学根

---

①*　参见《约翰一书》4:1。

②*　参见《希伯来书》13:5；《申命记》31:6,8。

基,在德意志基督徒的领袖与发言人以及教会事务行政部门刻意运作下,已经持续且有计划地被各种对立的理念所抵销与摧毁。根据我们所持守的所有信条看来,一旦[教会]高举这些对立的理念,那么教会就不再是教会,而身为认信教会联盟的德国福音派教会也就名存实亡。

8.09　鉴于目前帝国主管宗教的德意志基督徒所犯的各种错误,不仅让教会陷于危机,同时也把德国福音派教会的团结破坏无遗,我们要宣告下面这些福音真理:

8.10　"我就是道路、真理、生命。若不借着我,没有人能到父那里去。"① "我实实在在的告诉你们,人进羊圈,不从门进去,倒从别处爬进去,那人就是贼……我就是门;凡从我进来的,必然得救,并且出入得草吃。"②

8.11　耶稣基督,正如圣经告诉我们的,就是上帝独一的道,我们必须领受这道,并且不论是生是死,都必须信靠与顺服。

8.12　我们唾弃下列错误教义:认为教会不但可以也应该承认,除了上帝独一的道之外,还有其他事件与权势、人物与真理也是上帝的启示。

8.15　我们唾弃下列错误教义:认为我们生命中某些领域可以不顺服耶稣基督,而顺服其他权势——这些领域不需要借着他而称义与成圣。

8.17　教会就是弟兄姊妹的聚集体,而耶稣基督现在透过圣灵借着道与圣礼为王。由罪得赦免的罪人组成的教会必须以其信心与顺服、信息与圣职,向这个罪恶的世界见证自己完全属于他,单单渴望他,又倚靠他的安慰与指引而活,并盼望他的降临。

---

①＊《约翰福音》14:6。

②＊《约翰福音》10:1,9。

8.18 我们唾弃下列错误教义：教会可以为了追求享乐而舍弃其信息与圣职，也可以附和流行的意识形态和政治风潮。

8.19 "你们知道外邦人有君王为主治理他们，有大臣操权管束他们。只是在你们中间，不可这样；你们中间谁愿为大，就必作你们的用人。"①

8.20 教会设立各种职位的目的不是要辖制其他人；相反的，这些职位的设立是要推动托付给整个教会，并由整个教会一起完成的事工。

8.21 我们唾弃下列错误教义：认为教会除了领导事工的领袖之外，也能够、或说也获准，设立带有统治权力的特殊领袖。

8.22－5 "敬畏神，尊敬君王。"②* 圣经告诉我们，在教会所处的这个尚未得赎的世界中，国家也被赋予神圣的职责，那就是伸张正义与维护和平。[它]要按照人类的智慧与能力，以武力吓阻与制裁的方式[完成这个使命]。教会在他面前以感恩与敬畏的心，承认这个神圣职责所带来的益处。这让我们想起上帝的国度，上帝的诫命与公义，随之也想起统治者与被统治者各自的职责。它信靠并顺服上帝的道的能力，上帝借着这道托住万物。

8.23 我们唾弃下列错误教义：认为国家应该可以超越其特殊的使命，成为掌管人类生活的唯一极权，从而也能够完成教会的使命。

8.24 我们唾弃下列错误教义：认为教会可以超越其特殊使命，僭取国家独有的特质、职责与尊位，从而成为国家的机构之一。

---

① * 《马太福音》20:25～26。

② * 《彼得前书》1:17。

8.26　教会的使命(也就是其自由的基础)就是代表基督把
　　　上帝赐下恩典的信息传给所有的人,通过讲道和圣
　　　礼,传讲他的道,完成他的事工。

8.27　我们唾弃下列错误教义:因为人心骄傲,教会可以肆
　　　意滥用主的话语与事工,为满足自己的欲望、野心与
　　　计划。[11]

7月4日——再次归功于贝尔主教和朋霍费尔——《巴门宣言》全文刊登在伦敦《泰晤士报》上。这可是非同凡响之举,向世人公布在德国有一群基督徒,已经正式且公开地宣示要独立于纳粹的帝国教会之外。只要是读过这篇文章的人,就能清楚地了解他们这么做的原因。

朋霍费尔努力澄清《巴门宣言》并非要宣告脱离"官方"(official)的德国教会,因为所谓"脱离"一语,会让人觉得"正式"的德国教会具有合法地位。脱离队伍的不是认信教会,而是帝国教会。《巴门宣言》所彰显的是有一群牧师和教会表明这是一种实质上脱离教会的举动,并加以谴责,又正式宣告他们唾弃这种举动。这篇文章再次清楚说明——正统与真正的德国教会——真正的信仰与主张。

对朋霍费尔来说,因为《巴门宣言》,认信教会已经成为正牌的德国教会,而他相信所有真基督徒都知道德意志基督徒的帝国教会已经被正式逐出[基督教]。然而,后来的发展却并不如朋霍费尔的预期,因为未必每个人都非常了解整件事情的过程。

确实,即使一些他最亲近的盟友,例如乔治·贝尔和阿蒙森主教的看法就跟他不一样,这就造成一些困扰,尤其是朋霍费尔对在那年能在丹麦的法诺(Fanø)召开合一会议有所期待。朋霍费尔受邀到法诺发表一场演讲,并筹组整个会议中青年会议的部分,但不久后就发现,他还得担心更严重的问题。

主因是朋霍费尔发现,受邀参加法诺会议的德国代表里面,有几位隶属于穆勒领导的帝国教会。首先,朋霍费尔已经决定,由他负责筹办的青年会议,不会承认任何跟穆勒的帝国教会相关的代表;其

次，他下定决心阻止任何帝国教会成员参加法诺会议的主要议程。跟帝国教会划清界限与跟帝国教会保持友善，乃是势不两立的立场。合一运动的领袖怎么会不了解这一点呢？

朋霍费尔在6月的时候到柏林跟尼默勒以及认信会议主席卡尔·科赫(Karl Koch)会面。三人同意日内瓦(合一运动总部所在地)的权威人士应该了解最新的情势，然后邀请认信教会成员参加会议，排除其他人士。

朋霍费尔立即联络法诺会议的主办人，清楚说明他的立场：

> 我已经写信告诉舍恩菲尔德(Schonfeld)先生，我们的德国代表参与法诺会议的程度，主要取决于当前帝国教会的代表是否会参加这次会议。不论如何，我们的代表已经决定，他们不会出席任何法诺会议中有帝国教会代表参与的议程。如果能够全面清楚明白地按照这个方式执行，未尝不是一件好事。此外，我希望你也能帮助我们说服合一运动主事者，在为时未晚以前公开宣布，要承认的是两个德国教会中的哪一个。[12]

因此，朋霍费尔参与这场会议的前提就是，双方都同意认信教会才是目前真正的德国教会。如果认信教会的领袖不是在这种情形下受邀，那么认信教会就不会派代表参加会议；如果海克尔和帝国教会出现在会场，那么在场的就只会有他们而已。认信教会的沉默无言，应该足以表达他们的观点。

但这一切不久后将变得棘手。亨里厄德写信通知朋霍费尔一个坏消息：邀请函早已经发给海克尔和帝国教会的海外部门。亨里厄德表示，虽然他站在朋霍费尔这一边，但就一般程序来说，也不可能收回邀请。在这种情况下，合一运动总部也不可能另外发一封邀请函给认信教会。合一运动的领袖觉得认信教会只是一个运动，而不是宗派。但他又补充说，如果认信会议宣称自己是第二个德国教会，那么情形就会大不相同。

朋霍费尔感到一阵恼怒。认信教会的《巴门宣言》已经把所有事情都彻底说清楚了，而且，它当然不是第二个德国教会——它是**唯一**的德国教会。世上不可能有两个德国教会。帝国教会因为执意主张异端思想而丧失资格，从而让认信教会成为仅存的德国教会。朋霍费尔的教会论非常清楚明白，尽管那些跟他看法不同的人可能会认为他语焉不详，但对他来说，这一切都不可逾越圣经的教义以及历代教会的信条。这些事情绝不容许任何人任意扭曲。如果认信教会是独一的德国福音派教会，那么就必须谨守圣经以及宗教改革的精神和德国福音派教会的宪章——否则它就不是独一的德国正统福音派教会。《巴门宣言》已经清楚明确地向世人大声宣告，就神学与法律上来说，他们就是这样的教会。

他在 7 月 12 日写信告诉亨里厄德：

> 我们不是要在帝国教会之外成立独立教会，也没有这个想法，但我们要在神学上和法律上成为德国唯一的正统福音派教会，就此看来，就不能期待这个教会另外建立一套新的宪章，因为它既有的基础就是帝国教会忽视的那套宪章。……认信教会……已经向整个基督教世界宣告了他们的主张。因此，我强烈地感到，就法律和神学来说，合一运动本身及其作为，要为德国教会与合一运动之间未来关系的发展负起完全的责任。[13]

他请求亨里厄德原谅他"这番冗长的解释，但我可不愿意被自己的朋友误解"。

不过，合一联盟主席亨里厄德的看法还是不一样。他觉得自己应该谨守这个组织的协议与章程的界线。对朋霍费尔来说，日内瓦总部既无法收回发给海克尔的邀请函，又不能补发给认信教会一封邀请函，这样做似乎相当荒唐。他转向贝尔求救，但贝尔又推给阿蒙森。阿蒙森写了一封措辞委婉的信件给朋霍费尔，信中表示认信教会是一个"独立会议"（Free Synod），他清楚说明自己对整个事情的看法，跟朋霍费尔不一样，他还是认为认信教会属于某种另类的德国"独立"教会。不过，他说或许可以"非正式的"方式邀请两位认信教会成员,这样就可以规避许多古怪的规则。朋霍费尔、波德史温和科赫因此都在受邀之列,于是他们现在必须考虑,是否应该接受这种奇怪限制下的邀请。与此同时,海克尔已经耳闻他们受邀,因此设法从中作梗。

1934 年夏天,就在双方往返交涉的这段期间,德国内部发生数起巨变。这些变化使得德国政局为之改观,直接影响到每个人未来数年的发展,而且会立即影响参加法诺合一会议的人。

长刀之夜

那年夏天希特勒对一些坏消息的反应,改变了德国的政治局势。市面上有一些传闻,表示希特勒及其邪恶的政权终于要被揭发。朋霍费尔从他姐夫杜南伊那里听说,德意志帝国银行主席沙赫特(Hajlmar Schacht)正打算辞职。兴登堡总统的医生透露出消息说,总统在世的日子只剩几个月了,希特勒担心兴登堡一死,保皇派和军队领袖马上就会以强硬手段支持霍亨索伦家族复辟。对这批人来说,德国壮大团结的道路就是脱离阿道夫·希特勒造成的窘境,重返德皇与贵族统治的黄金岁月。向来对政治情势非常敏感的希特勒早已察觉此事,因此先下手为强。他的一贯作风都是极其凶狠无情,于是下令展开一场血腥屠杀,也就是所谓的**"长刀之夜"**(Nacht der Langen Messer)。①

希特勒知道必须避免军事将领跟他作对,而且他知道他们最担心的就是失去掌握冲锋队的权力。恩斯特·罗姆(Ernst Rohm)想要他手下的冲锋队成为新纳粹的御用军队,并由他担任指挥官,由于他从纳粹运动一开始就跟随在希特勒身边,希特勒怎么会拒绝他呢?但希特勒眼中只有希特勒,因此要是他的老同志罗姆会让那些将军担心,而使希特勒自己的未来陷于危险之中,那么他就会弃之如敝

---

① 可笑的是,它的字义也是"蜂鸟行动"(Operation Hummingbird)。

扆。为了让那些将军对君主制死心，希特勒先发制人。他答应让罗姆按兵不动，不至于让冲锋队接管军队。他可不希望自己打造第三帝国的计划毁在罗姆这个笨牛手中！

于是，6月29日，一场被称为"长刀之夜"的疯狂谋杀行动发动了，德国各地可说是血迹斑斑，总共有数百人被冷酷杀害倒在血泊中。有些人是从床上被拖起来，然后就在家中被射杀；有些人是被行刑队处决；有些人是坐在书桌前归天；有些夫妻一起遇害。发动1923年那场失败政变的宿敌，终于如愿以偿地报仇雪耻，这就是未来一切的征兆。两位陆军将领——施莱契（von Schleicher）和布莱多（von Bredow）——惨遭杀害，这是所有残杀中最肆无忌惮之举。

至于罗姆本人是在下榻的旅馆被唤醒，由一个愤怒的希特勒支持者动手替他穿上衣服，接着就被送进慕尼黑监狱的牢房，后来他得到一把上膛的左轮手枪，意思是要他自我了断。尽管罗姆嗜血成性，但还不到能自杀的程度，最后是由他手下的两个冲锋队成员结束了他污秽的生命。

这一切结束后，希特勒宣称罗姆想要发动政变，但因为上天保佑得以及时避免。他表示有六十一人被射杀，不过另有十三人因为"拒捕"而被枪杀。杜南伊告诉朋霍费尔，司法部门的记录显示有两百零七人遭到有计划的逮捕并被杀害；几年后这个数字增加到四百，甚至一千。不论如何，这份名单非常冗长，所有希特勒、戈林以及希姆莱的宿敌无一幸免。这次机会让他们得以一举消灭所有叛徒！还有更多人被送往集中营。一如往常，希特勒愤怒地表示，这是迫不得已的举动——因为一场政变正在酝酿中，他的生命确实受到威胁，而除掉这些人，目的是要为德国**人民**的最大利益着想，即使再大的牺牲也值得！

7月13日，希特勒在德国议会发表演说：

> 如果有人指责我为何不依循正常的司法程序进行处理，那么我唯一的回答就是：目前我要为德国百姓的未来负责，因此我就是德国百姓的最高法官……从现在开始每个人一定要知道，

如果任何人想要攻击这个国家,那么他的下场一定就是死。[14]

这些话足以恫吓多数的德国人。朋霍费尔的学生英格·卡尔丁对这场事件后周遭氛围的回忆是:"我们心里生出一股让人脚软的恐惧,就像一阵刺鼻的臭味。"

至于军队中的将领,他们的处境非常为难,简直就是希特勒的囊中之物。平心而论,他们根本不知道希特勒答应他们罗姆不会掌握军队大权的意思,其实是指一场无止尽的大屠杀。不过,企图让霍亨索伦王朝复辟的计划就此告终。毕竟,希特勒已经履行了他的责任,即使他所用的手段是大屠杀和目无法纪。希特勒所关心的就是,尸位素餐的兴登堡现在随时可以离开这个世界,而且越快越好,因为希特勒对他的接班人选已经胸有成竹。

奥地利此时也正经历一场充满暴力的政治动荡,并在 7 月 25 日纳粹特务暗杀陶尔斐斯(Engelbert Dollfuss)总理时达到最高点。陶尔斐斯是位身在天主教国家的虔诚天主教徒,他曾经说过:"对我来说,对抗国家社会主义,主要就是一场捍卫基督教世界观的战争。希特勒想要恢复古代的日耳曼异教信仰,而我却想要恢复中世纪的基督教。"在他被谋杀后,奥地利的暴戾之风随之更盛,许多人都担心希特勒会派军跨越边界入侵奥地利。结果确实如此。在墨索里尼派遣意大利军队阻止此事一星期后,兴登堡与世长辞。

8 月 2 日,这位八十六岁高龄的战争英雄咽下最后一口气时,希特勒马上就宣布他钦点接任兴登堡位置的人选——兴登堡的继任者就是他自己! 尽管如此,他还是会继续担任总理。总统和总理这两个职位都由他一人担任,他声称这是德国人民的心声。为消除反对派的疑虑,那个月稍后举行了一场公民投票,结果正如大家的预期,百分之九十的德国人民都投下赞成票。投赞成票的人中究竟有多少是真心诚意,有多少是出于无奈,我们无从得知。

至于军方,他们一直都被灌输罗姆以及冲锋队会危害国家的思想,而由最龌龊的希姆莱所领导的党卫队所制造的祸患却更加严重。希特勒想一箭双雕,他绝对不会放过任何可以利用的机会。希特勒利用兴登堡过世唤起的爱国情操，呼召柏林驻军的军官和部队前往国王广场（Konigsplatz），在闪烁的火炬照耀下，重新宣誓效忠。但当他们把手举起来的时候，却发现自己所起的誓言跟原先的预期不一样。誓言里所效忠的不是德国宪法或者日耳曼帝国，而是要服从眼前这个小胡子。按照他们的誓言所说，希特勒俨然成为德国意志与法律活生生的体现。誓言的内容相当清楚："我在上帝面前许下这个誓言，我要无条件地顺服阿道夫·希特勒，德意志帝国与人民的元首，军队的最高统帅，而且愿意成为勇敢的战士，为履行这个誓言，随时牺牲性命。"

他们集体宣誓效忠，却对眼前所发生的一切懵懵懂懂，理不出任何头绪；刚刚发生的一切就是，就在他们的悲伤与骄傲交织相融的时刻，傻乎乎地被有心人大加利用。一般来说，德国人（尤其是军人）都非常重视服从与誓言，那短短几个字，虽然是被胁迫宣誓的，却在未来几年中成为这个元首非常有效的利器。稍后我们将会看到，他们会让所有推翻元首的计划（不论是暗杀或者其他手段）都难以成功。

路德维希·贝克（Ludwig Beck）将军对此感到十分惊惧。德国军队的优良传统已经被人取巧欺骗，落入陷阱而沾尘蒙羞。贝克称那天是他一生中"最阴沉的日子"。后来他在 1938 年辞职，并成为一连串暗杀希特勒计划的主谋之一，最后一次暗杀发生在他自杀的前一天，也就是 1944 年 7 月 20 日。

兴登堡死后，德国百姓更加怀念德皇时代舒适安定的往昔日子。兴登堡让许多人心里有一股安全感，大家都认为他散发出安定的力量，并且能够制衡狂野的希特勒。希特勒知道这一点，因此利用兴登堡来巩固自己的领导地位。但如今兴登堡已经离世，而德国百姓却发现他们搭乘的这条船，不但孤零零地远离岸边，而且还有一个狂人坐在船上。

第 16 章
法诺会议

这是一个让我们感到万分惶恐却又不得不面对的抉择：是要国家社会党还是要基督教……

我相当清楚自己的呼召。我不知道上帝会如何带领……但我一定要继续走这条道路。或许这不会是太孤单的道路。㉚然而，能了解自己的呼召是件很美好的事……我相信要到未来，我们才能明白其中的奥妙。前提是我们要能坚持到底。

——迪特里希·朋霍费尔

法诺是位于北海的一个小岛，就在丹麦外海不远处。途中朋霍费尔先在哥本哈根停留几天，拜访当时在德国使馆担任律师的童年好友，然后到埃斯堡（Esbjerg）探望弗朗兹·希尔德布兰特。希尔德布兰特告诉他，由于在罗姆政变、陶尔斐斯被谋杀以及兴登堡过世后，德国政治局势相当紧张，因此波德史温和认信会议主席科赫都不会参加法诺会议。希尔德布兰特会陪朋霍费尔一起参加青年会议，但会在海克尔及其同胞抵达前离开。因为希尔德布兰特不是雅利安人，而且不是在德国境外比较安全的教会活动，所以他认为避免跟他们照面是明智之举。希尔德布兰特会到西德纳姆教堂和圣保罗教堂帮朋霍费尔代班；而曾经在伦敦帮朋霍费尔代班的尤根·温哈格

㉚ 参见《腓立比书》1∶23。

(Jügen Winterhager)则会到法诺协助朋霍费尔;尤根·温哈格是朋霍费尔在柏林教过的学生。

科赫、波德史温和希尔德布兰特都不在法诺,因此朋霍费尔感到有些孤单;然而,里格尔会在那里,还有许多朋霍费尔在柏林的学生也会在那里。但是穆勒和德意志基督徒在近来事件的鼓励下,更加胆大妄为。7月的时候,内政部长威廉·弗里克(Wilhelm Frick)下令禁止在公众聚会的场合以及新闻媒体讨论教会斗争,这项命令跟穆勒之前的"封口令"如出一辙,只是如今发布命令的是政府机构而不是教会,因此无法提出异议。这是国家的法律;政府与教会已经彻底结合在一起。

在兴登堡过世后,饮下罗姆这杯祭酒的帝国教会,举行了一次宗教会议,认可穆勒以往发布的所有命令,其中最阴毒之举应该就是,大会宣布从那时起所有新任牧师都必须在按牧的时候,宣誓**服事**阿道夫·希特勒。曾经担任过海军军牧的穆勒,一点也不担心自己的光彩会被已经宣誓效忠元首的陆军抢走。新任牧师的誓词如下:"本人在上帝面前起誓……本人……真诚地服从德国人民与政府的元首阿道夫·希特勒。"

在这种局势下,许多认信教会的成员都觉得危在旦夕,尤其是他们计划在世界舞台上发表一些不审慎的言论时。他们也知道贝尔主教的《升天节文告》会在法诺发酵,这让他们更感到处境艰辛。认信教会中许多人对这些议题的看法并不如朋霍费尔那么坚定,因此他们对参加公开谴责德国的活动感到不安。即使稍后几天,他们依旧认为自己最首要的身份是爱国的德国人民,并且敌视所有因签署凡尔赛条约而让德国受尽屈辱与苦难的国家的代表。

仅仅四年前,朋霍费尔还在协和神学院时,也曾抱持同样的态度,但他已经逐渐改变自己的观点,这主要是受到跟拉瑟尔之间友谊的影响。他后来跟美国友人(例如莱曼和弗兰克·费舍尔)以及英国友人乔治·贝尔和瑞典友人阿蒙森之间的交往,让他对教会的观点大为开阔,只有极少数的德国人能够企及。他在基督里遍布各地的弟兄姊妹,显然比帝国教会那些假扮为基督徒的纳粹更亲近他,但他也明白,认信教会里的许多人,对在法诺采取断然作为仍然感到缩首畏尾。

几个星期前的 8 月 8 日,朋霍费尔曾写信给阿蒙森主教:

坦白说,就我个人而言,我一想到法诺,许多我们的支持者比德意志基督徒更让我感到害怕。我们许多人可能会非常担心自己的表现不够爱国,而且这多半不是出于焦虑,而是出于错误的荣誉感。许多人,甚至参与合一运动已经相当长时间的人,仍然不了解或者不相信,我们聚集在这里,完全只因为大家都是基督徒。他们非常多疑,因此无法完全敞开心胸。唯有你,敬爱的主教,才能化解他们心中的疑虑,让他们更相信别人、更敞开心胸。为耶稣基督的缘故以及合一运动的理想,我们一定要在此地诚心诚意地明确说出我们对政府的态度。这是一个让我们感到万分惶恐却又不得不面对的抉择:是要国家社会党还是要基督教……

我的看法是,我们必须提出一套方案——逃避问题于事无补。如果德国的世界联盟因此被解散,那么我们就必须承担所有的指责,而这总比虚伪地茫然度日要好。我们现在的上上之策就是实话实说、真心诚意。我知道许多我在德国的朋友都这么认为,不过,我还是恳请您思考并了解这个观点。[1]

就朋霍费尔来说,认真参与合一运动的基督徒就是教会,是超越国界的真正教会,而他就是要激励他们表现出这种气度。他在法诺的时候也会这样做。

青年会议在 8 月 22 日揭幕,由朋霍费尔带领灵修。曾经参加那场会议的玛格丽特·霍夫(Margarete Hoffer)回忆道:"第一次灵修的时候,我们就被情词迫切地告知,要成为整个会议的守望者,我们唯一的要务就是聚在一起聆听主的话语,并且一起祷告我们能听得明白,除此以外没有任何其他杂务。靠信心聆听圣经的话语,顺服地聆听彼此的话语;这就是所有合一事工的核心。"另一个曾经与会的说道:"我们一开始的氛围就非常正确,第一天早上灵修的时候,朋霍费尔就提醒我们,我们的主要目标不是要宣扬自己的观点,国家的或者个人的,而是聆听上帝要对我们说的话。"

用"激进"两字形容朋霍费尔在法诺的所言所行,一点也不为过。法诺跟十一年后的福罗森堡可说是互相辉映。当时不识眼前之人的福罗森堡狱医,后来回忆道:"那时我看到朋霍费尔牧师跪在地上,迫切地向上帝祷告……他是如此确信上帝听得到他的祷告……我从没见过有人能像他这样完全顺服于上帝的旨意。"这就是在法诺时的朋霍费尔。他如此出众,原因就是他在祷告的时候不是期待上帝会听,而是确知上帝会听,所以有些人视他为榜样,有些人视他为怪物,另有些人视他为眼中钉。他告诉他们需要谦卑,然后聆听上帝的命令并且顺服,并不是矫揉造作。他想要把这种上帝观传递给别人,而他的意思是指我们现在一定要顺服上帝,并且要知道最重要的就是聆听上帝的话语。许多参与合一运动以及认信教会的人,显然都不太相信这一套。但朋霍费尔了解,除非他们活出信心与顺服,否则上帝就不会帮助他们。

28 日,星期二,朋霍费尔在晨间崇拜证道时引用的经文是《诗篇》85:8,"我要听神耶和华所说的话,因为他必应许将平安赐给他的百姓,他的圣民;他们却不可再转去妄行。"平安是他最关心的议题,但那年 8 月,平安显然也是悬在每个人心中的议题。总理陶尔斐斯遇刺已经使得奥地利的局势混乱不堪,而德国又随时可能犯境。同时,墨索里尼趁着阿比西尼亚危机,扬言要侵犯埃塞俄比亚。

朋霍费尔希望青年会议能够产生一些果敢又实际的进展,这一期待并没有落空。五十位代表拟定了两项决议。第一项决议表示,上帝的命令超越所有政府的主张。这项决议勉强得到通过,但是许多朋霍费尔在柏林的学生却投反对票。第二项决议是谴责支持"任何形态的战争"的基督徒。一位波兰代表提议把"所有形态的战争"修正为"侵略战争",但没有得到其他代表的支持。当时对以信仰为理由而拒服兵役产生激烈辩论,结果跟议程中所有大型讨论会一样,代表们在会后三三两两继续讨论这个议题。德国学生也大胆地讨论这类议题。

在白天的时候,朋霍费尔和青年会议的与会人员,在法诺海滩进行非正式的讨论。即使在这种轻松的场合,他们的穿着还是像参加正式会议一样:多数男生穿上西装外套,打领带,脚穿皮鞋与袜子;而女生则穿着庄重的外套。在一次海边对谈中,有位瑞典代表问朋霍费尔,如果战争爆发的话,他会如何应对。对在场的每个人来说这都不是一个抽象的问题,尤其是朋霍费尔,他的三个哥哥都曾经在军中服役,而他自己也曾拿着乌尔姆来福枪,参加刺猬兄弟会为期两周的军训。仅仅在四个半月之前,也就是希特勒当权的那天,朋霍费尔的哥哥克劳斯就曾说:"这表示要开战了!"他早就预知希特勒要把整个国家带往哪个方向。根据当时在场人士所说,朋霍费尔在思考这个问题的时候,默默地用手掌捧起一堆沙,然后让沙从指缝间流掉。接着他沉稳地望着那个年轻人答道:"那时我会向上帝祷告赐我力量,不要拿起任何武器。"

尽管有这一切的纷扰,朋霍费尔依旧玩心未泯。他在柏林的学生奥托·杜慈记得,一位大腹翩翩的俄国神父发表演讲的时候,就坐在朋霍费尔旁边。朋霍费尔塞给他一张纸,上面写的是德国打油诗人克里斯蒂安·摩根斯特恩(Christian Morgenstern)的幽默对句:

> 大胖肚皮上挂着个大十字架;
> 怎会有人感觉不到上帝存在?

杜慈说,朋霍费尔对会议主题以及整体方向的贡献"难以言喻","事实上,这场会议是在他的努力下才不至于沦为纸上谈兵的学术研讨。"他鼓励阿蒙森以及其他人在关于德国的议题上,坚持达成实事求是的决议,这可说是非常有胆识与远见。他非常能言善道,而且一生中多次帮助别人了解他所视透的一切,然后合情合理地推演出必然的结论。

最后,朋霍费尔并没有参与贝尔《升天节文告》的正式讨论会,不过他已经把所有必要的话告诉给那些参与讨论的人。他放心地把一切都交托给精心挑选出的起草委员会，其中包括贝尔和阿蒙森两位主教、亨里厄德以及另外四位人士。

委员中的亨利·利珀博士（Dr. Henry Smith Leiper）是美国籍，在1939年朋霍费尔重大的访美旅程中，他将扮演重要的角色。朋霍费尔当年在协和神学院就已经认识利珀，但只是点头之交。朋霍费尔担任斯隆研究员的时候，利珀是特别讲员。不过在法诺时，朋霍费尔到利珀的房间跟他谈话，告诉他关于海克尔的情况，以及海克尔要求他必须离开伦敦的过程。利珀回忆起他们的对话说：

> 当我问他是如何回应［海克尔］主教的命令时，他带着一抹微笑说："不接受。"他进一步说明这个简洁的回答："我告诉他，如果他要我离开那所教会，就得亲自到伦敦赶我出去。"他以坦率无畏的口气，谈论追随基督的人必须做好必要准备，以抵挡纳粹专制及其对人类心灵的荼毒。从此我知道他已经下定决心要跟路德维希·穆勒周旋到底。然而在我们整个谈话过程中，他从来没有提到公开对抗企图控制所有德国教会的希特勒主义可能会遭遇的后果。同时他也毫不犹豫地认为，所有成熟的基督徒都应该认真地对付这位最危险、也最冷酷的独裁者——这个人认为他可以利用所谓的"实用基督教"（practical Christianity）作为资源与靠山，替他完成打造政治舞台的计划。

> 在希特勒正式插手教会事务的初期，迪特里希就能洞烛机先，并且获得重大成就，对未来造成非常深远的影响。根据我个人以往多次造访德国的丰富经验判断，我知道他的同事中，几乎没有人能像他那么聪明大胆地分析眼前的局势。而他们当中也没有几个人会抵制——至少公开表态——以第三帝国的"奇迹"为掩护，逐渐笼罩整个国家的专制政府……迪特里希下定决心，不仅在神学与哲学的立场上反对纳粹运动，更要采取实际行动去对抗它。[2]

朋霍费尔在法诺以及其他地方做出的最大贡献,就是鼓励别人,不只是高谈阔论,更要付诸行动。他在这方面的想法都写在他的《作门徒的代价》一书里面,文中表示只要不顺服上帝,就是"廉价恩典",信心必须有行动相伴,否则就不能自认为是有信心。朋霍费尔激励出席法诺会议的代表了解这一点,大致上说他算是相当成功。

他确实成功地引导会议领袖针对贝尔的《升天节文告》发表决议文,利珀以及其他委员都公开地署名支持。贝尔的信息已经狠狠地公开赏了穆勒一记耳光,而这份支持贝尔的决议文,则是另一记。贝尔的文告是出自单一的英国牧师之手,但法诺的决议文却是来自世界各地许多人士的共同心声:

> 大会表示,深信以高压方式管理教会(尤其是强迫起誓辖制良心、使用武力以及禁止自由讨论),跟基督教会的真正本质相抵触,因此以福音的名义为德国教会的弟兄姊妹请求以下事项:
>
> "自由地传讲我们的主耶稣基督的福音,并且按照他的教导而活。
>
> "自由地印圣经与聚会,以服事教会;
>
> "让教会能自由地按照基督教原则教导其青年,并免于被强迫接受跟基督教相反的人生哲学。"[3]

28日早晨,朋霍费尔对全体会众发表他那令人难忘的"和平演讲"(Peace Speech)。杜慈说:"一开始大家就屏气凝神。许多人可能都会认为,这是他们永生难忘的一场演讲。"朋霍费尔表示,教会的首要之务,就是必须聆听并顺服上帝的话语。那些来自自由派神学环境的人,可能会听不惯他的用词和语调;也有些人对上帝会说话、会对世人有所要求的想法感到不安。杜慈说,朋霍费尔"一股脑地往前冲,因此会众都来不及细听。"但大家都能感受到隐藏在这些话语后面的力量。

那天早上,二十八岁的朋霍费尔所发表的那番讲话,到现在依旧被人引用:

没有一条四平八稳的道路能通往和平。因为必须要有勇气才能获得和平，和平本身就是冒险犯难之举，而且一路上绝对不会安全稳当。和平跟安全正相反。和平就是把自己完全献给上帝的命令，完全不顾安危，而是要靠信心与顺服，把列国的未来交托在全能上帝的手中，不要为一己之私企图掌控一切。得胜不是靠武器而是靠上帝。唯有踏在通往十字架的道路上才能得胜。[4]

贝特格说道："他在这里所关心的不是无止尽的开放式讨论，而是需要当机立断的决定。"他要求，其实不是他在要求，而是上帝在要求，台下的听众都要顺服。他"借着对福音和平意义的充分阐释，热情洋溢地鼓励这群精挑细选的会众理解这次会议的正当性"。他当时告诉他们的是，上帝已经赐给他们教会力量，为的是要他们成为这个世界的先知，而他们必须肩负起上帝赐下的权柄，并且要借着圣灵的力量，表现出教会的样式（也就是上帝对世上各种难题的回应）。

但在他的听众中，有谁知道真正该如何去做呢？贝特格回忆道，朋霍费尔"提出'议会'（council）一词，这想必让许多听众感到错愕。但他想要引导他们超越自认为只不过是智囊或者舆论团体的想法。议会要宣告、委派责任以及坚持到底，而在此过程中，其自身也要担起责任并坚持到底"。如果朋霍费尔曾经扮演过先知耶利米或者约拿的话，那就是1934年8月底在丹麦外海的那座小岛上。

他的柏林学生参加青年会议，但不能在贵宾专用的主会议厅看他演讲，有一位朋霍费尔的朋友说服某个工作人员，通融让他们到楼上的包厢听演讲。演讲一结束，他们就被赶出来。一位学生永难忘怀朋霍费尔最后一句话："我们还等什么？时间已经晚了。"朋霍费尔演讲结束后，大会主席就到讲台上宣布，没有针对这篇演讲发表评论的需要；每个人都知道这是什么意思。

每天晚上，往往是在深夜的时候，柏林的学生都会聚在一起，继续讨论各种议题。朋霍费尔警告他们要小心，说话的时候要留意周遭有些什么人。然后,有一天他们看到丹麦报纸的头条是:"德国青年自由发言:'希特勒觊觎教宗的位置'"。这表示有人混入他们的讨论,听到他们谈论希特勒接管教会的情形。这个后果非常严重,朋霍费尔相信他们重新入境德国的时候,一定会遭遇百般刁难,他费尽一切气力才化解了这场危机,他在打电话以及在会场上跟人谈话的时候,都保持低调。最后,没有任何事情发生。当时的德国还不是个警察国家。

海克尔以及其他帝国教会代表都曾参加法诺会议,但他们只顾着处理他们主子的事务,因此尽量少说话发言。海克尔避免触及犹太人问题,因此采取双管齐下的策略:他在 25 日发表一篇探讨合一运动的论文,时间长达一个半小时;两天后,他又发表一篇探讨政教问题的论文。伦敦《泰晤士报》形容第一篇论文"巧妙地把纯教会教义提升到最高地位"。有话传到穆勒耳中,表示海克尔没有像预期那样制造出非常好的印象,他丝毫不敢掉以轻心地立刻差遣特使华特·伯恩鲍姆(Walter Birnbaum)随同奥古斯特·耶格博士一起出发。耶格博士是个粗鲁的怪人,他曾经说道成肉身是"一道射入世界历史的北欧光芒"。他们二人急忙赶往哥本哈根,结果却发现合一运动会议的场地是位于丹麦另一边的法诺。为了维持帝国教会岌岌可危的形象,他们动用充沛的资源包租一架海上飞机,迅速往西飞两百英里,夸张地抵达会场,在众人侧目之下与惊惶失措的海克尔会合。

尽管耶格没有说话,但他同事的神学却一样荒唐。伯恩鲍姆请求大会准许他向会众发言,然后就天花乱坠地叙述在国家社会党努力之下,一些德国人成为基督徒的故事。里格尔认为这是"荒唐的长篇废话"。海克尔则对帝国主教觉得有必要差遣这两个人助阵感到愤怒;他们的现身与发言让他的处境更加难堪。不过,海克尔就跟其他人一样,知道要用什么方法因应这种会议,他尽所有的力量重新整装上场:他矢口否认所有负面消息、提出抗议、想办法在正式记录中插入浮夸的新闻稿,并且面不改色地坚称德国的现况比以往更适合"传福音"。

然而,让朋霍费尔感到欣慰的是,大会投票通过决议,表示德国的局势"非常令人担忧"。文中表示"攸关基督徒自由的重要原则"已经受到威胁，并宣称那些动用武力、以高压方式管理教会以及禁止自由讨论的做法，都与"基督教会真正的本质相抵触"。他接着又说："大会愿意向德国福音派教会认信会议的弟兄保证，会在祷告中记念他们，也对他们见证福音的努力深感同情，并且决心要跟他们保持亲密的团契。"

特别让人感到意外的是，认信会议主席科赫在公开选举中高票当选世界联盟普世协会（the Universal Council of the World Alliance）委员。海克尔表示强烈反对，但终归无效。不过，他后来以一个行动证明，纳粹花费大笔经费派他到那里去是值得的。他成功地游说大会在决议文中插入一小段文字，表示议会愿意保持"与德国福音派教会所有团体之间的友好关系"。这实质上是让帝国教会以及认信教会同样被归类为"团体"，这在未来将造成非常严重的后果。朋霍费尔宣称认信教会是唯一的德国教会，而德意志基督徒和帝国教会都是异端，不能被视为德国教会，但是这一切的努力都被海克尔主教灵巧的政治手腕化解了。

不过，这一切在当时还不明显。朋霍费尔认为他们已经成功地大胆往前跃进一步，未来的合一会议能以此为基础往上建造。每个人都兴高采烈。但根据贝特格的说法，合一运动此后从来没有对认信教会提出更进一步的承诺。他写道："法诺不是第一步，只是短暂的巅峰。"

哥廷根

朋霍费尔想在返回伦敦前，到其他地方旅游。他首先到哥廷根探访莎宾和她家人。由于局势随时都可能恶化，所以他们在那年买了一辆车，在必要时可以马上逃亡，不久后果然派上用场。他们经常从哥廷根到柏林，跟她父母住在一起，因为那里的情形对犹太人没有那么危险。他们的女儿玛丽安尼（Marianne）和克丽丝汀（Christiane）

有时候会在学校被同学嘲笑。莎宾回忆道：

> 有一个小朋友真的就隔着篱笆向[克丽丝汀]喊着说："你父亲是犹太人。"一天，学校前面的一棵树上钉着一块布告板，上面写着："犹太人之父是魔鬼！"我们两个孩子每天上学的时候，都会从这块煽动性的布告下面经过。后来，一个装着纳粹党报《攻击者》(Der Strumer)的箱子就摆在学校的对街，里面充斥着反犹太的言论，虚构各种性犯罪以及残酷的仪式，然后嫁祸给犹太人，又编织各式各样丑陋不堪的故事。年纪较大的学童都蜂拥着争相观看。[5]

赖伯赫兹的房子就位于赫茨伯格街(Herzberger)，许多哥廷根的教授都住在那里。冲锋队经常在星期日早晨在街上游行。莎宾在多年后说道："每当想起他们游行时唱的歌，我还是会感到一阵颤栗，'士兵们、同志们，吊死犹太人、射杀犹太人！'"迪特里希在跟纳粹周旋的时候，屡屡展现出的勇气，有很大一部分应是出自他心中对孪生妹妹的爱。

离开哥廷根后，朋霍费尔接着到维尔茨堡(Wurzburg)跟几位认信教会的领袖会面。他一如往常地担负起领导以及鼓舞的角色，引导他们了解，他们确实是一个教会，而不只是一个运动，然后鼓舞他们热情果敢地宣告这个观念。10月的时候，他们终于在达雷姆这么做了。他们没能及早明白，因此在法诺付出惨痛的代价，现在他们绝对不会再重蹈覆辙。他们也讨论到穆勒即将就职一事，以及避免合一运动的人物出现在这种场合的重要性。

朋霍费尔接着拜访的是在法国阿图瓦(Artois)工人教区服事的琴·拉瑟尔。许多合一运动的代表，在法诺会议结束后都到那里会合，他们有些人到外面进行街头布道。拉瑟尔对朋霍费尔能够轻松自若地和家世背景差异那么大的人沟通感到非常讶异，他说："他确实能够开口向街上的路人传福音。"

第 *17* 章
岑斯特与芬根瓦得之路

目前正是我们挣脱神学思想的约束，起而对抗国家的时候——说穿了，那不过是胆怯二字。当今的基督徒有谁了解，"为弱势者发言"就是圣经对我们的最低要求？

教会的重建必须稳固地建立在崭新的修道主义上面，这跟旧的形态完全不同，而是一种严谨的门徒生活，也就是按照登山宝训来追随基督。我相信聚集众人一起过这种生活的时机已经到来。

——迪特里希·朋霍费尔

回到伦敦后，朋霍费尔正在思想下一步该如何走。因为他的天分与家族人脉，让他始终有许多选择，而且他似乎也对一切保持开放的态度。

那年稍早，认信教会的领袖终于觉悟，他们必须考虑是否开放他们自办的神学院。帝国教会要求所有大学的神学系学生都必须是纯种的雅利安人。前一年6月，雅各比和希尔德布兰特建议朋霍费尔开办一所认信教会神学院。一个月后，尼默勒指派朋霍费尔从次年2月开始接手柏林-布兰登堡（Berlin-Brandenburg）地区的神学院，但朋霍费尔始终举棋不定。会议主席科赫情愿朋霍费尔留在伦敦，不过如果他想继续他在柏林大学的研究，就必须马上做出决定；他的职位不可能永远保留下去。尽管对他来说学术圈已经没有了吸引力，但朋霍费尔依旧不愿意就这样放手。

他在 9 月 11 日写给欧文·舒茨的信中说道：

> 我在面对留在此地、前往印度以及返回德国主持即将落成的神学院这三个选择时，实在感到无所适从。我不再相信大学，而且从来也没有真正相信过——这一定会刺激到你吧。目前训练下一代神学家的工作完全落在兼具教会与修道院功能的神学院，认真看待纯正的教义、登山宝训以及敬拜——大学从来没能（就当前情形来说更不可能）做到这一点。目前正是我们挣脱神学思想的束缚，起而对抗国家的时候——说穿了，那不过是胆怯二字。当今的基督徒有谁了解，"为弱势者发言"就是圣经对我们的最低要求？[1]

一个星期过后，他终于下定决心，愿意领导新成立的认信教会神学院。但他表示要到春季才能上任，因为他计划利用 1934 年最后几个月的时间，到英国各地旅游，以便研究相当数量的教会，为新职累积经验。然后他会到印度拜访甘地，完成他多年来的心愿，但现在这已成为他深入思考上帝要基督徒如何生活的角度之一。正当教会斗争以及政治局势更加险恶之际，他想了解甘地的方式，是否就是上帝呼召教会进行基督徒社会反抗运动的方向，是否就是他以及其他基督徒奋战的方式？对赢得眼前的教会斗争来说，他们现在的奋战方式，是否是缘木求鱼？

他知道当时的教会沉疴已深，而且不限于帝国教会和德意志基督徒，甚至最优秀的认信教会以及当时整个德国基督教会的形态，都不例外。他觉得德国的基督徒生命中，最缺乏的就是日常现实生活中的舍己，也就是随时随地在生命中每一件大大小小的事情上都跟随耶稣。像是主护城这类团体虽都能表现出这种献身与热忱的精神，但他认为他们多半是以"事工"（works）为取向，而且过于倾向巴特所谓"超凡入圣"（religious）的态度。他们已经离"尘世"太远，距离最优秀的文化与教育太远，因此他觉得非常不妥。我们一定要把基督传遍世界每寸土地与每个文化,但我们的信心必须晶莹剔透、明亮耀眼、纯正不杂又坚定稳固。我们的信心必须免于虚伪、唱高调以及表面的敬虔,否则我们传遍世界各地的基督就不是基督,而是人手所造的庸俗赝品。朋霍费尔所提倡的基督教,对传统的路德宗保守派来说太过世俗化,而对自由派神学来说则太过敬虔,每个人都认为他冲过头了,因此两方不但都对他有所误解,也都异口同声地挞伐他。

不论如何,长久以来他一直认为甘地能对他有所启迪,尽管甘地不是基督徒,但是他活在一个努力按照登山宝训教导而活的团体里面。朋霍费尔想要基督徒也过着同样的生活,因此他决定到印度去一窥非基督徒活出登山宝训的样式。他在法诺时,曾问基督徒会众:"我们一定要被东方的非基督徒羞辱吗? 我们应该离弃那些为了这个信息而甘愿牺牲性命的人吗?"正如基督受差遣到外邦人那里去,好"激动他的百姓(犹太人)发愤",基督现在是否也在非基督徒当中运行,而以同样的方式催逼教会起而效尤呢? 那年 5 月,他写信给祖母说道:

> 在我定居于任何地方之前,我还是想要到印度去一趟。我最近曾好好思考那里的问题,并相信能在那里学习到一些重要的功课。不论如何,有时候我觉得他们那种"异教文化",比我们整个帝国教会还更贴近基督教。基督教起初确实是从东方传过来的,但如今已经西方化,又浸润在现代文明思想中,正如我们现在所见,因此我们对其原貌几乎一无所知。不幸的是,我对反对派教会也没有什么信心。我根本不喜欢他们处理事情的方式,而且非常担心,一旦他们大权在握,我们可能就会被迫目睹基督教另一次严重的妥协。[2]

朋霍费尔的眼光已经超越他不久前亲手建立的认信教会。他已经看过太多类似的妥协,可以确定的是:无法单靠宗教打败希特勒带来的邪恶。他渴望看到一个教会,不仅跟基督紧密相连,又愿意专心倾听上帝的声音,以及不计一切代价(即使流血)顺服上帝的命令。然而,当德国神学院连祷告和默想圣经(敬拜和诗歌也一样)都不教

导的时候，怎么会听得到上帝的声音，更不用提顺服上帝了。明年他
主持神学院的时候，就要教导这一切。

与此同时，巴特想要会见希特勒。许多认信教会成员还是认为
可以跟希特勒讲道理。世界大战、死亡集中营以及大屠杀是在好几
年之后才发生的事；这时，他们还是抱有一线希望，认为这个狂人或
许并不是那么疯狂，或者这些疯狂的作为可能仅仅限于国内而已。
然而朋霍费尔已经看穿这一切，他早就认定目前一切的讨论都是徒
劳无功。他的眼光已经远远超越这一切，而在找寻其他更纯正、更真
实的事物。他在写给舒茨的信中提到巴特的想法：

> 我相信，从现在开始，希特勒与巴特之间的任何讨论都毫无
> 意义——确实，一点都不值得鼓励。希特勒已经很明白地露出
> 他的真面目，而教会应该知道自己交手的对象。以赛亚不是主
> 动到西拿基立面前的。我们经常（已经太经常了）想要让希特勒
> 了解当前的情况。或许我们处理的方式并不妥当，不过巴特的
> 处理方式也不妥当。希特勒并不想听从我们；他是个顽固分子，
> 反而是他想强迫我们听他的——这才是实情。牛津运动那些人
> 天真地想要让希特勒幡然悔悟，结果在灰头土脸的失败之后才
> 觉悟真相。幡然大悟的人应是我们，而不是希特勒。[3]

朋霍费尔在较早的信中曾表示希特勒犹如亚述王西拿基立，他
似乎认为希特勒最邪恶的作为，跟西拿基立一样，就是铲除教会、扬
净场上的糠秕。但为何其他人看不出这一点？诸如布道家弗兰克·
布克曼（Frank Buchman）那些曾经是希特勒座上客的人，怎么会认为
他们可以转变他呢？为何其他人都不了解，除非他们一开始就辨识
出邪恶，否则它就会不断茁壮，并且带来毁灭呢？朋霍费尔在这封信
中所指的人，是舒茨在阿尔卑斯山旅游时遇见的希特勒私人医师卡
尔·勃兰特（Karl Brandt）。

> 勃兰特是什么样的人？我不懂怎么会有人随侍在希特勒身

边，除非他是像拿单一样的人物，要不就是 6 月 30 日与 7 月 25 日两场罪行的共犯，并且一起隐瞒真相到 8 月 19 日——因此要共同承担下一场战争的罪疚！请原谅我，这些事情对我来说极其严重，因此我再也无法一笑置之。[4]

朋霍费尔对于勃兰特的质疑，有助于我们了解第三帝国时期德国人的生活境况，尤其在初期的时候，也就是大多数百姓对未来将要发生的一切以及对汉娜·阿伦特（Hanna Arendt）所谓的"平庸之恶"毫无所知的那段期间。朋霍费尔对有人明知希特勒已经投入邪恶的怀抱，却还能伴随在他身侧感到讶异，同时也对勃兰特的为人感到好奇。

舒茨当时不知道，但历史告诉我们，勃兰特正是所谓"T-4 安乐死计划"的主要设计师与共犯，在这个计划下，数万名身心残障病患被移出医院及类似波德史温创办的伯特利收容所，然后惨遭杀害。勃兰特还对无数被诊断出具有"劣等基因"、"种族缺陷"（犹太人）或者其他有身心疾病的孕妇进行强制堕胎。除了"健康的雅利安"胎儿，其余一切堕胎都合法化。勃兰特也负责监督并亲自参与许多以集中营犯人为实验品的残酷的"医学试验"。事实上，他是纽伦堡大审判中医学犯罪的首要罪犯，并且被判死刑。直到终了他都毫无悔意，他在 1948 年被绞死。

教会斗争继续延烧

9 月 23 日，一群衣着俗不可耐的纳粹暴徒以及穿褐色衣衫的仪队，玷污了路德宗神圣的柏林大教堂。当天是帝国主教路德维希·穆勒的"就职大典"。但是文明世界的合一运动领袖都没有出席这场恶俗的盛会，这让鲁钝的穆勒的光辉时刻变成一出纳粹的独角戏。然而，穆勒觉得这是他等待已久的实至名归，而且他愿意把德国福音派教会团结在一起，献给他敬爱的元首，即使诉诸暴力也在所不惜。

短短几天后，朋霍费尔接到一张弗朗兹·希尔德布兰特寄给他的神秘明信片。上头写着:"《路加福音》14:11。"那是穆勒就职当天选用的经文,朋霍费尔看到后马上就笑了起来。那是耶稣指着法利赛人说的话——也是希尔德布兰特指着穆勒说的话:"因为,凡自高的,必降为卑,自卑的,必升为高。"结果这句话不仅贴切,而且果然成真。典礼结束不久即风云变色。教会斗争重新燃起熊熊烈火,帝国主教马上就跟随满脸不悦的元首前往荷兰。

风暴起于带着刀疤的耶格博士,在一星期之内就软禁了符腾堡主教和巴伐利亚主教。穆勒最肮脏的工作大都是由耶格处理,但这次却捅出大娄子。这两位主教的支持者纷纷走上街头,全球新闻媒体的焦点突然间再次聚集到德国教会的窘境。《泰晤士报》的报道尤其让人尴尬:

> 热情的群众把勇敢的主教簇拥进他的座驾,然后把警察和党卫队推开,并快步跟在车子周围口中喊着:"梅瑟①,万岁!穆勒,呸!"直到他抵达住宅。另一批群众留在教会,肃穆地唱着马丁·路德的伟大诗歌《上主是我坚固保障》……[隔天]愤怒的群众步行到纳粹帝国的圣殿,阿道夫·希特勒的褐宫(Brown House,纳粹党总部)前面聚集。就在负责守卫的党卫队不知所措的时候,新教徒朝门两旁的铜制反十字章大吐口水,并对穆勒主教和阿道夫·希特勒本人呼喊反对口号……
>
> 梅瑟的支持者发表了一篇苦毒的宣言:
>
> "那自诩为'福音教会'的教会丢弃了福音,并代之以专制独裁与谎言……总主教路德维希·穆勒以及奥古斯特·耶格要为这场浩劫负责。撒但借着人完成其狡计,因此,我们要呼求上帝让我们得释放。"[5]

与此同时,认信教会成员觉得现在正是举行一场宗教会议的时机。他们需要成立一个行政机构,以便成为正式的教会,于是他们于

---

① 这里是指巴伐利亚主教汉斯·梅瑟(Hans Meisser)。——译者注

10 月 19 日在达雷姆举行会议,发表了著名的《达雷姆决议》(Dahlem Resolution):"我们呼吁基督徒会众、他们的牧师和长老,不要理会所有前任帝国教会组织及其主管机关发布的所有命令,并且不再和任何继续服从该教会组织的人士合作。我们呼吁他们谨守德国福音派教会的认信会议,及其认可的机构所发布的指示。"

再也没有人可以说他们不是正式的教会,朋霍费尔对此感到相当满意。大会也通过决议,谴责穆勒违反德国福音派教会宪章。

朋霍费尔从他姐夫杜南伊那里得知,由于这种种事情在社会上引发非常公开的争端,因此希特勒开始把注意力转移到教会斗争。他不再相信穆勒可以控制整个局势,因此决定要亲自出手处理。他撤回帝国教会在那年夏天实施的高压法令,并且公开切割他与帝国教会间的关系。接着就像北欧之光乍现一样,耶格突然辞职。对认信教会来说,局势似乎开始好转。

朋霍费尔知道他们必须迅速实现在达雷姆达成的决议,因为穆勒既没有被击倒,更没有出局,只是流了几滴血,很快就能够发动反击。朋霍费尔计划在 11 月 5 日参加在伦敦基督会堂(Christ Church)举行的全英德国牧师会议,与会的有四十五位来自九个宗派的教区委员和神职人员代表。朋霍费尔和里格尔在会议中发表演说,会议的成果是一篇让朋霍费尔大感振奋的决议:"聚集在基督教会的长老宣布,在本质上,他们跟认信教会站在相同的立场,而且他们将会依照此决议立即跟教会当局进行必要的沟通。"朋霍费尔写信告诉贝尔这个消息时表示:"我对此事感到非常高兴。"

这一切都必须经过官方审核认可,因此数份决议文件分别被送到海外部的海克尔以及认信会议的卡尔·科赫,同时还附带一封信函:

> 在大不列颠的德国福音派教会很高兴地得知,基于元首发布的文告,宣誓效忠第三帝国以及元首本人,已经不再被视为加入任何教会组织的前提。这些教会一直(有些已经有数百年历史)都是以圣经与信条为基础,因此认为认信教会是德国福音派教会联盟的合法继承者。[6]

我们可以想见海克尔暴跳如雷的模样。更糟糕的是，这股叛逆浪潮可能会传遍全球：活跃的伦敦牧师已经把这份决议以及随附的信函，寄给其他海外德国教会，敦促他们支持这份决议。海克尔在11月13日打电话给伦敦的德国大使馆，告诉一等秘书俾斯麦公爵（Prince Bismark）这些牧师的行为可能会引发"不利的国际影响"。俾斯麦不为所动，并且答复说他没有职权处理这些事情。海克尔想要见缝插针，于是打电话给与会的牧师之一，也就是在利物浦的德国教会牧师施赖纳（Shreiner），海克尔知道这些牧师未必在所有议题上都支持朋霍费尔，他企图找出他们的分歧点，也发现可以大加利用程序问题。如要脱离帝国教会，每个教会的长执会都必须发出一份书面声明，而他们还没有进行这个步骤，因此海克尔认为如果他采取各个击破的策略，那么就可以找到更多缺乏共识而且意见分歧的地方。不过，他也可以从其他方面下手——尽管穆勒已经逐渐失势，但认信教会仍是非常鄙视他，他的去职一定会让他们感到非常高兴——或许海克尔可以用舍弃穆勒这招作为缓兵之计。

赫尔穆特·罗斯勒

海克尔终于找到在荷兰海尔伦（Heerlen）的一位年轻德国教会牧师，并且说服他跟伦敦的牧师唱反调。或许他还可以帮助海克尔说服其他"海外"基督徒，寄给他们一封"说帖"，说明跳转到认信教会可能引发的各种危险。这位年轻牧师刚开始牧会，而且乐于助他一臂之力。这位年轻牧师写了一封文情并茂的信函，发给总共二十位分散在法国、卢森堡、比利时以及荷兰的海外牧师。我们不清楚朋霍费尔接到这封信的原因与途径，也不清楚是否有牧师出于礼貌把信转给他，但当他收到这封信的时候，令他讶异地退避三舍，因为那封信竟是出自他的老友赫尔穆特·罗斯勒之手。罗斯勒是他在柏林的同学，跟朋霍费尔的妹夫华特·德瑞斯一起被选为反驳朋霍费尔博士论文的对手。1927年春天他还曾经跟华特一起前往弗里德里希斯布伦。朋霍费尔与他已经失去联络好长一段时间,如今罗斯勒却现身在敌营,这是非常令人心痛的结果。

罗斯勒在信中辩称海外德国福音派教会千万不能加入认信教会。他说,一旦认信教会得势,"教会斗争的结果就会像美国一样,刮起独立教会纷纷成立的风潮,这样的话,从路德以来福音派教会与德国政府之间的连结就将不复存在。"当然,朋霍费尔了解美国的体制,而且认为那是相当优良的观念,远比徒留一个名存实亡的教会要好得多。罗斯勒甚至还指出,加入认信教会将给教会带来财务困难:

> 我可以体会许多服事的同工在心里都对认信教会有一股归属感,因此觉得没有理由不加入认信教会。但就目前的局势来说,这种作法等于是在教会海外部的背后插刀,因为此时全球德国新教教会的最重要使命就是,为整个教会找寻一条不至于让现存教会完全瓦解的出路……海外教会的个别行为只会造成伤害而不会带来任何益处,况且海外教会插手德国教会的内部争端,随时都可能被指控为叛国而百口莫辩。[7]

罗斯勒刻意提到"背后插刀"和"叛国",一定让朋霍费尔气愤填膺。对于朋霍费尔这位以自制出名的人来说,他终究还是在 11 月 20 日写了一封情绪激动的回信:

敬爱的罗斯勒:

> 我们两人终于又联络上了! 不但是透过这么正式的渠道,而且彼此依旧站在相互对峙的立场……我实在没有料到情形会是这样——你竟然附和海克尔的危言耸听……甚至卑鄙地提到"背叛我们的祖国"。你落入这些危言耸听的陷阱之中,简直就像少不更事的年轻人一样——我感到非常讶异,也希望自己还能够那么天真。长久以来,我一直非常敬重海外部,直到我进一步发现……海克尔的道路……是一条投机的道路,而不是信心的道路……我对海克尔的"说帖"了如指掌。但他错了。不是我

们要"在教会海外部的背后插刀",而是海外部想要用牧师的薪水为饵,引诱海外教会投向那个假冒的教会。[8]

海克尔——他总是假装立场超然,不属于德意志基督徒阵营——曾经以帝国主教的身份前往柏林大教堂,在穆勒的就职典礼上祝祷,朋霍费尔在知道这件事后大感厌恶,他说:

> 对于黑暗权势,除了拒之于千里之外别无他途可循——基督与撒但有何相干?……这个问题的答案就是直截了当的拒绝。我跟你以及这种教会之间不需要再联络,既然事实是如此,我们也就实话实说。我们已经等待得够久了……我知道,而且有同工明确的证词为证,海克尔曾告诉一位同工……他必须加入"德意志基督徒"!此外,他在这里的时候,以及会见合一运动伙伴的时候,都曾为那个教会组织辩护……他要求我写一份书面声明,表示我要退出所有合一运动的活动。他命令我飞回柏林就是为了这件事,不过他当然没有得到我的签名!最后,如果认真地考察"整个教会的情势",就会发现正确的答案,并会了解要达到教会海外部所谓的合一,就不应该继续跟如此违背基督教精神的教会组织保持任何关系……倚靠信心并出自信心的重要决定,绝对没有能运用任何心机的借口,这就是关键所在。我们这些在伦敦的人希望能做出的就是这种决定;不论将来的情况如何,我们都会感到自在。现在已经不可能往其他的方向发展。[9]

接着,信中的语气逐渐开始带有敌意:

> 现在我要问一个私人问题。这封信是海克尔要你写的还是他知道你正在写这封信?信的内容显然是针对我们在伦敦的这批人,因此我们不由得有所质疑。此外,在细察后我们认为信封上的地址是用海外部的打字机打的!我对你们的协力合作感到非常遗憾……我以前跟海克尔的关系非常密切——几乎成为朋

友,因此对这件事格外感到痛心。基于人情,有时候我对他感到非常惋惜,但仅此而已;我们已经分道扬镳。现在我担心我们之间的友谊也会如此,你跟我之间的友谊已经面临决裂。因此,我要问你,可否找个时间碰面? 我们有许多事情需要厘清! 我期待你的回复。代向尊夫人问安。

始终如一的

迪特里希·朋霍费尔[10]

罗斯勒在 12 月 6 日回信给朋霍费尔。他们之间的对话让我们有一个难得的机会,深刻了解这场教会斗争的错综复杂及其带来的痛苦。罗斯勒显然不是盲从的党棍。

敬爱的朋霍费尔:

我要从反向告诉你我的回复:你能够跟共产党员建立可长可久的友谊吗? 可以! 法国人呢? 可以! 那么伊斯兰教徒、印度教徒或者巴塔克(Batak)信徒呢? 我想也可以吧。但跟"背弃福音"的"德意志基督徒"如何呢? ——嗯,我想我不是这种人。但我要尽一切力量避免今日教会里面对立双方的关系,如同《马太福音》10:35 所说的那般。双方的差异也许是一条难以跨越的鸿沟,但这跟血缘以及友谊绝对没有关系;双方只是在思想上南辕北辙,而不是在信仰上! 因此,即使你非常热衷于认信教会……我也不会认为这就表示我们之间的友谊就此断绝。我觉得这根本毫无意义。我把我们所领受的那奥妙的呼召与使命视若珍宝,相较之下,在我眼中,思想观念上的差异与争执,犹如敝屣不值一顾。

当然我是在跟海克尔达成协议后才写那封说帖,好让在海外服事的同工稍微了解教会当局所面临的难题及其立场。我对这"协力合作"一点也不感到惭愧,即使被人指控我野心勃勃也不改初衷……

如果你要说我是少不更事的年轻人,那么我就要说你是天真的儿童,因为你把认信教会比喻为基督,而把穆勒的组织比喻为撒但。你在信里面有一次提到认信教会以后也可能运用人为操作吸引各式各样的人。然而,我们发现目前已经出现这种情形,认信教会已经吸引许多思想迥然不同的各派人士,从[自由派神学的]新更正教(neo-Portestantism)到[保守基要主义的]成圣派与信条狂热派,不是全都聚集在一起吗?认信教会并不是比德国基督教会更纯正的教会。纯正的教会就隐藏在二者的背后。[11]

信中某些地方一定击中痛处,尤其是罗斯勒对认信教会的指控。我们找不到朋霍费尔对此的回应,但他部分的回应可能就是远离教会斗争,以及训练年轻的认信教会神职人员,成为耶稣基督的门徒,好让他们在出去后也能照样去做。不论如何,他不久就往这个方向发展了。

1934年秋天,朋霍费尔继续在伦敦牧会,同时依旧投身于教会斗争。他在圣保罗教会时,曾参加诗班演唱勃拉姆斯的《安魂曲》,并在圣乔治教会参加难民事工。

希特勒为废止《凡尔赛条约》而发起的各式各样运动,现在已经往西延伸到萨尔(Saar)。他宣布要在1月举行公民投票,让萨尔的人民决定自己是否要加入德国。希特勒在1933年当权后,许多共产党员和反对他的人都到萨尔寻求庇护。朋霍费尔以及朱利叶斯·里格尔知道一旦德语人口投票赞成加入第三帝国,那么政治庇护就告结束,而数千名德国难民就会涌向伦敦。贝尔主教当时非常投入难民事工,甚至一度想辞去教区职务,以便全力投入难民工作。

希特勒也继续努力跟英国建立更友好的关系。在此前提下,纳粹外交部长里宾特洛甫(Joachim von Ribbentrop)在11月6日拜会了贝尔主教。贝尔利用这次会面坦率详述了在第三帝国统治下认信教会牧师所遭受到的恶劣待遇。里宾特洛甫和他的家人住在达雷姆,为了顺利完成出任不列颠大使的职务,他向尼默勒请教加入教会的事宜,他表示:"英国人会期待我这么做。"可以预料,尼默勒认为这个理由"毫不足取",因此没有屈从。里宾特洛甫在1935年再次拜会贝尔。那年稍后,贝尔勉为其难地会见了希特勒满脸愠色的副手鲁道夫·赫斯(Rudolf Hess)。

贝尔主教卓越的声望非常有助于朋霍费尔,因为他正准备拜访英国各地的基督教学校,所以需要有人介绍他认识各校的校长。贝尔也写信给在印度的甘地,想要帮助朋霍费尔完成延宕已久的印度之旅:

> 我的一个朋友,是个年轻人,正在伦敦担任德语牧师……非常迫切地请求我把他介绍给你。我非常诚挚地推荐他。他可能会在1935年的头两三个月在印度旅游……他是位非常优秀的神学家,为人非常诚恳,而且将来会负责训练在德国认信教会服事的神职候选人。他想要研究团契生活以及各种训练方式。希望阁下能够亲切地拨冗接见他。[12]

11月初,朋霍费尔接到一封来自印度的信件:

> 亲爱的朋友:
>
> 来信已经收到。如果你……有足够的回程旅费,又能够支付此地的开销……随时都欢迎你来。时间是越快越好,因为到达此地的时候正好可以赶上较凉爽的天气……至于你想要了解我的日常生活,如果你抵达的时候,我已经出狱又有落脚之处的话,你就可以跟我住在一起。否则……你就只能居住在由我管理的一个机构里面或是其附近的住处。如果……你可以只吃简单的素食,那么这些机构都可以供应你,你不需要负担住宿与三餐的费用。
>
> [甘地]敬启[13]

朋霍费尔在1月中旬写信告诉他的哥哥,他要去带领一间地下神学院。卡尔-费德里希不是基督徒,而且长久以来他的思想和政治立场一直都倾向社会主义，不过朋霍费尔总是觉得能够自在地跟他说说真心话：

> 或许在你眼中，我对许多事情都非常着迷与狂热，我自己有时候也担心这种情形。但我知道如果哪一天我变得更"理性"的话，老实说，就必须把我整个神学思想抛在脑后。我一开始研究神学的时候，对其看法跟现在相当不同——可能比较偏向学术研究。现在它在我心中已经彻底改观。不过我相信我终于走在正确的道路上，这可是我有生以来第一次，我对此经常感到相当高兴。我唯一担心的是过于介意别人的看法以至于却步不前。我想唯有认真落实登山宝训，才能到达清心又真诚的境界，确实一点也不错。这是唯一能够把所有愚妄都吹到九霄云外的力量——就像烟火一样，只留下一些烧尽的碎屑。
>
> 教会的重建必须稳固地建立在崭新的修道主义上面，这跟旧的形态完全不同，而是一种严谨的门徒生活，也就是按照登山宝训追随基督。我相信聚集众人一起过这种生活的时机已经到来。
>
> 原谅我这样地喃喃自语，但是近来一想到我们相聚的时间，这些就会浮上我的脑海。毕竟，我们都很关心对方。我仍然难以想象你依然认为我这些观念都是痴人说梦。世界上还是有一些值得我们毫无保留全力支持的事情。对我来说，和平与社会公义就属于这类事情，对基督他自己来说也是一样。
>
> 最近我突然想到"皇帝的新装"这个童话故事，它确实反映着这个时代。我们现在所欠缺的就是在故事结尾说出真相的那个孩子。我们应该好好地演出这场戏。
>
> 我希望很快就会收到你的来信——不论如何，我的生日马上就要到了。
>
> 请代问候大家。
>
> 迪特里希[14]

第 *18* 章
岑斯特与芬根瓦得

神学研究以及真正教牧团契成长的唯一方法，就是早晚都浸润在上帝的话语中，以及固定的祷告。

不要设法让圣经符合时代的需要。圣经就是时代所需……不要替上帝的话语辩护，而是要见证他的话语。要信靠上帝的话语。

——迪特里希·朋霍费尔

3月10日，朋霍费尔传讲他在伦敦的最后一篇证道，不久后就踏上他的基督徒团契之旅。至于拜访甘地的行程，则是再度往后拖延。朋霍费尔参观英国国教"低派教会"（Low Church）①，例如牛津的威克理夫学院（Wycliff Hall），以及"高派教会"（High Church）②*。他拜访过伯明翰附近一间贵格会教堂和位于里士满（Richmond）的一所循道会学院；他也拜访了长老教会、公理会以及浸信会的教会；最后在3月30日抵达爱丁堡，拜访他在协和神学院的老师约翰·贝里（John Baillie）。

他在4月15日离开伦敦前往柏林，担任认信教会第一所神学院的新任院长。当时已经招收二十三位神学生，同时他们当中不少人已经抵达柏林，却还没有可供住宿的地方。两天后，朋霍费尔和弗朗

---

①* 较不重视仪式以及神职人员的权威。——译者注
②* 重视仪式以及神职人员的权威。——译者注

兹·希尔德布兰特开车到柏林的勃兰登堡区，想要找寻适当的房屋，不过他们一无所获。有人提供一栋在柏林被称为伯克哈特之家（Burkhardt House，在此之前是教育与社会服务办公室）的教会建筑给他们使用。相较于朋霍费尔已经探勘过的那些田园建筑来说，它算是相当平凡无奇，既没有青翠的草皮，也没有圈养羊群的壕沟，但他仍为这一切感恩。然而，他想打造一个类似参观过的那些具有田园风情的修道小区的梦想，确实难以在此实现。

然后在 4 月 25 日他接到一则消息，说是紧邻波罗的海的莱茵园圣经学校（Rhineland Bible School）在 6 月 14 日之前都有空档可供使用。那个破旧不堪的休闲中心（只在夏季开放）就位于海滩和沙丘的后方，每年那个时候不但非常寒冷而且狂风大作。不过那里有一栋半木制的农舍以及好几栋没有暖炉的茅草顶小屋，可以供神学生居住。他们每个人都非常年轻而且富有冒险精神，朋霍费尔也不例外。隔天朋霍费尔就带着他那群神学生前往北方两百里外的海岸，他们要在那里为朋霍费尔一直想要尝试的基督徒生活揭开序幕。

岑斯特

在 1874 年的某天之前，岑斯特一直都是波罗的海的一个小岛。然后，一场暴风雨吹出一条连结波美拉尼亚海岸宽达两百英尺的陆桥，一夜之间海岛变成了半岛，直到如今。1935 年 4 月底，朋霍费尔和他的神学生的目的地就是这个新生的半岛，他们打算到那里建立一所崭新的认信教会神学院。

朋霍费尔要在那个度假村实现他脑海中酝酿多年的理想。马丁·尼默勒邀请朋霍费尔经营认信教会神学院的时候，完全不知道未来会有何发展。朋霍费尔的神学思想难以预料，为了防范未然，他们指派威廉·罗特（Wilhelm Rott）担任他的助理。众人皆知，罗特的神学思想相当稳健。但罗特从来就不曾质疑朋霍费尔的神学与方法，也不知道自己被指派到那里的缘故。一切的发展似乎都是自然而然,或许是因为许多神学生都是朋霍费尔在柏林教过的学生,因此也都习惯他的方法。

朋霍费尔脑海中的理想修道团体是一个活出耶稣在登山宝训中命令门徒当遵行之生活方式的团体;其中的成员不只要活出神学生的样式,更要活出基督门徒的样式。这可说是基督徒共同生活、也就是朋霍费尔著名的"团契生活"的非正统实验。信义宗里面从来没有人尝试过这种方式,一般人的直觉反应就是强烈反对他这种带有罗马天主教味道的作法,但朋霍费尔早已超越这种眼光狭隘的见解,因此愿意忍受这些批评。他觉得信义宗已经逐渐偏离路德的心意,正如路德觉得罗马天主教已经偏离圣彼得的心意,而更严重的是偏离耶稣的心意。朋霍费尔关心的是在圣灵带领下修正方向,而这根本不是什么新鲜事。

朋霍费尔在他《作门徒的代价》一书中所探讨的议题是,从神学观点看来,信义宗已经偏离路德起初对上帝恩典的感恩,转而成为他所谓廉价恩典的忘恩。朋霍费尔认为这个问题主要得归咎于信义宗的神学教育,这种教育训练出来的不是基督门徒,而是不食人间烟火的神学家与神职人员,他们显然没有活出基督徒生命,以及帮助别人活出这种生命的能力。他们一点也不了解世俗生活,而教会跟教会本该服事的人群之间几乎没有连结。就此而言,路德维希·穆勒和德意志基督徒的某些批评可说是一语中的,但他们庸俗的答案就是死心塌地加入国家社会党,对他们来说,所有的教义都是跟社会大众毫无关系的废话。朋霍费尔的立场则认为教义一定要跟社会大众切身相关,而这正是教会失职之处。这就是在波罗的海海滨那场实验的关键点。

实际的地点相当偏僻,距离沙丘约一百多英尺,有一栋主建筑和几栋附属建筑。四周看不到其他农舍,而且距离最近的城镇就是一英里外的岑斯特。朋霍费尔若知道再往南几英里就是巴特(Barth)小镇,一定会笑起来吧。

二十三个神学生中有四人来自萨克森(Saxony),埃博哈德·贝特格就是其中一人。他们已经是官方的维滕堡神学院学生,但决定要加入达雷姆的认信教会，于是穆勒就开除了他们。贝特格是在一两天后，也就是 4 月底，晚餐刚结束后才抵达的，他马上就奔向大家正在踢足球的海滩，这是他们每天傍晚的例行活动。他先问候三位来自家乡马格德堡的朋友，然后问他们："院长先生在哪里?"众人就指着朋霍费尔。贝特格从来没有听过这名字，也不知道他曾领导过教会斗争，贝特格对朋霍费尔竟然如此年轻又体格健壮感到相当意外，因此起初根本看不出他居然不是学生。朋霍费尔得知又有神学生抵达后，就放下手边的事情去迎接贝特格，然后邀请他一起到海滩散步。

朋霍费尔询问贝特格的家世背景、被穆勒开除的经过以及他在教会斗争中的经历。贝特格非常讶异这位新神学院的院长竟然会问这么私密的问题，而且非常真诚地关心他。神学生通常会跟老师之间保持相当大的距离，因此几天过后，朋霍费尔要求他们不要称呼他为院长先生，而改称朋霍费尔弟兄(Bruder)，这令他们大感惊讶。

那天傍晚他们在海滩上边走边谈的时候，两位年轻人都想象不到，以后回忆起来，那次会面竟然如此重要。他们的成长背景非常不同。一个是成长于柏林格鲁尼沃尔德与世隔绝的上等社会，父亲是名医，对自己儿子选择的志业感到不解；另一个则是成长于萨克森一处小村庄伊兹(Zitz)的纯朴乡村男孩，父亲是村里的牧师，成功地激励儿子追随他的脚步。贝特格的父亲已经在十二年前与世长辞。

这两个人随即发现他们是彼此生命中最相知相识的莫逆之友。两人在文学、艺术、音乐上都有非常深厚的学养与美感。他们不知道彼此很快就成为挚交，甚至引起其他神学生为他们之间的友谊而心生妒忌；他们也没有料到当时彼此间尚未拓展的友谊，将来会帮助朋霍费尔的作品得以保留下来，并世世代代传遍世界各地；或者说六十五年后，当贝特格过世的时候，他们的名字始终被相提并论。当他们转身走回岑斯特的农舍时，彼此还形同陌路。

5 月 1 日，大家都才刚到不过几天，朋霍费尔和神学生之间就爆发了一桩重大事件。当天不只是整个德国庆祝五一劳动节的日子，更是政府表扬德国劳工的日子。那个特别的五一节是实施新征兵法的第一天,希特勒在当天傍晚发表了一篇演讲,神学生和朋霍费尔都聚在收音机旁侧耳倾听。

当时甚至连那些认信教会的神学生都还对希特勒没有产生太大的疑虑;他们之中当然更没有人像朋霍费尔那般反感希特勒。他们仍然认为教会斗争与政治是两回事,因此对军队征兵没有产生太多的疑虑。他们觉得撤销《凡尔赛条约》以及对德国尽忠,与对上帝尽忠是一致的。在百姓的心目中,教会和政府依旧紧密相连,就跟德皇时代是一样的,就这一点来说,魏玛共和曾经削弱了这个连结,因此他们非常欢迎任何恢复旧观的作法。由于认信教会曾经被德意志基督徒指责说不够爱国,所以他们比任何人都想把握机会,证明自己的爱国心。

在听演讲的过程中,朋霍费尔曾提出一个问题,清楚地显示出他与众不同的想法。多数学生都对此感到相当意外,有人要求他说明他的想法,他表示他们应该在演讲结束后再讨论这件事。对多数神学生来说,这是第一次听到有在上位的人偏离信义宗的标准路线——效忠国家必定是好事一桩。那次聚会中,朋霍费尔是唯一对希特勒感到非常不安,并且知道希特勒要把国家带往战争的人。

听了那次演讲以及此后四堂课程的神学生可能最后都弃笔投戎了,而朋霍费尔从来没有想要说服他们放弃从军或者借题发挥。就这点而言,他不是死板的和平主义者,当然也不因此认为基督徒就必须站在反对立场。朋霍费尔尊重学生的观点,他从来不希望自己的课堂或者神学院,演变成以他为中心的个人崇拜。他唯一感兴趣的就是理性讨论,他认为强迫别人接受自己的想法是错误的作法,只会让自己成为误导者(mis-leader)。

芬根瓦得

岑斯特的简陋住处需要在 7 月 14 日之前腾空出来,因此他们必须尽快找到一个长久居所,他们考虑过许多地点,包括克雷门的泽腾堡（Ziethen Castle in Kremmen）。最后他们终于安顿在卡特（von Katte）家族在芬根瓦得——距离波美拉尼亚的斯德丁（Stettin）不远的小镇——的旧地产上。那块地产曾经是一所私立小学，但纳粹对这些机构感到不悦，因此这片地产就跟其他情形相似的地产一样，很快被清空了。认信教会在寻觅地点的时候，地产经纪正在找寻新房客。地产上除了许多附属建筑，还有一栋主宅，一侧还煞风景地加盖了"因陋就简"的校舍。周边还有个进一步破坏环境的商用建物：地产后方现在是一个碎石场，破坏了这片壮丽的波美拉尼亚土地原有的纯朴地貌。

主宅正处于荒废的状态，一位看过的买家曾称之为"名符其实的猪圈"。在他们搬进新家之前，有许多工程要完成。许多神学生已经十二天没有栖身之处，必须住在格赖夫斯瓦尔德（Griefswald）的青年旅社。另一批人则前去粉刷以及清理那片破败的地产。

朋霍费尔在 6 月 26 日讲授第一堂课，算是芬根瓦得的落成典礼。那时候主宅依旧空荡荡的。他们必须筹措资金添购家具以及其他物品，不过他们做每件事似乎都神采奕奕，连募款也是一样。其中一位神学生温弗里德·梅克勒（Winfried Maechler）写了一首标题是《神学生的小愿望》的诗，用韵文呼吁大家伸出援手，他们把这首诗寄给认信教会团体以及个人，许多人都乐于帮忙。梅克勒的感谢函当然也是用韵文写成的。

波美拉尼亚的乡绅强烈反对希特勒和纳粹党，而且他们大都是虔诚的基督徒。他们中有许多家庭都把芬根瓦得学校视为他们个人的计划，想要尽一切力量帮助这个犹如初生牛犊的组织。埃瓦尔德·冯·克莱斯特-舒曼森（Ewald von Kleist-Schmenzin）的母亲为学校所有的座椅缝制椅套；雕刻师傅威廉·格罗斯（Wilhelm Gross）用他的手艺把体育馆改建成礼拜堂；还经常有农家主动提供他们餐饮。一天，有位神学生接到一通电话，对方表示有人送给朋霍费尔牧师一只活猪，打电话来的是当地的货运站，正等着他们去领那头猪。

朋霍费尔和神学生也纷纷为这个刚起步的学校捐献。朋霍费尔捐献出他的所有神学藏书，包括他曾外祖母哈泽收藏的埃朗根（Erlangen）

版的马丁·路德著作。他也带来他的留声机,以及许多他收藏的唱片,其中最珍贵、也最难得的就是他在曼哈顿买的黑人灵歌唱片。

音乐是岑斯特和芬根瓦得的群体生活中非常重要的一环。每天中午前后大家都会聚集在一起唱赞美诗或者其他诗歌,负责领唱的通常都是乔基姆·卡尼茨,他是朋霍费尔在柏林的学生之一。有一天,贝特格表示他要教大家唱冈蒲采玛(Adam Gumpelzhaimer)写的《神的羔羊》(Angus Dei)。他告诉大家这是一位十六世纪的作曲家,曾经写过不少圣乐和诗歌,尤其擅长"重唱经文歌"(polychoral motets)。朋霍费尔对此很感兴趣,他的音乐知识只能回溯到巴赫,但贝特格对音乐的认识远远超过他。他让朋霍费尔认识更早期的圣乐以及作曲家,例如舒茨(Heinrich Schutz)、沙因(Johann Schein)、德普瑞(Josquin des Prez)等等,而这些乐曲都被收入芬根瓦得的曲目当中。

在主屋里有两架钢琴。贝特格表示,朋霍费尔"绝对不放弃任何弹奏巴赫双钢琴协奏曲的机会"。他还表示朋霍费尔特别喜欢演唱舒茨的二重唱《主啊,我有一事相求》(Eins bitte ich vom Herren)和《夫子,我们整夜劳力》(Meister, wir haben die ganze Nacht gearbeitet)。⑯朋霍费尔读谱的能力极强,他的学生对他的音乐天分以及对音乐的热情都感到非常惊讶。贝特格表示,朋霍费尔热爱贝多芬,"他一坐在钢琴前随手就可以弹出《玫瑰骑士》(Rosenkavalier),更让我们赞叹不已。"德国没有几所神学院会把音乐视为重要的环节。他们在岑斯特的第一个月,有时候阳光非常温暖,此时朋霍费尔就会把学生们带到户外去上课,通常是在沙丘间没有风的角落,有几次他们还在那里唱歌。

日 常 作 息

在岑斯特和芬根瓦得的时候,朋霍费尔强调要严格遵守日常作息以及属灵纪律。神学院的实际生活,大致上雷同朋霍费尔参观过

⑯ 参见《路加福音》5:5。

的各个团体组织,但每天作息的细节,则是出自他个人的构想,同时取材自许多传统。

每天的开始是早餐前的四十五分钟敬拜,而结束则是就寝前的敬拜。芬根瓦得的学生舍恩赫尔(Albrecht Schönherr)回忆道,他们醒来后没几分钟就开始晨间敬拜:

> 朋霍费尔要求我们在敬拜前,彼此间一个字都不要说,早上说出口的第一句话应该是上帝的话语。但要做到这一点可不容易,因为我们所有时间都待在挤着六个或八个人的寝室内,此外我们睡的是茅草床垫上的旧羽毛床铺,那些都是用了好几十年的床垫,一躺下去就会扬起漫天的灰尘。[1]

他们不是在礼拜堂敬拜,而是围着一张巨大的餐桌。一开始先合唱诗歌以及一首为当天所选的赞美诗。接着会读一段旧约经文,然后唱一节赞美诗,同一节会唱好几个星期,之后会读一段新约经文。舍恩赫尔对敬拜程序的叙述是:

> 我们会唱许多歌,用诗篇祷告,通常是几篇诗篇一起,让我们可以在一星期内就能遍读整卷诗篇。然后朗读一整章旧约经文,一段新约经文,接着朋霍费尔会献上祷告……不过,这个祷告非常重要,因为祷告里面把我们面对的一切、我们真正的需求都交托给上帝。然后就是一顿非常简单的早餐。接下来是半小时的默想,每个人回到房间思想圣经,直到能了解那段经文当天对他具有的意义。这段期间一定要完全静默;电话会被切断,任何人都不可以走动。我们一定要完全专注聆听上帝要对我们说的话。[2]

每个星期都有固定的默想经文,每天要默想半小时。岑姆曼(Wolf-Dieter Zimmermann)记得他们不可以阅读经文原文,也不可以使用参考书和注释书。他们必须把经文看成上帝个别对他们说的话。许多神学生都对这种方法感到焦躁不安,但朋霍费尔以前在柏林的学生就对这种方法感到非常习惯。他们曾经跟他一起到比森塔尔木屋以及普利贝洛的青年旅社退修,那时他们就是他的"小白鼠"。他们很快就习惯了这种方式,让其他神学生也跟着习惯,但有时候还是难免遇到困难。有一次,朋霍费尔离开几天,回到神学院后发现他们并没有继续每天默想经文,他明确表示对此感到不悦。

对这种默想经文的方式感到困扰的不只是神学生。卡尔·巴特在 1936 年 10 月写给朋霍费尔的一封信中,对下面这种情形也深感不安:

> 这几乎是跟修道院的爱欲与苦修同样难以捉摸的气息。我不能说我对这种情形感到很高兴……我无法认同在原则上把神学研究和灵修造就切割开来的作法……不要因为我的知识与我的了解仍然非常不足而认为这封信是故意要挑剔你的努力。但是至少你应该能从这封信中了解,尽管我非常同情你,还是要对你提出这些问题的原因。[3]

朋霍费尔并不跋扈,但是向来非常重视伦常,因此不会让学生觉得可以跟他平起平坐。相对于不良领袖的跋扈,仆人领袖的权柄来自上帝,而领导的目的是要服事那些在他下面的人。这就是基督留给门徒的典范,而朋霍费尔也就是要努力效法这种领导模式。

贝特格记得一开始(他们已经到达岑斯特几天后)朋霍费尔曾在厨房要他们帮忙,但没有人马上自告奋勇,于是朋霍费尔就把厨房门锁上,然后开始洗碗。当其他人想要进去帮忙时,他不愿意打开厨房门,此后他绝口不提这件事,但大家都很清楚。他想把幼时在家中学到的无私精神传递给这里的每一个人,他绝不容忍自私、懒惰、自怜、不正大光明以及类似的行为。他想把自己从小接受的良好教养融入到神学院中。

这种"团契生活"另一个非常困难的方面,就是朋霍费尔规定绝对不可以在背后说弟兄的坏话。朋霍费尔知道对任何人来说,按照耶稣登山宝训的教导生活都不是"自然"的事情。

不论他们对门徒训练和日常灵修的看法为何,在芬根瓦得的每个人都不会抱怨生活没有乐趣。大多数的下午和傍晚都会有一段健行或者运动的时间。朋霍费尔不停地安排各种活动,就跟他母亲在家中一样。他经常打乒乓球,因此任何人要找朋霍费尔的时候,都会先去乒乓球室看一看。他们也会踢足球。舍恩赫尔回忆道:"朋霍费尔总是踢前锋的位置,因为他非常喜欢跑步。"他一直都喜欢跟人比赛,而贝特格记得"每次我们到海边丢铅球——或者该说丢石头——的时候,他都很讨厌输给别人。"

舍恩赫尔记得在晚餐休闲时间过后的 10 点左右,会举行大约四十五分钟的敬拜,"为与上帝同行的一天画上句点。然后大家安静就寝。这就是我们一天的生活。"

朋霍费尔写信给巴特,一方面也是回应他对芬根瓦得"修道院般"氛围的关心。朋霍费尔自己也对"敬虔派"团体有所批评,但他认为把所有强调祷告与灵命操练的作法都归类为"律法主义"也同样不当。他已经在协和神学院看过这种情形,那里的学生对自己能够避免所谓基要派的律法主义感到沾沾自喜,但在神学思想上却非常空洞。他在给巴特的信中写道:

> 在神学院服事让我感到非常愉快。学术研究和实际服事巧妙地结合在一起。我发现进入神学院的年轻神学生所提出的问题,就是我最近一直在苦思的问题,当然我们的团契生活也因此受到相当大的影响。我深深相信就这些年轻神学生在［世俗］大学沾染的习性以及将来他们必须独立服事这两件事看来……他们需要的是一种让他们彻底改头换面的训练,而我们神学院的团契生活显然能提供这种训练。你难以想象大多数弟兄来到神学院之初,几乎处于完全空洞、枯竭的状态。不仅是在神学思想上空洞,更在圣经知识上一片空白,同时他们的个人生命也是一样。
>
> 在一个开放之夜——我唯一分享过的那夜——你曾经非常认真地对学生说,有时候你觉得情愿取消所有讲课,然后突然登门拜访一个学生,比如索拉克(Tholuck),问他说:"你的灵魂还

好吗?"从那时起这些需求一直都没有满足,甚至认信教会也无能为力。不过没有几个人了解,教会应该身体力行地担负起这种服事年轻神学生的事工,而每个人心中都有这个期待。不幸的是,我自己也力不从心,但我会互相提醒弟兄,而且对我来说这似乎是最重要的一件事。然而,神学研究以及真正的教牧团契成长的唯一方法就是,早晚都浸润在上帝的话语中,以及固定的祷告……对我来说,律法主义的指控根本不适用。对基督徒来说,学习祷告以及利用许多时间操练祷告何谓律法主义?最近有一位认信教会领袖告诉我:"我们现在没有时间默想,神学生应该熟练讲道和传授教理问答。"在我看来,这若不是完全不了解当代的年轻神学家,就是不知道该如何把讲道和教理落实在生活中。当代年轻神学家认真地对我们提出的问题是:要怎样才能学会祷告?要怎样才能学会读经?如果我们不能在这些方面帮助他们,那么我们就根本不能帮助他们。这可不是易事。如果以"不知道如何事奉,就不该成为传道人"为衡量标准,那么我们大多数人都不应该投入服事。对我来说,最清楚不过的就是,唯有伴随着——也就是同时并进!——真正严谨又扎实的神学、解经与教义研究,这一切才会有意义,否则所有这些问题就会走入偏锋。[4]

讲道

朋霍费尔非常重视讲道。在他眼中,证道可说是跟上帝的话语等量齐观,证道就是上帝对他百姓说话。朋霍费尔想要他教的神学生记住这一点,帮助他们了解讲道不只是智识的操练。就跟祷告以及默想经文一样,讲道也是在聆听来自天上的话语,而对传道人来说,成为传播上帝话语的器皿不啻是一种神圣的荣耀。它就跟道成肉身一样,是一种启示,也就是基督从外面进入这个世界。

但跟许多其他方面一样,朋霍费尔知道传达他对讲道的理念与观感的最好方法就是实践。在正式敬拜的场合发表一篇扎实的证道,远比在课堂上传授证道要好很多。神学生一定要看到他亲身活出他要教导他们的一切,就跟耶稣的所作所为一样。教导与生活乃是一体的两面。

即使他没有在讲道,而只是在谈论讲章的时候,他也要传授一些实用的技巧给他的学生。贝特格还记得一些朋霍费尔的忠告:"要在大白天写讲章;不要一次就写完;'在基督里'没有条件句;在讲坛上的最初几分钟最重要,因此不要说废话浪费这段时间,而是要马上让会众正襟危坐地进入核心;只要非常熟悉圣经就可以即席证道。"

朋霍费尔在 1932 年曾对希尔德布兰特说过:"真正的福音布道讲章必须像是把一个红润的苹果递到孩童面前,或者把一杯沁凉的水递到口干舌燥的人面前,然后说:你想要吗?"他在芬根瓦得也说过同样的道理:"我们在谈论自己的信仰时,一定要能让对方立即向我们伸出双手,快到我们来不及应付⋯⋯不要设法让圣经符合时代需要。圣经就是时代所需⋯⋯不要替上帝的话语辩护,而是要见证他的话语。要信靠上帝的话语。那是一艘满载到极限的船!"

他希望神学生牢牢记住,当我们真实呈现上帝的话语时,它就会解除世人的心防,因为它有内在能力帮助他们看到他们自己的需要,也能满足这些需要,而且丝毫没有"宗教"或者假敬虔的意味。上帝的恩典能感动世人,而没有任何限制或条件。

朋霍费尔对祷告的教导也一样。每天早晨的灵修时间,他都会带领一段相当长的即席祷告。多数信义宗传统体系的神学生起初都会认为这太过敬虔,但朋霍费尔对这类事情不会提出任何辩解。祷告生活以及与耶稣的相交必须居于核心地位,所有服事都是以此为源头。威廉·罗特记得朋霍费尔经常拿着一根香烟和一杯咖啡,坐在芬根瓦得庄园主屋的大楼梯上谈论这些事情:"另一件让我难忘的事情就是,朋霍费尔抱怨我们缺乏'耶稣的爱'⋯⋯在他眼中,真正的信仰和爱心是同一的,这位高级知识分子基督徒生存的核心就在于此,我们在每天早晨和晚间灵修的即席祷告中都感受得到;这一切都出自他对主与弟兄的爱。"

绝望与忧愁

所有神学生每个月会有一个星期六晚上聚在一起举行圣餐礼拜,当天举行礼拜前,朋霍费尔会在他们当中提起个人认罪这个主题。路德一直认为基督徒应该彼此认罪,而不是向神父认罪。多数信义宗教友已经矫枉过正,而不向任何人认罪。任何形式的认罪都被视为偏向天主教,正如即席祷告往往被批评为过度虔诚。但朋霍费尔顺利地建立起彼此认罪的惯例,朋霍费尔选择埃博哈德·贝特格作为他认罪的对象,或许并不出人意料。

跟贝特格分享他所谓的绝望(acedia)或者忧愁(tristizia)——我们通常称之为令人沮丧的"心情忧伤"——让朋霍费尔觉得很自在。他虽深受其扰,但很少显示在外表,知道这件事的只有几位好友。格哈德·雅各比说道:"在私下谈话时,他不再那么沉稳与持平。我们马上就发现他非常多愁善感、烦躁不安又忧虑。"除了贝特格,恐怕朋霍费尔没有跟其他人提过这件事。他知道贝特格足智多谋,老成持重又信仰坚定,足以帮助他处理眼前这些困扰(甚至惶惑)。他知道贝特格可以成为他的牧者,而他果然不负所望,不只在芬根瓦得,而是此后皆然。多年后他在一封从泰格尔监狱寄给贝特格的信中,提到自己的沮丧:"我好奇为什么某些天会无缘无故比其他日子更容易感到消沉。这是成长的阵痛还是属灵的试炼? 一旦这一切都消散后,整个世界又看起来完全不一样了。"

显然朋霍费尔有时候会处于非常紧张的状态,他那聪明又过分活跃的头脑会暂时带他钻牛角尖。但贝特格是一位他可以坦然显露自己阴暗面的朋友。贝特格生性爽朗,正好跟朋霍费尔的紧张形成对比。朋霍费尔在从泰格尔监狱寄出的另一封信中提到:"我还不认识任何不喜欢你的人,另一方面我知道许多人不喜欢我。我一点也不介意这种情形;每当我遇到敌人的时候,总会又认识一些朋友,而我对此感到满意。不过,原因可能是你生性开朗又谦虚,而我却内向又相当严苛。"

波美拉尼亚的"扬客"

在波美拉尼亚迷人的田园环境中，朋霍费尔首先认识的就是当地的乡绅，也就是"扬客"（Junkers，没有头衔的贵族世家）。①波美拉尼亚是一个跟柏林和格鲁尼沃尔德完全不同的世界。自由派知识分子的都会氛围被保守派甚至可说是封建社会的风貌所取代，但其传统价值和对维持高文化水平的要求却非常相似。这些家族多半出身普鲁士军官阶层，几乎所有希特勒的反对者都来自这个阶层。朋霍费尔很快就跟他们打成一片，而且那些富裕的地主是他最忠诚的支持者。他未来的婚配对象也是从他们的女儿当中脱颖而出。

朋霍费尔最初是透过芬根瓦得的募款信接触这些家族的，其中包括拉斯贝克的俾斯麦家族（Bismarcks of Lasbeck），以及来自帕西格的魏德迈家族（Wedemeyer of Pätzig）。他也认识了施拉伯伦道夫（von Schlabrendorff）家族和他们的儿子法比恩·冯·施拉伯伦道夫（Fabian von Schlabrendorff）。②*

鲁思·冯·克莱斯特-瑞柔

朋霍费尔跟这些贵族世家之间建立起的最重要友谊就是跟鲁思·冯·克莱斯特-瑞柔（Ruth von Kleist-Retzow）的关系，他们相识

---

* 朋霍费尔跟许多这类家族的关系非常友好，而其中许多他认识的人，在几年后都参与
① 了刺杀希特勒的计划。
** 法比恩后来积极参加抵制希特勒的反抗军，结果被关进盖世太保的监狱里，距离朋霍费尔的牢房不远。在当地拥有大片土地的保守派基督徒艾华德·施曼岑（Ewald von Kleist-Schmenzin）也参与了密谋。施曼岑在1933年曾跟兴登堡会面，阻止希特勒成为元首，后来贝克将军在1938年差派他前往伦敦，要英国政府保证不会让希特勒逃避入
② 侵捷克的责任。

的时候她已经六十八岁,仍然是一位充满活力的女士。就跟乔治·贝尔主教一样,她与朋霍费尔的生日都是 2 月 4 日,而往后十年他们始终保持非常密切的关系,他常称呼她"阿嬷",这主要是因为他经常跟她的孙子相处在一起,而且在她要求下,朋霍费尔亲自为她的几个孙子举行坚信礼。跟埃博哈德·贝特格在一起时,他有时会开玩笑地称呼她鲁思姨妈,正如他跟弗朗兹·希尔德布兰特在一起时,有时会称贝尔主教"乔治叔叔"一样。

朋霍费尔和鲁思阿姨都出身自显赫的贵族。她是策德利茨特-吕茨勒(Zedlitz-Trutzschler)伯爵夫妇的女儿。她父亲曾担任西里西亚(Silesia)①省长,而且自幼就在欧本宫(Oppern)长大,然后就活跃在同侪间的社交圈,直到十五岁时,跟她未来的夫婿尤根·冯·克莱斯特(Jurgen von Kleist)陷入热恋。他们在三年后结婚,他随即就把她从宫中的家带到他在基克夫(Kieckow)的那片广大农地,进入纯朴的田园世界。他们的婚姻非常美满,而且他们都是虔诚的基督徒,非常符合波美拉尼亚代代相承的敬虔派特质。

但在她生下第五胎后丈夫就过世了,让她在二十九岁就成为寡妇。她带着子女搬到斯德丁一栋较大的住宅,把基克夫的土地交给能干的地产管理员照顾。第一次大战后,她的儿子汉斯·尤根(Hans Jürgen)整顿好克兰-科洛辛(Klein-Krossin)的房屋让她住在那里,那是基克夫的房产之一,而他自己和家人则搬进基克夫的主宅。接下来几年间,朋霍费尔曾经住在基克夫和克兰-科洛辛好几个星期;三十岁后还到那里退修,撰写他的《作门徒的代价》,并在四十岁后到那里撰写《伦理学》(*Ethics*)。

鲁思是一位意志坚强、举止幽雅的女士,她没有耐心跟唯唯诺诺的神职人员打交道,聪明、文雅又充满义气的朋霍费尔牧师似乎正是上帝对她祷告的回应。她尽自己所有的力量帮助他以及芬根瓦得,并且向当地其他家族宣传芬根瓦得的理想。这些家族的农场捐赠给芬根瓦得许多食物,此外有些神学生也在他们的支持下得以在当地

---

① 位于现今波兰西南部。——译者注

教会担任牧职。由于旧的牧养体制依然屹立不摇，所以这些家族可以指派当地教会的牧师。

克莱斯特-瑞柔夫人当时正监督膝下几个孙辈的教育：十六岁的汉斯-奥图·冯·俾斯麦（Hans-Otto von Bismarck）和他十三岁的妹妹司珀斯（Spes）；十二岁的汉斯-费德里希·克莱斯特（Hans-Friedrich Kleist of Kieckow）；以及来自帕西格的两个魏德迈家族的孩子：十三岁的麦克斯（Max）和他十五岁的姐姐鲁思-爱丽斯（Ruth-Alice）。玛利亚·魏德迈（Maria Wedemeyer）在次年来到斯德丁，当时她十二岁，他们全都住在斯德丁的祖母家，每到星期天，祖母就会领着他们一起到芬根瓦得听年轻牧师讲道。朋霍费尔从1935年秋天开始，固定在芬根瓦得的礼拜堂举行主日崇拜，并欢迎外界人士参加。克莱斯特-瑞柔夫人很高兴能参加崇拜，听朋霍费尔讲道，更高兴能带她的孙辈一起听他讲道。鲁思-爱丽斯记得：

> 一天，我们坐在礼拜堂的座位上……听着迪特里希·朋霍费尔在台上讲道……祖母显然在以前就拜读过他的作品……因此，祖母稳稳地坐在位子上，而她那些年幼的孙辈就围绕在那个帅气、威严的牧师周围——这是在由学校体育馆改建的临时礼拜堂所难得一见的景象。我们全都陶醉在十二个神学生宏亮清澈的歌声里面。那天，朋霍费尔讲道的主题——我一直都记得——是亚伦的祝福。
>
> 接着发生的一切——在庭院打桌球；祖母和朋霍费尔的讨论；在神学院巨大马蹄形餐桌上的简餐；每个人都参与的莎翁名剧朗读——只不过是芬根瓦得与祖母之间长久深厚情谊的开端……神学生每次拜会同一条街上的波美拉尼亚弟兄会（Pomeranian Council of Brethren）时都会顺道来访。他们会热烈地讨论教会政策的最新发展，不断激励决策阶层。对一位擅长神学而且人生阅历丰富，更重要的是身为斗士的女子来说，祖母可说是适得其所。不久后，她在朋霍费尔的指点下，每天早晨都会根据经文默想，而且使用的是跟他神学生一样的经文。[5]

　　鲁思·冯·克莱斯特-瑞柔不只采用朋霍费尔的灵命操练法，她在七十岁的时候还决定研读新约希腊文。既然迪特里希·朋霍费尔就在附近，因此她不愿意放弃任何机会，甚至连哄带骗地要他为几个孙辈举行坚信礼：司珀斯·俾斯麦、汉斯-费德里希·克莱斯特-瑞柔以及麦克斯·魏德迈和他的妹妹玛利亚。朋霍费尔非常认真地看待这个责任，因此就一一跟他们每个人以及他们的父母亲会面谈话。最后他只接受其中的三人。就如此严肃的承诺来说，十二岁的玛利亚似乎显得不够成熟。

　　鲁思-爱丽斯表示，朋霍费尔"总是跟人有些距离，有所保留"。但他在讲道的时候，就会散发出一种魅力。她说："只要看他讲道，就会看到一个完全在上帝掌握中的年轻人。"就某方面来说，那些父母和祖父母都坚决反对纳粹的年轻一代会感到特别为难。朋霍费尔和芬根瓦得能让他们稍微喘口气，他是一种鼓励。鲁思-爱丽斯回忆道："在那段时间，纳粹总是在游行，并且高唱：'未来是我们的！我们就是未来！'而我们这些反对希特勒和纳粹的年轻人，在听到这些歌声的时候，心中会问：'我们的未来在哪里？'但是我在芬根瓦得听到这个在上帝掌握中的人讲道时，我心想：'这就是我们的未来。'"

第 *19* 章
进退维谷
1935～1936 年

传讲恩典毕竟有其限度。不要向那些不承认、不领悟或者不渴望恩典的人传讲恩典……视恩典为廉价之物的人终究会对恩典感到厌烦，不但会践踏圣物，更会毁灭那些把恩典强加在他们身上的人。

唯有替犹太人大声疾呼的人才配唱格里高利圣咏。

——迪特里希·朋霍费尔

1935 年朋霍费尔回应他的呼召，到芬根瓦得担任认信教会神学院院长的时候，跟认信教会之间的关系逐渐改变。不论在认信教会内或外，他都俨然成为招来争端的避雷针，而且在 1936 年，纳粹党更是盯上了他。

圣经里说，没有行为的信心是死的，也说信心"是未见之事的确据"。朋霍费尔知道有些事情唯独靠着信心才看得到，而且这些事情跟肉眼所看到的事情同样真实。但信心之眼具有道德成分，我们必须愿意睁开眼睛，才能看到迫害犹太人是违背上帝的旨意。接着，我们就会面对一个为难的抉择：是否按照上帝的要求而行。

朋霍费尔努力地想要了解上帝的旨意，然后按照上帝的要求去行。这就是顺服的基督徒生命，也就是门徒的呼召。然而，这需要付出代价，这就是一开始大家都不愿意睁开双眼的原因。这恰好跟只要求简单的理智上赞成的"廉价恩典"形成对立，这在他《作门徒的代价》一书里面就提过。一位芬根瓦得的神学生说,朋霍费尔"是一个能让人觉得他完全表里如一的人,他相信自己的思想,并按照他所信的去行"。

那年夏天朋霍费尔写了一篇题为《认信教会与合一运动》的论文,对双方都作出指责。他是双方的主要中间人,因此了解双方的优点与缺点,但他们彼此都只看到对方的缺点,而没有看到对方的优点。由于第一次世界大战的伤口尚未抚平,许多认信教会成员会对其他国家人士感到疑心重重,即使对基督徒也不例外;而且他们认为许多合一运动人士的神学思想很松散。另一方面,许多合一运动人士又觉得认信教会太过注重神学思想以及国家主义。双方各执己见,都说得有理有据。

但朋霍费尔想要他们联合起来打击共同的敌人,也就是国家社会主义,因此即使困难重重他也要设法让双方朝向这个目标前进。在知道合一运动人士仍然愿意跟帝国教会的穆勒、耶格以及海克尔对话后,他感到心惊胆战;他也为认信教会仍然跟希特勒对话却不是指责他而感到惊恐。唯一能让那些恶霸恐惧的就是行动,但是合一运动以及认信教会似乎都没有采取具体行动的打算,他们心甘情愿地进行无意义又无止尽的对话,然后被敌人玩弄于掌股之间。宣布反犹太人的《纽伦堡法案》(Nuremberg Laws)就是明显的例证。

纽伦堡法案与施泰格利茨会议

当局在 1935 年 9 月 15 日公布《纽伦堡法案》。这些法案中在"保护日耳曼血统与日耳曼荣耀"的部分表示:

> 吾人深信对日耳曼人民未来的生存来说,纯正的日耳曼血统极其重要,而在坚决保卫日耳曼民族未来发展的前提下,德国议会对以下法案达成一致决议,并即刻颁布:
>
> 第一条 第一款:禁止犹太人与德国公民或者其亲属结婚。

违反这条法令的婚姻一律无效，即使为规避法令而在海外完婚，也属无效。第二款：唯有检察官可以进行婚姻无效之诉讼。

第二条　第一款：禁止犹太人与德国国民或者其亲属发生婚外性行为。

第三条　犹太人不可聘请年龄低于四十五岁的德国女性公民或者其亲属担任家庭帮佣。

第四条　第一款：犹太人不得佩戴帝国国旗或者帝国代表色。第二款：另方面他们可以佩戴犹太颜色。这项权利之行使受国家保护。[1]

《纽伦堡法案》所代表的是迫害犹太人的第二（也就是"更有计划"）阶段。曾经是德国合法公民的犹太人，如今已沦为第三帝国的臣民；就法律上来说，他们在二十世纪欧洲中心的公民权已经消失。朋霍费尔早就从杜南伊那里得知这个即将公布的法案，杜南伊想要阻止、弱化这个法案的努力终归徒劳。

朋霍费尔认为这个法案的实施就是认信教会一直想要大声疾呼的绝佳时机。纳粹已经清楚明白划出所有人都看得到的界线。

但是认信教会再次迟迟没有行动，这要归咎于信义宗一直都犯把焦点局限在政教关系上的错误。当国家想要侵犯教会的时候，这确实是应该关注的领域；但是对朋霍费尔来说，把教会的行动单单局限在这个领域就显得荒谬。上帝是为整个世界而设立教会的，教会要对世界说话，要成为世界上的声音，因此对那些虽不会直接影响教会的事情，也要发出拨乱反正的声音。

朋霍费尔相信教会的角色就是**替弱者发言**。禁止在教会里面蓄奴是正确的，但容许教会以外的地方继续蓄奴则是邪恶。纳粹政府对犹太人的迫害就是如此。勇敢地替那些遭迫害的人发言足以显示出认信教会是真正的教会，因为正如朋霍费尔笔下所写的，耶稣基督是"服事人的"，因此教会就是他在这个世界上的身体，也就是能够彰显基督的团体——一个以"服事人"为宗旨的团体。服事教会之外的人，爱他们如同爱自己，并且希望人怎样待己就怎样待人，这些就是基督的命令。

朋霍费尔大约就是在那个时候发表他著名的宣示："唯有替犹太人大声疾呼的人，才配唱格里高利圣咏。"在他心目中，在上帝百姓遭受殴打与谋杀的时候，还敢向上帝歌唱的人，必然也会大声为他们遭受的苦难抱屈。如果我们不愿意如此行，那么上帝也就不会悦纳我们的敬拜。

信义宗情愿让教会置身世界之外，是因为对《罗马书》13：1～5[①]的误解，而他们沿袭的是路德的思想。他们从来没有被迫思考这段经文中所说的顺服属世权柄这个观念的限度何在。初代基督徒挺身对抗的是凯撒和罗马人。《纽伦堡法案》当然应该迫使认信教会挺身对抗纳粹。

有一天，弗朗兹·希尔德布兰特从达雷姆的母会打电话到芬根瓦得，报告一个惊人的消息：认信会议正准备提出一项决议，愿意承认政府实施《纽伦堡法案》的权力。对他来说，这是绝对无法容忍之事。希尔德布兰特打算辞去"牧师紧急联盟"的职位，然后离开认信教会。朋霍费尔下定决心要有所行动，因此他和一群神学生准备前往柏林，看看他们是否可以影响将在施泰格利茨（Steglitz）召开的会议。朋霍费尔并不是代表，因此不能在会议上发言，但他可以激励那些跟他看法一致的人，他想让他们知道，《纽伦堡法案》正是他们表达自己立场的良机。

这是趟虎头蛇尾的旅程。大会没有通过任何决议，也没有明确表达立场。国家社会党运用各个击破以及混淆视听与拖延战术，成功地击垮了认信教会。朋霍费尔知道他们不愿意勇敢直言是因为财务的关系，因为德国政府为德国牧师提供财务担保，即使认信教会的牧师也不愿意牺牲自己的收入。

---

* 《罗马书》13：1～5："在上有权柄的，人人当顺服他；因为没有权柄不是出于神的，凡掌权的，就是神所命的。所以抗拒掌权的，就是抗拒神的命；抗拒的必自取刑罚。作官的原不是叫行善的惧怕，乃是叫作恶的惧怕。你愿意不惧怕掌权的吗？你只要行善，就可得他的称赞，因为他是神的用人，是与你有益的。你若作恶，却当惧怕，因为他不是空空地佩剑，他是神的用人，是伸冤的，刑罚那作恶的。所以你们必须顺服，不但是因为刑罚，
① 也是因为良心。"

戴眼镜的英俊绅士表示他愿意负担费用……另一次是在柏林的晚间活动结束后，大家正准备打道回府。朋霍费尔已经在车站为我们每个人买好车票。我想要还他钱的时候，他只回了一句：'钱财如尘土。'"

瑞典之行是他带领神学生参观德国以外教会的大好机会。他每每诉说国外旅行的故事都让他们神往不已，而且他也跟他们解释过教会应该超越国界，延伸到整个时间与空间。促成这趟旅程的原因有很多，更不用提这能让他的神学生在某种程度上也能像他一样得以扩大文化视野。朋霍费尔也明白加强芬根瓦得与海外合一运动之间的关系会有助于避免纳粹的干扰。

因此，他立即联络认识在瑞典与丹麦参与合一运动的友人。这趟旅程的筹备必须尽量快速并且保持低调，因为海克尔主教一旦听到消息，就会带来麻烦；他会尽一切力量阻止这件事，而且他胸有成竹。如果他们能在海克尔得到消息之前出发，一切就不一样了。曾担任瑞典乌普萨拉（Uppsala）合一委员会秘书的尼尔斯·卡尔斯托姆（Nils Karlstrom）了解朋霍费尔的处境，因此费尽心思地帮助他。他发出的正式邀请——事关重大，因为海克尔会详细调查整趟旅程的每个细节——在 2 月 22 日送达。三天后，朋霍费尔把旅程的正式通知寄送给他的上司以及外交部，朋霍费尔家恰好有一个世交在司法部门担任主管。他认为这可以稍微掩护他的计划，但事与愿违。有其他人看到通知，然后联络海克尔，转而提供一份不利于朋霍费尔的报告。结果，外交部写信通知斯德哥尔摩的德国大使馆："第三帝国与普鲁士宗教事务部，暨教会海外部针对朋霍费尔牧师发出警告，因为他的作为不符合德国的利益。政府与宗教部门强烈反对他目前尚未定案的访问行程。"

3 月 1 日，二十四位神学生以及朋霍费尔和罗特，登上斯德丁港口的一艘船往北航向瑞典，对于外交部已经注意到他们的旅程这件事一点也不知情。朋霍费尔知道这趟旅程的风险，因此警告神学生要非常小心自己的言行，尤其在面对报社记者的时候。他们说的任何话都会被渲染成报纸头条新闻的漫画，朋霍费尔可不想成为"希特勒教宗春秋大梦"的翻版。

关于这趟旅程的新闻,让海克尔在帝国政府中颜面尽失。3 月 3 日,瑞典报纸把神学生参访的消息放在第一版;第二天,他们拜会乌普萨拉艾德曼大主教(Archbishop Eidem)的行程也同样上了报纸。第六天,他们在斯德哥尔摩拜会德国大使维多威德公爵(Prince Victor zu Wied),刚刚在警告信中读到这些捣蛋鬼消息的公爵,非常冷淡地接待了朋霍费尔和他的同事。朋霍费尔不明就里,不过在事后想起来,当时房间里有一幅真人大小的希特勒肖像正对着他们怒目而视。

自从他们抵达斯德哥尔摩后,报纸上刊登的相关文章和照片就多起来了,国际媒体上的每一寸版面都在羞辱海克尔。他必须马上采取行动,而一如往常,这位资源丰富的神职人员会用尽一切手段。首先,他发一封信函给瑞典教会,接着写信责备普鲁士宗教委员会。不过,这一次他要搬出重炮正式抨击朋霍费尔,他在信中的措辞把整个事件提升到另一个层面:

> 我不得不……要提醒地区宗教委员会注意,整个事件已经让朋霍费尔成为社会大众注目的焦点。既然他已经背负着和平主义者以及全民公敌的罪名,地区宗教委员会最好跟他划清界限,并进一步采取行动,确保他以后不会再参与德国神学家的培育。[3]

他扳回一城。海克尔已经让朋霍费尔陷在纳粹政府的掌握中。贝特格写道:"最严重的指控莫过于'和平主义者以及全民公敌'这个罪名,尤其这是出于官方并用白纸黑字写着的。"

这件事情的直接后果就是,朋霍费尔在柏林大学的教书资格被正式废止。他曾经在 2 月 14 日讲过一堂课,结果那就是他最后一次讲课,他跟学术界之间的关系就此永远断绝。他提出抗议与申诉,但终究无法撤销这项判决。然而,德国在希特勒统治下一片混乱,犹太人被闭锁在学术界之外,但这个结果未必会让人感到彻底沮丧,像他的妹夫格哈德·赖伯赫兹就在那年 4 月被迫"退休",就某方面来说,这项判决可说是荣耀的徽章。

"一篇恶毒的谬论"

4月22日，朋霍费尔发表一篇文章，题为《教会之间结合的界线问题》(The Question of the Boundaries of the Church and Church Union)，这是一篇典型的审慎、周全又明确的演讲，通篇说理流畅，文笔优雅，可说是无懈可击的佳作。他在其中说明认信教会所关心的不单单是教义，但也不是毫不在乎教义。他忽然话锋一转语气尖锐地表示，认信教会"小心翼翼地游走在正统的斯库拉巨岩(Scylla)以及毫无信条可言的卡律布狄斯大漩涡(Charybdis)之间"。① 他提到交流(engagement)的各种分际，说明与"另一个教会"（例如希腊正教与罗马天主教）交流，以及与"反教会"组织（例如"德意志基督徒"）交流之间的天渊之别。我们可能与另一个教会之间有所不同，因此交流对话的目标是增进彼此间的了解。但我们不能跟"反教会"的组织交流对话。这篇探讨"**什么是教会？**"这一永恒问题的演讲，有助于他那些处于德国教会史上这段混乱时间的学生明白圣经对这个复杂议题的看法。

但是在这篇绝佳的演讲中，埋藏着一段犹如定时炸弹的句子，马上就要被引爆，一举毁灭周遭的所有字句，并且掀起一阵大风暴。这是朋霍费尔撰稿之初始料未及的发展，而且他从未想到这竟然会演变成整篇演讲的焦点。引起争议的句子是："凡是在知情的情况下脱离德国认信教会的人，就是脱离救恩。"

谴责的声浪如雷直击而下。刊登这篇演讲稿的《福音派神学》(*Evangelische Theologie*)6月号很快就销售一空。朋霍费尔这篇文

---

* 斯库拉巨岩位于墨西拿海峡（意大利半岛和西西里岛之间的海峡）一侧，对行船很危险。它的对面是著名的卡律布狄斯大漩涡。斯库拉也是希腊神话中吞吃水手的女海妖，她有六个头十二只手，腰间缠绕着一条由许多恶狗围成的腰环，守护着墨西拿海峡的一
① 侧。卡律布狄斯则是大漩涡妖怪。

字迫使曾经跟他共同起草《伯特利信条》的赫曼·撒瑟发表宣告,指出认信教会"是一个独立在信义宗教会所支持的认信运动之外的宗派,事实上乃是德国新教土地上有史以来出现过的最恶劣的宗派"。莫兹(Merz)表示,朋霍费尔的声明是"出自一位以往相当稳健人士的狂言,完全违背路德的核心思想"。总监恩斯特·施托尔滕霍夫(Ernst Stoltenhoff)则称其"只不过是一篇恶毒的谬论"。

朋霍费尔写信给欧文·舒茨表示:

> 这篇文字让我成为我们宗派里备受责骂的人……谩骂的情况已经严重到把我说成为让拜偶像之人崇拜而模仿路德的兽……《巴门宣言》要么就是一篇在圣灵带领下关于主耶稣基督的真正信条(足以团结或者分裂一个教会);要么就是一群神学家表达出的非正式意见,果真这样的话,那么认信教会就一直走错了路。[4]

给希特勒的备忘录

1936 年春天,朋霍费尔在知道认信教会总部正在起草一份文件,直言不讳地批判希特勒逼迫犹太人的政策以及其他事项时,他心中又重新燃起对认信教会的希望。那是一份果敢又审慎的文件,且是针对某一个人而写的。那是认信教会发给阿道夫·希特勒的备忘录。

这份备忘录的写作方式,是要让这位发狂的收件人在阅读的时候,能够产生互动对话的效果。信的口吻既不是命令也不是指责,而是提出种种问题,有点像是要希特勒摊牌,请他厘清一些疑点,留给他一些回转的余地。要德国百姓"非基督教化"真的是当局确定的政策吗?纳粹党口中的**积极基督教**是什么意思呢?里面也提到党的意识形态是要强迫德国人仇视犹太人,结果使得基督徒父母面对他们的孩子时感到非常为难,因为基督徒不应该仇视任何人。希尔德布兰特也参与起草,而尼默勒也在上面署名。

　　这份文件在 6 月 4 日送达帝国总理官邸。除了送给希特勒的正本，另外还保留了两份副本，都被严密地存放起来。这一切就是一场精心策划的赌博，因为希特勒的反应可能会很激烈。结果希特勒根本没有任何反应，日子如同往常一天天、一周周地过去了。希特勒到底是否收到这份文件？

　　六个星期后传出恶讯，他们在伦敦的一家报纸上读到关于这份备忘录的新闻。7 月 17 日的《晨间邮报》(*Morning Post*)刊登出一则相关报道。这件事情既然没有对外公布，英国报社怎么会知道这个消息？就在认信教会希望给希特勒一个私下回应的机会，好让他留住面子的当口，希特勒却在全世界人面前丢尽了脸，而且情况继续恶化；一个星期后瑞典一家报纸刊出备忘录的全文。事情看起来似乎是认信教会故意把备忘录泄露给国际新闻界，目的就是要让希特勒难堪，但是，所有备忘录的撰稿人都没有留下副本。有些人怀疑是希特勒自己把备忘录泄露给外界，好让认信教会难堪。确实，这下子认信教会因为利用国际媒体对付德国政府而显得手段阴狠，结果许多信义宗主流教派因此更加疏远认信教会。

　　这到底是怎么回事呢？真相是，朋霍费尔教过的两个学生沃纳·科赫(Werner Koch)和恩斯特·蒂利希(Ernst Tillich)以及认信教会的律师费德里希·韦斯勒博士(Dr. Friedrich Weissler)在幕后主导了这场泄密事件。他们一直对希特勒毫无反应感到沮丧，因此他们认为自己可以迫使他就范。他们三个人后来都遭到逮捕而被送进盖世太保总部接受讯问，在秋天的时候他们被送到萨克森豪森(Sachsenhausen)集中营。韦斯勒因为背负着犹太籍的罪名而跟他的弟兄隔离监禁，并在一个星期后离世。

　　因为奥林匹克运动会即将在两星期后开幕，所以希特勒没有立即采取行动对付这三个人，毕竟国际观光客以及媒体就近在咫尺，而且卖出的门票已经超过四百万张。目前他要暂时表现出宽大以及容忍的气度。

　　认信教会现在已经下了一招险棋。既然事情已经曝光，德国各地的教会都将在讲坛上宣读这篇备忘录，"提出明确的证据，显示教会在面对明目张胆的不公不义时，并没有完全保持缄默。"此外，备忘录的内容还可以印成百万张传单四处散播。认信教会借着公开批判希特勒来努力对抗社会大众拥护希特勒的洪流。那些一两年前还在诋毁他的人如今都非常尊崇他，而奥林匹克运动会更将是他引以为傲的无上成就。就在德国从凡尔赛的灰烬中重新上腾之际，任何批判声望如日中天的希特勒的人，都会被认为是吹毛求疵，或者被视为是国家公敌。

奥林匹克

夏季奥林匹克运动会是希特勒展现"新德国"欢乐开放风貌独一无二的机会。不计一切代价说尽谎言的戈培尔，打造出一座充满诡计和欺骗的大殿堂；宣传家列尼·瑞芬史塔（Leni Riefenstahl）甚至拍摄了一部相当壮观的影片。

纳粹费尽力气把德国装扮成基督教国家，帝国教会还在奥林匹克体育馆附近搭起一座巨大的帐篷。外国游客对德意志基督徒和认信教会之间惨烈的厮杀一点也不知情；希特勒统治下的德国看起来似乎处处洋溢着基督教的气息。认信教会在圣保罗大教堂举办一系列的演讲，讲员有雅各比、尼默勒和朋霍费尔。朋霍费尔写道："昨晚的情形还不错，教堂里挤满了人，有人坐在讲坛的阶梯上，而且每个地方都站满了人。我希望自己能够讲道而不只是发表演讲。"多数认信教会的讲座都爆满；而帝国教会举办的由知名大学神学家主讲的讲座，只有寥寥可数的几位听众。

朋霍费尔对于认信教会是否该参与盛事感到两难。跟德国的虔诚基督徒抗争的对象是毫无悔意的邪恶，既不听从理性也绝不退让。投身其中的人必须采取行动，然后准备承担各种后果。就跟以往一样，似乎只有他预料到这一切。合一运动继续那些无止尽的对话，而认信教会的领袖也一样，只见树木不见林地，因小失大。

牛津运动的主席、美国福音派领袖弗兰克·布克曼眼下就在柏林,他希望能够把基督的福音传给希特勒以及其他纳粹领袖。他的同事莫尼·冯·克拉蒙(Moni von Cramon)认识希姆莱,布克曼在这次旅程中会和他共进午餐。希姆莱曾在前一年对克拉蒙表示:"我既然身为雅利安人,就应该鼓起勇气独自承担自己的罪责。"他反对把自己的罪责放在别人肩上的"犹太"观念。他对布克曼要说的话更是兴趣阙如。事后,布克曼在8月令人遗憾地表示:"我感谢上帝赐下阿道夫·希特勒这些人,因为他们建造出一道防线对抗反基督的共产党。"那是他在位于纽约帕克大道(Park Avenue)和21街交叉口的加略山教会(Calvary Church)的办公室接受《纽约世界电讯报》(New York World-Telegram)访问时随口说出的一句话,并不能代表他对这个议题的完整看法。然而,这透露出即便最严肃的基督徒,也会轻易地被希特勒伪装的保守派基督教的宣传伎俩所欺骗。

奥林匹克运动会结束后,朋霍费尔就前往瑞士尚碧(Chamby)参加"生命与事工"研讨会。德国各地的认信教会牧师将在8月23日宣读"给希特勒的备忘录"。朋霍费尔询问他的监督,自己是否可以留在瑞士,因为他觉得必须要有熟悉备忘录的人留在海外,以便对国际新闻媒体说明其内容以及希特勒是如何处置那些宣读备忘录的人的。

那一天,许多勇敢的牧师都在讲坛上朗读了那份宣言,格哈德·费彼瑞(Gerhard Vibrans)就是其中一位,他是朋霍费尔以及贝特格的好友。崇拜即将结束时,村里的小学校长发现村里的警察在场,于是大喊:"逮捕这个叛徒!"警察耸耸肩说,没接到过这种命令。然而盖世太保还是把所有朗读宣言的人的名字都登记下来。

不要把珍珠丢在猪面前

1936年秋天,路德维希·穆勒再次出招,用一本名为《上帝话语》(Deutsche Gottesworte)的小册子激起回响。他以知名连锁餐厅代言人的慈祥口气,在前言里对顾客说:"我没有为各位第三帝国同志把登山宝训翻译成德文,而是将其德国化……**帝国主教**敬启。"穆勒非常荣幸能帮助他的雅利安之友——耶稣——更清楚明确地跟第三帝国的百姓沟通。而且，既然温柔不合乎"德国"的风格，因此穆勒传递给他同志的是更符合他向往的德国形象的观念："严守党纪的人有福了。因为他将在世上享安乐。"穆勒显然想用这种讥讽的方式进行思想改造。但他到底想要把他那些无知的对象改造成什么样子？

德意志基督徒相信为使德国"福音化"值得付出任何代价，即使舍弃福音的精华，转而传播仇恨犹太人的思想也在所不惜。但朋霍费尔知道以扭曲真理的方式伸张自己理念的，不只是德意志基督徒而已，认信教会的成员不久前也曾扭曲真理。

对朋霍费尔来说，首要之务就是尽可能纯正地传讲上帝的道，而不要觉得上帝的道需要我们帮助或巧饰。单单上帝的道本身就有感动人心的能力，任何外力的介入只会虚耗其本身的能力。朋霍费尔已经再三告诫他的神学生，让上帝的道毫无阻碍地任意发挥其能力吧。

但就现实层面来说，在传讲福音的时候，很难把握这个分寸。是否可以轻易地认定弗兰克·布克曼为吸引希姆莱而"把珍珠丢在猪前"⑩ 了呢？对那些被差派到不热衷福音的教区的神学生来说，这是一个非常现实的问题，这可能会让人感到沮丧。格哈德·费彼瑞被派到马格德堡东边的一个小村庄，那里的居民似乎全都愚钝又老派：

> 我在施文茨(Schweintz)的教区总共有六百人，这可真是个非常破败的教区；平均每个主日只有一两个人上教会……［每个］主日我都会穿上牧师袍到整个村子朝圣一遍，主要目的就是告诉每家人今天是主日……大家都安慰我说，即使没有人上教会我还是领得到薪水。5

他说，三一主日(Trinity Sunday)那天，"除了教堂女司事"，根本没有人上教会。朋霍费尔给费彼瑞的回复非常简短、实际又符合圣

---

⑩ 参见《马太福音》7:6。

经教导："如果这个村子没有人听我们，就去下一个村子。这一切还是有限度的。"他所说的就是耶稣对门徒的指示，要跺掉脚上的尘土，然后离开那个不欢迎他们的村子。① 但朋霍费尔在这一点上并非铁石心肠，他非常同情费彼瑞，因为他是一位非常忠心的仆人，朋霍费尔对他说："你那么忠实地听从我的建议，几乎让我感到无地自容。不要太按字面理解，否则有一天你可能会感到受够了。"

朋霍费尔亲自拜访那个村子，并在那里证道。稍后他写信给费彼瑞表示，他应该写信给会众，"告诉他们，这可能是他们最后一次接受福音的机会，告诉他们，有些地方虽然渴望上帝的道却不得饱足，因为那里工人太少。"

1937 年春天，朋霍费尔写了一篇特别的文章，题目是《论新约中天国之钥的能力以及教会管教》。他想要教会看重自己的价值，要紧握上帝所赐的能力，那是一股巨大而可畏的能力，亟待我们去了解，并按照上帝的旨意善用。正如他教导神学生传讲上帝之道的重要，他现在要教导整个认信教会。文章的开场说：

1. 基督赐给教会神圣的权柄，能够在地上赦免罪或留下罪。②* 永恒的救恩与永恒的刑罚都取决于教会所传的话语。凡是转离自己的罪行归向所传讲的话语并悔改的人，就能得到赦免。凡是继续在罪中的人就要接受永刑。教会若不指责与捆绑那些在罪中不悔改的人，就不能让那些悔改的人脱离罪。6

这一点没有任何还价的余地。接着他论及廉价恩典（但并没有提到这个词）的观念，并且评论合一运动以及认信教会为何要跟希特勒以及帝国教会进行善意的对话，他说：

3. "不要把圣物给狗，也不要把你们的珍珠丢在猪前，恐怕他践

---

① * 参见《马太福音》10:14。
②* 参见《马太福音》16:19,18:18;《约翰福音》20:23。

踏了珍珠，转过来咬你们。"⑪ 我们不可以任意挥霍上帝应许的恩典；我们要保护这恩典，不至于被不敬虔的人糟蹋。世界上有些人不配进入圣殿。传讲恩典毕竟有其限度。不要向不承认、不领悟或者不渴望恩典的人，传讲恩典。这样做不但会玷污圣殿本身，而且那些犯了罪的人在至高者面前必定依旧是有罪的，此外滥用圣物必然让自己受损。视恩典为廉价之物的人终究会对恩典感到厌烦，不但会践踏圣物，更会毁灭那些把恩典强加在他们身上的人。为教会自己的缘故、为罪人的缘故以及为基督徒团契的缘故，务必要守护圣物，不要轻易丢给人。守护福音的方法就是传讲悔改，也就是如实地称罪为罪，并宣告罪人判刑定案。释放罪的权柄需要捆绑罪的权柄来保护。守护恩典之传讲的唯一方法就是传讲悔改。7

他以前在许多不同场合也说过类似的言论。他曾经有如旧约里的先知一般警告过认信教会的领袖，然而也跟那些先知一样，他的这些警告结果只是徒劳一场。

不过，一直跟他们周旋的那只兽，突然在 1937 年显露出它的真面目。不需要继续披着羊皮的狼，把羊皮甩在一边，直奔而来。

纳粹大举出击

1937 年，纳粹彻底卸下公平正直的面具，开始奋力打压认信教会。那年有超过八百位认信教会的牧师和平信徒领袖，不是被关进监牢就是遭逮捕，他们的领袖，也就是直言不讳的马丁·尼默勒也是其中一位。6 月 27 日是他多年来传讲的最后一次证道，人潮一周接一周地涌入他的教会，那最后一个主日，尼默勒一如往常一样直言不讳，他在讲坛上宣告："我们跟古时的使徒一样，丝毫没有要靠自己的

---

⑪《马太福音》7:6。

力量对抗当权者势力的念头。当上帝要我们大声疾呼的时候，我们也不会因为人的命令而默不作声。因为我们向来都必定顺从上帝胜于顺从人，而且必然继续如此。"当周星期四他就遭到逮捕。

即使在动用暴力的时候，纳粹也非常狡猾谨慎。他们非常在意社会大众的观感，所以对付认信教会的策略，大体上可说是步步进逼、逐渐施压。贝特格表示，他们的手段"不是直接禁止认信教会，而是按部就班地以恐吓和打压个别活动的方式，瓦解认信教会"。

他们禁止教会在讲坛上宣读代祷事项，然后开始吊销护照，尼默勒的护照就在那年稍早被吊销；接着，纳粹在 6 月宣布认信教会在崇拜中所收的奉献皆属非法；7 月起所有"通讯"都要遵守纳粹编辑法（Editorial Laws）的规范，并接受跟报纸一样的管制。例如，从那时起朋霍费尔寄给他以前学生的每一份芬根瓦得通讯，都必须由他亲自签名。他必须在每一份通讯的刊头写上私人信件这几个字。这些复杂繁琐的规范以及不公平的法条，让认信教会的牧师忙得焦头烂额，并屡屡因为触犯法条而被捕。

在接下来几年时间，朋霍费尔一直觉得自己应该为每一个被捕的芬根瓦得学生负责。他曾到狱中探视他们当中的许多人，并一直跟他们的妻子和父母保持联系。他在写给一位学生家长的信中表示：

> 我们往往难以了解上帝带领他教会的方式。但我们因为确知令郎是为主受苦，而且耶稣的教会也会为他祷告而稍感平安。主在让他的仆人经历苦难时，会赐给他极大的荣耀……然而，[令郎]会祈祷您将一切交托在上帝手中，并为上帝带给您以及他教会的一切，献上感谢。[8]

他想要让学生的家人了解，从更广的角度来看，他们其实也是整个反抗团体的一部分。为达此一目的，同时也让被捕牧师的年轻妻子能够得到些许安慰，朋霍费尔安排她们住到鲁思·冯·克莱斯特-瑞柔位于克兰-科洛辛的乡居，鲁思因而也成为许多弟兄及其家人的支持者与鼓励者。沃纳·科赫被关在集中营的时候，鲁思写信对他说："我们活在一个怪异的时代,但我们应该为着处境艰难遭受压迫的基督教,需要注入远超过我过去七十年所看过的生命力而献上无尽的感恩。这才是真正的生命见证!"朋霍费尔把科赫的妻子送到克莱斯特-瑞柔夫人那里,享受无可比拟的基督徒的热情款待。那栋旧式半木制的德式多边形房屋,四周围绕着花园和高大的栗树。她甚至还在宽敞的乡村式厨房养着几只小鹅,又把三间客房分别取名为盼望、满足与喜乐。

尼默勒被捕;希尔德布兰特远走他乡

7月1日早晨,朋霍费尔和贝特格都在柏林。由于认信教会牧师被捕的人数一直增加,因此他们到尼默勒位于达雷姆的住处,和他与希尔德布兰特共商对策,但是他们只找到希尔德布兰特和尼默勒的妻子。盖世太保不久前刚刚逮捕了尼默勒。

他们四人正在讨论下一步如何行动的时候,几辆黑色奔驰车在屋子前面停了下来。一发现那些是盖世太保的车,朋霍费尔、贝特格和希尔德布兰特就准备从后门离开,却被霍勒(Hohle)拦了下来,他是非常熟悉这几个人以及大部分认信教会成员的盖世太保官员。他们三人被押解回室内,然后被软禁在屋里,他们在那里待了七个小时,这段时间他们坐在一旁眼睁睁地看着另一位官员搜索尼默勒的住宅。盖世太保巨细靡遗、锲而不舍地搜索,终于有所斩获,他们在一幅画的后面找到一个保险箱,里面有属于"牧师紧急联盟"的好几千马克。

尼默勒当时年仅十岁的儿子伊安(Jan)记得,那天到家里的每个人都被拘留而成为嫌犯。他说:"整个屋里挤满了人。"坚毅的葆拉·朋霍费尔不知道从哪里得到这个消息,朋霍费尔看到他父母的车经过好几次,而他母亲则从车窗向外窥探。那天下午,除了尼默勒,其他人都被释放出来。局势已经进入一个新阶段。

尼默勒被关在监里八个月,但就在他被释放那天,盖世太保马上又把他抓回去。大家都知道他们擅长玩弄这种手段,希特勒无法忍受这么大声反对他的人到处逍遥,因此在此后七年,希特勒授予尼默勒牧师"元首个人囚犯"的荣衔,把他关在一栋乡村别墅里面,直到1945 年,尼默勒牧师假盟军之手才重获自由。

这段时间,希尔德布兰特则在达雷姆传道,他的证道跟尼默勒一样犀利。然而,他逐渐了解到,身为犹太人的他,此刻应该想办法逃亡了。当局开始吊销护照,再等下去可能就会错失良机。7 月 18 日那天是他最后一次证道。

盖世太保官员总是混在会众里面。他们的用意是要恫吓教区牧师,但他们在达雷姆始终铩羽而归,尼默勒会在讲坛上嘲笑他们,有时候甚至要求会众"递一本圣经给我们的警察朋友"。这个主日希尔德布兰特公然违反新法,大声朗读代祷名单;然后他又特别为认信教会的事工收取奉献,他指示收奉献者把奉献放在圣餐台的主餐桌上,然后用祷告把它献给主以及主的事工。盖世太保通常会睁一只眼闭一只眼地看待这种违法的情形,但那天在场的官员却不这样,崇拜结束后,他们一个箭步冲上去拿走了奉献。

然后,希尔德布兰特就被逮捕。希尔德布兰特立即对自己遭逮捕表示抗议,接着会众群聚在一起,声势越来越浩大。当盖世太保把希尔德布兰特押解到外面他们的车上时,嘈杂的群众紧紧跟随在后,会众聚集在汽车周围,继续抗议,盖世太保官员想要发动汽车却一再熄火,经过尴尬的数分钟后,备受羞辱的盖世太保官员终于放弃,踏出车外,开始带着他们的"犯人"徒步走向盖世太保总部。一般来说,他们尽可能在黑夜掩护下安静行事,但现在他们公然走在大街上,因为牧师被带走而愤怒的会众大声奚落他们,让每个在耳闻距离内的人都知道这件事。更糟的是,盖世太保竟然傻乎乎地带着"犯人"走向错误方向。希尔德布兰特和他的教友知道这件事,但他们一点也不想提醒那些一步错步步错的盖世太保,最后,希尔德布兰特被押进亚历山大广场的盖世太保总部。

隔天,盖世太保把他带回他的公寓,在那里搜出另一笔认信教会的经费并且将之没收。不过,其中有一位官员因为牙痛,不得不提早收队,因此这一笔认信教会基金得以原封未动地保存下来。

接下来,希尔德布兰特被押解到普勒岑湖(Plotzensee)监狱。朋霍费尔和其他朋友都担心他在那里会遭遇不测,由于他是犹太人,非常可能会被虐待。朋霍费尔家族倾全力要营救他。由于汉斯·杜南伊插手介入这件事,因此比预定的二十八天刑期提早两天出狱。正因为提早出狱,让希尔德布兰特得以前往瑞士而不被当局察觉。若非杜南伊的介入,他可能会像尼默勒一样再次被逮捕,而留在德国境内。由于希尔德布兰特不是雅利安人,可能就无法幸存。希尔德布兰特从瑞士转往伦敦,而且马上就在圣乔治教堂担任老友朱利叶斯·里格尔的助理牧师,他在那里继续从事难民事工,并且跟贝尔主教以及其他合一运动人士保持联系。然而,朋霍费尔还是会想念他的朋友。

芬根瓦得的结束

柏林的认信教会计划 8 月 8 日在尼默勒牧养的达雷姆教会举行一场祷告会。当局对教会实施管制,但尼默勒的会众就跟他们的牧师一样,比其他人都更执着,于是整件事又演变成一场对纳粹的抗议活动。群众坚持好几个小时不愿散去,有两百五十位坚持到底的会众被逮捕带到亚历山大广场。

1937 年整个夏天,朋霍费尔都在芬根瓦得监督第五期的六个月课程,他那本探讨登山宝训的著作也在此时完成,自 1932 年左右他就已经开始构思的这本《作门徒的代价》,终于在 1937 年 11 月问世。这本书后来成为二十世纪最具影响力的基督教书籍之一。

暑期结束后,朋霍费尔和贝特格一起到巴伐利亚阿尔卑斯的国王湖(Konigsee)和接近埃塔尔(Ettal)的格莱瑙(Grainau)度假。接着他们到哥廷根拜访莎宾和格哈特以及他们的女儿。他在哥廷根的时候接到一通从斯德丁打来的电话,通知他盖世太保已经关闭了芬根瓦得。所有的门都被封死。这个时代已告结束。

接下来六个星期的时间,朋霍费尔和贝特格就留在他父母亲在玛林伯格的住宅。他们住在朋霍费尔的顶楼房间,里面有两张床以及许多书架。从窗户望出去可以看到隔壁房屋和后院,朋霍费尔的姐姐乌苏拉和她先生吕迪格·施莱歇尔就住在那里。贝特格成了朋霍费尔家庭中的一员,不仅每餐饭都跟他们同桌,而且跟这些聪明又有教养的家人相处得非常愉快,他们全都激烈反对纳粹。贝特格和朋霍费尔会在夜里讨论从杜南伊那里得到的最新消息。局势越来越诡谲,尤其是犹太人的处境。

他们的许多傍晚都是在施莱歇尔家度过的,大钢琴就摆在那里。贝特格和迪特里希以及其他人会唱歌,往往是由迪特里希伴奏。迪特里希十一岁的外甥女瑞娜担任指定翻谱员,她就跟她舅舅一样,继承了她外祖母葆拉·朋霍费尔·哈泽家族的外貌,有着淡黄的头发以及湛蓝的眼珠。此时的瑞娜以及当时二十八岁的贝特格,完全没有想到他们会在六年后结为连理。

牧师团

在这六个星期里面,朋霍费尔想尽办法对芬根瓦得被关闭提出申诉,但到 1937 年底已经可以清楚知道,芬根瓦得不可能重新开放。然而,朋霍费尔知道这并不意味着非法神学院就此结束,它将以**牧师团**(Sammelvikariat; collective pastorates)的形式继续运作。

第一步是找寻一间主任牧师同情认信教会的教会,然后安排几位实习助理牧师在他身边。就理论上说,他们会协助他,但事实上是以芬根瓦得的模式接受教育。当地警察局会把每一个神学生登记为当地牧师的助理,但会以七到十人为一组,跟其他神学生住在一起。1938 年总共有两组牧师团,都在东部偏远的波美拉尼亚地区。第一个牧师团位于距离斯德丁东北方约一百英里的柯斯林(Koslin);第二个牧师团的地点更遥远,是在还要往北三十英里。

柯林斯地区的监督是芬根瓦得毕业生弗里茨·欧纳许(Fritz

Onnasch)的父亲。他把十个神学生分配给他教区里的五个认信教会牧师,他们全都住在他的牧师住宅里面,在必要的时候,朋霍费尔也会到那里住。教务长由欧纳许担任。施劳威(Schlawe)的监督是俄都华·布洛克(Eduard Block),他聘请朋霍费尔和贝特格担任他的助理牧师。施劳威的教务长是贝特格。这群神学生住在施劳威东部一处被贝特格称为"教区边陲格罗斯-施隆威兹附近一栋杂乱无章、受尽风霜摧残的牧师宅里"。

朋霍费尔把他的时间平均分配给这两个教区,只要天气许可就会骑着他的摩托车往返柯斯林和施劳威两地,他后半星期会在施劳威授课,周末就留在当地。朋霍费尔也经常前往两百英里外的柏林,而且几乎每天通话,经常是跟他的母亲联络,她一直是他获得教会和政治斗争消息的管道。

朋霍费尔是个永远的乐观主义者,因为他相信上帝透过圣经所说的一切。他知道自己以及忠心信徒所遭遇的一切,都是上帝运行的新契机,而且他的带领变得越发清楚。他在 1937 年发给芬根瓦得校友的年终汇报中写道:"我们现在可以非常笃定地告诉各位,上帝以崭新的方式带领我们,让我们心中充满感谢。"一位神学生在这段期间写的信中,描绘出施隆威兹的生活情形:

> 我刚到施隆威兹的时候,并不太乐观,也没有什么期待……我一想到这段期间在精神以及物质两方面的匮乏,就会不寒而栗。在我心中这算是必要之恶……一定要尽可能抱着自我训练的心态熬过这一切……然而所有情形都跟我当初的担忧完全不一样。我不但没有陷入沉闷乏味的神学泥沼,反而置身在我梦寐以求而且切合自己需求的环境中;大家聚在一起愉快地研究神学,绝不会让任何人因为能力不足而自怜;在上帝话语中的情谊让我们不分彼此,合而为一;与此同时又让我们欣赏这个堕落世界上的一切美好,音乐、文学、运动以及大自然之美;这是一种高尚的生活方式……每当我回想起这一切的时候,我都可以清楚地看到一幅画面……弟兄们在夕阳下一起喝咖啡,吃果酱面

包。主任在离开好长一段时间后回来了……现在我们终于知道最新的消息，而世界就这样闯进我们在波美拉尼亚恬静、俭朴的生活中……如果我告诉你专注在焦点上反而使周边事物更清晰，是否会让你的神学视野变得朦胧？[9]

施劳威的牧师住宅到1939年就不能继续使用了，但这难不倒他们，神学生们搬迁到比格罗斯-施隆威兹更遥远的希格梭夫（Sigurdshof）。好像有一只小鸟带领他们逐渐远离尘嚣，而深入德国童话故事的核心，贝特格写道：

这栋小屋位于当地一个小村庄南方两英里之处，那是他们到那时为止所待过的最偏僻的地方。从屋子正面的四扇小窗户望出去，是一片闲置的庭院，小窗就镶嵌在爬满植物的墙面。维珀河（Wipper River）流经小屋后方，仿佛置身在田园画中。紧邻屋子的树丛下方有一台抽水机，再过去就是一大片森林，直延伸到南方倬斯麦庄园的法辛（Varzin）森林。那里没有电力供应……如果连这里都有人嫌不够安静的话，那么还可以退隐到森林里面的狩猎屋。夏天的时候，他们看得到池塘上倬斯麦伯爵的钓鱼船，以及泰裘（Tychow）宅院的网球场。

我们的煤炭很吃紧；此外，因为没有煤油，所以得用蜡烛。我们全都挤在一间房子里，由一个人大声地演奏乐器或者朗读。[10]

朋霍费尔在写给父母的信中，对当时情况的描述是：

我是在昨天抵达此地的……昨天下午我忍不住和大伙儿一起在被雪覆盖的林中滑雪。那片森林真是美极了，而且非常宁静，所有的东西看起来都如幻似梦。大致来说，我越来越觉得乡村生活比都市生活更能彰显人性尊严，特别是在目前这个时代。各式各样的喧嚣全都消失得无影无踪。我觉得就目前来说，柏林和这个偏僻农庄之间的对比格外鲜明。

　　我们现在几乎被大雪封锁,邮车开不进来,而我们只能偶尔用雪橇跟外界联络……零下二十八度……在这种情形下,一切都进行得相当顺利。护林员给我们两车木柴和两百公斤煤炭,这够我们使用几个星期了。当然,食物的补给也相当困难,但我们还是有足够的粮食。如果我能随心所欲的话,我想我会永远离开城镇。

　　洪水泛滥后,在这里出现的"黑冰"(black ice)实在难以形容。屋子周围十码的草原变成了一片完美的溜冰场……我们的燃料足够使用整整一个星期。

　　过去两天我们陷在可说是连续不止的暴风雪中。[11]

第 *20* 章
战火燃起

··· 1938 年

今天接受坚信礼的这些信徒就像年轻士兵一样要走向战场，这是一场耶稣基督对抗世俗神明的战争。这是一场要信徒献上整个生命的战争。难道上帝，我们的主，不配我们为他而战吗？

——迪特里希·朋霍费尔

亲爱的女士，我们已经落在一群罪犯的手中。我从来没想过竟然会发生这种事！

——沙赫特（Hjalmar Schacht），德意志帝国银行前总裁

对德国和欧洲来说，1938 年是极其动荡不安的一年。朋霍费尔家当然也是如此，对朋霍费尔来说，这年一开始就非常不顺利。1 月 11 日他在认信教会于达雷姆举行的会议上被逮捕。盖世太保出现在会场上，逮捕了在场全部三十个人，并且在亚历山大广场总部侦讯他们七个小时后才放人，不过，当天最大的新闻是朋霍费尔知道他此后被限制进入柏林。盖世太保把他和弗里茨·欧纳许送上一辆前往斯德丁的班车。

牧师团第一期已经开始，朋霍费尔对自己并没有被禁止继续这份事工而感恩；但在政治局势的发展逐渐乐观之际，他却被禁止前往柏林，这确实是一个重大打击。他原本以为能穿梭在柏林与波美拉

尼亚之间，就跟他从 1935 年以来的活动情形差不多。他父母的住处就位于他任教大学的中心，而此时纳粹政权已经摇摇欲坠，每个人都以为希特勒可能即将垮台，这真是被隔绝在外的最糟糕时机。

然而，朋霍费尔认识许多高官达人，因此他绝不至于没有变通的方法。他计划和父母会面一起商量对策，然而他显然无法到他们那里去，因此他们在 2 月初前往斯德丁，在鲁思·冯·克莱斯特-瑞柔的家中和他会面。卡尔·朋霍费尔的显赫地位足以化解当前的困境，于是他说服盖世太保让这项禁令的范围仅限于工作，因此，朋霍费尔还是可以到柏林处理私人以及家庭事务。

有许多原因让朋霍费尔期望希特勒突然间垮台。汉斯·杜南伊在司法部的职位让他了解到许多未经纳粹宣传机器改造的内情，然后他把得知的消息传给他的庞大家族。让纳粹政府陷于窘境的第一次失势是在德国经济繁荣的推手沙赫特为表达抗议而公开辞职的时候；1938 年 1 月爆发的一连串事件而引发了另一次严重危机。他们可能都忍不住要把过去五年来一直蹂躏他们国家的这个"暴躁的素食者"（据称希特勒吃素，其实有误）赶走。

希特勒在 1937 年 11 月开始面临一连串的难题。他召集手下的将领举行一场会议，在会议上透露他的作战计划。任何稍微用心的人都知道，希特勒从崛起之初就想发动战争，现在一切都已经就绪。他告诉那些目瞪口呆的将领，他要先攻击奥地利和捷克，以便让德国东部可以高枕无忧；而且必须暂时安抚英国，因为英国是军事上的一大威胁，但跟英国与法国交战可能也为期不远。这个自大狂用四个小时胡乱勾勒出以他的军事天才立即征服世界的计划："我会撒下鱼饵，让他们一口吞下去！"

离开会场后，所有将领都觉得震惊与愤怒，他们刚刚听到的是彻底的疯言疯语。外交部长纽赖特男爵（Baron von Neurath）还真的为此引发过几次心脏病，贝克将军则觉得"天旋地转"。杜南伊和朋霍费尔不久后参与的暗杀希特勒计划，就是由贝克主导的，而希特勒那天所说的那番话促使他下定叛变的决心。所有将领都对希特勒鲁莽大胆的野心感到困惑，他们开始认为他"精神不正常"又"嗜血如命"。

他的计划无疑是要带领整个国家步上自毁之途。

这些出身普鲁士军官世家的绅士都非常清楚对付像希特勒这种粗人的方法。一方面,他只不过是个微不足道的莽夫,不足挂齿;另一方面,他又是他们深爱的德国的合法领袖,他们曾宣誓效忠的对象。对他们大部分人来说,他可以说是一种低贱的谜题(obscene Chinese puzzle),他们多数人都深爱自己的国家但恨恶希特勒,并且都因为他既愚昧又恶毒的战争计划而感到震惊。他们确信他会让他们的伟大国家分崩离析,在这一点上他们完全无误。从那场会议后,他们就企图推翻他。

贝克尽一切力量说服所有将领筹划一场政变,为要达到最大的宣传效果,最后他辞职了。原本预期这个举动应该可以动摇国本,而且一举把纳粹赶出去;但是贝克为了要维护他出身贵族的尊严,不愿吸引太多的注意力,因此离职的时候非常中规中矩,几乎没有人知道他离开,这让他的辞职没有造成任何影响。他临走前的诤言只能说是蜻蜓点水,完全言不及意。

汉斯·吉斯维乌斯表示,贝克"依旧完全沉浸在普鲁士军官的传统里面,小心翼翼地避免表现出任何污蔑国家当局的迹象"。贝克后来会发现他已经置身在一个崭新的世界,以往他熟悉的那种国家型态已经完全瓦解,被丢弃沉入泥沼了。但贝克当时还不太了解这一点。他的继任人选弗朗兹·哈尔德(Franz Halder)完全不像他那么收敛,他形容希特勒是"魔鬼投胎"!

弗里奇事件

在这次危机中心的许多达官贵人当中有一位,不仅威胁着摇摇欲坠的希特勒,同时也深深吸引着杜南伊和朋霍费尔的目光,那个人就是陆军总司令威廉·冯·弗里奇(Wilhelm von Fritsch)将军。

整场灾难的起因是弗里奇踏出错误的一步,只因他想要说服希特勒放弃作战计划。希特勒对这些上流懦夫没有任何耐心,对他来说,重点不是弗里奇是否言之有理,而是如何让这些捣蛋鬼闭嘴。自大的空军司令戈林想出一个办法。戈林觊觎德国军队里的最高位置已经有好长一段时间,而他最近才刚处心积虑地用卑鄙的手段除掉陆军前任司令,那就是陆军元帅布洛姆贝格(Bloomberg)事件,他因为一桩涉及他新婚妻子的丑闻(戈林检举她曾经卖淫,结果证明属实)而被迫下台。布洛姆贝格这位矮小机灵的绅士,根本没想到他秘书的往事竟然会浮上台面,但事情曝光后,他也就干脆利落地鞠躬下台。

戈林早就料到此举,因为不需要太费功夫就成功地让这些绅士感到面子挂不住而打包离开。故技还可以重施吗?但这次戈林手上没有任何小辫子;然而,他还是会弄出一些花样。他想出一个非常卑鄙的招数。希姆莱能够提供给费里奇定罪的消息,有个狡猾的证人表示,"在柏林波兹坦火车站附近的黑巷里,有一个叫做'巴伐利亚乔'的黑社会人物是弗里奇的同性恋对象。"弗里奇面对这个晴天霹雳的指控,一时说不出话来。

我们必须要说的是,包括希特勒在内的纳粹领导阶层,都不会为难同性恋。许多早期参与纳粹运动的人物都是同性恋,恩斯特·罗姆和他神气活现的上司也都是,希特勒可能也曾涉入这类活动。但在第三帝国内部,同性恋可说是对个人名誉最严重的污蔑,希特勒和纳粹就以其一贯的愤世嫉俗态度,不断地用这种方式攻击他们的政敌;而且集中营里面就充满着这种悲惨的犯人,只要他们配戴着粉红色三角形记号,[当局]就不会张扬他们真正被关起来的原因。

但弗里奇将军确实是遭受不实的指控,并且誓言维护自己的名誉。杜南伊想要探究事情的真相,不久后,他就发现有人故意把弗里奇(Fritsch)和一位名字叫弗里希(Frisch)的"卧病在床的退休骑兵军官"混淆在一起。弗里希曾经活跃在黑巷;但弗里奇却没有。希姆莱和盖世太保清楚这一切,但他们非常想要铲除弗里奇,因此就故意用笔误的方式陷害他。谁会在乎第三帝国成千上万档案中的一个小小的字母 t 呢?他们几乎如愿以偿,幸好未能得逞。

弗里奇在知道这个狡诈的诡计后,他发誓要讨回公道。军事法庭会还他清白,而且希姆莱密谋的证据,足以在大众面前揭发他及其党卫队的真面目。同样涉案的海德里希也会被揪出来,然后被赶回他的潜艇洞穴。盖世太保以及党卫队罪证确凿,整件事情的发展似乎能把希特勒赶下台,而且要是希特勒企图湮灭证据,那么陆军就准备插手。政变的计划已经完成,杜南伊和朋霍费尔正焦虑地屏息以待。

但正如我们所知,这一切没有成真,希特勒就像是魔幻大师一样玩弄手法,再次得以脱身。到底是怎么回事呢? 一如往常,这是德国陆军军官团怯于行动的结果,因为他们被自己错误的良心谴责所束缚与捆绑。这个跟他们称兄道弟的嗜血恶魔,懂得在适当的时机利用他们的良心,勒住他们的脖子。虽然没有几个人认同希特勒的看法,但弗里奇认为像他这种具有崇高社会地位的人,在社会大众面前对这些指控公然表达抗议并不得体。乔基姆·费斯特(Joachim Fest)写道,弗里奇"骤然发现自己置身在一个丑陋的新时代,他跟贝克一起商量出来的竟然是要求跟希姆莱……对决。从这个既可笑又令人鼻酸的计划可以看出,他实在没有能力应付这个新时代"。他也不妨提议跟鲨鱼下盘棋决定胜负。另一个德国保守派人士曾经表示,希特勒"自有其独特之处,他似乎是从已经绝迹的原始部落一跃而出"。他简直就是一个毫无章法的谜团! 等到这些高贵之士理出头绪的时候为时已晚。那年,前帝国银行总裁沙赫特曾在晚餐时对友人说:"亲爱的女士,我们已经落在一群罪犯的手中。我从来没想过竟然会发生这种事!"

希特勒因为要进一步掩饰自己的罪证,于是在2月4日——朋霍费尔三十二岁生日当天——宣布彻底重整德国军队。这是一个大胆干脆的命令:"从现在开始,我要亲自统帅整个军队。"他一举就化解了整个弗里奇事件,又废除了战争部,并成立了国防军总司令部(Oberkommando der Wehrmacht,简称OKW),由他担任总司令。戈林觊觎的最高位置已经不复存在,但希特勒颁给他最宠爱的蠢蛋陆军元帅这个光鲜亮丽的头衔,让他更上一层楼。威廉·凯特尔(Wilhelm Keitel)就是因为欠缺领袖特质,而且不会干涉希特勒的意志,所以才被任命为 OKW 的主管。希特勒曾经对戈培尔表示,"凯特尔的脑筋适合在电影院领位。"这个几乎即将让纳粹政权告一段落的事件,就这样烟消云散。

弗里奇事件可说是能够一举推翻希特勒和纳粹政权,让德国免于后来厄运的良机,但这个良机就这样错过,令人扼腕。然而,许多反抗希特勒的事件也就是因为这个低潮中的低潮所引发的。当时出现的各种反对势力的主要人物是汉斯·奥斯特(Hans Oster),他是反情报中心(德国军情局)的首脑;在平民方面,主要的领袖是卡尔·格德勒(Carl Goerdeler),格德勒是莱比锡的市长,他在 1933 年大胆地拒绝在莱比锡市政厅挂反万字旗,又在 1937 年拒绝把犹太籍作曲家门德尔松的一尊雕像搬离公共场所,但纳粹趁他不在的时候还是把雕像搬走了,于是格德勒辞去职务,从此不遗余力地对抗希特勒和纳粹党。

德奥合并

希特勒在成功地处理好弗里奇事件后,得以重新站稳脚步,然后安心地把全副精力放在征服欧洲上。他步履蹒跚地跨出战争与征服的第一步,就是朝向他的出生地奥地利前进。1938 年 3 月[德国]跟奥地利合并,让他把一整个国家纳入纳粹囊中,对许多德国人来说,**德奥合并**是一个令人激动的时刻,当年《凡尔赛条约》从他们手中夺去的东西,如今透过备受爱戴的元首连本带利返还他们手中。公众人物用尽一切手段争相巴结这位声望逐渐升高的独裁者。基督教界首先作出呼应的是图林根的撒瑟主教(Bishop Sasse of Thuringia),他渴望对元首说"谢谢您",并且要求在他监督下所有牧师都要个别地对希特勒"宣誓效忠"。他发给希特勒的电报保留迄今:"我的元首,我向您报告:在这个伟大的历史时刻,所有图林根福音派教会牧师都顺服内在的命令,带着一颗愉悦的心宣誓效忠元首与帝国……独一的上帝——全心信靠顺服。万岁,我的**元首**!"其他主教因为担心自己没有赶上这场感恩闹剧而迅速跟进，积极地向他们的羊群发出"发自内心的命令"。

帝国教会的新领袖即是费德里希·沃纳博士（Dr. Friedrich Werner），由于他长袖善舞，因此绝对不会被打入冷宫。单单靠他对时机的准确掌握，就足以让他一马登先，因为他挑选在元首的生日逢迎拍马。他在4月20日的《司法公报》（*Legal Gazette*）上发布通令，要求德国境内每一位牧师宣誓服从希特勒，这一点也没有"发自内心"的意味。

> 为表明唯有对元首、人民和帝国忠心不二的人，才可以在教会里面任职，因此颁布以下命令：凡蒙召担任神职的人员，都要以下列誓词宣告忠心履行自己的职务："我宣誓，我将忠心服从，阿道夫·希特勒，日耳曼帝国的元首以及人民，我要尽心遵守法律，并执行分内所有职责，愿上帝赐我力量。"……凡拒绝宣誓效忠者一律除名。[1]

许多认信教会牧师都认为这种宣誓就跟向假神屈膝没有两样，正如早期基督徒拒绝敬拜凯撒的形像，以及犹太人拒绝敬拜尼布甲尼撒王的雕像，他们也拒绝宣誓效忠阿道夫·希特勒。但社会大众普遍把希特勒视为救世主，于是没有几个人胆敢对抗这股风潮。他每一次胜利，都迫使人加入奉承行列的压力倍增。那年4月，朋霍费尔经过爱森纳赫（Eisenach）①著名的沃特堡（Wartburg）时，曾经到过图林根。路德刚被教宗利奥十世（Pope Leo X）逐出教会时，就是在此地把新约圣经翻译成德文，当时是1521年。德奥合并后，朋霍费尔看到城堡顶端的巨大十字架已经被探照灯打出的反万字旗所遮盖。

沃纳要所有德国牧师必须对希特勒"宣誓效忠"的命令，让原本已经脆弱的认信教会更加分裂。许多认信教会牧师都已经厌倦对

---

① 位于德国西南部，巴赫的出生地。——译者注

抗,而且认为宣誓只不过是一种形式,不值得为此失去自己的"事业";也有人虽然宣誓,但备受良心谴责,对自己的作为感到不齿。不过,朋霍费尔和其他人则看出这是沃纳老谋深算的诡计,因此催促认信教会要起而对抗。但教会当局不愿意这样做。卡尔·巴特从瑞士写信说道:

> 我再三阅读过这项决议以及所提出的各种理由后,内心深感震惊……这种退让是理所当然、情有可原,还是势在必行? 从过去到如今,你们那里真的没有人能够带领你们走回那条纯朴的窄路吗? ……有没有人提醒你们不要用这种可怕的方式断送认信教会的前途?[2]

从积极方面来看,朋霍费尔在那年4月主持了鲁思·冯·克莱斯特-瑞柔三个孙辈——司珀斯·俾斯麦、汉斯-费德里希·克莱斯特以及麦克斯·魏德迈的坚信礼。整个仪式是在基克夫的教堂举行,而为符合普鲁士军事阶级的环境,朋霍费尔在证道中以战争为喻:"今天接受坚信礼的这些信徒就像年轻士兵一样要走向战场,这是一场耶稣基督对抗世俗神明的战争。这是一场要信徒献上整个生命的战争。难道上帝,我们的主,不配我们为他而战吗? 偶像崇拜和懦弱胆怯从四面向我们进逼,但最凶狠的仇敌却没有跟我们正面冲突,因为他就在我们里面。'主啊,我信;但我信不足,求主帮助。'"

鲁思·冯·克莱斯特-瑞柔也在场,用骄傲的眼光看着自己的孙辈和朋霍费尔,其余在场的还有她的子女和他们的配偶,以及其他孙辈,当中包括了玛利亚·冯·魏德迈,四年后朋霍费尔将向这个女子求婚。当天接受坚信礼的两个年轻男子,将在当时尚未展开的战争中阵亡:费德里希死于1941年,麦克斯死于1942年。当天在场观礼的麦克斯的父亲也将阵亡。但朋霍费尔跟这几个真正高贵的家族之间的关系,却成为这个晦暗时代最灿烂耀眼的光点。

逃离德国

5 月 28 日，希特勒把他将出兵捷克终结其悲惨命运的计划，通知他的军事将领。6 月份开始强迫征兵，而整个夏天德国都在准备战争。诸多将领发动政变的时机已经到来。8 月时，埃瓦尔德·冯·克莱斯特-舒曼森（Ewald von Kleist-Schmenzin）会见当时还只是国会议员的丘吉尔，商讨英国是否能够协助德国建立新政府的计划。丘吉尔说："我们会供应你们一切，但要先把希特勒的人头带来！"这些将军就开始朝这个方向努力。

战争一触即发的氛围让赖伯赫兹觉得他们在德国的日子所剩不多。即将实施的新法要求所有非犹太名的犹太人，都要修改个人护照：男性要增加中名（middle name）以色列，而女性要增加撒拉。汉斯·杜南伊催促赖伯赫兹在还有机会时赶快离开。如果爆发战争的话，德国的边界一定会被封锁。莎宾和格哈德都听到过不少犹太人在半夜被绑架遭受凌辱的故事，每次门铃响起的时候，他们都会感到非常惊慌，担心门后是否藏着凶神恶煞。他们曾经到瑞士和意大利度假，感受到离开德国才能享受得到的自由。莎宾回忆道："每次旅游结束返回哥廷根时，我整颗心就像是被一根铁条捆着一样，距离城镇越近就捆得越紧。"

最后，他们终于准备离开，那是非常沉重又令人伤心的决定。莎宾和格哈德首先到柏林和家人商量一切最后的细节，家人都已经开始在电话和文字通讯中使用密码。他们还是期待杜南伊告诉他们的那场政变，能够让他们不久后就回来，说不定他们只需要离开几个星期而已，但他们绝对不能冒险；必须走。

9 月 8 日他们返回哥廷根的时候，贝特格和迪特里希搭乘卡尔·朋霍费尔的车从柏林一路跟着，他们计划在隔天陪同一起前往瑞士边界。一切都必须在秘密中进行，连女儿的保姆也绝对不能知道。

隔天是星期五。保姆在 6 点半叫醒女儿，准备让他们上学。孩子的母亲莎宾突然进入房间，表示他们今天不用上学，要去威斯巴登（Wiesbaden）旅游！十一岁的玛丽安妮觉得事有蹊跷，因为他们从来没有去过威斯巴登，但是她非常机灵，懂得如果他们要离开家的话，就一定不能把消息泄漏出去。莎宾告诉女儿的保姆，他们星期一就会回来。

玛丽安妮通常会跟她的好友西贝儿（Sybille）一起走路上学，但那天早上玛丽安妮告诉她，全家要到威斯巴登度周末。当西贝儿跟她说再见的时候，莎宾知道自己可能再也看不到她了。她心想："我一定要记住她的模样。"

赖伯赫兹的车子装得满满的，但又不能太满。一定要看起来像是只不过离开一个周末而已，否则当他们到达接近瑞士巴塞尔的边界时，一定会引起别人的疑心。他们开着两辆车离开。

当他们感觉安全的时候，莎宾告诉女儿说他们根本不是要去威斯巴登；他们要去的地方是瑞士边界。她说："他们可能会因为危机而关闭边境。"

玛丽安妮多年后回忆起当天的情形：

我们的车顶敞开着，天空是一片深蓝色，烈日下的乡野看起来非常优美。我觉得这四个大人之间的默契非常紧密。我知道从现在开始，我们这些小孩必须面对完全陌生的环境，但我觉得非常骄傲，因为我可以分担大人的困难。我想既然我不能亲身对抗纳粹，那我至少一定要跟那些能够对抗他们的大人合作。克丽丝汀和我在车上的大部分时间都在唱歌，民谣和一些关于自由的军歌，我母亲、迪特里希舅舅和贝特格"舅舅"也跟着我们一起唱。我喜欢各式各样的乐曲。迪特里希舅舅还教我唱一首新歌《小船穿行于波浪中》（Uber die Wellen gleitet der Kahn）。

在旅程中，我的舅舅看起来似乎就是我记忆中的模样：非常壮硕又自信，温和敦厚，喜悦又坚毅。

我们在吉森（Giessen）停车，然后在路边野餐。大人们的情绪看起来并不特别沮丧，接着突然间他们说时间已经晚了，要赶快上路,"我们必须在今晚越过边境,他们随时都可能封闭边境。"我们这些小孩坐进车里,父母也进来,然后我记得迪特里希舅舅和贝特格"舅舅"对我们挥手告别,直到他们越来越远成为小黑点,接着就被一座小山挡住了。剩下的旅程不再那么兴奋,父母尽量开快,我们也不再说话,好让他们专心开车。车内气氛变得非常凝重。

我们在深夜的时候跨越瑞士边界。克丽丝汀和我假装睡着,而且假装被人吵醒大发脾气,好让德国边境的士兵不会太仔细地搜索车子。我母亲穿着一件长袖深褐色的仿鹿皮夹克,穿深褐色的用意是要安抚德国军官。我们的车子顺利通过,然后瑞士就让我们进入境内。我父母直到战争结束才再次穿过德国边界。[3]

朋霍费尔和贝特格在挥别莎宾、格哈德和他们的女儿后就回到哥廷根,在赖伯赫兹的屋子住了几个星期,朋霍费尔就在那里完成他的经典灵修小书《团契生活》。贝特格记得朋霍费尔可说是不断地在格哈德的书桌上忙着整理手稿,而贝特格则在研读巴特的《基督教教义》。他们在休息的时候会打网球。朋霍费尔当初是想趁着他这些经验及思想犹新的时候,为神学生写一本小书,但后来他发现可能有更多人对他有关基督徒团契的想法会感兴趣。这本书后来成为灵修文学的经典之作。

就在朋霍费尔写作的时候,捷克的危机已经成为众人瞩目的焦点。希特勒公开宣称欧洲的德语人口都属于德国。**德奥合并**不再被视为侵略行为,而被描绘成一幅慈父迎接孩子回家的画面;苏台德(Sudetenland)①的情况也被描绘成同样的画面。法国和英国无法忍受这种情形。当时由墨索里尼领导的意大利有意附和希特勒。军事将领都知道希特勒的计划就是毫无掩饰地侵略,而这将会带领德国卷入一场必败的世界大战。朋霍费尔知道一场政变即将爆发,他和

---

① 位于捷克北部。——译者注

贝特格跟在玛林伯格的家人一直保持着密切的联系。

卡尔·巴特在这段时间写给友人的一封信中，有着下面这段话："每一个奋勇作战又忍受苦难的捷克士兵，也会为我们这么做，我是毫无保留地说这句话——他也会为耶稣的教会这么做，在希特勒和墨索里尼的统治下，教会不是饱受嘲笑戏谑，就是被彻底铲除。"这封信出乎意料地被公诸于世，然后掀起一阵可怕的风暴。许多认信教会成员认为卡尔·巴特实在太过分了，因此要跟他划清界限。

慕尼黑，1938 年

陆军将领呼吁希特勒进兵捷克，不是因为他们认为这是明智之举，而是因为他们认为这是不智之举，能把他们等待已久的机会送上门。他们会把希特勒捆绑起来送交政府当局，当时他们有各种机会可供选择，其中之一就是宣布希特勒精神失常，不再适合担任领袖，首要证据就是他坚持侵略捷克，即使此举会为德国带来灾难与毁灭也在所不惜。不过，他们也跟一位备受敬重的德国心理医师有所联系，他也认同他们对这位国家领导的判断，以及他们的政治立场。卡尔·朋霍费尔就在一旁等待。他的专业证词非常受用，而根据临床观察看来，他确信希特勒是一个病态狂人。他们认为一切按照法律程序进行就可以揭发希特勒的罪行，这样一来不仅可以避免引发内战，也可以避免把声望日高的他变成一个烈士。但一定要希特勒率先出手才行，只要他一出手，陆军就会发动政变，然后整个局势就会完全改观。

对朋霍费尔家族来说，马上可以得到的好处就是赖伯赫兹一家人可以回到德国。他们预期自己不会一去不返，而这就是他们离开后朋霍费尔和贝特格仍然留在他们在哥廷根的家的原因。他们从杜南伊那里得知军事将领正在筹划一场政变。不论如何，这位曾经在维也纳街头流浪的家伙，随时都可能被赶出去；但是接下来几个星期在世界舞台上演的剧目，比任何小说都离奇。

那年9月的局势是，希特勒即将出兵捷克，而欧洲所有领袖也都预期这会是他下一步行动。这似乎已成定局；他们已经预备采取军事行动阻止他，而且预计会赢得胜利，因为德国显然没有能力应付那么大规模的战争。一切都已布置妥当，仿佛只要希特勒一轻举妄动爬出窗户站在墙檐上，就别想全身而退。他当然不会在众目睽睽下颜面尽失地从窗户爬回屋内，全世界的人都会站在窗户下方看着他，而那些在屋内的军事将领则会从窗户探出头看着站在墙檐上的希特勒。他们知道他无法支持太久，因此预期他会跌落地面，而且如果有必要的话，他们也会"助"他一臂之力，全世界都会为此欢欣鼓舞。然而，这出精彩大剧中令人屏息以待的压轴戏竟然被英国首相张伯伦（Neville Chamberlain）毁了，他突然在这出戏中扮演起原本根本没有的和事佬角色。这一切就好像张伯伦突然驾着热气球飘过此地，刚好让希特勒大爷有机会轻松自若地降落地面。

虽然希特勒接受他的提议，但也对张伯伦的主动多事感到惊讶，然而他的惊讶程度还不及那些将领惊讶程度的十分之一。他们距离成功仅毫发之差，想不透张伯伦为何会做出这种蠢事！张伯伦愿意在希特勒选择的任何地点，亲自跟他会面，而且没有任何条件。这位六十九岁的首相从来没有乘过飞机，但他居然愿意从伦敦搭七个小时的飞机到德国另一边的贝希特斯加登（Berchtesgaden），跟这个粗俗的独夫会面。

在未来几十年中，他这种不合时机的努力，成为教科书上廉价恩典的范例，用地缘政治来说就是：免费的主餐是"和平"，副餐是捷克。这项协约立即遭到卡尔·格德勒的谴责，他形容这是"彻底的投降"；远在伦敦的丘吉尔形容这是"饮下第一口苦杯"。更糟糕的是，这不仅让希特勒得以脱困，更让希特勒有时间建立德国的军事力量。一年后，希特勒的战争机器就会碾过波兰边界，像是对着张伯伦嘲笑不已。

那年10月，重振雄风的纳粹政权要求德国境内所有犹太人的护照都要盖上一个J的印章，这显然表示赖伯赫兹一家人是不能回来了。他们将会离开瑞士前往伦敦。朋霍费尔把他们介绍给贝尔主教和朱利叶斯·里格尔，而他们会接待这一家人，就跟他们过去接待许多来自第三帝国的犹太难民一样；他们一家熟识的弗朗兹·希尔德布兰特也会帮助他们在当地安顿下来。格哈德后来在牛津大学的抹大拉学院（Magdalen College）担任教职，C. S. 路易斯当时也在那里。

碎玻璃之夜，"9.11.38"

朋霍费尔经常表示，耶稣基督是"为他人而活的人"、无私的典范，关爱并服事他人，甚至完全不顾自己的需要与欲望；同样，耶稣基督的教会也是为"他人"而存在的。既然基督不只是教会的主，更是全世界的主，那么教会的存在就应该超越自己的界线，为弱势的人仗义执言，维护软弱无依的人。1938 年朋霍费尔对这个议题的看法，因为 11 月 9 日的一连串动乱而变得更加明确。此时他的眼光不再集中在他自己的苦难，而是从新的角度专注在上帝的百姓——犹太人所遭受的苦难。

从 10 月 7 日开始那一周，发生了各种可耻事件，当时一位十七岁的犹太籍德国人，在巴黎的德国大使馆射杀了一名官员。那个年轻人的父亲之前不久才被丢进一列拥挤不堪的货运火车遣送到波兰。他就是为了这件事以及纳粹其他凌虐犹太人的暴行，才以这种方式进行报复。但他射杀的不是如他所料的德国大使约翰尼斯·冯·魏奇克伯爵（Count Johannes von Welczeck），而是大使馆三等秘书恩斯特·冯·拉斯（Ernst vom Rath），他时机不巧地在半路上遇见这位愤怒的年轻人。讽刺的是，拉斯本人也反对纳粹政权，部分是因为他们邪恶的反犹太思想。就跟国会大厦纵火案一样，这个刺杀事件正好成为希特勒和纳粹领袖所需要的借口。经由一连串"自动自发"的示威，各种对抗德国犹太人的恶行就此铺天盖地展开。

希特勒下令采取行动对付犹太人，但他指望由莱因哈德·海德里希（党卫队中希姆莱的第一副手）负责执行这些行动。海德里希是第三帝国群枭中最邪恶的人物之一，他是个冷酷无情的人，他的点子像是来自于马里亚纳海沟（Marianas Trench）的幽暗世界。拉斯被刺杀后,海德里希在凌晨 1 点 20 分发出一封紧急电传打字信息给德国各地的盖世太保驻所。电报中对如何制造后来被称为"碎玻璃之夜"(Kristallnacht；Night of Broken Glasses)事件的策略有明确指示:捣毁抢夺犹太住家和商店,放火焚烧犹太会堂,殴打杀害犹太人。

这一连串事件开始发生的时候,朋霍费尔正在东边远方的波美拉尼亚乡野。柯斯林的盖世太保也收到这封电传信息,当地的犹太会堂因此被焚烧,但朋霍费尔对此一无所知,因为他已经前往格罗斯-施隆威兹,开始传授后半周的课程;隔天稍晚他才听说德国各地发生的事件;第二天他在跟神学生聊到这件事情时,有人提出不少人都认同的所谓犹太人"咒诅缠身"的理论。这些年轻的神学生并不认同当时发生的一切,并且确实对这一切感到忿忿不平,但他们相当认真地觉得这些恶行会临到犹太人身上,是因为他们拒绝耶稣而招致的"咒诅"。朋霍费尔知道这些年轻人既没有心存仇恨,也没有反犹太思想,但他严正驳斥他们的说法。他们错了。

《诗篇》74 篇应当是朋霍费尔当天或是隔天所读的经文,这恰好是他默想的经文。他对经文的内容感到惊讶,于是用铅笔在经文旁边空白处画线标记,并且在尾端画一个惊叹号! 他也在第八节后半下方画线:"他们就在遍地把神的会所都烧毁了。"他在经文旁边写着:"9.11.38"。朋霍费尔认为这是上帝向他以及全德国基督徒所要说的话。上帝在那天借着他的话语告诉他一些事情,而在他默想与祷告后,朋霍费尔领悟到德国各地被烧掉的犹太会堂就是上帝自己的会堂。此时,朋霍费尔非常清楚地了解二者间的关联:扬手攻击犹太人就是扬手攻击上帝自己;纳粹攻击上帝的方式就是攻击他的百姓。德国的犹太人不是上帝的仇敌,而是他所疼爱的子女。这显然是一种启示。

几天后在发给芬根瓦得全体学生的通讯中,朋霍费尔发表他对这件事的感想,为让他的观点更明确,又增加几处经文:"最近我一直在深思《诗篇》74 篇,《撒迦利亚书》2:8 以及《罗马书》9:4 以下和 11:11~15。这一切都指引我们要迫切地祷告。"综合观之,他是在传讲一篇非常激励人心的信息。他引用《撒迦利亚书》的经文是:"万军之耶和华说:'在显出荣耀之后,差遣我去惩罚那掳掠你们的列国,摸你们的,就是摸他眼中的瞳人。"《罗马书》9 章的经文是:"他们是以色列人;那儿子的名分、荣耀、诸约、律法、礼仪、应许都是他们的。列祖就是他们的祖宗,按肉体说,基督也是从他们出来的,他是在万有之上,永远可称颂的神。阿们!"而《罗马书》11 章说的是:"我且说,他们失脚是要他们跌倒吗? 断乎不是! 反倒因他们的过失,救恩便临到外邦人,要激动他们发愤。若他们的过失为天下的富足,他们的缺乏为外邦人的富足,何况他们的丰满呢? 我对你们外邦人说这话,因我是外邦人的使徒,所以敬重我的职分,或者可以激动我骨肉之亲发愤,好救他们一些人。"

朋霍费尔是在用犹太人(大卫、撒迦利亚和保罗)的话,说明犹太人是上帝的百姓,弥赛亚出自他们当中并且首先到他们那里去。他从来没有离弃他们,而渴望跟那些犹如"他眼中瞳人"的百姓相会。基督教之所以会临到外邦人,主要原因就是犹太人无法接受弥赛亚。朋霍费尔认为对犹太人行恶,就是对上帝以及上帝的百姓行恶,但他在神学上并没有藉此进一步表示,基督徒不需要向犹太人传基督的福音。相反的,他引用那些经文驳斥这种想法,也反对纳粹禁止犹太人加入德国教会的作法。

朋霍费尔在犹太议题上采取的这种神学立场可说是十分罕见。但他知道那天早晨上帝向他说话。贝特格表示,朋霍费尔从来没有把时事写在他的圣经里面,这是绝无仅有的一次。

汉斯-沃纳·詹森记得朋霍费尔在知道碎玻璃之夜后犹太人所遭受的一切,让他"内心辗转难安,燃起一股义怒……在那凶险的几天当中,我们开始学习——不只是人类的报仇,而是《诗篇》中所谓申冤的祷告,也就是'为上帝的名'把无辜人的冤屈交在上帝手中。迪特里希·朋霍费尔从这些祷告中所看到的不是冷漠与消极,对他来说,祷告所展现的是最积极活跃的行动力"。

朋霍费尔对认信教会领袖在 1938 年既没有表现出胆识,也无法坚守立场,感到心灰意冷,原因并不在于那些牧师没有得到他们迫切需要的鼓励与支持。他在那年的降临节书信中写道:

我不知道我们怎么会陷入这种非常危险的思考模式。我们认为只要自己每隔一星期反省自己设定的方向是否正确，那么我们就可算是非常认真负责。非常值得注意的是这种"重估责任心"的态度，总是在我们面临非常严重的困难时才会出现。接着我们在言谈中表示我们对这个方向已经不再感到"喜欢与满意"，或者更糟的是，我们仿佛已经不再能像以往那么清楚明白地了解上帝和他的话语。我们经历的这一切就是新约圣经中所说的"忍耐"与"试炼"。保罗在面对抵挡与苦难的时候，无论如何都不会率先反省他的方向是否正确，路德也不会。他们都非常确定与喜悦地认为自己应该继续走在主的门徒与信徒这条路上。亲爱的弟兄们，我们真正的难处不是我们的方向，而是我们无法忍耐、无法静默不语。我们仍然无法理解现在上帝其实不要指示我们新的方向，而只是要我们依循旧的方向。我们认为这一切都太平凡、太单调也太无趣了；我们无法接受上帝的道路未必总是亨通，我们虽然走在正确的道路上，但还是可能"失败"这个事实。但这就是我们发现自己是靠信心还是血气之勇的时候。[4]

朋霍费尔竭尽一己之力，鼓励与支持在基督里受逼迫的弟兄。那年有许多牧师都遭到逮捕，而弗里茨·欧纳许就在那年圣诞节被捕。朋霍费尔在12月写信给芬根瓦得的弟兄："今年的资产负债表可说是不言而喻。你们当中有二十七人被捕下狱，许多人都被关了好几个月，有些人还没出来，得在牢里度过整个降临节期。当然，每个人不论是在工作上或者在个人生活上，都必定免不了遭受反基督教势力越来越多的攻击。"

朋霍费尔开始对认信教会的战争是否已经结束感到纳闷。他一直感觉到上帝呼召他投向另一个战场。他知道一件事：他不愿意拿着枪上任何战场。正如某些人所说，他不主张和平主义，但他知道希特勒正把德国导向一场不义之战。但战争已即将临头，他知道自己会被征召服役。那该如何是好？

参与密谋

我们无法知道朋霍费尔加入密谋的确切时间，主要是因为他一直都牵涉其中，甚至在整件事能被称为密谋之前，他就已经涉入。朋霍费尔家族认识许多政府高官，而且大都跟他们一样站在反希特勒立场。卡尔·朋霍费尔熟识柏林的著名外科医师费迪南德·绍尔布鲁赫(Ferdinand Sauerbruch)，他不但反对纳粹，而且说服德国外交官弗里茨·科尔比(Fritz Kolbe)加入反抗军。科尔比后来成为美国对付希特勒的最重要的谍报员。葆拉·朋霍费尔跟她那担任柏林军事指挥官的侄子保罗·冯·哈泽(Paul von Hase)非常亲近。他不遗余力地对抗希特勒，而且将在 1944 年 7 月 20 日发生的"瓦尔基里计划"担任重要角色。迪特里希在遭逮捕，被关在泰格尔监狱后，哈泽的地位让他在狱中遭受的待遇大不相同。朋霍费尔的哥哥克劳斯(德国航空公司的顶尖律师)跟商界以及其他社会领袖有密切的接触，而他们的姐夫吕迪格·施莱歇尔(也是律师)是陆军军法处主管卡尔·萨克博士(Dr. Karl Sack)的好友。

另外还有身为密谋首脑之一的汉斯·杜南伊。他在 1933 年被调到帝国司法部长弗朗茨·古特纳(Franz Gurtner)身边，大开眼界地在被血溅的近距离之处，观察纳粹领导阶层的内部运作。但因为他竭力避免跟纳粹党有任何关联，因此让他灾祸不断。1938 年他厄运连连，但他因为担任莱比锡最高法庭法官而幸免柏林当局的压力。他仍然每星期回到柏林讲课，因此能继续跟反抗军保持联系，尤其是汉斯·欧斯特(Hans Oster)将军以及卡尔·格德勒。他住在玛林伯格大道上的岳父家中，而在那里经常和他年纪尚轻的内弟迪特里希碰面。

杜南伊在 1938 年协助埃瓦尔德·冯·克莱斯特-舒曼森，把希特勒和纳粹的消息提供给英国情报单位，希望能在希特勒进军奥地利和苏台德之前，说服他们立场坚定地对抗希特勒。他们的主要接触对象是丘吉尔，当时他还不是首相。不过杜南伊在1938年10月开始更积极地参与密谋。

那时，希特勒正准备用武力夺取捷克，而张伯伦竟然胡涂到放任他肆无忌惮地出兵。当时德国军情局的头子是威廉·卡纳里斯（Wilhelm Canaris）。卡纳里斯在得知杜南伊对希特勒的态度后，就指派杜南伊担任他的幕僚，然后要求他把纳粹各种暴行整理成一套档案。一年后，进军波兰的战争开始时，杜南伊就把党卫军突击队的野蛮行径一一记录下来，然而许多高级将领对此毫不知情。卡纳里斯知道时机成熟后，这暴行的证据将会是让这些将领以及其他涉案人士绳之以法的重要凭据；这些消息也能让德国百姓了解希特勒的罪行，让他无法再左右他们；这也能让新政府得到必要的权威。

杜南伊搜集到的许多消息都透露给他的内兄内弟以及他们的家人，朋霍费尔一家人比其他德国人民更早一步知道在波兰的集体屠杀、当地犹太会堂被有计划地焚烧，以及其他消息。许多被埋藏多年的秘密，朋霍费尔一家人几乎在事情发生之初就立刻知道。杜南伊把这一切都记在档案里面，档案的标签是《国耻实录》（Chronicle of Shame），不过后来是以"佐森档案"（Zossen File）这个名称而闻名于世，因为这份档案最后被藏在佐森。纳粹后来发现了这份档案，导致杜南伊以及其他多人被处死，包括他的连襟吕迪格·施莱歇尔以及内兄克劳斯和内弟迪特里希·朋霍费尔。

早在朋霍费尔决定加入密谋之前，他就对杜南伊和其他领袖提供建议。当时他还没有准备更深入地参与其中。为要了解他在其中可以担任的角色，以及聆听上帝的旨意，他得再到美国旅行一趟。

第 *21* 章
破釜沉舟

我有好一段时间在思考自己与祖国的处境，并为此祷告，也请求上帝厘清他给我的旨意。结论是，我到美国是个错误之举；我应该跟德国的基督徒同胞一起度过我们国家历史上这段艰辛时期。如果我在此时不能够跟自己的同胞共担这个时代的试炼，那么在战后我就没有资格加入重建德国基督徒生命的行列。我在认信教会的弟兄希望我离开；他们催促我走可能是对的，但我不应该离开。每一个人都要为自己下定决心。德国基督徒所面对的抉择在于，不是期待自己国家战败而让基督教文明得以延续，就是期待自己国家战胜而让我们的文明惨遭毁灭。我知道自己该如何抉择，但我无法在安全中作出抉择。

——朋霍费尔致莱因霍尔德·尼布尔的信，1939 年 7 月

1 月 23 日，朋霍费尔母亲告诉他说接到一纸通知，要求所有在 1906 年与 1907 年出生的男子向军事单位报到。朋霍费尔现在可说是无路可退。他不能以违背良心为由拒绝服役，这会让他遭逮捕而被处决。而这件事影响甚远：要是认信教会领袖不愿意拿起武器护卫德国，那么整个认信教会都会被蒙上一层阴影；这会让其他认信教会牧师认为朋霍费尔相信他们也应该群起效法，但朋霍费尔并没有这种念头。这是个非常棘手的难题。

　　然而,还是有解套的方法。朋霍费尔也许可以想办法把他的征召令延后一年;或许他在这段期间可以回到美国,参与合一运动的活动。就在他思考各种方案时,他决定跟当年在协和神学院时的教授莱因霍尔德·尼布尔商谈。尼布尔那年在爱丁堡担任颇负盛名的吉福德讲座(Gifford Lectures),而且很快就要前往英格兰的萨塞克斯郡(Sussex)。朋霍费尔想要去探望在异乡艰苦奋斗的莎宾和格哈德,他也非常想去看看贝尔主教,因此他决定要前往英国。

　　但希特勒再次威胁要出兵布拉格,如果他这么做的话,缓征的希望就会完全落空,因为一旦战争爆发便不可能缓征。3月10日,贝特格和朋霍费尔搭火车到达比利时海岸的奥斯坦德(Ostend),因为政治局势紧绷,朋霍费尔直到越过边境才敢入睡。要是希特勒决定出兵,那么他们搭乘的火车就会在德国境内被拦下来,而且没有人能下车离开;好在他们在隔天就越过了英伦海峡。3月15日,希特勒撕毁跟张伯伦签订的《慕尼黑协定》,一举吞并大半个捷克。这位英国首相为挽回颜面,誓言如果希特勒入侵波兰就要向他宣战。

　　战争即将爆发,一切都非常明显,朋霍费尔感到手足无措,于是在3月25日写信给贝尔主教:

　　　　我在想什么时候要离开德国,主要原因是今年就会强迫征召我这个年纪(1906年)的男子服兵役。就目前局势来说,我的良心实在不容我投入战争;另一方面,认信教会还没有针对这方面表达明确的立场,而且就目前情形来看,也不可能表达任何立场。因此,如果我在此时表示自己的立场,想必会对我的弟兄造成极大的伤害,因为当局会认定我的立场所反映的就是我们教会对政府的一贯敌对态度。最糟糕的应该就是我必须宣誓效忠军队。因此,我对这种情形感到相当迷惑,更甚的是,我是单单基于基督徒的立场而不愿意在目前的局势下服役,却只有少数几个朋友认同我的态度。尽管我对这件事曾广泛地阅读与思考,依旧无法确定在其他情况下,自己会做出怎样的决定。但就目前情况看来,如果我在"此时此地"拿起武器,就会严重违反我的基督徒信念。我曾经想过投入宣教工场，这不是要逃避现实，而是我想要服事那些真正需要帮助的人，但这里德国外汇市场的情况，使得我们无法差派工人到海外；至于不列颠海外宣教协会（British Missionary Society），我不知道那里是否有服事的机会。另一方面，只要情况允许，我最大的希望还是要服事认信教会。[1]

简而言之，这就是朋霍费尔的难题，这也显示出他认为基督徒不能单单只被各种原则左右的想法。原则的应用有其限度，每个人都必须在一定的时机，聆听上帝的声音，必须知道上帝呼召自己做什么有别于他人的事情。朋霍费尔不相信他应该拿起武器投入这场侵略战争，但他也不认为可以把自己的看法树立为铁则，或者径自宣布自己的决定，而让认信教会左右为难。他希望想出一个两全其美的办法，一方面能让他顺从自己的良心，另一方面又能避免强迫别人顺从他的良心。

至于其他议题，他就非常愿意表明自己的立场，并且鼓励别人以他为榜样，《雅利安条款》就是一例；但为德国拿起武器就错综复杂多了，他不能因为这件事而惹是生非，尽管这几乎是无法避免的结果。然而，一定有化解的方法，他会为整件事情顺利解决而祷告，也会请教那些他认识又值得信靠的友人，例如贝尔主教。

他在英国的时候，非常兴奋能再次见到弗朗兹·希尔德布兰特以及朱利叶斯·里格尔。他跟合一运动的同工举行多次会议，他们大都感到心灰意冷。3月29日他跟赖伯赫兹前往牛津，并在4月3日跟朱利叶斯·里格尔和格哈德·赖伯赫兹到萨塞克斯会见了尼布尔，希望能得到帮助。朋霍费尔表示，如果他能得到协和神学院邀请他任教一年的正式聘书，就可以化解他的难题，而且需要尽快进行。尼布尔了解情况十分紧急，因此马上着手进行，并动用一切关系促成这件事。

隔天，帝国教会就发表了由沃纳博士签署的《戈德斯堡宣言》（Godesberg Declaration），宣言表示，国家社会党是"马丁·路德的成就"的自然延伸,并声明"基督教在信仰上跟犹太教势不两立"。其中还说道:"罗马天主教这个超越国界的跨国教会组织以及世界各地盛行的新教体制,都是腐化的基督教。"

普世基督教协进会临时委员会(Provisional Committee of World Council of Churches)写了一份回应的宣言,由卡尔·巴特起草。文中斥责这种把种族、国别以及肤色跟纯正的基督教牵扯在一起的想法,并宣称"耶稣基督的福音就是犹太人盼望的实现……基督教会乐于跟接受福音的犹太人建立团契"。催生这份宣言的人是威廉·维瑟·霍夫特(Willem A. Visser't Hooft),他是一位朋霍费尔在合一运动行列中结识的荷兰人,如今已在合一运动位居要职。朋霍费尔在得知维瑟·霍夫特会来到伦敦后,就要求贝尔安排跟他会面,他们在帕丁顿(Paddington)车站见面。多年后,维瑟·霍夫特回忆起他们会面的情形说:

> 我们对彼此都已经耳熟能详,但让人惊讶的是,我们从初识的好感很快就进入更深层的谈话——其实,他马上就把我当成老友看待……我们在月台上来回走了好长一段时间。他向我叙述他的教会和国家的情况。他说话的方式非常脚踏实地,毫不花哨,而对于一触即发的战争,有时候几乎可说是洞烛机先……就目前这个时机看来,难道拒绝服务一个把国家带向战争又撕毁所有条约的政府,是不应该的吗?但这种立场会为认信教会带来怎样严重的后果?[2]

朋霍费尔也前去奇切斯特会见贝尔主教。在他离开英国前,他写信感谢贝尔的建议与体谅:"我不知道这一切的结果会是如何,但知道你了解我们所面对的良心问题,对我来说意义非常重大。"朋霍费尔在 4 月 18 日返回柏林,希望他跟尼布尔的会面能有所收获。他在英国停留了五个星期,在这段期间战争爆发的可能性大增。

两天后,德国欢庆希特勒的五十岁生日,长袖善舞的沃纳博士再次趁机争宠。他在德国帝国教会的正式刊物上发表一篇对希特勒歌功颂德的文章："［我们为庆祝］我们元首五十岁诞辰而感到欢欣鼓舞。上帝借着他,赐给日耳曼人民一个真正的能人奇士⋯⋯让我们把感谢化为坚毅不拔的意志⋯⋯绝对不要辜负我们的元首和这个伟大的历史时刻。"

更糟的是,曾经是真理与正统神学喉舌的另一份教会刊物《新生代教会》(*Junge Kirche*)也投靠黑暗势力,把希特勒渲染为光明耀眼的救世主："今天每一个人都清楚看到元首奋勇地在旧时代中披荆斩棘开出一条路,凭借其心灵展望新世界,并努力实现之,他的名字已经被记载在专为开创新时代的伟人而保留的少数珍贵世界史页里面⋯⋯元首也为教会增添了一个新的使命。"

朋霍费尔知道自己随时可能被征召,但他能做的只有等待与祷告。尼布尔从多方同时着手。他在 5 月 1 日写信给纽约的亨利・利珀博士,对朋霍费尔赞不绝口,又催促利珀尽快行动,因为"时间不多了"。利珀也是在合一运动的场合认识朋霍费尔的,而且 1934 年的时候,他们曾在法诺一起相处过。尼布尔也写信给协和神学院院长斯隆・科芬(Henry Sloane Coffin),请求他帮忙。尼布尔又写信给朋霍费尔的朋友保罗・莱曼,当时他在芝加哥近郊的埃尔姆赫斯特学院(Elmhurst College)任教。短短几天,尼布尔发出的信件就在大西洋对岸掀起一阵忙乱:电话联络、开会协商、更改计划以及书写更多的信件,一切都忙成一团,然而大家都热切盼望能把朋霍费尔从迫在眉睫的危机中救出来,更希望能把这位年轻聪明的神学家带到他们的领域内。整件事让人感觉眼花缭乱,但朋霍费尔对大家为他大费周章的努力毫不知情。

5 月 11 日,利珀寄给朋霍费尔一封正式函件,邀请他同时在协和神学院以及利珀的组织,也就是教会互助协会总部(the Central Bureau of Interchurch Aid)担任职务。对利珀而言,朋霍费尔可以在纽约担任德国难民的牧师,也可以在协和神学院和哥伦比亚神学院的暑期班担任讲座,而到秋季的时候,他就可以在协和神学院的正规学期担任讲座。利珀专门为朋霍费尔开办的职位应该可以让他"至少在未来二年到三年"够忙碌的。同时间,保罗・莱曼在得知有机会让他的老友回到美国后,立刻就发出紧急函件给至少三十所院校(在计算机问世前,这样做一点也不轻松),询问他们是否有兴趣邀请朋霍费尔开办讲座。在每封信的第一行他都会提到尼布尔的大名,表示尼布尔就是"向阁下推荐朋霍费尔"的团体的主席。他形容朋霍费尔是"最有才华的新生代神学家之一,而且是最有胆识的新生代牧师之一,在目前这个关键时刻,他正在德国忠心传讲与推广基督教"。

即使大家付出这些努力,朋霍费尔还是无法决定自己的去向。他的朋友阿道夫·富登堡(Adolf Feudenberg)寄给他的一封信,让情况变得更复杂。富登堡表示如果朋霍费尔前去担任难民牧师的话,只要国家社会党主政他就不可能再返回德国。朋霍费尔向来不喜欢被逼到墙角。

认信教会的情况也似乎逐渐毫无希望。他们对卡尔·巴特在信中称呼每一个为反抗希特勒而阵亡的捷克士兵为烈士表示反感,这让朋霍费尔困扰不已;认信教会竟然会排斥《巴门宣言》的作者,更让他感到悲痛。这件事情再加上其他事情,使他觉得自己在德国已经没有可以发挥的余地,美国似乎是上帝要带领他前往的方向。然而,他还是无法确定。

在他前往美国之前,他跟约十位学生和友人在奥托·杜慈的公寓聚会。舍恩赫尔、梅克勒、格哈德·艾伯林(Gerhard Ebeling)和贝特格都在场。杜慈回忆道:"朋霍费尔向我们解释他前往美国的原因,然后我们谈到要如何接续他的工作,也就是芬根瓦得的神学院。这是所非法的神学院,以地下聚会的方式非法存在。我们彼此间交换许多关于如何继续下去的方法,也讨论许多必要的事情。在讨论过程中,他出乎意料地问我们,是否会特赦谋杀暴君的犯人。"

当时,只有贝特格知道朋霍费尔跟反抗军有牵连。后来他在谈话中举出在干道——好比柏林的克弗斯敦坦(Kurfurstentum)大道——酒醉驾车撞死路人为例。他说,每个人都应该尽自己所有力量去阻止那个人驾车杀害更多的人。一两年后,朋霍费尔终于知道只有少数人才知道的消息,那就是被屠杀的犹太人其实远远超过他们的想象,他觉得自己有责任尽所有力量阻止这件事。但此时,就在他远赴美国前,他还在思考整理这些事情。

5 月 22 日,朋霍费尔接到向军事单位报到的通知,他知道自己必须马上行动。他联络相关单位,告诉他们接到协和神学院和利珀的正式邀请。6 月 4 日,他就起程前往美国。

重返美国

朋霍费尔把赴美期间的一切都记载在日志上,同时也寄出许多明信片和信函,大都寄给贝特格,然后由他把消息传递给其他人。朋霍费尔从柏林搭乘夜机到伦敦:"我们目前正在美妙的夕阳中飞越海峡。现在已经是 10 点钟,天空却依旧明亮。我一切都很好。"他 7 日在南安普敦登上轮船:"我在航向大西洋前,用这张明信片寄给你所有我最后深深的祝福,因为海上没有邮局。我们刚离开南安普敦,接着会在瑟堡(Cherbourg)靠岸两个小时。我的舱房很宽敞,船上各个角落都非常开阔。天气晴朗,海面也相当平静。"他在 8 日遇到一位在协和神学院就读的年轻学生。他写道:"这就像是祷告得到回应。我们聊到基督教在德国、美国和瑞典的情形,他刚去过那些地方。当然也谈论到在美国的使命!"他仍然在思考未来,关于他在美国的时间,但在他 9 日寄给贝特格的信中看得出来,他已经觉得自己远离德国以及"众弟兄",这点却让人感到意外,"尽管你可能是在那里服事,而我是在美国服事,但我们都与他同在。他让我们连结在一起。还是我错过他所在之处?他为我预备的地方在哪里?上帝说:'没有错过,你是我的仆人。'"6 月 11 日是星期日,但船上没有举行崇拜。朋霍费尔跟贝特格约定每天要在同一时间进行个人灵修。这就是芬根瓦得让他向往的特点之一:每天默想圣经,以及每天跟大伙儿在同一时间从事同样活动的合一感。然而,轮船已经接近纽约,时差的转换造成一阵混乱,"但我与你同在,现在更胜以往。"他写道。接着他似乎一时兴起,率直地高谈阔论他的动机和上帝的旨意:

但愿我对未来的方向已经毫无疑虑。不论我们如何努力探寻自己内心深处，始终都无法识透——"他晓得人心里的隐秘。"⑭即使我们内心因为充满相互矛盾的指控与反驳、欲望与恐惧而混沌朦胧，他还是能非常清楚地知道我们所有的隐秘。而在我们心中，他会发现他亲手写的那个名字：耶稣基督。因此有一天我们也会清楚识透上帝的心，那时我们就能读到，不，是能看到一个名字：耶稣基督。所以我们要庆祝主日。未来有一天我们将要认识并看到我们现在所相信的，未来有一天我们将一起在永恒里举行崇拜。

> 喔，主啊，你就是初与终；
> 介于两者之间的生命是属于我的。
> 我在黑暗里游荡，却没有发现我自己；
> 喔，主啊，唯有你识透万物，而且光明就是你的居处。
> 只要极短的时间，一切都已成就；
> 然后一切混乱都平息消逝。
> 然后我将借着生命的泉水苏醒我自己，
> 我且将与耶稣对谈直到永永远远。[3]

二十六个日子

1939 年 6 月 12 日，也就是朋霍费尔离开纽约届满八年的前一周，今天他再次穿过这个宏伟的港口进入美国。但就他和整个城市来说，眼前的一切已经完全改观。曼哈顿的天际线已经不像他上次来的时候对他露齿而笑，同时自从他离开后也没有"长出新牙"。大兴土木的景况，以及爵士时代的活力与激动已经不复存在。当年才刚露出端倪的大萧条，现在已经迈入第十个年头。

---

⑭ 《诗篇》44:21。

教会联合咨议会（Federal Council of Churches）的梅西牧师（Reverend Macy）在码头迎接朋霍费尔，然后送他到帕克赛德旅馆（Parkside Hotel）。隔天，星期二早上，他跟亨利·利珀一起吃早餐："他〔亨利·利珀〕非常客气地问安，然后接我离开。我们首先谈到未来。一开始我就坚定地表示，我最多待一年就要回去。这虽让人惊讶，但我很清楚，我必须回去。"

朋霍费尔抵达纽约还不到二十四小时，他的心情就已经非常低落。他非常确定自己必须回去。利珀认为朋霍费尔会在那里停留得更久些，因而大感意外。这到底是怎么回事？那天稍晚朋霍费尔打过几通电话后，就前往协和神学院，然后就安顿在所谓先知小楼（the Prophet's Chamber），那是一间设备齐全的客房，就位于神学院大门的正上方。那间客房非常宽敞，有高挑的屋顶和镶木的墙壁，朝东的整片窗户可以看到百老汇街和第 121 街，而靠西的窗户望出去可以"俯瞰整个美丽的中庭"。他受到的是巨星级的接待。但还有更高的荣耀等着他：4 点钟的时候他要到中央车站会见科芬博士，科芬邀请朋霍费尔到他的乡村宅院做客，那里位于邻近麻州边境的伯克希尔（Berkshire）。

亨利·斯隆·科芬可说是美国东岸自由派的代表人物。他在耶鲁获选为骷髅会员（Skull and Bones，美国耶鲁大学中兄弟会社团），1910 年担任曼哈顿知名的麦迪逊大道教会（Madison Avenue Church）的牧师。他在 1926 年就任协和神学院院长时，《时代》周刊还以他为封面人物。科芬所认识的是 1930 年二十四岁时的朋霍费尔，他那时是位聪明的斯隆研究员，拥有柏林大学的博士学位，而且非常认真地看待圣经和他自己，非常拥护巴特和路德；但他现在要会见的朋霍费尔已经今非昔比。如今的朋霍费尔是在尼布尔的大力推荐下前来的，尼布尔语出惊人——但非常正确——地表示，如果协和神学院不愿意收留朋霍费尔，那么他的下场多半会沦入集中营。虽然科芬在神学上坚定主张自由派思想，却尊重朋霍费尔以及他所主张的巴特的观点。

在搭火车北上的两个半小时期间，这两位高雅的人士——五十九岁的美国人和三十三岁的德国人，一路上都在讨论美国教会的情况。但在谈话过程中，朋霍费尔的心思不断思想着家乡的景况，怀疑自己要在美国逗留多久，以及自己到底应否来到这里。他一贯擅长压抑自己的情绪，因此没有在科芬面前透露出任何内心煎熬的迹象，不论在火车上，或是在与科芬及其家属乡居共处的三天期间都是如此。我们可以从他的日记看出他的心思：

【6月13日】

康涅狄格州湖景镇（Lakeview）山丘上的乡居，四周植物鲜艳茂盛。傍晚时分花园中出现数千只萤火虫，就像是飞舞的火光。我从未看过这种景象。这是相当美妙的景象，是一种非常友善与"非正式"的接待。唯一欠缺的就是德国那些弟兄们。孤独的第一个小时很难熬。我不明白自己为何会在此地，这是否是明智之举，这一切是否值得。傍晚最后一件事就是阅读与思想家乡的事工。我现在几乎有整整两个星期没有听到任何关于那里的新闻。实在让人难耐。[4]

【6月14日】

8点在阳台吃早餐。夜里下过一场大雨，所有东西看起来都非常清新。然后我们一起祷告。当科芬全家人一起跪下来，为德国弟兄们简短祷告的时候，我几乎无法承受。接着是阅读、写作，出去发送当晚的邀请函。傍晚有二十五位客人，牧师、教师以及他们的配偶和其他友人一起，大家非常友善而随兴地闲聊。[5]

【6月15日】

从昨天傍晚开始我就无法自抑地思念德国。我实在想象不到在我这个年纪，又曾经旅居海外多年，竟然还会有这么浓烈的乡愁。今天早上我们开车到郊区，也就是山区，访问一位女性友人，这原本是一趟非常愉快的旅程，结果却几乎让我无法忍受。我们坐下来聊了一个小时，并不是毫无内容地闲聊，但谈话的内容让我完全意兴阑珊——谈论的尽是能否在纽约接受优良的音乐教育、幼儿教育等等，而我心想的是，如果在德国的话，我应当可以好好利用这几个小时。我会非常高兴搭下一班船回国。一想到那些弟兄以及时间是多么宝贵，这些耗费在琐事上的活动就会让人无法忍受。因为错误的决定而造成的沉重自责又浮现出来，几乎让人难以承受。我可说是陷入绝望之中。[6]

朋霍费尔厌恶言不及义的闲聊，但同时又非常重视礼节，他可真的是感到局促难安。当他跟善意的女性友人彬彬有礼的谈话告一段落，从这趟旅程回来后，他想把自己埋在工作堆里。但他又接到邀请前往麻州的山区骑马，他接受邀请如期前往，却感到自责："我还没有从读经跟祷告里得到平安。"不过这是一趟在马背上的精彩旅程。他们骑着马经过一长排月桂树，然后在眼前出现一片景色，让他想起弗里德里希斯布伦。不过，在这整个过程中，他依旧悬念着德国，同时也思考着自己是否应该回去。

那晚他们开车到当地的电影院。上映的片子是历史剧《锦绣山河》（*Juarez*），主角是贝蒂·戴维斯（Bette Davis）和保罗·穆尼（Paul Muni）。如果朋霍费尔想把自己沉浸在另一个世界里，那么他可就大失所望。穆尼饰演的贵族贝尼托·华雷斯（Benito Juarez）是墨西哥民选的总统，他跟克劳德·雷恩斯（Claude Rains）饰演的拿破仑三世（Napoleon III，一位愤世嫉俗想要建立帝国的欧洲独夫）之间有摩擦。有理想又年轻的哈布斯堡（Hapsburg）国王马克西米利安一世（Maximilian I）被夹在二人之间，在法国人的诱骗下成为墨西哥的首领，但他对墨西哥人民广披恩泽，可说是真正高贵君主的典范。这部电影对理想领袖的老生常谈叙述以及剧情多线的发展，跟朋霍费尔当时的心路过程非常雷同。朋霍费尔在他的日记中直截了当地认为这是部"好电影"。

那晚他单独在房中写信给利珀，再次表示他必须"尽快在一年内"回去，同时也更详细说明他的想法，显然他对自己曾经误导别人产生错误的期待而感到自责。但终究他还是能从圣经里面找到平安,他一整天都在翻阅圣经,现在他终于定睛在一处经文,"我真高兴又能在晚上读经,而且读到'我的心因你的救恩快乐'。"①

他在隔天早晨回到纽约,然后到皇后区参观世界博览会。他整个下午都混在人群中。那晚当他回到房间的时候,很高兴终于又能独自一人,思考与祷告。他在日记中写道:"孤单的时候,比较不寂寞。"他写下心里对纽约的新感想:"纽约比伦敦干净多了!在地铁与街道上都没有烟雾。科技也更进步,或者说现代化,每条地铁都有通风设备;纽约也比伦敦更国际化,单单今天一天内跟我说话的人里面,至少有一半说的都是一口烂英文。"

第二天是星期六,他又单独一人。大部分时间都在协和图书馆钻研,他为手边正在写作的文章研读几期《基督教世纪》(*Christian Century*)。不过,他也不断地写信回德国,报告他在美国的情况。当时他所经历到的是从来没有过的感觉。他比以往更焦躁不安,心情也更低落。他似乎跟一部分的自我相隔两地,远远地被隔绝在海洋另一端,在纽约街头游荡,像个幽灵:

> 让我几乎无法忍受的是……上帝今天对我说的是:"我必快来。"②已经没有时间可以再虚耗了,而我却浪费了好几天,甚至好几星期。不论如何,当时我就是有这种感觉。接着我再次告诉自己:"现在逃离是胆怯与懦弱的行为。"我在这里能够做什么真正有意义的事情吗?日本传来各种令人忐忑不安的政治新闻。如果局势现在变得不稳定,我就必须回到德国。我无法在[德国]外独自生存。这是非常清楚的一件事,我的整个生命依然在那里。[7]

隔天就是星期天。他依旧感到不安,依旧在找寻平安与答案;从他房间西边的窗户,可以看到耸立着一座加百列天使握着号角的雕

---

① * 《诗篇》13:5。
② * 《启示录》3:11。

像，就在协和神学院屋顶上方远处。加百列的脸朝着北方，就位于河畔教会祭坛上方尖塔的顶端。朋霍费尔明白他自己绝对不可能认同河畔教会那种不冷不热的自由派证道，上帝更不可能借着它对自己说话，但是他就住在百码之外又不能不去看看，他迟早都必须去尝尝那里不冷不热的温吞水。那天早晨，朋霍费尔非常渴望听到上帝说一些话。

河畔教会是洛克菲勒为哈里·爱默生·福斯迪克（Harry Emerson Fordick）量身打造的教会，在 1930 年隆重落成。时至 1939 年，福斯迪克依旧是美国最著名的自由派讲员，而河畔教会则是自由派神学在美国最重要的讲坛。朋霍费尔当时正渴望聆听讲员传讲上帝的道，即使跟他喜好的形式相左也无所谓。但他对那天早上河畔教会的证道一点也没兴趣。证道文出自雅各（James），但不是写圣经《雅各书》的那位，而是美国哲学家威廉·詹姆斯（William James），朋霍费尔九年前曾经研究过他的作品。向来落落大方又敦厚宽容的朋霍费尔正渴望上帝的话语，但他来错地方了。他在日记中写着"非常难以忍受"。空洞的证道让他光火，于是把他的反感全写在日记里：

> 整个过程就是一场光鲜亮丽、自得其乐、自我陶醉的宗教仪式。这种拜偶像的宗教煽动血气，而这往往就是上帝的话语所制约的。这种证道的旨趣就是放荡、自我中心以及冷淡。难道大家不知道没有"宗教"也活得下去，甚至活得更好？……或许盎格鲁-撒克逊民族真的比我们更虔诚，但就基督教来说，显然不是这样，至少他们当中还出现这种证道。我确信只要上帝还存在，总有一天这种宗教摊贩必定会被一扫而空……真正的神学家在这里有无尽的使命尚待完成。但唯有美国人本身才能清扫这些垃圾，然而迄今为止似乎还没有出现任何人选。[8]

他渴望上帝的话语，于是回到房里阅读每日读经的经文，也就是摩拉维亚每日箴言。他写道："今天阅读的经文真美妙！《诗篇》119：115；《马太福音》13：8。"他深受这些经文激励。第一处经文是："作恶的人哪,你们离开我吧!我好遵守我神的命令。"第二处经文是:"又有落在好土里的,就结实,有一百倍的,有六十倍的,有三十倍的。"

他又独处一整天,并想念他在基督里的弟兄们:"我现在重新体认到一件事,那就是到现在为止,我身边总是有弟兄相伴,这是多么幸福。而尼默勒已经孤孤单单的两年了。难以想象!这展现出的是,坚毅的信心、严谨的纪律以及伟大的上帝作为。"朋霍费尔以后也会被关在牢里两年,而到战争结束的时候,尼默勒已经被关了整整八年。但这一切是将来的事。目前他渴望的是平安以及上帝的道。接着,他步行出协和神学院,然后沿着百老汇街往南走了七个街区到了另一个教堂。这个教会的讲员是麦康普博士(Dr. McComb),他被福斯迪克以及同一条街上其他牧师痛斥为基要派。但朋霍费尔觉得这间教会让他深感激动:

> 今天总算是有一个圆满的结果。我又到教会去了。只要有寂寞的基督徒就总是会有敬拜。在经历过两天寂寞的日子后,能够到教堂去,然后一起祷告、一起唱诗、一起听道,确实有很大的帮助。这是篇撼动人心的证道(百老汇长老教会,麦康普博士),题目是"基督的样式"。整篇证道完全合乎圣经教导——"我们跟基督一样无瑕疵"以及"我们跟基督一样受引诱"这两段特别好。[9]

在纽约市找到合乎圣经的证道,并恰逢这个他迫不及待要聆听上帝话语的日子,可说是他的祷告蒙应允的结果。当他在百老汇街上这个"基要派"长老教会听到讲员传讲上帝的话语,在这个重要的关键时刻,他做出前所未有的举动:他站在所谓基要派的这一边,跟他们位于河畔教会和协和神学院的对头相抗衡。针对麦康普牧养的教会,他表示:"长久以来河畔教会一直沦为巴力的殿堂,但这里总有一天却成为反抗的中心。我非常喜欢这篇讲道。"

他对过去几天存在心中的反美态度感到懊悔,并且大胆地把基要派视同认信教会。他们在这里所对抗的是协和神学院和河畔教会那些神学家造成的败坏,而家乡的争战对象则是帝国教会,双方非常相近。他似乎是在说,这个教会在此地被边缘化,而我们在那里也被边缘化。

> 这篇证道让我看到自己前所未知的美国的另一面。若非这样,我对上帝以往赐给我的层层保护就不会感恩。就在我一心一意不断思念国内弟兄以及他们的事工时,我几乎把此行的使命都搁在一边。如果我不全心思念家乡的话,似乎就会显得不忠不义,我还是必须找寻出一个恰当的平衡点。保罗在书信中表示,他在祷告中"不断"想念他的会众,同时他又全心全意地投入他手边的事工,我必须学会这件事,这可能只有靠祷告才办得到。上帝,接下来几个星期请让我清楚了解自己的未来,并保守我在祷告中与弟兄们同在。[10]

星期一时,德国还没有传来任何消息。隔天他跟利珀的会面非常重要。但他切切思念弟兄们的消息:"我想知道那里事工的情形,是否大家都平安或者他们是否需要我。在举行明天的重要会议前,我想得到一些从那里传来的征兆,但一直没有任何蛛丝马迹,但也未尝不是件好事。"

他也关心国际局势:

> 中国的新闻让人不安。要是局势恶化,来得及赶回去吗?整天都在图书馆写作英文讲稿。我在语言上遭遇极大的困难,他们说我英文讲得很好,不过我觉得非常蹩脚。花了几十年学德文,现在却没一个人懂!我绝对学不好英文,这就是一个应该马上回国的理由。不懂得语言就会茫然无依,陷在寂寞之中。[11]

他从未如此孤单,也从来没有像现在这么爱德国。目前在纽约是温暖的6月天,他却孤独一人;保罗·莱曼则在芝加哥。那晚,在一整天努力用英文写作后,他搭乘地铁到时代广场,独自看了好几个小时的新闻影片，然后搭地铁回到上城，沿着百老汇走回协和神学院，进入大门后左转，接着就上楼回到宽敞的房间。他在日记里写到，他读圣经并祷告，但依旧感觉若有所失，同时也深深觉得远离德国的弟兄们。他在就寝前甚至对两地的时差有所不满："此地的时间跟德国的时间不同，让我相当困扰。这使得我们没有办法一起祷告。每天傍晚都一样。但'神啊，我们称谢你，我们称谢你！因为你的名相近'。"㊗

6月20日早晨，他终于接到父母的来信，但仍然没有弟兄们的只字片语。那天他要跟亨利·利珀共进午餐商讨要事，他们约在格拉姆西公园（Gramercy Park）的国家艺术俱乐部（National Arts Club）会面。后来他在日记中写道："我已经下定决心。我拒绝了。他们显然感到失望，而且相当不快。对我来说，这件事所代表的意义可能比我当时所了解的还深。唯有上帝知道。"

几年后，利珀回想起他们在那间有着著名的镶嵌式天花板的会员制俱乐部共进午餐的情形。他显然非常期待这次午餐，想要讨论他们一起从事的工作的性质；而朋霍费尔却忧心忡忡。"在知道我的贵宾刚刚接获来自德国同工的紧急请求，邀他立刻返国投入一项他们认为唯有他能够胜任的工作时，我感到既惊讶又气馁。"利珀回忆道。我们不知道朋霍费尔在日记中到底说的是什么。他的父母可能在信中用密码告诉他密谋的消息，对他来说这似乎事关重大，足以决定他未来的方向。不论如何，他已经下定决心顺服上帝，并确信自己返回德国的决定就是依此而行。他知道上帝会负责他顺服导致的后果。利珀回忆道："我没有追问他那个工作的细节。从他的态度和他的紧张神情可以明确看出，他觉得这是他无法拒绝的职责。"

那晚朋霍费尔在日记里深思这个决定，对其中透露出的神秘感到困惑：

奇妙的是我对于自己所有决定的动机从来都不十分清楚。

㊗《诗篇》75:1。

这是一种混乱、自欺的迹象？还是冥冥中自有安排的迹象？或者二者皆有？……今天阅读的经文以严厉的口气提到上帝绝不改变的审判。尽管今天的决定看起来似乎非常勇敢，但他清楚知道里面包藏了多少个人的感觉以及多少的焦虑。一个人在向别人以及自己解释自己的行为时，所提出的各种理由显然都不足够。每个人都可以为每件事找理由。最终，每个人的行动都是出自我们所不知道的层面。因此，唯独上帝能够审判我们并赦免我们……每天结束时，我只能恳求上帝以怜悯之心审判我今日的作为以及所有的决定。现在一切都在他手中。[12]

如此一来，他又得到平安。第二天是个酷热的日子，他整个早上都埋头工作，下午穿过中央公园走进大都会博物馆（Metropolitan Museum of Art）阴凉的庞然大理石建筑物里面。他借着欣赏冷静的欧洲文化让自己清醒，他特别喜欢艾尔·葛雷柯（El Greco）的《托勒多的风景》（View of Toledo）以及汉斯·梅姆林（Hans Memling）的《基督头像》（Head of Christ）。

他整晚都跟德国友人布尔一家（the Bewers）在一起，这让他的疏离感与乡愁稍微舒缓。布尔（J. W. Bewers）是旧约学者，朋霍费尔当年在协和神学院的时候就认识他了，而他刚出版一本探讨《弥迦书》的著作。朋霍费尔写道："很高兴又能用德文思考与谈话。我这次在纽约特别感觉到英语跟我的思考模式非常格格不入，这种感觉比以往都更强烈。在使用这种语言的时候，我总是对自己感到不满。"

但这晚他的思绪转向他的未来：

当然我一直都还会对自己的决定感到反悔。我还可以提出各式各样的理由，重要的是我人在这里（而误解本身可能就是一种指引）。他们表示当我要来的消息传开时，感觉就好像祷告蒙应允一样。他们乐于接纳我，他们不了解我为何会拒绝，这使得他们未来的计划落空。我没有家乡的任何消息，这或许表示即使没有我，一切还是非常好等等。或者我们也可以问：我是否只不过是在表面上想念德国以及那边的事工？而这种几乎难以理解并几乎从未出现过的乡愁，是否是一种上面赐予的征兆，好让我能更轻易地拒绝呢？或者说，当着那么多人的面，否决自己以及许多其他人的未来，是不是一种不负责任的行为呢？我会后悔吗？我可能不会⋯⋯今天的经文还是相当严厉："他必坐下如炼净银子的。"⑩而且这是必须的。我不知道自己身在何处，但他知道；而且到最后，所有的作为与行动都会显得纯净清澈。13

第二天，也就是 22 日，他接到亲戚贝里基家（Boerickes）来信，邀请他下周到费城做客，但仍然没有接到遥远的希格梭夫众弟兄的信件。他不知道的是，他们一切都很好，而且已经选出赫尔姆特·特劳布担任新院长。朋霍费尔当时正在阅读尼布尔的著作，但感觉有点不如预期。那晚他信步走入一间专门播放新闻记录片的电影院，感觉"乏善可陈"。接着他就阅读报纸：

> 布尔安抚我。对德国人来说，这里实在让人无法忍受；整个人被撕裂为二⋯⋯即使负责任地责备自己没有必要白走这一遭，也能让人心力交瘁。但我们不能逃避自己身在海外的命运；我们在这里要一肩扛起所有责任，而且在异乡的土地上，我们不能发声，也没有权力⋯⋯奇妙的是，在过去几天，这些特别的想法深深地打动着我的心，而所有关于独一圣洁（Una Sancta）的思想也逐渐萌芽⋯⋯我从昨天傍晚就开始在床上写作⋯⋯现在所有能做的就是读经与祷告。早晨的时候，跟布尔和范杜森（Van Dusen）一起谈及未来。我想在 8 月回国。他们劝我留久一点。不过，要是这段期间没有发生什么特别的事，我打算在 8 月 12 日回去。然后就住在莎宾那里。14

在跟大卫·罗伯茨（David Roberts）夫妇午餐的时候，他讨论到

---

⑩《玛拉基书》3：3。

美国的种族意识以及罗伯茨对他所说的美国反犹太主义明显升高的情形。他提到在通往山区休闲中心的路上，有一块标语写着："海拔一千英尺——不宜犹太人"。另一个告示牌写着："限外邦人"。

23日，他先在房间读书，然后漫步到哈德逊河。他坐在河边想着遥远的希格梭夫："为什么听不到任何消息？"在读完尼布尔的书后，他的心中百感交集，依旧对协和神学院的神学走向感到失望，"这里的思想不是以圣经为出发点。"当天他在日记的结尾，对在房间中听到的音乐质量评论道，"他们刚在楼下结束修订诗歌本的会议。他们把合唱的部分拉得太长了，而持续音又太多。古钢琴还不错。阅读与祷告。"

他终于在24日星期六收到一封信："真令人伤心。"在想到美国教会时，他对那种容忍胜过真理的情形感到大为不解。他的看法跟1931年夏天他整理出的在协那一年所写成的经验报告非常相似：

> 现在我经常在思想，说美国是一个没有［经过］改革的国家这个说法是否属实。如果改革指的是，在上帝带领下我们终于了解，企图在地上建立上帝国度的各种努力都是徒劳的话，那么这确实不错。不过，英国是否也一样呢？美国也有信义宗，不过还有许多其他宗派；但从来就没有跟其他宗派迎面相抗。所谓"接触"（encounters）似乎从来就不曾在这个辽阔的国家出现过，因为大家总是能够互相回避。然而只要没有接触，只要"自由"是唯一的团结要素，自然就对借着接触而创造出的团契（community）一无所知。因此这里的团契生活完全不一样。这里无法孕育出我们眼中的团契（不论是属世的还是属教会的）。这是真的吗？[15]

那晚他写了几张明信片，然后在日记里写着："今天报上的消息又很糟糕。读经：'信靠的人必不逃跑。'①我想念家乡的事工。"后来，这处经文就成为他下定决心的关键，其中最清楚明确的一句就是：

---

① 《以赛亚书》28:16。"逃跑"和合本译作"着急"。——译者注

"信靠的人必不逃跑。"现在留下来的话就是逃跑;而逃离美国就是相信、信靠上帝。

他在当天最后一行字下面写了一小段玩笑话:"明天就是主日。不知道是否会听到这样的证道?"

隔日早上,他带着期望的心情前往中央公园的一间信义宗教会:

【6 月 25 日】

证道的经文是《路加福音》15 章,克服恐惧。对经文的应用相当勉强。其他方面可说是生动有创意,但太过繁琐,同时没有提到什么福音。讲员提到基督徒的生命就像是在返家的旅途上,每天都能感受到的喜悦,可说是整篇证道的总结。同样没有扎实的解释经文,整篇证道乏善可陈。[16]

崇拜结束后,他跟布尔一家人共进午餐,然后跟费利克斯·吉尔伯特(Felix Gilbert;年纪跟朋霍费尔相仿,同样是来自柏林的一位历史学家)一起共度下午与晚上。那晚朋霍费尔在日记结尾写道:"今天是《奥格斯堡信条》周年纪念日。这让我想起家乡的弟兄们。《罗马书》1:16 说:'我不以福音为耻;这福音本是神的大能,要救一切相信的,先是犹太人,后是希腊人。'"

【6 月 26 日】

今天我偶然中读到《提摩太后书》第四章,保罗催促提摩太说:"你要赶紧在冬天以前到我这里来。"提摩太要分担使徒保罗的苦难而不以为耻。"在冬天以前到我这里来"——否则就可能太晚了。这句话一整天都在我脑中盘旋。我们就跟从战场放假回家的军人一样,即使心中万般不舍,还是渴望重新返回前线。我们不能再继续逃避,不是因为我们不可或缺,也不是因为我们精明能干(在神眼中?),而是单单因为这就是我们安身立命之所,因为如果我们把生命留在后方,而不紧密连结在一起的话,就会毁了它。这没有什么敬虔可言,而只是像一种生命的活力。

而上帝的作为不只是借着敬虔的情操，也会借着生命的需求。"在冬天以前到我这里来"——如果我认为这是上帝对我所说的话，那么这就不是误解圣经。愿上帝赐我足够的恩典成就这事。[17]

【6月27日】

父母来信，雀跃万分，出乎意料。午餐时间和下午都在图书馆工作……晚上的时候，理查森教授（Proffessor Richardson）来访，长谈。他是位英国人，似乎比美国人更了解我的想法。美国人根本不了解我们，是否因为他们是一个要离开欧洲，才能够自由地活出他们信仰的民族？也就是说，因为他们在信仰上并不能站稳立场坚持到底？我觉得他们对亡命之徒的了解，胜于对坚守岗位之士的了解。因此在教义问题上，美国人比较有雅量，或者说不在乎，不仅在所谓接触上没有任何激烈的对抗，即使在对所谓信仰合一上，也没有什么热烈的期待。[18]

【6月28日】

报纸上的新闻越来越让人忧虑，这些会让人分心。我不相信如果战争爆发的话，上帝会让我无所事事地留在这里。只要有机会我就一定要启程。[19]

他在同一天接到保罗·莱曼的来信，莱曼仍然觉得一切能按照理想进行，不断大费周章地为朋霍费尔安排各种机会：

你不知道你的来信带给我多大的喜悦与解脱……玛丽安跟我一直都焦急地等待你来到协和的消息。现在既然你已经到那里了，我们等不及要你来这里跟我们重逢……在美国充分利用这个机会，借重你的长才充实他们的神学之前，你万万不可离开这片土地。至少，我是这么想的……因此务必把这件事视为你责无旁贷的使命。[20]

朋霍费尔知道他必须告诉莱曼自己最近的决定，于是立即寄给他一封明信片："对我来说，整个情势已经完全改变。我在8月2日甚至在7月25日就会回到德国。政治局势非常险恶。不过，我当然希望在离开前听到你的回音。我很享受这几个星期自由自在的生活，但另一方面，我觉得我必须返回'战壕'（我指的是教会斗争）。"

第二天他继续思考关于美国教会的情况：

【6月29日】

政教分离并不会让教会继续谨守分内的事工；也无法使其免于世俗污染。其他教会并不会比基本上遵守政教分离的教会，例如此地的教会，更受到世俗污染。这种分离反而会造成对立，使得教会更积极地参与政治与世俗事务。这对我们在那里的决定来说可能相当重要。[21]

朋霍费尔在30日写信给莱曼详加解释：

【6月30日】

非常谢谢你的来信，里面透露出丰厚的友谊以及对未来的盼望。这个时刻，我很难开口告诉你，我已经决定在几星期后返回德国。当初邀请我到美国的原因是误以为我想要无限期地逗留在美国。因此，延聘我负责照料这里的基督徒难民，这个工作显然会让我绝对无法返回德国，虽然这也是任用我的初衷，这是唯有难民才能担任的工作。与此同时，一切都已经决定，而且跟认信教会安排就绪；我若不是在7月就是在8月会回去。我当然会感觉有些许遗憾，但另一方面，也很高兴自己不久后又能到那里去帮忙。我要回去和弟兄们一起奋斗。[22]

但同一天朋霍费尔接到在芝加哥的卡尔-费德里希发来的电报，然后再次决定提前离开的日期。他在一星期内就会离开：

【6月30日】

接到卡尔-费德里希的电报,他正从芝加哥赶来此地。有许多需要讨论的地方。那里有学校聘请他担任一个绝佳的教授职;这表示要当机立断。然后我有许多问题。就目前来说,不论如何,我最迟也会在四个星期以后离开,从事情的发展来说,我决定在8日跟卡尔-费德里希一起离开。若战争爆发的话,我不想留在这里,因为这里不可能得到任何关于当前情势的客观消息。这是一个[大]决定。[23]

第二天卡尔-费德里希就到了。朋霍费尔义不容辞地担任向导,于是这对兄弟就在曼哈顿度过一整天:

【7月1日】

……跟卡尔进城,买礼物,"无线电城"音乐厅是最大的一家电影院,但糟糕透顶,炫丽、浮华、俗气的色调、音乐与肉体,只有大城市才看得到这种奇幻景象。卡尔不同意……我整天都禁不住地想着德国以及教会的局势……今天的经文非常好。《约伯记》41:11说:"谁先给我什么,使我偿还呢? 天下万物都是我的。"《罗马书》11:36说:"因为万有都是本于他,倚靠他,归于他。愿荣耀归给他,直到永远。阿们!"整个世界、所有的国家、德国以及最重要的——教会,都在他掌握中。就眼前的情况来说,"愿你的旨意成就"是我最难以想象与祷告的一句话,但这必定如此。明天就是主日,愿整个世界都专心听他的道。[24]

【7月2日,周日】

教会,帕克街。广播讲员果克曼牧师(Rev. Gorkman)主讲"今天是我们的",没有经文,没有基督教福音的踪影。相当令人失望……美国人在讲道里经常提到自由。对教会来说,自由不是理所当然的;我们必须在渴望的驱动下才会努力争取自由。对教会来说,自由来自渴望上帝的话语,否则它就会被滥用,反而形成各式各样的拦阻。美国教会是否真的"自由"，我有所怀疑。这里的主日让我感到寂寞。唯有上帝的道才能凝聚出真正的团契。我需要用自己的语言跟其他人一起祷告。新闻不好。我们能及时抵达吗？读经：《以赛亚书》35：10！*代祷。[25]

朋霍费尔在星期一参加科芬与尼布尔的讲座，然后当天其余时间都在撰写一篇文章，以及跟一位学生谈话。他在日记里写着："科芬早上的祷告非常贫乏。我一定要注意别再错过读经与祷告。收到保罗·莱曼的信件。"莱曼已经接到朋霍费尔告诉他那令人失望的消息的信件："玛丽安和我都感到难以言喻的失望。老实说，我现在是以非常沉重的心情写这封信。"

隔天早晨，朋霍费尔先会见科芬，然后会见尼布尔，而尼布尔则邀请他共进晚餐。那天是他唯一在美国度过的 7 月 4 日，朋霍费尔跟卡尔-费德里希在帝国大厦一起午餐。

【7 月 5 日】

距我离开的日期越近，日子也更充实……午餐的时候，跟两位来自南方的学生讨论黑人问题……如果能再多留四星期就太好了，但代价太高。接到埃博哈德的来信，心里非常高兴。[26]

接下来两天都非常忙碌，因此他没有时间写日记。6 日的时候，他到城中区去订船票，在回程的时候，顺路参观股票交易市场。两点半的时候他回到"先知小楼"跟保罗·莱曼见面，自从 1933 年以后他们就没有再见过面，因此这是一次非常喜悦的重逢。

第二天早晨，是朋霍费尔在美国的最后一天，莱曼想说服朋霍费尔留下来，他知道这位朋友回国后将面临的遭遇。但朋霍费尔心意坚定：他已经把脸转向柏林。他已在纽约待了二十六天。

---

* "并且耶和华救赎的民必归回，歌唱来到锡安；永乐必归到他们的头上；他们必得着欢喜
① 快乐，忧愁叹息尽都逃避。"

那天傍晚保罗送朋霍费尔上船,然后跟他道别。

【7月7日】

11点半道别,12点半启航。深夜的曼哈顿,月亮高挂在摩天大楼之上。天气非常热。这趟旅程终于将近尾声。我很高兴到这里来一趟,也很高兴要回家了。或许我这一个月学到的功课,比九年前的一整年所学的还多;至少我得到一些重要的启发有助于所有未来的决定。这趟旅程应该会对我产生非常深远的影响。在大西洋中间……[27]

【7月9日】

跟卡尔-费德里希探讨神学问题。花许多时间阅读。日子因为[时差]减少一小时而显然短了许多。自从我上船后,心中对未来的不安已经消失了。读经:"我受苦是与我有益,为要使我学习你的律例。"[①] 这是我最喜欢的诗篇里面,我最喜欢的经节之一。[28]

朋霍费尔在英国停留的时间,他没有拜访贝尔主教,只是跟弗朗兹·希尔德布兰特以及朱利叶斯会面,然后跟他深爱的莎宾、格哈德和他们的女儿相处一段时间。他们知道战争即将爆发,整个世界随时可能会改变。

跟赖伯赫兹在一起的时候,朋霍费尔对未来的预期让他心中有所感慨。认信教会里面最勇敢的牧师保罗·施耐德(Paul Schneider)在布痕瓦尔德(Buchenwald)被活活打死的噩耗传来时,他正在教玛丽安妮和克丽丝汀唱英国儿歌。朋霍费尔当下就理解他回去的决定是正确的。现在他要告别莎宾和她们一家,然后返回德国。

他在7月20日抵达德国,接着立即前往希格梭夫继续他的工作。但他不知道赫尔姆特·特劳布已经能干地接手朋霍费尔留下来的工

---

① 《诗篇》119:71。

作。特劳布回想起他对朋霍费尔突然回到他们当中感到非常意外：

> 我非常高兴知道朋霍费尔不在德国，而能安全地远离即将临头的恐怖统治，以及我深信会接踵而来的灾难。他千万不能因此送命。他熟悉教会的复兴、认信教会的内在需要（不只是在德意志基督徒约制下的外在需要），毕竟这是他一手塑造的教会。自从哈纳克以来最优秀的自由派神学以及辩证神学的最新发展，他都了如指掌，他也广泛地接受过哲学、文学以及艺术教育。他开放的心胸，以及自由又毫无偏颇的认为教会必须有所改变、更新的信念，让他能够坦然无惧地悠游在国外的教会……他可以说是注定要在我们经历无法避免的浩劫后，担负起重建新教的重责大任……除了这些以及他个人危急的处境之外，朋霍费尔必定会遭受无情的待遇，因为他必然会以违背良心为由拒绝服役。当时的德国没有他的容身之处，因为我们深信那时，也就是以后，我们一定会非常迫切地需要他；到那时他就可以有所作为。
>
> 然后，有一天，在接到他要回来的短讯后，朋霍费尔就出现在我们面前。非常出乎预料之外——他确实总是让人感觉高深莫测，即使在非常平凡的环境中也一样。我马上振臂高呼，脱口表示，费尽九牛二虎之力才把他送到安全的地方，这是为我们以及我们的理想作为考虑，怎么这么轻易地就回来了；而这里的一切已经毫无希望。他非常沉着地点了一根雪茄，然后他说他前往美国是个错误，他自己到目前为止还不了解当时为何要这么做……他放弃许多能够让他在自由的国度发展个人事业的绝佳机会，重新成为凄凉的阶下囚，前景暗淡，但也回到他自己要走的道路——因着这样，他对我们所说的一切因此显得坚定又充满喜乐，唯有真正的自由才能酝酿出这一切。他知道他已经踏出明确的一步，尽管未来的发展依旧非常不明朗。[29]

波美拉尼亚东部的两个牧师团一直运作到那年8月。但战争已经迫在眉睫，而他们又非常接近波兰边境，一般认为那里就是战争的起爆点，因此朋霍费尔觉得继续留在当地太过危险，于是决定他们一定要离开那里。柯斯林和希格梭夫这两地的课程提早结束，朋霍费尔在 8 月 26 日回到柏林。

第**22**章
德国的终结

不能靠救世军的方法打胜仗。

——阿道夫·希特勒

早在 3 月，也就是希特勒进兵布拉格时，张伯伦就已经注意到了。那时他就信誓旦旦地表示，如果希特勒胆敢侵犯波兰，英国就会保卫波兰。这是见真章的时刻。希特勒无法明目张胆地进攻，一定要假装成自我防卫的模样。因此他在 8 月 22 日告诉手下的将领："我会找个借口掀起战争；别在意这个借口是否可信。战争结束后，没有人会追究战胜者说的是不是实话。"

他的计划是要党卫军穿着波兰军装，攻击波兰边境上的德国电台。为让整件事看起来更真实，他们需要一些德国人"伤亡"。他们决定要利用集中营里的囚犯。这些德国的阶下囚会被装扮成德国士兵，最后只有一个人会因此被注射毒药杀害，然后再补上几枪，让他看起来好像是被波兰士兵射杀的样子。这桩为欺骗世人而刻意杀人的事件，似乎成为后来一连串事件的完美开场，整件事情按照计划在 8 月 31 日进行。

9 月 1 日拂晓，德国军队采取"报复"行动进兵波兰。戈林麾下的空军投下如雨般的炸弹，刻意杀害平民；地面部队以更缜密的方式杀害平民。那是一场由国际大规模杀人狂精心筹划与执行的冷血暴行，在现代史上前所未见，这是波兰人初尝纳粹的狂暴，以后他们还会吃更多的苦头。外面的世界在相当久之后才知道整个事件的细节，目前外界只知道入侵波兰领土的德国装甲车，每天能轻易地推进三十至四十英里，就像用热刀切奶油块一样容易。

但希特勒向德国议会发表一篇演讲，把他自己说成一个悲痛不已的受害者。他表示："你们都知道我曾经不断努力厘清与了解奥地利的问题，以及后来的苏台德、波西米亚和摩拉维亚的问题，但这一切都归于徒劳。"他说波兰麻木不仁地一口拒绝他提出的宽大和平协议；波兰人对他的善意以暴力相向！"如果把我对和平的热爱与耐心误认为软弱甚至懦弱，那就大错特错……因此，我决定要用波兰过去这几个月来对待我们的方式回报波兰。"刻苦忍耐又热爱和平的元首终于忍不住了，他说："今晚，波兰的正规军首次对我们的领土开火。我们从凌晨 5 点 45 分开始还击，从现在起我们要以炸弹回报炸弹。"国防军司令威廉·卡纳里斯海军上将一直都非常担心这个时刻的到来，他一想到未来局势的发展，心中就翻腾不已。汉斯·吉斯维乌斯（被卡纳里斯吸收加入反抗军的外交官）那天也在国防军总司令部。他们在总部后方的楼梯间不期而遇，卡纳里斯把吉斯维乌斯拉到一边，他说："这就是德国的终结。"

现在就等英国宣战。但希特勒和里宾特洛甫都认为英国不太可能宣战，一如奥地利与捷克问题，他们可能情愿以"外交方式"解决。确实，英国以外交方式斡旋了两天的时间，但终于有人力挺张伯伦采取强硬手段，于是大不列颠出乎希特勒意料地在星期日宣战。

那天早晨，迪特里希与卡尔-费德里希在距离他们家只不过几分钟路程之处，正在讨论末世的种种事件。那天早晨非常温暖潮湿，市区上空低低地盖着一片云层。突然间警报声大响，当时是中午时分。迪特里希赶忙踩着脚踏车回到玛林伯格大道的屋子里，然后等待大事发生。但没有任何飞机越过柏林上空，当时并没有立即的空袭报复，这一切显得有点诡异与反常。然而，第二次世界大战就此开始。

1939 年 9 月

战争开始的第一个星期，朋霍费尔考虑着他的情况。他跟施劳威地方政府的关系算是良好，争取到为期一年的兵役缓征。但一年的期限过去之后会怎么样呢？他在考虑担任军中牧师；他可能会被指派到医院。他母亲跟她担任柏林指挥官的表弟保罗·哈斯（Paul von Hase）会面，讨论这是否可行，并填写一份申请书。朋霍费尔直到 2 月才接到回音，答复是否定的。因为只有已经在军中服役的人才可以担任军牧。

与此同时，许多曾经参与芬根瓦得、柯斯林、施劳威和希格梭夫的神学生已经被征召服役。战争爆发第三天，其中就有一人阵亡。到了战争结束的时候，来自芬根瓦得以及牧师团的一百五十位年轻人中，有八十人被杀身亡。朋霍费尔在 9 月 20 日写了一封公开信给弟兄们：

> 我现在要转告你们一个接到的消息，那就是我们亲爱的弟兄希奥多·玛斯（Theodor Maass）9 月 3 日在波兰阵亡。你们必然跟我一样被这个消息所震惊。然而我恳求你们，让我们为纪念他而感谢上帝。他是一位好弟兄，是认信教会默默忠心的牧师，是一位按照上帝的话语与圣礼而活的人，而上帝也认为他配为福音受苦。我确信他已经预备好回天家。我们不需要用人的话语填补上帝撕开的鸿沟，应该让这些鸿沟继续敞开着。我们唯一的安慰就是能让人从死里复活的上帝，也就是我们的主耶稣基督的天父，从过去到现在都是他的上帝。在他里面我们认识我们的弟兄们，也在他里面跟那些已经得胜以及那些仍然在等待自己［得胜］时刻的人，建立起亲密的团契。愿上帝因我们死去的弟兄得到赞美，愿上帝的怜悯临到我们身上，直到末了。[1]

这场战争使得朋霍费尔的处境相当尴尬。他始终都是一个表面上看起来似乎矛盾的人，而战争更突显出这一切。他知道自己无法为希特勒的德国而战，但他非常支持那些观点跟他不一样的年轻人，他也知道自己比他们拥有更多的选择。舍恩赫尔记得当时的气氛：

在纳粹宣传的鼓吹下,再加上整个局势非常不明朗,我们都觉得到最后我们还是必须挺身而出,一定要保护祖国。我们良心有点不安,当然不安,最重要的是没有热忱……毕竟,非常清楚的是,一旦战争爆发,凡是拒绝服役的人都会被砍头、处决。这时候我们是否应该舍弃自己的生命,连同我们对自己家庭的责任以及我们所珍视的一切?或者时机还没有到?朋霍费尔没有说,你不可以去……如果从现在的角度去看当时的话,就可以看得更清楚。毕竟,我们现在可以清楚知道当时发生的一切,但那时我们并不清楚整个真相。我知道朋霍费尔曾经支持一个坚决反对服役,后来却被处决的人,而他为此感到相当伤心。我们当时都置身在一个非常尴尬的处境。[2]

透过镜片看世界

10月中旬,也就是波兰战事告一段落后,局势似乎安全得可以重新恢复牧师团,至少希格梭夫那一团是如此。八个神学生到达营区,然后朋霍费尔继续未了的课程。他奔波在波美拉尼亚森林世外桃源般的田园诗和现代都市柏林熙来攘往的噪音之间。那年冬天是史上最寒冷的冬天之一,但能够藏身在白雪皑皑的原始世界,远离战争的忧虑,实在是一件乐事。

然而他也逃离不了多久。朋霍费尔在柏林遇到杜南伊,然后跟往常一样从他口中得知一切,但朋霍费尔听到的是他从来所没听过的事情,这些事情足以彻底改变他的想法,这件事比他以往想象的任何事情都糟糕。朋霍费尔现在所知道的会让他比以前更感孤独,因为许多教会以及参与合一运动的人,都努力想办法结束这场战争;但朋霍费尔并不这么想,现在他相信主要的目标应该是推翻希特勒。只有这样,德国才有和谈的机会。就他所知道的内情看来,跟希特勒和平相处未必好过跟他作战,但他不能说这种话,即使是对合一运动人士也不能说,这时候他才开始发现,自己已经卷入暗杀希特勒的密谋;他甚至不能告诉自己最亲近的朋友这件事,一切已经发展到非常危险的地步。现在他比以前更单独与上帝同在,而且他认为上帝会审判他的所作所为。

朋霍费尔到底**知道**了些什么?

杜南伊告诉他,目前在战争乌云的掩盖下,希特勒已经展开一连串无法形容的恐怖行动,相形之下使得一般战争所造成的恐怖就只像是远古的趣事。从波兰传来的消息显示,党卫队在当地进行难以言喻的暴行,是人类进入文明后从来没发生过的事情。10 月 10 日,一群党卫军粗暴地监督五十个犹太裔波兰人从事强迫劳役,他们当天的工作是修补一座桥梁。工作完成后,党卫队把这些工人驱赶到一所犹太会堂里面,然后把他们全杀了。这只是个案之一而已。就更广泛而有组织的层面来说,国防军侵入波兰之初就已经打算要集体谋杀平民。

杜南伊的主要消息来源就是他的上司——海军上将卡纳里斯。这件事情让卡纳里斯深感困扰,因此坚持要跟德国军事司令威廉·凯特尔举行一场会议。9 月 12 日他们在希特勒的私人火车上会面,然后卡纳里斯就这些足以毁灭德国的恐怖恶行,质问国防军司令。卡纳里斯在那场文明的会议上不得而知的是,这些恶行不但会继续进行,而且会变本加厉。这不但会毁灭德国,同时毁灭的程度比他所担忧的更彻底。杜南伊和朋霍费尔所熟悉与深爱的德国艺术与文明,将完全从历史上消失。未来的世代会认为,这一个竟然能够犯下这种滔天大罪的国家,是绝对无法发展出任何美好的事物,他们只会想到这些邪恶的罪行。倾巢而出的黑暗势力就像骑在死马上的恶魔横行各地,从当代时空的裂缝中往后直冲,于是连德国的过去也被一并毁灭。

卡纳里斯以及其他德国军事领袖都认为希特勒兽性大发实属不幸,但他们不知道这是他刻意孕育并深以为傲的事情,这种意识形态长久以来都一直在等待机会扑向每个犹太人、波兰人、祭司与贵族的喉头,准备将他们撕裂。德国将领从来就没有看到隐藏在新德国底层冒着气泡的黑暗血河,而它突然间就像喷泉般一涌而出,尽管有许多迹象与警讯，但这一切都太过可怕而让人无法当真。

希特勒的时刻已经来到，9月1日，残暴的新达尔文主义在欧洲爆发；尼采思想中强者胜过弱者的胜利时刻终于实现。弱者中还有用处的会被残暴地奴役；其余的则一律被杀害。相较于纳粹的作为，国际社会深感不满的作为——希特勒以武力夺取波兰人的领土——可说根本算不得什么。在种族意识的运作下，他们不只要夺取土地，更要把波兰变成一个庞大的奴隶集中营，他们把波兰人视为次等人种。不只是他们的土地会被占领，他们自己也会在恐吓威胁之下屈服，然后当作野兽般的对待。德国人绝不容许些微失败，也不会表现一丝怜悯。残暴与冷酷被视为崇高的美德。

卡纳里斯在日记中写着："我告诉凯特尔将军，我知道他们计划在波兰进行大规模的处决，其中特别要铲除的就是贵族跟神职人员。"卡纳里斯提到的计划，就是党卫军所说的"扫除犹太人、知识分子、神职人员与贵族"。波兰人中所有具备领袖才能的人都要被铲除。汉斯·弗兰克（Hans Frank）被任命为波兰总督后不久就宣称："波兰人将成为德意志帝国的奴隶。"

长久以来各种警讯一直不断出现，最明显的就是希特勒所写的《我的奋斗》。这本书可以让整个西方世界预知未来的发展。但谁会相信这本书居然成真呢？8月22日，希特勒大胆地告诉他的将领，将来在战争进行的过程中，会发生一些让他们不乐见的事情。有时候，他会把未来的残暴行为称为"恶魔的工作"。他曾经表示："不能靠救世军的方法打胜仗。"他一直在筹划这一切，并在8月22日的会议上，警告将领们"不要干涉这些事情，而是要把他们自己局限在军事责任上"。

德国人在心理上有一种机制，让他们对这种指示言听计从，但也有一些勇敢的人会从长远的眼光衡量这一切，尼默勒当然就是其中一人，现在卡纳里斯是其中另一人，因此他向军事司令凯特尔提出异议。但终归徒然，卡纳里斯不知道这些暴行就是希特勒最终能够在当时实现的黑暗异象的核心。相较于这些事情，凯特尔更关心他的薪级，他对卡纳里斯说："元首对这件事已经做出裁示。"

自从党卫军犯下这些滔天大罪后,希特勒就一直向他的军事将领隐瞒其中最恶劣的部分,但消息还是走漏出去,许多将领都不敢置信。布拉斯科维茨(Blaskowitz)将军递交一份备忘录给希特勒,表达自己心中的惊惧。他非常关心这些事情对德国士兵造成的影响,既然连其心如铁的军事将领都感到不安,那么可想而知,这些事情必然会对从来没有上过战场的年轻人造成极其巨大的冲击。博克(Bock)将军看过布拉斯科维茨的备忘录后,觉得里面的叙述让人"毛骨悚然";佩策尔(Petzel)将军以及屈希勒尔(George von Kuchler)将军用最强烈的字眼谴责他们所看到的一切,他们一致要求停止残杀平民;尤利克斯(Ulex)将军认为"种族政策"简直就是"一举毁灭德国人的荣耀";黎莫森(Lemelsen)将军则逮捕一个下令射杀五十位犹太人的党卫军首领。

但没有任何人因这些暴行而惹上麻烦,希特勒全面赦免所有因为这类事件而被逮捕的犯人。不过这些兽行的消息逐渐四处流传又纷纷得到印证,许多军事将领终于愿意挺身而出,参与推翻希特勒的政变。

然而,部分将领没有那么不安,布劳希奇(Brauchitsch)就是其中一人。1940年1月,布拉斯科维茨写了另一份备忘录寄给布劳希奇,表示军中对党卫军的态度摆荡在"厌恶与痛恨"之间,又说,"所有士兵对帝国官员和政府代表在波兰所犯的罪恶,都感到恶心与不齿。"布劳希奇只是耸耸肩,他虽然不希望军队受到这些恶行的污染,但既然大部分的肮脏事都交给党卫军处理,那么他就没什么好抱怨的。

比较有良心的将领却不这么想,而且确实提出抱怨,但他们也了解抱怨其实没有什么用,每天仍然有犹太人和波兰人被残杀。他们必须计划另一场政变。他们当中许多人都是基督徒,而且毫不避讳把他们看到的一切称为邪恶,觉得自己有责任不计任何代价结束这一切;许多人都觉得在当时要兼为良善的德国人以及忠心的基督徒,就必须起而对抗那个带领他们国家的人。

他们知道要是没有仔细规划政变的各个细节,那么阿道夫·希特勒的死可能会带来更严重的后果。有两件非常重要的事情:首先,他们必须向英国当局沟通,要英方确实了解参与密谋的人,跟希特勒和纳粹截然不同,如果希特勒的死只会让英国放胆毁灭德国,那么这一切就不值得。其次,他们必须获得足够军事领袖的支持,才能全盘获胜,如果他们仅仅是除掉阿道夫·希特勒,其余的纳粹可能会趁势而起,接续他的工作。

纳粹的本土世界观

正如希特勒多年来一直计划奴役波兰以及屠杀犹太人一样,他同时也计划除掉身体残障的德国人。现在他可以遂行这一切。早在1929年他就提议每年要"除掉七十万最软弱"的德国人。战争爆发前,反对这种行动的声浪一定会震耳欲聋;但现在每个人的注意力都放在战争上,于是他开始推动这个本土梦魇。战争的烟雾可以掩盖家乡的许多罪恶。

"T-4安乐死计划"已经筹备多年。1939年8月,全国的医生和助产士接到通知,要他们查核每一个天生就有基因缺陷的孩童——追溯至1936年。战争在9月爆发,杀害这些缺陷儿的行动也随之展开。接下来几年有五千名婴儿被杀害,直到那年秋天稍后,大家的注意力才开始转移到其他"无法治愈"的疾病。维多利亚·巴尼特(Victoria Barnett)在她《为百姓的灵魂》(*For the Soul of the People*)一书中叙述了这个故事:

> 第一批拿到这些表格的机构可能并不知道真正的用途。每一个病人都各自有一个表格,上面要详细记载病人所罹患的疾病,已经住院多少时间以及病患的种族。表格的封面提示机构的医生说,因为战争时期需要医疗设施,所以可能必须大规模地把特定病患转移到其他机构。三个政府指派的专家会审查填妥的表格,选择需要被"转移"的病患,然后提供他们转离原先机构需要的一切帮助。[3]

进兵波兰的行动一展开,许多被认为最"不适"的成年病患就被送上负责"转院"的巴士,那些可怜的人就在他们被转去的地方被杀害。起初是注射毒剂,后来就用一氧化碳毒气。病患的父母与亲属根本不知道他们的下落,直到他们接到邮件的通知,才知道自己的亲人已经过世而且已被火化了,死亡的原因通常会说是肺炎或者类似的普通疾病,他们亲人的骨灰不久后就会送回家。

希特勒后来才为这个行动发出的备忘录填上日期:9月1日,正好跟战争爆发在同一天。杀害这些病患的理由是,他们占用的医疗设施与病床应该让给为祖国奋战而受伤的士兵。当第三帝国正竭力跟敌人作战的时候,实在没有余力照顾"无法治愈"的病患。他们必须跟其他人一样牺牲小我,完成大我,而那些病患的父母也应该跟士兵的父母一样,为战争"伟大地献上"他们的儿子。负责主导整个"T-4计划"的人就是希特勒的私人医生卡尔·勃兰特,也就是欧文·舒茨在阿尔卑斯山健行时遇到的那个人。

当时在安乐死中心采用的杀人法以及火化法,是纳粹第一次进行的大规模屠杀。在杀害与火化那些病患的过程中,纳粹学到许多技术,对他们以后杀人与火化的一贯作业有很大的帮助,后来就运用在死亡集中营,以致数百万的无辜百姓在那里遭到杀害。

政变计划改弦更张

将近9月底的时候,每个德国人都认为和平在望,希特勒已经得到他想要的波兰,一切应当就此结束。但在9月27日,也就是华沙投降的那天,希特勒召集他的将领,宣布他也要在西线发动战争的计划,他要攻击比利时和荷兰,接着是法国和英国,以及丹麦和挪威。将领们再次被他们听到的消息所震撼,于是除掉这个狂人的计划重新启动并且更新。

贝克也告诉杜南伊要更新他的《耻辱实录》,他们后来都因此被绞死。杜南伊为此特地取得许多党卫军在波兰暴行的实际影像。为避免希特勒被刺杀后德国被盟军"击败"并重蹈"背后插刀"的覆辙，因此务必要搜集纳粹逞凶的证据。当时他们更密集地交换意见与会商，而许多这类的场合就是以朋霍费尔为中心。

正当军队准备交战，密谋者也准备发动新政变的同时，一个出乎所有人意料的举动让大家都停顿下来。看哪，莫测高深的智者阿道夫·希特勒大喇喇地从他身后拿出"一支枯萎的橄榄枝"，在世人面前挥舞。他在 10 月 6 日向国会发表演说，再次表现宽宏大量的气度，而且他认真的表情让全世界都不禁侧目观看，希特勒提出和平主张："我努力的方向一直都是要泯除我们跟法国之间的各种嫌隙，然后让两国建立和好共容的关系……德国不会继续跟法国计较……我也同样努力要达成盎格鲁-日耳曼协议，不，更恰当的说法应该是盎格鲁-日耳曼友谊。"

这真是场精彩的演出，当然在他荒谬的协议中没有提到的条件是，那块被血染红的德国占领地，也就是以前的波兰；也没有提到以前称之为捷克的那块地方。如果没有人傻乎乎地提到这些话，和平就唾手可得，但张伯伦就像是位受尽嘲笑的妇人，不再听信甜言蜜语。他表示，如果希特勒要博得世人信任，"一定要先有行动，不是单单口说就可以。"张伯伦在 10 月 13 日拒绝希特勒的提议。

与此同时，将领们了解他们必须立刻采取行动，务必要在希特勒攻击西方世界之前发动政变。一旦德国军队开往比利时和荷兰，就会更难说服英国认真看待这场密谋，尤其是因为他们当中许多人曾经指挥战车血淋淋地碾过波兰，而且希特勒也不会轻易罢休。如果他无法说服英国提出令他满意的和平条件，那么他就会用武力夺取。他以一贯的绅士态度告诉哈尔德将军："英国人一定要在被教训一顿之后才会谈判。"在希特勒希望尽快拟定进攻的军事计划的同时，密谋者也正急着完成他们自己的计划。

这些计划的内容不只是单纯地策划如何一枪命中希特勒这么简单。首先，密谋者必须要让英国以及其他国家知道他们的存在，而且愿意在他们奋力一搏的时候支持他们。他们不想在希特勒突然垮台之际，让英国和法国趁机报复他们跟德国之间的恩怨，他们必须得到那些国家和平的保证。同时他们也不能不留意东边的苏俄，斯大林总是在等待可趁之机，好让他能轻而易举地扩张他在欧洲的版图。对密谋者来说，增进跟友善国家之间的联系，并说服他们相信这是个可靠的密谋，是整个计划的重要环节之一。

这就是迪特里希·朋霍费尔可以尽力之处。在往后几年中，他所担负的重大责任就是跟英国联络。他跟贝尔主教以及其他人的关系——以及贝尔跟英国政府高层的关系——影响非常深远。朋霍费尔同时也跟挪威和美国有联络。但这位牧师真的会跨越抚慰人心以指点迷津的界线去积极参与密谋吗？我们看下去。

第 *23* 章
从认信到密谋

朋霍费尔在 1935 年把当今所谓"政治抵抗"这个观念介绍给我们……对犹太人的迫害越演越烈,导致敌对的态势逐渐恶化,朋霍费尔自己的感受尤其深刻。我们现在终于明白,仅仅在口头上认信,不论多么勇于表达,到头来还是免不了要背负杀人共犯这个罪名。

——埃博哈德·贝特格

在我们攀登到彼岸前,必须穿过一条非常黑暗的幽谷,我相信这幽谷比我们想象的还要黑暗。

——迪特里希·朋霍费尔

朋霍费尔非常贴近整个密谋的核心位置,他在精神上支持与鼓励那些更直接参与其中的人,例如他的哥哥克劳斯和他的姐夫杜南伊。他对这一切没有感到不安,但要他更正式地参与其中,情形就完全不同了。

朋霍费尔的处境相当复杂。相较于一个人独来独往,身为认信教会领袖的他,需要处理更多的难题。他的所有决定都必须顾及其他的人,正如他以往不愿意以违背良心为由拒绝服兵役一样。他没有随兴而为的自由。朋霍费尔从来没有轻易下过任何决定,不过一旦他把事情想清楚了,就会马上行动。他从纽约回来的时候,还不确定上帝对他的带领。

可能就是在这段期间，他的嫂子艾米·朋霍费尔用激将法让他更积极地参与其中。艾米与克劳斯都不是基督徒，因此她不可避免地认为，既然她先生都已经不顾生命的危险，那她这位担任牧师的小叔子就不应该在一旁轻松观战。或许因为朋霍费尔太"属灵"，只会纸上谈兵。艾米再也无法忍受，直率地告诉朋霍费尔她自己的想法。她说："你们基督徒就喜欢别人帮你们处理自己的事情，但这看起来似乎是你们怕脏而不愿意亲自动手。"她不是要朋霍费尔成为杀手，但认为他参与的程度不如她丈夫或杜南伊那么积极。朋霍费尔仔细思考她说的话，他表示，任何人都不应该因为有人被杀害而感到欣喜，不过他了解她这番话的重点，而且觉得她说的有道理。然而，他还是没有决定自己的动向。

与此同时，不论朋霍费尔是否参与，整个密谋还是带着一股新的活力继续进行。杜南伊跟约瑟夫·穆勒博士（Dr. Joseph Müller）有所接触，穆勒博士是在慕尼黑的执业律师，跟梵蒂冈的关系非常密切。有时候参与密谋的人会称他是"X 先生"，穆勒是一个非常孔武有力的壮汉，从小他的朋友就叫他"大牛"（Ochsensepp）。穆勒在 1939 年 10 月到罗马出差，表面上是处理国防军的事务，但其实他是要去联络英国派驻教廷的大使，并且要求英国保证如果参与密谋的人除掉希特勒，他们会与德国保持和平。穆勒此行非常成功，英国提出的条件是德国要放弃过去两年希特勒吞并的领土；穆勒的成就还不止于此，他还说服教宗同意担任英国政府与德国新兴政府（在希特勒死后成立）的中间人。一切似乎都充满希望。朋霍费尔和穆勒两人一拍即合，一年后，穆勒就让朋霍费尔获准进入位于埃塔尔的阿尔卑斯修道院，不过，朋霍费尔暂时还是继续往返于希格梭夫与柏林之间。

密谋者计划在希特勒下令攻击西方的时候发动政变。希特勒会定下攻击日期，所有的人也都整装待发，然后他在最后一分钟喊停。在往后几个月里面，他如此反反复复有二十九回，把每个人都折腾得半疯。发动全面军事政变的指挥系统非常繁琐复杂，然而不幸的是，最后的决定权落在布劳希奇将军手中。当初费尽九牛二虎之力才说服他参与密谋，而由于一再延宕所累积的紧张情绪，终于让胆小如鼠的他彻底崩溃,就这样错过无数次机会。当希特勒终于在 1940 年下达攻击令时,庞大复杂的政变行动却自乱阵脚而一事无成。他们失败了。

从认信到反抗

3 月 15 日最后一批神学生结束他们的学业,两天后盖世太保就关闭了希格梭夫。他们终于发现它了,自 1935 年初在岑斯特展开的黄金时代就此结束。朋霍费尔不能继续培养神学生了。他必须规划下一步,但是可供他选择的范围日渐缩小,因此无可避免地让他更深入参与到密谋中,但会发展到怎样的地步,依旧是个未知数。

对基督徒参与暗杀国家元首这个看似吊诡的议题,埃博哈德·贝特格的解析可说是无出其右。他帮助我们了解,朋霍费尔一步步迈向政治反抗的过程,并没有违背他以往的思想,反而是他思想顺理成章以及必然的结果。朋霍费尔一直都勇于说出真理——"认信"(confess),但有时候仅仅把真理挂在嘴边,却会沦为廉价恩典。贝特格解释道:

> 朋霍费尔 1935 年把当今所谓"政治抵抗"(political resistence)这个观念介绍给我们。我们不能再清楚明确地切割认信和反抗。希特勒对犹太人的迫害越演越烈,导致敌对的态势逐渐恶化,朋霍费尔自己的感受尤其深刻。我们现在终于明白仅仅在口头上认信,不论多么勇于表达,到头来还是免不了要背负杀人共犯这个罪名,即使我们总是会发动新的不合作运动,即使每个主日我们都会传讲"唯独基督",还是无法改变这个事实。在纳粹政权统治期间,从来就没有想过要禁止这种讲道。有必要吗?
>
> 因此我们距离认信与反抗的界线越来越近;如果我们不跨越这个界线,那么我们的认信就跟与罪犯合作没有两样。这样一来,认信教会要面对的问题就变得非常清楚:我们以认信的方

式反抗,但我们没有以反抗的方式认信。[1]

终其一生,朋霍费尔都把他父亲用来解决科学问题的逻辑应用到神学问题上。现实世界只有一个,而基督如果不是整个世界的主,那他根本就不是主。朋霍费尔非常重视下面这个主题:每个基督徒都必须把上帝带入他的整个生命(不只是灵性层面)而成为"完全的人"(fully human)。只把上帝挂在嘴边,却不愿意在上帝安置他的现实世界中弄脏自己的双手,是一种错误的神学思想。上帝已经借着基督向我们显明,他把我们安置在这个世界上,并要我们用实际行动在这个世界上顺服他的旨意。朋霍费尔愿意弄脏双手,不是因为他已经不耐烦,而是因为上帝已经告诉他要如何更加顺服。

越界

数月的延迟过后,希特勒在 5 月命令他的军队西进。德国军队在 10 日进攻荷兰,荷兰人在五天内就屈服了;接着是比利时,然后德国坦克马上就长驱直入法国境内。7 月 14 日德国军队进入巴黎,三天后这消息传遍世界各地。真可说是兵败如山倒。

同一时间,欧洲大陆的另一端,朋霍费尔和贝特格正在东普鲁士探访一个由芬根瓦得弟兄组成的牧师团。那天早上牧师会议结束后,他们搭乘渡轮到半岛对岸,在阳光下发现一家户外咖啡馆,位于梅默尔(Memel),也就是现在的立陶宛。突然间收音机里传来一阵嘹亮的号角声,接着就播放特别新闻:"法国投降!"德国二十二年前的羞辱,终于在希特勒手中得以雪耻。

百姓为之疯狂,有些人高兴地跳起来,站在椅子上,还有人站在桌子上。每个人都举起手臂行纳粹礼,然后合声高唱《德国至上》(Deutschland uber Alles),接着是《霍斯特·威赛尔之歌》。那是一场爱国主义的喧嚷,而朋霍费尔和贝特格就像甲虫一样僵在那里,至少贝特格是这样;另一方面,朋霍费尔又似乎乐在其中。贝特格感到非常讶异：他的朋友就跟其他人一样站起来，举起手臂，做出"希特勒万岁！"的敬礼。正当贝特格呆若木鸡地站在那里的时候，朋霍费尔轻声对他说："你疯啦？举起你的手臂！我们可以为很多事情冒险，但可不要栽在这种愚蠢的敬礼上！"过去五年来，贝特格的这位出众的益友与良师，教过贝特格不计其数的功课，不过这可是全新的一课。

贝特格这才发觉朋霍费尔已经跨越那条界线了。他的行为已经开始展露心机；他不希望自己被别人认为是反动派，他想要混入人群；他不想发表任何反希特勒的言论；他还有更远大的计划。他想独自一人在暗中完成上帝呼召他的使命，而要完成那些使命，他就必须保持低调。贝特格表示，我们无从得知朋霍费尔正式加入密谋行列的确切日期，但他知道朋霍费尔在梅默尔的咖啡馆向希特勒致敬的时候，他的这位朋友已经进入界线的另一边。他已经从"认信"进入"反抗"。

希特勒最大的胜利

三天后，在巴黎北部一处森林里，出现一副诡异的景象。一向认为怜悯是次等人类软弱象征的希特勒，安排法国政府在贡比涅（Compiegne）森林，也就是德国在 1918 年签署停战协约的同一个地点，签署投降协约。那个黑暗蒙羞的日子一直记忆犹新地浮现在希特勒脑海中，而他现在要利用一切手段扭转这一切。强迫被他打败的敌人回到让德国蒙羞的现场只是一个开头；当他要求当年签署停战协约的那辆火车厢，从原本存放的博物馆重新搬回林间空地时，希特勒的尖酸刻薄才可说是到达极点。他们用气钻拆掉博物馆的墙面，把火车厢抬出来，让它重新回到当年给予德国致命一击的地方；这还不够，希特勒还要将当年法国元帅福熙（Foch）的座椅送到他面前，好让他能在贡比涅森林的火车厢内，再次坐在那张座椅上面。既然他这么热衷象征意义，令人不解的是，他竟然拒绝把《凡尔赛条约》放进保险箱然后丢到大西洋里的建议。

希特勒和德国已经等待这个胜利时刻二十三年了，如果阿道夫·希特勒要成为德国的救星，这就是最好的时机。许多过去对希特勒感到怀疑与不安的人，现在都回心转意。他已经抚平第一次世界大战和《凡尔赛条约》所造成的无法愈合的伤口；他已经让分崩离析的德国恢复往日的光荣。看哪，旧事已过，他已经把一切都变成新的了。在许多人眼中，他突然变成一位神，像是他们长久盼望与祈求的救世主，而他的政权将会延续千年。

朋霍费尔在这段期间所写的《伦理学》里面，提到世人对胜利成功的崇拜，他对这个议题深感兴趣。许多年前他在巴塞罗那写的一封信中，就曾提到过这个议题，当时他观察到斗牛场上群众情绪的起伏变化，这一秒才为斗牛士叫好，下一秒又转而为斗牛喝彩。人们对胜利成功的渴望远远超过其他一切。他在《伦理学》里面写道：

> 在一个以成功与否衡量一切的世界里，被定罪然后被钉在十字架上的他，始终只是一个陌生人，而且充其量也只能得到世人的同情。唯一能让整个世界俯首称臣的就是成功；决定一切的不是观念，也不是思想，而是作为。唯有成功能够颠倒是非……历史的发展清楚明白地告诉我们，它所遵守的格言就是：为达目的可以不择手段……而十架上的那位彻底废除了所有以成功为准绳的思想。[2]

上帝渴望的不是成功，而是顺服。如果我们愿意顺服上帝，并愿意忍受失败以及未来的一切困难，那么上帝就会赐下一种世人无法想象的成功。但这是一条没有几个人愿意走的窄路。

对德国反抗团体来说，这是一个令人垂头丧气的时刻。尽管如此，他们继续朝几个方向努力。那个时候一直都有几个团体和计划齐头并进。大概就在那个时候，参与另一场密谋的舒伦堡（Fritz-Dietlof von der Schulenburg）跟好几个反纳粹的克莱骚（Kreisau Circle）成员连手合作。其他人认为这个不可一世的征服者必然会在香榭丽舍大道举行胜利游行，因此计划在那时暗杀他，但他并没有举行胜利游行。

对纳粹来说，胜利的感觉让他们冲昏头脑，因此在波兰的汉斯·弗兰克乘机下令进行冷血无情的集体大屠杀。他认为要趁热打铁。

朋霍费尔遭误解

希特勒在法国的胜利打开了新的一页。朋霍费尔以及许多反抗军分子曾经深信希特勒会让德国卷入战争，然后遭到惨败并沦为废墟；谁知他毁灭德国的方式，竟然是带领它迈向胜利以及不断高涨的自恋和自我崇拜？事实上，在希特勒当权后两天，朋霍费尔就在他那场被删节的演讲中提到这件事，他知道只要德国人崇拜任何偶像，就会断送他们自己的未来，正如那些崇拜迦南神祇摩洛（Moloch）而把孩子献为火祭的人。

法国沦陷之后，许多人都开始了解到，希特勒是以其胜利成功来毁灭德国。那年7月，朋霍费尔在波茨坦举行的北普鲁士弟兄评议会（the Old Prussian Council of Brethren）上发言时，心中所想的就是这件事的意义。但他说的话却被广为误解，使得他觉得自己跟认信教会更加疏远。

朋霍费尔表示，德国已经完全支持国家社会党以及希特勒，他把这称为"划时代之举"。在战胜法国前，希特勒非常可能尝到失败，国家社会党也随之结束，但这一切都没有发生。所有跟希特勒对抗的人都必须适应这件事，努力了解当前的局势并且随机而变，这会是一段冗长耗时的过程，而且需要应用不同的策略。朋霍费尔的讲话经常使用夸张法制造效果，有时候会适得其反，就像现在这样。

他曾经告诉一个学生，每篇证道都必须带有"一点异端"；他所指的是，要表达真理，我们就必须强调重点，或者表达的方式像是异端——当然不会真是异端思想。然而，"一点异端"这几个字却让朋霍费尔平常说话的习惯遭人误解，许多人抓住这几个字就认定朋霍费尔不在乎正统神学，朋霍费尔经常为此而吃苦头，同时也因此可说是有史以来最遭人误解的神学家。

那天在波茨坦，他想要厘清每个人的思想，却旧事重演。他表示希特勒已经大获全胜的意思，其实是想要努力唤醒听众——事后想起来，是太过努力——改变策略。因此，就他在提到国家社会党已经大获全胜的当下，部分听众认为他等于是认同这场胜利；事实上，他们的确认为他说的是"打不赢对方，就加入对方"。接下来几年，在他为国防军工作（表面上是德国政府公务员，其实是反抗军成员）的时候，许多人都想起他那天说的话，因此认为他真的已经"投靠对方"，而且为希特勒和纳粹工作。

什么是真理？

朋霍费尔的意思显然是指，反对希特勒的人士必须因应德国的新情势而改变他们的策略。朋霍费尔非常愿意改弦更张，也就是放弃以往跟当局直接冲撞的立场，并且突然假装跟他们合作。不过这当然只是因为他可以在另一个更重要的层面抵制对方。这就是运用欺诈。

跟朋霍费尔同时代的许多基督徒，在神学上无法认同他这种作法，而他也不指望他们这么做。朋霍费尔愿意参与欺诈，不是因为不把真理放在眼里，正是因为他非常尊重真理，因此迫使他无法以简单的律法主义看待真理。

几年后，朋霍费尔在泰格尔监狱写了一篇文章，标题是《说真话的意思是什么？》，探讨了这个主题。文章一开始就说道："从我们能够开口说话后，所接受的教育就是我们说话要真实。这是什么意思？'说真话'是什么意思？谁要我们这么做？"

上帝为真理所定的标准不只是"不要说谎"而已。耶稣在登山宝训中说道："你们听见有话说……但我告诉你们。"耶稣把旧约律法的意义和顺服提升到更高的层面，也就是从"律法的字句"提升到"律法的精义"。根据律法的字句所形成的就是巴特以及其他人笔下所说的死气沉沉的"宗教"，这是人想欺骗上帝，以便认为人是可以顺服的，而这是更严重的欺骗。上帝所渴望的远超过宗教上的律法主义。

朋霍费尔在文章中举出一个例子，有位老师在全班同学面前问一个女孩，她父亲是不是一个酒鬼。女孩回答说不是。朋霍费尔说道："当然，我们可以说这个孩子撒谎；但相较于这个孩子在全班同学面前揭露自己父亲的缺点，这谎言还比较接近真理，也就是说，它更符合真理的标准。"我们不能不计代价地要求"真理"，对这个女孩来说，在全班同学面前说她父亲是酒鬼就是羞辱父亲。我们要视情况说真话。朋霍费尔知道他所谓"活生生的真话"（living truth）非常危险，因此"他心中兴起一个念头，认为真理应该随着特定的情况而改变，因此有可能我们对真理的概念到最后会完全消失，而真假之间的界线也难以划分"。

朋霍费尔知道，"绝对不可说谎"这种单纯的宗教律法主义，造成的负面效果就是没有**真理**（truth），只有**事实**（facts）。这使得我们在说任何话的时候都不需要顾及礼节和情况，因此礼貌以及适可而止，就会变成**虚伪**与**谎言**。他在《伦理学》里面也提到这一点：

> 只有冬烘先生才会认为随时随地对任何人都要一律"说真话"，但他其实对真理的了解非常死板……他头上戴着狂热追求真理的光环，绝对容不下任何人类的缺点；但事实上，他正在毁灭人与人之间活泼的真理。他会落井下石、亵渎奥秘、破坏信任、出卖他所处的团体，并且傲慢地嘲笑他一手造成的灾难，以及"无法承担真理"的人类弱点。[3]

对朋霍费尔来说，与上帝之间的关系就是周遭一切的中心。他许多次都把自己跟耶稣基督之间的关系比喻为乐曲中的固定旋律（cantus firmus）。①整首音乐其余各部分都以它为中心，而它则把各个部分连结在一起。忠于上帝的最高层次就是跟他建立起这种关

---

① 作为多音乐曲之基础的预定旋律。

系，而不是靠着"条文"与"原则"过着律法下的生活。我们绝对不能够把自己的行为跟与上帝的关系切割开来，这是一种更严格、更成熟的顺服，朋霍费尔逐渐了解希特勒的邪恶在迫使基督徒在更深的意义上顺服，更深入地思考上帝要求的是什么。事实已经证明，律法主义的宗教完全无能为力。

杜南伊的上司奥斯特将军曾经说过，国家社会主义是"一种邪恶的、不道德的意识形态，传统的价值与忠诚一点也派不上用场"。朋霍费尔知道上帝能够解决所有难题，而他想知道针对自己处于这种情况，上帝要告诉他什么话。他已经从单单的"认信"进入密谋，也就意味着他要涉入许多欺骗的手段，他的许多认信教会的同事都不认同他这种行为。不久，也就是他成为卡纳里斯海军上将指挥下的军事情报局里面的双面间谍后，他将进入一片更加孤寂的领域。

圣经祈祷书

就在他参与密谋的同时，朋霍费尔继续他的教牧工作与写作生活。他不断写作，直到他生命结束的最后几个月前，不过他生前出版的最后一本书是 1940 年问世的《圣经祈祷书》（*Das Gebetbook der Bibel*）。当时出版这本探讨旧约诗篇书籍的用意，是要见证朋霍费尔对学术真理的坚持，以及他对欺骗第三帝国领袖的意愿。

研究朋霍费尔的学者杰弗里·凯利（Geffrey Kelly）写道："我们千万不要误会这本书；在当时纳粹德国强烈压制所有推崇旧约圣经行为的氛围下，这本书的发行在政治上以及神学上，可说是具有非常强烈的宣示意义。"这本书热情澎湃地告诉世人，旧约圣经对基督教与教会的重要性，这可说是大胆地从学术立场驳斥纳粹不遗余力破坏犹太遗产的作为。

因为这件事导致朋霍费尔和出版审查委员会（the Board for the Regulation of Literature）展开激战。正如后来在监狱接受审问时一样，他会装傻地表示，这只不过是一本学术性的释经书籍。他清楚了解所有认真的释经与学术研究都会指向真理,而对纳粹来说,这比任何枪林弹雨还要糟糕。朋霍费尔也表示,委员会并没有明确表示要查禁这本"宗教书籍",因此他不知道自己需要交给他们手稿。

这个事件描绘出朋霍费尔对所谓"说真话"的看法。顺服上帝的旨意,出版这本支持犹太人的书籍——并狡猾地假装他一点也不知道国家社会党会反对这本书——就是服膺真理。他知道如果事先把手稿交付给他们,这本书就再也不见天日了。朋霍费尔确信上帝要他把这本书里面的真理公诸于世。他不需要把这本书的真相告诉纳粹;正如他文章中那位虚构的女孩,不需要把她父亲的真相告诉班上的同学。

朋霍费尔在书中把巴特对恩典的看法和祷告连结在一起,表示我们不能透过我们的祷告接触上帝,但借着"他"的祷告——耶稣用以祷告的旧约《诗篇》——我们就能顺利地搭便车与天堂相通。我们千万不能把出自我们天性的(natural)行为,例如"希望、盼望、叹息、悲泣、喜悦",跟非天性的(unnatural)祷告混为一谈,因为那一定是出自我们以外,也就是出自上帝。如果我们把二者混为一谈,"我们就是把天与地、人类与上帝混为一谈"。祷告不是发自我们本身,他写道:"因为我们祷告的时候需要耶稣!"借着《诗篇》祷告,我们"就是以耶稣的祷告为祷告,因此我们可以确知上帝会聆听我们的祷告而喜悦。一旦我们全心全意进入基督的祷告,就是真正在祷告。我们只能在耶稣基督里祷告,我们的祷告也会跟他的祷告一起被聆听"。

对纳粹来说,这似乎不可能是"犹太"观念;而对许多新教徒来说,这又有点太"天主教",因为他们认为背诵的祷告就是异教徒"无用地重复话语"。芬根瓦得以及其后的神学生每天都用《诗篇》祷告。朋霍费尔坚定地表示:"早期基督教的生活中充满《诗篇》。但比这一切更重要的就是耶稣死在十字架上的时候,口里说出的都是《诗篇》。只要教会远离《诗篇》,就会失去难以弥补的珍宝;一旦找回《诗篇》,就会得着无与伦比的能力。"

朋霍费尔透过这本小书告诉世人,耶稣已经把他的出版许可证发给《诗篇》与旧约;基督教必然跟犹太人息息相关;旧约并没有被新约取代,而是紧密地连结在一起;以及耶稣是十足的犹太人。朋霍费尔也明确表示,《诗篇》提到耶稣并预言他的降临。次年3月他就会发现,因为他出版这本小释经书,使得当局禁止他以后再出版任何书籍。

朋霍费尔加入国防军

1940年7月14日朋霍费尔正在柯尼斯堡(Konigsburg)举行的教会研讨会证道时,盖世太保到达会场,在半途打断会议,他们宣布一条禁止举办这类会议的新命令,于是研讨会就此结束。没有人遭逮捕,但朋霍费尔知道他无法继续从事这类牧养工作了。他和贝特格继续前行,拜访东普鲁士的教区,包括当时隶属德国的斯塔勒鲁旁(Stalluponen)、塔克宁(Trakehnen)以及伊特卡宁(Eydtkuhnen)。由于斯大林的部队已经非常接近,一般人都感到很焦虑,于是在拜访过这几座城镇后,朋霍费尔就返回柏林,跟杜南伊讨论他未来的计划。

国防军与盖世太保可说是死对头,因为他们各霸一方,就像是美国的中央情报局与联邦调查局一样。杜南伊认为,如果国防军正式聘用朋霍费尔的话,盖世太保就不得不放他一马。从各方面看来这都很有道理,朋霍费尔会有非常大的自由度继续他的牧养工作,而且还可以得到足够的掩护,更积极地参与密谋行动;另一个好处是,只要身为德国军情局的重要干部,朋霍费尔就不太可能被征召服役,表面上看来他是在为祖国尽忠职守。这可是一个非常大的好处,因为他还没有预备好接到征兵令以后该怎么办。

那年8月,杜南伊、贝特格、朋霍费尔、吉斯维乌斯和奥斯特聚集在朋霍费尔家中,一起商讨这个策略。他们决定要更进一步发展。他们首先要派朋霍费尔到东普鲁士,特别是因为与俄国的战争似乎一触即发,而且他曾经在当地从事过相当多的牧养工作,因此那是最适合他的地方。如果盖世太保对国防军竟然任用认信教会的牧师感到奇怪,那么他们的回应就是,国防军也任用共产党员以及犹太人,而且这的确是事实。对国防军的活动来说,认信教会牧师的"招牌"

无疑是最好的掩护。况且,他们是军事情报单位,所从事的是错综复杂又高深莫测的任务,盖世太保凭什么过问他们的事?

因此,时机成熟了。朋霍费尔正式加入密谋的行列。国防军的保护伞会遮盖他,奥斯特和卡纳里斯也会保护他,因为他具有军事情报局干员的身份,这些就是一层层的掩护;另一方面,朋霍费尔真正从事的是牧养工作,并继续撰写神学作品,正如他所愿。就正式的层面看来,他在教会的牧养工作是在掩护他身为军情局纳粹干员的身份;就非正式的层面看来,他在军情局的职务其实是为掩护他推翻纳粹政权的密谋者身份。

朋霍费尔假装成牧师——但这只是"假装"他在假装,因为他确实是一个牧师;而且他假装是一个为希特勒效命的军情局干员,就跟杜南伊、奥斯特、卡纳里斯以及吉斯维乌斯一样,其实是要推翻希特勒。朋霍费尔不只是善意地撒个小谎而已,套句路德的名言,他这简直是在"大胆地犯罪"。他所参与的是危机重重的骗局中的骗局,然而朋霍费尔本人非常清楚了解这一切,他是完全地顺服上帝。对他来说,这就是让错综复杂的各个部分完美和谐地连结在一起的固定旋律。

然而,那年9月跟国防军势不两立的帝国安全总部(RSHA, Reichssicherheitshauptamt)带给朋霍费尔更多的困难。帝国安全总部的领导人是直属希姆莱,而且还有狡猾成性的莱因哈德·海德里希。帝国安全总部通知朋霍费尔,因为他曾触犯他们所谓的"反动行为",所以不能够公开演讲;更糟的是,他必须定期向施劳威(远在波美拉尼亚东部)的盖世太保提出报告,因为他是当地的正式居民。这样一来他根本无法再为认信教会工作。他们仍然可以聘请他担任教牧,但在这种限制下,认信教会决定让他休假进行"神学研究"。

朋霍费尔并没有被这些指控打倒,当务之急是马上反击,并且维持他效忠第三帝国的假象。他再次装傻,写了一封充满怒气的信给帝国安全总部,抗议他们侮蔑他的爱国情操,他还提到他出身名门,在一般情形下他是绝对不会做这种事的,因为他觉得这是狂妄自大又荒唐可笑的行为。他面不改色地做了这一切,甚至在信的结尾勉为其难地写下"希特勒万岁!"以突显他的忠诚,不过这封信并没有解决他的问题,于是他转而向杜南伊求救。

在跟杜南伊会商后,他在国防军担负起更重要的职务,同时也跟希特勒的爪牙展开捉迷藏的游戏。首先是杜南伊要让他远离帝国安全总部的骚扰,所以他不能继续留在波美拉尼亚,但是回到柏林会更糟糕,因此要想办法指派他一个能够让他到慕尼黑的国防军任务。

杜南伊在 10 月到慕尼黑跟他的同事商量这件事。同时,朋霍费尔在克兰-科洛辛则保持低调,继续写作他的《伦理学》并等待暗号。他在 10 月底接到指示,然后前往慕尼黑,在市政厅正式登记成为慕尼黑居民。他的姨妈卡尔克鲁特(Kalckreuth)女爵会让他住在她家,她家的地址就是他的"正式"户籍地,正如他在施劳威的时候,俄都华·布洛克监督家的地址就是他的"正式"户籍地。他到底实际在这两个地方住过几个晚上,则是另一回事。

一旦他登记为慕尼黑居民,当地的国防军就可以要求他服务,而他们果然这样做了。朋霍费尔于是成为所谓的 V‐Mann,或者说 Vertrauensmann(按照字义翻译就是"骗子"),从事秘密工作。他的"正式"身份依旧是平民,而且可以继续随兴而为,撰写他的《伦理学》,从事牧养以及为认信教会工作。

阿尔卑斯的埃塔尔修院

朋霍费尔在慕尼黑时再次跟约瑟夫·穆勒联络,他在当地的国防军服务,同时也是密谋的积极领袖。朋霍费尔现在透过穆勒跟慕尼黑反抗军合作。穆勒设法让朋霍费尔住进埃塔尔修院,那是一所优美的本笃会修道院,坐落在巴伐利亚阿尔卑斯山的加尔米施-帕滕基兴(Garmisch-Partenkirchen)。对朋霍费尔来说,这是一个小小的梦想成真,他在这个对抗纳粹的天主教堡垒中找到平安与宁静,远离柏林的各种烦恼。这座修道院成立于 1330 年,但大多数建筑建造于十八世纪,表现出巴洛克风格。朋霍费尔与院长、副院长一见如故,他们邀请他在修道院做客，而且住多久都可以，于是朋霍费尔从 11 月开始，在那里度过整个冬天。

他在 11 月 18 日写信告诉贝特格："我受到温馨的接待；我在食堂用餐，睡在招待所，可以使用图书馆，我有自己的钥匙可以进出修院，而且昨天还跟院长有一段非常充实的长谈。"这一切可说是一种殊荣，而且对非天主教徒来说更是如此。埃塔尔修院距离上阿默高有两英里半的路程，自 1634 年以来，当地居民每十年都会演出一场著名的受难剧。

朋霍费尔非常享受修道院的日常作息，而他的写作也相当顺利。在芬根瓦得的时候，他曾经效法修道院在用餐时间由指定人选大声朗诵的作法，但是神学生不喜欢，不久之后他就没有继续下去。但这在埃塔尔已成惯例，而且已经延续数百年之久，朋霍费尔乐在其中。让他感到好奇的是，他们同样用吟唱教会祈祷文的方式朗诵一些非灵修书籍，例如历史著作。他告诉他的父母："有时候，朗诵的内容是幽默文学，我实在忍不住要笑出来。"他在那里的时候，院长安杰勒斯·库普弗（Angelus Kupfer）神父以及其他修道士朗诵的则是朋霍费尔写的《团契生活》，并准备在结束后跟作者一起讨论书中内容。

他跟院长和其他神父的长谈，让他对天主教产生新的看法，而他的《伦理学》也因此更加充实，尤其是探讨自然律的部分，这是新教神学所欠缺之处，而他有意补足这一点。

搭火车到慕尼黑约需九十分钟，朋霍费尔经常到那里去。有时候他会住在姨妈那里，更常住在天主教的青年旅社，也就是欧洲庭院旅馆（Hotel Europaischer Hof）。

那年，朋霍费尔在慕尼黑采购圣诞礼物。他对送礼非常用心，又很大方，他送给许多亲戚朋友的礼物是裱装好的斯蒂芬·洛赫纳（Stephen Lochner）的画作《基督诞生图》（Birth of Christ）。现在每年圣诞节他又多了一项工作（自找的），那就是替芬根瓦得的每一个弟兄准备一份礼物，他们分散在德国各地，而且有不少人在军中服役。他寄出许多书籍，还在一家慕尼黑商店买了一百张印有阿尔特多费尔（Albercht Altendorfer）《圣善夜》（Holy Night）图像的明信片，放在圣诞包裹里面。他写信告诉贝特格："对我来说这幅景象似乎非常应景：废墟中的圣诞节。"

朋霍费尔借着这些包裹以及频繁的书信，继续服事芬根瓦得的众弟兄。那年圣诞节他寄出九十份这样的包裹以及信件；他似乎必须把信件的内容重复打字好几遍，使用复写纸好让他能省点力气。那年圣诞节的信件同样是一篇典雅的"默想证道"，这次的主题经文是《以赛亚书》9：6~7，"因有一婴儿为我们而生……"他思想的重点是万物已经永远改变，他们绝对无法让一切都回复到战前的状况。不过，他一开始就表示，如果认为我们能够回到以前没有困难与死亡的时期，是一种错误的想法。战争只是要让我们了解一直都存在的更深的现实层面：

> 尽管时间不断流逝，但胶片能用一种压缩与直观的方式，让我们看到眼睛无法捕捉的动作；而战争也一样能用一种特殊与赤裸的方式，在我们眼前清楚明确地揭露了过去这些年来越来越可怕地显现在我们面前的"世界"的本质。首先把死亡带入世界的不是战争；首先让人类身体与灵魂饱受痛苦与折磨的不是战争；首先制造出谎言、不公与暴力的不是战争；首先让我们的生活惴惴不安又剥夺掉人类能力，迫使我们眼睁睁看着自己的理想与计划被更"强大的权势"销熔与毁灭的不是战争。不过，战争让这一切（不局限于战争，而且比战争更古老）更加显著，让乐于忽视这一切的我们，不得不去正视。[4]

他表示，因为战争，才得以透视万物的真貌；因此，基督的应许也就更显得真实可贵。

他在 12 月 13 日写信给贝特格说道："这里已经连续下雪四十八小时，没有间断，而且雪丘已经堆积的比我们去年看到的还高——这情况即使在这里也不常见。"因为柏林不断遭受空袭，杜南伊和朋霍费尔的姐姐克莉丝特决定把他们的小孩巴巴拉（Barbara）、克劳斯（Klaus）和克里斯托弗（Chirstoph）送到埃塔尔的小学读书。克莉丝特经常来探望他们,那年圣诞节他们全都聚在一起,置身在阿尔卑斯山的冰雪中。朋霍费尔并没有忽视周遭的美景,他写信告诉贝特格,"有时候美丽绝伦[的群山]让我无法继续工作。"

那年圣诞节贝特格也来造访。朋霍费尔试穿了他的雪鞋,而且每个人都加入到滑雪的行列。德国也有每个人在圣诞夜打开礼物的传统。有一件礼物是朋霍费尔的牧师朋友欧文·舒茨从遥远的格罗斯-施隆威兹荒野寄来的。朋霍费尔后来写信说道:"亲爱的舒茨弟兄,这真是大大出乎意料之外,让我心中感到无比激动,我在几个外甥和外甥女面前打开你寄来的包裹时,里面出现的竟然是一只活生生的兔子。"打开礼物后,所有的人都到修道院光辉灿烂的教堂参加大弥撒。

朋霍费尔的父母送给他一本法文字典,他知道自己不久后就会去日内瓦度过一段时间,因此向他们要一本法文字典。他们还把他哥哥华特(当时已经去世超过二十二年)的放大镜也寄给他。华特曾经是家中的自然学家。他在 28 日写信感谢父母,同时也谈及眼前无法改变的新局面。不过,他决心探讨隐藏在迷雾中更深一层的真理:"去年……将近年底的时候,我们可能认为今年必然会更有进展,而且也会对未来更清楚。现在看来,这个愿望是否能实现让人非常怀疑……对我来说,这似乎意味着从长远看来,我们必须更扎实地活在过去与当下(也就是怀着感恩的心),而不是一味地憧憬未来。"

他在写给舒茨的信中也提到类似想法:"在我们攀登到彼岸前,必须穿过一条非常黑暗的幽谷,我相信这幽谷比我们想象的还黑暗。重要的是我们要完全听从[上帝的]带领,不要抵挡也不要失去耐心。这样的话,一切都会顺利。"他已经把目光放远,学会随遇而安。

朋霍费尔在埃塔尔的时候,经常跟参与密谋的同伴会面,例如司法部长弗朗茨·古特纳和卡尔·格德勒(莱比锡的前任市长)。穆勒有时候会每天来访。那年圣诞节期间,朋霍费尔和贝特格曾经跟杜南伊以及梵蒂冈的代表,包括教宗庇护十二世的私人秘书罗伯特·莱柏(Robert Leiber)会面。贝特格和朋霍费尔在古特纳来访的时候,曾经跟他一起在寒冷的阿尔卑斯山中漫步,他们沿路讨论认信教会在跟帝国教会周旋中遭遇的困难。

1941年1月,朋霍费尔前往慕尼黑会见贾斯特斯·培瑞尔(Justus Perel),他是代表认信教会的主要律师。培瑞尔努力游说帝国政府对认信教会的牧师网开一面;他们许多人都被征召服役,送上战场,导致认信教会急剧萎缩,这是纳粹处心积虑的作法。培瑞尔希望能说服他们一视同仁地对待认信教会与帝国教会。

朋霍费尔在慕尼黑时曾陪伴培瑞尔欣赏一出以哑剧方式演出的贝多芬歌剧《普罗米修斯的创造物》(*Creatures of Prometheus*)。朋霍费尔"对此不太感兴趣"。他们也观赏了一部关于席勒(Schiller)生平的电影,朋霍费尔对贝特格形容此片"很糟糕:可悲、俗气、虚伪、矫饰、不合史实、演技拙劣、平庸!你去看就知道了。在我想象中,这就是席勒念高中二年级时的样子"。

这是朋霍费尔和贝特格五年来第一次分开这么久的时间。朋霍费尔越来越倚靠他,他相信贝特格的批判有助于自己神学思想的发展,而他在写作《伦理学》期间,非常希望能和他的好友省察与探讨自己的观念。多年以来他们几乎每天一起祷告,每天一起敬拜;最亲密的是,他们会互相认罪。他们知道彼此心里的难处,也愿意为彼此代祷。2月1日的时候,朋霍费尔庆祝自己生日的方式就是寄给贝特格一封生日信,并细数他们之间的友谊:

> 我们两个人能够借着工作与友谊紧密地联系在一起五年,我相信这是人生中一件非常大的乐事。有一个人能够客观又亲近地了解自己,又能成为自己忠实的帮手与导师——这实在具有非常重大的意义。你对我来说总是二者兼备。你一直有耐心地承担这种友谊的严苛考验,尤其是我的脾气这么火爆(我也对自己这方面感到厌恶,所幸有你锲而不舍又直言不讳地提醒我),而你却从来未曾因此心怀苦毒。为此,我一定要特别对你表示感激之意。在面对许多问题的时候,你那种更清晰与简明的思想与判断,对我产生极其重要的帮助,而且我从经验得知,

你为我的代祷带有能力。[5]

日内瓦之旅

2月24日,国防军把朋霍费尔调派到日内瓦,他的主要目的是接触德国以外的新教领袖,告诉他们酝酿中的密谋,并且试探他们是否愿意跟接管的政府合作;穆勒则在梵蒂冈跟天主教领袖进行同样的会商。起初朋霍费尔根本就无法入境瑞士,瑞士边境警察坚持一定要有人在瑞士为他担保,于是朋霍费尔提出卡尔·巴特,他们打电话给他取得确认后才让朋霍费尔进入,但整个过程不是非常顺利。

就像当时许多其他人一样,巴特对朋霍费尔这趟任务感到不安。一个认信教会的牧师怎么能够在战争期间来到瑞士?对他来说,这似乎代表朋霍费尔一定跟纳粹和解了。这就是战争造成的伤害之一,信任似乎彻底瓦解。

别人对朋霍费尔产生的类似怀疑与顾虑,将会一直缠绕着他,但是他当然不能任意向他心腹以外的人解释自己的作为。对他来说,这就是另一种"舍己",因为他已经把自己的声誉献给教会。旁人不禁怀疑为何他能够幸免于那个世代其他人所遭遇的厄运,为何他可以写作与旅游、跟许多人会面、看电影、上餐厅,过着相当惬意与自在的生活,而其他人却陷在苦难与死亡边缘,甚至因为苟且偷生而在良心上深受折磨。

对那些知道朋霍费尔替国防军效命的人来说,这一切似乎更糟糕。这个趾高气昂的贵族道德家向来都宁死不屈,也要求其他人同样宁死不屈,如今终于低头屈服了吗?他不是曾经说过"唯有替犹太人大声疾呼的人才配唱格里高利圣歌"吗?他还把自己视若上帝,狂妄地宣告"在认信教会之外没有救恩"吗?

即使朋霍费尔可以表明自己其实是在对抗希特勒,许多认信教会的成员还是会感到疑惑;而其他人则会感到愤怒,在父子兄弟为自己的祖国牺牲生命的战争期间,一个牧师竟然参与刺杀国家元首的密谋，实在令人无法理解。朋霍费尔的处境可说是完全孤独寂寞，然而，上帝已经带领他置身在这样的处境，而且他不会想办法脱离这个处境，就跟先知耶利米一样。这就是他顺服上帝而必须面对的命运，而且他能够以此为乐，而且的确以此为乐。

朋霍费尔在瑞士的时候，曾写信给在牛津的莎宾和格哈德，这是他在德国不能做的事情。他非常想念他们！他也写信给贝尔主教。他到日内瓦探访欧文·舒茨，据说他曾表示："你放心，我们一定会推翻希特勒！"朋霍费尔也曾跟卡尔·巴特会面，即使经过一番长谈后，巴特还是对朋霍费尔跟国防军之间的关系感到十分不安。

朋霍费尔还跟两个合一运动的联络人会面，他们是弗罗伊登堡（Freudenberg）和库弗希尔（Jacques Courvoisier）。他在日内瓦最重要的任务是跟威廉·维瑟·霍夫特会面，上次他们会面是在伦敦的帕丁顿车站。朋霍费尔告诉他德国的所有情势，然后维瑟·霍夫特会把这些消息转告贝尔主教，再由主教转告丘吉尔的政府。朋霍费尔提到认信教会继续对抗纳粹，也告诉他许多牧师被逮捕并饱受逼迫，以及安乐死等。自从战争爆发后，这类消息几乎不曾流出德国，如果贝尔能够顺利将这个情报透露给像是英国外相艾登（Anthony Eden）这类人物，那么朋霍费尔这趟旅程就算是圆满成功。

朋霍费尔在瑞士停留了一个月。他在3月底回到慕尼黑的时候，接到一封帝国作家公会（Richt Writer Guild）的信函，通知即刻起将禁止他继续写作。他一直都在设法避免这件事，甚至还刻意注册加入公会——虽然他认为这也是一件令人作呕的事，他此举的用意是要在他们眼前表现出自己是一个"好德国人"的模样，他甚至更进一步递交必备的"证据"，以证明他的"雅利安血统"。不过，这个令人不悦的策略，还是无法淡化在那本探讨《诗篇》的书中，流露出支持犹太人的讯息。

就跟他被禁止公开演说的时候一样，朋霍费尔再次积极提出抗议，表示他的作品纯属学术领域，而非他们所认定的那种类型。他们确实曾撤回最初对他裁定的罚款——这是一个小小的奇迹——但不同意应该基于学术立场放过他的著作。下面这番话充分表达出第三帝国对基督教的极度偏见："只有在公立大学院校任教的神学家才能被豁免。此外，因为神职人员都非常执著于教义，所以就这方面来说，我不认为他们是专家。"最后，禁止写作的命令对朋霍费尔并没有产生太大的影响，他此后一生始终没有再出版任何书籍，但是他的作品却非常丰富。他继续撰写他的巨著《伦理学》，而且持续好长一段时间。

朋霍费尔在弗里德里希斯布伦跟家人共度复活节假期。他们家族在战前就已经来过哈茨山区欣赏原始的美景，对他们所有人来说，尤其是朋霍费尔（他们买下护林员木屋的时候，他才七岁），这个地方是他们跟永恒世界的接触点，能超越眼前的艰困。在那片让人联想到格林兄弟童话世界的神奇森林，打从他们孩提时期的黄金岁月以来，一点也没有改变，那时候华特还活着，跟他的小弟弟迪特里希边走路边找寻草莓与蘑菇。三年后，也就是朋霍费尔被关进泰格尔监狱一年后，他在信中提到弗里德里希斯布伦以及对它的感怀：

> 在脑海中，我是住在大自然里，也就是弗里德里希斯布伦的林地好长一段时间……我仰卧在草地上，看着微风中的流云飘过湛蓝的天空，并且聆听森林发出的沙沙声。那些童年回忆竟然能对我们的人生观产生这么深远的影响，实在匪夷所思：对我来说，我们要住在山上或者海边，似乎既不可能也不可行。在我眼中能够代表大自然，而且属于我并塑造我的，就是德国中部的山丘、哈茨山、图林根森林以及威悉（Weser）山脉。[6]

当时这一切对朋霍费尔而言，还不仅仅只是记忆，他仍然身在其中，自由地徜徉在森林里，躺卧在草原上，与家人欢聚。复活节在4月13日，整个家庭都聚集在那里庆祝。不过在大家离开后，朋霍费尔一个人留下来平静地继续写作他的《伦理学》；过去许多年来，他已经在那里写下许多文字。那里还是没有电力——要两年后他们才会接通电力——不过有一个煤炭炉，那是每年这个时候必备的设施。但是煤炭用尽了，不知是何原因没有补给，朋霍费尔借着烧木柴取暖，每当他写作累了需要休息的时候，就会踏出户外砍一些木柴。家人刚抵达的时候，他们注意到一些堆放在那里的木柴不见了，他们一直不知道是谁取走木柴，但当朋霍费尔最后离开时，在墙上画了一个小小的记号，标示出当时木柴堆的高度，并且告诉他父母这件事。这样他们再来时就能知道，他离开后木柴是否短少。

第**24**章
密谋暗杀希特勒

德国百姓就要承担整个世界一百年后都不会忘记的罪状。

——海宁·冯·特莱斯科夫（Henning von Tresckow）

死亡让我们觉悟这个世界不是理想的世界，而是亟需救赎的世界。唯独基督能够战胜死亡。

——迪特里希·朋霍费尔

我知道在德国有许多人，现在因为受到盖世太保和机关枪的威胁而默不作声，但他们渴望推翻无神的纳粹政权，建立一个合乎基督教的社会体制，而这就是我们双方可以共同努力的目标。

——乔治·贝尔主教

自从一年前法国沦陷后，政变就暂时停止。希特勒的胜利既惊人又快速，因此多数将领对自己有能力反抗他完全失去信心。他的声望一飞冲天。最近几个月来，南斯拉夫、希腊和阿尔巴尼亚也相继被征服；隆美尔将军（General Rommel）也在北非大获全胜，希特勒似乎势如破竹，无法抵挡。多数将领顺应逐渐升高的德国潮流，即使费尽唇舌，也无法说服他们起而对抗。

杜南伊和奥斯特知道，说服高层将领是推翻希特勒的唯一途径。较早的时候，他们认为发起草根运动就可以从下而上拉倒纳粹；不过，自从马丁·尼默勒入狱以来，这个希望就破灭了。他抵挡纳粹的胆识以及他的领袖特质，让他成为推动草根运动的最佳人选，这也就是希特勒要把这个慷慨激昂的基督徒送进集中营的原因。现在，一切必须从上层开始发动，这也就意味着这些将领必须身先士卒。

　　有部分高尚的将领担任密谋的领袖，随时准备采取行动；但许多其他将领并不是那么高尚与明智，他们非常希望能摆脱《凡尔赛条约》造成的窘境与耻辱，甚至愿意压抑他们心中对希特勒的极端厌恶。许多人都认为一旦利用希特勒完成这个目的后，就可以把他赶下台，以一个比较温和的人取代希特勒；如果必要的话，他们会亲自处理。但正当他们势如破竹地获胜，以及他们为《凡尔赛条约》讨回公道之际，这似乎并不是恰当的时机。也有许多人认为，现在杀掉希特勒反而会让他成为烈士，制造出另一个"背后插刀"的传奇，于是世人永远会把他们比为布鲁特斯（Brutus）和卡西乌斯（Cassius），把希特勒比为凯撒。① 为何要冒这种风险呢？滑头的布劳希奇就是这批墙头草的代表人物。他说："我自己是不会采取行动的，但我也不会阻止任何人采取行动。"

　　在希特勒"迈向成功"的这一年，贝克、杜南伊、奥斯特、卡纳里斯、格德勒以及其他密谋者都竭尽所能，但基本上他们全都无所作为。

纳粹政委令

　　接着就是 1941 年 6 月 6 日实施的恶名昭彰的"纳粹政委令"（Commissar Order）。希特勒即将对苏联发动攻击，代号是"巴巴罗萨计划"（Operation Barbarossa），而此举将再次完全展露出他对"东方种族"——如波兰人和斯拉夫人的极度蔑视。纳粹政委令指示军

＊　公元前 44 年，卡西乌斯与布鲁特斯刺杀罗马独裁者凯撒。"刺杀凯撒的卡西乌斯"甚至
①　成了西方谚语，形容人的忘恩负义。

队射杀所有被俘虏的苏联军事领袖。希特勒已经让陆军避免涉入波兰最惨绝人寰的屠杀,他知道他们无法忍受这类事情,于是就由冷血的党卫军突击队来执行这项肮脏龌龊、毫无人性的任务。但是现在,他命令陆军违背那拥有数百年历史的一切军事规范,执行屠杀与虐待。将领们都注意到这件事,即使他们当中意志最薄弱的人也都开始明白,一直以来他们都兴高采烈地骑在虎背上。

杀害所有被俘虏的红军领袖令人完全无法想象,但希特勒对古老的道德观与荣誉观毫无兴趣,他要向他们展示通往胜利的残暴道路,而现在的他,满口尽是恶魔般荒诞不经的言语。他说:"东方战线一时的残忍能换得未来的仁慈。"德国的军事将领"必须要求自己克服良心的谴责"。在解释纳粹政委令的必要性时,他信口胡说地表示,红军领袖"在作战时采用亚洲的野蛮战法,所以必须一律当场射杀"。

海宁·冯·特莱斯科夫是典型的普鲁士人,带有强烈的荣誉感和传统心态,早就已经看不起希特勒,他是第一个跟密谋团体接触的军官。他一听说纳粹政委令,马上就告诉格斯多夫(Gersdorf)将军,要是他们不能说服博克收回成命,那么"德国百姓就要承担整个世界一百年后都不会忘记的罪状"。他表示要承担这个罪状的不只是希特勒和他的左右心腹,"而是连同你我,你我的妻子,你我的子孙都在内"。对许多将军来说,这就是转折点。意志薄弱的布劳希奇在听说纳粹政委令后都感到惊吓万分,甚至跟希特勒提到此事,希特勒气得立刻拿起一个墨水瓶,向这位高贵将军的头上砸过去。

希特勒在 1941 年 6 月 22 日展开巴巴罗萨计划。德国当时正与苏联作战,希特勒身边仍然围绕着一股所向无敌的氛围,但已经有人开始讨论希特勒是否应该见好就收,他这股战无不胜的气势总有结束的时候。心智正常的人在看到俄罗斯那片一望无际的白茫茫大地时,多少会停下来思考一下。然而,希特勒的心智却跟正常人不一样,于是胜算渺茫的德国军队就此开始向莫斯科挺进。

密谋的领袖正在等待适当的时机。希特勒的纳粹政委令有助于他们召聚更多将领,而且一旦纳粹政委令造成的残暴后果公诸于世,就能唤起更多的人加入。与此同时,奥斯特和杜南伊在卡纳里斯将军的掩护下,继续他们的工作。卡纳里斯过着可说是极度双面的生活,他在早晨会跟冷血的海德里希一起到柏林的动物园骑马,同时利用自己的权力,把握每一个机会挖海德里希以及纳粹的墙角。他极其厌恶希特勒的罪行,但是有一回在前往西班牙的旅程中,他开着他的敞篷车经过乡间的时候,居然站起身来向经过的每一群羊行希特勒万岁礼。他说:"说不定羊群里面就有一个纳粹大佬喔!"

朋霍费尔要到 9 月才会再次替国防军服务,而且又是要前往瑞士,他利用这段空档继续写作并从事牧养。在奥斯特和杜南伊的帮助下,朋霍费尔为许多认信教会的牧师争取到免役或者延长服役,他希望能够保护他们免于危险,也希望能让他们继续从事牧养,因为他们的教友比以往更加匮乏。这似乎是一场徒劳的努力,就跟以往几次的经验一样,但朋霍费尔依旧精神抖擞地奋斗不已,而且对不论多么微小的收获都心存感激。

现在,朋霍费尔许多的牧养工作都是以书信进行。他在 8 月时写了一封通函给大约一百位神学生,我们可以从信中隐约了解他死亡的原因:

> 我今天必须告诉各位,我们的弟兄康拉德·柏雅克(Konard Bojack)、普瑞柏(F. A. Preub)、乌尔里奇·尼柴克(Ulrich Nithack)和格哈德·舒尔茨(Gerhard Schulze)已经在东线战场捐躯……他们已经比我们早一步踏上每个人都必须走的道路。上帝以非常恩慈的方式提醒我们当中在前线的弟兄,要随时做好心理准备……要确信,上帝只会在他预定的时间呼召你们,而我们也不例外。在那个完全由上帝掌控的时刻来到之前,即使我们处在最危险的境遇中,他也会保守我们;而我们对这种保守要心存感恩,也能让我们为迎接那最终的呼召做好更充分的准备。
>
> 谁能识透上帝那么早就接走那些弟兄的原因?年轻基督徒的早夭是不是总让我们觉得,好像上帝是在我们最需要他们的

时候，却一把夺走他自己最好的器皿？然而，上帝绝对不会失误。上帝可能需要我们的弟兄在属天世界为我们从事隐密的服事。我们不应该从人的角度（总是想知道得更多）妄自揣测，而是要把握确定的事情。凡蒙上帝恩召回天家的人都是他所爱的。"耶和华喜悦他们的灵魂，因此他马上把他们从恶人当中取走。"ⓚ

当然，我们都知道上帝与魔鬼正在这个世界争战，魔鬼也能取走人的性命。在面对死亡的时候，我们不能独断地站在命定论的角度认为，"这是上帝的旨意"；而是应该兼顾另一个面向，"这不是上帝的旨意"。死亡让我们觉悟这个世界不是理想的世界，而是亟需救赎的世界。唯独基督能够战胜死亡。"这是上帝的旨意"与"这不是上帝的旨意"，这两个对立命题在这里针锋相对，而且答案也在这里。上帝容忍在他旨意之外的事情得以成就，于是从此刻开始，死亡就必须服事上帝。从现在开始，"这是上帝的旨意"甚至包含"这不是上帝的旨意"。上帝的旨意借着耶稣基督的死胜过死亡，唯独借着耶稣基督的十字架与复活，死亡得以被上帝的大能收服，因此它现在必须为完成上帝自己的目标而努力。这不是宿命论的降服，而是活活泼泼的相信耶稣基督，他为我们死与复活，这就足以克服死亡，而且有余。

在与耶稣基督同活的生命中，外在的死亡已经被内在的死亡（我们的舍己，每天与耶稣基督同死）所克制。凡与基督同生的人，每天都要向自己的意志死去。在我们里面的基督把我们交给死亡，好让他能活在我们里面。这样一来，我们内在的死亡就能制伏外在的死亡，这就是基督徒死亡的方式；这样一来，我们肉身的死亡其实不是终结，而是我们与耶稣基督同活的完全实现。至此我们就能与那至高者团契，所以他在十字架上才能说："成了"。[1]

ⓚ《所罗门智训》4章。

朋霍费尔也与个别弟兄单独通信。他接到过一封曾经排斥默想经文的芬根瓦得学生的来信,这学生告诉朋霍费尔,在战争期间他一直保持着这个习惯,有时候经文太艰涩以致于无法默想的时候,他就背经文,也具有相同的果效。他说,这就跟朋霍费尔过去一直告诉他们的一样,"经文的意义会变得非常深邃。我们必须按照经文而活,就会了解其意义。我现在很感激你当时一直督促我们坚持下去。"

朋霍费尔跟许多人之间的信件往来,足以证明他确实是位忠心的牧师。尽管他没有亲自上战场,但他从许多弟兄口中知道战地的情形,并回信鼓励他们又为他们祷告。他们当中有一个名叫埃里克·卡拉普司(Erich Klapproth)的弟兄写信给朋霍费尔说,当地的温度只有零下四十度,"我们甚至连续好几天连洗手都不能,搬完尸体就直接去吃饭,然后又拿着步枪回到战场。每个人都把自己所有的精力集中对抗寒冷以免被冻死,即使精疲力竭也要不断活动。"卡拉普司怀疑大伙是否还能够回到家乡,继续过着宁静安详的生活。不久之后,朋霍费尔就接到他不幸阵亡的消息。

好友格哈德·费彼瑞阵亡的消息让朋霍费尔备感伤心:"我想,他的死亡在我心中造成的伤痛与空虚感,几乎跟我丧失亲弟兄没有两样。"

朋霍费尔为整个认信教会所做的努力并没有中止,但战争让纳粹有更多的借口迫害教会。1941年底的时候,朋霍费尔帮助培瑞尔草拟一份交给军方的请愿书:

> 新教基督徒希望反教会的措施能够至少在战争期间终止,但一直都落空……同时,国内的反教会措施甚至变本加厉。教友逐渐认为,即使在战争期间,[纳粹]党和盖世太保也想乘机利用战争灾难和神职人员短少的情况,一举铲除新教。[2]

文件中引述各式各样滥权的情形。希姆莱正积极设法铲除认信教会,而且所有没有被征召服役的认信教会牧师,都被迫放弃牧养工作,以投入"增产报国"的行列。盖世太保在质询时对待牧师的态度,"大体上就跟对待犯人没有两样"。另一个显示纳粹领导阶层痛恨基督徒与基督教的例子如下:

一个新教的知名教友,儿子在东线捐躯后,因为一封匿名信而被迫忍受极大的伤害。这名教友用下面这段话宣告儿子过世的消息:"离弃对他的主与救主的信仰……"信中还提到"一个奇怪的巡回传教士",因为对"整个家族假冒为善的行径及其低贱的血统深感不齿",于是把他儿子逐出信徒的行列。

整个德国的基督徒终于起来对抗安乐死法案:

各宗派的基督徒对杀害所谓"不配活的生命"一事(现在教友已经更了解内情,而且对受害者深感同情)都非常关注而且深表反对,尤其此事已经明显违背十诫以及所有的律法,因此认为这明确显示出帝国领导阶层反对教会的立场。[3]

再访瑞士

朋霍费尔在 9 月因为国防军公务回到瑞士。他跟维瑟·霍夫特再度会面。由于希特勒的军队在苏俄前线进展顺利,反抗军认为情况并不乐观,但朋霍费尔的看法则不一样。两人见面问安的时候,朋霍费尔说:"所以,这可说是结束的开始啰!"霍夫特感到困惑。不知道朋霍费尔所说结束的开始,指的到底是斯大林还是苏联?朋霍费尔答道:"不是,不是,快要结束的是希特勒,因为他已经战捷连连。"朋霍费尔深信希特勒的好运即将告终。他说:"这个老家伙绝对躲不过去。"

不过,到 1941 年秋天的时候,整个密谋寄望英国能够保证举行和平谈判的理想终于幻灭。这场战争已经拖得太久。既然德国跟苏俄开战,丘吉尔认为这就是一切成败的关键,他对密谋一点也不感兴趣——即使真的存在也无所谓。他顽固地认为所有德国人都是纳粹,对密谋者所说的一切充耳不闻。不过,贝尔主教还是替他们说情,他企图让英国人知道,德国内部还是有人渴望消灭希特勒。那年稍早,他曾经在一场盛大的抗议活动中发表演讲,谴责英国政府只会空谈胜利,却对英国以外的难民毫无怜悯。贝尔演讲的内容,大多是从他跟朋霍费尔和赖伯赫兹家庭的谈话中得知的:"我知道在德国有许多人,现在因为受到盖世太保和机关枪的威胁而默不作声,但他们渴望推翻无神的纳粹政权,建立一个合乎基督教的社会体制,这就是我们双方可以共同努力的目标。难道英国无法发出胜利的号角声,唤醒绝望中的他们吗?"

丘吉尔以及他的外相安东尼·艾登不为所动。然而,朋霍费尔还是不气馁,他写了一份冗长的备忘录,里面除了一般性事务,还详细说明盟军的冷漠态度,让那些想要发动政变推翻希特勒的人感到灰心而却步。如果那些参与密谋的人士知道自己在冒着生命风险,但还是会被英国及其盟友当作纳粹一样对待,那么他们就没有继续奋斗的动机了。"当前必须面对的问题在于,一个跟希特勒及其所代表的一切彻底决裂的德国政府,是否能得到一个让它继续存活的和平协议? ……对这个问题的回答显然迫在眉睫,因为德国反抗团体的态度,取决于他们得到的答案。"

朋霍费尔天真地以为,只要他的备忘录流传到相关人士手中,就可以得到英国政府的回话,结果音讯全无。那年9月,维瑟·霍夫特在日内瓦跟朋霍费尔谈话时,询问结果怎样。朋霍费尔答道:"如果你真要知道的话,我祈求的是自己国家打败仗,因为我觉得这是我们国家能够弥补我们所造成一切苦难的唯一途径。"前线纷纷传来最新的报告,而朋霍费尔从杜南伊口中听到的尽是骇人听闻的讯息。必须不计代价除掉希特勒。

正当德国军队向莫斯科推进时,党卫军又持续肆无忌惮地逞凶,就好像恶魔及其爪牙从地狱爬出来在世界上横行。党卫军在立陶宛把手无寸铁的犹太人聚集在一起,用短棒活活打死他们,事后还随着音乐在尸体上跳舞。清理完前一批受害者后,又带来下一批,这种恐怖行为就这样不断重复。

因为这类事件,更多的军队领袖愤而参与密谋。曾经有第一线军官眼中含着泪水请求陆军元帅博克,制止在鲍里索夫(Borisov)的"杀人盛宴",但即使博克也无能为力。当他命令文职行政官威廉·库贝(Wilhelm Kube)把负责屠杀的党卫军指挥官带到他前面来时,对方只是充满挑衅地取笑他。希特勒已经决定放纵党卫军,即使陆军元帅也无可奈何。

彼得·约克·瓦滕堡伯爵(Count Peter Yorck von Wartenburg)和他的表弟施陶芬贝格,就是在这个时候改变他们反对密谋的初衷。他们两人都是虔诚的基督徒,而且出身显赫的德国军事家族。他们所见所闻的一切,不但违背更是在践踏他们所珍惜的各种传统价值。不久后,施陶芬贝格就在 1944 年 7 月 20 日暗杀希特勒的行动中首先发难。

7 号计划

朋霍费尔在 9 月底从瑞士返国后,得知更多恐怖的消息,而且这些都是在德国境内发生的罪行。当局颁布一道新的命令,要求所有德国境内的犹太人都要公开配戴一个黄色的星形标志。局势已经进入新的阶段,而朋霍费尔知道这只不过是未来一切的预兆而已。那年 9 月,朋霍费尔在杜南伊的家中说出在必要时,他愿意动手杀掉希特勒的名言。但是事情的发展没有到那个地步,朋霍费尔必须清楚说明,他不会出手帮助别人完成,连他自己都不愿意做的事情,不过他又表明,在此之前他会先退出认信教会。朋霍费尔知道就这件事来说,大多数认信教会的人都不认同他的立场,但更重要的是,他不愿意因为个人的作为牵连他们。他在密谋中扮演的角色是他跟上帝之间的事情,这就是他的想法;而他知道蒙上帝拣选,就跟犹太人蒙拣选,以及先知蒙拣选一样,都是高深莫测的事情。这是最荣耀的事情,也是一件可怕到没有人愿意寻求的事情。

朋霍费尔就是在这个时候参与一个非常复杂的行动,拯救七名犹太人死里逃生，这是他为国防军执行的第一个重要任务。这个行动的代号是 U7（Unternhmem 7），也就是 7 号计划，代表首先参与的犹太人数；最后的实际人数其实增加了一倍。海军上将卡纳里斯想要帮助两个犹太朋友及其抚养的亲属，而杜南伊想要帮助两个律师朋友，他们要把这七个犹太人偷渡到瑞士的表面目的，是要他们告诉瑞士人，德国人如何善待犹太人。

就希姆莱身边的人来说，这些犹太人应该会替纳粹说谎，因为只要他们替纳粹说谎欺骗瑞士当局，就可以获得自由。起初，部分犹太人以为这就是实情真相而拒绝合作，杜南伊不得不冒着极大的风险，说服他们相信这是一个反间计，而且他要他们告诉瑞士当局真相，然后得到自由。他明白地表示，他自己、奥斯特上校、卡纳里斯上将、莫尔特克伯爵（Count Moltke）以及其他人正在筹划一个除掉希特勒的密谋。

但整个计划非常复杂又耗时费日。杜南伊先要从放逐名单中挪除这些人的名字，接着他要正式任命他们担任国防军的干员，就跟他任命朋霍费尔一样；然后他必须说服瑞士同意他们入境，这是最困难的环节，瑞士在战时处于中立地位，因此他们拒绝协助德国籍犹太人。在这个节骨眼上，朋霍费尔、贾斯特斯·培瑞尔以及威廉·罗特（朋霍费尔在岑斯特的助理）动用他们在合一运动的关系，请求瑞士教会在这个生死关头伸出援手。如果这些犹太人不能够及时逃离德国，那么他们就得遭遇悲惨的下场。尽管罗特知道"瑞士教会联盟"（the Federation of Swiss Churches）不可能正式同意，依旧向他们提出呼吁："我们恳求的是，在瑞士教会的紧急陈情以及正式行动下，能否为我们这次特别请愿提到的几位人士，甚至仅仅是其中一位，打开方便之门。"虽然罗特恳求，但瑞士方面依旧不为所动。朋霍费尔于是写信给巴特，请他出面帮忙。

瑞士自有其索价。杜南伊必须募集大批外币送交瑞士，因为这些人不能够在该国工作谋生。在运送最后一批外币的关头，让整件事情露出马脚，经过国防军的死对头希姆莱和海德里希一番抽丝剥茧后，最终导致朋霍费尔的被捕。起初驱使朋霍费尔和许多人参与密谋的主因就是纳粹对犹太人的所作所为,在 1945 年颁布他们的处决令时,他们终于可以坦率直言而不会危及他人,朋霍费尔的哥哥克劳斯和他的姐夫吕迪格·施莱歇尔,勇敢地告诉那些逮捕他们的人,自己参与密谋主要是因为犹太人,他们都感到震惊。

希特勒受挫

10 月的时候,杜南伊、奥斯特去跟法比恩·冯·施拉伯伦道夫与海宁·冯·特莱斯科夫少将会面,他们相信推翻希特勒的时机已经成熟。在俄国前线的将领已经逐渐对希特勒的干预感到不耐烦,许多人因为这件事以及党卫军的暴虐,终于准备转身反抗。正如朋霍费尔所预言的,希特勒一连串的胜利终将结束。

1941 年 11 月,德国军队在陆军元帅伦德施泰特(Rundstedt)的指挥下向斯大林格勒挺进,但 11 月 26 日在罗斯托夫(Rostov)遭遇惨败而撤退。这是希特勒手下大军首度溃不成军,那狂妄自大的元首无法接受这件事,他觉得自己遭受到奇耻大辱,于是从他的"狼窝"(Wolfsschanze),也就是远在千里之外位于东普鲁士森林里的碉堡,下令要伦德施泰特死守阵地,他的部队必须付上一切代价,并且承担所有重责。伦德施泰特在回电中告诉希特勒,这是"疯狂"之举。伦德施泰特接着说:"我再说一次,你不是撤回成命就是另外找人取代我。"于是希特勒就解除了伦德施泰特的职务。

局势开始不利于阿道夫·希特勒。他在东线的其余部队正一股脑儿冲向俄国闻名昭彰的凛冽寒冬,气候一天比一天恶劣,好几千名士兵死于严重的冻伤。由于燃油结冰,得在战车油箱下面架起火才能发动引擎;机关枪因为严寒而无法射击;望远镜也毫无用处。

然而,即使其他将领苦劝,希特勒依旧冷酷无情地命令军队前进,12 月 2 日德国军队有一个营推进到距离克里姆林宫十四英里的地方,可以远望传说中的金色尖塔,这就是德国军队所能到达的最远极限。12 月 4 日的气温降到零下三十一度;5 日的气温更降到零下三十六度。博克将军和古德里安（Guderian）将军都知道，就能力和资源来说，他们已经弹尽援绝，必须撤退。陆军总司令布劳希奇决定辞去职务。12月6日俄军以摧枯拉朽之力反攻德军阵线，阿道夫·希特勒那曾经所向无敌的军队，终于掉转头夹着尾巴全面撤退，他们被驱赶回萧瑟凄凉、一望无际的开阔之地，只要能在撤退中保住性命就算是万幸，就算是拿破仑的军队也无法幸免这种下场。

局势的逆转就像一把利刃刺透希特勒，但12月7日日本偷袭珍珠港的消息传来，又让希特勒精神重振。他对这种偷袭的战术感到特别高兴，表示这正符合他"自己的方式"，他以他那种永远乐观的态度把美国人遭遇的大规模屠杀，视为上天适时给他的正面征兆。实际上，美国向日本与德国宣战，对希特勒来说就是其结束的开始，他此后将会在两个战线同时作战，直到自杀身亡的日子。但希特勒无法预知自己黯淡的未来，当时，他依旧心系俄国，想要在白皑皑的雪地中铲出一条称霸世界的道路。

他首先要革除那些他心中判定要为这场奇耻大辱负责的将领的职务，他早就应该这么做了。博克被替换掉；古德里安遭革职；霍普纳（Hoepner）在被拔掉军阶后逐出军旅。施波内克（Sponeck）遭逮捕，接着被处以死刑；希特勒看在凯特尔将军多年来阿谀奉承的份上，免于严刑重罚，但元首蔑称这个挂满勋章的软骨头是蠢蛋；布劳希奇对这次严重挫败的回应是以冠心病为借口，主动提出辞呈。

对密谋者来说，这可说是一场浩劫，因为他们已经游说布劳希奇相当长一段时间，直到最近他才同意参与密谋，但是现在这个摇摇摆摆的关键人物退出这个计划了，密谋的领袖阶层势必要转而对接任他的人选下功夫。然而布劳希奇的继任人选绝对不可能参与密谋，因为希特勒一如既往不愿假手他人，于是"任命"自己接替布劳希奇。在担任陆军统帅后，他就可以监督所有军事行动。在战争结束前，希特勒要独揽大权。如果"狼窝"有网球场的话，那么元首当然也会监督有哪些人登记使用。

重整密谋团队

随着布劳希奇的离开,密谋必须另辟蹊径。此外,还有其他令人丧气的原因,尤其是无法跟英国及其盟友达成和平协议。然而,这场角力已不能再浪费任何时间,特别是当局把犹太人遣送到东部的步调越来越快。如果朋霍费尔的妹妹莎宾和她的先生与女儿没有在四年前离开的话,他们也很可能被火车载走处死。朋霍费尔想到弗朗兹·希尔德布兰特;也想到柏林大学以及年幼时格鲁尼沃尔德小区的犹太朋友。灭绝"犹太世界"的行动终于展开,就像奥威尔(Orwell)笔下所描绘的最终方案,1942 年初在万塞(Wannsee)举行的一场会议,决定了第三帝国管辖范围内所有犹太人的命运。刺杀希特勒以及阻止他继续荼毒整个世界的行动,在此时比以往更加急迫。但要如何进行呢?

密谋者的计划大致上跟以往没有两样:先是刺杀希特勒;然后在四年前辞职抗议的贝克将军领导下发动政变,并由他担任新政府的领袖。根据吉斯维乌斯所说,贝克"立场超越所有党派……将领中唯独他名誉毫无瑕疵,将领中唯独他曾经主动辞职"。在知道贝克会担任德国新政府的领袖后,许多将军都愿意鼓起勇气继续进行。

同时,一场更广泛的密谋正分头进行,此时国防军准备在 4 月初差遣朋霍费尔前往挪威执行任务。不过,杜南伊在 1942 年 2 月得知盖世太保正在监视他以及朋霍费尔的消息。杜南伊的电话已经被监听,而他的信函也全被拦截。马丁·鲍曼和形如枯槁的海德里希可能就是幕后主使者。朋霍费尔在知道处境日渐危险后,草拟了一份遗嘱交给贝特格;朋霍费尔不想惊动他的家人。

朋霍费尔定期跟他的哥哥克劳斯会面,克劳斯是德国航空的首席律师,跟许多高层企业有密切往来。克劳斯说服他的同事奥托·约翰(Otto John)加入密谋,约翰又吸收了普鲁士亲王路易斯·费迪南德(Louis Ferdinand)。参加密谋的人数变得相当庞大,大致来说,密谋暗杀希特勒的团体有两组人马。其一是以卡纳里斯、奥斯特以及国防军为主轴;另一个则是在莫尔特克伯爵领导下刚开始成形的团体,被称为克莱骚(Kriesau Circle)。

克莱骚

之所以称为"克莱骚",起因于第一次聚会场地之名,也就是莫尔特克的克莱骚庄园。莫尔特克原是普鲁士上议院(Prussian House of the Lords)的议员,也是一个显赫军事世家的后代。第一次世界大战爆发之初,他父亲曾负责指挥德国军队,并担任德皇威廉二世的副官。他的伯祖父,也就是陆军元帅赫尔穆特·格拉夫·莫尔特克(Helmuth Graf von Moltke)是一个传奇的军事天才,在普奥以及普法战争中连战告捷,为1870年德意志[第二]帝国的创建立下汗马功劳。

莫尔特克以及许多克莱骚的成员都是虔诚的基督徒。卡纳里斯在进军波兰之初就吸收他参加密谋,当时他正在记录各式各样凌虐人权的事件。他在1941年10月曾写道:"显然每天都有超过一千人被这种方式谋杀,同时有一千个德国人嗜杀成瘾……有人问我下面这句话的时候,我该如何回答是好:那时候你做了什么?"他在另一封信中写道,"从星期六开始,住在柏林的犹太人就被聚集在一起,他们提着随身行李被送走……在知道这些事情之后,谁还能逍遥自在地过日子?"

莫尔特克在1945年被处决前,写信告诉他的妻子,他"单纯地以基督徒的姿态"站在法庭上,又说他曾经跟新教与天主教的神职人员讨论过"第三帝国最害怕的"就是"基督教对现实伦理问题的看法"。"除此之外别无其他:我们就是单单为此陷在罪中……我这时稍微有点啜泣,不是因为我感到悲伤或者忧郁……而是因为我对这个上帝存在的证明心存感恩与激动。"他写信告诉他儿子,他曾经设法帮助纳粹的受害者,也曾为建立新的领导阶层而努力,"我的良心催逼我这样做……而且这毕竟是男子汉当尽的责任。"他相信唯有一个相信上帝的人,才会全心全意地反对纳粹。起初他曾想要说服纳粹遵守日内瓦公约,但凯特尔认为这是"旧时代的骑士精神"而加以拒绝;后来莫尔特克就开始协助犹太人逃离德国。

克莱骚团体里面另一个著名的成员就是彼得·格拉夫·约克·瓦滕堡伯爵,他的表亲施陶芬贝格后来带头发动 1944 年 7 月 20 日的"瓦尔基里"暗杀行动,但是功亏一篑。然而,克莱骚坚决反对暗杀,他们的计划主要是在讨论希特勒下台后,该如何治理德国,因此他们并没有跟国防军的密谋者之间有密切联系。他们在莫尔特克的庄园举行首次会议后,聚会地点就改在约克位于柏林里特希菲尔德(Lichterfelde)的别墅。约克最后还是改变了他对暗杀的看法,且成为施陶芬贝格暗杀计划的主要人物。

第 **25** 章
朋霍费尔的斩获

> 既然有德国人预备从内部发动一场对抗纳粹独裁政权的战争，我们岂能阻挠或者忽视他们呢？我们应该为达成自己的目的而拒绝他们吗？
>
> ——乔治·贝尔主教致英国外相安东尼·艾登的信

莫尔特克和朋霍费尔是在他们前往挪威的旅途中首度相遇，当时挪威刚被通敌的维德孔·吉斯林（Vidkun Quisling）出卖给希特勒，"吉斯林"一词就此成为"卖国贼"的代名词。吉斯林卖国所得到的报酬就是，在 1942 年 2 月 1 日被任名为新成立的傀儡政府的首相。但在他就职当天，吉斯林跟挪威教会互相攻讦，他禁止挪威教会的领袖普罗沃斯特·费尔布（Provost Fjellbu）在特隆赫姆（Trondheim）具有国家象征意义的尼达罗斯教堂（Nidaros Cathedral）主持崇拜。此举引发一阵反抗的浪潮，使得挪威教会跟更庞大的挪威反抗势力结合在一起，对新成立的傀儡政府以及纳粹来说，这可以说是一场公开的灾难。国防军决定在 4 月差遣朋霍费尔到挪威化解紧张的情势，而他此行的宗旨正好与此相反。

吉斯林在 2 月 20 日革除费尔布的职务。跟德国不同的是，挪威教会既团结又坚定，所有挪威主教立刻断绝跟政府之间的关系。吉斯林在 3 月又弄巧成拙，这次他是想要成立一个挪威版的希特勒青年军，有一千名教师立刻罢课表达抗议。

4 月时又轮到教会跟吉斯林对抗。在牧师反抗势力中被视为英雄人物的博格拉夫主教（Bishop Berggraf），在濯足节（Maundy Thursday，复活节前的周四）被强制软禁。因此，挪威的所有牧师都在复活节（4月5日）效法他们敬爱的主教六个星期前的行为：罢课。这也是早在1933年7月朋霍费尔就恳求德国牧师所做的事情。3月的时候，朋霍费尔正在基克夫和克兰-科洛辛撰写他的《伦理学》，但是博格拉夫被捕后，杜南伊把他召到柏林，向他简单传达他的新任务。

挪威教会在这段期间表现出的勇气让朋霍费尔士气大振，他渴望到那里去鼓励他们，提供自己的经验帮助他们。他在4月10日搭火车从斯德丁到位于北部海岸的萨斯尼茨（Sassnitz），他与杜南伊在那里和莫尔特克会合，然后搭渡轮前往瑞典的特瑞堡（Trelleborg）。

莫尔特克认为在道德上不应该暗杀希特勒，也认为此举反而会让希特勒成为烈士，然后希特勒那些心怀诡诈的副手，会让整个政府更堕落。莫尔特克最关心的就是在纳粹政权垮台后，为建立一个社会主义的民主政府做好万全的准备。四个星期后，一群人在莫尔特克位于克莱骚的庄园讨论这件事；而这就是克莱骚的首次会议。当时朋霍费尔因为要前往瑞士未能参加，但他和莫尔特克会有很多时间交换彼此的观点，因为他们错过了当晚最后一班渡轮，于是他们共进晚餐并观赏了一部电影。

隔天早晨，一直没有渡轮消息，他们边散步边进一步厘清他们对挪威的计划。莫尔特克和朋霍费尔沿着施图本卡默（Stubbenkammer）的石灰岩海岸往北走了四英里，然后又往回走了四英里，沿途除了一位孤单的护林员之外，没有看到其他任何人。他们两人漫步三个半小时回到旅馆，还是没有渡轮的消息，于是决定在当地吃午餐。莫尔特克比朋霍费尔小一岁，但已经结婚十年。他在写给妻子佛瑞雅（Freya）的信中说道："我们正坐在桌边的时候，渡轮突然从雾中出现在窗外。这真是太奇妙了。于是我们冲到码头，工作人员告诉我们渡轮在两个小时后就会离开，因此我们必须抓紧时间。"

虽然他们赶上了这班渡轮，却被困在浮冰中两个小时，又让他们错过从马尔默（Malmo）开往奥斯陆的最后一班火车，他们留在马尔默过夜，然后第二天一早继续前往奥斯陆。朋霍费尔在德国教会斗争中的经验，让挪威教会领袖对他另眼相看，他的立场跟十年前在德国的立场一样，但这次有人听从他的建议。他告诉他们这是让整个世界——以及所有挪威人——了解纳粹究竟有多么残暴的大好机会，他们千万不能退缩，根据博格拉夫多年后的说法，朋霍费尔"坚持主张竭力反抗——甚至不惜成为烈士"。当时朋霍费尔和莫尔特克都没有办法到狱中探望博格拉夫，他们传给他一个信息，那就是他们成功地说服挪威政府释放他。博格拉夫的确在他们离开斯德哥尔摩那天获释。

朋霍费尔和莫尔特克返回柏林向杜南伊报告整件事情。他们乐于彼此为伴，不过几个星期后，也就是克莱骚首次聚会时，朋霍费尔在国防军派遣下第三度前往瑞士。

第三趟瑞士之旅

朋霍费尔在抵达日内瓦后，因为维瑟·霍夫特不在那里而感到失望，主要是他想告诉他上一趟挪威之旅的成果。他得知维瑟·霍夫特当时正在西班牙和英国旅游，而且赫夫特在英国的时候，曾把朋霍费尔去年9月草拟的备忘录（虽然因为局势的演变内容有点过时）交给一个名叫"和平促进会"（Peace Aims Group）的团体。而他到英国的主要目的，也就是会见当时在丘吉尔战时内阁担任重要职务的斯塔福德·克里普斯爵士（Sir Stafford Cripps）。维瑟·霍夫特递交给克里普斯一份亚当·冯·特罗特·楚·佐尔兹（Adam von Trott zu Solz）所撰写的备忘录，后者当时在外交部工作，稍后成为克莱骚的重要成员。这份备忘录原本是要透过克里普斯转交给丘吉尔。朋霍费尔并不清楚特罗特的备忘录以及维瑟·霍夫特接触克里普斯的用意，因为所有这一切都出自克莱骚而不是国防军。这两个团体并非刻意互不联络；在军事情报以及战争斗智的秘密世界中，这是常见的现象。

朋霍费尔在日内瓦时再度拜访了欧文·舒茨；他也跟曾经在伦

敦圣乔治教会(那时正协助里格尔和希尔德布兰特接济德国难民)担任助理牧师的阿道夫·富登堡相聚一段时间。一天晚上,朋霍费尔在富登堡家中跟参与合一运动的维瑟·霍夫特夫人以及其他人士相见。当然,这期间他也从事一些较轻松的活动,有一天下午他跟富登堡夫人一起愉快地逛街购物。阿道夫·富登堡依稀记得,有一回他想要到小餐馆吃东西,结果朋霍费尔不赞成:

> 我们知道一家位于阿尔沃河(Arve)潺潺流水之上,气氛浪漫却有点邋遢的啤酒花园,我们的朋友都非常喜欢这个地方。但迪特里希却不这么想:女侍上餐的方式不正确,一堆惹人厌的动物,例如猫、狗、老鸭、掉毛的火鸡等等,在旁边不断地捡拾食物骚扰顾客;所有这一切都跟他的美感背道而驰,于是我们马上就离开了。[1]

瑞典之旅

在这段漫无目的逗留在日内瓦的期间,朋霍费尔在 5 月 23 日得到一个能够让他在外交政策这块新领域大有斩获的讯息:贝尔主教将会在瑞典停留三个星期。在战争期间这类消息可说是难能可贵,对德国人来说尤其如此,因为想跟贝尔这种人物协调计划,几乎是不可能的。既然贝尔要停留的地方是适合朋霍费尔跟他会面的中立国瑞典,就非要把握时机,因为这正是把密谋的讯息传递给英国政府的大好机会。因为贝尔跟丘吉尔政府有直接联系,因此朋霍费尔务必要在他离开瑞典前想尽办法跟他见面。

朋霍费尔必须马上离开日内瓦。一切行程都得透过国防军安排,这向来非常繁琐,也很危险。朋霍费尔兼程赶回柏林跟杜南伊和奥斯特会商,卡纳里斯透过外交部替朋霍费尔取得特使通行证,于是他在 5 月 30 日登机飞往斯德哥尔摩。

在错综复杂的秘密谍报世界中,往往连左手都不知道右手在做什么，谁也不知道什么人值得信任。曾经跟朋霍费尔敌对的汉斯·尚菲尔德（Hans Schonfeld）当时也在瑞典，而且曾在 24 日会见过贝尔主教。尚菲尔德跟朋霍费尔在过去几年之间曾经交手过几次，尚菲尔德跟认信教会没有任何关联，而在合一运动的领域中，他曾经跟背信的海克尔主教狼狈为奸。朋霍费尔在法诺发表演说的时候，他也在场，而且心中非常不满，因为他希望能够听到一些更倾向德国的言论。他甚至认为朋霍费尔应该利用这个机会，为许多德国人都认同的种族主义国家神学（Volk theology）辩护。当然，朋霍费尔的作为跟这一切毫不相干，因为他知道这是披着神职外衣的反犹太思想，但朋霍费尔和尚菲尔德突然间发现，他们竟然都站在密谋推翻希特勒的同一条阵线上。

贝尔和尚菲尔德会面时，贝尔非常小心翼翼，因为他知道尚菲尔德跟帝国教会领导阶层之间的关系。大致来说，尚菲尔德的态度跟丘吉尔面对德国"和平尖兵"（peace feelers）时所抱持的嘲讽态度有点雷同。他们想要英国在战后善待德国，却不愿意放弃他们用野蛮手段抢夺的领土；他们对自己政府的所作所为并不以为意，也不感到羞耻。这就是丘吉尔对德国人不理不睬的原因，甚至对那些声称自己是反希特勒团体代表的人也不例外。其实，尚菲尔德并非完全如此，但因为贝尔不认识他，因此虽然认真地接待他，仍保持相当的冷漠与疏离。

朋霍费尔这时已经在路上了。他在圣灵降临节，也就是 5 月 31 日抵达斯德哥尔摩，然后得知贝尔正在锡格蒂纳（Sigtuna）的"北欧合一协会"（Nordic Ecumenical Institute），朋霍费尔立即赶到那里去，让他的老友大吃一惊。自从 1939 年朋霍费尔前去纽约之后，他们就不曾见过面。对彼此来说这段时间恍如隔世，如今他们两人都在这异乡，就好像他们昨天才见过面一样。

贝尔告诉朋霍费尔关于莎宾和格哈德的好消息。朋霍费尔一家人都急于知道赖伯赫兹的消息，反之亦然；他们双方已经三年没有任何联系了。贝尔告诉朋霍费尔他听到的最新消息是，朋霍费尔已经入伍当兵，而且正要前往挪威作战！因为一位他们共同认识的朋友知道朋霍费尔正在瑞典，因此假设他一定是要前往挪威作战。毕竟，除此之外还有什么原因会让一个德国人到瑞典去？这两位老友在互诉近况后，就把话题转移到密谋上面。

朋霍费尔现在知道尚菲尔德也在锡格蒂纳。起初他感到有点困惑，但结果这还是件好事，因为朋霍费尔可以从稍微不同的角度赞成尚菲尔德大部分的说法。而且他还有所补充，也就是告诉贝尔，那些参与密谋但尚菲尔德却不知情的人的名字。朋霍费尔透过奥斯特和施拉伯伦道夫得知，可以带头发动政变的将军是陆军元帅博克与克鲁格（von Kluge），这些细节让贝尔以及他在伦敦的高层熟人清楚了解，这个密谋不仅确实存在而且相当缜密。不过，尚菲尔德和朋霍费尔两人会为了这个密谋而一起去会见贝尔的情形就不得而知了。

朋霍费尔看出来，尽管两人之间有歧见，但尚菲尔德已经有所改变，因此基本上值得信赖。他确实是冒着生命危险到那里，在暗中告诉敌国的代表一个暗杀希特勒的计划。尚菲尔德似乎是经由克莱骚加入这场密谋的，因为他曾经表示要在未来以社会主义的形式建立后纳粹政府。朋霍费尔的构想比较保守，包括要拥戴普鲁士亲王路易斯·费迪南（Louis Ferdinand）重建霍亨索伦王朝，两人是透过朋霍费尔的哥哥克劳斯而认识的。

朋霍费尔和尚菲尔德两人的通常心态各不相同。尚菲尔德透露出一股德国的强势态度，而且要努力争取最有利的和谈条件。例如，他提议既然英国无法赢得战争，因此对英国最有利的作法就是跟密谋者达成协议。朋霍费尔的立场则非常谨慎低调，希望诉诸英国的公平与怜悯，他对德国的罪恶感到非常愧疚与羞耻，而且他认为自己以及所有德国人都必须甘心承担这些罪恶的后果。他们必须让世人知道他们确实已经洗心革面；他想要让整个世界知道他们发自内心的悲伤，而且愿意跟那些曾经受过苦的人以及正在受苦的人，团结在一起。他不想淡化以德国之名犯下的罪恶，"基督徒不能逃避悔改，或者混乱，如果这是出自上帝的旨意而临到我们身上的话。我们必须以基督徒的身份接受审判。"基督徒一定要像耶稣一样甘心为他人承受苦难,而德国现在就必须在世人面前这么做。我们可以信靠上帝厘清所有细节。基督徒就像基督一样,要替他人的罪恶偿付代价,并带头走上这条道路。他知道除非德国人心存悔改,否则德国就永远无法复原,他以及整个教会界的使命就是,鼓励德国百姓朝着这个方向前进。

贝尔直言不讳地告诉两人,不要对丘吉尔会响应他们的提议寄予太高期望,可能性非常渺小。尽管如此,他们还是继续讨论细节问题,例如要是英方愿意跟他们联络的话,他们要用什么密码以及在什么地点和英方人员联络。起初他们认为瑞典是最佳地点,但北欧合一协会主席毕约齐主教(Bishop Bjorquist)认为行不通,因为瑞典是中立国;英国和德国密谋团体双方代表的会面地点必然是瑞士。贝特格表示,也许是因为朋霍费尔在 1936 年带领芬根瓦得神学生到瑞典旅游十天的事件,让毕约齐心有余悸;也因为毕约齐与帝国教会及海克尔主教的关系相当密切,而他本人也倡导国教神学(Volkskirche theology)。毕约齐跟当时许多主流信义宗信徒对待朋霍费尔的态度,就像圣公会主教今天对待福音派的态度,要跟他一起抛头颅洒热血似乎不太妥当。

朋霍费尔趁着在中立国的机会写信给莎宾和格哈德。他用英文书写,可能是想要避免这封信一旦落入恶意者手中而引起怀疑:

亲爱的各位:

从乔治口中听到你们的消息,真令人兴奋无比! 在我看来,这简直就像奇迹一样……当然,你们应该跟目前在瑞典的我们一样已经听说,所有在德国以外的非雅利安后裔全都被取消国籍。就我所知,祖国未来会有好消息传给你们,而且会开方便之门让你们返国,我们都期待那日的到来。因此,我希望你们不要担心这件事。

我对最近这几天发生的一切充满感激。乔治是我一生所认识的最伟大的人物之一。请向外甥女们转达我的爱……查尔斯和他太太会到北部乡村拜访我的朋友几个星期。这有益于他们的身心。

深爱各位的

迪特里希

1942 年 6 月 1 日[2]

　　"查尔斯和他太太"是他们家庭在战时使用的暗号之一，指的是他的父母，查尔斯是卡尔的英文同源语。他们要去波美拉尼亚，到鲁思·冯·克莱斯特-瑞柔位于克兰-科洛辛的庄园做客。朋霍费尔做梦都不会梦到他竟然会在一星期后也到那里去，结果他的一生就此永远改变。

　　当天他也同样用英文写信给贝尔主教：

主教阁下：

　　我要深切真诚地为您跟我相处的几个小时表示感激之意。对我来说，能够与您会面、谈话又听到您的声音，犹如梦境一般。我想这些天的经历会跟我生命中其他宝贵的时刻一样，深深印在我记忆中。基督徒之间的团契与兄弟之情，会帮助我度过最黑暗的时刻，即使局势的演变比我们预期的更恶劣，这几天所透露出的希望也绝对不会从我心中消失。这些天在我心中留下极其深刻的印象，我甚至无法用言语表达。我一想到你的一切良善就深自感到羞愧，每当此时，我心中就对未来充满希望。

　　愿上帝在您返家的路上、在您工作时以及随时随地都与您同在。我会在星期三想到您。请为我们祷告。我们需要您的代祷。

满怀感激的

迪特里希

1942 年 6 月 1 日[3]

　　贝尔主教非常清楚丘吉尔不屑一顾德方提出的建议，但他与朋霍费尔的会面让他下决心要尽所有力量促成此事。同时，维瑟·霍夫特前往伦敦递送特罗特的备忘录，也让他深受感动。贝尔在 6 月

18 日发出一封信给外相安东尼·艾登,告诉他关于锡格蒂纳的事情,并且要求跟他会面:

敬爱的艾登阁下:

我刚从瑞典返国,带来一个在我看来非常重要的机密消息,内容关乎德国境内一个非常庞大的反对团体的提议。两位我已经熟识超过十二年的牧师(其中之一是我密友)从柏林赶到斯德哥尔摩来见我。在幕后支持整个反抗运动的人士是新教与天主教的领袖,他们告诉我相当完整的细节,以及政府行政部门、劳动团体以及军中参与人员的名单。这些牧师非常可靠,我深信他们的正直以及他们所冒的风险。[4]

贝尔跟艾登在 6 月 30 日会面,并且交给他一份备忘录,里面详细记载着他跟尚菲尔德与朋霍费尔会谈的细节。两星期后,依旧毫无回音,贝尔在路上遇到斯塔福德·克里普斯爵士,克里普斯告诉他曾在 5 月跟维瑟·霍夫特会面,以及大家对特罗特的备忘录表示肯定的情形,克里普斯表示他会向艾登表达支持这件事。但四天后传来的消息非常糟糕:"在不损及你的线人的真诚的前提下,我认为对他们做出任何回应并不符合国家利益。我了解这个决定会让你感到些许失望,但就相关事宜的微妙程度来说,我觉得我必须要求你接受这个决定。"

英国之所以冷酷地拒绝帮助这些德国人对抗希特勒,主因之一显然是丘吉尔想要安抚斯大林,因为那年 5 月丘吉尔政府才跟斯大林签署一纸盟约。贝特格表示:"伦敦小心翼翼地避免做出任何会让盟友怀疑其忠诚的举动。"讽刺的是,这在未来创造"铁幕"一词的一方,竟然会担心触怒未来铁幕的始作俑者。

但贝尔没有放弃,他在 7 月 25 日写信给艾登继续请求:

除了从两位牧师得到的消息外,我在瑞典又从各方面得到更多的证据显示,纳粹与其他更广大的德国人民之间有着天壤

413

之别。反对人士迫切期待的就是政府能够明确地认清这个区别（及其影响）……

　　1940 年 5 月 13 日，丘吉尔阁下首次以首相的身份在下议院发表演说表示，我们的政策是要"发动战争对抗一个猛兽般的独裁政权，它犯下的那些黑暗凶暴的罪行远超过人类恶行的极限"，而我们的目标是"不计任何代价获得胜利"。既然有德国人预备从内部发动一场对抗纳粹独裁政权的战争，我们岂能阻挠或者忽视他们？我们应该为达成自己的目的而拒绝他们吗？如果我们保持沉默的用意，是要让不论支持或者反对希特勒的德国人相信，他们没有任何盼望，那么我们可说是达成目的的了。[5]

　　格哈德·赖伯赫兹一直跟朋霍费尔保持密切联系，也知道他们面对的困难。他在写给舒茨的信中提到贝尔的努力时，表示"不幸，许多他的朋友以及我们的朋友都没有他那么高瞻远瞩，因此我们很难纠正他们错误的偏见"。身为犹太人的赖伯赫兹，对英国的反犹太思想很敏感，而这就是他们对欧洲犹太人的苦难漠不关心的原因；就身为德国人来说，他也灵敏地注意到英国的反德国情绪也同样出于种族主义。新闻工作者乔基姆·费斯特表示："英国人深信德国人在历史与文化传统的熏陶下，他们的本性是邪恶的或者至少倾向邪恶，这不只是小报读者的看法而已。"

　　赖伯赫兹催促贝尔把一份备忘录交给美国驻英国大使约翰·吉尔伯特·怀南特（John Gilbert Winant）。贝尔在 7 月 30 日照做了，怀南特深感激励，他答应把这个消息传给罗斯福，但贝尔此后再没有接到后续消息。罗斯福已经断然拒绝涉入德国密谋的人士提出的其他议案。

　　艾登在 8 月 4 日发出一封严酷的回信：

敬爱的主教阁下：

　　谢谢您在 7 月 25 日寄来探讨德国议题的信函。

　　我了解您所说的不要让德国境内反纳粹团体感到失望的重

要性。我相信您还记得 5 月 8 日我在爱丁堡发表的演说中,曾用相当长的篇幅探讨德国的情形,并且在结论中表示,如果德国人民真心诚意想要重建一个尊重法治与人权的国家,那么他们就必须认清,除非他们采取行动亲手推翻当前的政权,否则没有人会相信他们的诚意。

就目前来说,我不认为自己应该在公开声明中发表进一步的意见。我了解德国反对势力所面对的风险与困难,但迄今为止能够证明他们存在的证据并不充分,因此在他们愿意效法欧洲被压迫的民众,冒险犯难采取实际行动反抗与推翻纳粹恐怖政权之前,我不认为我们可以延伸政府官员对德国局势的陈述。我觉得这些陈述已经非常清楚地表示,我们无意否定德国未来在欧洲的地位,但德国民众对纳粹政权容忍越久,这个政权以他们的名义所犯下的罪恶,从而转移到他们肩上的罪责也就越重。

安东尼·艾登　敬上[6]

基于外交礼仪,艾登无法表达他内心的真实感想,但他在给贝尔信函的空白处写下后面这句话,留给后人:"我看不出任何应该鼓励这位讨人厌的主教的理由!"

令人稍感欣慰的是,海德里希过世了。他在 5 月底驾着敞篷奔驰车在路上奔驰的时候,遭到捷克反抗军战士的袭击。八天后,这位策划大屠杀的设计者就落在亚伯拉罕、以撒和雅各的上帝的手里。

第 *26* 章
朋霍费尔陷入情网

我这些天的心情怎么突然变得这么愉快？……然而，令人难以置信的是，他真的想要跟我结婚。我还是想不透这怎么可能。

——玛利亚·冯·魏德迈

1942 年 6 月 8 日，朋霍费尔刚从瑞典回来，就前往克兰-科洛辛拜访他的好友鲁思·冯·克莱斯特-瑞柔。她的外孙女玛利亚恰好也在那里。她刚刚高中毕业，正在等待服一年的兵役，于是决定利用这段时间拜访亲戚。玛利亚回忆道：

> 我拜访的亲戚之一就是我的外祖母，我一直都跟她很亲近。我们彼此都有这种感觉，因为她觉得我很像年轻时候的她。我比知名的朋霍费尔牧师早一个星期到达那里。老实说，起初我并不特别开心，但不久之后我们三人就相处得非常愉快。他们两人聊天的时候，我不但听得懂他们说些什么，他们还诚恳地邀请我加入谈话。我也就真的加入了。
>
> 不好意思的是，我跟外祖母说话的时候语气总是很自负，这让她觉得很逗趣，后来即使迪特里希在场，我依然故我。我们谈论对未来的理想，外祖母认为我想要研读数学只不过是一时冲动的胡思乱想，但或许因为这样，迪特里希非常认真地看待这件事。
>
> 我们一起到花园散步。他说他曾经去过美国，对于我居然

不认识任何曾去过那个国家的人，我们俩都感到惊讶。[1]

玛利亚在隔天早晨就离开了，因此他们相处的时间并不久，却足以让朋霍费尔心神荡漾。就跟以往一样，他需要一段时间整理他的感觉和思绪，不过他对自己竟然在这么短的时间内，就被这位美丽、聪明又自信的年轻女子吸引而感到震惊。当时玛利亚年仅十八岁。

那年 6 月之前，在朋霍费尔心目中，玛利亚还是 1936 年时那个十二岁小女生的模样，当时朋霍费尔曾同意接受玛利亚的哥哥和两个表兄加入坚信礼班，但因为她太年幼而拒她于门外。从那以后他曾经在克兰-科洛辛和基克夫跟她见过几次面，不过他可能根本没有真正注意到她。玛利亚是一个美丽活泼的年轻女子，她想要钻研数学，朋霍费尔非常赞赏波美拉尼亚的贵族阶层，但他非常讶异他们当中竟有他这样心仪的女子，这在格鲁尼沃尔德可说是司空见惯，但在这里却是绝无仅有。

朋霍费尔熟识玛利亚的家族。除了跟她外祖母有着恒久的友谊，也跟她哥哥麦克斯（比玛利亚大两岁，也深受她的敬重）相处过很长一段时间。麦克斯当时正在东部战线担任尉官。朋霍费尔也认识她的父母，汉斯·魏德迈与鲁思，他们是一对非常虔诚（以及反希特勒）的基督徒夫妇。

汉斯·魏德迈跟弗兰茨·冯·巴本（Franz von Papen）①非常亲近。巴本误以为自己是可以控制希特勒的重要人物之一；汉斯·魏德迈则一点也没有这种虚幻的念头。他太太鲁思回想起希特勒当选总理那晚魏德迈的反应时说："我从来没看到过他那种失望透顶的模样，从此以后也没再看见过。"后来巴本担任希特勒的副手，魏德迈也继续在他手下工作，但三个月后，他再也待不下去了，于是辞职离开。这对他来说实属万幸。一年后，他的继任者在"长刀之夜"被谋杀，死在办公桌前。

1936 年魏德迈因为政治立场坚决反对纳粹而被纳粹盯上，纳粹

---

① 比希特勒早一任的德国总理。——译者注

发动媒体对付他,并且企图循法律途径禁止他管理帕西格(Pätzig)。在法庭任意妄为的审判过程中,纳粹法官因为魏德迈对其嘶吼而强迫他站立四十五分钟,藉此惩罚他"欠缺管教的态度以及恶劣的个性"。虽然魏德迈的朋友大都竭力建议他对判决不要提出申诉,但他依旧提出申诉,在他表兄弟法比恩·冯·施拉伯伦道夫(后来成为刺杀希特勒密谋的主要人物之一)的协助下,他花了一年时间准备这个官司。最后,所有对魏德迈的指控悉数撤销。

魏德迈和他妻子曾经担任过伯努亲运动(Berneuchen movement)的领袖。他们每年都会在帕西格举行一场聚会。

汉斯这时是斯大林格勒附近一个步兵营的长官,就像当时许多军官一样,他被夹在对希特勒的恨恶以及对自己国家的热爱之间。普鲁士军人世家向来勇于担当责任,但跟其他许多人一样,汉斯对统帅德国军队的人如此不配担任这个职务,而其一切作为又跟他所认知的正义与真理完全背道而驰感到烦恼。

那个星期,朋霍费尔就在克兰-科洛辛优美迷人的环境中撰写他的著作。他是否曾经跟鲁思讨论过娶其外孙女玛利亚为妻,我们不得而知。鲁思的脑海中可能闪过这个念头,因为当这对恋人公开讨论婚事的时候,最竭力支持他们结合的人就是她。鲁思不但有话直说,同时也意志坚定,也有可能就是她向朋霍费尔提出这个想法的。

当时三十六岁的朋霍费尔知道玛利亚年纪可能太小,自己年纪太大,很早以前他就决定不踏入婚姻。六年前他跟伊丽莎白·辛恩分手时,他就认定婚姻会与他蒙召要过的生活相抵触。

在离开克兰-科洛辛两星期后,朋霍费尔写了一封信给刚宣布订婚消息的芬根瓦得的神学生古斯塔夫·赛德尔(Gustav Seydel)。朋霍费尔的去信让我们能够稍微了解他对这个议题的想法:

> 我要告诉你,我跟你同样为这件事感到非常高兴。这类消息总是让我心里感到喜悦,原因就是我们能够非常笃定地瞻望未来,并对明天或者明年充满希望,满心欢喜地紧紧把握上帝赐给我们的幸福。这就是(不要误会我的意思)对峙目前四处蔓延

的虚假不真实之末日思想的利器,而我认为这才是真实与健全信仰的特征。为了这种未来,我们必须承担各种使命、责任以及喜乐与悲伤;我们不应该因为世上有许多不幸而轻视幸福;我们不应该因上帝另一只手非常严厉而拒绝上帝那只温柔的手。我认为就目前这个时代来说,我们应该互相提醒,这件事远胜过其他事情,我在接到你结婚的消息时,心存感激地认为这美好之事见证了这一切……愿上帝借着他的仁慈,让你在必要时能再次担负起他所交托的重担。[2]

朋霍费尔这些想法并不是在遇见玛利亚之后才浮现的,他在前一年9月写给欧文·舒茨的信中,就提到过类似的想法:

过去这些年来,我写过许多信给新婚的弟兄,也曾经在许多婚礼上证道。这类场合的最重要特点就在于,在面对“末世”时(我没有意思要故弄玄虚),有人愿意挺身而出,肯定这个世界及其未来。这个时候我总是非常清楚地知道,一个基督徒愿意这样挺身而出,确实需要具备非常坚定的信心,同时也要信靠上帝的恩典。因为他在万事万物都瓦解的环境中,还想要继续建造;在所有生命都苟延残喘的世界中,还对未来充满希望;在四处被人驱赶的情形下,还渴望有一片自己的土地;在四处充满悲哀的环境中,还渴望得到幸福。而最重要的是,上帝愿意应允这强烈的渴望,也就是尽管周遭一切都跟我们所求所想背道而驰,上帝却喜悦我们的心意。[3]

几个星期后,朋霍费尔告诉埃博哈德·贝特格自己对玛利亚的想法。就跟面对其他事情一样,朋霍费尔努力了解他认为上帝要对他说的话。

6月25日,他写信给贝特格:

我没有写信给玛利亚,现在确实还不是时机。如果没有进一步见面的机会，那么这短短几分钟充满激情的憧憬，显然就会化为无法实现的幻想，我生命中已经充满太多这种幻灭了。另一方面，我也不知道要如何跟她约会，因为对她来说这是件微不足道的事情。即使克莱斯特夫人也不会居中牵线，除非我主动要求；而我自己对这整件事也还不是十分确定，无法下定决心。[4]

朋霍费尔在 27 日跟杜南伊因为国防军公务搭机前往威尼斯。一星期后他到达罗马，在 7 月 10 日回到柏林。他原本计划十天后回到克兰-科洛辛，但直到 8 月 18 日才回去。他跟玛利亚自从上次会面后一直没有再见面。但当他再次回到克兰-科洛辛的时候，悲剧发生了，玛利亚的父亲汉斯·魏德迈在斯大林格勒阵亡，时年五十四岁。

汉斯·魏德迈当时正负责带领一个营的兵力，他就跟当时多数人一样精疲力竭。8 月 21 日夜里，俄军发动一阵炮轰，他在枪林弹雨中不幸丧生。玛利亚在汉诺威接到父亲的死讯后，马上赶回帕西格。她哥哥麦克斯在听到噩耗后，写信对他母亲说："母亲，我想到你的时候，并不会为你感到担心。但我一想到玛利亚的时候，她那热情洋溢的个性以及非常敏锐的心思，才会让我感到担心忧虑。"

朋霍费尔在鲁思·冯·克莱斯特-瑞柔那里住到 26 日。在 8 月 21 日他写信给麦克斯：

亲爱的麦克斯：

令尊不幸过世了。我想我可以感受得到这件事对你产生的影响，而我也非常想念你。你年纪还那么小就失去父亲，但你可以从他身上学习在上帝赐下以及取走的每一样事情上荣耀上帝。你已经从他的榜样知道，一个人的力量完全来自顺服上帝的旨意。你知道上帝爱你的父亲，也爱你，而你父亲的愿望与祈求就是你会继续爱上帝，不论上帝差你往哪里去，或者对你有任何要求。亲爱的麦克斯，你现在的心情必然非常沉重，但现在要让你父亲借着上帝的良善深植在你心中的一切更加坚定稳固。我全心全意地祈求上帝帮助你保守与成就临在你身上的一切。

你还有母亲、祖母、兄弟姊妹，他们都会帮助你；但你也要帮助他们，他们非常需要你的帮助。在这种时刻，我们一定要独自一人经历许多艰难，你必须学会有时候一个人在上帝面前独自面对困境，虽然这往往非常困难，但这就是生命中最珍贵的时刻。[5]

隔天他写信给魏德迈夫人：

敬爱的夫人：

大约七年前您先生坐在我芬根瓦得的书房中，讨论麦克斯当时即将参加的坚信礼课程，我从来没有忘记那次会谈，在整个课程期间，我都念念不忘这件事。我知道麦克斯已经从他父母那里学习到非常重要的功课，而且也会继续学习；我也知道对现在的男孩来说，有一个信仰敬虔、行为正直的父亲具有极其重要的意义。在那几年的时间里，我几乎认识您们每一位子女，而我经常会因为这一位相信基督的父亲竟然能散发出那么大的祝福而深感惊讶。在跟您整个家族接触后，我心中也感受到同样的印象，这对我来说意义非凡……当然，这种祝福不单单表现在精神领域，同时也绽放在属世的日常生活中。在上帝的祝福下，生命变得健全、稳定、充满希望与活力，正因为这是建立在生命、力量、喜悦、活力……的源头上。如果人类能够把自己领受的祝福，传递给自己所爱的人以及其他人的话，那么他们就可以成就生命中最珍贵的事情；那么他们自己当然就可以喜悦地活在上帝面前，同时也能让别人喜悦地活在上帝面前。[6]

朋霍费尔先在 9 月 1 日回到克兰-科洛辛停留两天，又在 9 月 22 日回去两天，但两次都没有见到玛利亚。不过，他 10 月 2 日在柏林遇见了她，那是他们自 6 月初以后首次见面。

鲁思·冯·克莱斯特-瑞柔当时在柏林的圣方济各医院接受眼科手术，她请玛利亚到医院照料她，他们两人就在玛利亚外祖母的病床边再次相遇。她对他的感情并不如他对她的感情那么强烈，朋霍费尔也没有太多的遐想。不论如何,他是以牧师的身份前往医院,那时玛利亚刚失去父亲。

多年后,玛利亚回忆道:"迪特里希[到医院]探访的次数出乎我意料地频繁,而我对他的敬虔印象深刻。我们经常促膝长谈,这次重逢的氛围跟6月完全不一样。我依旧深受父亲过世的影响,我需要迪特里希的帮助。"这种情况让他们有更多的时间相处,从小在柏林长大的朋霍费尔就扮演起东道主的角色。一天,他邀请玛利亚到医院附近一间饭馆午餐,他说因为店主的关系,这里可说是他们开怀畅谈最安全的场所,这家店的主人就是希特勒的兄弟。

朋霍费尔在10月15日邀请玛利亚到他姐姐乌苏拉的家中参加家庭聚会,那是一次为他外甥汉斯-华特·施莱歇尔(Hans-Walter Schleicher)举办的惜别会,因为他在隔天就要上战场。当时朋霍费尔认为汉斯-华特即将远行,于是就在前几天写了一封信给他。他知道这场希特勒发动的战争的实情,心中自然觉得要保护自己的外甥,这封信的内容能让我们稍微了解,朋霍费尔对那些即将与他一起被关入监牢之人的看法:

汉斯-华特:

当然,你跟大多数其他从军的同侪非常不一样,因为你知道自己的价值观,你已经了解生命的根本意义;你知道(或许仍有些许不明白之处,但并无大碍)健全的家庭生活、慈祥的父母、正直与真理、人性与教育以及传统的珍贵价值所在。你自己已经从事音乐工作多年,而且近来也广泛阅读各种书籍,所有这一切不会对你只是过眼烟云,丝毫不受影响;最后,你也懂得圣经、主祷文以及教会音乐,这一切在你心目中勾勒出的德国轮廓,永远都不会抹灭,并且将伴随你走上战场,不论你身在何地、不论你面对怎样的敌人,你都将为此挺身站立。身为军人的你,可能比我们其他人更容易做到这一点,但很清楚的是(你自己也明白),因为这件事你将面对各种冲突(不只是那些生性粗暴的人,他们的力量会在未来几个星期让你震撼),同时更因为你来自一个跟大多数人不一样的家庭,即使最细枝末节的外表也不一样。因此,要紧的是不要把自己优于常人之处(而你确实有这一点!)视为你的重担,而是视为你的恩赐,因此尽管其他人跟你迥异,但你要随时随地乐于助人,而且要真诚关心他们。[7]

那晚,玛利亚会见了朋霍费尔的父母亲和兄弟姊妹,贝特格可能也在场。玛利亚返回她所住的阿姨家后,在日记中写道:

> 今天跟朋霍费尔牧师的谈话非常有意思。他说,我们的传统认为年轻人应该自愿从军,并且为他们可能根本不认同的理念牺牲生命。但一定也有人单单为了理想奋战到底。如果他们认同开战的理由,那就很好;如果不认同,他们对祖国的最大贡献就是在内部奋斗,甚至对抗政府当局,因此他们理当尽所有力量逃避服役;如果他们无法承受良心的谴责的话,在某些情况下,甚至可以拒绝服役。
>
> 嗯,这一切显然非常合情合理。但一想起父亲,这岂不就显得很糟糕?[8]

从她隔天的日记可以看出,朋霍费尔对自己在密谋中扮演的角色毫无隐瞒。当然,玛利亚的叔叔海宁·冯·特莱斯科夫是密谋的主要人物之一,而她也跟许多其他参与密谋的人有亲戚关系,包括施拉伯伦道夫。

【10月16日】
> 我现在了解,像迪特里希这样真心以拯救自己国家为己任,而且思想见解客观持平的人,应该在其他方面为德国效力,并且应该尽量逃避服役。而他努力找寻正确的行动方针,也是认真负责的表现。发牢骚很简单,只要不着边际地谩骂,然后假定每件事情都暗藏鬼胎就可以了。[9]

朋霍费尔在两天后的星期天，到医院探访鲁思·冯·克莱斯特-瑞柔。他在医院主持晨祷，经文是《以弗所书》5：15－21。玛利亚回忆道：

【10 月 18 日】

"要爱惜光阴！"朋霍费尔牧师主持今天早上的崇拜。"这个世代属于死亡，或者更甚的是，属于那恶者。我们一定要从它手中赎回光阴，然后交还上帝，也就是光阴真正的主。""只要我们寻求上帝的旨意，心中毫无疑惑，那么我们就会得着它。""总要为万事感恩。""如果我们在任何一件事上不感谢上帝，那就是在羞辱他。"[10]

朋霍费尔的彬彬有礼以及他以牧者的身份安慰玛利亚，必然让他比较容易不要对她心存太高的期待。他似乎也没有说出任何一句话，让人觉得他不只是个牧养这位老妇及其刚失去父亲的外孙女的家庭牧师。然而，他们对彼此的陪伴都感到很高兴；或许因为层层的约束，反而让他们的相处更自然融洽。

接着在 10 月 26 日又有噩耗传来。玛利亚的哥哥麦克斯不幸阵亡。朋霍费尔在 31 日写信给她：

敬爱的魏德迈小姐：

容我告诉您这句话，我想我了解麦克斯的死对您造成的影响。

告诉您我也同感悲伤，对您并没有任何帮助。

在这种时刻，我们唯一的帮助就是把我们自己投向上帝的心怀，不是口头说说而已，更是全心全意。这需要许多艰难的时间，日以继夜的努力，不过，当我们把一切都交给上帝（或者更好的是上帝应允我们）后，我们就会得到帮助。"一宿虽然有哭泣，早晨便必欢呼。"⑪ 在上帝、在耶稣那里真的有喜乐！一定要相信

---

⑪ 《诗篇》30：5。

这话。

但每个人都要独自走这条道路——或者说,上帝带领每个人走上这条道路。只有祷告和别人的鼓励能够陪伴我们安然走过这条道路。[11]

此时是把男女私情摆在一边的时候。除了贝特格之外,朋霍费尔应该没有向其他人透露过他的感情动向;玛利亚也没有这种情愫,只是单单视他为一个友善、虔诚的牧师朋友。朋霍费尔就是在这种情况下,准备前往波美拉尼亚参加麦克斯的追思礼拜。

但不知怎么的,在医院病床上观察他们两人好几个星期的玛利亚的外祖母(显然她已经在6月看出两人间的微妙互动)另有盘算。她不假思索地向她女儿提起这件事,于是玛利亚的母亲写信给朋霍费尔,要求他不要参加丧礼,朋霍费尔为此深感震惊。魏德迈夫人认为她的女儿太年轻,不能跟朋霍费尔订婚,也认为当时并不适宜讨论这件事。朋霍费尔知道这件事竟然被公开后,心中非常惊讶,他感到最可怕的是,别人竟然背着他讨论这件事。接到玛利亚母亲的来信后,朋霍费尔马上在11日打电话给鲁思·冯·克莱斯特-瑞柔,终于知道整个麻烦是她惹出来的。

玛利亚对整件事毫不知情。她在写给朋霍费尔的信中表示,她知道她母亲"只因为外祖母说过一些无聊的闲话,就要求你不要出席追思礼拜"。就玛利亚来说,这不是什么大事,只是她感到有些尴尬。

朋霍费尔回信道:

敬爱的魏德迈小姐:

你的来信明快地澄清了这场不必要的混乱情况,我为此以及你处理这件事的勇敢果决衷心感谢你。你当然了解我完全无法理解令堂的要求;我所能理解的是(根据我的同理心),她希望你在这段艰难的时间,不要受到外务搅扰与缠累的心情。她在信中并没有说明提出这个要求的原因,而我也没有权利过问……

对这些不适宜讨论的事情被公诸于世,你心中的沉痛应该

426

跟我一样，甚至更超过我。恕我直言，我实在无法谅解令外祖母的行为；我已经告诉她无数次，我不想讨论这些事情，事实上这对每一个人来说都没有好处。我想这是因为她生病，再加上年纪老迈，所以才无法把她以偏盖全误认的事实安静地藏在心里。我往往无法忍受跟她之间的对话；她一点也不理会我说过的话。因此，我认为这就是你提早离开柏林的原因，我感到很伤心……但我们一定要尽量避免对她心存芥蒂。

1942 年 11 月 13 日[12]

不过，从另一方面看来，这封信也隐约透露出朋霍费尔趁此机会暗示他的意向：

> ……唯有一颗宁静、自在、健全的心，才能孕育出良善与正直；我在生命中不断经历这一切，而我祈求（原谅我这么说）上帝在不久之后，很快就会赐给我们这样一颗心。

> 你了解这个道理吗？你也跟我一样经历过这件事吗？我希望如此，事实上，我没有其他想法。但这对你来说一定相当困难！

> ……请原谅我冒昧地写这封信，笨拙地表达我的感受。我知道我不会用文字表达内心的感想；我周遭的人都对这一点感到相当为难。你外祖母经常严厉地责备我太过冷漠；她则完全不一样，但我们每个人都要如其所是地互相接受与容忍……我会写一封短信给你外祖母，请求她保持沉默与忍耐。明天我会写信给令堂，盼她不要对你外祖母的任何话感到焦虑；一想到这件事，我就感到心中一阵凉意。[13]

玛利亚在读过这封信后，她心中真正的想法我们不得而知，不过她可能就此发觉朋霍费尔的确对她怀有情愫。两天后，也就是 11 月 15 日，他又写信给她。就魏德迈家以及周遭世界所发生的一切来说，这段时期可说是非常混乱。朋霍费尔在信中提到一位著名的教会音乐家雨果・迪斯特勒（Hugo Distler），因为犹太友人被驱逐出境而绝望到自杀："我现在听说的消息是，他是在教堂的办公室自尽的，手里拿着圣经和十字架……他现年三十岁。我对这件事感到非常震惊。为什么没有人帮助他呢？"

魏德迈夫人对他频繁来信感到不悦，而且显然她跟母亲和女儿有过不愉快的对话。她在 19 日打电话给在父母家中的朋霍费尔，表示玛利亚不希望再收到他的来信，然而这可能是魏德迈夫人擅自替她女儿做的决定。那天稍后，朋霍费尔写信给玛利亚：

敬爱的魏德迈小姐：

令堂今早打电话告诉我你的想法。电话是非常不理想的沟通工具，最糟糕的是在对话过程中，我无法独处。如果我的信对你造成过于沉重的负担，请原谅我，这不是我的本意，而是希望你心里能够保持平静。目前似乎——我必须从这个角度理解你母亲的说法——我们无法让彼此保持一颗平静的心。因此我为你以及我们祈求上帝［赐给我们平静的心］，并等待上帝指示我们未来的道路。唯有与上帝、与他人以及与我们自己和好的时候，我们才能够了解并遵从上帝的旨意。如此一来我们就会充满信心，而不至于烦躁，也不会做出鲁莽的行动。

不要以为我不了解你不想也不能回复这封信，而且很可能也不想接到这封信。不过，如果不久后，我就有机会再次回到克兰-科洛辛的话，你是否不会反对？不论如何，这是我个人的看法。

请原谅我所说过每一个伤害到你，并让上帝放在你肩上的重担更显沉重的字句。

我已经写信告诉令堂，我必须再写一封短信给你。

愿上帝保守你以及我们每个人。

迪特里希・朋霍费尔　敬上[14]

朋霍费尔求婚

　　接下来会发生什么谁也说不准,不过善意外祖母的大嘴巴,已经把这对鸳鸯赶出他们自己的小天地。事情的发展不应该是这样的;突然间,一切都被公诸于世。朋霍费尔在 11 月 24 日到帕西格拜访魏德迈夫人。不知怎么的,朋霍费尔突如其来地决定要跟玛利亚·冯·魏德迈结婚。他准备提亲。

　　尽管朋霍费尔尊敬魏德迈夫人,但担心她可能有点宗教狂热。三天后,他写信给贝特格,"我原先担心她们家会散发出浓烈的宗教气氛,结果却让人感到非常温馨愉快。"魏德迈夫人"既沉稳又友善,而且不像我原本担心的那么神经质"。她没有非常顽固地反对这桩婚事,但"鉴于事关重大",她建议他们暂时分开一年。朋霍费尔的反应是,"在目前局势下,一年的时间就跟五年或者十年没有差别,这样拖下去的结果,实在难以预测。"然而,他还是告诉魏德迈夫人,他"了解并且尊重身为母亲的她对女儿有决定权"。朋霍费尔不希望这段时间真的会有一年之久,但他也不愿意勉强对方,尤其是魏德迈夫人才刚守寡。

　　他们的谈话结束后,魏德迈夫人要朋霍费尔跟自己的母亲谈话,让她知道目前的状况。玛利亚的外祖母一听到玛利亚母亲这么严苛的要求,立刻暴跳如雷,于是朋霍费尔警觉到心烦气躁的鲁思可能会让整件事更加节外生枝。朋霍费尔这次拜访虽然没有看到玛利亚,但从她母亲口中知道,尽管她显然稍有微词,但大致上同意暂时分开。

　　就在同一段时间,埃博哈德·贝特格向朋霍费尔十六岁的外甥女瑞娜·施莱歇尔求婚。瑞娜的父母吕迪格和乌苏拉,基于同样原因对这桩婚事感到担心,贝特格当时已经三十岁。朋霍费尔写信告诉贝特格他这次拜访克兰-科洛辛的细节,然后把话题转到贝特格的情况。施莱歇尔家也同样建议他们长时间的分开。朋霍费尔说:"如果你渐渐觉得这是不祥之兆……换作是我的话,就会替自己的情形说话;这样一来,他们就不会单从瑞娜的角度,而会从你的角度,衡量你的情况。但目前我要保持冷静。"

玛利亚在三天后、一个月后以及六个星期后的日记，逐渐透露出她心情的转折：

【1942 年 11 月 27 日】

这些天我的心情怎么突然变得这么愉快？首先是我感到安心，因为我现在可以把所有的深思熟虑以及担忧都往后延，但把这些摆在一边显然不是我感觉宽心的原因。自从母亲在电话中告诉我她跟迪特里希会面的情形后，我就觉得松了一口气，显然他在我母亲心中留下深刻的印象。

然而，令人难以置信的是，他真的想要跟我结婚。我还是想不通，这怎么可能。[15]

【12 月 19 日，帕西格】

我以为只要回到家就可以动摇我的决心。我还是觉得我受到外祖母，或者该说她那夸大的、不切实际的观念影响，但其实不然。事实就是事实，即使我现在不爱他也是一样；但我知道，我会爱他的。

喔，有许多肤浅的理由都反对这件事。就年纪来说，他既成熟又睿智；我想他应该算是个十足的学究。而我这么热爱舞蹈、骑马、运动、嬉笑，怎能舍得放弃这一切？……母亲说他是理想主义者，因此没有仔细地思想过这件事。我可不信。[16]

【1943 年 1 月 10 日】

我在来这里的途中跟母亲谈到那件事，我一直非常渴望又非常担心这次的谈话。这让我流下泪来——热泪盈眶——"然而，最幸福的就是被爱的感觉……"这会带来幸福与美满吗？我为此祷告，因为我觉得这确实是关乎我一生的大事。我也祷告希望不但能说服母亲回心转意，更要能让她深信（不只是同意而已）这是正确的抉择。[17]

"现在我可以对你说，我答应"

自从 11 月以后，朋霍费尔就没有跟玛利亚联络，但玛丽亚在 1 月 10 日跟她母亲以及监护人，也就是她的舅舅汉斯·尤根·克莱斯特-瑞柔有过一番恳谈，并说服他们两人准许她写信给朋霍费尔。她在 13 日写信说道：

敬爱的朋霍费尔牧师：

我一回到家中就知道我一定要写信给你，而我一直都期望写给你。

我刚跟我母亲和来自基克夫的舅舅谈过话，我现在可以写信给你，并要求你回复我写的这封信。

对我来说，要跟你说的这些话不但难以提笔，更难亲口对你说，我想要收回我写的每一个字，因为对应该轻声细语说的话来说，文字既笨拙又鲁莽，但因为我知道你非常了解我，所以我现在能鼓起勇气写信给你。其实我根本没有权利回答你还没有提出的问题；但现在我可以对你说"我答应"，这是出自我真心乐意的回答。

请原谅我母亲迟迟不愿撤销她为我们设定的期限。她根据过去的经验，还是不相信我们的决定能够长久持续下去。而我自己始终都认为外祖母只告诉你关于我好的一面，因此你心中对我有一种"错误形象"。或许我应该告诉你许许多多我坏的一面，因为一想到你所爱的不是真正的我，我心里就高兴不起来。

不过，我不相信任何人在知道我的真实面目后，还会那么喜欢我。我不想伤害你，但我必须告诉你：

如果你发现我不够好，或者你不再想到我这里来，我求你明白地告诉我。我现在还可以这样要求你；如果我是在以后才不得不面对这种情况的话，那就更千万倍地难以承受了。我非常相信我需要更多时间考验自己的决定，而且因为我知道我在红十字服务的期间会相当艰辛，所以对我来说更加重要。

这是我们两人之间的事，跟其他人没有任何关系，但我很担心别人的看法，即使外祖母也不例外。你能答应这个要求吗？

我从心中感谢你最近为我所做的一切。我想象得到这一切对你来说有多么艰难，因为我自己也经常觉得难以忍受。

玛利亚　敬上[18]

朋霍费尔立刻就回信给她。他在信中第一次用她的教名称呼她，而且在第二段里面"亲爱的玛利亚，谢谢你所说的一切话"中使用的是非正式的 du[①]：

亲爱的玛利亚：

你这封四天前寄出的信，在一个小时前才刚刚送达这里！不到一个小时后又是收件的时间，至少简单的问候和感谢要及时寄出去——虽然我现在还想不出要说些什么。那就容我坦率地说出心里的话。我一直强烈地感觉到自己会收到一份绝无仅有的礼物——经过这几个星期的混乱后，我已经不再抱任何希望——如今，这份喜出望外的礼物就出现在我眼前，我的心门为之敞开，充满感激与愧意，还是无法完全相信这一切竟然成真——这个"答应"将会影响我们的一生。如果我们现在就能亲自面对面地说话，一定会有说不完的话（不过，基本上总是绕着同一个主题）！我们是否很快就可以见面呢？在哪里？是否可以不要再顾忌别人的闲话呢？或者因为某些原因还要再等一段时间？我希望这次一定能跟你见面。

我现在要说的就是过去经常出现在自己心中的话语——我想要以这样的方式跟你说话，就是一个男人跟他想要共度一生，而对方也答应他的女子说话的方式——亲爱的玛利亚，谢谢你

[①] 第二人称代词，往往用于亲人。——译者注

所说的一切话，谢谢你为我所忍受的一切，谢谢你现在的模样以及未来的模样。现在让我们为彼此高兴。正如你在信中所说，你一定要为自己选择最好的时机，做最好的打算，这只有你自己知道。既然你已经"答应"，我现在也可以安心地等待；没有这个"答应"的话，一切就会变得非常艰苦难耐；如今我知道这是你的意思与要求，那我就可以松一口气了。我没有丝毫催促或者威吓你的意思。我想要照顾你，并且让我们生命绽放的喜悦能让你更开朗与幸福。我非常了解你还想要独处一段时间——我一生已经独处过很长的时间，所以我知道独处的益处（不过，说实在的，也有坏处）。我了解，也在过去这几个星期深深（不是毫无痛苦）地体认到，对你而言，"答应"我并不是简单的事，而我绝对不会忘记这一点。而你的"答应"也同样让我鼓起勇气不再继续"否定"自己。不要再提到我对你产生的"错误形象"，我要的不是"形象"，我要的是你，我也要真心恳求你所要的不是我的形象，而是我本人。你必须了解这二者是截然不同的两回事。但现在我们不要把心思都专注在每个人都有的缺点上面，要用更远大的眼光（饶恕与慈爱）看待对方，如其所是地接受对方的本相——感谢并信靠带领我们到这个地步并爱我们的上帝。

我必须马上寄出这封信，这样你才能在明天收到。愿上帝保守你与我。

迪特里希　敬上[19]

迪特里希就这样订亲了。他们把正式订亲的日子定为 1 月 17 日，这可说是举世少见的婚约。当然，要是他们两人能预知未来的发展，一定会彻底改变他们对事情的安排；然而，没有人知道未来，也无法预知。但朋霍费尔已经把一切忧虑与期待都交在上帝手中；他知道自己以及他跟玛利亚的婚事都在上帝的手中。

他们仍然需要等待，但现在他们等待的心情完全不一样了。他们已经知道彼此相属，即使他们分别两地，依旧能享受彼此相属的喜悦。朋霍费尔忙着处理许多事情，尽管他不太确定，但盖世太保已经盯上他,而且还有另一场暗杀希特勒的计划跟他们的密谋相竞逐。

六天后,朋霍费尔还没有听到她的消息,于是又写了一封信,信中只是简单地告诉玛利亚一切平安,而且她不需要觉得这是在催她。他说:"当时的感觉好像是上帝命令我们要等待他进一步的指示。"

隔天,也就是 24 日,星期天,他接到玛利亚的来信。她问朋霍费尔是否可以等到六个月以后再通信。我们不得而知这是否是她母亲怂恿她提出的要求,而这似乎让朋霍费尔感到相当意外,但他因为太高兴而毫不以为意。他正陷入爱河中。

> 我亲爱的玛利亚:
>
> 我收到你的信了,你那美好的信——我为这封信感谢你,每次我重读这封信都感谢你,这似乎是我一生中第一次真心诚意地想感谢一个人,感谢确实能发挥出转变人心的力量——这一切都是源自"答应"(这个既艰涩又奇妙,世人很少说它),愿万事答应我们的主,保守我们一生总是向对方说这个"答应",而且越来越频繁。
>
> 从你信中的每一个字我都能欢喜快乐地感觉到我们之间的一切尽都顺利。借着上帝的良善,我们共同的生活就像一棵树那样,必须从最深的根部,安静、隐匿、强壮而又自在地成长。[20]

他也要玛利亚告诉她外祖母他们最近的情形,并且要这个顽固的老妇人不要产生更多的误会。在朋霍费尔三十七岁生日隔天,他接到鲁思·冯·克莱斯特-瑞柔的消息。玛利亚已经告诉她这个喜讯。

> 不需要我多说你就知道,我多期待在时机成熟时接受你为孙婿。我猜想这件事延宕那么久,可能是因为[她]母亲和汉斯·尤根的主意。对玛利亚来说,这或许是件好事,让她能够想清楚整件事情。如果对她或者对你来说,拖得太久的话,那么我有办法缩短这个期间。就目前的局势来说,时间算什么?……喔,我真高兴。
>
> 外祖母[21]

第 **27** 章
刺杀希特勒

我该开枪吗？我可以配带手枪进入元首的总部。我知道会议的时间与地点。我进得去。

——威纳·冯·赫夫特（Werner von Haeften）对迪特里希说

魏德迈夫人担心的不只是朋霍费尔的年纪，也担心他替国防军工作，甚至可能知道他参与密谋。他的工作既不稳定又很危险，一个未来如此不稳定的人跟一位年仅十八岁的女孩交往，似乎有点自私。他随时可能被捕，甚至更糟。魏德迈夫人刚失去先生与儿子，饱受世事无常之苦，所以她虽然答应这门亲事，却要求他们暂时不要公开。朋霍费尔在 2 月告诉他父母这个消息，但除了父母和贝特格，没有别人知道这件事。

玛利亚的姐姐鲁思-爱丽斯·冯·俾斯麦（Ruth-Alice von Bismarck）比她大四岁，她和她先生同样对朋霍费尔的危险工作感到担心，也觉得他这样求婚似乎有点自私。难道他不知道如果他被捕、下狱，甚至被杀的话，她也会受到伤害吗？最恰当的作法不就是等待吗？在这段动荡期间，许多人不都是这样吗？确实，因为他在"7号计划"里扮演的角色，使得盖世太保在去年 10 月就已经开始注意朋霍费尔的行踪。

"7号计划"虽然圆满成功，但布拉格的一位海关检查员发现有金钱不定期地汇给威廉·史密胡伯（Wilhelm Schmidhuber），于是这百密一疏引起了盖世太保的注意。史密胡伯是国防军的干员，曾经在

1940年12月到埃塔尔拜访朋霍费尔。盖世太保立刻就找到他。他因为在海外走私外国货币而接受侦讯，这在战争期间算是重罪，即使后面有国防军撑腰也不例外。史密胡伯向他们供出朋霍费尔在天主教界的朋友约瑟夫·穆勒。这件事情可说是非比寻常，尤其是史密胡伯被转移到位于柏林奥布莱希特亲王大街那所恶名昭彰的盖世太保监狱。他吐露出的消息，牵连出杜南伊、奥斯特以及朋霍费尔，现在一切成为一场时间竞赛，发动政变推翻希特勒的时机，必须赶在盖世太保动手逮捕他们痛恨的国防军之前。

定罪与自由

朋霍费尔知道自己可能会被逮捕，甚至遭处决，但他必须面对这件事；他也必须在这种情况下，继续筹备自己的婚事。正如他写给赛德尔和舒茨的信中所说，他认为继续自由自在地前行，不要因为不可知的未来而退缩，就是信靠上帝的表现。

这种想法也影响他参与密谋的程度。1942年12月，他曾经跟教会同工奥斯卡·哈梅尔斯贝克（Oskar Hammelsbeck）有过一席谈话——

> 朋霍费尔向我透露他积极主动地参与德国的反抗希特勒团体，因为他的道德信念是"负责的行为包括准备接受定罪与自由"。"如果任何人企图逃避随着责任而来的罪责，就会让他完全失去人类存在的最高意义，更糟糕的是，他也将彻底远离救赎的奥秘，这奥秘就是无罪污的基督替我们担负罪，因此他也就无法在这件事情上得着上帝赐下的义。"[1]

朋霍费尔知道，因为担心"罪咎"而活在恐惧当中就是一种罪，上帝希望他所爱的子女能够自由自在并甘心乐意地行义与行善，不要活在担心犯错的恐惧中。活在恐惧与罪恶之中，就是在贬抑"敬虔"，朋霍费尔经常在谈话和讲道中提到这一点。他了解自由自在的生活可能会不经意地犯错而招致罪;事实上,他觉得这种生活方式就表示我们无法避免招致罪,但如果我们要过着勇于担当的充实生活,就必须这么做。

朋霍费尔的学生齐默曼记得,1942 年 11 月的一个奇特夜晚。朋霍费尔当时正在他们位于柏林附近的小屋里拜访他们夫妇。在场的还有威纳·冯·赫夫特,他是汉斯-伯纳·冯·赫夫特(Hans-Bern von Haeften)的弟弟。汉斯-伯纳二十年前曾经在格鲁尼沃尔德上过朋霍费尔的坚信班课程。朋霍费尔在前往法诺的旅途中曾拜访当时在哥本哈根的汉斯-伯纳,汉斯-伯纳后来透过"克莱骚"加入密谋。但威纳参与得更积极,他正是后来主导 1944 年 7 月 20 日刺杀计划的施陶芬贝格的副官。威纳在齐默曼的家中,探询朋霍费尔是否应该刺杀希特勒。齐默曼记得那场对话:

> 我们家的老朋友威纳·赫夫特,目前在陆军最高指挥部担任幕僚,起初他很沉默,而且我们没有询问他职务的细节。他突然转向朋霍费尔说道:"我该开枪吗? 我可以配带手枪进入元首的总部。我知道会议的时间与地点。我进得去。"这番话吓坏我们所有人,这几个字震撼力十足,一开始我们每个人都尽力互相安抚;接着我们讨论了好几个小时。朋霍费尔表示,开枪本身没有什么意义;必须要达成一定的效果才行,例如改变局势、政权等等。仅仅是除掉希特勒没有什么好处,局势可能会更糟糕。他说,反抗行动为何会这么困难,原因就在于我们必须深思熟虑如何"善后"。出身古老军官世家的赫夫特个性温和,既热情又带有理想主义,同时也是固守传统的基督徒,他也是尼默勒的追随者之一。现在他突然爆发出无穷的精力,而且对"纸上谈兵"的空想感到不满,他不断提出问题,而且越来越尖锐,他看到唾手可得的机会,因此想知道是否应该下手。他再三表示,他可能是极少数能够采取行动改变现状的人物之一,他把自己的生命视若敝屣。另一方面,朋霍费尔不断提醒他要谨慎行事,要有详

尽的计划,然后要前思后想各种突如其来无法预知的状况,绝对不能挂一漏万。最后,赫夫特的问题非常直接:"我应该……吗?我可以……吗?"朋霍费尔回答,他无法为他决定这一切,这是他自己要独自承担的风险。他既然会因为自己没有把握这个机会而产生罪恶感,那么他若因为鲁莽行事而产生罪恶感就会更严重。任何与他相同处境的人都免不了会产生罪恶感,但那种罪恶感始终是因为苦难而产生的。

这两个人又讨论了几个小时,我们其他人只能在一旁附和几句,最后没有任何定论。威纳·赫夫特回到他的岗位,没有得到任何指引,他必须自己下定决心。后来,他终于有所决定。身为施陶芬贝格副官的他,也参加了那次企图刺杀希特勒却功败垂成的行动。他也是 1944 年 7 月 20 日那个傍晚,在本德勒街(Bendlerstrasse)陆军总司令部庭院被枪决的人之一。目击者告诉我们,他沉静勇敢地面对死亡。[2]

闪光计划

1943 年 1 月和 2 月,正当盖世太保在搜集杜南伊和朋霍费尔的情报时,许多人也正积极准备在 3 月发动政变。盖世太保已经开始收网,但只要政变成功,每个人的问题就会迎刃而解。这次行动的代号是"闪光计划"(Operation Flash),整个行动方案是要在希特勒的专机上放置炸弹,然后在飞往明斯克的途中引爆,这个代号显然就是指爆炸的那一刻。

这个计划的主要人物是费德里希·欧布利特将军、海宁·特莱斯科夫将军,以及特莱斯科夫的副官与外甥法比恩·冯·施拉伯伦道夫,他的妻子是玛利亚·冯·魏德迈的表姐露特嘉·冯·俾斯麦(Luitgard von Bismarck)。施拉伯伦道夫在 7 月 12 日的行动中因为担任施陶芬贝格的副手而出名;特莱斯科夫是玛利亚的舅舅,而欧布利特曾经协助许多认信教会牧师豁免兵役。

希特勒预备在 3 月 13 日在斯摩棱斯克(Smolensk)搭机短暂巡视东线部队,因此他们计划由施拉伯伦道夫在专机上放置炸弹。几年后,施拉伯伦道夫解释说:"造假的意外事件可以避免谋杀引起的政治动荡,因为当时还有许多人追随希特勒,在发生这种事件后,他们是会群起奋力抵抗我们发动的变革。"一旦被证实在明斯克各地发现元首破碎的尸体后,各位将军就会发动政变。施拉伯伦道夫和特莱斯科夫曾经试验过各种炸弹,但最后决定把炸掉阿道夫·希特勒传奇及其本人的荣幸交给英制炸弹。德制炸弹的结构和引信太嘈杂,可能会被发现。施拉伯伦道夫和特莱斯科夫发现一枚英制炸弹,它只有一本书的大小,既没有定时装置也没有引信,不会发出滴答声和嘶嘶声,只要施拉伯伦道夫按下按钮,装着腐蚀性溶液的玻璃瓶就会破裂,释放出的溶液会腐蚀掉拉住弹簧的细线,一旦弹簧松开后就会撞击雷管帽,接着就会引爆炸弹,然后这出戏就会落幕。

只有国防军才拿得到这种特殊炸药,因此杜南伊要搭火车把它从柏林带到位于苏俄前线的斯摩棱斯克。杜南伊那时已经征召贝特格为国防军工作,好让他也避免兵役,更重要的原因是他即将跟杜南伊的外甥女瑞娜·施莱歇尔结婚。在这个过程中,贝特格曾借用卡尔·朋霍费尔的奔驰车,送杜南伊到火车站搭夜车前往苏俄,卡尔·朋霍费尔医生一点也不知道他的医疗公务车竟然会被用来运送暗杀希特勒的炸弹,贝特格也不知道他所载的竟是这种货物。他将杜南伊和炸弹送到火车站后,杜南伊就带着炸弹前往斯摩棱斯克。

炸弹在手的施拉伯伦道夫和特莱斯科夫,在 13 日曾有两度非常接近希特勒,因此想提早引爆炸弹;但两次都有领导政变的将领在场,因此不得不按照原订计划,把炸弹安置在希特勒的飞机上。但是,怎么办得到呢?与此同时,他们跟元首一起用午餐。多年后,教养良好的施拉伯伦道夫回忆起希特勒在餐桌上的吃相时说道:"希特勒的吃相非常恶心。他把左手放在大腿上,用右手把由各式各样蔬菜混合成的食物塞进他的口中。他吃饭的时候,不是以手就口,而是把他的右手摊在餐桌上,然后以口就手吞吃他的食物。"

当这位以吃素著称的帝国元首大喇喇地抹掉嘴边的菜渣时,他周围深受惊吓的贵族将领继续彬彬有礼地对话。餐桌边每个人的神经显然都非常紧绷（最重要的是有些人知道那是所有登上元首飞机人员的最后一餐），特莱斯科夫将军轻松地请他身旁的海因茨·布兰特（Heinz Brandt）中校帮个小忙。布兰特是希特勒的随员之一，特莱斯科夫请他帮忙把一瓶白兰地带到拉斯滕堡（Rastenberg），送给他的老朋友司提夫（Stieff）将军。特莱斯科夫表示这瓶白兰地是要偿还君子小赌的赌债，布兰特一口答应。在他们前往机场时，施拉伯伦道夫把那个包裹交给布兰特中校。不久前他已经压下那个神奇按钮，一切就绪，他知道大约在一个半小时后，在远离地表的某处天际会响起第三帝国的丧钟。

如果希特勒没有立刻登上那班飞机，那就大事不妙了；但他的的确确跟他的扈从布兰特中校一起登上飞机。那瓶伪装的白兰地就安稳地放在他们座椅下方的置物架里。飞机终于在战斗机队的护航下起飞了，首先用无线电报告元首噩耗的人应当就是他们。现在只能焦急地等待。

希特勒各式各样预防暗杀的手段可说是让人瞠目结舌，不论到哪里他都带着自己的厨师随行，就像古代的暴君一样，他要求自己的贴身郎中西奥多·莫雷尔医师（Dr. Theodor Morrell）在他的监督下亲口尝试每一道菜。他也会戴一顶非常沉重的帽子，诸位将军在克鲁格的房间开会时，施拉伯伦道夫曾淘气地掂一掂这顶传说中的帽子，"它重得像颗炮弹"，内层衬着三磅半的钢铁。至于希特勒的座机则分成好几个隔层。施拉伯伦道夫解释说，"他的私人房间不但有装甲，还有一个跳伞逃生装置。不过按照我们的估计，这枚炸弹的威力足以炸毁整架飞机，包括装甲舱房在内；即使整架飞机没有被炸毁，飞机的主体也会因为受到极大损伤而必定坠机。"

接连两个小时，音讯全无。接着就传来难以置信的消息：希特勒安然无恙地抵达东普鲁士。这次的行动失败了。每个人心中都充满恐惧，对后果忧心忡忡，他们知道炸弹很可能被发现了。但是特莱斯科夫将军还是很沉着冷静地打电话到希特勒的总部，要跟布兰特通话。布兰特拿起电话的时候，特莱斯科夫问他白兰地是否已经交给司提夫。特莱斯科夫解释说，他错拿了包裹给布兰特，是否可以请施拉伯伦道夫明天顺道把包裹换回来？因为他正好要到那里公干。

不知道在抵达后会有什么遭遇的施拉伯伦道夫，鼓起勇气搭上火车踏上这趟恐怖之旅，似乎没有人知道，他到那里的目的是要取回一枚未爆的炸弹。整个过程非常顺利，但布兰特把炸弹递给他的时候，不经意地猛摇了一下包裹，几乎把施拉伯伦道夫吓得心脏病发作，心想等下说不定就会听到震耳欲聋的爆炸声；然而这一切都没有发生。他们相当友善地交换包裹，施拉伯伦道夫交给布兰特的是装着真正白兰地的包裹，布兰特交给施拉伯伦道夫的则是假包裹。

在返回柏林的火车上，施拉伯伦道夫把卧车的门锁上，然后打开包裹一探究竟。所有零件的运作都正常：玻璃瓶已经破碎；腐蚀溶液已经把细线溶解了；细线也松开弹簧；弹簧已经弹开击中雷管帽；但雷管却没有引爆炸弹。原因可能是这枚炸弹是个哑弹，要不然就是行李舱的温度太低。不论如何，诡谲长命的元首又逃过一劫。

每个人都因为这次行动的失败而惊惶失措，随即因为炸弹没有被发现而松了一口气，若非如此，后果难以想象。3月15日早晨，施拉伯伦道夫把那枚未爆弹带给杜南伊和奥斯特看，一切可说是亡羊补牢为时已晚，他们只能再试一次。希特勒会在21日到柏林，伴随他来的还有希姆莱和戈林，这是一次把这污秽的三人组全数送到另一个世界的绝佳机会。他们很少一起公开露面，但这次他们计划一起参加在安特登林登（Unter den Linden）军械库举行的阵亡将士纪念日（Heldengedenktag）集会，接着他们会一起检阅掳获的苏俄武器。密谋者又开始积极行动。

外套下的炸弹

但还有不少困难有待克服。首先，这会是自杀行动。不过，克鲁格的部属鲁道夫·克里斯托夫·葛斯多夫（Rudolf-Christoph von Gersdorff）少校勇敢地自愿接受这个使命。在纪念日典礼结束后，他会见到希特勒和他的随员，然后引导他们参观被掳获的武器。他会在外套下面携带两枚炸弹，虽然这两枚炸弹跟在希特勒飞机上没有引爆的炸弹同型，但引信比较短。他们原本想要用更短的引信，但只能勉强使用需时十分钟的引信；希特勒预计在那里停留半个小时。一旦触击引信打碎玻璃瓶后，细线要十分钟后才会溶解，接着就会松开弹簧。葛斯多夫在向希特勒作简报的时候，他心里非常清楚，每过一分钟就更接近自己的死亡。前一晚，葛斯多夫在他下榻的艾登旅馆（Eden Hotel）房间跟施拉伯伦道夫会见，施拉伯伦道夫交给他两枚炸弹。一切都已经就绪。

隔天是星期天，大多数朋霍费尔家的人都聚集在玛林伯格大道41号施莱歇尔的住宅，他们正在为十天后卡尔·朋霍费尔七十五岁生日音乐会预演。他们选择的曲目是瓦尔哈（Walcha）的清唱剧《赞美主》（Lobe den Herrn），朋霍费尔负责弹钢琴，吕迪格·施莱歇尔拉提琴，汉斯·杜南伊则加入合唱。这三个人和克莉丝特都知道，六英里外的军械库正在进行的活动，因此他们必须非常自制才能专心在音乐上。整个行动随时都会发生，说不定已经发生了。

他们的眼睛都紧盯在钟面上；他们的耳朵都竖起来等待电话铃声响起，传来一切都已改观的好消息，然后他们就可以用余生庆祝这件事。杜南伊的座车就停在前门，只要一有消息传来就能载他到任何需要他的地方。这场称为第三帝国的梦魇即将结束；电话窃听以及过去几个月来如影随形的盖世太保都会告一段落；他们也可以尽情发挥自己所有的才华与精力，重建他们所爱的德国，让他们再次以她为傲。

这批人继续预演,浑然不知军械库的典礼已经延后一小时,因此正奇怪电话铃为何还迟迟未响。葛斯多夫按照计划继续等待,两枚炸弹就藏在他的军用外套下面。希特勒终于抵达会场,简短的致词后,就前往展场,伴随他的还有戈林、希姆莱、凯特尔将军以及海军头子卡尔·邓尼茨上将(Admiral Karl Donitz)。

希特勒走到他身后,葛斯多夫就把手伸入外套,压下两个按钮,现在一切都会依计划进行。玻璃瓶已经破碎,酸液也开始慢慢腐蚀细线。葛斯多夫在向希特勒致意后,非常勇敢又镇定地上演一出千载难逢的大戏,不仅假装非常热衷于俄制武器,并且逐一向元首详尽介绍。但希特勒突然决定结束他的参访,一下子就跨出侧门,朝安特登林登走去,然后就离开了。原本预计半小时的参访缩短为几分钟,葛斯多夫外套里面藏着的炸弹即将爆炸。这两枚炸弹都没有"切断"装置,酸液正一秒一秒地继续腐蚀细线。希特勒一离开,葛斯多夫马上冲进一间厕所,扯掉两枚炸弹的引信。勇敢的他并没有在那天下午按照预定计划化为灰烬,反而一直活到1980年。然而希特勒又逃过一劫。

朋霍费尔家那天没有接到报喜讯的电话,而盖世太保正步步进逼。

十天后,大家欢天喜地的庆祝卡尔·朋霍费尔的七十五岁大寿。当天他们没有任何人知道,那是朋霍费尔家最后一场精彩演出。多年来,这种表演一直是这个家庭的传统,因此这次演出可说是这个非比寻常的家庭最恰当与最光辉的绝响。未来五天内他们的生命即将遭遇巨变,此后他们永远不再能像这样相聚了。

他们现下正聚在一起歌唱《赞美主》,家中的每个人都在场,包括他们以前的家庭教师玛丽亚·齐潘(Maria Czeppan),以及在一个月内将成为家中正式成员的贝特格,唯一缺席的就是当时仍然在英国的赖伯赫兹家。不过,他们还是想办法透过欧文·舒茨发了一封贺电,间接到场表达他们的心意。

非常讽刺的是,希特勒也没有缺席。基于卡尔·朋霍费尔一生对德国的贡献,一位帝国文化部官员到场颁发给他一枚代表全国最高荣誉的歌德奖章(Goethe medal)。官员当着大家的面颁发奖章给卡尔·朋霍费尔,另外还有一纸褒扬状:"本人以德国人民的名义颁发给名誉教授卡尔·朋霍费尔一枚由前总统兴登堡设立的歌德奖章,藉以表彰其在艺术与科学领域的贡献。元首,阿道夫·希特勒。"

　　不到五天的时间,另一批希特勒政府的官员会前往玛林伯格大道43号,他们这次不是要去表扬任何人,也没有任何人预期到他们的出现。

第**28**章
泰格尔监狱 92 号牢房

我再也忍受不了了。我一定要知道——你是否真的身陷危险？

——玛利亚·冯·魏德迈

谁能站立得稳？唯有那些不以自己的理性、原则、良心、自由以及品格为最高标准，却能甘心放弃这一切而听从上帝的呼召，并凭着信心单单忠于上帝又勇于担当的人——勇于担当的人就是努力让整个生命站立得稳并响应上帝呼召的人。

——迪特里希·朋霍费尔

断章取义地滥用"非宗教的基督教"一词，再加上以讹传讹的推波助澜，已经让朋霍费尔沦为幼稚肤浅的现代主义的大纛，使得我们无法清楚了解他对真神的认识。

——埃博哈德·贝特格

4月5日，朋霍费尔正在家中。大约中午时分，他打电话给杜南伊家。电话那一端传来的是一个陌生男子的声音，朋霍费尔挂断了电话，他知道发生什么事了：盖世太保终于动手了，他们正在杜南伊家搜索整个屋子。朋霍费尔冷静地到隔壁察看乌苏拉，并告诉她刚刚发生的事情，以及接下来会发生的事情：盖世太保也会到这里来逮捕他。她为他准备了一顿丰盛的餐点，然后朋霍费尔回到家中整理他的稿件，因为盖世太保会巨细靡遗地搜索一切，这是他们的惯例。长久以来，他一直在等待这个时刻，还为他们的"方便"，特地留下几张便条。

接着他回到施莱歇尔的住宅等候。4点钟的时候，朋霍费尔的父亲过来通知他，有两个人想要跟他谈话，他们等在楼上他的房间，那两个人是军法官曼弗雷德·罗德（Manfred Roeder）以及一个名叫尚德瑞格（Schonderegger）的盖世太保官员。朋霍费尔跟他们会面后，拿着他的圣经，被他们押上他们的黑色奔驰车，他就这样被带走，从此再也没有回来。

跟玛利亚的婚约

在朋霍费尔订婚跟被捕的三个月期间，他被禁止跟玛利亚联络，这个约定的内容是要他们在结婚前等待一年。玛利亚要求他们不要互相写信，期限是六个月，这应该是从他们订婚后的1月底开始。这是一段漫长的等待时间，但正如朋霍费尔在信中所说，他甘心乐意地等待。玛利亚有自己的处理方式。她会写信给迪特里希，但不会寄出去，她把信的内容写在日记里，她的想法或许是，一旦这段隔离期间结束，迪特里希就可以读到这些信。

因此在2月和3月，也就是盖世太保进逼朋霍费尔和杜南伊的那段期间，玛利亚的日记里已经有好几封写给他的信。她经常担忧他似乎不太了解她，她既年轻、有个性又无拘无束，这一切都让她觉得自己配不上他。他费尽唇舌说服她这都不过是庸人自扰。尽管如此，她2月3日在帕西格写给他的"信"中说道：

> 如果你看到我目前在这里的生活，我想某些地方一定会让你懒得看我一眼，例如我横冲直撞地骑马以及跟粗工说土话的样子。有时候我会突然觉得，你看到我这个样子一定会很伤心，当我打开留声机随音乐单脚跳过房间，正要穿上破着一个大洞

1938 年夏天,朋霍费尔和埃博哈德·贝特格在格罗斯-施隆威兹牧师宅。

左为卡尔·巴特博士。

1946 年 10 月 27 日在柏林圣母教会(Marienkirche)举行德英双语崇拜前,马丁·尼默勒(左)与奥托·迪贝利乌斯牧师(右)站在奇切斯特主教乔治·贝尔两侧合影

1939 年 9 月 1 日，在纳粹无端入侵波兰数小时后，元首向国会发表演说："你们都知道我曾经不断努力厘清与了解奥地利的问题，以及后来的苏台德、波西米亚和摩拉维亚的问题。这一切都归于徒劳。如果把我对和平的热爱与耐心误认为软弱甚至懦弱，那就大错特错……从现在起我们要以炸弹回报炸弹。"当天稍后，卡纳里斯上将在国防军总部遇到吉赛维拉。他说："这就是德国的终结。"

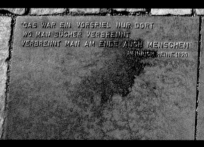

这是一块表明三万名学生聚集在柏林奥本广场上焚烧"非日尔曼"作家的书籍，并聆听戈培尔宣示"傲慢的犹太智识主义如今已经结束！"的纪念碑。左边的碑文引自德国诗人海因里希·海涅："纵容焚书的地方到最后一定会焚烧异己。"右边刻的是："1933 年 5 月 10 日，纳粹学生在广场中央焚烧数百位作者、出版家、哲学家与科学家的书籍。"

希姆莱（1900～1945）从鸡农摇身一变
成为纳粹党卫军和盖世太保的头子。

海德里希（1904～1942），他和希姆莱被
称为"黑暗双子"。

2009 年的万塞。1942 年 1 月海德里希在这里提出他"解决犹太问题的最终方案"，也
就是消灭欧洲所有犹太人。现今该地已设立为大屠杀纪念馆。

1944年7月20日,东普鲁士"狼窝"。施芬陶贝格刺杀希特勒失败后数小时,诡异逃过一劫的元首跟鲍曼(左),Alfred Jodl 以及其他人合影。

当天稍后,希特勒向戈培尔致意。希特勒后来表示:"上天保佑我免于一死,这证明我的路线正确。我觉得这是在肯定我的所有作为。"

莱比锡市长卡尔·格德勒博士，面对罗兰·弗赖斯勒主导的恶名昭彰的"人民法庭"。弗赖斯勒因为他参与 7 月 20 日的暗杀行动而判处他死刑。弗赖斯勒也下令判处朋霍费尔的哥哥克劳斯和内兄吕迪格·施莱歇尔死刑。

柏林的泰格尔军事监狱，朋霍费尔被关在这里十八个月后，被转送到位于亚伯特亲王街盖世太保监狱的地牢。图的上部画×处就是他最初被关的牢房。后来他被转移到三楼的 92 号牢房。

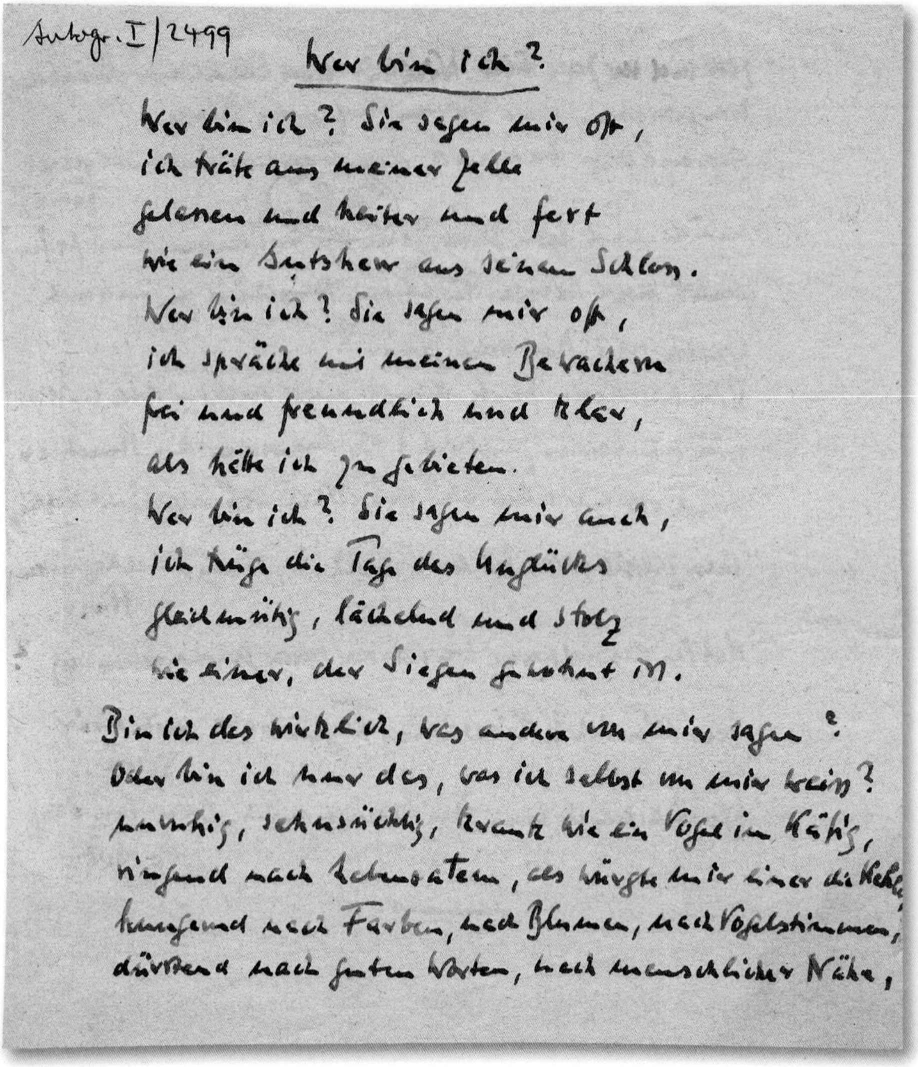

Autogr. I/2499

Wer bin ich?

Wer bin ich? Sie sagen mir oft,
ich träte aus meiner Zelle
gelassen und heiter und fest
wie ein Gutsherr aus seinem Schloss.
Wer bin ich? Sie sagen mir oft,
ich spräche mit meinen Bewachern
frei und freundlich und klar,
als hätte ich zu gebieten.
Wer bin ich? Sie sagen mir auch,
ich trüge die Tage des Unglücks
gleichmütig, lächelnd und stolz
wie einer, der Siegen gewohnt ist.
Bin ich das wirklich, was andere von mir sagen?
Oder bin ich nur das, was ich selbst von mir weiss?
unruhig, sehnsüchtig, krank wie ein Vogel im Käfig,
ringend nach Lebensatem, als würgte mir einer die Kehle,
hungernd nach Farben, nach Blumen, nach Vogelstimmen,
dürstend nach guten Worten, nach menschlicher Nähe,

朋霍费尔的诗作《我是谁?》(Wer Bin Ich?)的手稿,写于泰格尔监狱。

我是谁?

我是谁?人们常说
我跨出牢房
从容、愉悦、坚定
好像庄主走出豪宅
我是谁?人们常说
与守卫谈话
自在、友善、清晰
好像我在发号施令
我是谁?人们又说
我忍受苦难
沉着、微笑、骄傲
好像一位常胜将军
我真的就像别人所说的吗?
或者我只是我所知道的我?
焦躁思慕卧病在床笼中困鸟
奋力呼吸喘息不停喉咙被扼
极度渴望色彩缤纷花卉鸟叫
迫切向往好话几句亲切招呼
气急败坏蛮横专政藐视羞辱
七上八下折腾期盼大事临到
软弱无力忧心想念亲朋好友
祷告祈求做工思想疲累虚空
头昏手颤心中准备离世而去
我是谁?是这或是那?
今天是这人?明天是那人?
同时是二者?人前的伪君子
私下却是落单惊慌流泪的懦夫
内心好像溃散的军队
仓皇逃离到手的胜利
我是谁?
这个孤单的问题嘲讽我
不论我是谁
哦!上帝
你知我心
我是你的

(摘自《朋霍费尔狱中诗》,林鸿信译注,道声出版社出版)

朋霍费尔在 1945 年 4 月 9 日黎明被处决的地点：福罗斯堡集中营。同时被处决的还有卡纳里斯上将，葛瑞上校，奥斯特将军以及其他人。纪念碑上写着："他们为伸张自由、正义与人性，不惜牺牲性命对抗独裁与恐怖。"福罗斯堡医生在见证朋霍费尔的死亡后表示："在我行医将近五十年期间，几乎没有看过任何人这么顺服上帝的旨意而死。"

朋霍费尔曾经在证道中表示："凡是真心相信上帝以及上帝的国，凡是真正接受复活盼望的人，没有不从相信的那一刻开始就思念天乡，并满心欢喜地等待与期望从肉身得释放……如果死亡没有被我们的信心转变，那么死亡就会是地狱、黑夜与酷寒。但最奇妙的就是我们可以转变死亡。"

的长袜的时候,突然想到你可能会看到我这个模样,我就害怕得瘫在床上;我还做过更糟糕的事情,我曾经因为没有抽过雪茄,想尝试它的滋味,所以抽过一根,结果感觉很不舒服而吃不下午餐和晚餐;还有,我会在夜里起床,穿上一件长衣,然后绕着客厅跳舞,或者是跟宠物狗哈洛(Harro)去散步,隔天睡上整整一个早上。

我想你必然会觉得这一切很糟糕,当你在这里的时候,我一定会努力克制自己,但有时候会突然冒出来这些行为,是因为我总得有些抒发的通道。然而,我想红十字会的工作应该会让我的行为稍有改变,也让你省一点事。[1]

玛利亚似乎不知道她未婚夫被捕之前几个月所面临的危险——直到她那多嘴的外祖母2月16日写给她一封信,才让她感到担心,那封信暗示朋霍费尔深陷危险。玛利亚非常焦虑,她又在日记里"写信"给他:

我再也忍受不了了。我一定要知道——你是否真的身陷危险?我做的是什么事,迪特里希?原谅我这么软弱。我一定要打电话给你。我一定要听你亲口告诉我到底发生什么事了。你为什么不让我知道?我不了解你。或许你不明白这是在折磨我,一想到你可能会出事,我就感到难以忍受,难道你还不明白吗?难道你没有发现,自从我知道这件事,我就无法不挂念着你的安危?

我确实说过你可以打电话跟写信给我!迪特里希,告诉我你安然无恙,而且不会感到不耐烦,因为这一切都是我从外祖母而不是从你那里知道的。啊,迪特里希,快告诉我,我求求你。[2]

此后三个星期,她只是默默地把心里的忧虑写在日记里,但3月9日的时候,她违反约定打电话给在柏林的朋霍费尔。玛利亚的母亲是否知道她打这通电话,我们不得而知。隔天,玛利亚还真的提笔写

了一封信,并且寄了出去:

> 我跟你说到话了,还听到你的声音。最亲爱的迪特里希,你还记得我们说过的每一个字吗? 你说:"嗨,怎么回事?"然后,喔,眼泪就顺着我的脸颊流下,虽然我努力忍住不哭,但从午餐时间开始我就忍不住了。一开始你还不了解我说的是什么,我真是不会表达,不是吗? 不过,接着你就笑了,你的笑声真悦耳,想不到你竟然可以笑成那样! 我最感谢你的就是这一点。当你笑着告诉我不要担心的时候,我马上就知道外祖母说的不是真话,而我所有的忧虑与泪水都是不必要的,因为你一切都平安,而且很高兴我打电话给你。这就是你笑的原因,不是吗? 因为你很高兴。后来,我也笑了。[3]

同一天,朋霍费尔写信给玛利亚。我们不知道他们是否决定继续联络,但他们两人显然都对不联络感到受够了。他们在热恋中而且希望能在一起;即使不能在一起,他们至少要能互相通信。

亲爱的玛利亚:

> 我的心还在怦怦跳,而我内心正在转变——这是因为喜悦与惊奇,而不是因为你所担心的忧虑。我总是会做一些这类的傻事。如果你在这里的话,我们就可以互相谈话,我就能告诉你我对你外祖母说过些什么傻话。不,你一点也不需要担心——我也毫不担心。当然,从我们简短的对话中,你可以稍微知道,不仅国外[战场上]有危险,在国内也有危险,有时轻微些,有时还更严重。时下的男人有谁能够躲得过避得开? 即使男人乐于一肩扛起所有重担,时下的女人有谁不会分忧? 当男人深爱的女人愿意勇敢、坚忍,以及最重要的用祷告站在他身边的时候,他一定会感到无比的幸福。我亲爱、善良的玛利亚,我告诉你,最近几个星期,你的精神支持带给我极大的帮助,我并不是在虚应故事——我对这种作法毫无兴趣。不过,我对自己竟然让你

这么悲伤，感到非常难过。因此，请你现在一定要恢复平静安定，并且快乐起来，然后继续想着我，我也会经常想着你。[4]

两星期后，朋霍费尔又写信给玛利亚，告诉她到医院探访她外祖母的经过。老夫人的情况似乎不太好，而朋霍费尔知道她还是在担心"去年冬天的种种困难——当然，这一切我们已经全都抛在脑后了"。他觉得玛利亚如果写信给她外祖母，会让外祖母感到放心些。其实，玛利亚已经计划去探望她外祖母，并在3月26日写信告诉朋霍费尔这件事；她也有好消息要说，那就是她已经"暂时豁免"，也就是暂时豁免参与征召所有未婚女性到军中服役的国家计划。玛利亚一直都对这件事感到害怕，反而比较愿意担任护士。一年后，这个威胁再次卷土重来的时候，朋霍费尔的父亲就聘请她到朋霍费尔家担任他的助理；瑞娜跟贝特格的婚事也提早举行，好让瑞娜避免被征召服役。

就在接到这封信十天后，玛利亚感觉事情不对，4月5日她又在日记中写信给迪特里希。她问道："是不是出事了？我担心事情非常严重。"她不知道他已经在当天被逮捕了，但她心中有一股不祥的感觉，于是就写在日记里，这次她没有联络朋霍费尔或者他的家人。

4月18日她在帕西格参加表弟汉斯·沃纳的坚信礼，但她已经无法压抑心中的不安，于是决心反抗母亲禁止她跟朋霍费尔不可以见面的要求。那天她把自己的想法告诉姐夫克劳斯·俾斯麦。但是不久后，她和俾斯麦回到主屋跟舅舅汉斯·尤根·克莱斯特谈话时，玛利亚的舅舅已经知道朋霍费尔被捕，于是告诉他们这件事，这时玛利亚才终于知道真相。

现在要跟朋霍费尔见面为时已晚。玛丽亚此后一生都懊悔没有早些反抗她母亲的命令；她母亲也后悔自己处理这件事的方式，并且非常自责。玛利亚对母亲则是难以原谅。

长久以来，盖世太保一直在搜集国防军里面反对他们的人士的情报，他们最渴望的一件事，就是扳倒这个烫手的机构，但卡纳里斯非常精明，而奥斯特和杜南伊行事向来谨慎，几乎不可能探听出他们的计划。然而，盖世太保觉得国防军隐藏着许多秘密，甚至企图推翻第三帝国，于是盖世太保用尽一切手段展开调查，终于获得足以逮捕他们的证据；接着他们就下手出击。

朋霍费尔被逮捕那天，他们也逮捕了杜南伊和约瑟夫·穆勒，他们被送到勒尔特街(Lehrter Strasse)专门囚禁高级军官的国防军监狱(Wehrmacht prison)。朋霍费尔的姐姐克莉丝特以及穆勒的妻子也都遭到拘捕，她们两人被送到夏洛滕堡的女子监狱。只有朋霍费尔一人被送到泰格尔军事监狱。

几个月后，朋霍费尔把他刚进入监狱那几天的遭遇写了下来：

入监的正式程序一丝不苟地完成了。入监第一晚我被关在临时牢房，行军床上的被单发出浓厚的霉味，即使气温再低也没办法使用。隔天早上，一块面包被丢进我的牢房，我必须从地板上捡起来吃；杯里的咖啡四分之一都是渣滓。狱卒叫骂待审犯人的吆喝声，首度传入我的牢房；从那时起，每天从早到晚都听得到这种声音。当我跟其他新进犯人一起排队的时候，有狱卒粗暴地叫我们是"无赖"等等。他们一一问我们被逮捕的原因，当我回答说我不知道的时候，他们就嘴角嘲笑地答道："你马上就会知道。"六个月后，拘捕我的传票才送到我手中。在接受不同军官（其中也有士官）的讯问时，不时会有人在知道我的职业后，就想跟我谈几句话……我被带到顶楼隔离最严密的牢房；牢房门口贴着一张告示：除非得到特别允许，所有人员一律禁止进入。我被告知在得到进一步通知前，禁止跟任何人联络，而且跟其他犯人不同的是，尽管根据监狱规定每个犯人每天应该有半个小时到户外放风的时间，但我的这项权利却被无端剥夺。我既没有报纸可读，也没有烟可抽。四十八小时后，他们终于把我的圣经还给我；他们已经检查过我的圣经，要看看我是否在里面夹带着锯子、刀片或者其他利器。接下来十二天，牢房的门只有在递送食物进来以及递送马桶出去的时候才会打开。没有人跟我说过一个字；没有人告诉我被监禁的原因，或者要被监禁多久。我从搜集到的各种消息——后来得到印证——得知我被关在戒备最严密的重刑犯区域，关在那里的人都要上手铐脚镣。[5]

朋霍费尔在狱里的最初十二天被视为重刑犯对待，他周围牢房里关的都是死刑犯，其中一人在朋霍费尔入监第一天整夜哭泣，让他无法入眠。朋霍费尔在牢房墙壁上看到前一位犯人信手涂鸦讽刺地写着："一百年后这一切都会结束。"但未来几个星期几个月里，整个情势会从这凄凉的谷底逐渐好转。朋霍费尔被囚禁在泰格尔监狱的十八个月里，就属这头几天最为惨淡。

但这些日子有一个共同点。就是从朋霍费尔入狱那天起直到一切告一段落为止，他始终没有间断过每日的灵修默想以及祷告，而这是他已经延续十年以上的习惯。每天早晨他会默想一节经文至少半个小时，而且他会为自己的朋友与亲人、为认信教会在前线以及在狱中的弟兄代祷。他一拿回自己的圣经，每天都会花好几个小时读圣经。到 11 月的时候，他已经读完旧约圣经两遍半；他也用《诗篇》祷告而得着力量，正如之前在岑斯特、芬根瓦得、施劳威、希格梭夫以及其他地方一样。朋霍费尔有次在贝特格即将出外旅游时告诉他，出门在外最要紧的事，莫过于每天的灵修操练，这会让一个人产生踏实、连贯以及清新的感觉。而现在他被硬生生地丢进一个跟他父母家完全迥异的环境当中，他还是继续同样的操练。

最初他被囚禁在监狱的最顶层，也就是第四层楼，但不久就被转移到第三层楼，"那间牢房能够俯瞰监狱的庭院一直到松树林"。这间七尺宽十尺长的牢房，号码是 92 号，这个号码因为《92 号牢房的情书》这本书而永垂不朽。牢房里面有一张平板床，沿着一面墙摆着一张长条凳、一张高脚椅、一个便盆、一扇木门，上面有一个让狱卒可以察看他的小圆窗，另外在顶上还有一个不算小的窗口，用来采光与通风。情况原本可能更糟，但因为朋霍费尔的家人就住在往南七英里远的地方，因此经常探视他，带食物、衣物、书籍和其他用品给他。在入狱九天后，他写的第一封家书信尾附笔中，朋霍费尔要的是"拖鞋、鞋带（黑色、长）、鞋油、写字纸和信封、墨水、烟盒、刮胡膏、针线包以及一套我可以换洗的衣服。"

朋霍费尔以前一直过着俭朴的生活。他曾经在埃塔尔的修士房住过三个月，而且过去几年他经常四处奔波，即使他在玛林伯格大道43号的房间也只有简单的装潢。

他的情况逐渐在各方面都有改善。起初他必须遵守严格的规定，每十天才可以写一封信，而且仅限一张信纸，这让他非常恼怒。但朋霍费尔很快就跟好几位狱卒打好关系，可以请他们帮他夹带信件到外面去。结果他写出信件的数量犹如泉涌，远超过官方规定的十天一封的数量。在1943年11月到1944年8月这段期间，朋霍费尔单单写给埃博哈德·贝特格一个人的厚重信件，就超过两百封。他没办法得到他的钢琴，但他后来得到许多书籍和纸张。他父母亲寄给他各式各样的礼物，其中包括在他生日时送的花卉，玛利亚也不例外。她甚至在12月时带给他一棵高大的圣诞树，结果因为太高大而放不进牢房，就摆放在狱卒室。因此，她另外带给他一个基督降临节的花环。他后来把自己最喜欢的艺术品都挂在墙上，甚至也得到他想要的雪茄。

但朋霍费尔的内心没有随着外在环境而改变。他曾在第一封家书中叙述他的心情：

> 亲爱的父母亲：
>
> 最重要的是，我希望你们不但知道，而且要真的相信，我很好。很抱歉他们不准我早点写信给你们，但我在这里的头十天也都很好。很奇怪的是，一般人会跟牢狱生活联想在一起的各种痛苦以及身体的疲累，几乎对我没有任何影响。早餐的时候，

甚至可以有足够的干面包吃（我还有各种额外的补给）。我一点也不在意硬梆梆的牢房床铺，甚至从晚上8点到早上6点可以有充足的睡眠。我感到最意外的是，自从入狱以来，我几乎不会想要抽雪茄；但我认为这像是骤然遭受逮捕所造成的重大心理冲击，会让一个人的心理需求也随之调整，以便适应崭新的情况——所有这一切都意味着身体的需要居次而失去其重要性，我觉得我因此获益良多。我不像其他人那样不习惯独处，而这简直就是洗一场精神上的土耳其浴。唯一让我感到不安的，就是你们因为担心我而饱受折磨，睡不安宁，食不下咽。原谅我带给你们这么多麻烦，但我想这应该归咎于命运多舛，而不是我。我想面对这一切的最好方法，就是阅读保罗·格哈特所写的赞美诗，然后牢记在心，就像我现在一样。此外，我的阅读材料除了自己的圣经，还可以从这里的图书馆借书，而且现在也有足够的写字用纸。

你们可以想象得到我目前最担心的就是我的未婚妻。对她来说，这一切是很沉重的负担，尤其是她最近才失去在东线作战的父亲与哥哥。身为军官女儿的她，应该会对我入狱感到特别难以忍受。但愿我可以跟她说几句话！现在这必须交给你们做。或许她会到柏林来看你们，这样也很好。

父亲七十五岁的生日会只不过是整整两个星期前的事。那天真精彩，我耳中还响着那天早晚我们唱的赞美诗，每个人的歌声以及伴奏："赞美主，全能神，万物之王……隐藏在他羽翼下，享受温暖的恩典。"这是真的，这就是我们永远的倚靠。

春天真的已经降临了。你们得忙着整理花园；我希望瑞娜婚礼的筹备顺利。监狱的庭院里有一只鸫鸟，每天早上都唱出优美的歌声，现在连晚上也会唱。我们应该为小事感恩，而这确实对我们有益。现在得暂时说再见。

我充满感激与爱，思念你们以及其他家人和朋友。

你们的迪特里希[6]

朋霍费尔接受的教养让他绝对不会为自己顾影自怜；看到其他

人陷入这种自怜,他会感到不悦,自然也不会容忍自己陷入其中。他父母知道他会勇敢坚强,这让他们感到非常安慰;他们所有的子女都是这样,而且都能坚持到底。华特在 1918 年写的一封信就透露出这一点,他在信中轻描淡写自己的苦难,却非常关心自己的战友。因此,朋霍费尔现在写信的用意是要他们放心。但是曼弗雷德·罗德,也就是控诉他的那人,会检查他写的这封信以及其他许多信。朋霍费尔写的信有两个层面:其中一个是写给他的父母;另外一个是写给那一双充满敌意要寻找犯罪证据的眼睛。他不但尽力消极地避免透露任何犯罪迹象,同时还利用这封信以及其他信件,为罗德描绘出一幅特别的图像。他要在罗德心中编织出一个架构,好让这人能依此理解朋霍费尔在接受讯问时所说的一切。即使这么无邪又真诚的第一封信,朋霍费尔也同时在编织一个更大的欺敌计划。

他到底因为什么罪名被逮捕? 朋霍费尔可能会因为参与暗杀希特勒的阴谋而被处决,但他不是因为这个罪名被逮捕的。1943 年 4 月的时候,纳粹根本不认为朋霍费尔跟这个阴谋有任何关联,甚至对密谋的存在毫不知情,直到一年多以后,施陶芬贝格的暗杀行动失败;但这个密谋一点也没有透露出任何形迹。在接下来十五个月期间,朋霍费尔和杜南伊都是因为非常轻微的罪名入狱,其中一个罪名就是盖世太保认为他们从事洗钱犯罪的"7 号计划"。他们无法了解朋霍费尔和其他人竟然关心犹太人的处境;另一个原因就是国防军协助认信教会牧师取得兵役豁免。因此,朋霍费尔是为了相当轻微的罪名被逮捕的;从另一方面来说,他跟杜南伊之间的关系,也就是他被捕的最主要原因。

由于朋霍费尔和其他人知道纳粹对整个密谋一无所知,所以他们继续进行多层次的欺骗。他们被关在牢里的时候,整个密谋依旧进行,因此他们知道希特勒可能随时都会被暗杀,然后他们就会被释放,所以他们一定要尽力隐瞒密谋不被发现。他们万万不可让所知不多的盖世太保从他们口中得到更多的情报;他们会对被指控的罪名假装无辜,也会假装除了这些罪名以外,没有其他值得一窥的秘密,而且他们伪装得很成功。

欺敌策略

杜南伊和朋霍费尔的整个策略，其中一环就是让朋霍费尔看起来像是一个对世局一无所知的天真牧师。这样一来，所有焦点都会集中在杜南伊身上，他具有丰富的法律知识，也非常了解错综复杂的细节，足以应付罗德的诘问。为达此一目的，杜南伊在复活节期间，没有写信给他父母，反而写信给朋霍费尔，因为他知道罗德会检查他写的信，而他想要按自己的意思营造罗德的想法。那封在复活节（4月23日）写的信中提到：

> 敬爱的迪特里希：
>
> 　　我不确定是否可以寄给你这封问候信，但我还是要试试。监狱外面崇拜的钟声已经响起……在知道你、克莉丝特、孩子们以及我父母遭受许多折磨，以及我所爱的妻子和你失去自由，全都是因为我之后，你无法想象我心中有多愁苦。"患难与共"也许会让人感到安慰，但"与共"却是非常沉重的负担……如果我知道你们——尤其是你个人——不会责怪我的话，我就会感到安心多了。我愿意付出一切代价让你们重获自由；我愿意承担所有事情让你们免于这场灾难。[7]

朋霍费尔家能够成为这场欺敌计划主脑的原因之一，就是他们具有高人一等的智慧，以及能够同时轻松地在不同层面沟通的能力，再加上他们对彼此默契的自信。现在，朋霍费尔可以写信回家，杜南伊也可以把前面那封信寄给朋霍费尔，并知道对方会从两个层面来解读他们所写的信。朋霍费尔知道他父母明白他写给他们的部分用意是要欺骗罗德——而且他相信他们能够分辨哪些是写给他们的，哪些是要写给罗德看的。就某种程度来说，他们已经行之有年，因为在第三帝国里，任何人说的任何话都可能被恶意监听，现在他们已经熟练到可以玩弄他们的对手。

若是他们当中有人不幸入狱,他们也已经事先约定好联络的方法,而这时他们所用的就是之前约定的方法之一。其中一种方法就是,在他们获准取得的书籍中写下暗码信息,朋霍费尔从他父母那里得到许多书籍,在阅读完毕后又还给他们,表示书中藏有暗码信息的方式就是,在卷首空白页或者封面里面藏书人名字的下方画一条横线;如果 D. Bonhoeffer 下方有一条横线,那么收到的人就知道里面藏有暗码信息。传达信息的方式就是依序用极细的铅笔标记书页中的单字,每隔三或十页——数目似乎不固定——就会在某个单字下方用铅笔画一个肉眼几乎难辨的点;十页后,另一个单字下方也会有一个记号。这些记号会从书的卷尾往卷首反向前进,因此就一本三百页的书来说,大概可以传达一段长度三十个字的信息,这些通常是非常重要又危险的信息,内容可能是杜南伊透露给审问员的讯息,好让朋霍费尔能够跟他串通,以免朋霍费尔乱了阵脚或者跟杜南伊的说法不一致。其中一段信息是:"奥,现在正式告知罗马密码表。"信息中的"奥"指的就是奥斯特。检察官罗德认为密码表所显示的是一宗更严重的罪案,但结果只不过是标准的国防军制式保密程序;另一个暗码信息是:"我不确定汉斯修订过的信件是否已经被发现,但认为可能。"这种方式可能有点古怪,但朋霍费尔已经驾轻就熟。

瑞娜·贝特格记得她和其他年轻孩子经常负责找寻书页中难以辨识的铅笔记号,因为年轻人的眼力比较好。他们甚至用橡皮擦检查书页里的黑点究竟是铅笔画的,还是书籍在印刷时留下的细微痕迹。克里斯托弗·杜南伊记得他们另一种在纳粹眼前传递信息的方法:"你可以利用玻璃果酱罐的双层盖。盖子里面有一个双层纸板。我母亲和我们会剪出一个小小的圆形纸片夹在纸板和金属盖中间,然后就可以把最机密的信息写在上面!"汉斯·杜南伊就曾经用芒毫大小的字,在这种隐密的圆形信纸上写过好几封信。

在泰格尔监狱整整十八个月期间,朋霍费尔非常成功地假装成一个单纯又充满理想,但对政治议题毫无兴趣的牧师。他很会装傻,在接受讯问时以及在那些写给罗德的冗长信件中,他表示:"我是最后一个承认自己替国防军从事那些奇怪、新鲜又复杂的工作是错误之举的人。我往往会发现自己跟不上你发问的速度,这可能是因为我不常接触这方面的事物。"他的举止跟当时的信义宗牧师没有两样,犹如一个不食人间烟火的天真神职人员,对世间的阴谋诡计几乎一无所知;所有重要信息都在精通法律的超级天才杜南伊的掌握之中。"我姐夫觉得我熟识教会界人士,因此建议我应该加入国防军的行列。尽管我内心犹豫不决,但我还是把握这个机会,因为从战争爆发开始我就想投入战时工作,况且还可以发挥我神学方面的才华。"

他一个人孤军奋战,辩称他为国防军工作的目的是要纾解盖世太保对他的指控,因为这使得他被禁止讲道与写作:

> 这让我的内心得到很大的释放,因为我觉得这是我在政府当局面前平反自己的大好机会,由于我遭受不公的指控与羞辱,所以心焦如焚地要洗清自己的名声。因此,知道我有机会在军事部门效力,对我来说,具有非常重大的意义。我因为要把握这次洗刷冤屈以及替第三帝国效力的机会而做出很大的贡献,那就是把我在合一运动建立的所有人脉,提供军事部门使用。[8]

朋霍费尔总是假装自己对政府的态度跟典型的信义宗观点一致,也就是按照字面直接诠释《罗马书》13 章。对任何影射他质疑政府的指控,他都假装感到难以置信而且忿忿不平:

> 我不敢相信这竟然会是我被指控的罪名。如果真是这样的话,我怎么会跟一个古老军事世家(从战争开始整个家族的所有父子都投入战场,他们当中许多人不是获颁最高荣誉勋章,就是不惜牺牲他们的生命与肢体)的女子(玛利亚的父亲与哥哥双双裹尸沙场)订亲?如果真是这样的话,我怎么会在战争爆发前夕,放弃在美国已经得到的所有聘约,返回立即会征召我从军的德国?如果真是这样的话,我怎么会在战争爆发后立即自愿担任军中牧师?[9]

毫无神学头脑的纳粹并不知道，跟他们过招的这个人已经运用他的神学头脑构想出一整套欺敌计划，专门对付他们这些人。就某方面来说，他可说是他们的克星。他不是个"世故"或者"同流合污"的牧师，而是个非常忠于上帝的牧师，从他跟邪恶权势斗智欺瞒的过程中，可以看出他的忠诚度；他服事上帝的方式就是不断地欺瞒这些邪恶权势。

《十年后》

朋霍费尔在被捕前几个月曾写过一篇文章，题目是《十年后：1943 年元旦的省思》。他在 1942 年圣诞节送给贝特格、杜南伊以及汉斯·奥斯特每人一份，然后把第四份藏在他顶楼房间的天花板上。文章的内容是对希特勒当权十年间，他们所经历与学习到的各种非比寻常事件的反省，这让我们更了解他以及其他人，从过去到现在乃至未来，之所以采取非常手段对抗纳粹政权的原因。这篇文章也印证了朋霍费尔确实在密谋中担任重要角色，也就是整个密谋的神学角度与道德良心，他协助他们清楚明确地知道他们必须如此做的原因；这不是出于一己之私，而是正大光明之举；这是上帝的旨意。

他开宗明义地表示：

我们可以扪心自问，人类有史以来可曾有任何人在希望这么渺茫的情形下（对这些人来说各种途径似乎都同样败坏、恶劣与徒劳），他们的目光却能超越眼前的一切，完全从过去与未来汲取他们的力量，且不会沦为空想家，而能够沉静自信地等待他们的理想成真？……

巧扮伪装的恶魔已经把我们所有的道德观念破坏殆尽。恶魔巧扮成光明、理性、历史必然性以及社会正义，迷惑那些在我们传统道德观念下成长的百姓，但对按照圣经生活的基督徒来说，这一切只不过是在印证恶魔的败坏本质。[10]

接着他驳斥一般人对他们的误解，并说明为何每个人都会跌倒。他问道："谁能站立得稳？唯有那些不以自己的理性、原则、良心、自由以及品格为最高标准，却能甘心放弃这一切而听从上帝的呼召，并凭着信心单单忠于上帝又勇于担当的人才能站立得稳——勇于担当的人，就是努力让整个生命站立得稳，并响应上帝的呼召的人。"

这就是朋霍费尔对自己所作所为的看法。他已经从神学的角度，把基督徒的生命重新界定为主动积极而不再是被动消极，这一切跟逃避罪，或者仅仅谈论、教导与相信某种神学概念、原则、规范或者理论毫不相干；这是活出以实际行动全然顺从上帝呼召的生命。这不只涵盖心智，同时也涵盖身体是上帝对整个人的呼召。我们要顺服创造主的旨意，活出一个堂堂正正的人——这就是我们的使命；我们不是狭隘、妥协、拘谨的生命，而是奔放、喜悦、放声歌唱的自由生命——这就是顺服上帝的样式。杜南伊和奥斯特对这一切的了解，可能不像贝特格那么清楚，但他们都是聪明人，他们的所作所为当然都跟朋霍费尔商量过，并邀请他共襄盛举。

朋霍费尔曾经提到德国人牺牲小我与服从威权的习性，被纳粹利用作恶；唯有深入认识并衷心委身于圣经里的上帝，才能对抗这种缺点。他写道："这全在于上帝不但要求人勇于凭信心为自己的行为负责，更应许赦免与安慰那些因此而犯罪的人。"难就难在，人必须热衷于取悦上帝，远胜过避免犯罪。人必须完全牺牲自己成就上帝的旨意，即使可能犯下道德错误也在所不惜。人对上帝的顺服必须有前瞻性、大发热心并且甘心乐意，而单单靠道德主义与敬虔主义是不可能活出这种生命的：

> 如果我们要成为基督徒，就必须效法基督的宽大心胸，也就是在面对危险的时候，行为上要勇于担当并且甘心乐意，也要对那些苦难中的人显示出真诚的怜悯，这不是出于惧怕，而是让人得自由与救赎的基督的爱。基督徒的作为不单单是等待与期盼，基督徒蒙召的首要之务，不是同情与拯救自己出离苦难，而是要同情与拯救其他弟兄（基督就是为这些人而受苦难）出离苦难。[11]

朋霍费尔也提到过死亡：

> 最近几年我们越来越常想到死亡这个议题。在听到同胞死亡的消息时，会对自己心中的冷静感到讶异，我们不再像以往那么痛恨死亡，因为发现死亡其实也有益处，因此几乎能够处之泰然。基本上，我们觉得自己其实已经归属于死亡，而每多活一天都是奇迹。我们不太可能欢迎死亡（然而我们都非常熟悉避之唯恐不及的倦怠感）；我们对这一点太好奇了，或者更认真地说，我们希望自己支离破碎的生命能活得更有意义……我们仍然热爱生命，但我不认为死亡现在还能让我们感到惊慌失措。在经过战争的洗礼后，我们已不太敢再期待死亡不要因为一些小事故而突然降临，反而是在生命圆满以及一切富足的时候降临。能够决定死亡的意义，并让我们甘心乐意视死如归的，是我们自己，而不是外在环境。[12]

泰格尔监狱的生活

身为国防军头子的卡纳里斯将军倾其全力保护杜南伊和朋霍费尔。1944 年 2 月他终于败在盖世太保和希姆莱手下并遭到罢黜，此后这一切完全改观了。不过，在泰格尔监狱的前十个月，朋霍费尔和杜南伊都对卡纳里斯的保护感到放心。

对朋霍费尔来说，被关在泰格尔还有另一个极为要紧的好处，那就是他舅舅保罗·哈泽当时正担任柏林的军事指挥官，他是位阶远超过泰格尔监狱典狱长的大老板。泰格尔的狱卒知道这件事后，一切为之改观；实在想不到，哈泽的外甥竟然是名犯人！这就好像有位名人在他们当中。而且不只因为朋霍费尔的舅舅，更因为大家摸不着也猜不透朋霍费尔被关在牢里的罪名。他是一位牧师，也显然是纳粹政权的敌人，他们许多人在私底下都反对纳粹，因此对朋霍费尔感到一股莫名的兴趣，而当他们逐渐认识他后，发现他的确既仁慈又慷慨，即使对其他人所轻视的狱卒也是一样，他们当中许多人都对这一点感到相当意外。朋霍费尔是一位彻头彻尾的正人君子，恰好跟那些压迫他们而他们却无力反抗的权势形成强烈的对比。

朋霍费尔在狱中很快就享有特别的待遇，有时是因为他舅舅的缘故，但更多时候是因为其他狱友发现可以从他那里得到安慰，因此想要接近他。他们想跟他说话，倾诉他们的困难，把藏在心中的内疚告诉他，或者只是单纯地想接近他。他也抚慰过一些死刑犯以及一些狱卒，其中一个名叫诺布劳（Knoblauch）的狱卒非常仰慕朋霍费尔，最后还想尽办法协助他越狱，稍后书中会提到这件事。狱方也破例允许朋霍费尔在他的牢房跟其他犯人单独相处；另外还允许他进入病房担任监狱牧师，完全不像是狱中的囚犯。大致来说，朋霍费尔被关在泰格尔的时候，有相当长的时间也在从事牧养，有时候连他自己都觉得这些工作牺牲掉许多他自己阅读与写作的时间。

只有1943年的圣诞节朋霍费尔是在泰格尔度过的。官派的监狱牧师之一哈拉尔德·普乔（Harald Poelchau）请他帮忙写一封发给所有囚犯的公开信。朋霍费尔在信中写了许多篇祷词，其中之一如下：

> 上帝啊，我在清晨呼求你。
>
> 帮助我祷告，
>
> 并单单思想你。
>
> 我无法独自祷告。
>
> 我内心尽是黑暗。
>
> 但你那里有光。
>
> 我孤单一人，但你并不离弃我。
>
> 我内心软弱，但你并不离弃我。
>
> 我心焦如焚，但与你同在就有平安，
>
> 我心中尽是苦毒，但与你同在就有忍耐；
>
> 你的道路难测，
>
> 但你知道我的道路。[13]

普乔记得朋霍费尔即使身在狱中也彬彬有礼：

> 一天他邀我一起喝咖啡……他告诉我关在他隔壁牢房的英国军官已经邀请我们两人过去聚一聚，前提是我得冒险把他关在另一个牢房，等到一个适当的机会我们一起溜过去，把汽化炉放在牢房角落的防空沙堆上点起来，然后举行一场小聚。我们一起喝咖啡，配上特地为这次聚会偷藏的白面包，然后我们尽情聊天，有严肃的话题也有轻松的话题，让我们暂时把战争抛在脑后。[14]

许多人都注意到朋霍费尔高贵的教养与气度，即使他离世前那段日子也依旧如此。他在泰格尔的时候，曾经自己出钱协助一个无力负担律师费用的年轻狱友打官司；也曾经要求他的辩护律师接下另一个狱友的官司。1943 年夏天，狱方曾提议要把朋霍费尔转移到二楼一间较凉爽的牢房，但他拒绝了，只因为他知道其他狱友会被转移到他现在的牢房。他知道他得到的许多特殊待遇是因为他舅舅的缘故，于是他写信给狱方，想了解他舅舅到底是何身份，"看到一切从那刻开始完全转变，实在令人难为情。"他的食物配给立即增加，但他拒绝接受，因为这会剥夺其他狱友的配给。朋霍费尔对于自己得到的各种小惠，有时候会心怀感激，有时候却感到嫌恶。部分狱卒在发现他舅舅的身份后，会亲口对他表达歉意。他写道："这真让人难堪。"

朋霍费尔非常恼怒不公不义，因此许多资深狱卒凌虐犯人的行为会激怒他，这时他就会运用他的身份替那些弱小无力的人仗义执言。他曾经撰写一份关于监狱生活的报告，想要唤起当局注意需要改进的地方，他期待自己身为哈泽外甥的地位，足以让狱方注意这些问题，因此他翔实地叙述了所看到的不公不义，要成为弱势者的发言人，正如他在讲道中对基督徒的一贯要求。

玛利亚·冯·魏德迈

朋霍费尔跟玛利亚之间的关系，如今已成为他力量与盼望的来源。朋霍费尔的准岳母在知道他被捕后，立刻就同意公开他们订婚的消息，他非常感激准岳母从善如流，这让他和玛利亚更相信他们在一起的日子即将到来。他们一直都准备即使是对自己家人，也对这件事保持"缄默"，直到"一年"正式期满，也就是 11 月。每个人都认为只要罗德的问题得到答案，所有事情一一澄清之后，朋霍费尔就会立即获释，然后他们马上就会举行婚礼。朋霍费尔被关进泰格尔后的前两个月无法写信给玛利亚，只能透过父母写信给她，由他们把他信中的重点转达给她。

同时，她在 5 月 23 日到柏林探访他的父母，而他们也把她视为迪特里希的未婚妻来接待。玛利亚还独自一人在朋霍费尔的房间停留好长一段时间。她隔天从汉诺威写信给他：

我亲爱亲爱的迪特里希：

你昨天有没有想我？我经常感觉你就在我身边，你陪我一一进入那些陌生的房间，认识每一个人，然后一切突然就变得很熟悉、温馨又亲切。我在柏林那天过得好高兴，迪特里希——我对你与你父母有着说不出的兴奋与感激。我觉得我的幸福扎实稳固，即使看起来再深沉的悲伤都无法撼动。

我喜欢你的父母。从你母亲迎接我的那一刻起，我就知道一切都必圆满，而你给我的远远超过我的梦想。喔，我爱你们家的一切。你们的房子、花园以及——最重要的是——你的房间。只要能够再次坐在你的房间，看一看你书桌垫上的墨渍，我愿意付出任何代价。自从昨天我在你父母家遇见你之后，一切就变得如此真实而清楚。你用来写书以及写信给我的书桌、你的扶手椅和烟灰缸、你鞋架上的皮鞋以及你最喜欢的画作……我过去以为自己对你的思念与渴望已经达到无以复加的地步,但自从昨天后,我对你的思念已经倍增。

我最亲爱的迪特里希,每天早晨6点当我们各自双手合十,一起祷告的时候,就知道我们不仅对彼此深具信心,我们的信心更远远超越这一切之上。这样你也就不再感到悲伤了,不是吗?我很快会再写信给你。

不论我在思想或在做事,我永远都是

你的玛利亚[15]

在玛利亚5月30日所写的下一封信中,对他们在克兰-科洛辛见面至今已经是一年前的往事,感到讶异:"那已经是一年前的事了,现在回想起来,我几乎无法相信你就是我所遇见的那位绅士,而且我跟你一起聊到名字、莉莉玛莲(Lili-Marlen)、雏菊还有其他东西。外祖母告诉我你记得的一切,而我一想到自己说过的那些傻话就害羞得脸红。"

罗德从6月初开始允许朋霍费尔写信给玛利亚。在接到他写的第一封信后,她回信道:

亲爱的迪特里希:

你的来信非常动人……一想到每十天就可以收到另一封你的信,就让我感到飘飘然。但当我读信的时候,几乎会高兴得冲昏头,于是就会突然提醒自己一定要从梦境中醒过来,并承认这都不是真的,然后笑自己竟然敢想象这么幸福的情景。所以你看,我的幸福还是比我的悲伤要大多了——你一定要相信这一点。我很确定,不久之后我们就会再见面,我每天早晚都会对你和我自己这么说……

你不是说你想听一听婚礼计划吗?我已有充分的计划与准备。我们重逢后一定要尽快正式订婚。我的亲戚中没有几个人知道这件事……你非办一场订婚宴会不可,不过之后我们马上就要结婚。我希望在夏天举行婚礼,因为那是帕西格最美丽的时节。我一直非常盼望能带着你游览帕西格，尤其是 8 月的时候，到现在为止，你看到的一切景色都还差得远呢！我已经在心中详详细细地计划好那个 8 月的行程：我要怎样在车站迎接你，跟你一起散步，把我最喜欢的地点、景观、森林和动物一一介绍给你，你也会非常喜欢它们，接着就会在那里建立我们共同的家园。不要感到沮丧或者悲伤，要想一想我们以后会有多幸福，然后告诉自己这一切必定会成真的原因，或许就是要让我们明白生命有多美好，同时我们一定要对此心存感恩……你一定要马上开始挑选诗歌和经文。我喜欢的是《我岂能不赞美我的上帝》(Sollt ich meinem Gott nicht singen) 以及《诗篇》103 篇，请把它们安排在里面；至于其余部分，我愿意接受各种意见。当然，你知道帕西格教会……

我们还要计划蜜月旅行！地点呢？还有然后呢？当然，最重要的就是我们两人的幸福，其余一切都不及那重要，不是吗？

我已经申请调派到柏林的奥古斯塔（Augusta）医院，现在正等待那里的职位，过几天可能就会有消息。能够到你附近会好很多，而我更希望能常常探访你的父母。你重获自由后，一切必定会非常美好。

我亲爱的迪特里希，我真希望能够分担你的重担，即使一点点也好。我愿意牺牲一切换取这个机会。我每时每刻都与你同在，却又距离你非常遥远，我真的非常希望能跟你在一起。你应该知道的，我永远都是

你的玛利亚

1943 年 6 月 9 日[16]

玛利亚在 6 月 24 日得到一张访客证，但朋霍费尔并不知道她会来。这是他们在狱中十七次会面的第一次。其余十六次都介于那天

跟来年(1944年)6月27日之间。^①她最后一次探访是在1944年8月23日，也就是7月20日暗杀行动后一个月。但玛利亚在1943年6月第一次探访朋霍费尔的时候，他们还是对速审速决然后开释寄予厚望，因此他们经常想到两人即将举行的婚礼。

他们对这几次探访始终都感到有些尴尬，因为他们一直没有机会独处，总是有人在一旁监护，那人就是罗德。事实上，6月24日他们第一次会面时，朋霍费尔看到罗德带玛利亚进入房间，确实让他心头为之一惊。朋霍费尔非常困惑，她为什么会在这里？这是种卑鄙的手段，多年后，玛利亚写道："我觉得自己是被检察官罗德利用的工具。我几乎是毫不知情地被带进房间，而迪特里希显然露出震惊的表情，一开始他默不作声，但接着就开始正常的谈话；只有从他握着我的手的气力，才能知道他的情绪起伏。"

探访时间结束后，罗德带玛利亚从一扇门离开，朋霍费尔则从另一扇门离开。自从11月之后，他们就再也没有见过面。现在他们终于拥有这些珍贵的片刻，但探访时间转眼就结束。正当玛利亚要离开房间的时候，她表现出她那极强的独立精神与坚强意志：她一回头就看到她心爱的朋霍费尔正要从房间对面的那扇门离开，她飞也似的（显然出乎罗德的意料）跑过房间，再一次抱着她的未婚夫。朋霍费尔回到牢房后，继续写完给他父母的信：

> 我刚跟玛利亚见面——这真是场意外的惊喜！会面前一分钟我才知道这件事，我仍然觉得像场梦一样——这真的是想象不到的情形——以后我们会怎么回想这件事呢？在这个时刻，任何言语已经没有意义，但这不是重点。她得鼓起非常大的勇气才能来这里；我是不会忍心要她来的。比起我来，这一切对她来说要困难多了，我知道自己的处境，但这一切对她来说都非常

---

* 玛利亚在1943年探访朋霍费尔的日期分别是6月24日、7月30日、8月26日、10月7日、
① 11月10日和26日，以及12月10日和22日。她在1944年的探访日期是1月1日和24
日、2月4日（朋霍费尔的生日）、3月30日、4月18日和25日、5月22日，以及8月23日。

难以想象、神秘、可怕。这场梦魇结束后,一切会多美好!¹⁷

玛利亚最初写的几封信中充满对他们婚礼的憧憬和计划,她提到她已经开始筹备嫁妆,还在一封信中画出她房间里所有的家具,好让他们一起规划未来新家的摆设;另外她还告诉朋霍费尔,她的外祖母已经决定把"在斯德丁的那套蓝色沙发,以及扶手椅和餐桌"送给他们。她不知道该请哪位牧师主持他们的婚礼,并且对朋霍费尔坦承,去年9月在他们两人都还不知道未来几个月会如何发展的时候,在她眼中他只是个牧师,而且在日记中写着,她希望未来他能主持她的婚礼。她表示:"真可惜这已经不可能了!"

玛利亚继续在日记中想象写信给朋霍费尔。7月30日他们第二次会面后,她写道:

你进房间的时候,我正坐在红丝绒沙发上。一看到你的模样,我几乎禁不住要尊称一声"您"(Sie)。^{①*}上校军法官^{②**}穿着一套合身的黑色西装,打着正式的领结……让人感觉出奇地陌生。

但我目光一接触到你的双眼,我就看到里面可爱深沉的亮光;当你亲吻我的时候,我就知道我又找到你了——我比以往更紧紧地把握住你。

这次的情形跟第一次非常不一样,你更沉稳、更轻松,但也更有自信;我对这个感觉最深刻,而且钻入我忧愁、低沉的内心,让我感觉轻快喜悦。在这种场合我们还有什么话题可谈!……开车、天气、家庭,^{③**}然而这一切都意义重大,足以胜过这一个月来的孤单。一度你还搂住我,虽然我很镇定,但其实是在颤抖。你温暖的手让我感觉很舒服,我真希望你不要松开,它放出一股电流贯穿我全身,让我无法思考。¹⁸

---

① * 德文中 Sie 是正式场合的尊称,而 du 是非正式的称呼,主要用于密友和亲人。
②** 原文为 Oberst Gerichtsrat,指的是罗德。
③** 他们大部分的谈话内容都会被坐在一旁的罗德偷听。

大约这时候,朋霍费尔写信的权利从每十天增加到每四天可写一封信。他决定要轮流写信给他父母和玛利亚。因为所有的信件都会被检查,所以尽管他父母的住处距离他的牢房不到七英里远,有时候要十天后才会收到他寄出的信。朋霍费尔和玛利亚经常在探访结束后,马上就互相写信给对方,他们在即将会面之前不会写信,因为他们不想在收到信之前就见面了。

在 7 月 30 日第二次会面后,玛利亚写信告诉朋霍费尔,她在返回帕西格的火车上遇到她舅舅格哈德·特莱斯科夫,他是两次重大刺杀希特勒行动的中心人物海宁·特莱斯科夫的弟弟。玛利亚告诉朋霍费尔,虽然她舅舅对她订婚"毫不知情",却对她提到,她十二岁的时候就已经邀请舅舅要参加她的婚礼,而他舅舅也表示他"绝对不会错过"。

玛利亚继续计划他们未来的共同生活,又写道她外祖母的那套蓝色沙发"将来比较适合你的房间",因为跟神学议题、书架和雪茄的烟雾很搭配;而那座平台钢琴"很适合摆在起居室"。他们写给对方的信件生动有趣,而且充满爱意。那年 8 月,朋霍费尔在信中说道:"你一定无法想象,在我目前处境下,能够有你为伴所具有的重大意义。我是因为上帝特别的带领才会在这里,我心中感觉安稳。对我来说,在距离我被捕前那么短的时间我们能够找到彼此,似乎明确印证了这件事。再次,一切可说是'人世的混乱与上帝的带领'。"

朋霍费尔表示他们的婚姻犹如"对上帝创造的世界所说的一声赞"这句名言,就是在这封信中写下的,他的订婚就是他在生活中落实信仰的方式;他一切所作所为,包括跟玛利亚订亲都是"为了上帝",这一切不是出于人的深思熟虑,而是出于信心:

我一想到世界的局势、我个人的前途一片黯淡,再加上我目前身陷囹圄,就知道我们的结合(如果不是儿戏,它当然不是)必定是上帝恩典与良善的印记,为要呼召我们信靠他;只有瞎眼的人才看不出来。耶利米在自己百姓最窘迫的时候,说:"将来在这地必有人再买房屋、田地和葡萄园。"① 这就是对未来深具信心的印记。这需要信心，但愿上帝赐给我们每日需要的信心，我说的不是逃离世界的信心，而是让我们在世界里面坚持到底，尽管这个世界带给我们各种苦难，但仍然能够爱并忠于这个世界的信心。我们的婚姻必须是对上帝创造的世界所说的一声赞；它一定要能让我们对这个世界有所贡献的决心更坚定。我担心那些在世界上站立不稳的基督徒，将来在天堂也同样站立不稳。[19]

牢房中的婚礼证道

朋霍费尔不是家族中唯一准备结婚的人，他的十六岁外甥女瑞娜也即将嫁给他的挚友埃博哈德。如果他们不赶紧结婚的话，她就会被征召去参加帝国劳动营（Reichsarbeitsdienst），对施莱歇尔家来说，与其让他们的女儿被征召加入希特勒政府的军队，远远不如让她提早一两年嫁给她心爱的埃博哈德。大喜之日订在 5 月 15 日，朋霍费尔原来希望能够在这场婚礼上证道，但即使他能够尽早获释也赶不上，不过他还是写了一篇讲章，虽然来不及交给他们在婚礼上宣读，但就跟他写的其他作品一样，这篇讲章比他预期的更广为流传。这篇讲章已经成为经典短文，许多夫妻会在结婚纪念日的时候阅读这篇讲章。

正如他写给玛利亚的信一样，他表示他们的婚姻犹如"对上帝创造的世界说的一声赞"，借着阐明夫妻在婚姻中扮演的角色，他也阐明上帝在贝特格即将到来的婚礼上扮演的角色。他知道要恰当地赞美上帝，就必须彻底了解与赞美人类；朋霍费尔不断地纠正认为上帝与人类或者天堂与世界互不兼容的错误观念。上帝的旨意是要救赎人类以及救赎这个世界，而不是要灭绝他们。他经常尽力把话说清楚，因此容易不小心过度渲染他的观点：

---

① 《耶利米书》32：15。

在这一点上，我们不应该操之过急地想要敬虔地提到上帝的旨意与带领。我们不应该忽视的一件事就是，做主的显然就是你自己的私心，为的是要庆祝它们得胜；你一开始就采取的行动其实是出于你自己的意念；你过去以及现在的作为，在最初的时候并不是那么敬虔，而是相当世俗……除非你现在可以大胆地说："这是我们的决定、我们的爱、我们的道路。"要不然就只是以敬虔之名为掩护。"钢与铁会锈蚀，但我们的爱永远常存。"你们渴望在对方身上得到属世的祝福，并藉此互相成为对方在世界上与在心灵里的安慰（借用中世纪的歌词）——对上帝、对人来说，这都是正大光明的渴望。[20]

朋霍费尔想要为上帝夺回一切，正如他过去二十年的所作所为。他的意思是婚姻中重要的不只是"敬虔"的部分，而是整个婚姻。自由选择配偶是上帝的恩赐，他按照自己的形像创造我们，所以"渴望属世的祝福"不是我们要背着上帝暗暗偷来的东西，而是他旨意中我们应该得着的东西。我们不应该把生命的某部分和婚姻跟上帝切割开来，不应该在他面前隐藏这些东西，就好像这些专属我们一样，也不应该因为反对其存在的错误敬虔而要毁灭它。

就全人的角度（不是狭隘的"宗教"偏见）看来，属世的祝福以及人性都属于上帝。朋霍费尔主张上帝的人性观，人性是他创造的，并且要借着道成肉身穿戴人性而救赎它。但正当朋霍费尔朝这个方向进展到相当程度，并提出"全人"（fully human）观点之际，他回头又从另一个方向，发展出"全神"（fully God）观点：

你清楚知道没有人能靠自己的力量创造并主宰生命，而彼此互补；这就是我们所说的上帝的带领。因此，现在不管你因为达到自己的理想而多么喜悦，都应该感谢上帝的旨意及因着上帝的道路引领你获得这样的成就；而且即便不论你有多大的信心扛起自己行为的责任，现在你都应该以同样的信心倚靠上帝的大能。[21]

因此，这是双向的，但要清楚看见各自的重要性，就必须先把两者摆在一起来看，于是，他就把两者摆在一起：

当上帝在你的"赞"上面添加他的"赞"，当他以他的旨意认可你的旨意，当他容许并乐于见到你顺利成功、欢欣喜悦与骄傲之际，他同时也使你成为他的器皿，实现他为你与其他人所定的旨意与目的。上帝借着他高深莫测的屈尊降卑把他的"赞"加到你身上；透过这种方式从你的爱中创造出崭新的事物——圣洁的婚姻。[22]

朋霍费尔费尽心思想要表达的是人与上帝之间难以言喻的合宜关系。他非常看重婚姻：这"不只是你们彼此间的爱"，它"具有一股更高超的尊贵与力量，因为那是上帝的圣礼，他希望借着它让人类生生不息，直到世界的末了"。这篇证道最值得牢记在心的一段话应该就是："不是你们的爱能维系婚姻，而是从现在开始婚姻要维系你们的爱。"

阅读

朋霍费尔从来没有预期自己会长久被关在牢里，起初他只想能尽量提供消息给军法官，希望能得知审判的日期。他被指控的是相当轻微的罪名，而且他和杜南伊可以好好地为自己辩护打赢这场官司；但在幕后为杜南伊和朋霍费尔奔走的卡纳里斯和萨克认为，还是采取拖延战术比较妥当。他们想要避免在法庭短兵相接，尤其是暗杀希特勒的行动正在进行中，这样一来，审判就变得遥遥无期。几个月就这样过去了，而法律攻防战就此展开。10月时，朋霍费尔已经被关在泰格尔六个月了，这比他预期的要久多了。

在跟家人和玛利亚会面以及阅读、写作与其他杂务之余，他充分利用所有时间。他的父母卡尔和葆拉在 10 月 12 日来探访他,带给他自家花园种的大丽花。隔天他写信给他们,表示西奥多·施托姆(Theodor Storm)①写的《十月情歌》一直在他脑中盘旋:

> 纵然暴风肆虐,
> 每座尖塔下面,
> 看世界,这绚烂的世界,
> 并没有被毁灭。

只要几朵秋天绽放的花朵,牢房窗户的景观,以及在监狱庭院(那里其实有几棵美丽的栗树和椴树)半个小时的"运动",就可让一个人回味家的气氛。不过,到最后,至少对我来说,"世界"代表的只是几个我想看到以及在一起的人。你们和玛利亚偶尔像是从远方来探访半个小时,这就是我生活的主要支柱与目标。此外,如果我有时候能够在主日听到一篇精彩的证道——有时候我能听到随风传来断断续续的赞美诗——就更好……

我最近又写作许多文章,而就我为自己定的工作来说,常感觉日子太短了,因此好笑的是,有时候我会觉得"没时间"处理一些次要事务!吃过早餐(大约 7 点钟)后我会读一些神学著作,然后埋首写作到中午;下午是我阅读的时间,那时我会读一章德尔布吕克(Delbrück)的《世界史》,接着要学习我还不够精通的英语文法,最后会依自己的情绪,不是再次写作就是阅读;傍晚的时候,我会累到见床就欢喜,但不表示我会马上就寝。[23]

朋霍费尔被关在泰格尔的十八个月期间,他的阅读量与写作量的确非常惊人。他在 12 月写给埃博哈德·贝特格的信中说道:

我最近匆匆忙忙地读了一本伦敦警察厅史,一本娼妓史,也

---

① 丹麦裔德国诗人(1817~1888 年)。

读完了德尔布吕克的书（我觉得他处理议题的方式相当乏味）、莱因霍尔德·施耐德（Reinhold Schneider）的十四行诗（文笔参差不齐，但也有上上之作）；大致上来说，我觉得所有的新作品似乎都欠缺所有真正巨著中所洋溢着的那种有轻快精神的朝气；总感觉到空气中弥漫着的不是创意，而是一股刻意造作的气息……我目前正在读一本沃波尔（Hugh Walpole）1909 年写的长篇英文小说，内容从 1500 年一直跨越到现代。我也对狄尔泰（Dilthey）很感兴趣，另外我每天也花一个小时研读医学手册，以备不时之需。[24]

这只是冰山的一角。几个月后，他想阅读施蒂弗特（Adalbert Stifter）的中世纪长篇史诗《温迪戈》（*Witiko*），于是一直要求他父母帮他找一本，但他们找不到；结果却出乎意料地在狱中图书室找到，他高兴极了。尽管戈培尔曾下令销毁所有图书馆里面每一本"非德国"文学，却没有殃及太多十九世纪的作品。朋霍费尔在一连串写给他父母的信中提到他阅读的情形：

> 我每天都会读一点施蒂弗特的书。在目前的处境下，他书中人物所处的那种遁世的隐密世界（他老派到只会塑造讨喜的人物）却能带给我很大的安慰，而且整本书的焦点都放在人生中真正有意义的事物上。我的肉身虽然在牢房，但我内心却能反照生命中最单纯的面向；例如我对里尔克（Rilke）就一点也没有兴趣。[25]

> 多数人都觉得这本好几千页的书对他们来说太厚了（不能够随兴地浏览，只能一页页慢慢看），因此我不太确定是否该向你们推荐这本书。对我来说，这是我所知数一数二的绝佳之作。全书的风格以及人物的塑造非常纯正，让人产生一种非常珍贵独特的幸福感……此书可说是独树一帜……到目前为止，我认为能跟它分庭抗礼的历史小说，只有《唐吉诃德》和戈特黑尔夫

（Gotthelf）的《柏恩精神》（*Berner Geist*）。[26]

就阅读这方面来说，我现在完全活在十九世纪。过去这几个月，我已经赞叹连连地读过戈特黑尔夫、施蒂弗特、伊莫曼（Immermann）、冯塔纳（Fontane）和凯勒（Keller）。那个时期的作家能够写出这么清晰又简单的德文，想必当时的时代精神非常健全。他们在描述微妙的情况时不会滥情，不会用轻浮口吻叙述严肃的议题；他们在表达自己信念的时候不会煽情；他们的遣辞用字和对主题的处理不会过于简化或者造作；简言之，一切都非常合我的胃口，而且我认为非常相宜恰当。不过，他们一定是在下过许多苦功后，才写出这么优美的德文，也因此需要花许多时间静默构思。[27]

朋霍费尔的文化水平显然相当高。在一封写给贝特格的信中，他提到他未婚妻那个世代的年轻人：

成长在一个恶劣的文学环境，而他们阅读早期作品的能力比我们差多了。我们越了解真正优秀的作品，就越觉得晚近的文学枯燥无味乏善可陈，有时候甚至让人觉得反胃。你觉得有哪一本在过去，嗯，或说五十年内写的文学作品，具有流传后世的价值呢？我觉得没有。这些作品的内容不是空谈，就是自吹自擂、自哀自怜，没有任何眼光、创意、思想或者内容，而且文笔几乎总是粗糙又呆板。对这个主题来说，我承认我自己是一个怀旧派。[28]

从 1943 年 11 月开始，朋霍费尔终于能够把信件偷带给贝特格。这扇门一旦打开后，他就如泉涌般地写信给这位在神学、音乐以及文学造诣上能跟他相匹配的挚友。他对贝特格说："我每读一本书或者写完一个段落后，就一定要跟你分享，或者至少在心中想想你会有怎样的看法。"

朋霍费尔的内心世界

他写给贝特格的信件的内容不只是探讨文化;因为他也可以跟他父母探讨,但他可以跟贝特格讨论一些不能跟其他人讨论的话题。贝特格是朋霍费尔在世界上可以放心呈现自己弱点的人,也可以跟他一起探讨内心最深处的思想,而不必担心被误解。在其他人面前,朋霍费尔觉得自己似乎应该扮演起牧师的角色,应该扮演强者。但朋霍费尔可以从贝特格得到牧养,从芬根瓦得开始他就一直担任朋霍费尔的忏悔师与牧师,对这位朋友的某些阴暗面,贝特格一点也不陌生。

朋霍费尔在写给贝特格的第一封信中就告诉他,虽然有时候他会感到忧郁缠身,但这不是大问题。他担心贝特格一定会把这件事悬在心上:

【1943 年 11 月 18 日】
……在经过没有敬拜、忏悔与圣餐,也没有任何弟兄安慰的漫长的几个月后,你又可以像过去一样担任我的牧师,倾听我说话。我有说不尽的话想跟你们两人说,但今天只能简单扼要地说,所以这封是写给你一人的信……我在这段期间安然度过每一场属灵试炼。只有你了解在我生命中经常有绝望(accidie)、哀伤(tristitia),狰狞着面孔要绊倒我;我担心你这时候一定会因此为我忧心忡忡,但我从一开始就告诉自己,我绝对不要因此向任何人甚或恶鬼讨饶求救——他们可以任意而为;我希望在这一件事上始终能够站立得稳。

起初我非常怀疑自己是否真的因为基督的缘故而带给你这一切愁烦;但我很快就从脑中铲除这个试探,因为我现在确知这责任已经放在我肩头,那就是要坦然面对这困境中的所有艰难;

我已经能够泰然处之，而且以后一直都会如此。①29

朋霍费尔表示，《诗篇》和《启示录》在那段日子里带给他很大的安慰，保罗·格哈德写的诗歌也一样，许多首他都牢记在心。因此，朋霍费尔并不是"天生"就坚强又勇敢，他的镇定沉着是自律以及留心转向上帝的结果。两星期后，他跟贝特格谈到空袭："现在我一定要亲自告诉你一些事情：弹如雨下的空袭，尤其是上一次，连病房的窗户都被炸飞，瓶罐和医疗用品从架子下掉下来，在一片漆黑中，我躺在地板上觉得应该没有任何幸免这场攻击的机会，而这一切又把我带领回祷告与圣经。"

许多人不断叙述在空袭期间朋霍费尔有多么坚强，就在每个人认为死期不远的时候，他还能安慰与保护身边的人。不过，他的力量是取自上帝，再传给其他人。由于朋霍费尔不介意把自己的软弱与恐惧告诉贝特格，所以他信中提到的勇敢作为可以被视为真实的，他确实已经把自己交托给上帝，因此心中不会懊悔，也没有真正的恐惧：

【1944 年 1 月 23 日】

……所有与人之间联系的可能性都戛然中断，那么在焦虑过后，就会发现生命其实掌握在一双更结实、更强壮的手中。对你以及对我们来说，未来几个星期，甚至几个月的首要之务，应该就是把彼此交托在那一双手中……不论我们曾经有任何软弱、错误以及罪过，一切完全在上帝的掌握中。如果我们能安然度过这几个星期，或者几个月，那么我们就会清楚知道所有这一切都会得到圆满的结果。如果我们认为当初能更小心谨慎，就可以避开许多生命中的困难的话，其实是一种不容存在的愚蠢想法。在回想过去的遭遇时，我深信到目前为止一切都妥当，对目前发生的一切我也同样觉得妥当。为了要避免痛苦，排斥一个完整的生命以及随之而来的喜乐，既不合乎基督教，也违反

---

① 参见《彼得前书》2：20，3：14。

人性。[30]

【3月9日】

　　大家都在信中暗示……我在这里受苦,我却反对这种想法。对我来说,这是世俗的看法,我们不应该渲染这一切。我非常怀疑自己"受苦"的程度是否比你或者大多数人目前所受的苦更严重。我们的处境当然非常恶劣,但有什么地方不是这样呢? 或许我们都把苦难看得太严重,态度也太严肃……不是这样的,苦难完全不是这么回事,而且就我个人的经历看来,苦难具有完全不同的意义。[31]

【4月11日】

　　昨天我听到一个人说,在他眼中,过去几年完全虚度了。我非常庆幸自己从来没有那种感觉,一点也没有;我也从来没有后悔自己在1939年夏天所做的决定,因为我深信(不论听起来有多奇怪),我生命的道路笔直完整,至少从表面上看来如此。它一直不断开展我的视野,对此我只能心存感激。如果我的生命是在这种情形下结束,我想我也能了解它代表的意义;另一方面,这一切可能是要我做好十足的准备,迎接伴随和平而来的新开始与新使命。[32]

　　5月的时候,朋霍费尔已经认定自己无望参加埃博哈德和瑞娜的婚礼。不过他在知道他们已经在等待婴儿的降临时,朋霍费尔确信自己可以及时出狱在婴儿浸礼上证道,婴儿还是以他的名字命名,而他就是婴儿的教父;然而,预产期逐渐接近的时候,他发现这次他还是赶不及出狱:

【5月9日】

　　我很痛苦不可能发生的事情还是发生了,而我无法跟你们一起庆祝这个日子;但我能够坦然接受这件事。我相信发生在我身上的每件事都不是徒然的，事情如此发展，应该对我们每个人都有好处，即使事与愿违也一样。就我看来，我在这里自有其目的，而我只希望我能圆满完成一切，从这远大的目的看来，我们的匮乏与失望可说是微不足道。最不值得的大错就是因为我个人目前的处境，把你眼前弥足珍贵的喜乐，片刻转变为一场灾难，这是一种完全本末倒置的作法，并且让我不再对自己的处境保持乐观。不论我们对个人的享乐感到多欣慰，都绝对不可以忘记我们生命中远大的抱负，而那应该让你的喜乐更灿烂而不是趋于黯淡。[33]

一个星期后，他把《小迪特里希受洗日感言》(Thoughts on the Day of the Baptism of Dietrich Wilhelm Rüdiger Bethge) 寄给他们，就像是他为他们婚礼写的讲章一样，这也是一篇绝佳的短文。在这篇讲章随附的信件里，他写道："请不要为我感到哀伤，马丁〔尼默勒〕已经被关将近七年，而且我的情形与他完全不一样。"

"非宗教的基督教"

1944 年 4 月，朋霍费尔的神学思想突然有所转变，但因为处境，他只能在偷带给贝特格的信中提到他的沉思。虽然他想尽办法，还是没有时间再写一本书。那年 10 月，他被转移到盖世太保监狱之前的那段时间，他几乎一直埋首写书，但手稿始终没有出现。我们所知道的只是他在写给贝特格的信中，透露出的初步构想，而且这让我们对他神学体系的认识造成困扰。许多人只知道"非宗教的基督教" (religionless Christianity) 这个暧昧的观念，就是他首先提出来的；另外，讽刺的是"上帝已死"运动曾把他奉为先知。

朋霍费尔觉得他可以自在地跟挚友贝特格分享心中最深沉的想法，但对其他人就非常谨慎小心，而且我们可以十分有把握地说，要是他知道他私下信口而说的神学思想，竟然会在未来成为神学院的讨论主题,他必然会感到难为情,还会为此辗转难安吧! 贝特格曾经问他是否可以跟一些芬根瓦得的弟兄分享他的信件——"我在想,你是否同意我把那些部分拿给例如舍恩赫尔、梅克勒和齐默曼看?"——朋霍费尔表示反对。他写道:"我现在还没有这种打算,我只想跟你一个人畅所欲言地分享我的想法,希望有助于我厘清自己的思想。"他在那封信中,稍后写道:"顺便要告诉你,请不要把我的神学信件丢掉,而是不时转寄给瑞娜,因为它们想必会成为你那里的包袱。说不定,以后我写作的时候会想再读读它们。写信比写书更自然生动,而且我在信里面写的观念想法往往比我在书里面写得更好。"

　　这就是在朋霍费尔过世后,贝特格能够自如地跟其他神学家分享部分信件的原因。二次世界大战之后的诡谲神学气氛,以及世人对殉道的朋霍费尔的好奇,使得"饥饿的鸢以及低等鸟类",纷纷抢食这些私人信件中的断简残编,许多他们的徒子徒孙至今还在继续啃食。这一切使得社会大众严重误解朋霍费尔的神学,而且令人感叹的是,连他早期的思想与作品都遭受池鱼之殃。许多**怪异**的神学体系后来都声称朋霍费尔属于他们的阵营①,却对他的整体思想视而不见。大体上来说,已经有些神学家利用这些残骸拼凑出一个神学界的"皮尔丹人"(Piltdown man)②＊,制造一个粗制滥造但真心相信的骗局。

　　其中,最深受误解的就是朋霍费尔所说的"非宗教的基督教"。1967 年贝特格在英国考文垂大教堂(Coventry Cathedral)演讲时表示,"断章取义地滥用'非宗教的基督教'这句名言,再加上以讹传讹的推波助澜,已经让朋霍费尔沦为幼稚肤浅的现代主义的大纛,使得我们无法清楚了解他对真神的认识。"其中最严重的就是 1944 年 4 月 30 日他写给贝特格信中的下面这段话:

　　　我不断感到困扰的问题就是对现代人来说,基督教到底是

---

① ＊　后来可能终于有人表示,朋霍费尔和贝特格之间的关系超乎朋友和亲戚。
②＊　伪造的史前人类。——译者注

什么,或者说基督到底是什么人。我们用神学和宗教词汇向大众传达信息的时代已经过去了,而内在与良心的时代也一样,大体来说,这指的就是宗教时代。我们现在正朝向一个完全没有宗教的时代发展;现代人丝毫没有敬虔之心。即使那些确实认为自己"敬虔"的人也只是说说而已,因此他们口中的"敬虔"意义完全不一样。[34]

简而言之,朋霍费尔从历史角度所看到的是一片非常黯淡的景象,因此他重新思考一些最基本的事物,并且怀疑现代人是否已经把宗教抛在后面。朋霍费尔口中的"宗教"不是真正的基督教,而是他一生都在对抗的那种仿冒与简化的基督教。这种基督"宗教"已经在这个充满危机的大时代,辜负了德国和西方世界,而这是他觉得耶稣基督的统治权(lordship)超越主日早晨与教会,进入整个世界的时机还不成熟的原因之一。但这只不过是他以往神学思想的进一步延伸,其特色就是以圣经和基督为中心。

朋霍费尔一直没有时间充分架构他的新思想,一些性急的神学家就利用这些零星的砖块,堆砌出一座小型神殿。朋霍费尔也写道:"我们这些蒙召的基督徒[教会],如果不从宗教的角度认为自己是特别蒙爱的一群,而是完全属于世界的话,基督就不再是信仰的对象,而是世界的主宰。但这代表什么意义呢?"

朋霍费尔是从崭新的角度思想过去二十年他一直在思索与提倡的:上帝超乎世人想象,而信徒与世界都没有把他当得的荣耀归给他。朋霍费尔知道一般所谓的"宗教"小看了上帝,也就是认为他只能掌管那些我们无法解释的事情。那种"宗教"的上帝只不过是"掌管断层的上帝"(God of the gaps),只关心我们"暗中所犯的罪"以及隐藏在内心的思想。朋霍费尔反对这种简化的上帝,他认为圣经里的上帝能够主宰万物,以及所有的科学发现,他不只是主宰人类未知之物,也主宰人类已知的一切,以及人类透过科学正在发掘的一切。朋霍费尔觉得目前或许是让上帝进入整个世界,不再假装他乐于活在我们为他预备的宗教角落的时机:

我总是觉得我们迫不及待地想要用这种方式为上帝保留一些空间；我在提到上帝的时候，不喜欢把上帝放在世界的边陲，而喜欢把他安置在世界的中心，他不是在人的软弱里面，而是在人的力量里面；因此，不是死亡与罪疚，而是人的生命与美好……教会不是站在人类力量耗尽的边陲，而是站在正中央。这就是旧约的样式，就此而言，我们在阅读新约的时候，对旧约的参照远远不足。我目前正在苦思这种非宗教的基督教究竟会呈现出什么模样？我很快就会再写信跟你讨论这件事。[35]

朋霍费尔的神学思想一直偏向道成肉身的观点，对"俗世"毫不忌讳，反而认为世界是上帝美好的创造，值得在其中享受与欢庆，而不是一味追求超凡入圣。按照这种观点看来，上帝已经借着耶稣基督救赎人类，重新创造我们成为"美好"。因此我们不应该以"不属灵"为由贬抑我们的人性，正如朋霍费尔曾经说过，上帝要我们对他说的"赞"，也成为对他创造的世界说的"赞"。这不是数十年后，那些夺取朋霍费尔的外衣穿在自己身上，并主张"上帝已死"的自由派神学家所提倡的肤浅伪人本主义（pseudohumanism）；也不是那些把朋霍费尔的神学拱手让给自由派神学的敬虔的"宗教"神学家所提倡的反人文主义（antihumanism）。它截然不同：它是以上帝为中心的人本主义，已经借着耶稣得赎。

朋霍费尔的巨著

朋霍费尔认为他的《伦理学》就是他的巨著。他一直没有写完那本书。多年来，不论他在埃塔尔、克兰-科洛辛、弗里德里希斯布伦还是在柏林的阁楼房间，他都一直在撰写这本书；如今他写作的地点是泰格尔的牢房。他曾在1943年告诉贝特格："有时候我觉得自己的生命似乎已近尾声，而我眼前的工作似乎就是写完我的《伦理学》。"虽然朋霍费尔一直对这本书感到不满意,但从他的《作门徒的代价》和《团契生活》看来,这本书已经相当完整,而且对了解迪特里希·朋霍费尔的整个思想架构来说,该书确实非常重要。

这本书的开场白是:

> 所有想要钻研基督教伦理的人,都得面对一个非比寻常的要求,那就是,从一开始他们就必须舍弃两个带领他们走上探讨伦理之路的问题:"如何成为善人?"以及"如何行善?"转而探讨一个截然不同的问题:"什么是上帝的旨意?"

对朋霍费尔来说,离开上帝就没有真实(reality),离开上帝就没有良善。巴特所蔑视的那种宗教概念可说是在自欺欺人,是一种想彻底推翻上帝,单靠堕落人类的力量建造通天之路的计划,这就是巴特眼中的巴别塔,也是想用来欺瞒上帝却毫无作用的无花果树叶。

朋霍费尔写道:"如果不从上帝的眼光观察、认识万物,一切看起来就像哈哈镜里的影子。"因此,上帝不只是一个宗教概念或者宗教系统;上帝就是真实世界的创造者,只有在上帝里面,现实世界才是真实的。万物的存在都离不开他,因此伦理不外乎遵行上帝的旨意,而上帝——确实,也就是耶稣基督——就是人类伦理中不可或缺的一环:

> 上帝的真实借着耶稣基督进入这个世界的真实中。关于上帝的真实以及这个世界的真实的所有疑问的答案,同时都集中在耶稣基督身上,他涵盖上帝和世界……我们要正确地认识上帝与世界的真实,就必须正确地认识耶稣基督,任何忽视耶稣基督的真实概念都只是空想。
>
> 只要认为基督和世界是两个互相碰撞、互相排斥的领域,那么我们就只有下面的选择。完全舍弃真实,把我们自己放在两个领域中的一个里面,取基督舍世界或者取世界舍基督——不

论哪一个都是在自欺。……实在是因为只有一个而不是两个，而那就是借着基督在世界的真实呈现上帝的真实。参与基督，我们就能兼得上帝的真实与世界的真实；基督的真实本身就涵盖世界的真实。这个世界无法离开借着基督启示的上帝独立存在……新约圣经里面并没有反复出现在教会历史上的两个领域的主题。[36]

朋霍费尔相信，就历史而言，现在是每个人认清这一切的时候。我们无法用传统的"伦理"、"规范"和"原则"打败纳粹的邪恶，唯独上帝能够战胜它。他说，在"正常"情形下，世人会关心对错是非的观念，他们会想要遵行他们眼中看为对的，避免他们眼中看为错的事。纳粹兴起之后这绝对不够，这种"宗教"方法的缺点就更明显。他写道："莎士比亚笔下的人物就出现在我们左右。""恶棍与圣贤几乎根本不在乎道德。"希特勒已经把人类的现实处境逼上不归路；邪恶已经登上世界舞台的中央，并脱下面具。

朋霍费尔在书中检讨并驳斥许多种解决邪恶的方法。他说："具有理性的人只要稍微运用理性，就能够轻易瓦解整个思想架构。"此外，还有"相信单靠他们的意志和原则跟邪恶力量对决"的道德"狂热分子"。有"良心"的人震惊于"邪恶会戴上道貌岸然的面具诱惑人，于是他们的良心感到焦虑不安，最后他们终于满意于自圆其说，而不再坚持清洁的良心"，他们非得"欺骗自己的良心，才能避免落入绝望"。最后，有一部分人会退缩到"私德"（private virtuousness）领域。

他又表示，这些人既不偷窃又不谋杀，也不犯奸淫，还会按照自己的能力行善，但是……他们对周遭的不公不义却视若无睹、充耳不闻，他们只有自欺才能独善其身地自扫门前雪。就在他们这样做的时候，他们没有做到的一切，却让他们辗转难安，他们不是因为这种不安而灭绝，就是成为世界上最伪善的法利赛人。

朋霍费尔表示他自己跟其他人没有两样，就当时德国发生的一切来说，每个人都深陷伦理困境；就当时世界各地充斥的邪恶来说，到底一个人能做些什么又该做些什么？从他学生的信件中，我们知道他们对表达抗议、默然接受以及投入战场的时机感到非常困惑，即使他们知道这是不义之事，那么何时是挺身而出的时机？其中一人在写给朋霍费尔的信中提到他被迫杀害犯人，而且显然因此备受煎熬，因为如果他不服从，他自己也会被杀害。这种事情越来越频繁。谁可以想象得出集中营的恐怖？为求得一线生机，犹太人被迫以不可言喻的方式残害其他犹太同胞。如今邪恶的本质终于完全展现出来，而且清楚揭露人类原本用来对付邪恶的伦理，其实根本不堪一击。邪恶已经超出我们的能力范围，我们全都受到它的玷污，而且无法逃避被它玷污。

但朋霍费尔并没有站在道德主义的立场。他认为他自己跟其他人一样深受邪恶问题的困扰，并认为我们全都属于唐吉诃德类型的人物。他在《伦理学》里面写道，我们行善的努力，就像"那满面愁容的武士"对着风车冲刺，我们以为自己是在行善灭恶，但事实上，我们只不过活在幻想里面。不过，朋霍费尔的这番话并没有道德谴责的意思。他写道："在读唐吉诃德的故事时，只有心术不正的人才不会产生同理心，才不会被感动。"这就是我们人类共同的困境。

解决之道就是遵从上帝的旨意，积极、勇敢又喜乐地奉行上帝的旨意。离开上帝以及对他旨意的顺从，"对"与"错"（也就是伦理）就没有任何道理可言。朋霍费尔说："在上帝手中，原则只是工具；当它们不能继续发挥功用的时候，马上就会被丢弃。"我们必须单单仰望上帝，借着他，我们就能化解我们在世界上的困境。如果我们仰仗的只是原则与规矩，那么我们就置身在堕落的领域，而我们也就跟上帝分处两地：

> "灵巧像蛇，驯良像鸽子"是耶稣的训示⑯，这就跟他其余的训示一样，他自己会解释其意义。只要上帝与世界分处两地，就没有人能专心直视着上帝以及世界的真实面。尽管穷尽一切努

---

⑯《马太福音》10：16。

力,人类的目光依旧游离不定,唯有上帝与世界相互和好,上帝与人性合而为一的时候,我们才可能同时定睛在上帝与世界。这不存在于超现实的梦幻领域,而是以圣神奇迹的样式蕴藏在历史里面,那就是世界的和平使者——耶稣基督。[37]

朋霍费尔的意思是,离开耶稣基督我们就无法分辨是非对错,在任何情况下,我们都必须仰望他,只有借着他才能够给深不见底的邪恶世界致命一击。对于那些单单把朋霍费尔所有著作中关于"非宗教的基督教"的极短言论奉为圭臬的人,一定会觉得这种绝不妥协的基督中心主义(Christocentrism)非常艰涩,而他在《伦理学》里面对其他许多议题的批判也是一样,例如堕胎:

毁灭母腹中的胎儿就是剥夺上帝赐给这个新生命的生存权,辩论胎儿能否算是人,只不过是在混淆视听。简单明了的事实是,上帝确实有意要创造一个人,而这个新造的人的生命却被刻意夺走了。这不是别的,就是谋杀。[38]

但朋霍费尔兼顾这类议题的正反两面,在过程中万万不可忽视上帝的恩典:

这类行为的动机不一而足;在某些情况下,这种行为确实是出于绝望,也就是人类生活环境或者经济状况极端艰困悲惨的时期,这往往应该归咎于社会而非个人。在这种处境中,钱财可能会被用来遮掩许多淫荡的行为,而穷苦人家情非得已的过犯也更容易被揭露。我们在私下以及在牧养时所抱持的态度,一定会深受当事人处境的影响,但无论如何都改变不了这是桩谋杀的事实。[39]

泰格尔的访客

　　朋霍费尔神学的核心是道成肉身的奥秘。他在一封通函中写道："没有神职人员也没有神学家站在伯利恒的马槽边。然而，所有基督教神学的根源都是上帝成为人这个至高奇迹，在耀眼的圣善夜熊熊燃烧的是基督教深不可测的奥秘之火。"因此他对耶稣基督的人性的态度，跟一般敬虔的宗教人士大不相同，也因此他认为世界上一切美好的事物都是上帝赐下的恩典，而不是避之唯恐不及的试探；所以，朋霍费尔即使在狱中也能尽情享受人际关系与生命。

　　他在泰格尔的十八个月期间，最喜欢的就是会客时间，即使一旁有罗德监视也一样，几个月后，狱卒有时候会让他单独会见访客。1943 年 11 月 26 日，世界上他最爱的四个人出乎意料地同时来探望他：玛利亚、他的父母以及贝特格。他们联袂而来，朋霍费尔回到牢房后，可说是乐不可支：

> 　　四个我最亲近最亲爱的人来短暂地探望我，足以让我回味好长一段时间。我回到牢房后，来回踱步了整整一个小时，连被我放在一旁的晚餐都凉了，当我发现自己反复不停地说"这真是太好了！"时，都禁不住要笑自己。我对使用"无法形容"一词总是犹疑不决，因为只要够努力就能解释清楚任何事情，所以我觉得其实没有任何"无法形容"的事情；然而，今天早上那段时间似乎就真的是"无法形容"。[40]

　　朋霍费尔家人在任何情况下都能保持乐观的精神，可说是把监狱探访都转变成小型庆祝会。他们这次带来许多礼物，其中还包括卡尔·巴特送的雪茄，玛利亚替他编织了一个降临节花环，贝特格则带给他几个大号水煮蛋。那年圣诞节，玛利亚把她父亲阵亡时戴的手表送给朋霍费尔；朋霍费尔的父母也送给他一件传家宝，"曾祖母

1845 年的高脚杯,现在它就放在我的桌上,里面插着常绿枝子。"一个月后就是他的生日,朋霍费尔的母亲又给他一件传家宝,就是海尔茨利普双门柜(Herzliebschränkchen),那是一个非常精美的玫瑰木雕花橱柜,歌德曾经使用过,他后来把它送给朋友米娜·海尔茨利普(Minna Herzlieb)。就跟高脚杯一样,也是经由他曾外祖父卡尔·奥古斯特·冯·哈泽传入家中的。

朋霍费尔三十八岁生日那天,玛利亚到狱中探望他,却不知情地带来一些坏消息。在她那天交给他的书籍中,有一本里面夹带着他父母的密信:卡纳里斯上将已经被免职。盖世太保和帝国安全总部终于得偿宿愿,他们已经制伏了桀骜不驯的国防军。卡纳里斯还可以继续发号施令一小段时间,但随着这个突如其来的转变而产生的最重大发展却非常振奋人心。刺杀希特勒的密谋并没有因此群龙无首,而是转移给新的人选。在施陶芬贝格上校领导下,出现一个新的密谋团体,这群人以其他人的失败为借鉴,在继续努力。

第29章
瓦尔基里与施陶芬贝格

现在是付诸实际行动的时候了。凡鼓起勇气采取行动的人应该了解，他可能会成为德国历史上的叛徒；但如果不付诸行动的话，他就会成为自己良心的叛徒。

——施陶芬贝格

我要你跟我一起等待，而且要有耐心，这一切拖延得越久就越要有耐心。现在，不要感到伤心，把你的想法告诉我，然后做你应该做的。不过总是要记得，我非常爱你，也非常珍惜你。

——迪特里希·朋霍费尔写给玛利亚·冯·魏德迈

1944 年 6 月 30 日，柏林军事指挥官保罗·哈泽进入泰格尔监狱的重重门户。他有何目的？为了 92 号牢房的犯人，迪特里希·朋霍费尔。这几乎就像是希特勒本人在午餐时突然出现一样，朋霍费尔写信告诉贝特格，这一切"非常可笑，每个人都竭尽谄媚之功——只有极少数人例外——厚颜无耻得要比别人更胜一筹。这种行径让人感觉难堪，但他们有些人现在已经欲罢不能。"他的出现一定会让人感到战兢，特别是泰格尔的典狱长梅兹，他早就低声下气地奉承朋霍费尔了，如今，让朋霍费尔能够得到这种待遇的人竟然亲自莅临，更不可思议的是，哈泽停留的时间超过五个小时。朋霍费尔表示，他舅舅"带来四瓶瑟克特酒（Sekt）⑯——就这个地方的纪录来说，算是相当独特的事情"。朋霍费尔觉得舅舅来探望他，可能是要告诉每个人他跟他外甥站在一起，也清楚表示"他对口齿不清又好卖弄学问的梅兹的期待"。朋霍费尔"最讶异"的是，他舅舅竟敢用这种方式表明他的立场，这等于是反对纳粹当局的指控，并支持他被指控的外甥。

他舅舅的大胆现身，暗示政变即将爆发，而希特勒很快就会送命，然后他们就可以重新过生活。朋霍费尔已经知道一切正蠢蠢欲动，他舅舅的探访更明显印证了这一点。哈泽不只知道政变；他还是其中不可或缺的一员。代号为"瓦尔基里"的行动计划已经筹划了一年，但整个局势始终不利于他们采取行动，现在终于有了转机。

政变的预备

实际上，局势依旧不甚理想，但迫不及待行动的程度已经升高。参与密谋人员的想法，已经从谋定而后动演变到直接采取行动。长久以来，他们想要刺杀希特勒，好让他们有更好的筹码跟盟军和谈，但丘吉尔冷漠的态度让他们心寒，因此他们觉悟到每拖延一天就距离他们的目标更遥远。战争如火如荼地进行，盟军部队的伤亡人数日渐增加，无辜死亡的犹太人和其他人也一样。不能期待盟军会有任何响应，不过他们已经决定不再计较，现在唯一要紧的就是做对的事情，不论结果如何。施陶芬贝格表示："现在是付诸实际行动的时候了。凡鼓起勇气采取行动的人应该了解，他可能会成为德国历史上的叛徒；但如果不付诸行动的话，他就会成为自己良心的叛徒。"

玛利亚的舅舅海宁·特莱斯科夫也说过类似的话："一定要刺杀希特勒，不计任何代价；即使失败，我们也一定要在柏林行动。实际作用已经无关要紧；现在最重要的是德国反抗运动一定要在世界和历史面前采取行动。相较之下，其他一切都不重要。"

---

⑯ 类似香槟的德国气泡酒。

最后一次，也是最著名的 7 月 20 日刺杀行动是以施陶芬贝格为首，他是一个出身贵族世家的虔诚的天主教徒。他在 1939 年看到党卫军对待波兰战犯的方式，对希特勒的厌恶骤然陡增，再加上犹太人被屠杀，促使他下决心尽所有力量结束希特勒的统治。1943 年底他告诉同谋布斯（Axel von dem Bussche）："我们要釜底抽薪；我要尽全力犯下一桩最严重的叛国罪。"

施陶芬贝格为密谋注入亟需的活力，并全神贯注要完成使命；他也是实际负责执行刺杀行动的人选。哈泽的来访让朋霍费尔清楚知道，刺杀行动已经迫在眉睫。他们的目标是炸死希特勒以及两三个他身边的心腹。

日期就定在 7 月 11 日，施陶芬贝格把炸弹放在公文包里，前往上萨尔茨堡（Obersalzberg）拜访希特勒。但当他到达的时候，才发现希姆莱不在场，司提夫将军坚决反对刺杀行动继续进行。施陶芬贝格对司提夫说："我的天啊，我们不是应该继续吗？"每个在柏林的人都充满希望地在等待，但司提夫还是占了上风。格德勒在知道他们没有依计而行后，大为震怒。他说："他们永远都下不了手！"

但司提夫和菲尔吉贝尔（Fellgiebel）知道机会还有很多。四天后，施陶芬贝格被召唤到希特勒的东普鲁士总部，他再次把炸弹放在公文包里，但是希姆莱再次不在场，司提夫坚持他们要等待。这次跟施陶芬贝格同行的还有菲尔吉贝尔。施陶芬贝格非常激动，但除非菲尔吉贝尔和司提夫都同意，否则他就束手无策。要费尽唇舌才能说服菲尔吉贝尔，而他在整个密谋里面可说是举足轻重的人物。施陶芬贝格再次返回柏林。

然而，每个人都知道刺杀行动迫在眉睫。朋霍费尔在 16 日写信给贝特格："谁知道——也许现在不必经常写信了，而我们会面的日子可能比预期的还早……我们现在应该很快就得仔细想想，1940 年我们一起的旅游，以及我的证道。"朋霍费尔说的是暗语。他最后几次证道的场合是在东普鲁士的牧师团，这是他迂回表达希特勒狼窝的方式，那里就是引爆炸弹的地点。

1944 年 7 月 20 日

阿道夫（Adolf）是古德语 Adelwolf 的缩写，意思是"高贵的狼"。希特勒知道这个字的语源，因此按照他向来神秘怪异的行径，采用条顿族的狼图腾为他自己的象征。他很欣赏这种野兽残暴食肉以及达尔文式以强凌弱的习性，因此很早就对它表示认同。1920 年代，他在旅馆的登记簿上有时候写的就是狼先生（Herr Wolf）；他的上萨尔茨堡宅院就是用这个名字购买的；瓦格纳（Wagner）家的孩子称呼他是狼叔（Onkel Wolf）；他在德法战争期间把他的军事总部命名为狼谷（Wolfsschlucht），并且把东线的指挥部命名为狼人（Werwolf）；不过他对狼的痴狂最著名的表现就是把东普鲁士军事总部命名为狼窝（Wolfsschanze）。

7 月 19 日，施陶芬贝格奉命在隔天［中午］1 点到狼窝参加会议，他知道这就是他一直耐心等待的机会。隔天，7 月 20 日早晨 5 点他就起床了，临行前告诉他哥哥柏侯德（Berthold）："我们已经是过界的卒子。"跟他一起驱车前往机场的还有副官威纳·赫夫特，他曾经跟朋霍费尔谈论除掉元首好几个小时，如今他即将付诸行动。跟他们同行的还有施陶芬贝格的公文包，里面放着重要的文件，以及另一个包裹在衬衫里面、一再让密谋者困扰不已的精致塑料炸弹。但正如历史告诉我们的，这次它顺利地引爆了。这场爆炸最终导致数千人遇害，但这是他们没有想到的。

途中他们在一间天主教礼拜堂停下来，让施陶芬贝格进去祷告。韦尔利神父（Father Wehrle）开门让他进入，因为当时礼拜堂还是锁着的。十天前，施陶芬贝格曾经问他埋藏在心中已久的问题："教会能赦免一个杀害独裁者的杀人犯吗？"韦尔利神父表示，在这种情形下，只有教宗才能赦免他，不过他会更深入地去了解这个问题。赫夫特在十八个月前就跟朋霍费尔提过这个问题。

在机场的时候，施陶芬贝格说："这远远超出我们的预期……命运把这个机会放在我们手中,我绝对不会放过这个机会。我已经在上帝和我自己面前省察过自己的良心。那个人就是邪恶的化身。"

经过三个小时的飞行之后,他们在 10 点左右抵达拉斯滕堡(Rastenberg),在机场接他们的是一辆公务车,然后他们就进入希特勒总部周边阴森森的东普鲁士森林。他们沿途经过重重碉堡、雷区、高压电铁丝网——然后经过愚忠的党卫军哨兵(负责巡逻保安)。施陶芬贝格总算是进入元首不需要保护的"安全"区,现在唯一要紧的就是启动炸弹,把炸弹放在元首附近,然后在爆炸前离开房间,经过那时想必会提高警觉的党卫军哨站,接着穿过电网、雷区和碉堡。他得过关斩将完成这一切。

距离会议时间还有三个小时,他们首先共进早餐,然后施陶芬贝格会跟菲尔吉贝尔会合,菲尔吉贝尔负责在炸弹爆炸后通知在柏林的密谋者;同时,身为国防军通讯主官的他能够彻底切断狼窝跟外界的所有联络——电话、无线电以及电报——让他们有充分的时间执行瓦尔基里计划。在跟菲尔吉贝尔完成协调后,施陶芬贝格就前往凯特尔将军(国防军头子)的办公室,但满脸不悦的凯特尔突然告诉他一个坏消息:墨索里尼已经在路上了! 这位意大利元首会在 2 点半抵达,所以施陶芬贝格对希特勒的简报必须提早到 12 点半;更糟糕的是,凯特尔表示希特勒会非常匆忙,施陶芬贝格的简报一定要快马加鞭。施陶芬贝格担心会议可能太短,无法让引信烧完,但他灵机一动:他在进入会场前就先点燃引信。接着凯特尔又报给他另一个意外消息:由于天气炎热,会议的场地不是在地下掩体,改到地面上的会议营房举行。地下掩体的墙壁会把爆炸威力局限在内部,使杀伤力大增,因此改变举行地点是个坏消息。尽管如此,这枚炸弹还是具有足够的威力。

就在 12 点半前,凯特尔表示时间到了,他们必须立刻出发。就在他们离开凯特尔的办公室前,施陶芬贝格问他是否可以先去盥洗室一下;他想在盥洗室启动炸弹。他一发现盥洗室并不适合,就问凯特尔是否有地方可以让他换件衬衫,凯特尔带施陶芬贝格到另一个房间,施陶芬贝格把房门关上后,立刻打开公文包,拿出裹在衬衫里的炸弹,然后打碎玻璃瓶。只要过十分钟炸弹就会爆炸。施陶芬贝格赶忙带着公文包进入凯特尔的用车,没多久他们就抵达举行会议的营房。

凯特尔和施陶芬贝格进入希特勒开会的房间时,已经过了四分钟。希特勒好奇地跟施陶芬贝格打招呼,然后继续听豪森格尔(Heusinger)将军的简报。施陶芬贝格打量整个房间,发现一件更糟糕的事:希姆莱和戈培尔都不在场。不论如何,他挤到希特勒附近,然后把公文包放在桌子下面,距离元首的双腿大约仅仅六英尺远,除非他走动,否则五分钟后那双腿就会跟它们暴躁的主人相分离。

偏偏有个被称为柱脚的东西结结实实地隔在中间,让这场轰动历史的爆炸震波偏离原本的目标。柱脚是用来支撑桌面的巨大底架,这间地图室里面的大型橡木桌有两个柱脚,两端各一个,桌子的尺寸大约是十八英尺长五英尺宽,这两个粗大的柱脚几乎跟桌面一样宽。就迪特里希·朋霍费尔、他的哥哥克劳斯和他两个妹夫、施陶芬贝格和赫夫特,以及其他数百个密谋者惨遭杀害(更不用提当时数百万无辜人民在死亡集中营里所承受的煎熬)来说,这张怪异无脚的桌子必须担负部分罪责。历史的发展竟然被一张桌子左右,这既是生硬的现实,也是猜不透的奥秘。

施陶芬贝格知道距离炸弹引爆只剩三分钟,该是离开的时候了。施陶芬贝格突然表示抱歉,必须要去打电话取得简报中的一组数据。当着阿道夫·希特勒的面离席,可是前所未闻的一件事,但施陶芬贝格有他不得已的理由。他走到营房外面,尽力压抑自己心中想要放步狂奔的念头,他身后的房间,豪森格尔继续滔滔不绝地说着话,直到他的句子被一阵剧烈的爆炸打断,爆炸威力之强,连已经在两百码之外的施陶芬贝格都能看到阵阵蓝黄色烟雾进出窗口,随之逃窜而出的是好几位在几毫秒之前还无精打采地盯着地图看的高阶军官。

橡木桌已经成为碎片,毛发在燃烧,天花板崩塌在地板上,几个人横尸地上。但跟赶往机场的施陶芬贝格所想象不一样的地方是,这些死人里面没有"邪恶的化身";希特勒毫发无伤,只不过狼狈得像是卡通人物。他的秘书格特鲁德·荣格(Gertraud Junge)回忆道:

"元首看起来非常奇怪。头发都竖起来,就像是豪猪身上的刚毛,身上的衣服全破成一片片的;但尽管如此他还是很兴奋——毕竟,他不是逃过一劫了吗?"

希特勒宣称:"上天保守我免于一死,这证明我的路线正确。我觉得这是在肯定我所做的一切。"他认为自己能够洪福齐天,幸免这场死亡灾难,就是他确实站在时代潮流之上的明证。不过,他的臀部还是有严重的淤青,爆炸把他的裤子轰成一条条的,像是草裙一样。他还故作浪漫地把裤子寄给在贝希特斯加登(Berchtesgaden)的爱娃·布劳恩(Eva Braun),以纪念她深爱的元首出奇强韧的生命力,又附带一张便条写道:"我把在那个不幸日子所穿的制服寄给你,这是上天保护我的证明。我们不再需要害怕我们的敌人。"

他把裤子寄给爱娃之后,希特勒又去拥抱德国人民,至于爱娃则必须永远居次要候补的角色。他必须让他们确实知道自己安然无恙。大约午夜时分,一支无线电麦克风冉冉升起,整个德国都听得到元首的声音:

> 我今天对你们说话有两个特别的原因。首先是要让你们听到我的声音,并且知道我整个人安然无恙,毫发无伤;第二是让你们也能知道一件德国历史上前所未见的罪案细节。一群非常少数野心勃勃、毫无良心、贪赃枉法又愚蠢的军官,构想出一个计谋要除掉我,实际负责指挥德国国防军的参谋官施陶芬贝格上校放置的那枚炸弹就在距离我右边两码远的地方爆炸,炸伤了几名我的同僚,其中一位已经死亡。我却完全没有受到任何伤害……这个反动集团是……一批数目非常少的罪犯,目前已经被毫不留情地消灭……这次我们国家社会党会按照一贯作风找他们算账……我要特别问候在这场斗争中跟我并肩奋斗的老同志,因为这场斗争让我逃过一场我毫不畏惧的劫难,但这会让德国百姓充满恐惧。我认为这是上天赐下的另一个征兆,那就是我必须继续完成我的使命。[1]

接着就播放军乐,然后由戈林发表演讲:

德国空军的同志们!施陶芬贝格上校今天犯下一桩令人难以想象的卑劣罪行,他想要谋杀我们的元首,幕后的主使是一小撮被革职的将军,他们因为在战场上的表现既顽劣又懦弱而被革职。元首因为奇迹而幸免于难⋯⋯元首万岁,今天全能的上帝保守他安然无恙![2]

接着又播放军乐,然后由海军头子邓尼茨发表演讲:

海军的弟兄们!一听说有人企图谋害我们所敬爱的元首的性命,心中就充满义愤和无尽的怒气。上天却有不同的旨意;上天眷顾并保护元首;因此在这个关键时刻,上天并没有离弃我们的日耳曼祖国。一群非常少数的将领⋯⋯[3]

令人难以接受的真相是:这是由德国精英构想出的庞大计划,这项计划时间之久以及牵涉之广,远远超过他们的想象。这种消息一定足以粉碎希特勒的自我,而且就跟其他类似的事件一样,他绝对无法容忍,他会彻底消灭反对势力,并用尽各种酷刑榨取情报。跟这场密谋沾上边的任何人,不论是他们的妻子、儿女以及其他亲属,都会被揪出来,被逮捕然后送进集中营。密谋的结束才是开始。

在第三帝国统治下,继续营运的"教会"报社只有一家。政变后几天,它刊登出一篇文章:

多可怕的一天。当我们勇敢的军队抵死奋战,努力保护家园并获致最后胜利之际,少数几个卑劣的军官,在他们野心的驱使下,着手计划一场可怕罪行,并且企图刺杀元首。元首得以幸免,于是这场无法言喻的灾难就从我们百姓的身上挪去。我们为此要全心感谢上帝,并跟所有教会与教友一起祈求上帝帮助元首,让他在最艰难的时刻能够完成重大的使命。[4]

还有一份报纸也用相同的语调谴责密谋者。《纽约时报》表示，那些妄想"绑架或者杀害德国首领与军队统帅"之人的作为，不"符合一般军队与文明政府的期待"。曾经尽力阻止这场刺杀密谋的丘吉尔，现在乘机落井下石，形容这次行动是"日耳曼帝国最高层人士的互相厮杀"。

朋霍费尔得知计划失败

朋霍费尔在 7 月 21 日从病房的收音机听到刺杀行动失败的消息，他了解事态的严重，但他的情绪没有受到环境的影响。从当天他写给贝特格的信函，可以清楚知道他虽然置身这场动荡之中，却能保持宁静：

> 我今天只想寄给你一封简短的问候信。我希望你会经常想到我们，并始终对生命保持乐观，即使需要暂停神学讨论也无妨。事实上，这些神学思想一直在我脑海中盘旋；但许多时候我全然满足于活出一个有信仰的生命，而不担心其中的疑难。在这些时刻，我会单纯地享受当天阅读的经文——特别是昨天和今天；而我总是兴高采烈地想起保罗·格哈德所写的优美的赞美诗。5

7 月 20 日的经文（**经训**）是："有人靠车，有人靠马，但我们要提到耶和华我们神的名。"① 以及"神若帮助我们，谁能抵挡我们呢？"②* 隔天的经文是："耶和华是我的牧者，我必不致缺乏。"③** 以及"我是好牧人，我认识我的羊，我的羊也认识我"。④***

---

① ＊《诗篇》20：7。
② ＊＊《罗马书》8：31。
③＊＊＊《诗篇》23：1。
④＊＊＊＊《约翰福音》10：14。

这些经文显然能真正安慰他,在那段最黑暗的时刻,他认为那些是上帝特别对他所说的话。他也透露出更深入的神学思想:

> 在过去几年间,我更深入地认识与了解基督教高深的入世精神。基督徒不是宗教人(homo religisus),而只单纯地是人,正如耶稣是人一样……我指的不是那些开明、忙碌、舒适、淫乱的人所抱持的那种肤浅、平庸的入世精神,高深的入世精神的特点就是纪律以及对死亡与复活的永恒知识。[6]

许多人都知道朋霍费尔曾说过,他"看得出"他写的《作门徒的代价》隐藏着危机,"不过,我写作的立场依旧没有改变"。他的意思是,就他在书中所主张的基督徒生活来说,我们始终都会想要遁入巴特所藐视的那种敬虔,也就是利用基督教为借口逃避生命,而不是借着基督教活出丰盛的生命。他接着说:

> 稍后我发现,而且我现在仍继续不断发现,我们唯有完全过着入世的生活,才能让信心增长……我们必须彻底打消所有提升自己的念头,不论是要成为圣人、悔改的罪人、神职人员(所谓祭司等级!)、义人或者不义的人、病人或者健康的人,都一样。所谓入世的生活指的是毫不畏缩地面对生命里的责任、问题、成败、沧桑与困顿。这样一来,我们就会把自己完全交托在上帝手中,认真面对这个世界上不属于我们自己而属于上帝的苦难——与基督一起在客西马尼园守望。我认为这就是信心;就是梅塔挪亚(metanoia)①*;而且这就是我们成为人与基督徒的途径。②*如果我们能借着这种生命共担上帝的苦难,成功怎会让我们骄傲,失败又怎会让我们气馁?
>
> 虽然我说得言简意赅,我想你还是能了解我的意思,我很高

---

①* 《新约》里希腊文的"悔改"一词。

②* 参见《耶利米书》45 章。

兴能够学到这门功课,而我也知道正因为过去种种经历,才能达到这个地步。因此,我对过去和现在充满感恩,并且感到满足……

后会有期。要保重,千万要记得不久后我们全都会重聚在一起。我在想到你的时候,心中充满信心与感激。

迪特里希　敬上[7]

朋霍费尔还在信里写了一首诗。他说自己"今晚花了几个小时写下这几行诗。它们很粗糙……我可以想象自己一到早上就会彻底修改它们。然而,我还是把它们就这样粗糙地寄给你。我显然称不上是什么诗人!"但他称得上,而这首诗就是当时他神学思想的精华:

自由之路的中途站

纪律

追寻自由,

最重要的就是懂得约束灵魂与感官,

以免情欲与渴望引诱你偏离正途。

你的心思与身体,管束它们,

让它们稳定顺服地追求面前的目标;

唯有纪律才能让一个人得到自由。

行动

勇于做对的事情,不要随兴而为,

要积极把握机会,不要犹疑不决——

得到自由的唯一途径就是行动,

而不是天马行空的思想。

不要胆怯也不要畏惧,

而是要鼓起勇气迎向暴风与行动,

信靠上帝,你忠心奉行的诫命就是他所赐下的;

自由会兴高采烈地拥抱你喜悦的精神。

苦难

世事瞬息万变。

你那双强壮又充满活力的双手

动弹不得；如今你无助地眼睁睁看着你的努力

化为乌有；你可以松口气，把一切交托给

那双大能的手；现在你就可以放心地安息。

你只有片刻蒙福的时间，可以近身触摸自由；

然后，你就把它交给上帝，

让它能够在荣光中达到完美。

死亡

眼前是通往永恒自由道路上的最丰盛筵席；

死亡，丢弃所有沉重的锁链，并铲除

必死肉身的高墙，遮蔽我们灵魂的高墙，

让我们终于能够看见依旧被隐藏的一切。

自由，长久以来我们借着纪律、行动和苦难找寻你；

死亡，如今我们能够透过主的启示看见你。[8]

他在7月底寄给贝特格一些"杂想"：

请勿见笑这些敝帚自珍的"沉思"，它们只是一些从未在现实中发生过的片段对话，在这种情境中，有些话甚至是你说的。"你"跟我一样被迫完全活在"你"的思想中，而且脑中充满稀奇古怪的思想——便把这些想法都写下来！[9]

这正符合其中一段的说法："再严肃也一定要带着一丝幽默"。另一个不断重复出现的主题就是，基督徒的关键不在于逃避罪恶，而在于勇敢积极遵行上帝的旨意："纯洁的要素不是压抑欲望，而是让整个生命朝向既定目标前进。没有目标的纯洁，必定会沦为笑谈。纯洁就是智慧与专一的必要条件。"而最后一句似乎就是他那首诗的再现：

死亡就是通往自由之路上最盛大的筵席。

余波

两天后，朋霍费尔听到卡纳里斯已经被捕的消息。不久后，他会听到更多关于计划失败的消息。赫夫特因为一跃而出，以肉身挡住射向施陶芬贝格的枪林弹雨而壮烈牺牲。片刻后，施陶芬贝格也英勇成仁，就在被处决前，他喊道："神圣德意志万岁！"

海宁·特莱斯科夫和其他人因为担心禁不住酷刑而供出同伙的名字而自杀身亡。施拉伯伦道夫记得特莱斯科夫在自杀前告诉他：

> 现在整个世界都会丑化我们，但我现在还是完全相信我们做的是正确的事情。希特勒不只是德国的大敌，更是全世界的大敌。几个小时后，我就会到上帝面前为自己已经完成以及未完成的事交账，我知道那时我可以心安理得地叙述我在与希特勒对抗过程中所做的一切。上帝应许亚伯拉罕，如果所多玛城里有十个义人，他就不会毁灭那城，所以我希望上帝会因为我们的缘故而不毁灭德国。我们当中没有人会为自己的死感到悲戚；凡是自愿加入我们的人都已披上涅索斯（Nessus）的外袍。① 一个人的道德勇气就在于他是否愿意为自己的信念牺牲性命。[10]

所有跟这个密谋沾上一点边的人都被逮捕并接受讯问。大多数人都遭受到严刑拷打。8月7日与8日是第一批密谋犯被交付人民法庭（Volksgerichtshof）审判的日子，主审法官是罗兰·弗赖斯勒（Roland Freisler）。威廉·夏伊勒（William Shirer）② 称弗赖斯勒是一个"卑鄙又贱口的狂人"，并且"可说是第三帝国里面，仅次于海德

---

①* 西方神话中染着涅索斯血液的外袍，指无可逃避的厄运。——译者注
②* 《第三帝国兴亡史》的作者。——译者注

里希的最邪恶嗜血的纳粹分子"。弗赖斯勒非常欣赏 1930 年代莫斯科的审判模式,因此想要效法;他非常了解希特勒内心的想法。至于人民法庭,则是因为希特勒当年对德国最高法院关于议会纵火案的判决感到不满,于是在 1934 年为审判叛乱案而专门设立的。

8 月 8 日,朋霍费尔的舅舅保罗·哈泽将军被弗赖斯勒判处死刑,当天就在普勒岑湖监狱被绞死。当时他五十九岁。他的妻子也被捕,跟其他密谋者的配偶与亲人一样遭遇。8 月 22 日,杜南伊被送到萨克森豪森集中营。9 月 20 日,藏在佐森的《国耻实录》(此后被称为《佐森档案》)被发现,对朋霍费尔和杜南伊来说,这是最严重的灾难。从 1938 年以来,杜南伊就把纳粹的恐怖罪行记录在档案里面,这个发现会让一切曝光,而他们也知道这一点。整个欺敌计划就此结束。

不过,那些挺身对抗邪恶政权的人,如今也展现出他们的勇气,那些遭受毒打身受重创的人在受审的时候,依旧能够仗义执言而留芳百世,整个过程想必让弗赖斯勒和其他效忠纳粹的人惊吓得倒退三步。舒曼森表示,参与叛乱推翻希特勒政权是"上帝的命令"。赫夫特说,世界历史会认为希特勒是一个"罪孽深重的邪恶罪犯"。舒伦堡告诉法庭:"我们决心采取这个行动的目的是要拯救德国逃离难以言喻的惨境。我知道自己会因为参与其中而被绞死,但我毫不后悔自己所做的一切,只希望后继者有更好的机会完成这个使命。"其他许多人都发表类似的言论,不久后,希特勒就禁止媒体继续报导审判过程。

玛利亚失去希望

7 月 20 日刺杀行动失败前几个月就有迹象显示,无尽的等待和焦虑已经让玛利亚精疲力竭。她写信给朋霍费尔的间距逐渐拉长,而且深受头疼、失眠,甚至晕眩之苦。按照她姐姐鲁思·爱丽思所说,当时有"许多迹象显示她正经历一场情绪危机"。她的亲戚注意到,每次她从泰格尔回来,似乎都会陷入"绝望",好像迪特里希的情况没有好转让她感到虚脱。她在6月写给他的信中谈到他们的处境，这封信没有存留下来，但从朋霍费尔6月27日的回信可以稍微了解到她的感受：

我最深爱的玛利亚：

非常谢谢你的来信。它一点也不会让我感到消沉；带给我的是快乐，无尽的快乐，因为我知道两个人能够这样说话的唯一原因就是，他们深爱对方——程度远超过我们现在的了解……你说的话没有一句会让我感到意外或者不悦，大致上，它并没有出乎我的预料。我们见面的次数那么少，我凭什么相信你会爱上我，因此我岂会对你所透露出的最微小爱意而不感到喜悦？……

对你来说，想念我有时候是一种折磨吗？我最亲爱与心爱的玛利亚，你让我感觉拥有超过一生预期的快乐与幸福，这对你而言还不够吗？如果你开始怀疑自己对我的爱，那么知道我所爱的就是你原有的样式，而且我完全不想从你那里得到任何东西——你不需要牺牲任何东西，一点也不要；我要的就是你本身；这还不够吗？我唯一不希望的就是，由于我无法达到你的预期而让你觉得有所欠缺，甚至因此感到不悦。你在白色星期一①觉得"走不下去"。那么告诉我，没有我，你能走得下去吗？如果你觉得你能，那么当你知道我没有你不能走下去后，你还愿意这样吗？不，这不太可能。亲爱的玛利亚，不要折磨你自己。我知道你的感受，而且这绝对是免不了的，假装成别的样子就不真实也不真诚。但即使我们陷于这种处境，我们依旧相系相属，而且会继续在一起，我不愿意放你走；我要紧紧抓住你，好让你知道我们彼此相属，而且一定要厮守在一起……

我特别高兴你在信中提到我告诉你的那段往事。②* 好久都

---

①* 五旬节主日后的假期。
②* 即提到他跟伊丽莎白·辛恩之间关系的那封信。

没有你的消息，我还担心你可能不高兴，尽管我并不真的这么认为。我在1943年1月13日你写给我的信中，不断重复"是的"，而每当我等待你来信的时候，让我坚持下去的也就是这个"是的"。我会一再地听到"是的、是的、是的!"一听到它，我就会快乐的欢欣鼓舞。

这样看来，目前你暂时不会来了。最亲爱的玛利亚，如果这对你来说太疲累，那显然你不来是对的。另一方面，在我们生命目前这个阶段，还有比我们继续相会更重要的事情吗？如果我们就这样放弃的话，岂不就是在我们之间勉强竖立一道藩篱吗？……

容我坦白说，就目前的局势来看，我们不知道此生此世还能见几次面，而我一想到未来我们可能会对无法挽回的事情责备自己，我就会感到非常消沉。当然世界上有许多无法避免的外在障碍，就像是疾病或者被禁止出行；但就内在的障碍来说，不论当时看起来有多艰难，事后我们自责时，都绝对不会让我们稍微释怀……

订婚的两个人彼此相属，而当其中一方陷入我目前的厄运时，更是如此。亲爱的玛利亚，没有人比我知道得更清楚，我这是在要求你做出无比的牺牲、奉献，而没有人比我更希望你能免除这一切。我非常愿意放弃在我孤独时，因为你的探视而带来的快乐，但为我们两人的益处以及我们未来的婚姻，我强烈地感觉到我一定不能这样做。我必须要求你这样牺牲——这不会是毫无补偿的牺牲——这是为了我们爱情的缘故。当然，如果你生病或者体力无法负荷，那就不要来，但我们一定要携手克服心里的艰难险阻!……

我已经坦白地告诉你我的感觉。我对未来的种种不会感到忧虑，但我们要为自己的未来负责，而就这方面来说，一切都必须清楚明白、直截了当而且毫不勉强，不是吗？最重要的是，我们一定要把我们的生命献给一个目标——我们属于彼此——并且照此而活。

借着信件跟你讨论这些事情并不容易，但这是上帝的旨意。我们千万不能失去耐心。上帝的旨意以及我们的顺服绝对不容动摇。我跟你一样也不喜欢别人同情的眼光，但我要你跟我一起等待，而且要有耐心，这一切拖延得越久就越要有耐心。现在，不要感到伤心，把你的想法告诉我，然后做你应该做的。不过总是要记得，我非常爱你，也非常珍惜你。

你的迪特里希[11]

玛利亚在 6 月 27 日来探监，是在她收到这封信之前还是之后，我们不得而知。朋霍费尔在 8 月 13 日又写了一封信：

我亲爱的玛利亚：

这段期间我们寄出的信件要拖很长的时间才会送达目的地，这可能应该怪罪空袭……过去将近六个星期，我只接到一封你的信，我想我父母自从上次来探监后，也没有你的新消息了。不过，你知道对表达我们的感情来说，信件只是微小的一环，而最重要的是我们的思想与祷告才能将它表达得淋漓尽致。而且不论是否收到信件，那都不会改变，不是吗？你现在应该已经到柏林工作了。⑯ 几百年来，勤奋工作似乎一直被誉为治疗烦恼与忧虑的良药。许多人认为工作的最大益处就是能让心灵麻木，但就我个人来说，我觉得真正要紧的是，正当的工作能训练一个人无私的精神，而一个心里充满私利与私欲的人，在服事其他人的时候，就会培养出无私的精神。因此，亲爱的玛利亚，我衷心盼望你的新工作能让你获益良多，而工作越艰难，你灵里的释放感也就越强烈。就你天赋的活力来说，我深深相信你不但希望乐于接受艰难的工作，你也不会觉得这些工作太辛苦。你不知道，如果我能够再次服事别人，不单单服事自己，我会感觉多么舒畅。不过，我每天还是会为自己能够埋头书堆，学习许多新知

---

⑯ 当时玛利亚似乎已经开始在红十字会工作。

505

识,又能写下一两条我写书所需的灵感和资料而感恩。我最近非常享受地又读了一遍加布里尔·冯·洪堡(Gabriele von Bülow von Humboldt)的回忆录。① 她曾经跟未婚夫分隔两地整整三年,而且就在订婚之后！那个时代的人实在非常有耐心与毅力,这真是一股无比"强韧的力量"！每封信都需要六星期以上才会寄达。他们懂得科技从我们身上夺走的美德,那就是每一天都把对方交托给上帝并且信靠他。我们现在要重新学习这一切,不论处境如何艰辛,都应该心存感谢。我亲爱的玛利亚,我们千万不要对发生在我们身上的一切失去信心;临到我们的一切都是来自那双良善仁慈的手。22 日的时候我会非常想念你②,你的父亲与上帝同在,他只是比我们早一两步到达那里。让我们心里带着喜悦思念他和麦克斯,并且祈求你母亲继续像过去两年一样得着安慰。现在我暂时跟你道别,亲爱的玛利亚,愿上帝保守我们每个人。

你忠心不渝的

迪特里希[12]

在这封信后,迪特里希的父母告诉他,玛利亚已经决定搬到柏林跟他们住在一起,到他们家帮忙。表面上她是担任朋霍费尔医生的秘书,他的办公室就在他们家的一楼。迪特里希写信给她,

我亲爱的玛利亚:

看起来,你完全出于自愿而不用我再三开口请求,就做出重大决定,到这里来帮助我的父母。我无法告诉你我有多么高兴,我父母告诉我这件事的时候,我起初还不敢相信,我到现在还是不太清楚这是怎么发生的,或怎么可能……我刚刚还在想,你可能会被红十字会召回,然后我们永远都无法再见面。如今一切

---

① * 十九世纪的一位德国贵妇。
② * 那天是她父亲的忌日。

都彻底改变,我认为这真是天赐之喜。说真的,每当空袭时我都很担心你的安危,但我知道你每天每刻都很接近我。这真是太美好了!你的决定真是太好了!我非常感谢你!

……可以请你帮个大忙吗?亲爱的玛利亚,帮妈妈克服她心中驱之不散的忧虑,也请非常耐心地对待她。这是你能帮我最大的忙了。或许良善的主差遣你到她身边,就是因为她现在非常需要一个贤慧的媳妇,你越了解她也就越知道,其实她不会为自己要什么(或许要得很少),她所有的愿望、作为与思想都是以别人为中心。让我们祈求上帝带领你一切平顺。然后——我很快就可以再看到你!最亲爱的玛利亚,我们一定要再凝聚我们所有的力量,还要有耐心,千万不要失望。上帝已经赐给人心胜过世上一切权势的力量。现在我们暂时道别,亲爱的玛利亚,谢谢你所做的一切,一切!

我温柔地拥抱、亲吻你。

你的迪特里希[13]

8月23日玛利亚再次探视朋霍费尔,结果这是他们最后一次见面。朋霍费尔当天写信给贝特格:"今天玛利亚来了,她看起来非常清纯,同时又很坚毅与沉稳,我很少看过她这个样子。"

朋霍费尔的逃亡计划

朋霍费尔在9月决定要逃离泰格尔。他一直都可以任意走动,不像一般的囚犯,逃亡可说是轻而易举。不过,基于各种考虑,他并没有这么做,如今,他已经没有必要继续留在这里。几乎所有参与密谋的人都被逮捕,一切都结束了!纳粹已经握有他们行动的铁证,更能用酷刑得到更多的情报,希特勒没有立即处决所有人的原因就是希望尽量搜集情报。他要知道过去多年来,背着他筹划这个邪恶行动的所有人的名字和所有细节。现在就是应该逃亡的时候。这场战争显然很快就会结束，即使德国人没有除掉希特勒，盟军也会在不久后击溃他。

狱卒中对待朋霍费尔最友善的诺布劳下士，自告奋勇从旁协助他越狱。他传话给朋霍费尔的家人，要他们务必准备一件符合迪特里希体型的机械工制服，送到位于泰格尔以东四英里的诺布劳家；他们也一定要准备食物券和金钱。诺布劳会把这些东西藏在市郊的一个凉亭里面，他和朋霍费尔在逃出来后会到那里去。至于逃亡的计划是，朋霍费尔换上机械工制服，在诺布劳结束勤务后跟他一起直接走出监狱。最大的困难就是朋霍费尔是否能够安全地躲起来，在被逮捕之前离开德国。

9月24日，星期天，朋霍费尔的姐姐乌苏拉、姐夫吕迪格以及他们的女儿瑞娜开车把包裹送到诺布劳家，里面装的是机械工制服、食物券和金钱。逃亡行动已经准备就绪，只剩下朋霍费尔离开德国的计划还没有着落。我们不清楚朋霍费尔为何没有在那个星期依计逃出，可能是因为欠缺周详的离境计划而令他裹足不前。

接下来那个周末发生的事件，让他把逃亡计划完全抛在脑后。30日，星期六，克劳斯·朋霍费尔看到有一辆车停在他家附近，接着他就立刻把车掉头扬长而去。克劳斯的太太艾米正在荷尔斯泰因（Schleswig-Holstein）探望他们的子女，因为盟军空袭轰炸，所以他们被送到那里去。克劳斯确定那是盖世太保的车子，如果他回家的话，就会被逮捕，于是他开车到乌苏拉在玛林伯格大道的住处，在那里过夜。在这番痛苦的折腾中，乌苏拉说服他哥哥放弃自杀，后来克劳斯被逮捕，饱受酷刑，最后被判处死刑，为此她感到后悔不已。

风声越来越紧。就在克劳斯现身求救的同一个星期六，他们的表妹，保罗·哈泽将军的太太被释放出狱，也现身在他们家门口。当时哈泽将军已经被人民法庭处死，所有亲戚都因为她先生参与密谋而不愿意收留她，只有乌苏拉和吕迪格例外。

那天大约相同的时间，诺布劳下士也前来讨论朋霍费尔逃离德国的细节；施莱歇尔打算替朋霍费尔取得假护照，然后安排他搭机到瑞典。但乌苏拉和吕迪格表示这个计划已经行不通。克劳斯即将被捕,迪特里希若是逃亡的话,只会让那些跟他有所牵连的人更显得有罪。

隔天是星期日,盖世太保一早就带走了克劳斯。诺布劳在星期一又到施莱歇尔家,告诉他们朋霍费尔决定放弃逃亡,因为这只会使情况变得更糟糕,对克劳斯来说尤其如此,而且盖世太保会毫不留情地对他的父母和玛利亚下手。尽管事情并没有发展到这个地步,但盖世太保在那个星期三到玛林伯格大道逮捕了吕迪格。如今朋霍费尔两兄弟和两个姐夫都被关在监狱。

1944 年 10 月 8 日,星期日,朋霍费尔在泰格尔的十八个月监禁告一段落。他被秘密转移到奥布莱希特亲王大街的盖世太保监狱。现在,迪特里希·朋霍费尔是落在国家的看管之下。

盖世太保监狱

朋霍费尔在盖世太保监狱的四个月期间,所遭受的待遇跟在泰格尔完全不同。牢房是在地下室,只有八英尺长五英尺宽,而且根本看不到阳光,没有可以放风的监狱庭院,听不到鸫鸟的叫声,更没有友善的狱卒。卡纳里斯将军告诉他:"这里是地狱。"其他被关在这里的人还有卡尔·格德勒、约瑟夫·穆勒、奥斯特将军以及萨克法官;玛利亚的表哥法比恩·冯·施拉伯伦道夫也被关在这里。几乎每一个参与密谋的人都被关在这个牢里。即使埃博哈德·贝特格也曾经被捕,但他不是被关在这个可怕的地方。

朋霍费尔在第一次接受讯问的时候,他们就以严刑威胁他。他们告诉他,他父母、其他亲戚以及未婚妻的命运就取决于他的供词。他有机会跟施拉伯伦道夫说话,并且形容他遭受的讯问"可憎可厌"。没有证据显示他曾被刑讯,但他哥哥克劳斯以及大多数其他人都曾遭受刑讯。施拉伯伦道夫在他写的《他们几乎杀掉希特勒》(They Almost Killed Hitler)一书中,提到他亲身经历的折磨,当施拉伯伦道夫觉得他会被释放的时候,朋霍费尔拜托他探望自己的父母,并建议他设法在私下会见希姆莱。但施拉伯伦道夫那时候并没有获释。

杜南伊的遭遇又大不相同。他的健康急遽恶化，在一次盟军轰炸后，他中风发作，不但半身瘫痪，眼睛也瞎了。然而，知道他是密谋主谋之一的纳粹对他依旧毫不留情，而且用尽一切手段要从他口中取得情报。他承受的痛苦极其沉重，因此央求他太太克莉丝特携带白喉杆菌到监狱。如果他能够让自己感染白喉，就可以免于接受审问。

朋霍费尔在写给玛利亚的信中曾经说道：

> 施蒂弗特曾说过："疼痛是圣洁的使者，只有以这种方式才能让人类认识那些几乎被永远遗忘的珍宝；这比世上一切喜乐更能让人类变得伟大。"这一定是颠扑不破的真理，而我现在也不断这样告诉我自己——渴望带来的痛苦（往往连肉体也感受得到）非常真实扎心，我们不应该也不需要逃避它；但我们需要每一次都克服它。因此另有一个比疼痛更圣洁的使者，那就是在上帝里面的喜乐。[14]

但是朋霍费尔不能再写信给玛利亚。她曾经前往监狱许多次，希望能得到允许探望他，但每一次都遭到拒绝。尽管情势非常恶劣，他们却没有随之消沉。希姆莱和党卫军都知道战争已经接近尾声，而占上风的并不是德国，于是他们伸出"和谈触角"，而且知道他们可以利用这些囚犯作为谈判的筹码。于是在圣诞节的时候，他们允许朋霍费尔写信给玛利亚。

> 我亲爱的玛利亚：
>
> 真高兴能够写一封圣诞信给你，而且可以透过你跟我父母和兄弟姐妹表达我的爱，并感谢你们每一个人。这时候我们家应该非常宁静。但我经常觉得我周遭的环境越安静，就感觉自己跟你们之间的关系越密切；这就好像是灵魂能在孤独的环境中，发展出我们在日常不会注意到的功能。因此我从来就不曾

有任何片刻感到孤单或者凄凉。你、我父母——你们所有的人，包括我的朋友和所服事的学生——都是常在我身边的同伴。你的祷告和贴心的想法、圣经的经文、遗忘已久的对话、各种乐曲、书籍——所有这一切都充满前所未见的生机与活力。我活在一个广阔无边又无法识透的领域，我对其存在从不感到怀疑。一首古老的童谣在提到天使时这么说："两位天使为我盖被，两位天使唤醒我"，现在，我们这些大人跟孩子一样，也需要那仁慈又看不到的大能天使日夜保守我们。千万不要以为我不高兴。毕竟，高兴与不高兴到底指的是什么意思？它们跟外在环境没有什么关系，只跟我们内心有非常密切的关系。我每天都为你（你以及你的一切）感恩，而这就会让我高兴又喜悦。

就表面上说，这里跟泰格尔没有什么差别，日常作息都是一样的，午餐显然好得多，早餐跟晚餐就差多了。谢谢你带给我的一切，我受到的待遇相当好，也都符合规定。此地的暖气相当充分，我所欠缺的就是运动，因此我会做体操，也会打开窗户在牢房中来回走动……很高兴我已经获准抽烟！感谢你会想到我，而且还尽一切力量帮助我。在我眼中，最重要的就是知道这件事。

亲爱的玛利亚，目前我们已经等待审判将近两年了。不要灰心丧志！我很高兴你跟我父母在一起。把我最深的爱意转达给我们的母亲和所有家人。最近几天晚上，下面几节诗句一直在我脑海中回响，是我给你、我父母以及我弟兄姐妹的圣诞祝福……对你、我父母以及我的兄弟姐妹致上最深的爱与感谢。

我拥抱你。

你的迪特里希
1944 年 12 月 19 日[15]

下面这首朋霍费尔附带在信中的诗，已经成为德国家喻户晓的诗，而且被收录在许多学校教科书里面，同时也成为教会里吟唱的赞美诗。

上帝的权能

永恒大能与我同在，带领我，

忧惧时，赐安慰并智慧，

有你在心头伴我度过漫漫长日，

并将与你携手齐步迈向来年。

尽管往日梦魇依旧盘旋；

尽管遭难之日挥之不去；

父啊，

愿你赐给你在炼净之灵魂

你所应许的医治与痊愈。

若你的旨意是要我们饮下苦杯，

我们必一饮而尽绝不动摇，

并满心感恩地领受你的爱。

若你的旨意是要解除我们的痛苦，

享受生命之乐，并灿烂的日光

要我们从悲伤中学习成长，

我们就要将生命奉献给你。

今日，

要燃起蜡烛散放感恩的光芒；

看哪，在黑暗之中，

那就是你指引前路的亮光，

引导我们前往期待已久的聚会。

即使我们最漆黑的夜晚也有你的光明引路。

如今在这最寂静的夜晚，

让我们听到周遭黑暗的未知世界中

传来一阵阵孩童高昂的普世赞歌。

因有美善大能帮助保守我们，

我们将勇敢面对未来的一切。

不论何景况，上帝与我们为友，

是的，每一天都确实如此！[16]

此后，关于朋霍费尔的讯息就很稀少。我们所知他在这四个月期间的遭遇大多来自施拉伯伦道夫所著《我认识朋霍费尔》(*I Knew Dietrich Bonhoeffer*)一书中的叙述：

我必须承认，一眼看到迪特里希·朋霍费尔的时候，心头不禁为之一震。但在看到他挺直的身形和沉稳的眼光后，就为之放松，这时我知道他已经认出我来，而且依旧保持镇静……尽管狱方规定囚犯不得交谈，而且通常会严格监督执行，但隔天早上我还是能在公共盥洗室跟他讲上几句话。我们在战前就已经认识好一段时间，我们之间的关系是因为他与我表妹玛利亚·冯·魏德迈订婚而变得更密切。迪特里希马上告诉我，他决定抵抗所有盖世太保的努力，绝对不透露任何我们朋友的消息，这就成为我们责无旁贷的责任。几天后，他从19号牢房被转移到24号牢房，24号牢房就位于我隔壁，因此我们有机会互通信息，而且每天都能简短交谈几句。早上的时候我们会赶忙到狭窄的盥洗室冲澡，虽然水温非常低，但我们充分把握这个机会，如此一来我们就可以摆脱狱卒的监视，然后简短交换各自的想法。傍晚的时候，我们会重演这个戏码，而且我们牢房的门会敞开着，直到走道上所有的人犯都回到牢房。在这段期间我们会隔着门扇，透过铰链的缝隙迫切地交谈。另外就是，每天早晚发布空袭警报的时候，我们也能够见面，然后把握机会互相交换思想与经验。唯有曾经长期遭受严格单独监禁的人才能了解，在那漫长的几个月里，能够有机会跟人说话，对我们来说是多么珍贵的一件事。迪特里希·朋霍费尔告诉我，他接受侦讯的过程……他那高贵纯洁的灵魂想必受到非常沉痛的煎熬。他一直都非常有修养，对每个人始终都很友善礼貌，而让我感到意外的是，他竟然能在这么短的时间内，就能跟那些不怎么亲切的狱卒热络起来。对我们的关系来说，相当重要的是他属于乐天派，而我经常会陷在忧郁里。他总是激励我、安慰我，一直不厌其烦地表示，唯一的败仗就是我们认输的那一仗。他曾经把许多写着安慰与希望的圣经经文的小字条塞在我手中；他也会以乐观的角度衡量他自己的处境。他不断告诉我，盖世太保对他真正的作为一无所知。他已经淡化他跟格德勒之间的关系；他跟培瑞尔（认信教会的律师）之间的关系不足以构成起诉的罪状；至于他到国外旅游以及跟英国教会高层会面这部分，盖世太保还摸不清这一切的目的与重点。如果调查继续以目前的速度进行，他们可能要到好几年后，才会有所结论。他心中充满希望，甚至认为如果有权威人士鼓起勇气，替他向盖世太保说情，他可能会不经审判就获释。他也认为自己对跟姐夫帝国司法官（Reichsgerichtsrat）杜南伊之间关系的描绘，足以说服讯问者不至于对他提出太严重的指控。杜南伊被关进奥布莱希特亲王大街监狱后，迪特里希甚至想出办法跟他接触。空袭警报解除后，我们从水泥掩体出来时，他的姐夫躺在牢房里的担架上，双腿都瘫痪了。迪特里希·朋霍费尔突然出乎所有人意料，一个箭步冲进他姐夫敞开着的牢房，但迪特里希也顺利完成一项更困难的举动，他无声无息地从杜南伊的牢房出来，然后混入走道上排成一列的犯人队伍，没有引起任何人注意。当晚，他告诉我，他已经跟杜南伊串通好他们以后证词的所有重点。唯一一次他以为事情会恶化，是因为他们威胁他，如果他依旧不愿全盘托出的话，就要逮捕他的未婚妻、年迈的父母以及姐姐，于是他认为他们宣告他是国家社会党公敌的时候已经到了。他的态度正如同他所说的，是以他的基督教信念为根基。他在谈话中告诉我，他坚信没有任何合法证据可以指控他叛国。

既然我们是住在隔壁牢房的狱友，因此也互相分享我们个人的与共同的喜与忧。我们会根据自己的需要，交换自己原本拥有的以及狱方允许我们亲友送给我们的几件物品。他双眼发亮地告诉我，他未婚妻和他父母寄给他的信件，让即使在盖世太保监狱里的他也感受得到他们的爱。每个星期三他都会收到他的换洗衣物包,里面有雪茄、苹果或者面包,而且当晚狱方没有监视我们的时候,他一定会跟我分享这些东西;他觉得很高兴的是,即使在监狱中还是能帮助自己的邻舍,并分享自己拥有的一切。

1945 年 2 月 3 日早上,一场空袭把柏林市化为废墟;盖世太保总部完全被烧毁。一枚炸弹击中我们躲藏的防空掩体,并发出巨大爆炸声的时候,我们紧紧地挤在一起。刹那间,掩体就好像要爆开来,屋顶也要崩塌在我们身上,整个掩体晃动得就像是一艘在暴风中航行的船,但最后还是稳住了。就在这时,迪特里希·朋霍费尔表现出他的气概。他还是非常镇定,可说是纹丝不动,只是静止又放松地站在那里,就好像什么也没发生一样。

1945 年 2 月 7 日早上,我最后一次跟他说话。当天中午左右,他的牢房以及其他几个牢房的号码一起被点名,犯人被分为两群。朋霍费尔被转移到魏玛附近的布痕瓦尔德集中营。[17]

"那个无赖死啦!"

1945 年 2 月初可说是多事之秋。虽然战事不利,但残暴不义的希特勒政权依旧肆虐。2 月 2 日,人民法庭恶名昭彰的罗兰·弗赖斯勒法官,判处克劳斯·朋霍费尔和吕迪格·施莱歇尔死刑。2 月 3 日,施拉伯伦道夫也被弗赖斯勒判处死刑。但就在同一天,美国空军第八大队出动将近一千架 B-17 空中堡垒轰炸柏林。在很短的时间内,他们投下将近三千吨炸弹。贝特格写道:"整整两个小时,一队队的飞机横越柏林上方湛蓝的冬季天空,把动物园以东的整个地区转变为一片充满硝烟的荒野。"美国炸弹集中轰炸曾经监禁朋霍费尔的盖世太保监狱,造成非常严重的毁坏,因此朋霍费尔和大多数其他犯人必须被转移到其他地方。

人民法庭也遭受重创,正当美国炸弹落下来的时候,弗赖斯勒正准备宣判施拉伯伦道夫死刑。"幸灾乐祸"(Schadenfreude)一词似乎就是指这种时候,天花板的梁柱正好击中穷凶极恶的弗赖斯勒的脑袋,然后他被转移到另一个他似乎不太熟悉的法庭(指天庭)。就因为弗赖斯勒"突然现身在另一个法庭",于是施拉伯伦道夫得以延后好几十年才离开这个世界。但整个事情的演变还会更加离奇。

正当美国炸弹如雨般落在人民法庭时,吕迪格·施莱歇尔的哥哥鲁尔夫·施莱歇尔(Rolf Schleicher)医生正在柏林的地铁车站。他是斯图加特的资深医师,他到柏林的目的是要对弗赖斯勒判处他弟弟的死刑提出申诉。不过,在空袭结束前,任何人都不可以离开安全的地铁站。当施莱歇尔博士可以回到地面后,他在路上经过前一天宣判他弟弟死刑的人民法庭。他看到整个法院已经被严重炸毁,而且正在燃烧。有人看到他穿着医师袍,因此呼喊他到庭院里帮助一个伤员,那是一个需要医疗照顾的重要人物。施莱歇尔医生来到那个人身边,但他已经无能为力,因为他已经回天乏术,施莱歇尔医生同时讶异地发现,那个人就是罗兰·弗赖斯勒,前一天他还用他那尖锐的嗓音嘲笑他的弟弟吕迪格,得意洋洋地宣判他死刑。

院方要求施莱歇尔医生开具死亡证明书,但他表示除非见到司法部长奥托·提拉克(Otto Thierack),否则他拒绝开具。提拉克对这场怪异的"意外"感到"非常震惊",并且告诉施莱歇尔,吕迪格的死刑会暂缓执行,直到提出正式的"免刑诉愿"。那天稍晚,施莱歇尔医生抵达他弟弟位于玛林伯格大道的住处时,终于可以大声地说:"那个无赖死啦!"

朋霍费尔离开柏林

2月7日刚过中午,朋霍费尔和其他不少知名的因犯就被带离牢房,然后在两辆即将把他们载往布痕瓦尔德和福罗森堡集中营的客货车旁边等待。他们总共有二十人,全都是密谋的重要人物。这应该是一群最让人感到震惊的显赫人物。

这里面包括奥地利前总理许士尼格(Kurt von Schuschnigg)博

士,盖世太保对待他的方式应该是第三帝国历史上最肮脏的一笔记录;还有帝国银行前总裁沙赫特博士,他曾经协助希特勒取得政权,后来又知其不可为而背地对抗这个在他帮助下打造出来的怪物,沙赫特很早就反对犹太人被虐,同时也参与了1938年的刺杀行动,他跟其他许多人一样,也是在施陶芬贝格的行动失败后被捕。队伍中还有卡纳里斯上将、奥斯特将军以及萨克法官。朋霍费尔会和这三个人一起被关在福罗森堡两个月;此外,还有哈尔德将军、托马斯将军(General Thomas)以及奥斯特的同事西奥多·斯特伦克(Theodor Strunck),他们全都登上前往福罗森堡的那辆车。

站在另一辆车前面的是另一批人,里面包括法肯豪森将军(General von Falkenhausen),他在第一次大战期间曾经负责统治比利时的德军占领区;海军中校弗朗兹·黎德(Franz Liedi),他曾经是卡纳里斯手下的海军快艇船长;路德维希·葛瑞(Ludwig Gehre),他也曾经在卡纳里斯手下担任国防军官员;戈特弗里德伯爵·俾斯麦(Gottfried Count Bismarck),奥图·俾斯麦的孙子;以及将近七十岁的沃纳·阿尔文斯莱本伯爵(Count Werner von Alvensleben),他曾经在1934年拒绝按照谄媚厚颜的誓言对希特勒宣誓效忠,从那时起他就被纳粹归类为不受欢迎的人物。队伍中还有赫尔曼·庞德博士(Dr. Hermann Punder),他是笃信天主教的政治家,在希特勒上台前曾担任国务卿;另外,约瑟夫·穆勒博士也在其中。多年来,穆勒饱受盖世太保的虐待,但始终没有透露任何他们迫切找寻的情报。佩恩·贝斯特(Payne Best)①形容穆勒是"极其勇敢又具备惊人毅力的人物之一"。

这里面还有朋霍费尔,他刚在盖世太保监狱中度过三十九岁生日,而且这是他四个月来首次看到阳光。对这里的多数人来说,时间还要更长。不管他们的目的地为何,能够跟这一群出类拔萃的人站在户外,让每个人的精神都为之一振。显然,战争已接近尾声,希特勒大势已去。这群人中是否有任何一个能活着看到这一切,将是另

———————————
① 第一次与第二次世界大战期间,英国情报局知名干员。——译者注

517

一个故事。

　　上车的时候,朋霍费尔和穆勒都带着手铐。朋霍费尔在车里表示抗议。穆勒曾经遭受过比这恶劣上千倍的待遇,他好言安慰他的朋友兼教友,说道:"让我们像基督徒一样沉着地走上绞刑台。"朋霍费尔是被捆绑的使者。如今,他要开始一段长途旅程,目的地是南方两百英里之外的布痕瓦尔德。

第**30**章
布痕瓦尔德

> 他的灵魂确实照亮我们这座幽暗绝望的监牢……[朋霍费尔]总是担心他禁不住这种试炼，但现在他了解生命中没有任何值得担心的事情。
>
> ——佩恩·贝斯特致莎宾的信

布痕瓦尔德是纳粹的死亡中心之一[①]，那不仅是一个杀人的地方，更是一个颂扬与崇拜死亡的地方。正如伯特利的波德史温小区把生命的福音落实在现世，让软弱的人得到照顾与关爱，布痕瓦尔德以及第三帝国其他类似的地方，则把党卫军的恶魔世界观落实在现世，让软弱的人被追捕、被歼灭。有时候党卫军杀人的目的是要用人皮做纪念品，例如皮夹和刀鞘。甚至有些囚犯的头颅在经过缩水处理后，被当成礼物送人。朋霍费尔透过杜南伊知道这些邪恶的行径，但当时只有少数德国人知道这件事，当艾米·朋霍费尔鼓起勇气告诉邻居，某些集中营会用人类脂肪制造肥皂时，他们都不相信这件事，反而认为这些是反纳粹的宣传手法。

朋霍费尔被关在布痕瓦尔德七个星期，他被关的地方不是主营舍，而是紧邻在主营舍旁边，一栋黄色临时建筑（供布痕瓦尔德工作人员住宿用）里面一间冰冷的暂时地牢。这栋建筑有五六层楼高，那

---

* 布痕瓦尔德的字面意思是"山毛榉森林"。那里虽然不是专门的灭绝中心，但在 1945 年
① 4 月盟军解放前，有 56545 人因为强迫劳动、枪决、绞刑以及医学试验而死亡。

湿冷的地牢原来是党卫军的军事监狱,如今里面关着的是更显赫的囚犯,他们总共有十七人,被关在十二间牢房里面。[*]

布痕瓦尔德的各色人犯

我们手边没有任何朋霍费尔在这段期间所写的信件,但曾经在布痕瓦尔德遇见过他的一个人,也就是英国情报局特工佩恩·贝斯特,把他被关在德国监狱那几年的经历写成《芬洛事件》(*The Venlo Incident*)一书。我们对朋霍费尔最后两个月的讯息大都取材自这本书。贝斯特在 2 月 24 日跟另外三个犯人抵达布痕瓦尔德。其中一人是英国军官休·福尔克纳(Hugh Falconer);另一人是瓦西里·科科林(Vassily Kokorin),他是苏俄空军军官,也是斯大林爱将莫洛托夫(Molotov)的侄子;第三人是弗里德里希·冯·瑞本将军(General Friedrich von Rabenau),他跟朋霍费尔被关在同一间小牢房。

六十岁的瑞本是基督徒,很早就基于信仰反对希特勒。他是 1937 年驳斥并指责罗森堡反基督教、支持纳粹思想的《九十六位福音派教会领袖反对罗森堡神学宣言》(the Declaration of Ninety-Six Evangelical Church Leaders Against the Theology of Alfred Rosenberg)签署人之一。他在 1942 年被迫退休,接下来两年在柏林大学攻读神学博士。就跟朋霍费尔一样,他也曾积极参与反抗团体,担任贝克与格德勒之间的联络人;瑞本也曾替德国军事领袖汉斯·冯·西克特(Hans von Seeckt)写过一本浩繁且深受重视的传记,朋霍费尔就读过这本书。我们从当时被关在他们隔壁小牢房的庞德(Pünder)得知,瑞本在布痕瓦尔德继续写他的传记,而且当时朋霍费尔似乎也在写作,但没有任何手稿留存下来。我们也从庞德那里得知,瑞本和朋

---

* 在地牢同一侧的 1、2、4、6、7、8 号牢房都非常狭窄。位在同一侧的 5 号牢房比其他牢房大两倍。位在另一侧的 9、10、11、12 号牢房也比较小的牢房大两倍。在两侧牢房的中间有两道砖墙,中间只有一个开口,因而两侧的牢房各自面向一个走道,而中间则有一
① 个直通地牢出入口的中央走道。

霍费尔花许多时间探讨神学，关在隔壁的庞德听得津津有味。瑞本和朋霍费尔也曾经用佩恩·贝斯特送给瑞本的西洋棋对弈。

贝斯特是1941年一场失败情报行动的主要人物之一，后来那次行动被称为"芬洛事件"，而他写的书就是以此为书名。他的书虽然属于非小说类，但贝斯特把自己形容为《桂河大桥》（Bridge on the River Kwai）里的尼克尔森上校（Colonel Nicholson）、泰瑞·托马斯（Terry Thomas）以及吹牛男爵（Baron von Munchausen）的综合体。贝斯特依旧不失其豁达的个性，而且也能自我解嘲。他在书中引用其他人回忆录中对他自己的描述说：

> 一定要提到非常突出的贝斯特先生，他是1940年从荷兰被"偷"回来的秘密情报员；说真的，他非常符合世界各地对英国人的刻板印象。身材高挑、非常瘦削，且因为消瘦而有点弓着背，两颊凹陷，牙齿突出，戴着单片眼镜，穿着法兰绒长裤，一件格子外套，还——叼着一根烟。脸上总是挂着亲切的微笑而露出大黄板牙，表现出一副沉稳自信的模样。[1]

接着，贝斯特对这叙述有所评论："我同意她对我的描述，包括我的牙齿，也确实对她的溢美之词感到受宠若惊，尤其是我那口牙不是天生的，而是萨克森豪森牙医的杰作，他可能是运用他的巧手把我的容貌修饰得更符合他理想中的英国人样貌。"

透过贝斯特上尉的单眼哈哈镜看朋霍费尔离世前的最后一段日子，让人觉得不免有些怪异，但他不屈不挠的乐观态度有时候会为阴暗的画面带来一些光彩。公道地说，贝斯特被关在萨克森豪森集中营的六年期间，让他的黑色幽默更上一层楼。

被关在这座地牢里面的还有德国前驻西班牙大使埃里克·希博林博士（Dr. Erich Heberlein）和他的太太玛戈特（Margot）。贝斯特对他们的形容是："对希博林一家来说，灰色母马显然是比较好的品种。爱尔兰与西班牙品种一定能交配出充满活力又非凡超俗的下一代……对逮捕她的人来说，她一个人抵得上两个英国囚犯，这就不需要我多说了。至于她先生？非常有魅力，是一个老派的外交官，不但礼节周到，而且对外交事务了如指掌。"

根据贝斯特所说，穆勒的狱友葛瑞上尉是一个"瘦弱、黝黑又英俊，大约三十岁的男子"。事实上，葛瑞当时已经五十岁了。在施陶芬贝格行动失败后，盖世太保就逮捕了他。他和他太太决定要以死逃脱。他先射杀她，然后再举枪自尽，结果却只射瞎了自己一只眼睛。盖世太保在抓到他后，对他施以严刑拷打。他后来在 4 月 9 日跟朋霍费尔、卡纳里斯、奥斯特和萨克一起，在福罗森堡被处死。

阿尔文斯莱本伯爵被关在 4 号牢房，跟他同牢房的还有彼得斯朵夫上校(Colonel von Petersdorff)。彼得斯朵夫在第一次大战时曾受伤六次，而且贝斯特形容他是"一个狂野不羁、冒险犯难的家伙"，从一开始就反对希特勒。2 月 3 日美国炸弹把他埋在乐特斯街(Lehrterstrasse)监狱的牢房里，他的两个肺和肾脏都受到创伤，但没有得到任何医疗照顾，因此病情相当严重。他的狱友阿尔文斯莱本跟其他许多在 7 月 20 日行动后被捕的人一样，都只不过是跟某些密谋者有所交往，但有好几千人因为这个罪名被逮捕。任何跟他们有血缘关系的人都会因为连坐而被捕，因此而被逮捕与被惩罚的嫌犯亲戚包括太太、父母以及子女。有些小孩被带离父母身边后，从此就再也没有见面。

十七名囚犯中还包括 7 月 20 日行动主要人物之一的霍普纳博士(Dr. Hoepner)，他是艾瑞克·霍普纳将军的弟弟，也是普勒岑湖监狱第一批被绞死的人犯之一，希特勒还把惊悚的景象拍摄下来供他以虐待为乐。贝斯特形容这位弟弟是"我被关在监狱期间所看过最懦弱的人"。贝斯特的牢房紧邻霍普纳的牢房，而贝斯特屡屡跟狱卒发生严重争执，他已经成为应付集中营守卫的个中老手，因为他已经跟他们周旋了六年的时间，而且似乎对自己从来没有让步感到非常得意。但在听到那些争执后，霍普纳却"陷入非常紧张的状态，甚至瘫痪在牢房的地板上"，他曾经两度因为神经崩溃而不得不接受医生治疗。但也必须为霍普纳说句公道话，当时的环境实在非常严酷，即使非常坚毅的贝斯特也这么认为："这一个月简直就像在地狱一样，即使将我以往所有关在监狱的经历加起来也不及此地。真怀疑自己是否能生还回乡。要是我方军队太接近这里的话，他们可能会先一枪毙掉我。唯一值得盼望的就是消灭他们，不要在乎牺牲我们这些落在他们掌握中的人，完全不要在乎！"

较大的 5 号牢房关的是法肯豪斯将军，贝斯特觉得他是"我所见过最顶尖的人物之一"。在第一次世界大战时，法肯豪斯获颁**蓝徽勋章**（Poure le Merite）①。根据许士尼格的说法，法肯豪斯当时穿着的全套军装有"鲜红色衬里"，脖子上挂着蓝徽勋章。他隔壁牢房关的是英国空军中队长休·福尔克纳，再隔壁是科科林。穆勒和葛瑞一起被关在 8 号牢房。跟朋霍费尔一样被关在小牢房的最后两个囚犯，跟其他人大不相同。其中一人我们只知道叫做"海达"（Heidl），伊莎·弗明瑞（Isa Vermehren）对她的描述是"一个神秘兮兮又非常讨人厌的年轻女子，没有人问得出她的真名实姓、国籍和语言——她被视为间谍，唯一不确定的就是，她到底是单单效力于盖世太保的间谍，还是她非常聪明地发挥所长同时为双方效力"。

贝斯特形容她是"一个矮小、貌美、结实，年纪二十出头的女子，如果不论身材的话，她可以担任年轻日耳曼女性的模特儿"，不过她"总是个让我们头疼的人物"。她曾经在萨克森豪森的妓院待过一段时间，而且"学到不少老鸨的用语和态度"。科科林迷恋上她，但只是一厢情愿而已。

跟朋霍费尔共度他在世最后两个月的所有人中，最诡异的就属瓦尔德玛·霍文博士（Dr. Waldermar Hoven）和西格蒙德·拉舍尔博士（Dr. Sigmund Rascher），他们是第三帝国中最邪恶的人物。朋霍费尔刚抵达集中营的时候，霍文还是囚犯，但三个星期不到，他就因为短缺医生而被释放。在担任布痕瓦尔德主任医师的霍文的监督下，许多犯人被处决，身体患病的以及健康的都有。而且众人皆知，他是集中营指挥官的太太伊尔泽·科赫（Ilse Koch）的情夫，这名女

---

① 德国最高等级的忠勇勋章。

子以恶毒著称。纽伦堡审判中的一位证人（曾经在布痕瓦尔德跟霍文一起工作）在作证时表示：

> 霍文博士曾经跟我一起站在病理区的窗户外，霍文博士指着一个我不认识的正走过点名区的病人，告诉我说："明天傍晚我就要看到这个犯人的头颅放在我书桌上。"在医生登记下那个犯人的号码后，那名犯人就接到命令到医疗区报到。当天尸体就被送到解剖室，验尸报告显示犯人是因为被注射毒液而死。犯人的头颅按照命令在经过处理后送交霍文博士。[2]

当时三十六岁的拉舍尔大约是在 2 月 28 日替代霍文的位置。一天早上，贝斯特在厕所碰见他，他是"一个蓄着姜黄色八字胡的小个子"，是"一个古怪的家伙；应该是我遇见过最古怪的一号人物"。拉舍尔告诉贝斯特，他"一手计划并监督煤气室的建造，并负责以犯人为白老鼠进行医学研究"。贝斯特表示：

> 显然，他不觉得这有任何不妥，而且认为这是权宜之计。至于煤气室，他说，慈眉善目的希姆莱感到最着急的就是，在处决犯人的时候，要让他们的焦虑与痛苦减到最低程度，而整个工程最费神的地方，就是彻底把煤气室伪装成一个毫不相干的地方，以及控制毒气的流量，好让病人陷入睡眠，并不知道自己会一睡不醒。拉舍尔说，不幸的是，他们一直无法顺利解决每个人对毒气抵抗力各不相同这一点，总是有几个人活得比其他人更久一点，不但知道身在何处，也知道发生何事。拉舍尔说，最大的困难就是要处决的人犯数目太多，因此煤气室里的人数难免会过多，这让他们无法确保所有犯人同时死亡。[3]

拉舍尔为何会出现在那里，我们不得而知。他曾经是希姆莱的贴身部属，而且是达豪集中营的主治"医官"。拉舍尔最恶名昭彰的就是以活人进行试验。这一切是在他想知道飞行员在高空时会有何反应开始的。他写信给希姆莱提出一个建议：

崇高的帝国司令：

我真心感激我二儿子生日时，您表达的祝福与赐赠的花卉。这次喜获麟儿尽管早产三个星期，也还是个健壮的宝宝。我将在适当时机，寄给您一张两个儿子的照片。

目前我已经被调派到慕尼黑的空军第七指挥部进行医学研究。在这个研究中，高空飞行扮演非常吃重的角色（主要原因是英国战斗机的飞航高度较高），让人感到非常遗憾的是迄今为止我们还无法进行人体实验，因为这种实验非常危险，所以没有人自愿参与。因此，我想提出一个严肃的要求：您可以安排两三个职业罪犯①进行这些实验吗？……这些可能会让实验对象致死的实验，是在我的指挥下进行。他们是研究高空飞行的重要环节，而且根据以往经验，这绝对无法用测试条件完全不同的猴子替代。我已经跟一位参与这些实验的空军医疗署代表进行过机密会商。他也认为这个问题只有靠人体（弱智也可以成为实验对象）实验才能解决。

诚心祈愿，尽管国务繁忙，崇高的帝国司令依旧贵体康泰。
诚心祈愿，希特勒万岁！

西格蒙德·拉舍尔　叩首[4]

他的请求被"欣然"允许。一位奥地利的狱友对当中一项试验的叙述如下：

我透过减压舱的窗户亲眼看到里面的一个犯人站在真空中，直到他的肺脏爆裂……他们会很疯狂，然后拔掉他们的头发想要降低体内的压力。他们发疯后会用双手的指甲撕扯自己的

头部和颜面,企图残害自己;他们会用头和双手敲击墙壁,并大声喊叫想要减轻耳鼓的压力。在这些情形下,实验对象的下场通常是死亡。[5]

在"实验"告一段落的时候,大约有两百个犯人沦为这些恐怖实验的对象,其中半数都已死亡;而那些幸存的人,不久后都被灭口,显然是为要阻止他们透露自己的经历。拉舍尔因为他获得的成果而深受褒扬,而且不久后又想出另一个主意。想知道飞行员在极度低温下会遭遇什么样的情况? 纽伦堡审判的证词,透露出整个故事的真相:

> 一个犯人赤身裸体地躺在担架上,被放在营房外整晚。他身上只覆盖着一条被单,他们会每小时往他身上泼一桶冷水,接受试验的人就这样躺在户外直到早上。实验期间会有人去测量体温。后来,拉舍尔博士表示,在他身上覆盖被单,并让他泡在水里是错误的作法……未来实验的时候,一定不能覆盖任何东西。[6]

拉舍尔希望能把实验的地点从达豪转移到奥斯威辛,因为那里的气温更严酷,而且"大片的空地对营区的干扰较小(因为实验对象会大声喊叫)"。拉舍尔被迫留在达豪。他写信给希姆莱说:"感谢上苍,又有一道强冷空气降临达豪。有些人继续留在摄氏六度的户外十四个小时,体温只有二十五度,而且四肢末梢有冻疮。"

另一种方法就是把"实验人"放在冰水箱里。纽伦堡审判时,一个曾经不幸担任拉舍尔"看护兵"的达豪犯人表示,那些受害者是被冻死的,过程中有人定时测量他们的体温、心跳和呼吸。起初拉舍尔不准执行麻醉;但"实验人会发出非常凄厉的喊声",所以只好执行麻醉。

部分空军医官在知道这个实验后,以信仰为由提出反对,希姆莱对他们的反对感到震怒。为了回避他们的反对声浪,他把拉舍尔调

派到党卫军,那里比较没有基督徒的良知问题。下面就是写给空军元帅米尔希(Erhard Milch)④的信:

敬爱的米尔希同志:

　　你应该还记得我透过沃尔夫将军(General Wolff)特别向你推介一位党卫军高官拉舍尔博士(目前正在休假的空军医官)的研究工作。那些研究跟人体在超高空的反应,以及长时间以冷水降低人体温度会造成的影响息息相关;这类问题对空军来说特别重要,若由我们执行的话,会非常有效率,因为我个人可以负责提供反社会的个人与罪犯,他们只配在集中营里死于这些实验。

　　很不巧,最近拉舍尔向航空部报告实验结果的时候,你没有时间参与。我对那份报告寄予非常高的期望,因为我相信这样一来,那些基于宗教立场而反对拉舍尔博士实验(由我担负全责)的声浪可以就此消弭。

　　目前的难题依旧跟以往一样。那些"基督徒医界"的立场主张,我们应该让年轻德国飞行员冒生命的危险,但没有被征召从军的罪犯的生命太神圣,不能从事这种实验,而且我们担不起这种罪疚……我们两人岂不应该为这些拦阻感到气愤。我们起码需要再过十年,才能把这种狭隘的心态驱逐出我们百姓的心中,但这不应该成为影响能造福我们年轻雄壮的士兵与飞行员的阻力。

　　我恳请你解除储备医官拉舍尔博士在空军的职务,然后把他调到我掌管的党卫军,我个人会负起所有在这方面实验的责任,并且会把实验结果完全交给空军,我们党卫军只会运用一小

---

* 米尔希的父亲是犹太人。1935 年关于此事流言四起时,盖世太保展开调查,促使戈林插手此事,并要求替米尔希编织托辞(他母亲被迫谎称米尔希的犹太籍父亲并不是他生父,而他的雅利安人舅舅才是他真正的父亲)。同时他也得到一纸《日耳曼血统证明》。盖世太保的作为激怒了戈林,于是脱口说出他的名言:"谁是犹太人,由我决定!"(Wer
① Jude ist,bestimme ich!)

部分实验结果来医疗东线部队的冻伤。不过，就这方面来说，我建议你和沃尔夫之间的联络应该交给"非基督徒"医师负责……

如果你能下令把低压舱连同高压马达再交给我们使用，我会非常感激，因为这些实验应该扩展到更高的高度。

顺颂军祺

希特勒万岁！

党卫军司令　希姆莱[7]

拉舍尔总共在三百个人身上进行过四百次类似的"冷冻"实验。有三分之一的人被冻死。其余的人在实验过后，不是被送进毒气室就是被枪杀。

布痕瓦尔德的狱卒本来应该维护囚犯的健康，让他们经得起拷问。中午的时候，供应他们汤饮，傍晚供应他们面包、肉类以及果酱。他们获准每天可以在中央走道来回散步运动半个小时。十七个囚犯不可以接触任何人，而且只能够单独或者跟室友一起运动。不过，开关牢门，以及计算每个囚犯的运动时间，让狱卒苦不堪言，他们情愿轻轻松松地留在守卫室享受暖气。最后，他们每次会放六个或者更多的囚犯一起出来运动，反而让他们有相当多接触的机会。

起初，每一个或每一对囚犯（如果两人关在同一间牢房的话）必须在不同的走道散步，但不久后［贝斯特说］我们全都聚在一起自由自在地互相交谈。我故意每天在不同的时段外出放风，因此逐渐认识所有的狱友，而且还能跟他们谈话。早晨也一样，所有牢房的门都会在同一时间打开，大约在上午6到8点之间，男士都会聚在盥洗室，模范囚犯就会在这个时候打扫牢房并且整理床铺。[8]

因此我们可以假设，在这两个月期间，朋霍费尔已经认识了大部分的囚犯。

　　贝斯特表示,拉舍尔非常认真地觉得,就他进行的试验"所获得的伟大科学研究结果来说,一切都非常合情合理"。他补充说:

　　　　他显然认为把二十几个人暴露在极低温(不论是水或者空气)中,然后再努力救活他们,没有任何值得非议之处。事实上,他非常骄傲自己发明了一种可以拯救数千人免于冻死的技术,并表示他被关进监牢的原因是,他想把研究成果发表在瑞士医学期刊上,此举可能会拯救许多英国水手。然而,因为船舰遭鱼雷击沉后落海的水手在被拯救后往往在昏迷中过世。[9]

　　贝特斯认为拉舍尔的说词不可靠:

　　　　我当时对他的说法并不感到太意外,其他狱友在认识他后也一样。我们对周遭的一切都已经非常麻木,因为死亡每天都会突然降临。随时都可能会出现一道命令,把某个人或者我们全体送到毒气室、枪决或者绞死,我们每个人都绞尽脑汁想方设法生存下去,因此没有多余的精力怜悯那些素昧平生又默默无名的人所受的苦难,毕竟,他们已经死了;此外,拉舍尔还是我们当中的好伙伴。这就是他这个人诡异矛盾之处,在我们认识他的这段期间,他表现出的特点就是勇敢、机智又忠诚。在即将到来的艰困时期,他是我们这个团体的生命与灵魂,而且尽管他非常清楚自己所冒的风险,依旧毫不犹疑地站起来面对那一批掌握我们命运的狱卒。[10]

　　朋霍费尔不可能会同意这种观点。拉舍尔与朋霍费尔是两个完全相反的人,贝斯特形容朋霍费尔"非常谦卑又和蔼;我总是觉得他散发出喜悦的气氛,并能享受生命中每一件细小的事情,而且单单对自己活着就满怀感恩……他是所有我认识的人里面,极少数几个笃信上帝存在并且跟他非常亲近的人之一"。

　　贝斯特在1951年写给莎宾的信中,形容她哥哥"与众不同;非常沉稳又健全,看起来一副怡然自得的模样……他的灵魂确实照亮我们这座幽暗绝望的监牢"。贝斯特表示,朋霍费尔"总是担心他禁不住这种试炼,但现在他了解生命中没有任何值得担心的事情"。他也"一直保持愉快,随时笑口常开"。

福尔克纳对朋霍费尔和瑞本表示:"我认为被关在同一间牢房的囚犯中,只有他们两个人不但相处愉快,还能享受对方的陪伴。"福尔克纳和贝斯特对其他德国囚犯彼此间的争执与猜忌都有微词。贝斯特写道:

> 我初认识其他囚犯时,心中感到最震惊的是大多数德国人之间极度互不信任;他们每一个人几乎都曾提醒我要提防另一个人是盖世太保的间谍……这种怀疑的气氛弥漫在整个纳粹德国,然而我最感到奇怪的是,那些被盖世太保关起来的人,根本没有团结在一起共同奋斗的念头。[11]

贝斯特认为如果他们肯团结在一起的话,越狱逃亡可说是轻而易举。狱卒非常担心自己被盟军擒获后的遭遇,因此贝斯特非常笃定地认为他们可以说服狱卒带着他们的囚犯一起逃亡。就整个局势看来,美军显然在西线大有斩获,俄军也从东线步步推进,德国已经日渐衰微,他们应该在不久后就会被解放。狱卒希帕(Sippach)说,他会在美军逮到他之前逃离集中营;但另一个狱卒迪特曼(Dittman)却说,他会战斗到最后一刻,而且会留下两颗子弹:一颗留给贝斯特,另一颗留给他自己。他告诉贝斯特:"你绝对不会活着离开这个地方!"贝斯特一直在勇敢地跟狱卒周旋,甚至连拉舍尔都曾经忍不住提醒他,"要当心点,布痕瓦尔德可是跟萨克森豪森完全不一样。"

朋霍费尔和其他人一样,都在寒冷与饥饿中苟延残喘,知道他们随时都可能不是被解放就是被杀害。有一次他们听到关于战事进展的新闻,这才知道美军确实非常接近了。狱卒都非常紧张,他们每天都会让法肯豪森将军到守卫室收听每日战报,然后凭着他绝佳的军事头脑分析战情,并告诉他们德国究竟有多接近战败边缘。

3月30日是受难节。我们不妨假设朋霍费尔每天继续默想、祷告以及唱诗歌，即使只是静默或者是在他脑海中进行。4月1日，复活节，远远传来美国火炮射击的声音，他们当时正在威拉河（Werra River）对岸某地。一切很快就会结束。就在朋霍费尔和整个西方基督教界庆祝基督复活的时候传来这个消息，显然非常恰当。

为首的狱卒希帕告诉囚犯准备离开此地。他们要去哪里呢？没有人知道。少数几个人的行李非常多。不过，贝斯特有一台打字机、一个行李箱还有三个大盒子。那天他们没有接到进一步的指示，但另一个狱卒迪特曼告诉每一个人，要准备徒步离开营区。贝斯特对自己必须丢弃一些行李感到恼怒，但局势相当黯淡，不但食物稀少，连交通工具也缺乏，而且即使他们弄得到一辆车，也不可能弄得到燃油。虽然他们当中有人疾病缠身，但每个人对必须徒步都不感到意外。①葛瑞、穆勒和彼得斯朵夫是他们当中身体最差的三个人，其他每个人也因为饥饿和长期受寒而相当虚弱。他们当天都没有听到进一步的消息。

4月3日，星期二的下午，希帕宣布他们一小时内就会出发，但几个小时过去了。晚上10点的时候，有消息传来。终究他们还是不必徒步旅行，但运送他们的卡车只能载八个空手没有行李的人。他们总共有十六人，而且都有行李。那辆车的引擎是以木柴为燃料，因此卡车的前半部空间大都装着木柴，一旦发动上路后，乘客区就会充满燃烧木柴的呛鼻浓烟。不论如何，他们还是得离开布痕瓦尔德。

---

* 当盟军步步逼近的时候，纳粹拼命疏散德国各地的集中营，强迫其中体弱的囚犯徒步行
① 军，并沿途射杀他们。

第 *31* 章
自由之路

在我认识［朋霍费尔］这段期间，他始终都非常高兴，而且尽心尽力帮助软弱的弟兄克服沮丧与焦虑。

——休·福尔克纳致格哈德·赖伯赫兹的信，1945 年 10 月

这就是一切的终了，但对我来说，却是生命的开始。

——迪特里希·朋霍费尔

凡是真心相信上帝以及上帝的国，凡是真正接受复活盼望的人，没有不从相信的那一刻开始就思念天家，并满心欢喜地等待与期望从肉身得释放……如果死亡没有被我们的信心转变，那么死亡就会是地狱、黑夜与酷寒。但最奇妙的就是我们可以转变死亡。

——朋霍费尔在伦敦的证道词，1933 年 11 月

这十六个囚犯——不管怎么看，都是一群奇怪的组合——带着行李挤进那辆卡车。① 他们当中大部分人的确可说是寸步难移。这是一个难得的团体：好几位挂满勋章又出身贵族的陆军将领、一个海军中校、一对外交官夫妇、一个沮丧的俄国空军军官、一个天主教律师、一个神学家、一个道德有瑕疵的女子以及一个集中营"医生"。但就

---

① 根据派恩贝斯特所说只有十六个囚犯，原本十七人中到底失踪的是谁，无法可考。

在他们全都挤进车里、锁上后门后不久,空袭警报马上就响起来了。警卫就把他们留在上锁的车上,然后一溜烟儿逃到安全地带,拔腿飞奔,远远离开地牢以及里面储藏的弹药。那些在漆黑的后车厢中等待的囚犯,不知道自己会不会被炸弹命中。解除警报终于响起来,接着军方人员回来了,然后启动引擎。卡车开动大约一百码后就停下来,烧木柴的引擎继续空转,一下子卡车内就充满浓烟,他们不得不吸进肺中,这让那位协助设计毒气室的囚犯急得大喊:"天啊,这是死亡卡车;我们要被毒死啦!"

拉舍尔知道他说的是什么。从 1940 年开始,德国人就利用毒气车杀害智障人士以及其他安乐死计划中的人;接着他们又以同样方法杀害犹太人。这些卡车上面挤满了人,一开始就令他们几乎无法呼吸;引擎一发动后,废气直接被排到车厢里面,于是在卡车抵达目的地时,上面的乘客已经成为尸体,直接被卸到焚化炉。佩恩·贝斯特注意到有些光线从通风口照射进来,于是他们询问他们中间的专家,毒气车上是否有这些装置,拉舍尔表示,应当不是,因此如果他们就这样不幸死亡的话,很可能是出于意外。最后,卡车终于又开始前进,而浓烟逐渐散去,空气终于能够适合呼吸,但瑞本以及玛戈特和海达两位女子已经昏过去了。

他们在 10 点过后出发,整夜赶路,颠颠簸簸地以时速十五英里的速度前进,每小时大约前进八到九英里,因为他们每小时都得停下来清理排烟管并为引擎装填燃木。每次停下来的时候,车上的人都必须在黑暗中不舒服地等待,而且每次都得费一番手脚才能重新发动引擎,还得运转十五分钟才积蓄足够的力量,重新推动车子前进。引擎一旦空转,车厢里就充满废气。贝斯特总结说:"那趟旅程真够折腾人的了"。他回忆起点点滴滴:

> 没有一点灯光,我们没有吃的,也没有喝的,感谢慷慨的朋霍费尔,他虽然嗜烟,但一直把他原本无多的烟草配给存了下来,而现在他坚持要提供给大家共同享用。他是一个善良又纯洁的人。说真的,我们每个人都寸步难移,因为我们的腿都陷在

行李里面,双臂也紧靠在我们身侧;我们甚至把小件行李塞在身体跟座椅[的靠背]之间,因此我们的屁股只能坐在板凳尖锐的前缘,不久之后就感觉如坐针毡。我们整夜颠颠簸簸地前进,走一个小时然后停一个小时,全身僵硬、疲劳又饥饿,后来终于有一道朦胧的光线射进通风口。即使整夜失眠,人体依旧运作如常,不久后喊声四起。"我忍不住了,一定要停下来让我出去",于是我们开始敲击车厢的四壁,直到整辆车停下来,车厢门一被打开就传来一个声音喊道:"吵什么?"因为有两位女士在车上,于是我们婉转文雅地向他解释我们的"要求",然后对方竟粗鲁高声地详细告诉他那些在外面的伙伴。[1]

三个警卫对他们的要求有所争执。最后,车厢门被打开了,所有的人都下了车。这不是最佳的停车地点,因为那里没有任何树木草丛,地形也很平坦,不足以应付这种尴尬的情况。远方有一小片灌木林,两位女士在一个警卫的戒护下,欣然前往。另外两个警卫拿着机关枪对着那十五个就地解决内急的男士。贝斯特写道:"女士们的动作比我们想象的还快,虽然她们回来的时候,我们都背对着她们,但每个人都觉得自己暴露过度。"

现在已经天光大亮。一行人已经上路七到八个小时,而且停停走走了大约一百英里。这群囚犯仍然不知道他们的目的地。许多林地都已经被烧掉,休·福尔克纳"发挥极大的巧思"重新安排行李,让他们的空间比以前宽敞些。车厢门上的窗户边可以站两个人,于是他们轮流站在那里。警卫还给了他们两条面包和一大条腊肠,他们分而食之,甚至还有饮料可以喝。

站在窗边的人偶尔看到一座村庄,于是他们推论一行人必定是往南走,因此可能是要前往福罗森堡。但福罗森堡是一个知名的灭绝集中营,因此这不是值得高兴的结论。在经过十三个小时的兼程赶路后,他们在中午抵达北巴伐利亚人口大约三万的小村庄魏登(Weiden)。往东十英里就是福罗森堡。他们停在魏登的警察局,然后警卫就进去了。他们回来后,三个警卫中较友善的那个对他们说:

"你们必须继续往前走。他们不能收留你们。已经爆满了。"但这是什么意思？车上有一个集中营的贤达可以说明这一切。拉舍尔博士宣布，他们可能都不会被处死。他表示，福罗森堡绝对不会爆满到无法破例多收留一车尸体，或者即将成为尸体的一群人。只有活生生还能呼吸的囚犯才会"爆满"。如果他们注定要被处死，对方就会乐意收容他们。因此，这是个好消息。那天他们似乎能够免于一死。

　　他们的目的地一直都是福罗森堡，但不是去被处决然后火化，而且福罗森堡已经拒绝收留他们。如今，他们要往哪里去呢？警卫回到车上，然后继续南行。就在他们即将到达郊区时，一辆车超过他们，然后示意要他们停在路边。两个警察走到车外，其中一个打开卡车的门。接下来发生的事情我们并不清楚，然而福罗森堡似乎还是有可以容纳三个囚犯的空间。黎德和穆勒的名字被点中，于是他们就拿着行李走出车外。朋霍费尔可能也被点名，但他是在车厢后方，因为某种原因出来的却是葛瑞。贝特格说，朋霍费尔故意退到车厢后面以免被看到，这表示他也同样被点名走出车外。佩恩·贝斯特的解释是，葛瑞跟黎德和穆勒同时被点名。或许葛瑞想跟穆勒同进退，因为他跟穆勒关在同一个牢房，于是两人相当熟识，而且当时的情形也可以让他鱼目混珠。或许警察认为他就是朋霍费尔。不论如何，葛瑞、黎德和穆勒就这样道别他们的伙伴，然后进入警察局。当时是4月4日星期三的下午。贝斯特写道：

　　　　离开魏登后，三个党卫军警卫的态度明显有所改变。他们
　　显然奉命要把他们从布痕瓦尔德带到福罗森堡，因此一路上都
　　认为自己有令在身要负责指挥他们。福罗森堡拒绝收留我们
　　后，他们显然模糊地接受到命令，继续带着我们往南走，直到他
　　们找到一处愿意收留我们的地方，因此，就某方面来说，他们有
　　跟我们同病相怜的感觉，也跟我们一样毫无目标地航向未知。[2]

　　卡车载着朋霍费尔和其他十三个囚犯，继续气喘吁吁、毫无目的地往南前进。他们就像是伯格曼（Bergman）《第七封印》（*Seventh*

Seal)里面的人物,愉快地四处遨游,但一路上始终都有死亡阴影笼罩着他们。即使海达也在不知不觉中从粗俗的艳星玛塔·哈莉(Mata Hari)转变成清纯的小女孩(Mädl)。这一切跟他们在拥挤、充满浓烟的黑暗中度过的恐怖长夜比起来,可说是天渊之别。现在警卫把卡车又停下来,填装引擎并清理排烟管的时候,他们都会把车厢门打开,问囚犯是否要下车舒展四肢,而且每小时都会这样做。有个人充满感性地把他们的卡车命名为**绿米妮**(Grüne Minna)。

那天午后,他们在一间农舍前面停下来。海达和希博林太太获准进入屋内盥洗,男士则轮流到户外负责抽水机,那一定是一幅非常奇怪又愉悦的景象,一群饥饿又睡眠不足的上流人士,拖着疲乏的身躯在大太阳底下,围着抽水机站着:贝斯特、庞德、阿尔文斯莱本、彼得斯朵夫、福尔克纳、科科林、霍普纳以及瑞本,另外还有西格蒙德·拉舍尔和迪特里希·朋霍费尔。这一行人里面最后那两个人,在未来几个星期将遭遇相同的命运;但目前没有人知道。从现在开始一切都很明亮、自由又清新。被关在布痕瓦尔德两个月后,能够在午后艳阳下站在巴伐利亚农舍前的空地上,确实让人有焕然一新的感觉。农夫的太太拿来几条黑麦面包以及一罐牛奶。贝斯特表示,那是"非常香甜的黑麦面包,我们已经好多年没吃过这样的滋味"。然后他们回到现在已经宽敞许多的车上,他们当中几个人还可以睡个午觉。贝斯特告诉我们:"门上的窗子敞开着,而那天非常晴朗,一切看起来充满希望。"他们就这样穿过一个又一个城镇,一路往南通过纳布谷(Naab Valley)。他们里面许多人几乎已经忘记德国的美丽风景和农庄田野不只是回忆,更是真实的地方。

大约六小时后,他们已经走了五十英里,日光也逐渐黯淡下来,他们发现前面就是雷根斯堡(Regensburg)。雷根斯堡是位于多瑙河和雷根河交界处的中世纪城市。卡车在市区绕行,不断地走走停停,因为警卫想要找一个能让囚犯过夜的地方。他们一再遭拒,回到车上,然后继续前行。

结果他们在天黑后停在中央监狱的大门前。这次警卫打开车厢门,吩咐每个人下车。他们走上阶梯进入建筑时,一个狱卒开始粗鲁地指挥他们,这使得一个随行的警卫打断他,说明他们不是一般因犯,而是特殊的因犯,必须十分礼遇。一个雷根斯堡的狱卒说:"哦!又是一批贵族!嗯,那就让他们跟其他人一起到二楼去吧。"

他们拖拉着自己的行李爬上陡峭的铁楼梯来到二楼,然后有"一位非常体面的资深狱卒"接待他们,他还让他们选择自己的牢友。就跟其他地方的情形一样,一切都因陋就简。五个男士挤进一间牢房,牢房地板上铺着三张稻草编织的床垫。朋霍费尔跟庞德、瑞本、弗尔根豪斯以及霍普纳共住一间牢房。

每个人都饿坏了。狱卒说,厨房已经关了,所以这时候不可能给他们食物吃,但他们鼓噪的声音非常吵闹,狱卒不得不想办法解决,甚至同一层楼其他牢房里的"贵族"也高声呼应他们要求晚餐的声浪。狱卒最后还是弄来"一大碗还算可口的蔬菜汤、一大块面包以及一杯'咖啡'"。狱卒在早上打开牢门,并且允许男士前往走道另一端的盥洗室,他们接下来看到的是一幅出人意料的景象:整个走道挤满了男男女女以及小孩,所有因为施陶芬贝格案被处决以及被逮捕的犯人的家属都在这里。事实上,许多施陶芬贝格的家人也在这里。七十三岁高龄的实业家弗里茨·蒂森(Fritz Thyssen)和他太太也在这里,蒂森曾经鼎力支持希特勒并且协助他得权,后来却对他的作为感到战栗。1938年的"碎玻璃之夜"事件导致他辞去公职。战争爆发后,他曾发电报给戈林表达他反对的立场,接着他和他太太要移民瑞士,却遭到纳粹逮捕,而战争期间他们大都是在萨克森豪森和达豪度过。哈尔德将军和他太太也在这里,已经被处决的哈塞尔将军的女儿也在这里。她的两个儿子(分别是二岁与四岁)被带离她身边,而贝斯特写道,她"因为担忧可能再也看不到他们而精神失常"。酒店歌星与影星伊莎·弗明瑞也在这里,她是反抗人士埃里克·弗明瑞(Erich Vermehren)的妹妹。弗尔根豪斯和彼得斯朵夫似乎认识许多被关在这里的人,朋霍费尔也是一样。

贝斯特觉得一直有人介绍他认识一个又一个人,因此这个场面比较像是参加招待会,而不是在监狱排队等着到盥洗室。德国贵族似乎不是彼此认识,就是有血缘关系。弗明瑞家族跟巴本家族(Franz von Papen)有渊源,后者曾经计划参加迪特里希和玛利亚的婚礼。

似乎变成囚犯在掌控监狱,他们想要继续交谈而不想回到牢房。最后,狱卒不得已只好把他们的早餐送进牢房,好引诱他们回去。但即使在这种情况下,朋霍费尔大部分时间还是透过牢门的小窗口跟卡尔·格德勒的遗孀谈话,并尽自己所知,把她先生在盖世太保最后一段时间的情形告诉她。格德勒是在 2 月 2 日被处决。

不久后,空袭警报响起,每个人都被放出来躲进监狱的地下室。贝斯特表示,"快乐时光又开始了",每个人都在聊天交换最新的消息,拼凑出自己关心的画面。监狱旁边的铁路转辙场已经被炸为平地,似乎不值得再投弹。空袭警报解除后,一伙人爬到二楼的走道,同样不理会狱卒要他们回牢房的命令。这次他们可一个都没有回去。

当天下午 5 点左右,一个跟着卡车从布痕瓦尔德来的警卫现身,告诉他们该出发了。十四个布痕瓦尔德的囚犯收拾好自己的行李,跟其他人道别,然后进入他们的卡车。他们再度沿着多瑙河驶离雷根斯堡,往东南方前进的时候,每个人的精神都比以前高昂许多。

但他们才离开城区几英里远,卡车突然摇晃不已——然后就静止不动。休·福尔克纳是工程师,因此警卫征询他的意见。原来是传动杆断裂,福尔克纳表示这无可救药。虽然雷根斯堡就在后方几英里远,但二者间没有任何联系,前方也没有任何人烟,他们置身在一条一望无际的道路上,跟道路平行的铁道线密密麻麻地布满弹坑,路上随处可见遭盟军火炮击成焦黑的汽车残骸。一辆自行车从反方向接近他们的时候,警卫赶忙拦下骑车人,并请求他通知雷根斯堡的警察,好让他们派一辆卡车接应他们,骑车人一口答应,踩着踏板扬长而去。同时他们就坐着等待,没有食物也没有饮水。黑夜降临,气温也随之下降,没有任何援兵前来,接着就下起雨来。几个小时就这样过去了,贝斯特说,警卫不但惨兮兮而且表现出惊恐的样子,他们这时比较像是"同是天涯沦落人"。雨越下越大,而夜越来越黑,还是没有援兵的踪迹。

终于捱到黎明。警卫打开车厢门让所有的人出来,眼前已经晨光大亮,整条道路上一辆车都没有。后来终于出现一辆摩托车,警卫不愿意再冒一丝风险，于是在拦下摩托车后，一个警卫就坐上后座前往雷根斯堡。当时是 4 月 6 日，复活节后的星期五早晨，上午 10 点左右，警卫回来告诉大家骑车人确实守约，把他们的情形告诉了警方，警方也派出车辆来接应他们。但不知为何，司机在距离他们仅两百码远的地方就掉头回去，并且回报找不到他们。

援救在 11 点才抵达。停在他们面前的是一辆大型巴士，不但有大片的玻璃车窗，还有套着椅套的舒适座椅。这群杂牌军收拾起自己的行李，登上巴士。不过，他们得跟三个布痕瓦尔德的警卫说再见，因为他们要守着那堆报废的绿废铁。巴士来的时候上面已经载着十个配带着机关枪的安全部队（SD）。①

巴士以他们前一辆车两倍的速度，沿着多瑙河南岸前进，而且不需要停下来，大约一小时后，他们已经到达施特劳宾（Straubing）。没有囚犯知道他们正往哪里去，但这个安全特遣队显然想要渡到河对岸，但盟军已经把桥炸掉了，于是他们前往下一座桥，结果也已经被炸掉了。他们查遍一座桥又一座桥，最后终于找到一条浮桥，然后渡到对岸，现在他们往东北方前进，来到巴伐利亚的乡间。

窗外景观中的丘陵与树林逐渐增加，道路也更加蜿蜒狭窄。他们正朝向舍恩堡（Schönberg）前进，然而朋霍费尔和其他同伴并不知道；他们什么都不知道，只知道自己又累又饿，但比以往舒适多了。他们不知道自己正在赶赴刑场还是走向自由。这趟在 4 月初的下午坐着巴士穿过巴伐利亚森林的旅程，就像是一场怪异的梦。

接着几位村姑对他们挥手，想要搭个便车。她们上车后，对这些人的身份感到好奇。车上坐着十个带着机关枪的安全部队以及一群狼狈不堪的上流精英。当她们向警卫探询他们的身份时，他们表示自己是电影公司，正要去拍一部宣传片。在这个时刻，事情的真假很难分辨，也没有人知道当晚他们会找个地方睡觉还是会整夜赶路。他们已经超过二十四小时没有进食。贝斯特嗅出一丝可能性：

---

① SD 是一支跟党卫军不同的部队。

这片乡野似乎盛产家禽，因此穿过道路的鸡群很多，让我们的司机为闪躲它们而手忙脚乱，不过我们还是希望发生一场意外——这样一来，我们就可以享受一顿烤鸡大餐。我建议一位警卫停下车来向当地的农家要些鸡蛋，他立即接受我的意见，但是当警卫带着装满鸡蛋的帽子回来时，我们一个也没分到，只好束紧腰带继续挨饿，希望不久后就能吃到下一顿饭。[3]

午后不久他们就到达巴伐利亚的小村庄舍恩堡，然后停在村子的小学前面，那是一栋白色近似方形的四层楼建筑。他们已经抵达他们的目的地。舍恩堡的人口数一直保持在七百左右，但最近几个月因为红军大幅向西挺进，迫使难民纷纷提前逃跑。他们许多人到达舍恩堡后就安顿下来，如今人口已达一千三百人，因此食物非常匮乏，而现在又有更多的政治犯到达此地。就在这一切进行的过程中，一大批被留置在雷根斯堡的上流精英已经抵达该地。于是政治犯的人数达到一百五十。

朋霍费尔和其他囚犯被带到学校，然后进入位于一楼的大房间，这就是他们的共用牢房。这个房间以前是女子医务室，里面已经架设好几排床铺，一切非常宜人，被单的颜色很鲜艳，还有白色的羽毛床垫。贝特斯说，尽管"我们疲惫饥饿，但都精神高昂、抖擞、兴奋，还会发出近似歇斯底里的笑声"。房间的三面墙有大片窗户，因此每个人都能看到户外，享受乡村绿油油的景色。

每个人可以选择自己的床铺，希博林夫妇为保护海达，把她安排在房间的尾端，而他们夫妇就隔在海达和其他囚犯之间。朋霍费尔选择科科林旁边的床铺。当时每个人都一时兴起地把自己的名字写在床头，"还有拉舍尔写的俏皮话"。

朋霍费尔在一扇窗户前面晒着太阳祷告与沉思。他花时间跟庞德聊天，也花时间陪科科林，他们还交换地址。朋霍费尔身边还带着几本书：一卷歌德的作品，一本圣经以及普鲁塔克（Plutarch）的《希腊罗马名人传》。

他们稍微安顿下来后，就觉到饥肠辘辘，于是他们就不停地敲打房门，直到警卫出现。在听到他们要求食物后，警卫搔搔脑袋离开，然后找来贝德(Bader)中尉。贝斯特称呼贝德是一个"凶狠的恶棍"，他是"盖世太保的主要刽子手之一，并且一直往返于各个集中营，就像是一个专门消灭鼠患的除四害主任"。他的出现不是好消息，但他对待他们还算是客气，尽管如此，村里面还是没有食物。一千三百难民就像蝗虫一样蜂拥而至，连一根草都没留下来。帕绍(Passau)有粮食，但帕绍远在二十五英里之外，他们需要汽油才能到那么远的地方，但他们一滴汽油也没有；那里也没有电话。简单地说就是毫无办法。

不过，足智多谋的玛戈特·希博林做了一件前所未见的事情。她要求警卫让她上洗手间，然后在半途昏倒在女管家身上，她是个亲切的老妇人。三十分钟后，这个老妇人再度现身，而且带着几个马铃薯和几杯热咖啡。每个人都非常感激，连面包屑都没剩下，但他们还是很饿。他们无能为力只能去睡觉，躺在布痕瓦尔德的硬板床上几个月后，在这些床上睡一个好觉可能比食物还诱人。当晚最嘈杂的戏码就是分隔男士与女士的布幔落下来的那会儿。贝斯特写道：

> 海达笨手笨脚地把布幔扯下来的时候，希博林太太的衣衫仅仅足以蔽体，而她自己其实已经一丝不挂……不过，到最后所有人都上床睡觉，灯光也熄灭了，于是大家真心互道晚安的声音四起。我的床铺非常柔软，我感觉像是飘浮在空中一样，不久后我就睡着了；事实上，这是几乎一个星期以来，我第一次沉睡。[4]

第二天早上他们醒来后并没有早餐。但贝斯特还有一把电动刮胡刀，而且房间里还有一个能用的电插座，于是每个男士轮流刮了胡子。不久，一些善良的村民在听说那里关着"特殊囚犯"以及他们的遭遇后，送来马铃薯色拉以及两大条面包，他们同样非常感激，但这是他们那整天仅有的食物，而且可能是朋霍费尔的最后一餐。当天是 4 月 7 日，星期六。

休·福尔克纳在那年夏天写信给人在牛津的格哈德·赖伯赫兹说道：

在我认识[朋霍费尔]这段期间，他始终都非常愉悦，而且尽心尽力帮助软弱的弟兄克服心中的沮丧与焦虑。他跟科科林（也就是莫洛托夫的侄子）一起度过许多时间，那人是个开朗的青年，然而他是个无神论者。我觉得你的小舅子跟他相处的时间一半是在开展福音预工，一半是在学俄语。[5]

朋霍费尔的最后一日

隔天，4月8日，复活节后第一个主日。德国人称那日为"加西莫多主日"（Quasimodo Sunday）[①]，庞德博士邀请朋霍费尔为他们主持一场敬拜。庞德是天主教徒，他们当中还有不少人也是，再加上科科林是个无神论者，因此让朋霍费尔感到为难。他不想勉强别人，但科科林本人却执意举行。

这使得朋霍费尔在他离世前不到二十四小时，履行了牧师的职分。他就在明亮的舍恩堡小学教室，也就是他们的牢房内举行了一场小型崇拜。他在祷告后朗读当日的经文：《以赛亚书》53：5（"因他受的鞭伤，我们得医治"）和《彼得前书》1：3（"愿颂赞归与我们主耶稣基督的父神！他曾照自己的大怜悯，藉耶稣基督从死里复活，重生了我们，叫我们有活泼的盼望"）；接着他为每个人解释这两节经文。贝斯特记得朋霍费尔"对我们说话的方式，打动所有人的心，巧妙地表达出我们被囚的心情，以及随之产生的各种念头与心志"。

被关在学校的其他囚犯也希望朋霍费尔能为他们主持崇拜。但已经没有时间了。贝斯特对后续事件的描述是：

---

* Quasimodo Sunday 一词是由两个拉丁字（Quasi 的意思是"像"，而 modo 的意思是"样式"）组成的，这是罗马天主教当日弥撒入祭式（introit）的开场文。取自《彼得前书》2：2（"像才出生的婴孩……"），而其字义是"以同样的模式"（as in the style of）或者是"以同样的方法"（as in the manner of）。雨果（Victor Hugo）把笔下的钟楼怪人命名为加西莫

① 多，就因为他是在教会历上的那个主日出生的。

他最后的祷告还没有结束，两个穿着便服、面目狰狞的男子就推开大门进来，然后说道："犯人朋霍费尔。准备跟我们走了。"对所有囚犯来说，"跟我们走"这几个字只代表一个意思，那就是绞刑台。

我们跟他道别，他把我拉到一边说道："这就是一切的终了；对我来说，却是生命的开始。"[6]

朋霍费尔还请贝斯特问候贝尔主教。六年后，贝斯特在一封写给朋霍费尔家人的信中，提到他在自己书中形容朋霍费尔是"一个善良又高贵的人"。但他在信中进一步表示，"事实上我的感觉比这几个字的意思更强烈。毫无疑问，他是我所认识的人中最杰出、最可爱的一个。"

两个月前朋霍费尔离开盖世太保监狱后，他家人就再也没有听到任何关于他的消息，因此他为了要留下自己行踪的线索，就拿一枝钝头的铅笔在普鲁塔克那本书（两个月前他家人给他的生日礼物）的前面、中间以及后面都写下他的名字，然后把书留下来。卡尔·格德勒的儿子之一，当时也在那所学校，他收拾起那本书，并在几年后交给朋霍费尔的家人。格德勒在柏林被处决时，朋霍费尔陪伴他度过最后一段日子；如今，当朋霍费尔走下校舍的楼梯进入那辆载他前往刑场的卡车时，他碰到格德勒的遗孀，而她就是最后一个跟他友善道别的人。

朋霍费尔终于要前往福罗森堡。那趟主日午后旅程的目的地在西北方一百英里之处。他带着他那本歌德的书，而且他似乎知道那个主日下午他要去的地方。

朋霍费尔的死刑判决几乎可以确定是由希特勒亲自下达的，奥斯特跟杜南伊的死刑判决也是一样。即使希特勒也一定知道对他以及德国来说大势已去，杀害再多的人也于事无补，但希特勒是个彻头彻尾的小人，他已经习惯为报复个人心头之恨不惜耗尽珍贵的时间、人力与油料。

朋霍费尔被处决的导因是 4 月 4 日有人在隐藏杜南伊档案的地点——佐森——出乎意料地发现许多卡纳里斯的日记。这些罪证隔天就被送到位于柏林的希特勒手中，这个狂人在读过日记后怒气冲天，达到失去理性的地步。对他来说，这就是插在第三帝国背后的匕首，是从一开始就在暗中破坏一切的那把染着血迹的匕首；这就是让他一败涂地，失去命中注定唾手可得的胜利的元凶。若非这批以卡纳里斯为首的恶毒叛徒，他那时可能已经像神祇一样昂首阔步在他计划修建的大道上游行，而不是像现在一样，像老鼠似的躲在地下的灰色掩体里；上面被夷为平地的城市，原本应该是他千年帝国的皇冠。在希特勒自杀前三个星期，他发出最后的怒气，要报复那些人，于是他命令身边的党卫军指挥官拉登胡伯（Rattenhuber）："干掉那些反贼！"卡纳里斯、奥斯特、萨克和朋霍费尔的命运就这样被拍板定案。

但是希特勒一直到最后还是要维持德国法治的假象；一定要把德国司法的尸体挖出来才能创造出以法治国的形象。所以党卫军检察官赫珀克顿（Huppen Rothen）必须中规中矩带着他的文件——包括卡纳里斯的犯罪日记——到福罗森堡开设"简易军事法庭"。他在 4 月 7 日抵达当地，跟他同行的还有党卫军法官奥托·索贝克博士（Dr. Otto Thorbeck）。卡纳里斯、奥斯特、萨克博士、斯特伦克、葛瑞以及朋霍费尔，就在那个星期六晚上接受审判，隔日一早被处决。但是 7 日（星期六）的时候，朋霍费尔并不在福罗森堡。他不是已经从布痕瓦尔德被送到那里了吗？施拉伯伦道夫当时正好在福罗森堡，一个官员两度对他嘶吼，坚持他一定是朋霍费尔，但施拉伯伦道夫并非朋霍费尔；朋霍费尔的老友约瑟夫·穆勒当时也在福罗森堡，同样有人嘶吼着认定他就是朋霍费尔；黎德也被人指认是朋霍费尔，但其实都不是。到底谁是朋霍费尔呢？

最后，终于有人发现真相：四天前在魏登，黎德、穆勒和葛瑞跳出绿色卡车，而朋霍费尔留在车上的时候，出了差错。朋霍费尔目前一定是在舍恩堡校舍的那批人里面。两个人奉命到一百英里外的地方拘捕他，把他带回福罗森堡。他们就在他主持完毕那个主日的敬拜后到达当地。

生命的开始

朋霍费尔在星期日相当晚的时候才到达福罗森堡。贝特格写道：

> 由索贝克担任主审法官，赫珀克顿担任检察官，营区指挥官科果(Kogl)充任助理的简易法庭表示，案子已经搁置好久。庭上个别审问——法庭官员事后表示——并交互诘问过每一个囚犯：卡纳里斯和奥斯特、萨克、斯特伦克和葛瑞，最后是朋霍费尔。卡纳里斯在午夜后回到离开一段时间的牢房，然后用敲击的方式传递讯号，告诉隔壁牢房的丹麦上校伦丁(Lunding)，一切都结束了。[7]

当晚朋霍费尔曾否入睡，我们不得而知。"简易法庭"审判结束距离他一早被处决的时间，相隔只有短短几个小时。值得一提的是，朋霍费尔在福罗森堡这个跟他密切相关的地方，只待过大约十二个小时。

我们知道朋霍费尔认为死亡犹如通往自由之路上的最后一站，正如他在他的诗作《自由之路的中途站》所说的。即使数百万人认为朋霍费尔的死是一场悲剧或者英年早逝，我们可以确定的是，他自己绝不这么认为。他在伦敦牧会时的一篇证道词中曾说过：

> 凡是真心相信上帝以及上帝的国，凡是真正接受复活盼望的人，没有不从相信的那一刻开始就思念天家，并满心欢喜地等待与期望从肉身得释放。
>
> 不论我们是年轻还是年长都一样。在上帝眼中，二十岁、三十岁或者五十岁有什么差别？我们当中有谁知道自己距离目标究竟是近还是远？当此世的生命结束时，生命才真正开始，而此世的一切只不过是生命揭幕前的序曲——年轻人和老年人都应该深思这件事。

为何一想到死亡,我们就要那么害怕?只有那些生活在对死亡的恐惧与担忧中的人,死亡才会那么恐怖。只要我们安静下来,紧紧把握上帝的话语,死亡就既不狰狞也不可怕。如果我们内心不苦毒,死亡也就不苦毒。死亡是恩典,是上帝赐给信徒最丰盛的恩典。死亡既和顺、甜美又温柔;只要我们了解死亡是通往我们的家乡、喜悦的帐幕、永恒和平国度的大道,那么它就会是带着属天大能的灯塔。

我们怎么知道死亡非常可怕?谁知道我们人类所担心害怕的可能是世界上最荣耀、崇高又充满祝福的事件?

如果死亡没有被我们的信心转变,那么死亡就会是地狱、黑夜与酷寒。但最奇妙的就是我们可以转变死亡。[8]

福罗森堡的驻营医生是赫尔斯壮(H. Fischer-Hullstrung)。他当时不知道眼前的这个人是谁,但多年以后,他对朋霍费尔在世上最后几分钟有如下叙述:

当天早上5点到6点之间,卡纳里斯上将、奥斯特将军、托马斯将军和帝国司法官萨克等囚犯被带出牢房,然后向他们宣读军事法庭的判决。我透过一栋营舍半开的门看到房间里的朋霍费尔牧师,他在脱下囚服前,跪在地板上迫切地向他的上帝祷告。这个可爱男士的祷告深深打动我的内心,他非常虔诚而且深信上帝会聆听他的祷告。到达刑场的时候,他又简短地祷告,然后走上通往绞架的台阶,勇敢又镇静。几秒钟后他就断气了。在我行医将近五十年期间,几乎没有看过任何人这么顺服上帝的旨意而死。[9]

朋霍费尔认为与苦难中的人同受苦难,是基督徒的责任,也是荣幸与荣耀。他知道上帝让他能够跟那些在他之前死于此地的犹太人共担苦难是一种殊荣。根据施拉伯伦道夫所说,福罗森堡的焚化炉当时发生故障,因此那天早上被绞死的尸体被堆在一起集体烧毁,而这让他有幸能跟其余数百万第三帝国的受害者在一起。

赫斯的腓利普亲王（Prince Philip of Hesse）曾经被关在福罗森堡许多年，那年4月也在那里。星期一早晨他在警卫室发现几本书，其中包括朋霍费尔的歌德作品集。他手上的那本书后来被没收，然后也被烧毁。

两星期后，盟军在4月23日进入福罗森堡。其后不到一个星期，希特勒自杀身亡，战争就这样结束了。当时玛利亚和朋霍费尔的家人全都不知道他的遭遇。他妹妹莎宾直到5月31日才知道他哥哥过世的消息：

> 朱利叶斯·里格尔牧师从伦敦打电话给我们，问我们是否在家，因为他有事情告诉我们。葛瑞特在电话一头的回答是，"我们很高兴能见到你。"
>
> 不久后我就从窗户看到我们的朋友到门前了。我一打开门就感到一阵害怕，他的脸色非常苍白憔悴，我一看就知道事态严重。我们立刻就进入格哈德所在的那间房间，然后里格尔牧师非常悲伤地说："这次是迪特里希。他已经走了——而且克劳斯也走了……"
>
> 葛瑞特从心底发出呻吟："喔，不，不！"里格尔把电报摊在我们前面的书桌上，然后从外套口袋中拿出他的新约圣经，接着就开始读《马太福音》第十章。除了紧紧抓住经文中每一个字，我不知道该如何捱过那一天："……我差你们去，如同羊进入狼群……你们要防备人，因为他们要把你们交给公会，也要在会堂里鞭打你们……你们被交的时候，不要思虑怎样说话，或说什么话。到那时候，必赐给你们当说的话；因为不是你们自己说的，乃是你们父的灵在你们里头说的……因为掩盖的事，没有不露出来的；隐藏的事，没有不被人知道的……凡在人面前认我的，我在我天上的父面前也必认他；凡在人面前不认我的，我在我天上的父面前也必不认他……不背着他的十字架跟从我的，也不配作我的门徒。得着生命的，将要失丧生命；为我失丧生命的，

将要得着生命。"

里格尔牧师也把第十章其余部分读给我们听,又提醒我们迪特里希写的《作门徒的代价》把这处经文阐释得非常清楚透彻。除此之外,我不再记得当天还发生过什么事情,但我绝对忘不了葛瑞特泉涌的泪水以及孩子们的啜泣。

……一直以来我始终全心期待跟迪特里希在一个更美好的新德国重逢的时刻;那时我们就可以告诉对方自己的冒险事迹,并且交换我们对那段艰辛岁月所知道的一切消息。

……我一直希望盟军部队会拟出一个周详的计划,在地面部队抵达前,用伞兵部队占领各地的集中营,然后解放里面的囚犯。许多英国人都跟我们同样认为这一定会发生——然而,他们这样说或许只是要安抚我们心中的焦虑;不论如何,这只不过是一场梦想而已。我无法断定这是否确实是不切实际的想法,但我在脑海中不能不怀疑这是因为战争已经发展到丧失人性的地步,才被搁置在一旁,而〔英国〕对德国反抗团体采取不理不睬的方针就是明证。奇切斯特主教曾写信给我们表示,当时丘吉尔誓言"不顾一切只想求战"。[10]

那年7月,卡尔和葆拉·朋霍费尔夫妻得知他们的儿子克劳斯和女婿吕迪格·施莱歇尔的死讯后,曾写信告诉莎宾和格哈德。柏林和外界的通讯几乎一直断绝,他们已经听说迪特里希遇害,但始终无法得到证实。

【7月23日】

亲爱的孩子们:

我们刚知道眼前有机会把我们的关心和消息寄给你们。我想,自从我们接到你们上一封信距今已经整整三年了。日前我们听说格哈德曾打电报到瑞士,想要探听我们爱子迪特里希的消息,据此我们推想你们仍然安然无恙,这对因为我们亲爱的克劳斯、迪特里希和吕迪格的遭遇而悲伤不已的我们来说,无疑是一大安慰。

迪特里希曾被关在泰格尔的军事监狱十八个月。去年10月他被移送给盖世太保，然后被转移到奥布莱希特亲王大街的党卫军监狱。2月初的时候他又被移送到不同的集中营，例如布痕瓦尔德和魏登附近的福罗森堡，我们不知道他现在的下落。

这段时间他的未婚妻玛利亚·魏德迈一直跟我们住在一起，她自己也曾经努力询问他的下落，但全都徒劳无功。在盟军获胜后，我们听说迪特里希还活在世间，但后来我们又听说就在美军到达前不久，他已经枉死在盖世太保手中。[11]

同时间，里格尔牧师、希尔德布兰特和贝尔主教在跟格哈德和莎宾·赖伯赫兹商量过后，为迪特里希和克劳斯·朋霍费尔筹备了一场追思礼拜，时间是7月27日，地点在布隆普顿圣三一教堂（Holy Trinity Brompton Church）。贝尔主教征询他们是否同意在德国转播这场礼拜，并得到他们的同意。这就是卡尔和葆拉·朋霍费尔能够在家中听到这场追思礼拜，并证实迪特里希死讯的缘由。贝尔主教在举行追思前两天写信给莎宾和格哈德：

亲爱的莎宾（容我如此称呼你）：

非常感谢你的来信。你所说的一切让我感到非常大的安慰（这是我不配得的）；我也非常高兴能收到迪特里希相片。我相信你知道，对我来说，他的友谊与关爱具有深远的意义。我为你感到悲伤与遗憾，他和克劳斯在你心中遗留下的鸿沟确实永远都无法弥平。我祈求上帝把平安与力量赐给你父母以及所有哀伤的人，并祝福他们。

我非常盼望在星期五看到你们两人。我不知道你们的女儿是否会在场；不过，我刚发出去的电报当然也包括她们……

乔治·奇切斯特　敬启

1945年7月25日于奇切斯特宫[12]

追思礼拜——布隆普顿圣三一教堂

7 月 27 日朋霍费尔父母在玛林伯格大道 43 号家中，收听在布隆普顿圣三一教堂举行的追思礼拜。礼拜一开始是一首耳熟能详的英语赞美诗《仿效圣徒》(For All the Saints)：

> 昔日圣徒完工歇息，
> 彼曾在世见证所信，
> 耶稣圣名永受赞美，
> 哈利路亚！

会众齐唱诗歌的七节歌词，接着由贝尔主教献上祈祷与感恩。然后分别用英语与德语唱赞美诗《倾听天使召唤》(Hark, a Herald Voice Is Calling)。接着是宣读福音圣言，非常恰当地取自登山宝训：

你们要防备人；因为他们要把你们交给公会，也要在会堂里鞭打你们；并且你们要为我的缘故被送到诸侯君王面前，对他们和外邦人作见证。你们被交的时候，不要思虑怎样说话，或说什么话。到那时候，必赐给你们当说的话，因为不是你们自己说的，乃是你们父的灵在你们里头说的。弟兄要把弟兄，父亲要把儿子，送到死地；儿女要与父母为敌，害死他们。并且你们要为我的名被众人恨恶，惟有忍耐到底的必然得救。有人在这城里逼迫你们，就逃到那城里去。我实在告诉你们，以色列的城邑，你们还没有走遍，人子就到了。学生不能高过先生，仆人不能高过主人。学生和先生一样，仆人和主人一样，也就罢了。人既骂家主是别西卜，何况他的家人呢？

所以，不要怕他们。因为掩盖的事，没有不露出来的；隐藏的事，没有不被人知道的。我在暗中告诉你们的，你们要在明处说出来;你们耳中所听的,要在房上宣扬出来。那杀身体不能杀灵魂的,不要怕他们;惟有能把身体和灵魂都灭在地狱里的,正要怕他。两个麻雀不是卖一分银子吗? 若是你们的父不许,一个也不能掉在地上。就是你们的头发也都被数过了。所以,不要惧怕,你们比许多麻雀还贵重!

凡在人面前认我的,我在我天上的父面前也必认他;凡在人面前不认我的,我在我天上的父面前也必不认他。

你们不要想,我来是叫地上太平;我来并不是叫地上太平,乃是叫地上动刀兵。因为我来是叫——

> 人与父亲生疏,
>
> 女儿与母亲生疏,
>
> 媳妇与婆婆生疏。
>
> 人的仇敌就是自己家里的人。

爱父母过于爱我的,不配作我的门徒;爱儿女过于爱我的,不配作我的门徒;不背着他的十字架跟从我的,也不配作我的门徒。得着生命的,将要失丧生命;为我失丧生命的,将要得着生命。

人接待你们就是接待我;接待我,就是接待那差我来的。人因为先知的名接待先知,必得先知所得的赏赐;人因为义人的名接待义人,必得义人所得的赏赐。无论何人,因为门徒的名,只把一杯凉水给这小子里的一个喝,我实在告诉你们,这人不能不得赏赐。[K]

莎宾回想起那场礼拜的时候,说道:

迪特里希牧养过的教会的诗班所唱的《唯独遵行神旨意》(Wer nur den lieben Gott last walten)特别优美,后来我们一起唱迪特里希为他在伦敦最后一次证道编排的诗歌《基督我们的

[K]《马太福音》10:17～42。

英雄说：跟随我》(Mir nach，spricht Christus，unser Held)。[13]

接着是贝尔主教证道：

他非常清楚自己的信念，他非常年轻又谦虚，并且直言不讳、毫无畏惧地传讲他所知道的真理。1942 年他以希特勒反抗团体代表的身份，突如其来地到斯德哥尔摩来看我时，就跟他一贯的作风一样，总是畅所欲言，而且一点也不担心自己的人身安全。不论在什么地方，也不论对象是什么人——青年或老年——他总是毫无所惧，不顾自身安危，并且始终全心全意忠于父母、朋友、国家（如上帝所愿）、他的教会以及他的上主。[14]

贝尔证道的结语是："殉道士的血就是教会的种子。"朱利叶斯·里格尔和弗朗兹·希尔德布兰特也上台致词。弗朗兹·希尔德布兰特的证道，用下面的经文开始：

"我们也不知道怎样行，我们的眼目单仰望你。"[⍟]

1932 年 5 月，也就是在希特勒当权前几个月，迪特里希·朋霍费尔曾站在柏林三一教会(Dreifaltigkeitskirche)的讲坛上，以这节经文为主题证道。当时的他是科技大学(Technische Hochschule)学生的校牧，也是大学的外聘讲师(Privatdozentur)。证道之前那节经文已经在他脑中盘旋许久，之后依旧盘旋不已；今日我们不妨将之视为缅怀他一生的墓志铭。在这种场合详述我们这位朋友与主内弟兄的生平似乎会弄巧成拙；就让我们每个人用对他的回忆来阐释上帝的话语——他思想的中心以及他一生服事的对象。

他出身于书香世家，而且似乎注定一生都要投入学术界。

⍟ 《历代志下》20:12。

他对自己祖先的学术传统，以及家族的文化习俗毫不以为耻；他从来不曾随着神学潮流轻视人文科学。他会先深入了解古典艺术、音乐、文学，然后再提出批评；他会先阅读与聆听，然后才会提出他的见解；当他透过《圣徒相通》以及《行动与存有》这两篇论文，初次公开发表自己的见解时，他所表现出的成熟度与专注力，让人几乎无法相信这论文的作者当时竟然只有二十一岁与二十四岁。在他瓦根军街的家中他们应该以他为傲，正如以他的哥哥们为傲一样，其中一位的遭遇跟他一样，另一位年轻时就在一次世界大战中阵亡，而唯一幸存的一位，目前依旧不知道迪特里希的噩耗……

"我们也不知道怎样行。"这位年轻神学家面对的难题就是，基督徒的生命与行动。他不满于权宜与传统的答案，他会从其他人止步的地方，继续追根究底；而他的学生也纷纷承接他钻研的精神。不久之后，他是个天生的教育家的特质逐渐明显。他在北柏林教导坚信班时，跟学生水乳交融地生活三个月，就是后来他成立芬根瓦得神学院的雏形。如果他愿意的话，大可以在这两个时期间，为自己在安稳的学术界闯出一番天地。

然而，他没有前往伦敦。这不是他第一份在海外的工作；他曾经在巴塞罗那担任助理牧师，也曾经是纽约协和神学院的交换学生与教师。他认识许多合一运动人士。然而，他在1933年10月离开柏林具有特别重大的意义，他藉此跟第三帝国的教会划清界线。他在伦敦牧会时，拒绝隐瞒自己的立场，因此有一个新来的柏林学人表示："你真是个复杂难缠的家伙！"这人一点也不了解迪特里希·朋霍费尔。尽管朋霍费尔复杂，但不至于容许是与非之间有任何模糊地带。探讨伦理问题不就等于玩弄"辩证"（dialectical）神学。研究必须有目标，而任何问题都必须有明确的答案。

他在伦敦的十八个月期间终于想清楚自己的方向。他在圣保罗教会、阿尔德门（Aldgate）和西德纳姆牧会的情形，必须由其他人来补充；今天在座中他曾经牧养过的教友都了解，他短暂的服事对他们生命所造成的影响，而且我们这些曾经在福里斯特希尔住过的人都绝对不会忘记那段时间。我还清楚地记得他在1933年阵亡将士纪念主日的证道；经文是"其实他们是处于安宁中"㉑，而他所讲的是一个被医生放弃的病人的故事，这人已经逐渐失去意识，命若悬丝，仿佛眺望着边界的另一边，然后惊呼："主啊，这一切美极！"在以往跟他的谈话中，他曾提到，对基督徒来说，活到三十六七岁已经足够了。

然而他在距此十年之前就已经感受到"我们也不知道怎么行"这句话的沉重。他住的牧师住所隔壁民宿的女房东写道："我永远都会记得他，在我们客厅不停地踱步，想要决定是否该留在这里，还是放弃这里的教会，回到德国被迫害的教会；渴望到印度拜访甘地，又预感到除非他把握这次机会，否则就永远无法成行。我知道就他个性来说，他最后会做出怎样的决定。"就在第二次世界大战爆发前，他的美国友人欢迎他并努力劝他留在美国的时候，他又做出同样的决定。他在结束短暂的旅行后，终于返回德国。他要跟教会里那些备受压迫的弟兄与门徒，以及逐渐被卷入基督与敌基督之间争战的家人站在一起。

"我们也不知道怎样行，我们的眼目单仰望你。"这个无止尽的追求结束于作基督的门徒，这就是他最后一本书的主题，如今他以自己的生命实现这件事。律法与福音，诫命与应许，都指向他必须追求的方向："唯有信徒才会顺服，唯有顺服才能成为信徒。"从他这本小书探讨的主题"团契生活"，以及他的神学院所透露出的兄弟情谊，我们逐渐了解经文为何用的是复数："我们也不知道……我们的眼目……"因为唯有在教会里面才会听到上主的呼召，并跟随之。当然，我们说的是独一、圣洁、大公的教会；虽然迪特里希·朋霍费尔忠于他自己的信仰，但即使认信教会所犯的错误，他也不会视而不见，他绝对不会轻忽从其他宗派所学习与领受的功课，并写在他的作品里。

㉑ 关于义人，参见《所罗门智训》3:3。

他始终保持开放的态度，而且可能更胜过同时代的其他德国神学家；因此他拒绝入伍投入第二次世界大战，并且更新与英国基督徒之间的联系，即使在边境被封锁后，也要冒比以往更大的风险进入中立国。他看到孤立的德国基督徒所面对的处境更加左右为难；就如同参孙的故事一样，一个人只手就足以毁灭整栋建筑；而且在这种罕见的情形下，没有任何人寄予同情，也没有任何外来的援助。政治行动变成唯一的选择。迪特里希最后一次到此地旅行时表示："为什么发动革命的总是恶人？"

他把一切都投入这场争战，就跟他哥哥、姐夫和朋友一样。不论就人或者就目标来说，结果都可说是不确定。贝尔主教以黯淡的语气提到在斯德哥尔摩跟他的最后一番谈话，他心中似乎非常笃定地认为，德国甚至欧洲即将遭遇厄运。即使现在、当下，"我们也不知道怎样行，但我们眼目单仰望你"这句话还是非常贴切。即使他被关在狱中的最后两年，还是出乎意料能牧养其他人，以及在他和克劳斯在被判死刑后两个月，对他来说，这一切都是一种崭新也更精进的门徒训练。他曾经写过殉道的恩典。他初次证道的经文就是："这样，你们作完了一切所吩咐的，只当说：'我们是无用的仆人，所作的本是我们应分作的。'"⑯

我们没有几张他的相片，或许也透露出相当重要的意义。他不喜欢照相；最好的几张相片都是家居照，那些是他最亲近的人，而且陪伴他到最后：他父母陪伴他受审，姐夫与妹夫在集中营中陪伴他，还有一个哥哥跟他一起被处死。德国最欢乐、最自在、最勇敢的家庭之一失去了他们的子女——这是战争中真正的受害者。言语和盼望会落空；我们不知道怎样行。让我们不要在这里止步，而要接着思想这句话：我们的眼目单仰望你。迪特里希·朋霍费尔的秘诀，以及他一生给我们的启示就在于，把痛苦的追寻转变为充满信心的顺服；从起初《作门徒的代价》一书中最后几页的抽象分析开始，这一切逐渐变得更单纯也更轻

---

⑯《马太福音》17:10。

省。一篇题为《创造与堕落》(Creation and Fall)的论评写道："这数百页篇幅的内容远超过许多神学书籍；不仅字斟句酌，而且掷地有声。"他的一生也是一样。他的轭是容易的，而且他上主的担子是轻省的；当他仰望耶稣，而不注视自己的时候，视野就变得非常清晰，多年前他写下的基督徒的盼望，如今已经实现："他回到他以往的样式——或许从来不曾是——一个孩童。"

我们不知道怎样行。亲爱的莎宾与格哈德，在跟你们以及你们父母共同度过这几个焦虑又不定的星期后，因为失去这位值得倚靠，也是当代教会亟需的弟兄，我们比以往更加迷惘。现在我们终于了解哈纳克在贺尔过世后所说的那句话："我生命的一部分也随着他进入坟墓。"然而，我们的眼目单仰望你。我们相信圣徒相通、罪得赦免、肉身复活并且永生，所以我们要为生命、苦难以及我们有幸为伴的弟兄的见证而感谢上帝。我们也祈求上帝带领我们，借着门徒训练从此世进入他属天的国度；在我们身上实现迪特里希为哈纳克所写讣文的结语："在上帝里面我只有禁不住的喜悦。"[15]

追思结束后，卡尔和葆拉·朋霍费尔关上了收音机。

注释

第 1 章　家庭与童年

1. Mary Bosanquet，*The Life and Death of Dietrich Bonhoeffer*（New York：Harper and Row，1968），24.

2. Wolf-Dieter Zimmermann and Ronald G. Smith，eds.，*I Knew Dietrich Bonhoeffer*，trans. Käthe Gregor Smith（New York：Harper and Row，1966），27.

3. Eberhard Bethge，*Dietrich Bonhoeffer：A Biography*，rev. ed.（Minneapolis：Augsburg Frotress，2000），22.

4. Sabine Leibholz-Bonhoefer，*The Bonhoeffers：Portrait of a Family*（New York：St. Martin's Press，1971），12.

5. Bosanquet，*Life and Death of Bonhoeffer*，31.

6. Leibholz-Bonhoefer，*The Bonhoeffers*，7.

7. Ibid.，8 - 9.

8. Zimmermann and Smith，*I Knew Dietrich Bonhoeffer*，26.

9. Leibholz-Bonhoefer，*The Bonhoeffers*，4.

10. Bosanquet，*Life and Death of Bonhoeffer*，34.

11. Renate Bethge and Christian Gremmels，ed.，*Dietrich Bonhoeffer：A Life in Pictures*，trans. Brian McNeil（Minneapolis：Fortress Press，2006），28.

12. Zimmermann and Smith，*I Knew Dietrich Bonhoeffer*，24.

13. Ibid.，27 - 28.

14. Leibholz-Bonhoefer，*The Bonhoeffers*，21 - 22.

15. Ibid.，22 - 23.

16. *The Young Bonhoeffer：1918 - 1927*，vol. 9，*Dietrich Bonhoeffer Works*，trans. and ed. Hans Pfeifer et al.（New York：Fortress Press，2002），19.

17. Ibid.，21.

18. Ibid.，21 - 22.

19. Ibid.，23 - 24.

20. Ibid.，24.

21. Bethge，*Dietrich Bonhoeffer：A Biography*，27.

22. Zimmermann and Smith，*I Knew Dietrich Bonhoeffer*，29.

23. Ibid.，35.

24. Ibid., 36.

25. Ibid.

第 2 章 图宾根 1923 年

1. *The Young Bonhoeffer：1918－1927*，60.

2. Ibid.，70.

3. Ibid.，71.

4. Ibid.，72.

5. Ibid.，78.

第 3 章 罗马假期 1924 年

1. *The Young Bonhoeffer：1918－1927*，102.

2. Ibid.，103.

3. Ibid.，106－07.

4. Ibid.，528－29.

第 4 章 柏林求学时期 1924～1927 年

1. Eberhard Bethge，*Dietrich Bonhoeffer：Man of Vision，Man of Courage*，ed. Edwin Roberston (New York：Harper and Row, 1970)，45.

2. Ruth-Alice von Bismarck and Ulrich Kabitz, eds.，*Love Letters from Cell 92：The Correspondence Between Dietrich Bonhoeffer and Maria von Wedemeyer，1943－45*，trans. John Brownjohn (New York：Abingdon Press，1995)，246.

第 5 章 巴塞罗那 1928 年

1. *Barcelona，Berlin，New York：1928－1931*，vol. 10，*Dietrich Bonhoeffer Works*，ed. Cliford J. Green，trans. Douglas W. Stott (New York：Fortress Press，2008)，58.

2. *Barcelona，Berlin，New York：1928－1931*，58.

3. Ibid.，59.

4. Ibid.，118.

5. Ibid.，83.

6. Ibid.，89.

7. Ibid.，127.

8. Ibid.，110.

9. Ibid.，127.

10. Ibid.

11. Ibid.

12. Ibid.

13. Ibid. ，356.

14. Dietrich Bonhoefer to Walter Dress，Barcelona，September 1，1928.

第 6 章　柏林　1929 年

1. Bethge，*Dietrich Bonhoeffer：A Biography*，134.

2. *Barcelona，Berlin，New York：1928 - 1931*，139.

3. Ibid. ，241.

第 7 章　朋霍费尔在美国　1930～1931 年

1. *Barcelona，Berlin，New York：1928 - 1931*，265 - 66.

2. "Religion：Riverside Church," *Time*，October 6，1930.

3. *Barcelona，Berlin，New York：1928 - 1931*，306.

4. Ibid. ，306 - 07.

5. Ibid. ，308.

6. Ibid. ，309 - 10.

7. Ibid. ，266.

8. Ibid. ，313.

9. Ibid. ，313 - 14.

10. Ibid. ，259.

11. Ibid. ，293.

12. Bismarck and Kabitz，*Love Letters from Cell 92*，68.

13. *Barcelona，Berlin，New York：1928 - 1931*，269.

14. Ibid. ，270 - 71.

15. Bosanquet，*The Life and Death of Bonhoeffer*，88.

16. *Barcelona，Berlin，New York：1928 - 1931*，294 - 95.

17. Edwin Roberston，*The Shame and the Sacrifice：The Life and Martyrdom of Dietrich Bonhoeffer*（New York：Macmillan，1988），66.

18. *Barcelona，Berlin，New York：1928 - 1931*，304.

第 8 章　柏林　1931～1932 年

1. Dietrich Bonhoefer，*A Testament to Freedom：The Essential Writings of Dietrich Bonhoeffer*，rev. ed. eds. Gefrey B. Kelly and F. Burton Nelson（New York：Harper and One，1995），424 - 25.

2. Zimmermann and Smith，*I Knew Dietrich Bonhoeffer*，60.

3. Ibid. ，69.

4. Otto Dudzus，interview by Martin Doblmeier，*Bonhoeffer，Pastor，Pacifist，Nazi Resister*，A documentary film by Martin Doblmeier，date of interview，Princeton University.

5. Inge Karding，interview by Martin Doblmeier，*Bonhoeffer，Pastor，Pacifist，*

Nazi Resister.

6. Albert Schönherr, interview by Martin Doblmeier, *Bonhoeffer*, *Pastor*, *Pacifist*, *Nazi Resister.*

7. Zimmermann and Smith, *I Knew Dietrich Bonhoeffer*, 64 – 65.

8. Inge Karding, interview by Martin Doblmeier.

9. Bethge, *Dietrich Bonhoeffer*: *A Biography*, 226.

10. *No Rusty Swords*: *Letters, Lectures and Notes 1928 – 1936*, vol. 1. *Collected Works of Dietrich Bonhoeffer*, ed. Edwin H. Roberston, trans. Edwin H. Roberston and John Bowden (New York: Harper and Row, 1965), 151.

11. *No Rusty Swords*, 150.

12. Bosanquet, *Life and Death of Bonhoeffer*, 104.

13. Bethge, *Dietrich Bonhoeffer*: *A Biography*, 228 – 29.

14. Bosanquet, *Life and Death of Bonhoeffer*, 109.

第 9 章　元首至上　1933 年

1. *No Rusty Swords*, 202.

2. Ibid. , 203 – 04.

3. Bethge, *Dietrich Bonhoeffer*: *A Biography*, 258.

4. Ibid. , 257.

5. Bosanquet, *Life and Death of Bonhoeffer*, 117.

6. Bethge, *Dietrich Bonhoeffer*: *A Biography*, 265.

7. Name, "Germany: Goring Afraid?" *Time*, November 13, 1933, pg.

8. William Shirer, *The Rise and Fall of the Third Reich*: *A History of Nazi Germany* (New York: Simon and Schuster, 1960), 194.

第 10 章　教会与犹太人问题

1. Leibholz-Bonhoefer, *The Bonhoeffers*, 84.

2. Bethge, *Dietrich Bonhoeffer*: *A Biography*, 275 – 76.

3. Ibid. , 279.

4. Heinrich Heine, *Religion and Philosophy in Germany*: *A Fragment* (London: Truber and Co. , 1882), 177.

第 11 章　纳粹神学

1. *The Goebbles Diaries 1942 – 1943*, ed. Louis P. Lochner (Garden City, NY: Doubleday, 1948), 375.

2. *Inside the Third Reich*: *Memoirs* by Albert Speer, trans. Richard Winston and Clara Winston (New York: Macmillan, 1970), 114.

3. William Shirer, *The Rise and Fall of the Third Reich*, 100.

4. Hans B. Gisevius, *To the Bitter End*: *An Insider's Account of the Plot to*

Kill Hitler 1933 - 1944, trans. Richard Winston and Clara Winston (New York: Da Capo Press, 1998), 189.

5. William Shirer, *The Rise and Fall of the Third Reich*, 240.

6. Doris L. Bergen, *Twisted Cross: The German Christian Movement in the Third Reich* (Chapel Hill, NC: University of North Carolina Press, 1996), 158.

第 12 章 教会斗争开始爆发

1. Bethge, *Dietrich Bonhoeffer: A Biography*, 301.

第 13 章 伯特利信条

1. Dietrich Bonhoefer, *A Testament to Freedom*, 419.

第 14 章 朋霍费尔在伦敦 1934～1935 年

1. Dietrich Bonhoefer, *A Testament to Freedom*, 411.

2. *London: 1933 - 1935*, vol. 13, *Dietrich Bonhoeffer Works*, ed. Keith Clements, trans. Isabel Best (New York: Fortress Press, 2007), 135.

3. Ibid., 23.

4. Ibid., 39 - 41.

5. Zimmermann and Smith, *I Knew Dietrich Bonhoeffer*, 78.

第 15 章 愈演愈烈的教会斗争

1. *London: 1933 - 1935*, 350.

2. Ibid., 351 - 53.

3. Ibid., 97 - 98.

4. Ibid., 118 - 19.

5. Ibid., 120.

6. Ibid., 126 - 27.

7. Ibid., 129.

8. Ibid., 134 - 35.

9. Ibid., 144 - 45.

10. Ibid., 151 - 52.

11. Barmen Theological Doctrine, May 29 - 30, 1934.

12. Ibid., 175.

13. Ibid., 179 - 80.

14. Shirer, *The Rise and Fall of the Third Reich*, 226.

第 16 章 法诺会议

1. *London: 1933 - 1935*, 191 - 92.

2. Zimmermann and Smith, *I Knew Dietrich Bonhoeffer*, 91.

3. Bethge, *Dietrich Bonhoeffer：A Biography*, 479.

4. *London：1933 – 1935*, 308 – 09.

5. Leibholz-Bonhoefer, *The Bonhoeffers：Portrait of a Family*, 88.

第 17 章　岑斯特与芬根瓦得之路

1. *London：1933 – 1935*, 217.

2. Ibid. , 152.

3. Ibid. , 217 – 18.

4. Ibid. , 218.

5. "Foreign New：Meisser v. Muller," *Time*, Oct 22, 1934.

6. *London：1933 – 1935*, 396.

7. Ibid. , 248 – 49.

8. Ibid. , 252 – 53.

9. Ibid. , 253 – 54.

10. Ibid. , 254 – 55.

11. Ibid. , 266 – 67.

12. Bethge, *Dietrich Bonhoeffer：A Biography*, 408.

13. *London：1933 – 1935*, 229 – 30.

14. Ibid. , 284.

第 18 章　岑斯特与芬根瓦得

1. Albert Schönherr, interview by Martin Doblmeier, *Bonhoeffer*, *Pastor*, *Pacifist*, *Nazi Resister*.

2. Ibid.

3. *The Way to Freedom：Letters, Lectures and Notes 1935 – 1939*, vol. 2, *Collected Works of Dietrich Bonhoeffer*, ed. Edwein H. Roberston, trans. Edwin H. Roberston and John Bowden (New York：Harper and Row, 1966), 121 – 22.

4. Dietrich Bonhoefer, *A Testament to Freedom*, 431 – 32.

5. Bismarck and Kabitz, *Love Letters from Cell 92*, 306.

第 19 章　进退维谷　1935～1936 年

1. Germany, *Nuremberg Laws*, September 15, 1935.

2. Leibholz-Bonhoefer, *The Bonhoeffers：Portrait of a Family*, 83.

3. Bethge, *Dietrich Bonhoeffer：A Biography*, 512.

4. *The Way to Freedom*, 110.

5. Bethge, *Dietrich Bonhoeffer：A Biography*, 544.

6. *The Way to Freedom*, 149.

7. Ibid.，151.

8. Bethge，*Dietrich Bonhoeffer：A Biography*，582 – 83.

9. Bosanquet，*Life and Death of Bonhoeffer*，193 – 94.

10. Bethge，*Dietrich Bonhoeffer：A Biography*，591.

11. Ibid.，591 – 92.

第 20 章　战火燃起　1938 年

1. Bethge，*Dietrich Bonhoeffer：A Biography*，600.

2. Ibid.，602.

3. Leibholz-Bonhoefer，*The Bonhoeffers：Portrait of a Family*，97 – 100.

4. *The Way to Freedom*，199 – 200.

第 21 章　破釜沉舟　1939 年

1. Dietrich Bonhoefer，*A Testament to Freedom*，468.

2. Bethge，*Dietrich Bonhoeffer：A Biography*，646.

3. *The Way to Freedom*，216 – 17.

4. Ibid.，228.

5. Ibid.

6. Ibid.，228 – 29.

7. Ibid.，230.

8. Ibid.，230 – 31.

9. Ibid.，231.

10. Ibid.，231 – 32.

11. Ibid.，232.

12. *The Way to Freedom*，233 – 34.

13. Ibid.，234 – 35.

14. Ibid.，235.

15. Ibid.，236.

16. Ibid.，237.

17. Ibid.，237 – 38.

18. Ibid.，238.

19. Ibid.，238 – 39.

20. Ibid.，224 – 25.

21. Ibid.，239.

22. Bosanquet，*Life and Death of Bonhoeffer*，215 – 16.

23. *The Way to Freedom*，239 – 40.

24. Ibid.，240.

25. Ibid.，240 – 41.

26. Ibid.，241.

27. Bosanquet，*Life and Death of Bonhoeffer*，217 - 18.

28. *The Way to Freedom*，247.

29. Zimmermann and Smith，*I Knew Dietrich Bonhoeffer*，158 - 60.

第 22 章　德国的终结

1. Dietrich Bonhoefer，*A Testament to Freedom*，445.

2. Albert Schönherr，interview by Martin Doblmeier，*Bonhoeffer：Pastor，Pacifist，Nazi Resister*.

3. Victoria Barnett，*For the Soul of the People：Protestant Protest Against Hitler* (New York：Oxford University Press，1992)，107.

第 23 章　从认信到密谋

1. Eberhard Bethge，*Friendship and Resistance：Essays on Dietrich Bonhoeffer* (Grand Rapids：Eerdmans，1995)，24.

2. *Ethics*，vol. 6，*Dietrich Bonhoeffer Works*，ed. Cliford J. Green，trans. Douglas W. Stott (New York：Augsburg Fortress，2008)，88 - 89.

3. *Ethics*，360 - 61.

4. *Conspiracy and Imprisonment*，1940 - 1945，vol. 16，*Dietrich Bonhoeffer Works*，ed. Mark S. Brocker，trans. Lisa E. Dahill with Doulas W. Stott (New York：Fortress，2006)，601.

5. Ibid.，136.

6. Bethge，*Dietrich Bonhoeffer：A Biography*，24.

第 24 章　密谋暗杀希特勒

1. *Conspiracy and Imprisonment*，207 - 08.

2. Ibid.，241.

3. Ibid.，245.

第 25 章　朋霍费尔的斩获

1. Zimmermann and Smith，*I Knew Dietrich Bonhoeffer*，169 - 70.

2. *Conspiracy and Imprisonment*，312 - 13.

3. Ibid.，311 - 12.

4. Ibid.，318.

5. Ibid.，37 - 48.

6. Ibid.，349.

第 26 章　朋霍费尔陷入情网

1. Bismarck and Kabitz，*Love Letters from Cell 92*，330.

2. *Conspiracy and Imprisonment*，328.

3. Ibid., 220 – 21.

4. Ibid., 329 – 30.

5. Ibid., 350 – 51.

6. Ibid., 351 – 52.

7. Ibid., 365.

8. Bismarck and Kabitz, *Love Letters from Cell 92*, 331 – 32.

9. Ibid., 332.

10. Ibid., 332 – 33.

11. *Conspiracy and Imprisonment*, 366 – 67.

12. Ibid., 369 – 70.

13. Ibid., 370 – 71.

14. Ibid., 373 – 74.

15. Bismarck and Kabitz, *Love Letters from Cell 92*, 336.

16. Ibid., 337.

17. Ibid.

18. Ibid., 338 – 39.

19. *Conspiracy and Imprisonment*, 383 – 84.

20. Ibid., 387.

21. Ibid., 390.

第 27 章　刺杀希特勒

1. Zimmermann and Smith, *I Knew Dietrich Bonhoeffer*, 182.

2. Ibid., 190 – 92.

第 28 章　泰格尔监狱 92 号牢房

1. Bismarck and Kabitz, *Love Letters from Cell 92*, 342 – 43.

2. Ibid., 343.

3. Ibid., 343 – 44.

4. Ibid., 344 – 45.

5. Bosanquet, *The Life and Death of Bonhoeffer*, 247 – 48.

6. *Letters and Papers from Prison*, 21 – 22.

7. Bethge, *Dietrich Bonhoeffer: A Biography*, 800 – 01.

8. Ibid., 814 – 15.

9. Bethge, *Dietrich Bonhoeffer: Man of Vision, Man of Courage*, 720.

10. *Letters and Papers from Prison*, 3 – 4.

11. Ibid., 14.

12. Ibid., 24.

13. Zimmermann and Smith, *I Knew Dietrich Bonhoeffer*, 224 – 25.

14. Ibid., 223.

15. Bismarck and Kabitz, *Love Letters from Cell 92*, 26 – 27.

16. Ibid., 33 – 34.

17. *Letters and Papers from Prison*, 71 – 72.

18. *Love Letters from Cell 92*, 55.

19. Ibid., 63 – 64.

20. *Letters and Papers from Prison*, 41 – 42.

21. Ibid., 42.

22. Ibid.

23. Ibid., 119.

24. Ibid., 189.

25. *Love Letters from Cell 92*, 32.

26. *Letters and Papers from Prison*, 125.

27. Ibid., 77 – 78.

28. Bethge, *Dietrich Bonhoeffer: A Biography*, 844.

29. *Letters and Papers from Prison*, 131 – 32.

30. Ibid.

31. Ibid., 231 – 32.

32. Ibid., 272.

33. Ibid., 289 – 90.

34. *Letters and Papers from Prison*, 279.

35. Ibid., 282.

36. *Ethics*, vol. 6, *Dietrich Bonhoeffer Works*, 54.

37. Ibid., 82.

38. Ibid., 206.

39. Ibid., 206 – 07.

40. *Letters and Papers from Prison*, 144 – 45.

第 29 章　瓦尔基里与施陶芬贝格

1. Shirer, *The Rise and Fall of the Third Reich*, 1069.

2. Gisevius, *To the Bitter End: An Insider's Account of the Plot to Kill Hitler 1933 – 1944*, 574 – 75.

3. Ibid., 575.

4. Bethge, *Dietrich Bonhoeffer*, *Man of Vision*, *Man of Courage*, 730.

5. *Letters and Papers from Prison*, 369.

6. Ibid.

7. Ibid., 369 – 70.

8. Ibid., 370 – 72.

9. Ibid., 376.

10. Joachim C. Fest, *Plotting Hitler's Death: The German Resistance to Hitler*,

1933 - 1945，trans. Bruce Little（New York：Metropolitan Books，1996），278.

11. Bismarck and Kabitz，*Love Letters from Cell 92*，254 - 57.

12. Ibid. ，259 - 61.

13. Ibid. ，261 - 62.

14. Ibid. ，118.

15. Ibid. ，268 - 70.

16. *Letters and Papers from Prison*，400 - 01.

17. Zimmermann and Smith，*I Knew Dietrich Bonhoeffer*，914.

第30章　布痕瓦尔德

1. S. Payne Best，*The Venlo Incident*（Watford，Herts：Hutchonson，1950），194.

2. Josef Ackermann，testimony at Nuremberg Military Tribunal，date，*http://mazal. org/archive/nmt/02/NMTo-T0003. htm.*

3. Best，*The Venlo Incident*，186.

4. Sigmund Rascher to Heinrich Himmler，15 May，194，*http://nurenber. Law. harvard. edu/Nur Transcript/Archive/full_transcript - 6days. html.*

5. Shirer，*The Rise and Fall of the Third Reich*，985.

6. Ibid. ，988.

7. Heinich Himmler to General Field Marshall Milch，November 13，1942，*http://www. ess. uwe. ac. uk//genocide/rascher3. htm.*

8. Best，*The Venlo Incident*，176.

9. Ibid. ，186.

10. Ibid. ，187.

11. Ibid. ，179.

第31章　自由之路

1. Best，*The Venlo Incident*，191.

2. Ibid. ，192.

3. Ibid. ，195 - 96.

4. Ibid. ，198.

5. Leibholz-Bonhoefer，*The Bonhoeffers：Portrait of a Family*，198 - 99.

6. Best，*The Venlo Incident*，200.

7. Bethge，*Dietrich Bonhoeffer：A Biography*，927.

8. *London：1933 - 1935*，331.

9. Bethge，*Dietrich Bonheoffer：A Biography*，927 - 28.

10. Leibholz-Bonhoefer，*The Bonhoeffers：Portrait of a Family*，184 - 86.

11. Ibid. ，190.

12. Ibid. , 187 – 88

13. Ibid. , 188.

14. Ibid. , 188 – 89.

15. Amos Cresswel and Maxwel Tow, *Dr. Franz Hildebrandt: Mr. Valiant for Truth* (Grand Rapids, Smyth and Helwys, 2000), 223 – 27.

参考书目

Bailey, J. M. , and Douglas Gilbert. *The Steps of Bonhoeffer: A Pictorial Album*. Philadelphia: Pilgrim Press, 1969.

Barnett, Victoria. *For the Soul of the People: Protestant Protest against Hitler*. New York: Oxford University Press, 1992.

Bassett, Richard. *Hitler's Spy Chief: The Wilhelm Canaris Mystery*. London: Cassell, 2005.

Bentley, James. *Martin Niemoller 1892 – 1984*. New York: Free Press, 1984.

Bergen, Doris L. *Twisted Cross: The German Christian Movement in the Third Reich*. Chapel Hill: University of North Carolina Press, 1996.

Best, S. Payne. *The Venlo Incident*. Watford, Herts: Hutchinson &. Co. , 1950.

Bethge, Eberhard. *Dietrich Bonhoeffer: A Biography*. Minneapolis: Fortress Press, 1967.

——. *Dietrich Bonhoeffer: Man of Vision, Man of Courage*. Edited by Edwin Robertson. New York: Harper and Row, 1970.

——. *Friendship and Resistance: Essays on Dietrich Bonhoeffer*. Chicago: World Council of Churches, 1995.

——. *Friendship and Resistance: Essays on Dietrich Bonhoeffer*. Grand Rapids: Eerdmans, 1995.

Bethge, Renate, and Christian Gremmels, eds. *Dietrich Bonhoeffer: A Life in Pictures*. Centenary ed. Translated by Brian McNeil. Minneapolis: Fortress Press, 2006.

Bethge, Renate. *Dietrich Bonhoeffer: A Brief Life*. New York: Fortress Press, 2004.

Bird, Eugene K. *Prisoner # 7: Rudolf Hess: The Thirty Years in Jail of Hitler's Deputy Fuhrer*. New York: Viking Press, 1974.

Bonhoeffer, Dietrich. *A Testament to Freedom: The Essential Writings of Dietrich Bonhoeffer*. rev. ed. Edited by Geffrey B. Kelly and F. Burton Nelson. New York: Harper One, 1995.

——. *Christ the Center*. Translated by Edwin H. Robertson. New York: Harper San Francisco, 1978.

——. *Collected Works of Dietrich Bonhoeffer*. Edited by Edwin H. Robertson.

3 vols. New York: Harper and Row, 1965 - 1973.

——. *Creation and Fall: A Theological Exposition of Genesis* 1 - 3. Edited by John W. De Gruchy. Translated by Douglas S. Bax. New York: Fortress Press, 1997.

——. *Dietrich Bonhoeffer Works Series*. Edited by Victoria J. Barnett and Barbara Wojhoski. 16 vols. Minneapolis: Augsburg Fortress, 1995 - 2010.

Bosanquet, Mary. *The Life and Death of Dietrich Bonhoeffer*. New York: Harper and Row, 1968.

Cresswell, Amos, and Maxwell Tow. *Dr. Franz Hildebrandt: Mr. Valiant for Truth*. Grand Rapids: Smyth and Helwys, 2000.

De Gruchy, John W. *Daring, Trusting Spirit: Bonhoeffer's Friend Eberhard Bethge*. Minneapolis: Augsburg Fortress, 2005.

De Gruchy, John W. , ed. *The Cambridge Companion to Dietrich Bonhoeffer*. New York: Cambridge University Press, 1999.

Fest, Joachim C. *Plotting Hitler's Death: The German Resistance to Hitler, 1933 - 1945*. Translated by Bruce Little. New York: Metropolitan Books, 1996.

Gaevernitz, Gero V. S. , ed. *They Almost Killed Hitler*. New York: Macmillan, 1947.

Galante, Pierre, and Eugene Silianoff. *Operation Valkyrie: The German Generals' Plot against Hitler*. Translated by Mark Howson and Cary Ryan. New York: Harper and Row, 1981.

Gill, Theodore A. *Memo for a Movie: A Short Life of Dietrich Bonhoeffer*. New York: Macmillan, 1971.

Gisevius, Hans B. *To the Bitter End: An Insider's Account of the Plot to Kill Hitler, 1933 - 1944*. Translated by Richard Winston and Clara Winston. New York: Da Capo Press, 1998.

Goddard, Donald. *The Last Days of Dietrich Bonhoeffer*. New York: Harper and Row, 1976.

Haynes, Stephen R. *The Bonhoeffer Phenomenon: Post-Holocaust Perspectives*. New York: Fortress Press, 2004.

Huntemann, Georg. *The Other Bonhoeffer: An Evangelical Reassessment of Dietrich Bonhoeffer*. Translated by Todd Huizinga. Grand Rapids: Baker, 1993.

Kelly, Geffrey B. , F. Burton Nelson, and Renate Bethge. *The Cost of Moral Leadership: The Spirituality of Dietrich Bonhoeffer*. Boston: Eerdmans, 2002.

Kleinhans, Theodore J. *Till the Night Be Past: The Life and Times of Dietrich Bonhoeffer*. New York: Concordia House, 2002.

Kuhns, William. *In Pursuit of Dietrich Bonhoeffer*. Dayton: Pflaum Press, 1967.

Lean, Garth. *On the Tail of a Comet: The Life of Frank Buchman*. New York: Helmers and Howard, 1988.

Leibholz-Bonhoeffer, Sabine. *The Bonhoeffers: Portrait of a Family*. New York: St. Martin's, 1971.

Lochner, Louis P., ed. *The Goebbels Diaries* 1942–1943. Garden City, NY: Doubleday, 1948.

Machtan, Lothar. *Hidden Hitler*. Trans. John Brownjohn and Susanne Ehlert. New York: Basic Books, 2001.

Marty, Martin E., ed. *The Place of Bonhoeffer: Problems and Possibilities in His Thought*. New York: Association Press, 1962.

Patten, Thomas E. *The Twisted Cross and Dietrich Bonhoeffer*. Lima, OH: Fairway Press, 1992.

Rasmussen, Larry L. *Dietrich Bonhoeffer: Reality and Resistance*. Studies in Christian Ethics Series. Nashville: Abingdon Press, 1972.

Raum, Elizabeth. *Dietrich Bonhoeffer: Called by God*. London: Burns and Oates, 2002.

Ritter, Gerhard. *The German Resistance: Carl Goerdeler's Struggle against Tyranny*. Translated by R. T. Clark. New York: Frederick A. Praeger, 1958.

Robertson, Edwin H. *The Shame and the Sacrifice: The Life and Martyrdom of Dietrich Bonhoeffer*. New York: Macmillan, 1988.

Shirer, William L. *The Rise and Fall of the Third Reich: A History of Nazi Germany*. New York: Simon and Schuster, 1960.

Sklar, Dusty. *The Nazis and the Occult*. New York: Dorset Press, 1977.

Slane, Craig J. *Bonhoeffer as Martyr: Social Responsibility and Modern Christian Commitment*. New York: Brazos Press, 2004.

Speer, Albert. *Inside the Third Reich: Memoirs by Albert Speer*. Translated by Richard Winston and Clara Winston. New York: Macmillan, 1970.

Steigmann-Gall, Richard. *The Holy Reich: Nazi Conceptions of Christianity, 1919–1945*. Cambridge: Cambridge University Press, 2003.

Von Bismarck, Ruth-Alice, and Ulrich Kabitz, eds. *Love Letters from Cell 92: The Correspondence Between Dietrich Bonhoeffer and Maria Von Wedemeyer, 1943–1945*. Translated by John Brownjohn. New York: Abingdon Press, 1995.

Wind, Renate. *Dietrich Bonhoeffer: A Spoke in the Wheel*. Translated by John Bowden. Grand Rapids: Eerdmans, 2002.

Wustenberg, Ralf K. *A Theology of Life: Dietrich Bonhoeffer's Religionless Christianity*. Translated by Douglas Stott. Grand Rapids: Eerdmans, 1998.

Zimmermann, Wolf-Dieter, and Ronald G. Smith, eds. *I Knew Dietrich Bonhoeffer*. Translated by Käthe G. Smith. New York: Harper and Row, 1966.

结语与补正

为配合朋霍费尔在 1945 年 4 月 9 日过世六十五周年纪念,而仓促赶在 2010 年 4 月出版了这本书,结果就是,初版出现许多错字以及其他小瑕疵,我们很高兴能在新版中加以更正,这让所有无心之过得以一扫而空。我们要感谢许多细心的读者帮助我们纠正这一切。

不过,指出我们无心之过的读者,远不如指出我们话犹未尽的读者。我们一直想简短地叙述玛利亚·冯·魏德迈后来的遭遇。经常有读者会在演讲的问答部分,以及透过电子邮件提出这个问题。不断有人问我们:"玛利亚·冯·魏德迈后来怎么样了?""可以说说玛利亚后来的遭遇吗?"

我们应该更详尽地叙述玛利亚在迪特里希死后的遭遇,但这里只能简短地回答,1945 年得知心爱的迪特里希过世后,可想而知玛利亚·冯·魏德迈肝肠寸断,不久后她就离开德国前往美国,然后就读于布林茅尔(Bryn Mawr)女子大学。她在那里远离恐怖的过去,如其所愿地研读数学,后来她在马萨诸塞州的霍尼韦尔(Honeywell)公司谋得一职,并且逐渐晋升到当地部门的主管,就当时的妇女来说,这可是不凡的成就。但玛利亚的私生活就没有这么顺利。她结过两次婚,而且都以离婚收场,1977 年,也就是她五十二岁的时候因为癌症过世。留下两个儿子。

朋霍费尔过世后许多年来,景仰朋霍费尔的人以及学界都想知道这位曾经跟朋霍费尔订婚的女子后来的遭遇。但或许因为她已经结婚并开始新生活,因此玛利亚无意公开回顾她跟迪特里希·朋霍费尔之间的关系。然而,就在她过世前几年,玛利亚认为把她生命中这个部分公诸于世的时机已经成熟;于是授权她姐姐鲁思·爱丽斯,出版她跟迪特里希之间往来的信件。这些信件汇集成册，并在 1992 年以《92 号牢房的情书》为名出版问世。我在文中曾大量引用这本书，而且我衷心向所有想要更深入了解这位非凡女子的读者推荐这本书。

致谢

1988 年夏天,我第一次听到朋霍费尔的名字。当时我的好朋友艾迪·图特(Ed Tuttle)送给我一本《作门徒的代价》,我为朋霍费尔的遭遇深受感动,并且迫不及待想要把这个故事告诉我最好的朋友吉尔伯特·阿伦斯(Gilbert von der Schulenberg Ahrens)。

另外,我也要感谢 HarperOne 出版社的编辑米奇·马德林(Mickey Maudlin),他也是第一个建议我写传记的人,也是他邀请我写有关威廉·威伯福斯(William Wilberforce)的传记——《奇异恩典:威伯福斯与废奴运动》。

我尤其要感谢一位很棒的朋友乔尔·图伊罗内(Joel Tucciarone),硬是把我从沮丧的深渊中拉出来,陪着我去布鲁克林会见他的朋友亚瑟·萨缪尔森(Arthur Samuelson),他推荐我找 Thomas Nelson 出版社出版我的书,并打电话给大卫·莫伯格(David Moberg),替我联络了此书的编辑乔尔·米勒(Joel Miller)。

此外,我也要感谢朋霍费尔纪录片的导演马丁·道伯米尔(Martin Doblmeier),是他帮我联络了朋霍费尔未婚妻的姐姐鲁思-爱丽斯·冯·俾斯麦(Ruth-Alice von Bismarck)以及朋霍费尔的外甥女瑞娜·贝特格(Renate Bethge),也就是埃博哈德·贝特格(Eberhard Bethge)的遗孀。

我还要感谢每一位写作和出版过朋霍费尔书籍的人,这本书能够完成都要归功于他们,以及朋霍费尔的学生们,另外,还有同时是《92 号牢房的情书》的编辑鲁思-爱丽斯·冯·俾斯麦。

最后,我要深深地感谢埃博哈德·贝特格,他为好友朋霍费尔写的传记,至今仍是有关朋霍费尔生平的最佳参考依据。

图书在版编目(CIP)数据

朋霍费尔/(美)梅塔萨斯(Metaxas,E.)著;顾华德译. —上海：
上海三联书店,2023.2 重印
ISBN 978-7-5426-5166-2

Ⅰ.①朋… Ⅱ.①梅…②顾… Ⅲ.①朋霍费尔,D.(1906～
1945)—传记 Ⅳ.①B979.951.6

中国版本图书馆 CIP 数据核字(2015)第 073108 号

朋霍费尔

著　　者／埃里克·梅塔萨斯(Eric Metaxas)

译　　者／顾华德

策　　划／徐志跃

责任编辑／邱　红

特约编辑／张　尧　姜若华

出版合作／橡树文字工作室

整体设计／周周设计局

监　　制／姚　军

责任校对／张大伟

出版发行／上海三联书店

　　　　　(200030)中国上海市漕溪北路 331 号 A 座 6 楼

邮购电话／021-22895540

印　　刷／上海展强印刷有限公司

版　　次／2015 年 10 月第 1 版

印　　次／2023 年 2 月第 5 次印刷

开　　本／640mm×960mm　1/16

字　　数／540 千字

印　　张／37.5

书　　号／ISBN 978-7-5426-5166-2/I·1025

定　　价／88.00 元

敬启读者,如发现本书有印装质量问题,请与印刷厂联系 021-66366565